ALTIN
KİTAPLAR

YAYIN HAKLARI
2007 CANAN TAN ©
ALTIN KİTAPLAR YAYINEVİ
VE TİCARET A.Ş.©

KAPAK
GÜLHAN TAŞLI

BASKI
1. BASIM / MART 2007 (3000 adet)
2. BASIM / MART 2007 (3000 adet)
3. BASIM / MART 2007 (3000 adet)
4. BASIM / NİSAN 2007 (3000 adet)
5. BASIM / NİSAN 2007 (3000 adet)
6. BASIM / NİSAN 2007 (3000 adet)
7. BASIM / MAYIS 2007 (3000 adet)
8. BASIM / TEMMUZ 2007 (3000 adet)
9. BASIM / AĞUSTOS 2007 (3000 adet)
10. BASIM / AĞUSTOS 2007 (3000 adet)
11. BASIM / AĞUSTOS 2007 (3000 adet)
12. BASIM / EKİM 2007 (3000 adet)
13. BASIM / KASIM 2007 (3000 adet)
14. BASIM / ARALIK 2007 (3000 adet)
15. BASIM / OCAK 2008 (3000 adet)
16. BASIM / MART 2008 (3000 adet)
AKDENİZ YAYINCILIK A.Ş.
Göztepe Mah. Kazım Karabekir Cad.
No: 32 Mahmutbey - Bağcılar / İstanbul

ISBN 978 - 975 - 21 - 0822 - 6

ALTIN KİTAPLAR YAYINEVİ
Celâl Ferdi Gökçay Sk. Nebioğlu İşhanı
Cağaloğlu - İstanbul

Tel: 0.212.513 63 65 / 526 80 12
0.212.520 62 46 / 513 65 18

Faks: 0.212.526 80 11

http://www.altinkitaplar.com.tr
info@altinkitaplar.com.tr

ALTIN KİTAPLAR

CANAN TAN

YÜREĞİM SENİ ÇOK SEVDİ

ALTIN KİTAPLAR

ÖLÇÜ

Sevdiğin müddetçe
ve sevebildiğin kadar,
sevdiğine her şeyini verdiğin müddetçe
ve verebildiğin kadar gençsin.

NÂZIM HİKMET

1

Açmakla açmamak arasında kısa bir gelgit yaşadığım telefonun diğer yanından kulağıma dökülen sözcükler, bambaşka bir boyuta taşıyıverdi beni.

Rektördü arayan. Hiç beklemediğim, ilginç bir önerisi vardı: Bursa Ticaret ve Sanayi Odası'nın düzenlediği seminere katılabilir miydim?

"Biliyorum Aslı Hanım, tez çalışmalarınızın en yoğun dönemi, ama konu tam size göre: *Uluslararası Platformda Geçerli Pazarlama Yöntemleri*. Doktoranızı da pazarlama dalında yaptığınızı göz önüne alınca, üniversitemizi temsil edecek daha uygun bir isim düşünemedim, inanın. Ne dersiniz?"

Seminerin konusu ne kadar çekici olursa olsun, zamanlaması kötüydü. Son derece sıkı bir kamp dönemindeydim. Tezimi teslim etmem için, bir aydan az zamanım kalmıştı önümde. Ama... Beni "evet" demekten alıkoyan asıl neden bu değildi.

"Bursa'ya gidecek yüzüm yok benim!" desem, ne düşünürdü acaba rektör? Yıllardır içimi yakıp kavuran ezinci dile getirmeye kalksam, anlar mıydı beni?

"Hemen yanıt vermeniz gerekmiyor," dedi, içimde kopan fırtınaların farkında bile olmadan. "Hafta sonuna kadar zamanınız var.

Bu arada, etkinlik programını ve katılımcı listesini fakslayacağım; bir göz atın, kararınızın yönünü belirlemekte yardımcı olabilir."

Üzerime tonlarca ağırlık yüklenmişçesine yorgun, koltuğa çöküverdim. Ne yapacaktım şimdi ben?

Yüreğim çoktan ayaklanmış, yollara düşmeye hazır... Beynimse, duyduklarının etkisiyle birdenbire uyuşuvermiş, düşünme yetisini yitirme noktasında. Hangisine ayak uyduracak, hangisine söz geçirebilecektim?

Yok, kendimi zorlamam anlamsızdı. Duygusal yönden beni hırpalayacağını baştan bildiğim olumsuzluklar bir yana, çalışmalarımı aksatmama değmezdi. Hayır, derim; bir başkasını gönderirler, diye düşündüm. Böyle bir fırsatı yakalamak için can atan öyle çok insan vardı ki...

Faks makinesinin mekanik, tekdüze sesi, daldığım karanlık dehlizin derinliklerinden çekip çıkarıverdi beni.

Üç günlük etkinlik programının dökümü ve tüm ayrıntıları elimdeydi işte. Ne var ki, titreyen parmaklarla tuttuğum, sıradan bir kâğıt tomarı olmanın çok ötesinde anlamlar taşıyordu benim için.

Türkiye'nin dört bir yanından gelecek katılımcıların yapacakları sunumlar, kadife kaplı kapılar ardında gerçekleşecek ciddi yüzlü söyleşiler... Yanı sıra, oluşacağı varsayılan yorgunluğu ve bezginliği hafifletmek amacıyla satır aralarına sıkıştırılmış, hoş bir gezi programı: Beş yıldızlı bir otelde konaklama, ünlü et lokantaları, Mudanya gezisi... Ve nostaljik Trilye turu!

Hayır, oraya bir kez daha gidecek gücüm yoktu. Kabuk bağlamış yaraları yeniden deşmek, gereksizdi. Yalnızca bu bile, rektörün teklifini reddetmem için yeterliydi aslında. Kararımı vermiş olmanın rahatlığıyla katılımcı listesine şöyle bir göz attım. Tüm bildik isimler sıralanmıştı gene. Satırlar arasında kayıtsızca göz gezdirirken, ***o'***nu gördüm.

"Bursa Ticaret ve Sanayi Odası Yönetim Kurulu Üyesi Murat Alkanlı". İnanmaz gözlerle bir daha, bir daha okudum. Evet, oydu!

Birden tüm olumsuzluklarımdan sıyrılıverdim. Düşünme fırsatı bulursam cayarım korkusuyla telefona sarıldım.

"Tamam efendim," dedim, kendime bile yabancı gelen bir sesle. "Seminere katılıyorum!"

Telefonu kapatıp önümdeki dosya yığınını geriye ittim. Dirseklerimi masaya dayadım; gitgide ağırlaşan, uyuşmuş beynimi taşımaları için, başımı ellerimin arasına bırakıverdim...

Daha önce hiç bulunmadığı yabancı bir ortama uyum sağlamaya çalışan birinin çekingen ve ürkek ruh haliyle oradan oraya savrulmaya, hırpalanmaya hazır; eskilerin silik ama her geçen saniye farklı bir canlılık kazanarak, şaşırtıcı bir ivmeyle etten kemikten birer bedene kavuşan; beni istemim dışında, teklifsizce derinliklerine çekiveren görüntülerin çılgın akışına teslim ettim gözlerimi.

Zaman kavramını tümüyle yitirmiştim. ***Dün*** ile ***bugün*** kol kola girmişler, beni şaşırtmak için tüm hünerlerini sergiliyorlardı sanki. Kâh neşe içinde, uyumla dans ediyorlar; kâh amansız bir savaşın dövüşçüleri olup kıyasıya hırpalıyorlardı birbirlerini.

Sonunda ***dün, bugün***'ün önüne geçti; yaşlı bedeniyle onun diri görüntüsünü örterken, eskimişliğine ve yıpranmışlığına inat, olağanüstü bir güçle beni kendisine çekiverdi...

Murat! Ve Bursa...

Tersinden alınırsa, Bursalı Murat... Ya da Murat'ın Bursa'sı!

Birbirinin içinde erimiş bu iki sözcük, neden hâlâ bu kadar acıtıyor içimi?

Gerilerde bir yerlere gömüp unutulmaya terk ettiğim; dışarıdan bakıldığında, sıradan bir üniversiteli aşkı gibi görünse de, yıllar ötesinden bugünlere uzanabilen, en umulmadık anlarda karşıma dikilip benden hesap sorabilecek güçte, duygusal bir kördüğüm! İşte, yaşadıklarımın biricik sorumlusu...

Sahneye çıkmış, daha önce de pek çok kez yaptığı gibi, "Öldürdüğünü sandın ama, tüm diriliğimle buradayım ben!" diye kafa tutuyor bana.

O günlere geri dönebilsem, gene aynı davranışları mı sergilerdim, bilemiyorum. Akıl ve mantığı kendinden bir adım önde giden, yüreğini duygularının sesine kapatmış, yalnızca özgürlüğüne âşık; hayat dolu, cıvıl cıvıl, bir o kadar da uçarı Aslı, geleceğini bir sevdalının, hem de delicesine tutkulu bir kara sevdalının ellerine teslim edebilir miydi?

"Evet" mi?

Kayıtsız şartsız kabul etmek, boyun eğmek, razı oluş... Uymazdı sana Aslı, yapına tersti.

Ya "hayır"?

Direniş, meydan okuma, başkaldırı ve inat... Tam da seni anlatan sözcükler! Ama, biraz katı değiller mi? Her şeyi kökünden kesip atacak keskin bir bıçak, dönüp kullananı da yaralamaz mı kimi zaman?

"Evet"le "hayır" arasında, ılımlı bir orta yol bulamaz mıydın Aslı? Neden "belki"yi aklına bile getirmedin? Oysa o "belki," daha sonraki "keşke"lerin önüne geçecek sihirli bir sözcük olabilirdi...

✣ ✣ ✣

Murat'ın, sınıf arkadaşlığının ötesine geçen ilk adımı ne zaman attığını tam olarak anımsayamıyorum. Birden, gözü benden başkasını görmeyen, tutkulu bir âşık mı buluvermiştim karşımda? Hayır, bu kadar basit değil!

Duygusal yakınlaşmanın öncesinde yaşanan çelişkiler; küçük, tatlı atışmalar, bir türlü dile getirilemeyen yürek çırpıntıları... İtiraf edilmeyen, edilemeyen, yalnızca bakışlara yansıyan sevda yüklü sıcacık ışıltılar... Nasıl yadsıyabilirim bunları?

Murat... Gülünce, kömür karası gözlerinde bin bir kıvılcım çakan; sevecen, güzel yüzlü, güzel sözlü, delikanlı Murat...

Kabul etmeliyim ki, bana yakın durma çabaları hoşuma gitmişti; onca kız arasından seçilenin ben oluşum gururumu okşamıştı. Benim için yazılmış sayfalar dolusu şiirler, modern çağla taban tabana zıt bir kara sevdanın dışavurumu ve pırıl pırıl, tertemiz bir sevginin içtenlikle sunuluşu...

Ayağım yerden kesilmese de etkilenmiştim. Körpecik yüreğimde bahar tomurcukları açtırmayı başarmıştı Murat. Ama, sevginin alabildiğine yoğunlaştığı, diğer tüm kavramları yerle bir edip öne çıkıverdiği o tutkulu vazgeçilmezlikle, aşkla ilgisi yoktu bunun. *(Acaba!)*

Onunla aynı duygu yoğunluğunu paylaşmam olanaksızdı. Âşık olmanın bir yatkınlık, hatta yetenek gerektirdiğine ve nedense, bu yeteneğin bende bulunmadığına inanıyordum o zamanlar.

Bence, yürek işiydi aşk! Beynin güç kazandığı, öne çıktığı yerde yüreğin işlevi geri plana düşüyor, düşünceler ve mantık baskın çıkıyordu. Beynimin, yüreğimden önce hareketlenmesi, körkütük âşık olma şansı tanımıyordu bana. Bu durumda, bana sunulan aşkı paylaşmakla yetinmek zorundaydım.

Murat'ın değil; onun sevdalı halinin, duygularını dizelerle iletmesinin, tek taraflı coşkusuyla yarattığı büyünün tiryakisiydim ben. Ya da öyle olduğunu sanıyordum. Yerine bir başkasını koyduğumda, aynı büyüyü yaşayacağımdan emin değildim çünkü.

Murat da çelişkili duygularımın farkındaydı, ama önemsemiyordu. "Benim sevgim ikimize de yeter!" demişti bir keresinde.

Yeter miydi gerçekten? Başlangıçta yetse bile, nereye kadar giderdi böylesi dengesiz bir aşk? Orasını kestiremiyordum ama, Murat'ın devasa sevgisiyle sarılıp sarmalanmaktan da şikâyetçi değildim.

Ah Aslı, ah! Aradan bunca zaman geçmesine karşın, kendi kendine bile itiraf etme yürekliliğini gösteremiyorsun, değil mi?

Gerçekten de tek taraflı mıydı o aşk? Doğru söyle, hiç mi yüreğin titrememişti Murat'ın gözlerinde yolculuğa çıkarken?

Ya içinde estirdiğin, tüm benliğini altüst eden amansız kasırgalar... Onları bastırmak, dışavurumlarını engellemek, bir başka deyişle duygularını maskelemek için gösterdiğin anlamsız çabaları, bugün de aynı coşkuyla alkışlayabiliyor musun?

Şöyle bir düşün: O günlere dönebilsen, yüreğinin peşine takılıp seni götüreceği yere gitmeyi yeğlemez miydin?

O günler, ah o günler...

Neden rahat bırakmıyorsunuz beni?

Neden bir türlü kopamıyorum sizden...

2

İTÜ (İstanbul Teknik Üniversitesi) İşletme Fakültesi- Maçka/İstanbul! Beş yıl boyunca beni ağırlayacak, yeni adresim bu.

"İşletme mühendisi" unvanıyla mezun olacağım buradan. Öğrenim süresi, dört yıl aslında. Ancak, Fransızca eğitim veren bir kolejden mezun olmanın getirisi, bir yıl hazırlık okumak.

"Böylesi daha iyi," diyor babam. "İngilizce eğitim alanlar, ikinci dili gereksiz görüyor ve daha zor öğreniyorlar. Lise mezuniyeti, üniversite hazırlıkları derken epey yoruldun zaten. Hem, yeni gireceğin ortama ayak uydurmak ve alışabilmek için bundan iyi fırsat mı olur?"

Babam da İTÜ'lü. Ama o, Gümüşsuyu İnşaat Fakültesi'nden mezun. Okuluna âşık! Benim, farklı bir bölümden de olsa, onun yolunda yürüyeceğimden son derece memnun.

Kayıt günü de biricik kızını yalnız bırakmıyor. Karşı çıkmak, "Kendi kanatlarımla uçacak kadar büyümedim mi artık?" demek var ya... Eski günlerdeki anılarını solumaktan alacağı keyfi ve benim çiçeği burnunda İTÜ'lü oluşumdan duyacağı gururunu engellemeye gönlüm razı değil.

Direksiyon başındaki neşeli hali, gözlerinin derinliklerinden dışarı yansıyan sevinç cıvıltısı, böyle davranmakla ne kadar doğru hareket ettiğimi fısıldıyor bana.

"Sana da küçük bir araba alırız artık prenses," diyor. "Ulaşım sorunun olmaz hiç değilse."

Benimle gelmesi neyse ama, buna şiddetle karşı çıkıyorum. Böyle ince bir düşünce için teşekkür etmem gerek aslında. Ama, öğrenciliğimi öğrenci gibi yaşamak istiyorum ben! Arkadaşlarımın arasında ayrıcalıklı bir kimlikle dolaşmak, yapıma ters düşer. Prensesliğimi geçerli kılan tek yer evim olmalı!

Bunları dile getirdiğimde, "Hukuk Fakültesi'ne gitmeliydin sen," diye gülüyor babam. "Hak, hukuk, adalet, eşitlik... Ama şunu da unutma ki, hakça kazanılmış bir servet yüzünden de utanç duymamalısın."

"Asla! Yanlış anladın beni... Emeğe saygım sonsuz. Annemle beraber, sıfırdan başlayarak, dişinizle tırnağınızla edindiğiniz mal varlığına, olsa olsa saygı duyabilirim. Ama izin ver, bunlar özelimizde kalsın."

Babamın yüzündeki gülümseme daha da yayılıyor. Kendi çizgisine paralel bir yolda yürüdüğümü görmekten hoşnut, yarattığı tabloyu hayranlıkla seyreden bir ressam gibi bakıyor yüzüme. Karşısında duran, gerçekten de onun eseri. İnsanları sevmeyi, değer vermeyi; parayı pulu değil, kişisel zenginlikleri önemsemeyi ondan öğrendim ben. Yanında çalışanlara, yönetim kurulu başkanından çaycısına, vergi rekortmeni işadamından kapıdaki gariban bekçiye kadar, aynı sıcak yaklaşımı gösterdiğini göre göre; insan ilişkilerinde en ufacık bir ayrımcılığa izin vermediğini, bire bir yaşayarak...

Gençliğinde çok sıkı bir solcuymuş babam. Annemle tanışıp kaynaşmaları da bu ortak yönleri sayesinde olmuş zaten. O zamanların yasaklı ilahı Nâzım Hikmet'in şiirlerini gizli gizli okuyarak, kitap aralarında birbirlerine ileterek filizlenmiş aşkları.

Yaşadıkları heyecan dolu günleri açık yüreklilikle benimle paylaşan bu iki güzel insan, geçmişin izlerini ve anılarını gururla taşırlar hâlâ. Ancak, ellerinde viski kadehiyle sol edebiyatı yapan, böylelikle entelektüel olduklarını düşünen yeni türedi entel-dantel takımıyla uzaktan yakından ilgileri yoktur.

Evet, hakça kazanılmış bir servet... Yüreklerinin coşkusunu bileklerinin gücüyle yoğurarak edindikleri mal varlığının tek bir kuruşuna söz söyleme hakkım olamaz! Ancak, dışarıdan bakan birinin ilk gördüğü özelliğimiz, zenginlik olmamalı. Anlatmak istediğim yalnızca bu.

"İTÜ'lü olmak, bambaşka bir sevdadır!" diyor babam, beyaz taş binanın basamaklarını adımlarken. "İnsanı içine çekiveren, o büyülü havasını soluyan herkese, doğuştan İTÜ'lü olduğunu hissettirir. Mezuniyetten yıllar sonra bile kopamazsın bu çekimden."

Giriş kapısının yanındaki amblemi gösteriyor. Evin dört bir köşesine yayılmış; duvar ve büfe üstlerindeki çeşitli nedenlerle alınmış plaketlerde, babamın ceket yakalarına özenle iliştirdiği rozetlerde yer alan İTÜ amblemi! Bu sefer, ilk kez görüyormuşum gibi alıcı gözüyle bakıyorum.

Oval, birbirine paralel iki çizgi arasında "İTÜ" yazısı, altında da köklerinin derinliğini vurgulayan, oldukça eski bir tarih var: 1773! Diklemesine oval çerçevenin içinde, sarı çizgilerle can verilmiş bir arı motifi duruyor. Alışkanlığın ve üretkenliğin sembolü.

Öğrenci işleri bölümünde de başrolde babam var. Kendini tanıtıyor; övünmeyi sevmeyen, kendisine ayrıcalıklı davranılmasından nefret eden yapısına ters bir yaklaşımla, hak ettiğine yürekten inandığı farklı bir ilginin gösterilmesini bekliyor. Görüyor da...

İlkokula kaydolacak küçük bir kız çocuğu konumuna düşmek pek hoşuma gitmese de, babamın coşkulu gururuna gölge düşürmek niyetinde değilim. Bir adım geride, kayıt işlemlerinin tamamlanmasını beklerken, fakültenin tarihçesini ve kuruluş öyküsünü içeren küçük kitapçığı incelemeye koyuluyorum.

İstanbul Teknik Üniversitesi Maçka Kampusu'nda yer alan İşletme Fakültesi binası, aslında Maçka Silahhanesi eklentilerinden. Silahhanenin yönetim birimi olan Karakolhane, 1860'lı yıllarda tamamlanmış. Üç katlı olan bina, Osmanlı döneminde Jandarma Komutanlığı hizmetine verilmiş. Cumhuriyetten sonra da Nakliye, Topçu ve Jandarma Okulu olarak kullanılmış. 1956'da Eğitim Bakanlığı'na tahsis edilmiş, sonra da İstanbul Teknik Üniversitesi'nin kullanımına bırakılmış. Tarihi binayı tamamlamak üzere inşa edilen dershane bloklarından oluşan eklentiler, 1970'li yılların başında hizmete girmiş.

İşletme Fakültesi'nin tarihçesine gelince... 1969-1970 öğrenim yılında, "Sanayi Mühendisliği Bölümü" adı altında otuz öğrenci ile eğitime başlanmış. İşletme ve Endüstri Mühendisliği bölümlerini içeren İşletme Fakültesi'nin kuruluş tarihi 1977! 1982'de ilk mezunlarını vermiş.

Bir süre Ayazağa Kampusu'nda varlığını sürdüren İşletme Fakültesi, 1984 yılında Maçka'ya taşınmış. Şimdi de beni ve dönem arkadaşlarımı ağırlamaya hazırlanıyor. Böyle köklü bir eğitim kurumunun çiçeği burnunda, çömez öğrencisi olmaktan mutluyum.

Kayıt işlemlerini tamamladıktan sonra, bina içinde küçük bir tur atıyoruz babamla. Bir süreliğine de olsa, terk edilmişliğin kırıklığıyla boynunu bükmüş gibi duran boş amfilere girip çıkıyoruz. Mustafa Kemal Amfisi'nde, en öndeki sıraya oturtuyor beni babam.

"Çok yakıştın buraya," diyor kıvançla. "Keşke senin yerinde olsaydım. Aynı güzellikleri yeni baştan yaşayabilmek için neler vermezdim..."

Buraların havasını solumaya benden daha hevesli. Belli ki, benim gözlerimin cansız gördüğü nesneler, onun yaşanmışlarıyla birleşince, farklı bir ruha bürünüyorlar. Kim bilir, belki bir gün ben de babamla aynı duyguları paylaşabileceğim. Ama önce, benzer deneyimleri yaşamam gerekiyor...

Dışarı çıktığımızda babam, arabaya doğru yürüyeceğimize, kolumdan tutup caddenin karşı tarafına geçiriyor beni.

"Buralara kadar gelmişken, Maçka Parkı'nda çay içmeden şuradan şuraya gitmem!" diyor.

İstanbul'un ünlü parklarından biri olarak adını duymuşluğum var, ama daha önce hiç gelmemiştim buraya.

Bir başka ilke adım atmanın kuşkulu ürkekliğiyle babamın yanında yürüyorum. Ve... Parkın kapısından içeriye girer girmez, bambaşka bir dünyayla kucaklaşıveriyorum sanki. Güzel ötesi bir yer burası! Harika... Avrupa Yakası'nın büyük bir bölümünü kocaman bir tepsi içinde cömertçe sunarken, şehrin alabildiğine yapılaşmış görüntüsüyle kendi doğal güzelliklerini ustaca kaynaştırarak hoş bir çelişki yaratıyor. Daha o an, zaman içinde tekdüzeleşebilecek öğrenci yaşantımızda ferahlatıcı bir soluk olacağını hissettiriyor bana.

Yüksekçe bir yamacın üzerine kurulmuş Maçka Parkı. Yumuşak kıvrımlarla aşağıya doğru uzanıyor. Kıvrımların orasına burasına rasgele serpiştirilmiş gibi duran şirin çay bahçeleri, şehrin yorgunluğunu unutturmayı vaat eder gibi. Yamacın zemininden yükseklere boy atmış asırlık ağaçların dalları, hafiften esen rüzgârın eşliğinde, paylaşılmayı bekleyen keyifli bir şarkı söylüyor sanki.

Hemen girişteki, panoramik manzaraya hâkim çay bahçesinin hasırdan yapılmış bodur taburelerine karşılıklı oturuyoruz babamla.

"Çayın yanında yiyecek bir şeyler ister misin?" diye gülerek soruyor.

Biliyor çünkü; kızının çayla arasının pek iyi olmadığını, çayı ancak bisküvi, kurabiye yanında ya da kahvaltıda lokmaları yutmasını kolaylaştıran bir yardımcı niyetine içtiğini.

Büyümüşlüğümü kanıtlamak ister gibi, "İstemem," diyorum kararlılıkla. "Bu kez tek başına içeceğim çayımı."

Ortamın büyüsünden midir bilmem, tavşankanı çayın damağında bıraktığı buruk tadı seviyorum. Hatta bu burukluğun tiryakisi bile olabileceğimi hissediyorum.

Birden kalabalıklaşıyor çevremiz. Üstü başı perişan, yüzleri kirden esmerleşmiş bir grup sokak çocuğu bağıra çağıra yanımızdan geçiyorlar.

"İlk anda seni saran büyülü havaya aldanma," diyor babam. "Geceleri tam bir gariban barınağıdır burası. Karşıdaki otellerin görkemli bahçelerine benzemez anlayacağın."

Oturduğumuz mekânı sarmalayan yeşil kalabalığından çekip çıkarıyorum gözlerimi. Tam karşımızda Türkiye'nin en ünlü, eski oteli duruyor. Daha gerilerde ise son yıllarda yapılmış, gazete ve dergilerin sosyete sayfalarında sıkça adı geçen beş yıldızlı lüks oteller.

"Ne büyük bir çelişki, değil mi?" diyor babam. "İnan ki, buradaki sıcaklığı oralarda bulamayabilirsin. Şu gariban sokak çocuklarının doğal davranışlarını, çevreni saracak diğer insanlarda bulamayacağın gibi."

Gözlerini uzaklara dikiyor, belli ki anlatmak istediği bir şeyler var. Uygun sözcükleri seçmek ister gibi, uzunca bir süre suskun kaldıktan sonra konuşmaya başlıyor.

"Yaşam yolun çizildi sayılır prenses. Bu yolda, yanında kimlerle ve nasıl yürüyeceğini sen belirleyeceksin. Şunu unutma ki, annen ve ben, yanında değilsek de, ömrümüz elverdiğince hep arkanda olacağız."

Sohbetimizin ciddi bir yöne sapmasından duyduğum sıkıntıyla, "Bundan eminim," diye ağzımın içinde geveliyorum.

Beni duymamış gibi, devam ediyor babam.

"Bilirsin, her fırsatta öğütler yağdıran, kuralcı bir baba olmadım hiç. Ancak, bu önemli kavşak noktasında, rotanı çizerken bir şeyler söyleme gereği duyuyorum. Fazla uzatmayacağım. Bugüne kadar bizlerden, annenle benden, alacağını aldın. Dikkat et, 'biz verdik' demiyorum, çünkü sen aldın! Bundan sonrası sana kalmış."

Gülüveriyorum.

"Duyan da beni kapının önüne koymaya hazırlanıyorsunuz sanacak."

"Olur mu hiç?" diye gülüşümü paylaşıyor babam. "Babalık işte... Yeri geldi mi konuşulması gerekenleri söyleyecek ki içi rahat etsin! Sen de çok iyi bilirsin, her konuda bizim sana olan güvenimiz tamdır. Yalnız... Yepyeni bir çevreye giriyorsun prensesim. Arkadaş seçiminde biraz dikkatli olmanı istesem, özgürlük tutkuna ters düşeceğini düşünmezsin, umarım."

"Aklıma bile gelmez. Annemin de senin de, her konuda istediğinizi söylemeye hakkınız var. Gireceğim çevrede yalnız sayılmam zaten. Ferda yanımda olacak ya..."

"O başka! Ferda senin ilkokuldan bu yana beraber olduğun can yoldaşın, dostun. Arkadaşlık ve dostluk, yakın kavramlar gibi dursalar da, aralarında büyük farklar vardır. İnsanın pek çok arkadaşı olabilir, dostuysa parmakla gösterilecek kadar azdır. Önce arkadaşını seçersin, sonra da dostluk çizgisini aşabilirse, ona 'dostum' dersin. Önemli olan bu aşamayı iyi saptayabilmek. Önce kendisiyle, sonra gördüğü herkesle barışık prensesimin çevresi kısa zamanda dolacaktır, bundan eminim. Asla yalnız kalmaz senin gibiler. Yanlış seçimlerle incinmeni istemem, anlatmak istediğim bu."

Üstü kapalı bir biçimde, kendince uyarıyor beni. Cinsiyet ayrımı yapmadan arkadaş seçimini vurgularken, olası beraberliklerimin sağlam temellere dayanması gerektiğini, o şirin üslubuyla ne de güzel anlatıyor.

Canım babam benim, bunları düşünmek için henüz çok erken. Önümde uzun bir öğrenim dönemi var. Sonrası zamana kalmış. Şimdilik Ferda'nın, can arkadaşımın varlığı yeter de artar bana.

3

Fakültedeki ilk yılımın yaşamımdaki en sorunsuz, en keyifli, kendimi alabildiğine özgür hissettiğim tek zaman dilimi olduğunu çok sonraları anlayabileceğim ancak...

Ferda'nın varlığıyla renklenen ilk öğrencilik günlerim, ayağımı yerden kesecek kadar hareketli, hızlı ve güzel geçiyor. Bu durumda, okulumuzun İşletme Mühendisliği Kulübü'nün büyük payı olduğu, yadsınamaz bir gerçek.

Kulüple, ilan panosundaki bir yazıyı okuyarak tanışıyoruz:

"Bu yıl İTÜ İşletme Mühendisliği'ne yeni kayıt yaptıran arkadaşları kulüp odamıza bekliyoruz. Sizlerle birlikte yapacağımız çalışmalar bizler için büyük önem taşıyor.

Tarif etmek gerekirse, Maçka'da İşletme Fakültesi'nin Maçka yokuşu tarafında kalan kapıdan girdiğinizde, sola dönünce, İMK kulüp odamızı görebilirsiniz.

Siz yeni gelen arkadaşlarımıza buradan tekrar 'hoş geldiniz' demek istiyoruz."

Ferda'yla beraber ilk kez kulüp odasına girerken, hafiften bir ürkeklik var üzerimizde. Ama bizi öylesine sıcak karşılıyorlar ki, üzerimizdeki tutukluk gömleğini kapının eşiğinde bırakıp oradaki herkesle yılların arkadaşlarıymışız gibi, çarçabuk kaynaşıveriyoruz. Sonrasında da, kantinin yan tarafındaki bu oda, günün her saatinde bizlere kucak açan buluşma noktamız oluyor.

Aynı çatı altında iki kulüp var. İşletme ve Endüstri kulüpleri. Odaları yan yana. Tümü öğrencilerden oluşan; başkan, başkan yardımcıları, genel sekreter, denetim kurulu ve üyeleriyle ciddi yüzlü bir kuruluş gibi dursa da, cıvıltılı yönü ağır basıyor. Mesleki seminerler, konferanslar ve eğitim programlarının yanı sıra sinema gösterileri, konserler, söyleşiler, eğlenceli partiler, değişik konulardaki turnuvalarla derslerden arta kalan zamanı en iyi şekilde değerlendirmeyi hedefliyorlar.

Kampusun içinde, amfilerde, kulüp odasında, kantinde, bahçede; kısacası okul sınırları içindeki her yerde yapışık Siyam ikizleri gibi bir aradayız Ferda'yla. Aslında, "yapışık üçüzler" demek daha doğru olacak. Yanımızda Bursa'dan kalkıp buralara okumaya gelmiş bir de Emre'miz var çünkü. Ferda'nın dershane arkadaşı. Henüz adı konmamış bir birlikteliği paylaşıyorlar. Benim pek onaylamadığım, erken bulduğum bir birlikteliği...

Karşı olduğum, Emre değil! Bu kadar erken bir devrede başlayan yakınlaşmanın uzun yıllar içinde alabileceği şekil belirsiz. Ya bozuşurlarsa... Aynı çatı altında, aynı sınıfta yaşanabilecek tatsızlıklar gözümü korkutuyor. Bunlardan hiç söz etmiyorum Ferda'ya, yanlış yorumlayabilir. Sessizce izlemekten, arkadaşımı üzecek gelişmelerin yaşanmamasını dilemekten başka bir şey gelmiyor elimden.

Kabul etmeliyim ki, çok iyi yönleri var Emre'nin. Her şeyden önce son derece iyimser. Ferda'nın, en ufacık bir olumsuzluk karşısında sergilemesine alışık olduğumuz sızlanışlarını, önce etkisiz kılıp sonra da beni bile şaşkınlığa düşüren bir beceriyle kahkahaya dönüştürmeyi pek iyi başarıyor doğrusu.

Dershane günleri, ikisinin de unutulmazları arasında baş köşedeki saltanatını hâlâ sürdürüyor, anlata anlata bitiremiyorlar. Ferda, Emre ve Murat... Aynı dershanenin suyunu içmişler. Murat'ın adını da ilk kez, böyle bir sohbetin ortasında, üniversiteye hazırlık döneminin anılarını anlatırken, Emre'nin ağzından duyuyorum. Murat da Bursalıymış, aynı okuldalarmış Emre'yle.

Gözleri ışıl ışıl, "Bir tanısan kankamı," diyor. "Böyle biri gelmemiştir dünyaya. Çevresindeki herkese ışık saçan bir yapısı vardır ama, benim için yaptıkları arkadaşlık sınırlarını kat kat aşıyor; ne yapsam ödeyemem hakkını. Bu okulu kazanmamda bile en büyük pay onun. Evini bana açmasa, İstanbul'daki bir dershaneye kayıt yaptırmak aklımın ucundan bile geçmezdi."

Sonra da ayrıntılarını anlatıyor. Beraber ders çalışmalarını, aynı evi paylaşmanın keyfini... Üstünkörü dinliyorum, duyduklarım pek ilgilendirmiyor beni. Emre'nin son cümlesine kadar...

"Bizim gibi hazırlık okuyacak değil ya. Murat Sultan o! Alkanlı Holding'in biricik veliahdı."

İşte bu sözler, beni çileden çıkarmaya yetiyor!

"Sahi, nerede bu çocuk? O da bizim bölümü kazanmamış mıydı?" diyorum, aniden oluşuveren öfkemi kendim bile yadırgayarak.

"Kazanmıştı kazanmasına ama... İngiltere'ye gönderdi babası. TOEFL sınavını geçip gelecek yıl tepeden inme, işletmeye başlayacak."

İçim bulanıveriyor.

"Klasik bir 'şımarık, zengin çocuğu' tablosu!" diyorum dişlerimin arasından.

"Öyle deme!" diye panter gibi atlıyor Emre. "Aynı olanaklara sahip herkesin yapacağı bu. Sen olsan, buralarda sürüneceğine, İngiltere'de keyif çatarak dil öğrenmeyi yeğlemez miydin?"

"Asla! Kendi emeğimle, bileğimin hakkıyla elde etmediğim, benimle eşit şartlarda olanların ulaşamayacağı böyle ayrıcalıklı konumlar bana göre değil. Arkadaşına bol şanslar. Baba parasıyla nereye kadar gidebilirse artık..."

"Dur hele Aslı," diye araya giriyor Ferda. "Murat'ı tanısan böyle konuşmazdın inan ki. Gerçekten de harika biridir o."

Bana ne, gibisine omuz silkiyorum. Ama Emre, susacak gibi değil. Anlatıyor da anlatıyor, göklere çıkarıyor arkadaşını. Etiler'de bir evleri varmış Muratların. Yıl boyunca, hafta sonları Bursa'dan gelip beraberce dershaneye gitmişler.

Bunları duymak, öfkemi daha da artırıyor.

"Bu ne lüks böyle!" diye haykırıyorum. "Bursa'da dershane yok muydu?"

"Olmaz mı? Ben, kaydımı yaptırmıştım bile. Ama Murat'ın babası, buradaki dershaneyi ayarlayınca, arkadaşını yalnız bırakma, diye rica ettiler."

"İngiltere'ye de götürseydi seni," diye sinirle gülüyorum. "Oralarda yalnız kaldı zavallıcık."

"Yalnız kalmaz o!" diye gülüyor Emre de. "Daha doğrusu, yalnız bırakmazlar. Öylesine de yakışıklıdır arkadaşım..."

Sıkılıveriyorum.

"Konuyu daha fazla uzatmanın anlamı yok," diye kalkıyorum yerimden. "Fazla bile konuştuk. Bu tür insanlarla hiçbir ortak yanım olamaz benim."

"Bu kadar kesin konuşma Aslı! Biricik kankamı yüzünü bile görmeden, tanımadan, yargısız infazla dışlayıvereceğini söylemiyorsun, umarım."

"Nasıl istersen öyle düşün," diye arkamı dönüp uzaklaşıyorum yanlarından.

(O anda birisi çıkıp, "Elinin tersiyle tek kalemde silip attığın Murat, zaman içinde yaşamındaki en önemli kişi ve en önemli dönüm noktası olacak," deseydi, ne düşünürdüm acaba?)

✣ ✣ ✣

Okul çatısı altında, İşletme Kulübü'nden sonra en sevdiğim yer kantin. Ders saatleri dışındaki zamanımızın çoğu burada geçiyor. Bir şeyler yiyip içmenin, gruplar halinde paylaşılan sohbetlerin yanı sıra, kıran kırana tavla maçları da yapılıyor. Diğer okullarda da tavla oynanır mı, bilemiyorum; ama bu durumdan son derece memnunum.

Henüz ilkokul yıllarında babamdan öğrendiğim ve çok sevdiğim tavlanın, çekirdekten yetişme, biraz da hırslı bir oyuncusu olduğumu söyleyebilirim. En olmayacak yerlerde taş kırmaya, rakibimi kızdırmaya bayılırım. İtiraf etmeliyim ki, şansım da iyidir bu oyunda. Sonuç olarak, karşıma çıkacak kişiye kök söktürürüm.

Ferda'nın tavlayla arası pek iyi değil, bizim zorumuzla yeni yeni öğreniyor. Emre'yle yaptığımız kıran kırana maçları izlerken gönülsüz. Zavallı Emre ise, çayına kahvesine, diye başlanan her oyunun sonunda, elini cebine sokmak zorunda kalıyor.

İşletme Kulübü'nün etkinlikleri arasında tavla turnuvası düzenlemek de var. İddialıyım! Şu ana kadar oynadığım oyunlarda kimseye yenilmedim henüz. En dişli çıkan rakibim Barış oldu. O da bizim sınıfta. Neşeli, esprili, girdiği her yere gülücükler taşıyan şipşirin bir genç. Tavlayı da iyi oynuyor, ama benim kadar değil. Yenilse de yüzünü asmaması, hatta bundan mutluluk duyar gibi, beni ve oyunculuğumu göklere çıkarması hoşuma gidiyor.

Ancak Ferda, beni uyarmakta gecikmiyor.

"Bu çocuğun aklı sende," diyor. "Dikkat et, biz neredeysek hemen yanımızda bitiyor."

Gülüp geçiyorum. Ferda-Emre-Aslı üçlüsüne yeni katılımlara karşı çıkışlarının nedeni, şu anda İngiltere'de keyif çatan sevgili arkadaşlarına yer kalmayacağı korkusu olmasın sakın...

Nedense böyle bir saplantı oluştu bende. Hem Ferda, hem de Emre, daha tanışmadan, Murat'la beni kaynaştırmak için sözleşmiş gibiler. Gerçi o tartışmalı günün ardından, Murat'ın adını ağızlarına daha az alıyorlar ama... Bu bile uyguladıkları taktiğin gereğiymiş gibi geliyor bana.

Zaman zaman, durumu abartıyorum, diye kızıyorum kendime. Araya kilometreler girmiş, özlemişler arkadaşlarını. Geleceği günü hayal ederek, özlemlerini dile getirmelerinin neresi kötü ki?

Mantıklı bakınca, haksız olan benim. Gene de içgüdüsel bir savunma halkası yaratmaktan kendimi alamıyorum. Barış'ın tavla oynama önerilerini hiç geri çevirmeyişim de bundan kaynaklanıyor galiba. Murat'ın karşısında farklı bir seçeneğim olsun, diye. Sınırlı, ileriye dönük beklentiler içermeyen, sıcacık bir arkadaşlık bizimki. Barış da bu kadarını fazlasıyla hak ediyor zaten.

Ancak, Ferda'yı haklı çıkaracak küçücük bir gelişme, Barış konusunda daha dikkatli olmam gerektiğini fısıldıyor bana.

İkinci yarıyılın son günleri... Tatile girmek üzereyiz. Birkaç kez Maçka Parkı'na gidip çay içmemizden ve kantindeki oyun keyfini paylaşma yoğunluğumuzdan cesaret alan Barış, yaz tatilinde görüşüp görüşmeyeceğimizi soruyor.

O kadar da değil arkadaşım! Eski dönemi ileriye taşımamızı gerektirecek ne yaşadık ki? Hem... Yeni bir ders yılına kuşlar kadar özgür kanat açmak gibisi var mı?

4

Elimde öğrenci işlerinden aldığım, İşletme Mühendisliği'nin sekiz yarıyıllık ders programı, kantine doğru yürüyorum. Ferda'yla Emre, karşıda pencerenin önündeki masada, kalabalık bir grubun ortasında oturuyorlar.

"Şuna bakın hele," diye kâğıt tomarını masanın üzerine fırlatıyorum. "Bölüm dersleri başlayacak, diye hiç heveslenmeyin! Birinci sınıfta matematik, fizik, bilgisayar, teknik resimle idare edeceksiniz arkadaşlar. Ha... Avuntu niyetine, bir de fizik laboratuvarı dersi var; ikinci dönemde de kimya ekleniyor. Anlayacağınız, meslek dersleriyle buluşuncaya kadar birkaç fırın ekmek yememiz gerekecek."

"Ne var bunda?" diye kâğıtlara uzanıyor Ferda. "Temeli sağlam kuracaklar ki, üzerine inşa edilecek bina sağlam olsun. Acelen ne kızım? Yavaş yavaş, alıştıra alıştıra geçiş yapacaklar besbelli."

"Matematiğe karşı çıkmıyorum," diye inatla savunuyorum görüşümü. "Ama fizik ve kimyanın işletme bölümüyle ne ilgisi var? Hangi işletmeci okuduğu fizik ve kimya derslerinden meslek hayatında yararlanabilir ki? Anlayanınız varsa, bana da anlatsın."

"Fizik, kimya ve matematik, fen bilimlerinin sacayağıdır," diyor gruptakilerden biri. "Benzer biçimde tıp, diş hekimliği, veterinerlik ve eczacılık fakültelerinde de okutulur bu dersler. Açılımı

'Fizik, Kimya, Biyoloji' olan FKB sınıfını duymadınız mı hiç? Onlar da matematiğe itiraz edebilir ama, şimdiye kadar bu duruma karşı çıkan tek bir doktor adayı görmedim ben."

Kulaklarıma çarpan seste alaycı bir tını mı var, yoksa bana mı öyle geldi, bilemiyorum. Sesin sahibine doğru döndüğümde şaşkınlığım daha da artıyor. Bugüne kadar hiç görmediğim, tanımadığım biri var karşımda.

"Bu ateşli tartışmanın arasına gireceğim için üzgünüm," diyor Emre. "İzin verirseniz tanıştırayım. Murat... Ve Aslı..."

Daha öncesinde, Murat'ın adını ilk duyduğumda beynimde filizlenen tüm olumsuz görüşler birdenbire ayaklanıveriyor. Şımarık, züppe, baba parasıyla caka satan... Bunlar yetmezmiş gibi; çokbilmiş, hatta küstah!...

Gönülsüzce uzattığım elimi sıkarken, gözlerinin içine kadar gülüyor. Gülen insanları hep sevmişimdir ama, bu kez durum farklı. Gülüşünün içtenliği hakkında kuşkularım var çünkü. Alaycı tavrının dışa yansıması olabileceğini düşünmek, öfkemi daha da artırıyor. Elimden geldiğince doğal davranmaya, aldırmaz görünmeye çabalasam da başaramıyorum galiba.

Aynı alaycı gülüşüyle, "Sanırım güne kötü bir başlangıç yaptınız," diyor Murat. "Yoksa, hepimizi ilgilendiren bir ders programını bu kadar sorun etmeye değer miydi?"

"Yoo," diye dudak kıvrımlarından dökülen gülüşe aynı alaycı tavırla yanıt veriyorum. "Günüm harika başladı, ama gelişmelerin alacağı seyri önceden kestiremiyor insan."

Daha ilk dakikada sergilemeyi başardığımız didişme tablosunun, Ferda'yla Emre'nin yüzüne üzüntü olarak yansıdığını görebiliyorum. Aynı yakınlıkta oldukları arkadaşları, tanışır tanışmaz tartışmaya başlıyorlar... Üzülmeyip de ne yapsınlar?

Hemen toparlanıveriyorum. Arkadaşlarımın hatırına, "Hoş gelmişsiniz," diye gülümsüyorum Murat'a. "Ayağınızın tozuyla iyi bir başlangıç yaptınız doğrusu."

"Amacımı aştımsa bağışlayın," diye barış çubuğu uzatıyor o da.

Birden, ona haksızlık ettiğim hissine kapılıyorum. Emre haklı, peşin hüküm benimkisi. Beynimin kıvrımlarındaki olumsuzlukları ayıklayınca, hiç de itici görünmüyor gözüme Murat. Tam tersi, alabildiğine sevecen ve sıcakkanlı. İtiraf etmeliyim ki, çok da yakışıklı. Atletik bedeni, diri duruşu, düzenli olarak spor yaptığını düşündürüyor. Gülerken sağ yanağında beliriveren minik gamze, düzgün ve sert yüz hatlarını yumuşatmak, suratındaki ciddi ifadeyi dengelemek için orada sanki. Kömür karası gözleri, teninin üzerinde iki ateş parçası gibi yanıyor.

Yumuşayan havayla beraber, biraz önceki gerginliğin üzerine ilaç gibi gelen keyifli bir sohbetin ortasında buluyoruz kendimizi. İngiltere'den söz açılınca, Murat'ın yüzünden belli belirsiz bir gölge geçiyor. Konuşmak, oraları anlatmak istemiyor sanki. Emre'nin üstelemesi, diğerlerinin de ısrarıyla Londra'daki dil okulundan bir anısını anlatıyor.

"Yıl sonu sınavlarının ardından, kampusta, çeşitli ülkelerden gelen öğrenci gençler için bir şenlik düzenlenmişti. Orada, Nâzım Hikmet'in bir şiirini okudum..."

Birden irkiliyorum. Nâzım Hikmet ve Murat... Aralarında hiçbir benzeşme, yakın ya da ortak bir nokta düşünemiyorum nedense. Önce annemle babamın, sonra da onları dinleye dinleye benim en büyük tutkum haline gelen Nâzım Hikmet'in şiirini, gurbet ellerde yabancı gençlere okumuş Murat! İnanılır gibi değil.

"Türkçesini değil tabii," diye gülerek ekliyor. "İngilizceye çevirerek okudum şiiri, bayıldılar."

"Bize de okursun artık," diyor Ferda.

Hiç nazlanmıyor Murat. Yumuşacık, kadife gibi bir ses tonuyla, Nâzım Hikmet'i, daha önce hiç duymadığım dizeleriyle yüreklerimize taşıyor.

"Gelmiş dünyanın dört bir ucundan
Ayrı dilleri konuşur, anlaşırız
Yeşil dallarız dünya ağacından
Gençlik denen bir millet var, ondanız."

"Büyüksün abicim!" diyor Emre. Bir yandan da; nasıl, dediğim kadar yok muymuş, der gibi bana bakıyor.

Bakışlarımı kaçırıyorum Emre'den. Ama, kabul etmeliyim ki, şiirsellik içeren şu kısacık süre, Murat'ı kafamda bambaşka bir konuma oturtuyor.

Ardından, daha neşeli konulara; anlatırken gamzesini iyice ortaya çıkaran, güldükçe yüzünde güller açtıran, keyifli anılara atlıyor Murat.

"Gençlik festivalinde, gruplar kendi ülkelerine ait özgün yemekler hazırlıyorlar... En yabancı olduğum konu. Ne bilirim ben yemek yapmayı? Neyse ki arkadaşlarla ortak çalışacağız. Ev arkadaşım Halil 'kısır' yaptı, yeşilliklerle süsledi; yüz akımız olarak masanın ortasına oturttu. Bir de un helvası karalım, dedi. Sözüm ona en kolayı buymuş! İngilizlerin tuzlu tereyağını eritip unu kavurduk. Göz kararı suyunu, şekerini boca ettik. Kaplıcalardaki yosunlu çamur gibi bir kütle çıktı ortaya. Şifadır, diyerek servis tabağına koyup yabancı arkadaşlarımızın beğenisine sunduk. Onlardan önce, bir tadayım, dedim. Rezalet! Hem tatlı, hem tuzlu. Tuzla şeker, amansız iki düşman gibi savaşıyorlar ağzımın içinde. Türk grubundan hiçbirimiz, kendi eserimiz olan helvadan tek lokma yemedik. Ama, bu tür karma tatlara alışık Avrupalı arkadaşlarımız bayıldılar. Onları, kırıla kırıla helva kaşıklarken görmek, gurur vericiydi."

Öyle güzel anlatıyor, anlatırken mimiklerini öyle ustaca kullanıyor ki, yaşadıklarının içine alıyor dinleyenini. Konuş, devam et, diyesi geliyor insanın. Olumsuz adımlarla yola çıkan beni bile etkileyebilmesine şaşmamak elde değil.

Tamam, teslim oluyorum!

İyice tanımadan Murat hakkında atıp tutmam hataydı. Madem grup arkadaşı olacağız; en azından Ferda ve Emre'nin hatırına, ona kendini ifade edebilmesi için bir şans daha vermem gerektiğini düşünüyorum.

✣ ✣ ✣

"Düşündüğün gibi çıkmadı, değil mi?" diyor Ferda. "Burnu Kafdağı'nda, kendini beğenmiş, şımarık bir prensle karşılaşacağını sanıyordun. Ama gördün işte..."

Anlamamış gibi, biraz da kızarak, "Kimden söz ediyorsun?" diyorum.

Beni mat etmenin mutluluğuyla, "Kim olduğunu çok iyi biliyorsun!" diye gülüyor.

Kızgınlığım, Murat hakkındaki yanılgılarımdan kaynaklanmıyor. Karşı olduğum, Ferda'nın onu benim gözümde yükseltmeye çalışarak, şu anda asla paylaşmayı istemediğim bir beraberliğe yeşil ışık yakması. Kabul ediyorum, yanıldım. Kafamda yarattığım olumsuz modele uymayan, bambaşka bir Murat'la karşılaştım. Ama bu, ona grup arkadaşlarımdan farklı gözle bakmamı gerektirmiyor.

Ferda'yla Emre'nin kafasında neler olduğunu az çok kestirebiliyorum. Murat ve ben, onlar gibi sevdalı bir ikili oluşturursak, işleri kolaylaşacak. Bu yüzden de aynı fotoğraf karesine sığdırmaya çabalıyorlar bizi. Dördümüzün birden yer alacağı, önceden kurgulanmış, yapay bir film senaryosu... Ne var ki verecekleri rol bana uymuyor. Zorlamayla olmaz bu işler.

Aslında, her geçen gün daha da ısınıyorum Murat'a. Tanıdıkça, başkalarında olmayan farklı özelliklerini keşfettikçe, ona karşı içten içe gelişen hayranlığım artıyor.

Ailesinin zenginliğini asla vurgulamayışı, arabası olduğu halde okula -benim gibi- dolmuş ya da otobüsle gelmesi, paranın bazı insanlar üzerine gömlek niyetine giydirdiği yapaylığın zerresini taşımaması, olumlu yönleri. Çevresindekilerle kısa sürede kaynaşmayı da çok iyi beceriyor doğrusu. Dün bir, bugün iki, İşletme Kulübü'nün vazgeçilmez bir üyesi oldu. Gözlerinin içinden taşıp karşısındakini sarıp sarmalayan sevecenlik de herkeste rastlanan bir özellik değil.

Hepsinden önemlisi, şiire tutkun! Dilinde dizelerle dolaşıyor. Yalnız bu bile, onu kendime yakın hissetmem için yeterli bir neden. Ama sonuç olarak, grup içinde yeni yeni sevmeye başladığım, sıradan bir arkadaş benim için.

Murat'la karşılıklı barış rüzgârları estirirken, beklenmedik bir gelişme, gevşemeye yüz tutmuş buzdan duvarları yeniden örüyor aramıza.

O sabah Ferda'yla beraber geliyoruz okula. Murat'la Emre bizden önce gelmişler. Kantinde oturmuş tavla oynuyorlar.

"Fizik dersi boş," diyor Emre. "Gelin oturun. Çaylar kankamdan! Hele bir ifadesini alayım..."

"Çayların kimden olacağı, oyunun sonunda belli olur," diye gülüyor Murat. "Yuvadan uzaklara düştük diye tavlayı unuttuk mu sanıyorsun?"

Geçip oturuyoruz. Ferda'nın ilgisiz tavrına karşın ben, tavlanın içine düşeceğim neredeyse. Merakım, Murat'ın bu konudaki ustalık derecesi.

Kabul etmeliyim ki, çok iyi oynuyor. Ama, tavladaki alışılagelmiş bıçkın tavırların zerresi yok üzerinde; karşısındakini üzmek, kızdırmak adına tek söz çıkmıyor ağzından. Konuşan hep Emre.

"Kolunun altına vereceğim tavlayı," diyor. "Bir yıllık çay paramı peşin öde, istersen. Yalnız bugün değil, her gün yeneceğim çünkü seni."

Ne var ki, yenilen Murat değil, kendisi oluyor. Yerinden kalkıp kös kös çay almaya giden de.

"Yiğidin hakkını teslim edeceksin arkadaşım," diye boynunu büküyor Emre, çay tepsisini masaya bırakırken. "Tavlanın tüm inceliklerini ondan öğrenmiştim zaten."

Gözbebeklerinde ışık tomurcuklarına dönüşmüş gülüşü, yanağında beliriveren sevimli gamzesiyle, aldığı sonuçtan, hele hele Emre'nin son sözlerinden pek memnun olduğu anlaşılıyor Murat'ın. Üzerimde yarattığı etkiyi ölçmek ister gibi, bana bakıyor. Ve bilmeden, benim damarıma basacak, öfkeden çıldırmama neden olabilecek sözcükler dökülüyor dudaklarından.

"Erkek oyunu dediklerine bakma sen. İlgili olduğunu gördüm, biz oynarken dikkatle izliyordun. İstersen sana da seve seve tavla öğretebilirim."

Başım fırıl fırıl dönmeye başlıyor o an. Beynim, kulaklarımda yankılanan sözleri algılamayı reddediyor. Bu, bana yapılabilecek en büyük hakaret!

Bir oyun aldı diye, kasım kasım kasılarak, okul çatısı altında karşısına çıkacak rakip bulamayan tavla ustasına ders vermelere kalkmanın âlemi var mı?

İlk şaşkınlığı atlatmakta epey zorlanıyorum. Ama dilim, gereken yanıtı verebilecek güçte.

"Bana ders vermek ha!" diyorum alaycı bir gülüşle. "Öğrenmenin yaşı ve sınırı yoktur Murat Bey. Tavla konusunda eksiklikleriniz olursa, ben de size seve seve yardım etmeye hazırım."

"Ah be kankacığım," diye araya giriyor Emre. "Aslı'ya edilecek laf mıydı? Savaşta bile söylenmez bu kıza bunlar..."

"Öyle valla," diyor Ferda da. "Bugüne kadar yenildiğini görmedim arkadaşımın."

"Özür dilerim," diye şaşkınlıkla geveliyor Murat. "Sanmıştım ki..."

Fırlayıveriyorum yerimden, sözlerinin sonunu bekleyecek değilim. Kitaplarımı kaptığım gibi kapıya doğru yürürken, Barış'la burun buruna geliyoruz.

"Ne oldu? Şeytan çarpmış gibi bir halin var..."

"Öyle de denebilir," diyorum, azalacağına gitgide artan öfkemle.

"Dur bakalım, gel şöyle otur hele. Ne derdin varsa anlatırsın."

Kapıya yakın, boş bir masaya oturuyoruz.

"Ne oldu?"

Gülmeye başlıyorum birden, biraz önce yaşadıklarım komik görünüyor gözüme. Ne suçu vardı ki Murat'ın? Nereden bilecek, kız başıma tavlada rakip tanımadığımı?

Ben anlattıkça Barış'ın yüzündeki gülümseme daha da genişliyor.

"Delisin sen!" diyor. "Altı üstü bir oyun. Bu kadar kaptırma kendini. İddialı olmanın da bir sınırı var."

Haklı. Her zamanki halim işte! Bir anda parlayıp öfkenin zirvesine tırmanan, ardından da fırtına sonrasındaki deniz gibi, aynı hızla yatışıveren çılgın Aslı...

"Bunun üzerine sıkı bir tavla maçı iyi gider," diyor Barış. "Ne dersin, oynayalım mı?"

"Hastaya ilaç sorulur mu?" diye gülüyorum.

Oyuna başlıyoruz. Her zamankinden de hırslıyım bu kez. Çünkü karşımda Barış değil, Murat var sanki. Acımasızca kırıyorum taşlarını, zar tutmasın diye fincanın içinde sallatıyorum taşları... Sonuç: 5-1.

"Yatıştın mı biraz?" diyor Barış. "Çayına oynadık ama, kahve içelim istersen. Kafein, kendine getirir seni."

Murat'ın, uzaktan uzağa bizi izlediğinin farkındayım. Oyunun bitiminde kahveyi almaya gidenin Barış olmasının anlamını da çok iyi biliyor: Galip gelen benim!

Derin bir soluk alarak arkama yaslanıyorum. Barış'ın getirdiği bol köpüklü Türk kahvesini, birkaç cephede zafer kazanmış kumandan edasıyla, keyifle yudumluyorum.

✣ ✣ ✣

Sabah uyandığımda, bir gün önce yaşadıklarımı getiriyorum gözümün önüne. Yaptığım çıkışlar öylesine abartılı ve anlamsız geliyor ki...

Neden böyleyim ben? Öfkelerimi daha ılımlı bir biçimde yansıtamaz mıyım karşımdakilere? Olmuyor işte, yapamıyorum. Boş yere kırıyorum insanları.

Kendimi psikolojik yönden, özeleştirisel bir mercek altına alıyorum... Bu davranış biçimim, evdeki prensesliğimi içgüdüsel olarak dışarıda da sürdürme çabasından mı kaynaklanıyor acaba? Sosyal sınıf farklılıklarına şiddetle karşı çıkan, parasal ayrıcalıkları geri planda, gözlerden uzak tutmaya özen gösteren ben; girdiğim her ortamda, yakın çevremdekilerden gördüğüme benzer, duygusal bir şımartılma bekleyişi ve arayışı içinde miyim?

Yanlış yoldasın Aslı! Toparlan ve kendine gel. Aynı çatı altında buluştuğun insanlardan farklı ya da üstün ne özelliğin var ki senin?

Yaptığım bu kişisel sorgulamanın ışığında, çevremdekilere karşı daha hoşgörülü bir yaklaşım sergilemeye kararlı, iyimser bir ruh haliyle gidiyorum okula. Önceki günlere göre daha güler yüzlü, daha sevecen...

Sabahtan öğlene kadar teorik dersler, öğleden sonra da fizik laboratuvarı... Yoğun ve yorucu geçen günün ardından, kantinde bizimkilerle buluşuyoruz.

"Sinemaya gidelim mi?" diyor Emre.

Murat'ın gözü üzerimde. Ben, "gelirim," desem, o da "evet" diyecek. Hâlâ dünkü yaşananların etkisinde, süklüm püklüm, vereceğim kararı bekliyor.

"Siz gidin," diyorum. "Sabahki ders notlarını temize çekeceğim ben."

"Sen gel bari," diyor Ferda, Murat'a.

"Kalabalık etmeyelim," diye gülüyor Murat. "İkili paylaşımla daha iyi izlenir filmler."

Ferda'yla Emre'nin arkasından, suskunluk çöküyor üzerimize. Ben ders notlarını temize çekiyorum, Murat'sa yanımızdan geçenlerle ilgilenir görünüyor, gelene gidene selam verip kısa sohbetler yapıyor. Sonunda, sabrı tükenmiş gibi, "Bırak şunu!" diyor. "Derste tuttuğu notu temize çeken başka birini gördün mü sen? O haliyle okuyup çalışamıyor musun?"

Çalakalem tuttuğum kargacık burgacık notlarla temize çektiğim inci dizisi yazıları yan yana koyuyorum.

"Bu zahmete değmez mi sence?"

Gözlerini kısıp dikkatle yüzüme bakıyor.

"Her şey dört dörtlük olacak, öyle mi? Hiçbir eksik, aksayan en ufacık bir nokta kalmamalı yaptığın işte. Eskilerin 'mükemmeliyetçilik' dedikleri saplantı türü, bu olmalı. Her konuda böyle misindir sen?"

"Aşağı yukarı... Düzenli olmanın ne zararı var ki?"

"Zararı yok ama, sınırı iyi saptanmalı. Genelleştirecek olursak, yaşamının diğer sayfalarında da bu denli titizlenmek yorar seni, soluksuz bırakır."

Sıradan bir ders çalışma yönteminin, birden şekil değiştirmesinden ve kişilik özelliklerime yönelmiş bir eleştiri yumağı haline gelmesinden hoşnut değilim.

"Yorulmamak ve soluksuz kalmamak için böyle davranıyor olamaz mıyım? Benim rahat olma yöntemim de bu, belki."

Üzerime fazla gelmiş olmanın huzursuzluğuyla, konuyu yeniden ders notlarına çeviriyor.

"Çok işin var mı daha?"

"Az kaldı, son iki sayfa."

Yüzünde gülmekle gülmemek arası, mahcup bir ifadeyle soruveriyor.

"Bitince, tavla oynar mıyız?"

Bir gün öncenin özrü mü bu? Ya da iddiası dillerde dolaşan Aslı Hanım'ın oyun yeteneğini sınama isteği...

Hangi nedenle olursa olsun, denenmeye değer. Ani bir kararla önümdeki defteri kapatıveriyorum.

"Tamam, ben hazırım."

Biraz çekinerek, "Ama, burada oynamayacağız," diyor. "Üst kattaki kantine çıkalım."

Neden, ne gereği var, gibi soruları kendime saklayıp ayağa kalkıyorum.

"Hadi bakalım, hodri meydan!"

Üst kattaki kantin daha çok, ileri sınıftaki öğrencilerle asistanların tercih ettiği bir yer. Biz çömez öğrenciler alt katta daha rahatız. Ama söz konusu Murat Bey olunca, işler değişiyor. Yaptığı bu seçim bile, onun da en az benim kadar mükemmeliyetçi ve titiz olduğunun göstergesi; ne var ki dışa yansıtmamayı benden iyi beceriyor.

Buraya ilk gelişim. Daha önce, okul binasını gezerken, kapıdan şöyle bir bakmıştım. Özenli dekorasyonu, ahşap masaları, lambrili yüksek bir tezgâhla ayrılmış büfe bölümüyle bizim mütevazı kantinimize fark atıyor haliyle.

Pencere kenarında bir masaya oturuyoruz Murat'la. Oyuna başlamadan, havadan sudan gibi görünen, ancak ilerledikçe derinlik kazanmaya başlayan bir sohbeti paylaşıyoruz. Felsefeye ve şiire olan tutkusunu, bu konulardaki kitaplara düşkünlüğünü anlatıyor bana. Özellikle de Nâzım Hikmet'e olan hayranlığını dile getiriyor.

"Bak işte o konuda yalnız değilsin," diyorum. "Nâzım Hikmet'e ve şiirlerine âşık biri oturuyor karşında."

"Zengin bir şiir arşivim var," diyor Murat. "Dosyalar dolusu şiir... Yanı sıra kocaman bir şiir defteri. Dosya kâğıtlarını ciltleterek özel olarak yaptırdım. Sevdiğim şairlerin en güzel dizeleri... Kendi ellerimle yazdım. Nâzım Hikmet'in az duyulmuş öyle güzel şiirleri var ki..."

"Gerçekten mi? Okumak isterdim doğrusu."

"Hepsini buraya taşımam zor. Ama, parça parça getirebilirim sana."

Garip bir şeyler canlanıveriyor içimde. Yüreğimin atışlarının hızlanması, yüzümde dışa yansımamasına dua ettiğim bir sıcaklık... Nedeni açık: Annemle babamın Nâzım Hikmet şiirleriyle can bulan aşklarını çağrıştırıyor bu sözler.

Kızıveriyorum kendime! Neler düşünüyorum ben böyle? Şiir okumayı seven, hatta birkaç dize karalayabilen, bunları karşısındakiyle paylaşan herkesin birbirine âşık olması mı gerekiyor?

Neyse ki bendeki değişimin ve çalkantının farkında değil Murat.

"Başlayalım mı artık?" diye gülüyor. "Tavlayı getireyim ben."

Tavlayla beraber çaylar da geliyor.

"Kimin kazanacağı belli değil ama, yenilmeden ısmarlamak daha az acı verecek," diyor.

Büyük zarı ben atıyorum, oyuna başlama önceliği bende.

Murat'ın, "Bol şans!" deyişine içten içe gülüyorum. Bakalım bu ince ve kibar hali ne kadar sürecek? Benim, karşımdaki oyuncuyu deli edecek kızdırmalarıma ve kışkırtmalarıma da böyle iyimser karşılıklar verebilecek mi?

İlk attığım zarın ardından, "Düşeş!" diye sevinçle haykırıyorum.

"Oo..." diye gülüyor Murat. "Tavlanın dilini de bilirmiş bizim Aslı Hanım'ımız. Daha önce oynadığım kız arkadaşlarım da oldu ama, şeş'li, yek'li konuşanını ilk kez görüyorum."

"Dur bakalım, daha ne ilkler göreceksin sen..."

Sağlam kapılar alacağıma, onun açık pullarını kırmayı yeğlememi, "gele" atışlarını sevinç çığlıklarıyla karşılamamı, "Zar, bu oyunu bilene gelir abicim," ağızlarıyla bıçkın bir oyuncu tablosu çizmemi pek yadırgamıyor ya da öyle görünüyor. Ancak, ciddi diyebileceğim bir yüz ifadesiyle beni, karşısındaki ele avuca sığmaz Aslı'yı, çözülmesi gereken bir bilmece gibi okumaya, çözmeye çalışıyor sanki. Bakışları yüzümde, duruşumda, ağzımdan çıkan sözcüklerde, her hamlede farklı bir şekle giren bedenimde; benimle taban tabana zıt bir sessizlikle, sakin, efendice, oyununu sürdürüyor.

Üçüncü oyunun sonunda 3-0 galibim.

"Nerede öğrenmiştin sen tavlayı?" diye soruyorum. "Öğretmenin iyi değilmiş. Kurs açmayı düşünüyorum; sen de gel, tekniğini ilerletirsin biraz."

Abartılı sevincimi gülerek, ancak nedenini çözemediğim bir ciddiyetle izliyor.

Ne var ki şansım, yarı yolda bırakıyor beni. Oyun alma sırası Murat'ta. Ardı ardına üç sayı yapıyor. 3-3 oluyor oyun. Kendimi ne kadar frenlemeye çalışsam da kızgınlığımı gizleyemiyorum.

"Görüp göreceğin budur!" diyorum. "İlk oyunun hatırına, avans verdim sana."

Dediğim gibi de oluyor. Canımı dişime takıp Murat'ı mars ederek bitiriyorum oyunu: 5-3.

"Tebrikler!" diyor. "Kazandın... İzninle bir şey sormak istiyorum. Varsayalım ki oyunu ben aldım. Ne yapardın? O zaman, bu büyük coşkunun yerinde aynı güçte bir kahroluş mu olacaktı?"

"Benim oyunlarımda böyle bir seçenek yok! Kazanan değişmez."

Gözlerini gözlerime dikip etkileyici bir ses tonuyla tane tane konuşuyor.

"Şunu merak ediyorum Aslı, gerçek yaşamında da böyle misin sen? Kazanan, hep sen mi olmalısın? Kendi kazanımın dışında hiçbir seçeneğe şans tanımamak, saplantı anlamına gelmiyor mu?"

"Ne o, sorguya mı çekiyorsun beni? Oyunda yaşananların gerçek yaşamla ne ilgisi var ki?"

"Oyun, deyip geçme. Beylik laftır, bilirsin; insanların kişiliklerinin ortaya çıktığı üç yer vardır, derler. Yolculuk, içki masası ve kumar."

"Çayına oynuyoruz diye, kumardan mı sayıyorsun tavlayı?"

"Kendin söyledin işte, küçük de olsa bir şeylerin karşılığında, kazanmak için oynuyorsun. Az ya da çok, parasal değeri fark eder mi?"

"Tavlayı asla kumar olarak düşünemem ben! Kazanan tarafın aldığı ödül, desek; daha doğru olmaz mı?"

"Dediğin gibi olsun. Kutlarım, gerçekten iyi oynuyorsun. Ama kendini bu kadar kaptırmanı yadırgadım açıkçası. Yaptığın her hamlede mutluluğunu, acını, sevincini, coşkunu, öfkeni de dışa yansıttığının farkında mısın? Hem de gerçek yaşamda yansıtamadığın kadar somut bir biçimde."

"Felsefeyi sevdiğini söylemiştin ama, psikolojiden hiç söz etmemiştin. İşletmeci olmak yerine, psikiyatr ya da psikolog olmayı düşünmedin mi hiç?"

"Felsefe, psikoloji ve mantık... Bir bütünün ayrılmaz parçaları! Hepsi de benim ilgi alanımın içinde. Ancak, bir insanı değerlendirmek için ille de psikiyatr ya da psikolog olmak gerekmiyor. Biraz dikkatli gözlem, yeter de artar bile."

"İlginç! Bir oyunla karşındakini çözebiliyorsan, ne mutlu sana."

"Böyle bir iddiam yok. Vardığım kişisel kanılarla seni kırmayı da asla istemem. Ama, affına sığınarak söylemeliyim ki, çok hırslı bir yapıya sahip olduğunu düşündürdün bana."

"Bak hele... kısacık bir oyundan bunca sonucu çıkarmak, her babayiğidin harcı değil. Hem, hırslı olmanın neresi kötü? Yaşam içindeki en geçerli itici güç, hırs değil midir?"

"İki yüzü keskin bıçak... Ya da hiç ummadığın anda dönüp sahibini tokatlayabilen, acımasız bir el gibidir hırs. Sana da zarar vermesinden korkarım."

"Abartıyorsun bence. Oynadığım oyunu kazanmak istemem suç mu? Herkes az ya da çok, hırsa kapılmıyor mu oynarken?"

"Senin tarzın farklı. Açık oynuyorsun, güzel... Cesaret ister böyle oynamak. Risk almak kolay değildir. Hem oyunda, hem de gerçek yaşamda. Yaptığın her hamlenin doğruluğuna inanırsın, çünkü başlangıçta senin kontrolün altındadır. Ama, karşındaki oyuncunun ya da oyuncuların yapacakları hamleleri de göz önünde bulundurman gerekir. Ne var ki, karşı hamleler senin denetimin dışında gelişir. Bir pulu kırarak rakibini mat edeceğini düşünürken, kırılan ve mat olan sen olabilirsin."

"Karşıdaki oyuncu için de aynı durum geçerli değil mi?"

"Tabii ki. Yaşamdaki hiçbir oyun tek kişilik değildir. Çoğul hamlelerin söz konusu olduğu şartlarda da, pişmanlıkları ve keşkeleri en aza indirgemek için hırs ve risk kavramlarını iyi değerlendirmemiz gerekiyor. Kader, diye bir şey yok bana göre. İnsanların yapı farklılıkları, kaderlerini de şekillendiriyor. Yaşamdaki mutluluk ve acılar, yaşayanın kendi elleriyle yarattığı, kendi özgün eserleri değil mi?"

Murat'ın içinde, daha önce tanımadığım, bambaşka bir Murat görüyor gibiyim. Sözlerinden etkilendim, ama bu durumu içimden bile kabul etmek ağırıma gidiyor.

O da, uzun konuşmasından sıkıldığımı düşünmüş olmalı ki, burada kesiyor söylevini.

"Neyse. Birer çay daha alayım ben. Oyunu kazananın ödülü niyetine... Bu arada, iyi bir tavla dersi verdin bana; sağ ol."

Sen de Murat... Farkında mısın bilmem ama, sen de bana güzel bir yaşam dersi verdin. Ne yazık ki, bu konuda iyi ve başarılı bir öğrenci olabileceğimden emin değilim. Burnunun dikine gitmeyi alışkanlık haline getirmiş bir Aslı, işine geldiği kadarıyla algılar söylediklerini.

Gene de sağ ol. Kulaklarımdan beynime akan her bir sözcük, orada yer edinmeyi ve gerektiğinde çıkarılıp tekrar tekrar anımsanmayı hak ediyor.

5

Ertesi gün, şiir defteriyle tanıştırıyor beni Murat. Buna "defter" demek, ne derece doğruysa! Dört parmak kalınlığında, dosya kâğıtlarının ciltlenmesiyle oluşmuş, devasa bir şey; epey de ağır. Üzerinde yaldızlı harflerle "Şiir Bahçesi" yazılı. Kapağını kaldırmamla, daha da artıyor şaşkınlığım.

"El yazısıyla yazılmış bu!" diyorum hayretle.

"Ne bekliyordun? Daktilo ya da bilgisayar çıktısı sayfalar mı?"

"Evet. Daha kolay olmaz mıydı senin için? Bunca şiiri, iğneyle kuyu kazar gibi, satır satır yazmaya üşenmedin mi?"

"Üşenmedim. Her dizeyi yüreğimde duyarak, şairin hissettiklerinin lirik yansımasını yudumlaya yudumlaya, keyifle yazdım hepsini."

Beni hayrete düşüren diğer nokta, Murat'ın el yazısının güzelliği. Bembeyaz sayfalar üzerinde siyah inci taneleri... Harflere çengeller, uzatmalar ekleyerek, her birine farklı kişilikler kazandırmış sanki.

"Hattat olmalıymışsın sen!"

"Şekil olarak beğendin demek. Bakalım içeriğini nasıl bulacaksın. Hafta sonuna kadar sende kalabilir. Ha... Herkese bu ayrıcalığı tanımadığımı da bilmeni isterim. Şiir bahçemi ilk kez, benim dışımda birisine emanet ediyorum."

"Teşekkür ederim. Emanetine gözüm gibi bakacağımdan şüphen olmasın."

O geceyi Murat'ın şiir bahçesinde geçiriyorum. Sabahın ilk saatlerine kadar...

Bahçenin kapısını araladığımda, ilk sayfada Nâzım Hikmet'in dizeleri karşılıyor beni.

ÖLÇÜ
Sevdiğin müddetçe
ve sevebildiğin kadar,
sevdiğine her şeyini verdiğin müddetçe
ve verebildiğin kadar gençsin.

Her dizeyi içinde hissederek yazdığını söylemişti Murat. Sevmek... Sevdiğine her şeyini verebilmek... Murat'ın ölçüsü de bu mu gerçekten?

Birden, garip bir huzursuzluk kaplıyor içimi. Bu satırları kimin için yazdığı düşüyor aklıma. Bir kez daha okuyorum dizeleri. Bir kez daha... Hemen toparlanıyorum ardından. Bana okumam için verilmiş şiirleri, sahibinin özel yaşamına yakıştırmalar yaparak yorumlamaya hakkım yok.

Gözlerimin önünden akan her sayfa, farklı dünyalara taşıyor beni. Nâzım Hikmet, Cemal Süreya, Attila İlhan, Edip Cansever, Ahmet Hamdi Tanpınar... Ve onların en güzel şiirleri. Kendi beğenisini ve iç dünyasını yansıtan seçkilerle, kişisel ve özgün bir antoloji yaratmış Murat. Söylediği kadar varmış, diye düşünüyorum; gerçek bir şiir sevdalısı o.

"Harikaydı!" diyorum, sabah karşılaştığımızda. "Bu kadar muhteşem olabileceğini aklıma bile getiremezdim, inan."

"Beğendiğine sevindim. Bir de dosyalar dolusu şiir arşivimi görsen..."

"Bir şey sorabilir miyim sana? Şiire bu kadar tutkunsun; okuyorsun, usta şairlerin dizelerini bin bir emekle sayfalara döküyorsun. Ya sen? Sen de arada bir şeyler karalamıyor musun?"

Yanıt vermekle vermemek arasında kararsız, duraklıyor bir an. "Karalamaz olur muyum hiç?" diye gülüyor ardından. "Şair olduğumu iddia edemem ama, şiirle böyle derinlemesine haşır neşir olurken yoğunlaşan duygularımdan taşan damlalar, kalemimin ucundan dökülebiliyorlar. Belki bir gün onları da okuturum sana."

Biraz kararsız, gitgide alçalan sesiyle, fısıldar gibi ekliyor:

"Ya da ben okurum..."

Heyecanlanıveriyorum birden. Murat'tan, kadife gibi yumuşacık ses tonuyla, kendi şiirlerini dinlemek... Harika bir şey bu! Ama, fazla hevesli görünmek işime gelmiyor. İçimdeki sabırsızlığı elimden geldiğince örterek, "Sevinirim," diyorum yalnızca.

O gece, annemle babam salonda çaylarını içerken, usulca sokuluyorum yanlarına.

"Hayrola?" diyor babam. "Bu saatte odandan çıkmazdın sen."

"Dersim bitti; biraz soluklanayım, dedim."

"İyi etmişsin," diyor annem. "Sen de bir bardak çay al kendine."

Gündelik konularla örülü sohbetimizi istediğim noktaya taşımam biraz zaman alıyor.

"Sizin şu şiirleriniz..." diyorum sonunda. "Birbirinize âşık olmanızın temelinde yatan Nâzım Hikmet dizeleri... Onlar dışında, şiir de yazar mıydın sen baba?"

"Yazardım ya," diye gülüyor babam. "Genç olur, delikanlı olur da şiir yazmaz mı hiç? Öyle kayda değer şeyler değildi ama, duygularımın dışavurumunun anahtarıydı onlar."

"Annem için de şiir yazdın mı hiç?"

"Nereden çıktı şimdi bu?" diye araya giriyor annem. Yanakları kızarmış, alev alev yanan gözlerinde mahcup bir ifade. Yıllar sonra bile aynı heyecanı yaşıyor sanki.

Onun çıkışına aldırmıyor babam.

"Yazdıklarımın çoğu annen içindi zaten."

"Peki, o şiirleri okuduğun olur muydu anneme?"

Mahcubiyet sırası babamda. Gözlerini yere indirerek gülüyor, gülüyor, gülüyor.

"Okurdum ya! Açıklanamayan duyguları ifade etmenin, bundan iyi yolu mu olur?"

Bu kez anneme dönüyorum.

"Ya sen? Babamın ağzından şiir dinlediğinde neler hissederdin?"

"İçim erirdi, inan. Erirdi de, pek belli etmezdim eridiğini. Her şiir bizi birbirimize daha da yaklaştırırdı."

Eski günlerini, anılarını ortaya döktürdüğüm için bana minnet duyar gibiler. Sözcükleri birbirlerinin ağzından alarak, o günleri yeniden, aynı coşkuyla yaşıyorlar. Ne güzel... Şiirin gücü, böyle yıllar sonrasına bile uzanabiliyor demek.

Onları anılar yumağının ortasına bırakarak, odama doğru yürüyorum. Murat'ın bana ne zaman şiir okuyacağının merakıyla, içimde kıpırdanan sabırsızlığı kendime bile itiraf etmekten korkarak.

✣ ✣ ✣

Tekrar tekrar teşekkür ederek, Şiir Bahçesi'ni Murat'a geri veriyorum.

"Keşke arşivindeki şiirleri de okuma fırsatım olabilseydi."

"İşte o biraz zor! Hepsini birden getiremem sana. Ama şöyle yapabiliriz... Her gün bir şiir üzerinde anlaşalım seninle; ne dersin?"

"Harika! Her yeni güne şiirle başlamak kadar güzel bir şey olabilir mi?"

Ertesi sabah ilk şiirini getiriyor Murat. Benim için tam bir sürpriz: Şiir Fuzûlî'den!

Şaşkınlığıma gülüyor.

"Divan Edebiyatı'na da hayranımdır ben," diyor. "Özellikle de Fuzûlî'ye! 'Sanat sanat içindir/Sanat toplum içindir' tartışmasının, sanata dönük yüzüdür Fuzûlî. Ve bence aşkı anlatabilen, gelmiş geçmiş en büyük şairdir. 'Aslolan aşktır hayatta, gerisi lâf ü güzaf'(*) diyebilen biri o! On altıncı yüzyıldan günümüze kadar uzanabilmesi de, ne derece güçlü bir kalemi olduğunun göstergesi."

(*) lâf ü güzaf: Boş söz.

Eski dille yazılmış gazelin sözcüklerini çözmeye çalışırken, "Alt tarafında Türkçeleştirilmiş hali var," diyor Murat. "Ama ben, özgün haliyle okumayı severim."

"Anlayabildikten sonra... Herkesten aynı beceriyi bekleyemezsin."

Onun zirvelerde gezinen edebiyat bilgisi karşısında küçüldükçe küçülüyorum. Farkında bile değil bu durumun; kendini kaptırmış, Fuzûlî'nin hayatını, kişiliğini, edebi kimliğini, bu konuda tez hazırlamışçasına ustalıkla sayıp döküyor bana.

"Asıl adı Mehmet Süleyman," diyor. "Fuzûlî'yi sonradan kendisi seçmiş. 'İşe yaramayan', 'gereksiz' gibi anlamlara gelen 'fuzuli' sözcüğünün, diğer anlamının da 'erdem' olduğunu biliyor muydun? Yeri geldiğinde, birbirine taban tabana zıt bu iki anlamdan yararlanabilecek ince bir zekâ ve temelini bireysel duygularla sevginin oluşturduğu özgün bir şiir anlayışı..."

Murat'ın karşısında, edebiyat fakültesinin üst sınıflarında ders dinleyen bir öğrenci gibi hissediyorum kendimi. Edebiyatla uğraşın şiiri sevmekle bitmediğinin, geride öğrenmesi gereken pek çok şey olduğunun bilincinde; usta öğretmeninin bildikleri karşısında biraz ezik, biraz hayran; gönüllü bir öğrenci...

✣ ✣ ✣

Murat beni şaşırtmayı sürdürüyor. Bir sabah Fuzûlî'nin *"Cânı cânân dilemiş/ Vermemek olmaz ey dil"* ya da *"Cânı kim cânânı için severse cânânın sever/ Cânı için kim ki cânânın sever, cânın sever"* dizeleriyle gelirken; ertesi gün Yunus Emre'nin *"Beni bende demen bende değilem/ Bir ben vardır bende benden içeri"* dizeleriyle sesleniyor bana. Böylelikle Murat'ın, Halk Edebiyatı'nı da en az Divan Edebiyatı kadar sevdiğini öğrenmiş oluyorum.

Beni hayrete düşüren bir nokta da, örneğin Fuzûlî'nin şiirini okumakla kalmayıp Divan Edebiyatı'ndaki Fâilâtün'lü, Feilâtün'lü, Mefâilün'lü vezin ölçülerini de ortaya koyabilmesi.

Bu kadarına dayanamıyorum artık.

"Ne işin var senin burada?" diyorum. "Edebiyat fakültesine gitseydin ya. İşletmeci olmak senin neyine?"

"Edebiyatla fen ve matematik, ne kadar ayrı görünüyorlar, değil mi? Oysa, geriye dönüp bakarsan, eski fen ve bilim adamlarının aynı zamanda iyi birer edebiyatçı olduklarını görürsün. İbni Sina, Farabi... Yanlış anlama; adımı onlarla aynı cümlede bile geçiremem. Birbirine zıt görünen dallara da ilgi duyulabileceğini, hatta ölümsüz eserler verilebileceğini örneklemek istedim yalnızca."

İlk kez görüyormuş gibi, dikkatle bakıyorum yüzüne. Görünüm olarak çevremizdeki gençlerden hiçbir farkı yok ama, kafa yapısı, iç dünyası bambaşka.

"Bu kadar bilgiyi bu yaşına nasıl sığdırabildin?" diye soruyorum. "Ellili yaşlarını süren bir edebiyat tutkununun birikimi var sende."

"İşin sırrı, içten ve çok sevmekte. Lise yıllarında edebiyatın, edebiyat dersleri dışında da beni mutlu ettiğini keşfettim. O zamanlar başladı tutkum. İngiltere'deki dil okulunda da iyice pekişti. Londra'ya giderken, yarım bavul kitap vardı yanımda. Yanı sıra internetten indirdiğim dosyalar... Arşivimin büyük bölümünü orada oluşturdum. Onun için de Şiir Bahçesi kadar düzenli değil. Üzerinde çalışıyorum ama. Kısa zamanda istediğim kıvama gelecek."

Bundan kuşkum yok. Öylesine çok emek veriyor ki bu işe.

Bana her gün getirdiği sayfaların çoğu, Şiir Bahçesi'nin tersine, el yazısı değil, bilgisayar çıktısı. Ama üzerine kalemle notlar alınmış, önemli görülen yerlerin altı çizilmiş; her sözcük, her harf tek tek irdelenmiş. Bunları yapan, sıradan bir şiirsever olamaz! Yıllarını bu işe adamış başarılı bir edebiyat eleştirmeni, incelemeci, araştırmacı var sanki karşımda. Ona, verdiği emeğe saygı ve hayranlık duymamak elde değil.

Evet, hayranlık! Ancak, edebiyat sınırları içinde... Şiirde buluşan yüreklerimiz, güzel bir dostluğu paylaşıyor Murat'la.

Bizim bu umulmadık yakınlaşmamıza farklı anlamlar yüklemeye can atan sevgili arkadaşlarımız Ferda ve Emre'ye inat, yalnızca edebiyata gönül vermiş iki iyi arkadaşız biz.

6

Havaların ısınmasıyla beraber kantindeki masaları dışarıya, orta bahçeye taşıyorlar.

Harika bir yer burası! Yeşilin her tonunu cömertçe sunan, küçük çapta bir botanik bahçesi. Yoğun ders saatlerinin ardından, kafa dinlemek için bire bir.

Mayıs ayında yapılması gelenek haline gelmiş bahar şenliğimizi de burada gerçekleştiriyoruz. İşletme Kulübü, şenlik çerçevesinde bir de açık hava konseri düzenlemiş. Henüz isim yapma fırsatı bulamamış, ama gerçekten çok başarılı bir rock grubu konuğumuz olacak.

Böyle ortamlarda tüm arkadaşlarıma eşit uzaklıkta olmaya özen gösteriyorum. Murat hep yakınımda, ama şiirsel paylaşımın yaşanmadığı bu zaman diliminde, biraz mesafeli olmayı yeğliyorum. Özellikle de Ferda'nın, Emre'nin ve Murat'la yakınlığımdan pek hoşlanmadığını hissettiğim Barış'ın gözleri üzerimizdeyken.

Murat'ın davranışları da, aramızda gizli bir anlaşma yapmışız gibi, aynı doğrultuda. Ancak hiç umulmadık, garip bir iletişim oluşuyor aramızda.

Müziğin coşkusuyla gitgide ivme kazanan eğlence temposuna kapıldığım bir an... Başımı kaldırmamla göz göze geliveriyoruz Murat'la. Suçüstü yakalanmış küçük bir çocuk gibi, başımı önüme eğiyorum hemen. Gizliden gizliye izleniyormuşum gibi bir his var içimde. Bu kez de merak ettiğim için, onun olduğu tarafa doğru kayıyor gözlerim. O da, içine doğmuş gibi, başını kaldırıp bana bakıyor.

Birkaç kaçamak bakışta buluşuyor gözlerimiz. Birbirini hiç tanımayan iki kişinin arasında aniden gelişen büyülü çekimin taraflarıyız sanki. Başlangıçta, "rastlantı" diye değerlendirdiğim bu durumu yadırgıyorum. Gözleri üzerimdeyken yüzüme yürüyen sıcaklığı, yüreğimde oluşan garip kıpırdanışı yadırgadığım gibi...

Pazartesi sabahı, derse girmeden önce orta bahçede arkadaşlarla sohbet ediyoruz. Gündemdeki konu, cumartesi günkü bahar şenliği. Herkes pek memnun kalmış.

Murat, amfiden içeriye girerken, kapının önünde durduruyor beni. O günkü kaçamak bakışların ardından, yüz yüze ilk konuşmamız. Elindeki dosya kâğıdını bana uzatıyor.

"Bugünün şiiri," diyor. "Senin için yazdım. Umarım beğenirsin..."

Arşivden alınma, bilgisayar çıktısı bir sayfa değil bu. Murat'ın inci dizisi el yazısıyla can bulmuş bir Nâzım Hikmet şiiri.

Durup dururken içimde bir şeyler kopup tıkıyor boğazımı,
Durup dururken sıçrayıp kalkıyorum yarıda bırakıp yazımı,
Durup dururken rüya görüyorum bir otelde, holde, ayakta,
Durup dururken çarpıyor alnıma kaldırımdaki ağaç,
Durup dururken bir kurt oluyor aya karşı bahtsız, öfkeli, aç,
Durup dururken yıldızlar inip sallanıyor bir bahçede, salıncakta
Durup dururken mezardaki halim geçiyor aklımdan,
Durup dururken kafamda güneşli bir duman,
Durup dururken hiç bitmeyecekmiş gibi bağlanıyorum başladığım güne,
Ve her seferinde sen çıkıyorsun suyun yüzüne...

Kendimi derse vermek ne mümkün! Gözlerim şiirin dizelerinde, öylece oturuyorum.

Halimdeki gariplik yanımda oturan Ferda'nın da dikkatini çekmiş olmalı ki, dersin orta yerinde uzanıp karşı koymama fırsat tanımadan alıveriyor kâğıdı. Yüzünde gitgide genişleyen bir gülümsemeyle şiiri okuyor. Sonra da bin bir imayla yüklü bakışlarla önüme bırakıyor.

Ferda'dan kaçış yok! Dersten çıkınca, koluma yapıştığı gibi, bahçedeki kanepelerden birine doğru sürüklüyor beni.

"Anlat bakalım, neler oldu?"

"Hiçbir şey," diye geveliyorum ağzımda. "Bugün de bir Nâzım Hikmet şiiri getirmiş Murat, hepsi bu."

"Yapma Aslı! En yakın arkadaşından da mı saklayacaksın?"

"Saklayacak ne var ki? Diğerleri gibi bir şiir işte..."

"Yok kızım, bu okula dereceyle girmiş olabilirsin ama, duygusal zekân zayıf senin. Aç gözünü artık! Çocuk sana Nâzım Hikmet'in diliyle aşkını itiraf ediyor; daha ne yapsın?"

"Yanılıyorsun Ferda. Öyle olsa, neden doğrudan söylemesin ki?"

"Çünkü, senden emin değil! Benim bildiğim Murat, duygularına karşılık bulacağından emin olmadan, asla açılmaz. Öyle de gururludur prensimiz."

"Yok öyle bir şey!" diye kestirip atıyorum. "Kendi yazdığın, gerçekleşmesini istediğin senaryoya inanıyorsun sen."

"Dediğin gibi olsun bakalım, benim gözleri aşka kör arkadaşım."

Kafam çok karışık, duygularım daha da beter. Bu durumda, kendimi çözmeyi bile başaramamışken, Murat'ın duygularını nasıl değerlendirebilirim ki?

Ferda'nın söyledikleri gerçek olabilir mi?

"...her seferinde sen çıkıyorsun suyun yüzüne..." derken, bize ait bir şeyler mi anlatmak istiyor Murat?

Bilemiyorum... İçinde bocaladığımız belirsizliği aydınlığa kavuşturabilecek ışığı yakacağıma, son gelişmeleri sıradanlaştıracak bir yaklaşımı yeğliyorum.

"Epeydir Nâzım Hikmet şiiri getirmemiştin," diyorum Murat'a. "Özlemişim. Çok güzel bir şiir, üstelik sevda üzerine. El yazısıyla yazdığın için, ayrıca teşekkür ederim."

Hepsi bu kadar mı, der gibi; sitemli diyebileceğim garip ifade dolanıyor yüzünde. Çarçabuk toparlanıyor.

"Beğendiğine sevindim. Bu arada... Nâzım'ın uzun süre, inatla, sevda şiiri yazmadığını biliyor muydun? Dava adamı ya... Hep o konularda eser vermiş önceleri. Yürek, sözcüğünü bile kullanmamış şiirlerinde. Yürek aklın değil, duyguların sembolü, diye. Sonrasında dayanamamış, sevdalarını da dökmüş satırlara. Öylesine duygusal bir insan ki... Karısına, kızıl saçlısına, Piraye'sine ve yaşamındaki tüm aşklarına en güzel dizeleri sunmuş. Sevdiklerine yazdığı mektupları bile şiir diliyle oluşturmuş. Sevda, barış, umut, umutsuzluk, sevinç, keder, hayat, ölüm... İnsana has olan her şey şiirinde de olsun, istemiş. Bu yüzden kendime bu kadar yakın hissediyorum onu..."

Demek öyle Murat! Nâzım Hikmet'le aynı duyguları paylaşıyorsun sen de. Bu ilginç paylaşımın bir adım ötesine geçip onun diliyle kendini anlatmaya çalışıyor olmayasın sakın...

✣ ✣ ✣

Umduğum gibi olmuyor, şiirin devamı yok!

Belki de dönem sonu sınavlarına hazırlanmanın yoğunluğundan, attığı adımın devamını getirmeye fırsat bulamıyor Murat. Bir aradayız gene; ders çalışırken, kulüp odasında, kantinde, bahçede... Ama, aramızdaki şiirselliği özellikle dondurmak ister gibi bir hali var. Söz verdiği gibi, her gün bana bir şiir getirmeyi sürdürse de, hiçbiri Nâzım Hikmet'ten değil ve hiçbiri kendi duygularını yansıtmıyor.

Sınav sonrası Bursa'ya gidecek Murat.

"Yaz boyunca oradayım," diyor.

Bunları söylerken biraz buruk, ama Bursa'ya ve ailesine olan özlemini vurgulamaktan geri kalmıyor. Onun yanımızda olmadığı bir sırada, ayrıntıları Emre'den öğreniyorum.

"Koskoca holdingin veliahdı olmak kolay mı?" diyor Emre. "Doğru dürüst tatil bile yapamayacak kankam. Osman Amca, tam bir işkoliktir; biricik oğlunu da aynı çizgide yetiştirmek istiyor haliyle. Haklı da, onca emek verdiği dev bir kuruluşu kendisinden sonra, başka kim yönetebilir ki?"

Bu sözlerle, ilk kılçık saplanıyor yüreğime. Belli ki, Murat'ın yolu şimdiden çizilmiş. Beraber olacağı insan da o yolda, onunla beraber yürüyecek; tersi düşünülemez bile.

Ah Aslı, ah! Neler geçiriyorsun aklından böyle? Murat'la aranda, bunları dert etmeni gerektirecek bir durum mu var ki?

7

Söylediği gibi, sınavlar biter bitmez Bursa'ya gidiyor Murat. Yaz ayları boyunca ayrı kalmayı, tatilin getirdiği zorunlu kopuşu kabullenmiş; ancak okulların açılmasıyla birbirini görebilecek, sıradan sınıf arkadaşları konumuna düşüyoruz birdenbire. Veda ederken, önümüzdeki günler için hiçbir vaatte bulunmuyor. Ben de beklemiyorum zaten. Tatil planlarımız belli. O, Bursa'da ailesiyle özlem giderecek, babasının yanında zorunlu staj yapacak. Bense, tatilimi tatil gibi yaşayacağım!

Temmuz başında Bodrum'a, Akyarlar'daki yazlığımıza gidiyoruz. Her yaz yaptığımız gibi. Annemle ben iki ay kadar kalacağız; ama babam, iş yoğunluğundan, bu kadar uzun tatil yapamıyor. Hafta sonlarıyla yetinmek zorunda.

Bodrum'un gitgide betonlaşmasından daha az pay almış, şanslı bir koyda sitemiz. Sitedeki komşularımızla da yılların getirdiği alışkanlıkla, akraba gibi olduk artık.

Ayaklarımın altında ezilen şeffaf tanecikli incecik kumların üzerinden aşıp kadife yumuşaklığındaki deniz suyuyla buluştuğum an, mutlulukların en güzelini yaşıyorum; kafamın içi boşalıveriyor çünkü. Saatlerce yüzmek, yorulduğumda suyun içinde sırtüstü uzanıp gökyüzünü seyretmek, dünyayı unutturuyor bana. O dünyanın içindekileri de...

Televizyon izlemiyorum yazın, kitap okumak yetiyor. Yanı sıra... Şiirler var! Gelirken getirdiğim dosya dolusu şiirler... Murat'ın verdikleriyle küçük bir arşiv de ben oluşturmuştum ya, işte o! Zaman zaman okuyorum. Okulla ve arkadaş çevremle tek bağım bu zaten. Arada Ferda'yla yaptığımız telefon konuşmalarını saymazsak...

Her seferinde, Emre'nin hafta sonları İstanbul'a geldiğini, beraberce yemeğe gittiklerini, gezip tozduklarını anlatıp duruyor. "Seninkinden ne haber? Yeni bir haber var mı?" diye sordu son konuşmamızda.

"Bıkmadın mı bu sorulardan?" diye patlayıverdim. "Tatildeyiz, unuttun mu? Sizinki gibi gerçek beraberliklere ara verilmiyor ama, senin kafanda yarattığın bu tür sanal ilişkiler, yaz aylarında tatile giriyor."

Bu konuşmanın ardından, şiir dosyamı bavulun dibine yerleştiriyorum. Yaz boyunca bir daha açılmamak üzere...

Günlerim birbirinden hareketli geçiyor. Sabahtan akşamüzeri saatlerine kadar arkadaşlarımla, denizdeyim. Kafeteryada verdiğimiz molalar da çok keyifli. Kıran kırana tavla partileri, sohbetler...

Akşamüstleri Fener'e gidiyoruz. Çiğ börek ya da lokma yemeye. Fener'in lokması ünlü, sırf onun için Bodrum'un her tarafından konuklar geliyor. Kocaman bir kazanda kızartıldığı yağdan çıkarılıp hemen şuruba atılmış sıcacık, çıtır çıtır lezzet bombaları. Bu gidişle kilo alacağımdan korkuyorum. Neyse ki, her gün saatlerce yüzmek, aldığım kalorileri dengeliyor.

Gecelerimiz de boş geçmiyor. Sahilde oturup sohbet ediyoruz, müzik dinliyoruz ya da grup halinde Bodrum'a iniyoruz. Değişik yiyecek mekânları, diskolar, açık hava konserleri...

Kısacası, aklıma olmayacak şeyler getirmeme fırsat bırakmayacak dolulukta, gönlümce, hatta çılgın sayılabilecek bir tatili doyasıya yaşıyorum.

✣ ✣ ✣

Ağustos sonunda, tatilimizin bitiş zili çalıyor. Geri geri giden adımlarla, istemeye istemeye İstanbul'a dönüyorum.

Tatil dönüşleri hep böyle olurum, eşyalarımı yerleştirmek bile gelmez içimden. Şimdiden bir sonraki tatilin özlemini çekmenin anlamı yok ama, elimde değil.

Odamda, henüz açılmamış bavuluma yabancı gözlerle bakarken, Ferda arıyor. Kısa bir "hoş geldin" faslının ardından, konuya giriyor hemen.

"Bu cumartesi akşamı için kimseye söz verme sakın!"

"Geç kaldın!" diye gülüyorum. "O kadar çok seçenek var ki, hangisine 'evet' diyeceğimi düşünüyordum ben de..."

"Anlaşıldı, Aslı Hanım'ımızı tatil sonrası bunalımı sarmış. Silkin ve kendine gel, İstanbul'dasın artık. Merak etme, burada da oyalayabiliriz seni. İşte ilk etkinliğimiz: Hafta sonu bizim okul grubuyla yemeğe gidiyoruz. İtiraz istemem, bilmiş ol."

"Kimler varmış grupta?"

"Ceren, Ebru, Barış ve Tolga. Emre'yle Murat da Bursa'dan gelecekler."

"Kadro tamam, desene."

"Seninle tamam olacak. Geliyorsun, değil mi?"

"Yarın haber versem?"

"Amma nazlandın ha! Listeye adını yazıyorum, haberin olsun. Oyunbozanlık yok."

Buluşma mekânımız Yeniköy'de denize karşı bir balık restoranı.

Beni kapıya bırakırken, "Döneceğin zaman telefon et, gelip alayım seni," diyor babam.

"Gerek yok, arkadaşlardan biriyle dönerim ben."

Hafta sonu, tıklım tıklım dolu restoran. Gözlerimle şöyle bir tarıyorum etrafı. Karşı köşedeki masada oturuyor bizimkiler.

En son gelen benim. Geldiğimi görünce ayağa kalkıyorlar.

Özlemişiz birbirimizi. Hepsiyle tek tek kucaklaşıyorum. Murat'ın yanındaki yer boş, oturmam için eliyle işaret ediyor. Görmezden geliyorum. Kararlı adımlarla tam karşısına geçip Barış'ın yanına oturuyorum. Ferda'nın isyan dolu kızgın bakışlarına yanıtım ise, hınzırca bir gülüş oluyor yalnızca.

"Ne güzel yanmışsın böyle," diyor Ceren. "Bakır kızılı tenin ortasında gözlerinin ve dişlerinin beyazı... Harika doğrusu!"

Burak da beğeni dolu bakışlarıyla beni süzerken, "Çikolata gibi olmuş Aslı'mız," diyor.

"Abartmayın," diye gülüyorum. "Murat dışında hepiniz az çok yanmışsınız. Keşke sen de biraz güneşte dursaydın Murat! Yaz boyunca süt banyosu mu yaptın arkadaşım?"

"Güneşe çıkacak fırsatım olmadı pek," diyor Murat. "Keşke olabilseydi."

"Birkaç kez Mudanya'ya götürdüm ama, yetmedi tabii," diye araya giriyor Emre. "Bütün yaz pencere arkasından güneşlendi kankam."

Garsonun sipariş almak için gelmesiyle bölünüyor sözümüz. İsteklerimizi sıralıyoruz.

"Ne yapıyorsunuz arkadaşlar?" diyor Emre. "Ödeyeceğiniz hesabı düşünün..."

Neşemiz yerinde. Özellikle de benim. Murat'ın durgunluğuna inat, her zamankinden de çok konuşan, gülen, cıvıl cıvıl bir Aslı var bu gece. Tatil anılarımı bire bin katarak sayıp döküyorum. Barış'ın anlattığı, daha önce duymuş olduğum fıkralara bile kahkahalarla gülüyorum. Her hareketimle, her sözümle, orada bulunanlardan farklı bir yanı olmadığını hissettiriyorum Murat'a.

Gecenin bitiminde, "Ben bırakayım sizi," diyor Murat.

Arabasıyla gelmiş. İlk kez! Bu ne büyük değişiklik böyle. Okula bile otobüsle ya da dolmuşla gelirken...

"Oo, Murat Bey, bakıyorum arabalılar kervanının bir üyesi olmuşsunuz!" diyorum alaycı gülüşümle.

İğneli sözlerime yanıt Emre'den geliyor.

"Saltanatımız bugünlük Aslı'cığım. Bursa'dan arabayla geldik de..."

Tolga'nın da arabası var, Ceren'le Ebru'yu o bırakacak. Biz de Murat'ın arabasına doğru yürüyoruz. Son model kırmızı bir Citroen! Holding patronunun oğluna yaraşır türden.

Ferda, Emre'yle arkaya geçip kapıyı kapatıveriyor. Ön tarafa, Murat'ın yanındaki koltuğa oturayım diye... İstedikleri gibi olsun bakalım.

Direksiyon başına geçer geçmez, çantasından bir kâğıt çıkarıyor Murat, bana uzatıyor.

"Epeydir şiirleşmemiştik."

Alıyorum, okumam için arabanın iç lambasını açtığını fark etmemiş gibi, kayıtsızca çantamın içine yerleştiriyorum.

"Okumayacak mısın?"

"Sonra okurum."

Buruluyor, canı sıkılıyor; belli. Ama üstelemiyor.

Önce beni bırakıyorlar. Evin önünde arabadan inip kapıya kadar geçiriyor Murat.

"İyi geceler..." diyorum, onun durgunluğuyla taban tabana zıt, abartılı bir neşeyle.

"İyi geceler prenses..."

Annemle babam salonda oturmuş, beni bekliyorlar. Biricik kızlarının gece gezmesinin nasıl bittiğini görmeden, gözlerine uyku girer mi hiç?

"Harika!" diyorum. "Harika bir geceydi..."

Topu topu, balığın yanında iki kadeh beyaz şarap içtim ama, biraz tuttu galiba. Hafiften dönen başımı yastığa bırakır bırakmaz, derin bir uykunun kollarında buluyorum kendimi.

Sabah annemin sesiyle uyanıyorum.

"Aslı... Ne uykusu bu böyle? Kaçtır gidip gelip bakıyorum. Kaldırmayacaktım ama, Ferda geldi. Salonda seni bekliyor."

Güçlükle doğruluyorum yataktan. Başım kazan gibi, çok ağrıyor. Çarçabuk giyinip salona geçiyorum.

"Günaydın."

"Ne günaydını?" diye gülüyor Ferda. "Neredeyse öğlen olacak."

Saate bakıyorum, on ikiye geliyor.

"Babanla kahvaltı ettim ben," diyor annem, henüz kaldırmadığı kahvaltı masasını göstererek. "Oturun, size çay getireyim."

Rüyanda mı gördün, diye soramıyorum Ferda'ya ama, kalkar kalkmaz apar topar bana geldiğine göre, niyetinin beni sorgulamak olduğu kesin.

Annem çayları bırakıp mutfağa geçiyor. Ferda, yalnız kalmayı beklemiş gibi, "pat" diye soruveriyor.

"Murat'ın akşam verdiği, ne şiiriymiş?"

"Bilmem... Okumadım ki."

"Gerçekten mi? Sen... Murat'ın verdiği şiiri okumadın, öyle mi?"

"Öyle. Unutmuşum... Çok güzeldi dün gece. Anlayacağın, şiir okuyacak, okuduğumu algılayacak kafada değildim."

"Orası malum. Benim anlamak istediğim, bu söylediklerinde ne derece samimi olduğun. Verdiği şiiri unutup bir kenara atacak kadar önemsemiyor musun Murat'ı?"

"Bak Ferda, en yakın arkadaşımsın ama, yeteri kadar tanımıyorsun beni. İtiraf edeyim, biraz da senin yakıştırmalarının etkisiyle, Murat'ın bana karşı farklı duygular içinde olduğunu düşünmüştüm. O şiirden sonra da devamı gelecek diye bekliyordum açıkçası. Ha... Bekliyordum, derken; asla, öyle olmasını istiyordum, anlamında değil! Varsayalım ki Murat bana açıldı... Sevinçten deliye dönmüş bir halde ona koşacağımı mı sanıyordun? Hayır! Bu sorunun yanıtını ben bile bilmiyorum, inan. O andaki şartlar neyi gerektiriyorsa, içimden nasıl geliyorsa öyle davranacaktım. Ama gördüğün gibi, olmadı işte!"

"Murat cephesinde değişen bir şey yok ki! Tatil döneminin getirdiği zorunlu ayrılık olmasa, devamı gelecekti belki."

"Zerrece önemi yok benim için. Öylesine değişik bir yapım vardır ki, sen bile akıl erdiremezsin Ferda'cığım. Hiç kimsenin, hiçbir olumsuz gelişmenin beni üzmesine izin vermem. Somut bir örnek ister misin? Tuttuğum takımın oynadığı maçı kazanması için deli olurum, dualar ederim içimden. Ama yenildiğimiz anda her şey biter, dönüp ardıma bakmam. O maçı yok sayarım, yenilgiyi de. Unuturum, beynimin kıvrımlarından ayıklar, söker atarım. Burada da öyle... Beklediğim sonucu, -dikkat et; 'istediğim' değil, 'beklediğim' sonucu- alamayınca, aynı durum oluştu. Böylesine güçlü bir savunma biçimim var benim! Kendini koruma içgüdüsü de diyebilirsin istersen. İşte bu içgüdü, Murat konusunda da devreye giriverdi. Anlayacağın, ne Murat, ne onun uzak duruşu ya da tam tersi, yeniden yakınlaşma çabaları etkileyemez beni. Hepsi benim dışımda kalıyor çünkü."

"Böyle düşünüp davranabilmek çok güzel. Başarabilen için tabii! Ama duruma bir de Murat yönünden baksan... Bakmazsın, değil mi? Neyse... Şu şiiri getir de, okuyalım bari."

"Sana okutacağımı nereden çıkarıyorsun?" diye gülüyorum. "Ama haklısın, özel bir yanı olmadığına göre, okumanda sakınca yok."

Odama gidip şiiri çantamdan çıkarıyorum. İlgi görmediği için boynu bükük kalmış sanki... İşte, Ferda'nın bilmediği özelliklerimden biri daha: Nesnelerin de birer ruha sahip olduğuna inanmak ve duygusal tepkiler verebileceklerini varsaymak. Evet; değersiz, sıradan bir kâğıt parçası yerine konulmak, elimdeki şiirin de ağırına gitmiştir; eminim bundan.

Tarafımdan aşağılanmış, boynu bükük dizelerle Ferda'nın yanına dönüyorum.

"Al," diyorum. "Okuyabilirsin."

"Olmaz!" diye karşı çıkıyor. "Öncelik senin..."

Açıp gözucuyla şöyle bir bakıyorum. Gene bir Nâzım Hikmet şiiri. Bu kez de el yazısıyla yazmış Murat.

Saksılarda hâlâ tek tük karanfil bulunsa da
ovada güz nadasları yapıldı çoktan
tohum saçılıyor.
Ve zeytinler devşirilmekte.
Bir yandan kışa girilmekte,
bir yandan bahar fidelerine yer açılıyor.
Bense hasretinle dolu
ve büyük yolculukların sabırsızlığıyla yüklü
yatıyorum demirli bir şilep gibi Bursa'da...

20 Kasım 1945

"Tamam, okudum işte," diye Ferda'ya uzatıyorum. "Nâzım Hikmet'in bildik şiirlerinden. Hapis günlerinde yazmış. Özel bir durum yok yani."

Şiiri dikkatle okuyor Ferda. Sonra, ikinci kez üzerinden geçiyor.

"Murat'ın ne anlatmak istediğini, 'görmedim' deme sakın bana!" diye yüzüme doğru sallıyor kâğıdı.

"Kusura bakma ama, iletilmek istenen hiçbir özel mesaj yok bu dizelerde. Yalnızca, hapisteki bir şairin kırık duyguları..."

"Kendin söyledin işte!" diye bağırıyor Ferda. "Şu son üç dize, Nâzım Hikmet kadar Murat'ın durumunu da anlatmıyor mu? Hasretinle dolu... büyük yolculukların sabırsızlığıyla yüklü... yatıyorum demirli bir şilep gibi Bursa'da..."

"Satır aralarından anlamlar çıkarma konusunda, senin kadar usta değilim Ferda'cığım. Ayrıca, varacağımız sonucun böyle bir zahmete değeceğini de sanmıyorum."

"Ah, senin yerinde ben olacaktım ki!.. Avucunun ortasında tuttuğun pırlantanın farkında değilsin sen. Bugüne kadar tek bir şiir almadım Emre'den."

"Sana şiir gibi davranıyor ya, daha ne istiyorsun?"

"Orası doğru, ama sizin aranızdaki şiirselliğe gıptayla bakıyorum, inan. Şimdi... Görmek istemeyen gözlerini aç, duymak istemeyen kulaklarını da... Hasretinle dolu olduğunu haykırıyor Murat. Demirli bir şilep gibi, zorunlu olarak Bursa'da yattığını söylüyor. Emre de anlatmıştı ya, babasının baskısı altında, diye. Nâzım Hikmet'in diliyle, 'Senden uzakta, cezaevindeki mahkûm gibiyim,' diyor açıkça. Daha ne yapsın?"

"Geç bunları... Kendi dili yok mu? Özdeşleşmeye çabaladığı o Nâzım Hikmet, hapishane günlerinde işte böyle şiirler döktürmüş Piraye'sine. Başkalarının yazdıklarının ardına sığınmamış. Sözün özü, hiçbir şey söylemiyor bu satırlar bana."

Gördüklerini bana gösterememenin, yürekten inandıklarına beni inandıramamanın sıkıntısıyla çekip gidiyor Ferda. Onun ardından, sehpanın üzerine fırlatıp attığım kâğıdı elime alıp bir kez daha dikkatle okuyorum.

Bu inci dizisi satırlarınla, Bursa'daki günlerini gerçekten de benim özlemimle dopdolu, demir parmaklıkların ardında yaşar gibi geçirdiğini mi anlatmak istedin Murat?

İyi de, neden kendin söylemiyorsun bunları bana?...

8

Hazırlık sınıfıyla beraber, okuldaki üçüncü, İşletme Mühendisliği Bölümü'ndeki ikinci yılımız...

Açılış töreninden sonra girilen ilk dersleri sevmişimdir hep. Hele bu, artık bölüm derslerine geçişimizi müjdeleyen "Mikroiktisat" olunca, daha da katlanıyor sevincim. Evet, bu yıl fizik ve kimya yok ders programımızda. Matematik başlığı altında Diferansiyel Denklemler; İstatistiğe Giriş, Üretim Yönetiminin Temelleri, Mikroiktisat, Yönetim Muhasebesi adlarıyla tanışmanın keyfini yaşıyorum. Yanı sıra üç saatlik İngilizce ve iki saatlik de Türkçe dersleri var.

İngilizcenin mesleki konulardaki dil bilgimizi artırmaya yönelik olduğunu tahmin edebiliyorum. Ya Türkçe? Edebiyat mı, yoksa dilbilgisi ağırlıklı, yazım kurallarıyla donanmış bir ders mi bu? Keşke şiir de okutsalar bize, diye geçiyor içimden. Ve düşüncelerim, ister istemez Murat'ın üzerinde yoğunlaşıyor.

Bursa'da tutukluluk yaşadığı yaz günlerinin ardından, eski neşesine kavuşmuş gibi Murat. Sohbetlere katılıyor, gülüyor, konuşuyor. İkili ilişkilerimiz, geçen yılki kadar olmasa da, iyi sayılır. Tek eksiğimiz, bir zamanlar yakaladığımız ve keyifle paylaştığımızı düşündüğüm, ikimize özgü o doyumsuz şiirsellik.

Eskisi gibi, her sabah elinde bir şiirle gelmiyor artık Murat. Arada bir, aklına estikçe arşivden çıkarılmış, özel anlamlar içermeyen dizeler getirdiği oluyor; ama hiçbiri el yazısı değil. Önemsemiyorum bu durumu. Grup içindeki uyumumuz kötü değil ya, bu kadarı bana yetiyor.

Yalnız, dikkatime takılan bir nokta var; dersler ve şiir dışında, uğraşabileceği yeni bir şeylerin arayışında sanki Murat. Dışadönük, hareketli, esprili yanını öne çıkarıp insan ilişkileri güçlü, herkesle kısa sürede kaynaşabilen yapısıyla kaynaştırarak İşletme Kulübü'nün beş faal üyesi arasına seçilmeyi başarıyor.

Oradan oraya koşturmasını, grup halinde hazırladıkları etkinlik programını yalnızca kendi eseriymiş gibi gözlerinde ışıklar yanıp sönerek anlatmasını, uzaktan uzağa kayıtsızca izliyorum.

Dün de, düzenledikleri hafta sonu eğlencesinin müjdesini verdi.

"Bu cumartesi çiğ köfte partisi yapacağız! Yalnız bizim sınıfa. Programınızı ona göre yapın."

✣ ✣ ✣

Cumartesi günkü partiye Ferda'yla beraber gidiyoruz. Emre, faal üye olmadığı halde, Murat'ın yanı başında, kankasının baş yardımcısı konumunda.

"Bu kadar kişiye çiğ köfte yetiştirmek kolay mı?" diyor Ferda. "Bakalım, işin içinden nasıl sıyrılacaklar?"

Korkuları boşa çıkıyor Ferda'nın. Güçlü kuvvetli, bu işte yetkin oldukları belli iki çiğ köfte ustası; siyah denebilecek koyuluktaki, sinir ve yağlarından arındırılmış özel kıymayla bulguru, soğanı, salçayı, bin bir çeşit baharatı; birbirleriyle yarışırcasına, tüm becerilerini ortaya koyarak yoğurmaya başlıyorlar. Bizlere de merakla seyretmek düşüyor.

"Bir avuç daha biber at usta," diye takılıyor Murat. "Baksana, kalabalık arttı."

Ardından da açıklıyor. Öğrenci evinde çiğ köfte yaptıklarında, son anda çıkıp geliveren umulmadık konuklarla katılım çoğaldığında; yetsin, diye acıyı artırarak tüketimi kısıtlama yoluna giderlermiş.

Keyifle izlediğimiz yoğurma işleminin sonunda, ustalarımız, elleriyle sıkım yapıp üzerinde parmak izlerinin kaldığı koza şeklindeki köfteleri beğenimize sunuyorlar.

Plastik tabaklar, çatallar, ayran bardakları; ince dürüm ekmeği, söğüş domates, marul yaprakları, nane, limon, baharatlar... İdeal bir çiğ köfte ziyafeti için, her şey inceden inceye düşünülmüş. Tabaklarını doldurmak için sıraya girenlerin sabırsızlıkları görülmeye değer.

Acemiyim bu konuda, acıyla da pek aram yok. Tabağıma iki sıkım köfteyle biraz yeşillik koyup kenara çekiliyorum. Plastik çatalla köftenin ucundan bir lokma alıp ağzıma attığımda, şimşekler çakıyor gözlerimde. Bana göre çok, ama çok acı!

Çevremdekilere bakıyorum. Kimi marul yaprağına sarıyor köfteyi, kimi özel olarak yaptırılmış ince pidenin arasına koyup dürüm yapıyor ve iştahla yemeye koyuluyor.

Emre, yoğrulurken konulan biber yetmemiş gibi, köfteleri pul biber tabağına batırıp öyle atıyor ağzına.

"İsot, derler buna," diyor. "Yağa yatırılarak özel yöntemlerle terbiye edilmiş Urfa biberi! Bir dene, pişman olmazsın."

Düştüğüm durumu içime sindiremiyorum. Ne farkım var onlardan? Ben de dilime, damağıma söz geçiremez miyim? Kararlı bir tavırla, Emre'nin yaptığı gibi, köftelerden birini "isot" dedikleri parlak, morumsu kırmızı pul biber kümesinin ortasına daldırıp ağzıma atıveriyorum. Ne var ki, irade gücüyle başarabileceğimi sandığım acıyla kaynaşma çabam, başarısızlıkla sonuçlanıyor.

Yutuyorum yutmasına ama, ağzımın içini kaplayan acı hissinin yoğunluğuyla gözlerimden yaşlar boşanıveriyor. Yanı sıra, önüne geçemediğim, berbat bir öksürük krizi.

Murat'ın, tam çaprazımdaki köşeden fırlayıp endişeli bir yüzle yanıma gelişi... Elindeki bardakla bana yudum yudum ayran içirişi... Yanaklarımdan süzülen yaşları parmaklarının ucuyla silmesi, saçlarımı okşayarak başımı omzuna yaslayışı... Birkaç dakikalık süre içinde, en olmayacak yerde, en umulmadık tarzda gelişiveren, garip bir yakınlaşma!

"Şimdi nasılsın?"

"Daha iyiceyim, sağ ol," diye, çevremizdekilerin bu durumu nasıl değerlendirdiklerinin merakıyla geri çekiliyorum. Neyse ki, herkes kendi âleminde. Dudaklarındaki imalı gülüşü saklamaya gerek görmeyen Ferda'yı saymazsak...

Bu kadarla da kalmıyor Murat. İnce pidenin orta yerine çiğ köfte sıkımını koyup çatalın tersiyle yayıyor, nane yapraklarıyla domates dilimlerini yerleştiriyor, üzerine limon sıkıp dürüm yapıyor.

"Acıyı göğüsleyemiyorsan, hafifletici yolları bulup çıkararak, dayanılır hale getireceksin," diye bana uzatıyor.

Bu sözlerdeki anlamın, çiğ köftenin dışına taştığının farkındayım; ama anlamamış görünmek en iyisi. Teşekkür edip alıyorum. Gerçekten de, acının üstü örtülmüş hali, eskisi kadar etkilemiyor beni. Hatta, Murat'ın katkılarıyla gücü köreltilmiş, keskin uçları törpülenmiş bu yeni tat, hoşuma bile gidiyor. Böylece, çiğ köfte yemenin yanında, acılara karşı koyma konusunda da geçerli olabilecek yeni bir ders daha almış oluyorum Murat'tan.

Hafta sonum, Murat'la cumartesi günü yaşadığımız umulmadık yakınlaşmayı düşünmekle ve kendimce sonuçlar çıkarmaya çabalamakla geçiyor. Bu kadar etkilenmemin anlamsızlığını yineliyorum içimden ama, başaramıyorum. Filmi başa sarıp tekrar tekrar izliyorum. Arkadaşça, sıradan bir yardımdı yalnızca, demek istiyorum; olmuyor.

O kısacık süre içinde farklı bir şeyler vardı. Murat'la aramızda oluşuveren beklenmedik bir akım... Sözcüklerin, dizelerin yer almadığı, bambaşka bir şiirselliğin yakalanışı...

Öyle miydi gerçekten? Ya yanılıyorsam? Ya ne zamandır kıskacında bunaldığım, kendime bile itiraf etmeye cesaret bulamadığım beklentinin yanıltısıysa o büyülü zaman dilimi?

Kesinlikle öyle! Hem... Karşılıklı, iki kişinin paylaşımıyla yaşandığını düşündüğüm o sahne; yalnızca benim kafamda kurguladığım, abartılı yorumlarla süslediğim, gerçekdışı, sanal bir yaşanmışlık da olabilir.

Kendine gel Aslı! Saçma sapan varsayımlarla yola çıkarak gülünç durumlara düşme. Bu tarz, kişilik yapınla asla örtüşmeyen düşünceler; gözlerin bir noktaya dikili olmayacak hayallere dalmalar, hiç mi hiç yakışmıyor sana...

✣ ✣ ✣

Yaptığım telkinler işe yarıyor. Öyle ki... Pazartesi sabahı ilk dersten sonra, Murat beni kantinde, Barış'la tavla oynarken buluyor.

Kısa bir kararsızlığın ardından yanımıza gelip, "Bol şanslar," diyor. Gözlerinde buruk, hatta hüzünlü diyebileceğim sitemli bir ifade var. Aldırmıyorum. Cumartesi günü yaşadıklarımızı önemsemediğimi, yok saydığımı gösterme çabası içindeyim. Bazı şeyler olduysa bile, onunla değil de Barış'la tavla oynayarak dengeyi sağlamaya çalışıyorum kendimce.

Yanımızda fazla kalmıyor Murat. Bir başka masaya da oturmuyor. Gerisingeriye dönüp hızla uzaklaşıyor oradan. Onun gidişiyle oynadığım oyun, karşımda oturan Barış, takındığım yapay tavırlar, anlamlarını yitiriveriyorlar. En doğrusunu yaptığıma olan inancım da gitgide zayıflamakta. Barış'ın şaşkın bakışlarına aldırmadan tavlayı kapatıp kalkıyorum.

"Benden bu kadar! Keyfim yok bugün..."

Kendimi kendime kanıtlama çabalarım bu kadarla kalsa, sorun yok. Ama olur mu hiç? Zayıf yönlerini açığa vuran tüm kanıtları söküp atmadan, yaşadığı zaaf anının zihinlerden tümüyle silindiğinden emin olmadan, Aslı Hanım'ın içi rahat eder mi hiç?

Öğleden sonraki derslerin bitiminde, Murat'ın "Tavla oynar mıyız?" önerisini de aynı duyguların kıskacında, geri çeviriyorum. Hem de, "Barış'a sözüm var, rövanş maçı yapacağız," diyerek.

Bu kez iyiden iyiye allak bullak oluyor yüzü. Tek söz etmeden, içime yabansı bir sıkıntının tohumlarını ekerek, arkasını dönüp gidiyor.

Fazla ileri gittim galiba. Anlamsız kaprislerle "dostum" diyebileceğim iyi bir arkadaşımı gücendirdim. Değil Murat'a, Ferda'ya bile bu şekilde davransam, daha sert bir tepkiyle karşılaşmaz mıyım?

"Olmadı Aslı!" diye tavrını koyuyor zaten Ferda da. Murat'ın önerisini geri çevirişimin, bunu yaparken takındığım şımarık tavrın en yakın tanığı o. "Ne yapmak istiyorsun sen? Murat'ı kendinden uzak tutmaksa çaban, bu son hareketinle başarmışsındır sanırım. Ben olsam bir daha yanına değil, yakınına bile yaklaşmam senin."

Ferda'nın sözleriyle içimden yükselen ezinç ve suçluluk hissi daha da yakıcı bir hale geliyor. Pişmanlıkla pek az tanışmış yüreğim bile isyan ediyor sanki bana, haksızlığımı haykırıyor.

Ertesi gün, öğlen arasında, yaptığım hatayı onarmaya kararlı, kantine doğru yürüyorum. Yanımda Ferda da var. Murat'la Emre pencere kenarında, her zamanki masamızda oturuyorlar.

Doğruca yanlarına gidip, "Tavla oynar mıyız?" diye onun sözcükleriyle soruyorum Murat'a.

O güne kadar gözlerinde hiç görmediğim çelik soğukluğundaki bakışlarını yüzüme dikiyor. Alaycı bir ses tonuyla, "Bu ne büyük alçakgönüllülük, prenses?" diyor.

İstemeden yüzüne yayılmış gibi iğreti duran gülümseyişini toplayıp devam ediyor.

"Seninle bir daha tavla oynayabileceğimi hiç sanmıyorum Aslı! Nasılsa oynayacak birilerini bulursun kendine..."

Yanıtımı bile beklemeden, fırlayıp kalkıyor yerinden. İvecen adımlarla kantinden çıkıp gidiyor.

Buz gibi bir hava çöküyor üzerimize.

"Sen de hak ettin ama!" diyor Ferda. "Murat'ı hiç bu kadar kızgın görmemiştim..."

✣ ✣ ✣

Murat'ın öfkeli ve küskün hali düzelecek gibi görünmüyor. Üstelik, yalnız bana değil, Ferda'ya, Emre'ye, diğer arkadaşlarımıza da tavırlı sanki. Kimseyle konuşmuyor, derslere girip çıktıktan sonra kantine ya da kulüp odasına bile uğramadan çekip gidiyor.

Ve... üçüncü günün sonunda, sabır bardağımı taşıran son damlayı da koyuyor!

Sabah, amfinin kapısında, içlerinde Ferda'yla Emre'nin de bulunduğu bir grubun ortasında Murat. Yanlarına gidip, "Günaydın!"

diyorum. Herkesten yanıt geliyor. Murat'ınki biraz farklı... Yüzüme bile bakmadan, başını çevirip hızla uzaklaşıveriyor oradan.

Deliye dönüyorum öfkeden.

"Hiç, ama hiç kimse böyle davranamaz bana!" diye bağırıp çağırıyorum Ferda'ya.

"Tamam," diyor. "Sakin ol. Şu anki davranışı için ne desen haklısın. En azından grup içinde yapmamalıydı. Ama, gerideki hazırlayıcı nedenleri de unutma."

Bunları duyacak halde değilim.

"Bitti artık!" diye ayağımı yere vuruyorum. "Bundan sonrasında, sıradan iki arkadaş bile olamayız Murat'la."

Aradan iki gün daha geçiyor. Birbirimizi gördüğümüz yerde, tersyüz dönüp uzaklaşma yarışına girmiş gibiyiz Murat'la.

"İki inatçı çocuktan farkınız yok," diye gülüyor Emre. "Gelin, barıştıralım sizi."

"Asla!" diyorum üstüne basa basa. "Aslı'nın kim olduğunu bilmiyor o daha..."

"Tam tersi," diyor Ferda. "Seni çok iyi tanıdığı için böyle davranıyor."

Bu tür yorumlar, beni etkilemekten öylesine uzak ki... Murat'a olan öfkem, her geçen saniye ivme kazanarak, daha da artıyor çünkü. Yüzünü bile görmek istemiyorum artık. Bu kadar etkilenmiş olmayı bile yediremiyorum kendime.

Aldırma Aslı, bunun da üstesinden gelirsin sen, telkinleriyle geçiyor hafta sonum.

✣ ✣ ✣

Pazartesi sabahı, başlayan günün yaşamımdaki en önemli kilometre taşlarından biri olacağının farkında değilim henüz.

Ders öncesi, arkadaşlarla kantinde oturmuş sohbet ederken, Murat beliriyor kapıda. Beni görünce, dönüp gideceğini düşünürken... Kararlı adımlarla masamıza doğru gelip sandalyesini benim sandalyemin yanına çekiyor. Hiçbir şey olmamış gibi, havadan sudan konuşmaya başlıyor.

Anlaşıldı, küskünlük eylemine son vermiş beyimiz! Ama ben, bu kadar kolay pes etmeye niyetli değilim.

Derse girmek üzere hep beraber kalkarken, Murat, yüzünde çekingen bir gülümsemeyle elindeki dosyadan çıkardığı kâğıdı defterimin arasına koyuyor. Ardından da, hemen okumamı istercesine sabırsız, bunun için de beni yalnız bırakması gerektiğini düşünür gibi acele adımlarla kantinin kapısında kayboluyor.

Ferda'yı Murat'ın verdiği şiirden uzak tutamıyorum. Son yaşananların ardından, bunu kendinde hak görüyor. El yazısıyla yazılmış Nâzım Hikmet dizelerini beraberce okuyoruz.

Çekilmez bir adam oldum yine:
uykusuz, aksi, nâlet.
Yine her seferki gibi haksızım.
Sebep yok,
olması da imkânsız.
Bu yaptığım iş ayıp,
rezalet.
Fakat elimde değil
seni kıskanıyorum
beni affet...

"İşte bu!" diye küçük bir çığlık atıyor Ferda. "Sonunda itiraf etti."

"Ne var ki bunda?" diyorum anlamamış gibi. "Yaptıkları için özür diliyor, 'affet' diyor yalnızca. Aklı başına geldi demek..."

"Ah benim duygusal özürlü arkadaşım! Seni kıskanıyorum'un anlamı ne? Kim kimi kıskanır? Açık açık aşkını ilan ediyor çocuk! Bak gör, arkası gelecek bunun..."

Ferda kadar emin olmasam da, "acaba" diye düşünmekten kendimi alamıyorum. Dersin orta yerinde, gizliden gizliye, defterimin arasındaki şiirin son dizelerine göz atmaktan geri duramadığım gibi...

Gün içinde hiç, bir araya gelmiyoruz Murat'la. Sözleşmiş gibi ikimiz de uzak duruyoruz birbirimizden.

Öğleden sonraki derslerin bitiminde yanıma geliyor.

"Epeydir Maçka Parkı'na gitmemiştik. Veli Usta'nın çayını özlemişim. Ne dersin, gidelim mi?"

Öneri hepimize gelmiş gibi, biraz ötemizde duran Ferda'yla Emre'ye doğru bir adım atıyorum. Kolumdan tutup durduruyor Murat.

"Yalnız ikimiz!"

Gözlerindeki yalvarmayı çağrıştıran ricacı ifade, itiraz etmekten alıkoyuyor beni. Olur, gibisine başımı sallıyorum usulca.

Maçka Parkı'nın yeşili, bugün daha da farklı sarmalıyor bizi. Ağaçların dallarını, yapraklarını okşayan rüzgârın sesi de öyle...

Alçak taburelerde karşılıklı oturup Veli Usta'nın getirdiği tavşankanı çaylarımızı yudumluyoruz Murat'la. Bir süre dargın kalıp barışmış iki küçük çocuk gibi, oradan oraya atlayarak neşeli bir sohbeti paylaşıyoruz. Karşımızda bizi kucaklayan İstanbul manzarası, parkın her zamanki dinginliği, çayın damaklarımızda bıraktığı buruk tat... Konuştuklarımız bunlar.

Birden susuveriyoruz. Söze nereden başlayacağını bilemez gibi tutuk, "Aslında sana, bir değil, iki tane şiir getirmiştim bugün," diyor Murat. "Diğerini de okumak ister misin?"

Yanıtımı beklemeden çıkarıp önüme bırakıyor. Gözleri, yüzümde oluşacak gelişmelere kilitli, okumamı bekliyor.

Seni düşünmek güzel şey
ümitli şey
dünyanın en güzel sesinden en güzel şarkıyı dinlemek gibi bir şey
Fakat artık ümit yetmiyor bana,
ben artık şarkı dinlemek değil
şarkı söylemek istiyorum...

Piraye için yazılmış "*Saat 21-12 Şiirleri*"nden/30 Eylül 1945

Şiir bitiyor ama, başımı kaldırıp Murat'a bakacak cesareti bulamıyorum kendimde. Tutulup kalma sırası bende galiba.

Anlamış gibi, sehpanın üzerinden uzanıp çenemi tutuyor, yüzümü kendi göz hizasına doğru kaldırıyor. Bakışlarımız birbirine değdiği an, yüreğimden gözlerime garip bir sıcaklık yürüyor. İlk kez bakıyoruz sanki birbirimize, ilk kez duyduğumuz bu büyülü heyecan gibi.

Gözleri gözlerimde, "Evet Aslı," diyor yumuşacık sesiyle. "Artık ümit yetmiyor bana. Ben artık şarkı dinlemek değil, şarkı söylemek istiyorum."

Nâzım Hikmet'in dizeleri, onun dilinde bir başka güzelleşiyor. Bunun, aynı duyguları yüreğinde aynı güçte hissetmesinden kaynaklandığını tahmin edebiliyorum.

Elimi tutuyor. Yumuşacık bir hareketle, incinmesinden korkar gibi...

"Âşık oldum sana prenses! Direnişim buraya kadarmış."

Ne söyleyeceğimi bilemiyorum. Öylece bakıyorum yüzüne.

Sonunda oldu işte! Beklediğin bu değil miydi Aslı? Neden böyle tutulup kaldın ki?

Ama ben, bu itirafın ardından neler yaşanabileceğini kestiremiyordum ki... Onca bekleyişe karşın, gene de hazırlıksız yakalandım galiba.

Murat'la aynı duygu yoğunluğunu yaşıyorum şu anda, en ufacık bir kuşkum yok bundan. Ama, ağzımı açıp hiçbir yanıt veremiyorum.

Böylesi bir durumda söylenebilecek binlerce söz arasından belki de en anlamsızını seçip, "Ne zaman oldu bu?" diye geveliyorum ağzımda.

"Sanırım, seni ilk gördüğüm anda. Hani şu ders programındaki gereksiz gördüğün dersler için sızlanırken... Ama, ben bile farkında değildim, inan. Her geçen gün, her geçen saniye daha da derinleşti içimdeki sevgin. Kendimi sınamak için senden uzak durmaya çabaladığım zamanlar oldu. Geçen yazın başında... Bursa'daykken... Her seferinde eskisinden de ezici bir tutkuyla döndüm sana, sen farkında olmasan da. Nâzım Hikmet'in demir parmaklıklar arkasında yaşadığı sürgün, yüreğimdeydi benim... Dünya üzerindeki çöllerin tümündeki kum taneciklerini düşün... Ve her birinin suya duydukları özlemi. Senden ayrı olduğum her an, aynı kavurucu özlemi duyuyordum ben."

Gözlerindeki ifadeden, zaman zaman titreyen ses tonundan ve anlattıklarından etkilenmemek mümkün değil. Keşke ben de bir şeyler söyleyebilsem. Onunki kadar olmasa bile, şu andaki duygu yoğunluğumu iletebilsem ona. Yapamıyorum nedense, beceremiyorum.

"Hiçbir şey söylemene gerek yok prenses," diyor, durumumu anlamış gibi. "Bendeki sevgin öyle devasa boyutlara ulaştı ki, taşıyamaz hale geldim artık. Seninle paylaşmam gerekiyordu. Bilmeliydin, hakkındı. Beni sev, diyemem sana. Ama, prensesim olmanı dileyebilirim, öyle değil mi?"

Son cümleyi gülerek söylemesi, beni de içinde kıvrandığım gerginlik yumağının ortasından çekip alıyor.

"Prenses ve veliaht ha..." diye gülüşünü paylaşıyorum.

"Veliaht falan değilim ben! Saçma sapan yakıştırmalar bunlar... Ama sen, yüreğim bedenimde çarptığı sürece, biricik prensesim olacaksın!"

"Bu kadar uzun soluklu konuşman doğru değil. Şartların ne getireceği belli mi olur?"

"Hiçbir şart beni senden uzaklaştıramaz Aslı! Öylesine güçlü bir bağ oluştu ki aramızda, tek taraflı bile olsa, sonsuza dek süreceğinden zerrece kuşkum yok. Sen beni sevsen de, sevmesen de. Bırak da, şarkımı özgürce söyleyebileyim artık..."

✣ ✣ ✣

Dilediği gibi, şarkılarını özgürce söyleyebiliyor artık Murat. Ne yazık ki bu, benim özgürlüğüme indirilen amansız bir darbe anlamına geliyor.

Amfide, kantinde, kulüp odasında ve okul dışında onunla beraber olmak, Ferda'yla Emre gibi bir arada dolaşmak hoşuma gidiyor, gitmesine ama... Hareketlerime de belirgin bir kısıtlama getiriyor. Alışık değilim böyle durumlara.

Özellikle Barış'tan uzak durmam gerektiğini biliyorum, Murat'ın hassas noktası o. Ama, ne günahı var arkadaşımın? Aramızda özel bir şey yaşanmamıştı ki. Onu hiç de hak etmediği bir biçimde dışlayıvermek, suçluluk duygusu yaratıyor içimde.

"Bu işler böyledir," diyor Ferda, yaşadığı deneyimlere dayanarak. "Birine ait olduğunda, bu ait oluşu yüreğinin derinliklerinde hissedebiliyorsan eğer, sorun kalmaz zaten. Baksana Emre'yle bana... Ortak arkadaşlarımız dışında, üçüncü kişilere kapımız kapalı. Birbirimize yetiyoruz biz."

Doğru olanı da bu galiba. Ama elimde değil, kendimi dış çevreden tümüyle soyutlamak, özgürlükçü ruhuma ters düşüyor. Demek ki, böylesi bir beraberliğe henüz hazır değilim.

Düşüncelerim bu doğrultuda. Ama Murat'ın gözlerinden taşıp bana ulaşan o tutku yüklü sevda kıvılcımları var ya... Tüm karşı koymalarımı etkisiz kılmaya yetiyor.

Neyse ki, bir arada olmaya şartlanmış iki sevdalı olmak dışında, dostluğumuz ve arkadaşlığımız da sürüyor Murat'la. Bundan aldığım güçle, içimdeki huzursuz kıpırdanışları ona da anlatıyorum. Bilmeli ki, onun prensesi olmaya razıyım, tamam; ama geride özgür ruhlu, çevresindeki herkesle dost kalmaktan yana bir Aslı var.

"Senin de başka arkadaşların olabilir," diyorum. "Benden önce de olmuştur mutlaka. Beraberliğimiz bu derece bağımlı kılmamalı seni."

"Benim için yalnızca sen varsın!" diye kestirip atıyor. Ve beyninin kıvrımlarından bulup çıkardığı Nâzım Hikmet dizeleriyle bu yanıtını pekiştiriyor:

"Yumdum gözlerimi...

...Yumulu gözkapaklarımın içindesin sevdiceğim

Yumulu gözkapaklarımın içinde şarkılar

Şimdi orada her şey seninle başlıyor

Şimdi orada hiçbir şey yok senden önceme ait

Ve sana ait olmayan."

Etkileyici ses tonuyla benim için, yüreğinde duyarak okuduğu dizeler içime işliyor. Gene de, altında yatan gerçeği göz ardı edemiyorum.

Anlatmak istediği açık. "Her şeyi seninle başlatıyorum. Senden önceme ait ve sana ait olmayan hiçbir şey yok geride. Ben böyleyim, sen de böyle olmalısın!" demeye getiriyor.

İyi de, bu kadarını başarabilir miyim ben?

"Sahiplenme, aşkın vazgeçilmezidir," diyor Ferda. "Sevdiğinin yalnızca sana ait olmasını istersin. Doğaldır, aşkın kitabında böyle yazar. Ancak, sahiplenen insan, aynı güçle sahiplenilmeyi de bekler. Bunu aklından çıkarma."

Ferda'nın sözleriyle farklı bir ışık yanıyor kafamda. Ben Murat'ı yeterince sahipleniyor muyum? Pek değil... Yeterince sahiplenmemek, yeterince sevmemek anlamına mı geliyor? Öyle olmaması gerektiğini düşünüyorum. Karşısındakini boğmadan, bunaltmadan, özgürlüklerini kısıtlamadan da sevemez mi insan?

Bilemiyorum... İçine düştüğüm bu duygu karmaşasını nasıl çözeceğimi bilemediğim gibi.

9

İkinci yarıyıl döneminin ve yaz tatili öncesindeki bahar aylarının nasıl geçtiğini anlamıyorum bile. İyiden iyiye yoğunlaşan dersler, sınavlar, artakalan zamanlarda da Murat...

Birbirimize ve her geçen gün daha da güçlenen beraberliğimize alıştım artık. Öyle ki, gitgide Ferda'yla Emre'ye benzediğimizi düşünür oldum. Çevremizdekiler de bizim yapışık ikizler gibi hep bir arada dolaşmamızı kanıksadılar, adlarımızı tek tek değil, bileşik sözcük gibi telaffuz ediyorlar.

Şikâyetçi değilim bu durumdan; tam tersine, mutlu olduğumu bile söyleyebilirim. Harika bir insan Murat. Değer veriyor bana, en sıradan özelliklerimi bile göklere çıkararak, gerçek bir prensesmişim gibi şımartıyor beni.

Arada ufak tefek çelişkiler, çatışmalar da yaşamıyor değiliz. Genellikle Murat'ın benim üzerimde, belki de bilinçsizce, kurmaya çalıştığı baskıdan ve sahiplenme güdüsünden kaynaklanan bu pürüzleri kısa sürede çözmeyi başarıyoruz neyse ki. Hiç küs kalamıyoruz birbirimize. Beni üzdüğünü hissettiğinde, "Dayanamam sana... Yalvarırım asma yüzünü," diye, gönlümü alıncaya kadar etrafımda dört dönüyor.

Ona olan duygularımı, eskisi gibi, inceden inceye irdelemiyorum artık. Bana cömertçe sunulan devasa sevgiyle kendiminkini karşılaştırmaktan, onunla yarışmaktan da çoktan vazgeçtim. Son derece anlamsız bir çaba bu çünkü.

Delicesine tutkulu bir sevda Murat'ınki. Çok, ama çok seviyor beni; bundan eminim. Onun yanında, "aşk" ve "sevgi" sözcüklerini yeni yeni öğrenen, çömez bir öğrenci gibi hissediyorum kendimi.

Pek de başarılı bir öğrenci değilim galiba...

Yaz tatilinde, geçen yıl olduğu gibi, gene Bursa'ya gideceğini düşünüyorum Murat'ın. Yanıltıyor beni, şaşırtıyor... İstanbul'da, büyük bir şirkette staj yapacağını söylüyor.

(İşletme mühendisliği diplomasını almaya hak kazanmak için, öğrenim dönemi boyunca iki kez staj yapma zorunluluğu var.)

"Sen de gel," diyor. "Başvurumuzu beraber yapalım."

Çok önceden ayarlanmış, hazır lokma halinde önüme sunulmuş bu programın; Murat'ın babasının bir telefonuyla halledildiğini, benim de Murat'ın gayretleriyle, sonradan yanına eklendiğimi, staja başladıktan epey sonra öğrenebiliyorum ancak.

Bu tür güç gösterilerinden nefret ederim! Açıktan açığa, masaya vurulan çelik bir yumruk yok ortada ama, perde gerisindeki varlığını hissetmek bile yetiyor bana.

Murat'a haksızlık edemem. Herkes biri on gösterirken, sahip olduklarının dışa yansımasını en aza indirgemek için elinden geleni yapıyor. Grup içinde abartılı harcamalardan kaçınıyor, son model arabasıyla okul önlerinde caka satmıyor, göze batmamak için olabildiğince çabalıyor.

Öğrenci işlerinde yaşadığımız küçücük bir kare bile, bu çabanın en güzel göstergesi... Kayıt yenilemek için belge doldururken, Bursa'daki yazışma adresini sorduklarında, oturdukları apartmanın adını (Alkanlı Apartmanı) değil de kapı numarasını vermesi, gözümde bambaşka bir yere oturtmuştu onu.

Ancak ailesini tanımıyorum. Bursa'da "imparator" sayılan bir babanın varlığını biliyorum yalnızca. Ve bu durum, garip bir ürküntü veriyor içime. Nedenini bilmediğim, ama her aklıma geldiğinde, yüreğimin korunma içgüdüsüyle titrediği, garip bir ürküntü...

✣ ✣ ✣

Staj günlerimiz birbirinden güzel geçiyor. Ders ve sınav baskısından uzak, iş hayatına atılan bir ön adımı yaşamanın keyfi... Murat'la beraber olunca daha da farklılaşıyor.

Babamın beni şirkete bıraktığı bir sabah, Murat'la tanıştırmak zorunda kalıyorum onları. Beraberliğimizi vurgulayacak hiçbir iz taşımayan sıradan bir tanışma gibi dursa da, sanırım önsezileriyle, anlayacağını anlıyor babam. Doğrudan benimle konuşacağına, araya annemi sokuyor. Ve soru yağmuru başlıyor...

Kimmiş bu Murat? Neyin nesiymiş? Nereliymiş?...

Ayrıntılara girmemeye özen göstererek meraklarını doyurmaya çalışıyorum: Aynı sınıftayız, iyi arkadaşız, bana bu stajı bulmamda yardımcı oldu...

Yetmiyor; verdiğim yanıtlarla bağlantılı, ikinci dizi sorular geliyor. Neden bir başkasına değil de bana yardımcı oluyormuş? Ve... işte en can alıcı soru: Aramızda özel bir şey var mıymış?

Yalan söyleyemem! Hele onlara... Gerektiğince anlatıyorum ben de.

Evet, diğer arkadaşlarımdan daha farklı bir paylaşımımız var Murat'la. Düzeyli, sınırları belli, sevgi ve saygıya dayalı bir beraberlik.

Arada gidip gelen soru ve yanıtların yoğun baskısından bunalmaya başlamışken, annemi devreden çıkarıyor babam. Beni karşısına alıp açık açık konuşmayı yeğliyor.

"Anlat bakalım prenses," diyor, arkadaşça bir tavırla. "Ne derece önemli bu Murat senin için?"

Babamın karşısında, annemle konuştuğum kadar rahat değilim. İlk soruları yanıtlarken dilim tutuluyor sanki. Ama kısa sürede aşıyorum ürkekliğimi. Sıkıcı bir sorgulama havasında başlayan konuşmamız, annemin de katılımıyla sıcak bir sohbete dönüşüveriyor.

Murat'ı, beraberliğimizi, paylaşımlarımızı, yakın arkadaşlarımla konuşur gibi; ancak, sözcükleri özenle seçerek karşımda beni merakla dinleyen annemle babama anlatıyorum. Hoşgörüyle, anlayışla, her zamanki sevecen halleriyle; ama her zamankinden daha dikkatli, sözümü kesmeden, hiçbir ayrıntıya karşı çıkmadan dinliyorlar beni.

Tek bir noktaya takılıyor babam.

"Bursalı, köklü, güçlü ve ünlü bir ailenin tek erkek evladı... Büyük bir olasılıkla aile içinde, işin başına Murat'ın geçmesi düşünülüyordur. Yanılıyor muyum?"

En zayıf noktanın ustaca bulunup üzerine parmakla basılmasının verdiği sıkıntıyla, kendime bile itiraf edemediğim, daha ilk günden beraberliğimizin üzerine düşen biricik gölgenin varlığını tüm hücrelerimde hissederek, "Galiba," diye geçiştirmeye çalışıyorum.

"Böyle bir durumda ne yaparsın Aslı?"

"O kadar uzun soluklu düşünmemizi gerektirecek bir durum yok ortada. Geleceğe yönelik tasarıları konuşmak için, henüz erken değil mi?"

"Zaman su gibi akıp gider. Bir de bakmışsınız ki, mezuniyet çalıvermiş kapınızı. Ardından da iş ve eş konuları gündeme oturmuş. Yaşam yolunu ne şekilde çizeceğine öncelikle sen karar vereceksin. Ancak, bir oldubittiyle karşılaşıp üzülmeni istemem."

"Merak etmeyin siz," diye gülümsemeye çalışıyorum. "Nasıl gerekiyorsa, öyle olacak. Ama dedim ya, henüz işin başındayız ve bu konuları sorun edecek hiçbir neden yok ortada."

Gerçekten de öyle mi Aslı? Tek başına kaldığında, sıkışıveren yüreğinden yukarılara doğru yürüyen, seni boğacak kadar güçlü sıkıntılarını kendine mi saklıyorsun?

Murat'ın hayat çizgisi çok önceden çizilmemiş mi? Bunu bilmenin huzursuzluğuyla Bursa'ya bile içten içe tavır alan sen değil misin?

Ya Murat'la ilgili endişelerin...

"Bursa ve ben bir bütünüz! Ya ikimizi birden kabullenirsin ya da yollarımızı ayırırız!" noktasına gelebilir mi Murat, diye düşünmek içini kanatmıyor mu?

Bu soruların yanıtını alabilmem için aradan uzunca bir zamanın geçmesi gerektiğini, günü dolduğunda beraberliğimizin üzerine karabasan gibi çökecek acımasız bir kâbusla boğuşmak durumunda kalacağımı bilmiyorum henüz. Ama içgüdülerim, amansız bir savaşıma hazırlıklı olmamı fısıldıyor bana...

10

Yeni ders yılına başlarken, çelişkili duygular içindeyim.

Murat, her zamanki Murat! Bana körkütük âşık ve tutkulu. Ama ben, farklı kişiliklerde görüyorum onu. Kimi zaman Aslı'sına saplantı derecesinde bağlı, sevgisini son zerresine kadar sunmayı görev edinmiş, gözü ondan başka hiçbir şeyi görmeyen bir sevdalı. Kimi zaman da Bursalı ünlü bir işadamının, kendi yerine geçmesi için özenle hazırladığı, başka bir seçeneği düşünmesine bile şans tanımayacağı, eli kolu bağlı biricik oğlu. Bu uğurda ne gerekiyorsa yapıyor İmparator, ama özverisinin ve emeklerinin karşılığını almak için de gün sayıyor.

Algıladığım farklı kimliklere göre, farklı davranışlar sergiliyorum ben de. Benim, diyebileceğim, yalnızca bana ait olan Murat'la aramız çok iyi. Kendi kısıtlı ölçülerim içinde kalsa da, olabildiğince seviyorum onu. Ama, Bursa'yla göbek bağını asla koparamayacağını düşündüğüm, babasına bağımlı; kişiliğinin, ailesinin adı altında ezilmesine, yok olmasına boyun eğmiş Murat, bana yakın gelmiyor. Onu karşımda bu kimliğiyle gördüğümde anlaşılmaz, uzlaşılmaz, hırçın bir Aslı olup çıkıyorum.

Çözemiyor beni Murat. Değişken halime, zaman zaman zirvelere tırmanan ters davranışlarıma anlam veremiyor. Aynı gün içinde bile şekil değiştiren, yüreğinin tümünü açmayan, açamayan sevdalısının sevgisinden şüpheye düşüyor. Dizelerle dile getiriyor korkularını.

Gözlerine bakarken
güneşli bir toprak kokusu vuruyor başıma,
bir buğday tarlasında, ekinlerin içinde
kayboluyorum...
Yeşil pırıltılarla uçsuz bucaksız bir uçurum,
durup dinlenmeden değişen ebedi madde gibi gözlerin:
sırrını her gün bir parça veren
fakat hiçbir zaman
büsbütün teslim olmayacak olan...

"Hiçbir zaman büsbütün teslim olmayacak" sözcüklerinin altını kırmızı kalemle çizerek verdiği şiiri yorumlamamı bekliyor benden. Yanılıyorsun, dememi bekliyor. Yanılıyorsun, tümüyle sana aitim ben!

Diyemiyorum... Bu şartlar devam ettiği sürece, diyeceğimi de hiç sanmıyorum.

Önemsemiyor Murat.

"Benim sevgim ikimize de yeter!" sözünü dilinden düşürmüyor.

Nâzım'ın "Tahir ile Zühre Meselesi" şiirini getiriyor bana, "İşte bizi en güzel anlatan dizeler," diyerek.

Tahir olmak da ayıp değil Zühre olmak da
hatta sevda yüzünden ölmek de ayıp değil,
bütün iş Tahir'le Zühre olabilmekte
yani yürekte.

Mesela bir barikatta dövüşerek
mesela kuzey kutbunu keşfe giderken
mesela denerken damarlarında bir serumu
ölmek ayıp olur mu?

Tahir olmak da ayıp değil Zühre olmak da
hatta sevda yüzünden ölmek de ayıp değil.

Seversin dünyayı doludizgin
ama o bunun farkında değildir
ayrılmak istemezsin dünyadan
ama o senden ayrılacak
yani sen elmayı seviyorsun diye
elmanın da seni sevmesi şart mı?
Yani Tahir'i Zühre sevmeseydi artık
yahut hiç sevmeseydi
Tahir ne kaybederdi Tahirliğinden?

Tahir olmak da ayıp değil Zühre olmak da
hatta sevda yüzünden ölmek de ayıp değil.

Şiirin altına not düşmüş:

"Yani Murat'ı Aslı sevmeseydi artık, yahut hiç sevmeseydi, Murat ne kaybederdi Muratlığından?"

İster sev, ister sevme; ben seni hep seveceğim, demeye getiriyor.

Boş yere umutsuzluğa sürüklüyorum onu. Sorunun, yalnızca yüreğimden taşan duyguların yetersizliğinden kaynaklandığını düşünmesi de ayrı bir üzüntü konusu benim için. Bu duruma son vermek için açık açık konuşmayı istediğim zamanlar da olmuyor değil. Ama aramızda geleceğe dönük hiçbir plan yapmamışken, ilk sözü söylemeyi yediremiyorum kendime.

Sonsuza kadar, son nefesimi verirken bile seveceğim seni, diye yeminler ediyor Murat. Ama bugüne kadar, beraber olacağımızdan hiç söz etmedi. Öyle ki, bu beraberliği konuşmakla yüreğinde büyüttüğü sevginin büyüsünü yitirmekten korktuğunu düşünmeye başladım.

Yaptığım değerlendirmelerin pek de geçerli olmadığını, Murat'ın, kafasında yaptığı plana göre adım adım yol aldığını, benimle konuşmak için şartların olgunlaşmasını beklediğini; ikinci dönemin sonunda Bursa'ya yaptığımız sınıf gezisinde öğrenebiliyorum ancak...

11

23 Nisan tatilinin hafta sonuyla birleşmesi, üç günlük bir soluklanma fırsatı veriyor bize. Günlerdir, "Ne yapalım, nereye gidelim?" sorularına yanıt arıyoruz.

Murat'ın, "Bursa'ya gidiyoruz arkadaşlar!" müjdesi, benim için müjde sayılmasa da, arkadaşlarımız tarafından sevinçle karşılanıyor. Banaysa, soğuk duş etkisi yapıyor bu sözler; duyduğum anda görünmez bir el, yüreğimi kavrayıp tüm gücüyle sıkmaya başlıyor sanki.

Bizim sınıfın İşletme Kulübü temsilcileri, yaptıkları toplantıda farklı seçenekler üzerinde durmuşlar. Safranbolu, Abant, Sapanca... Ama Murat'la Emre'nin -özellikle de Murat'ın- ısrarlarıyla Bursa'da karar kılınmış.

"Söyleyecek söz bırakmadık kimseye," diyor Emre. "Tur rehberliğini biz yaparız, dedik Murat'la. Bursa'yı adım adım gezdiririz, para da almayız. E, daha ne olsun?"

Hemen o hafta sonu, Murat'la Emre kalınacak yer ve gezi programını saptamak için Bursa'ya gidiyorlar. Döndüklerinde, üç günlük Bursa turunun tüm ayrıntılarını içeren bir program var ellerinde. Fotokopiyle çoğaltıp katılacak olanlara dağıtıyorlar.

Gönülsüzce inceliyorum. Turistik bir gezide bulunması gereken her şey var listede. Tarihi yerler, camiler, Bursa'ya has, ipek ürünlerinin ağırlıklı olduğu alışveriş merkezleri, bir günlük Mudanya turu ve Trilye gezisi; ünlü et ve balık lokantalarında yenilecek yemekler...

Benim dışımda herkes, programdaki her bir satır hakkında Murat'la Emre'yi soru yağmuruna tutarak, aldıkları yanıtlardan hoşnut, hevesle hazırlanıyorlar Bursa gezisine.

Keşke onların coşkusunu paylaşabilsem! Sanırım, Murat'ın Bursa üzerinde ısrarla durmasının ve kabul ettirmek için gösterdiği çabanın kasıtlı olduğunu düşündüğümden, üstümdeki tutukluğu atamıyorum bir türlü. Beni gönül verdiği şehre tek başına götüremediğinden böyle bir yol seçti, bundan eminim. En pırıltılı yüzüyle, gezilip görülecek güzellikleriyle tanıştırarak, Bursa'yla aramda gönül bağı kuracak aklınca.

Yoğun tur hazırlıkları sırasında, beni farklı yönlerden etkileme çabalarını da sürdürüyor Murat. Nâzım Hikmet'inkilerin yerini, Ahmet Hamdi Tanpınar'ın şiirleri aldı şu sıralar. Yaptığı açıklamalar da ilginç...

"Ahmet Hamdi Tanpınar, Bursalı olmadığı halde Bursa'ya âşık olmuş bir duayenimizdir," diyor. "Bizlerin gönlünde çok özel bir yeri vardır."

Anlatmak istediği açık: Öyle bir yerdir ki benim toprağım, oralı olmayanlar bile âşığı olurlar!

İlk şiir, "Bursa'da Zaman"! Gerçekten de çok güzel ve etkileyici. Ama, daha farklı şartlarda, bana ulaşmasının altında yatan nedeni düşünmeden okumayı yeğlerdim. Belki o zaman hakkını teslim edip gerektiği gibi tadına varabilirdim.

Yola çıkmadan bir gün önce de Ahmet Hamdi Tanpınar'ın "Aşk" şiirini getiriyor Murat.

Aşk dediğin nedir ki
Tenden bedenden sıyrık
Çocukların içinde
Yaşadığı bir çığlık

Aşk dediğin nedir ki
Histen nefesten bir varlık
Umutsuzluk içinde
Karanlığa son ıslık

Altına, son zamanlarda alışkanlık haline getirdiği gibi, küçük bir not eklemiş gene.

"Bizimkisi umutsuzluktan uzak, karanlığa değil, aydınlık bir geleceğe uzanacak ve sonsuza dek sürecek bir ıslık..."

Keşke Murat, keşke ben de senin kadar emin olabilseydim bundan.

✣ ✣ ✣

Hareket için buluşma noktamız, Taksim'deki Atatürk Kültür Merkezi'nin önü. Herkesin en rahat şekilde ulaşabileceği merkezi bir yer olduğu için, Murat'la Emre, burasını uygun görmüşler.

İkisi de bugün, üstlendikleri görevin bilinciyle, farklı bir davranış biçimi içindeler. Konuksever ev sahipleri gibi, her yeni geleni abartılı bir tezahüratla karşılamalar, önceden hazırladıkları İTÜ'lü olduğumuzu belirten yaka kartlarını elleriyle göğsümüze iğnelemeler... Kabul etmeliyim ki, güzel bir başlangıç!

Sınıfın ancak yarısı katılıyor geziye.

"Böylesi daha iyi," diyor Murat. "Tek otobüsle gitmek, işimizi kolaylaştıracak."

Yerlerimize oturuyoruz. Yanımdaki koltuk Murat'ın ama, görev bilinciyle, hareket halindeki otobüsün koridorunda, oradan oraya koşturup duruyor. Emre'yle beraber kolonyalı mendil dağıtıyorlar, isteyenlere bardak bardak su taşıyorlar.

"Böyle nitelikli otobüs hosteslerini zor bulursunuz siz," diyor Emre. "Ne tür müzik dinlemek istediğinizi söyleyin de, hizmette kusur etmeyelim."

Her kafadan bir ses çıkıyor. Oylama yapıyor Emre, hareketli müzikte karar kılınıyor. Bense onların, okul ortamı dışında, farklı bir beraberlikte buluşmaktan kaynaklanan abartılı coşkusuna seyirci kalıyorum. Yüksek perdeli müzik sesine, şarkılara bir ağızdan eşlik eden arkadaşlarımın cıvıltısına kulaklarımı tıkayıp pencereden dışarıya bakmayı yeğliyorum. İçimden, oradaki varlığımın gereksizliğini düşünerek...

Ancak, fazla sürmüyor bu halim. Sıkıldığım, kendimi baskı altında hissettiğim zamanlardaki yöntemimi uyguluyorum gene. Huzursuzluğunu bir türlü üstünden atamayan Aslı'yı, uzman bir psikiyatr gibi, mercek altına alıyorum.

Şu anda yaşadığım nedir? Sınıf arkadaşlarımla geziye gidiyoruz... Peşin hükümlerle, hiçbir temele dayanmayan yakıştırmalarla bu güzelliği yaşamamak, aptallıkların en büyüğü değilse, nedir?

Anlamsız saplantılarını bir kenara it ve aklını başına topla Aslı! Abant, Safranbolu ya da Bursa... Ne fark eder ki? Senin için özel anlamlar taşısa da, Bursa'yı dışlayamazsın! Git, gör, gez... Sıradan bir turistin, sıradan bir mekâna yaptığı gezi gibi. Keyfini çıkar şu üç günün! Bir daha böylesini yaşama fırsatı bulamayabilirsin.

Her zamanki gibi, kendi kendime yaptığım telkinler işe yarıyor. Bir anda, tüm olumsuzluklarımdan sıyrılıveriyorum. Ağır bir yük kalkıyor sanki omuzlarımdan. Diğer koltuklarda oturan arkadaşlarımla eşitlenmiş olduğumu hissetmek, kasılıp kalmış bedenimi özgür kılıyor.

Henüz birkaç dakika önce, kendini ortamdan soyutlayıp tek kişilik dünyasına hapsetmiş, üzerine ölü toprağı varmışçasına durgun; küskün tavırlı Aslı'nın bir anda diğerleri gibi şarkılara eşlik eden, konuşan, gülen, neşeyi paylaşan, bambaşka bir kişiliğe bürünüvermesi, Murat'ın da dikkatinden kaçmıyor. Nedenine inmeye gerek duymadan, mutluluğunu yansıtan sıcacık bir gülümsemeyle teşekkür ediyor Aslı'sına...

İlk mola yerimiz feribot.

Darıca-Yalova arasındaki deniz yolculuğunu oldum bittim çok severim. İstanbul'dan Bodrum'a inişlerimizde, denize ulaşabilmek için önümüzde gidilecek uzun kilometrelerin olduğunu bildiğimden, iyot kokusunu doyasıya içime çekmeyi, martı çığlıklarını kulaklarımın derinliklerine depolamayı alışkanlık haline getirmişimdir.

Otobüsün feribottaki yerini almasıyla, aşağıya iniyoruz. Emre'yle Murat'ın cansiperane hizmetleri burada da sürüyor. Garsonlara iş bırakmadan, büfeden tost ve ayran servisine girişiyorlar.

"Susurluk tostu, Susurluk ayranı," diyerek, elindeki tepsiyi önce bana uzatıyor Murat.

Ardından da, sanki ilk tadıyormuşuz, daha önce hiç görmemişiz gibi, Susurluk tostunu ve içindeki Mihaliç peynirini anlatmaya koyuluyor.

"Bursa'nın Karacabey ilçesinde üretilen peynir, koyun ve inek sütünün karıştırılıp pişirilmesiyle oluşur. Gözenekli, tuzlu ve kendine özgü tattadır. Tostu her yerde yersiniz ama, Mihaliç peynirlisini zor bulursunuz."

İlle de bir kusur bulacağım ya, "Ekmeği gereğinden fazla büyük," diyorum. Söylediklerimi kanıtlamak için de yarısını yediğim tostun geri kalanını lokmalara ayırıp tiz çığlıklarla başımızın üzerinde dolanan martılara atıyorum. Ama, üstündeki üç parmak köpükle damağımda gerçek bir şölen yaratan Susurluk ayranına söyleyecek söz yok. Son damlasına kadar içip bitiriyorum.

Bursa'ya girerken, önce otele yerleşeceğimizi söylüyor Murat. "Odalarda yayılıp kalmak yok!" diyor. "Eşyalarımızı bırakıp hemen aşağı inmemiz gerek. Biliyorsunuz, program yüklü..."

Kalacağımız yer, şehir merkezinde üç yıldızlı, temiz bir otel.

"Gönül isterdi ki, beş yıldızlı ve termal bir otel olsun. Öğrenci işi bu kadar, kusura bakmayın artık," diyor Emre.

Girişte, resepsiyondan anahtarlarımızı alıp odalarımıza çıkıyoruz. Murat ve Emre de gezi boyunca otelde, bizimle kalacaklar. Görev sorumluluğuyla, evlerinin Bursa'da olduğunu unutmuş gibiler.

İki kişilik odayı Ferda'yla paylaşacağız.

Birkaç dakika içinde çantamdaki eşyalarımı boşaltıp dolaba yerleştiriyorum. Ferda'nın işi uzun, öyle çok şey getirmiş ki...

"Bunların hepsini giyecek misin sen?" diye soruyorum.

"Gezinin son günü ne giyeceğime karar veremedim de... Fazlalık ondan kaynaklanıyor. Kararımı buraya bıraktım, anlayacağın."

"Ne özelliği varmış son günün?"

"Programda, öğleden sonra serbest saat var ya... Emre, beni ailesiyle tanıştıracak. Onlara gideceğiz yani. En çok bir saatlik bir ziyaret ama, önemli tabii."

"Gelin ziyareti ha..." diye gülüyorum. "Yalnız, bir terslik var bu işte. Onlar seni görmeye, senin evine geleceğine, sen onların ayağına gidiyorsun."

"Önemsiz ayrıntılar bunlar. Bursa'ya kadar gelip de ailemle görüşmemek olmaz, diyor Emre. Haklı değil mi?"

Söylemekle söylememek arasında kararsız, durup yüzüme bakıyor.

"Ya siz? Murat da seni ailesiyle tanıştırmak istemiyor mu?"

İğne batırılmış gibi irkiliveriyorum.

"Hayır!" diyorum kesin bir ifadeyle. "Böyle bir durum, bizim için söz konusu bile olamaz."

"Hiçbir şey söylemedi mi Murat sana?"

"Söylemedi. Ne yanıt vereceğimi gayet iyi biliyor çünkü. Bursa'ya birilerini görmek ya da birileri tarafından görülmek için gelmedim ben. Buradaki günlerimin, okul gezisi olmanın ötesinde farklı amaçlara hizmet etmesine izin vermeyeceğim."

Kararlı tavrım, konuşurken elimde olmadan yükseliveren ses tonum karşısında susuyor Ferda. Beni ürkütmekten çekinir gibi sessizce, eşyalarını yerleştirmeye koyuluyor.

* * *

Murat'ın ağzından çıkan ilk sözcükler bile, onun ne kadar yetkin bir rehber olabileceğinin kanıtı sanki.

"Bursa, belki de Türkiye'nin en büyük tarih hazinesine sahip şehri," diye başlıyor. "Şunu bilmenizi isterim ki, bastığınız her karış toprakta tarihin ayak izleri vardır. Keşke zamanımız kısıtlı olmasaydı... Görülmeye değer çok sayıda yer arasından birkaç tanesini seçebildik ancak. Bugünkü programımızda Ulu Cami, Yeşil Cami, Yeşil Türbe ve Kapalı Çarşı var. Zamanımız kalırsa, arkeoloji müzesine de gidebiliriz. MÖ 3000 yılından Bizans devri sonuna kadar ele geçen buluntuların sergilendiği müzeyi görmenizi isterim."

Gezimize Bursa'daki mimari eserlerin en büyüğü olan Ulu Cami ile başlıyoruz. "Anıtsal giriş kapısı" dedikleri kapının önünde ayakkabılarımızı çıkarıp içeriye giriyoruz.

Bu, benim buraya ilk gelişim değil. Bir yaz tatili dönüşü. Bursa'dan geçerken, annem ve babamla beraber gezmiştik Ulu Cami'yi.

On dört yaşındaydım henüz. Çocukluktan yeniyetmeliğe adım attığım zaman diliminde, bu tür ortamların büyülü havasını solumak, pek de etkilemiyordu beni. Annemin, başımı örtmem için uzattığı eşarbı gönülsüzce aldığımı, yazlık sandaletlerimi kapıda bırakıp halıların üzerinde yalınayak yürüdüğümü anımsıyorum yalnızca.

Şimdi de, yüksek kemerli kapıların altından geçerek, kırmızı rengin hâkim olduğu Osmanlı motifleriyle bezeli halıların üzerinde gezinirken, o günlerdeki yeniyetme Aslı gibi hissediyorum kendimi. Daha içeriye girer girmez tüm ruhunu sarıp sarmalayan mistik gücün kollarına teslim olmamak için direnen, başına buyruk bir Aslı...

Buradaki rehberliğimizi yapacak cami görevlisi, "Ulu Cami, Bursa'da en çok cemaat alan camidir," diyor. "Ansiklopedik bilgilere göre, Yıldırım Bayazıt tarafından yaptırıldığı söylenir. Ancak, tam üç padişah görmüştür camimiz. Yapımına 1. Murat zamanında başlanmış, Yıldırım Bayazıt zamanında (1395) bitirilmiş. İnce ayrıntılarının ve süslemelerin tamamlanması ise Çelebi Mehmet zamanına kadar uzanıyor."

Ardından, teknik bilgilere geçiyor. Caminin yirmi kubbe, iki büyük minberden oluştuğunu; minberin abanozdan, çivi kullanılmadan yapılmış, gerçek bir Türk doğramacılığı şaheseri olduğunu anlatıyor.

Orta kısımdaki kubbenin üstü camla kaplı. Altında on altı köşeli mermer bir şadırvan var. Şadırvanın ilginç öyküsünü rehberimizin ağzından dinliyoruz: "Caminin inşa edileceği yerdeki yapıların yıkımı sırasında, bir kadın evini satmak istemiyor. Yine de zorla alınıyor ev. Gönül rızası olmadan alınan yerde namaz kılınmaz, gerekçesiyle evin üzerine gelen kısımda bu şadırvanın yapıldığı rivayet edilir."

Üç basamaklı fıskıyeden şadırvana dökülen suların sessiz coşkusunu, aynı sessizlik içinde izlerken, gün ışığının camekândan içeri yansımasını, bedenimin derinliklerinde oluşuveren gizemli duygu kıvılcımlarıyla beraber özümsemeye çalışıyorum.

Caminin dışarıya bakan parmaklıklı pencere içleri, küçük odacıklara açılıyor. Odacıklardan birinde, halının üzerine oturuyorum. Burası, caminin en farklı, en özel köşesiymiş gibi geliyor bana. Parmaklıkların önündeki Bursa manzarası, yaşamın gerçeklikleriyle örülü. Bir adım gerisindeyse, mistik, insanı dış âlemden soyutlayıveren bambaşka bir dünya...

Grup halinde caminin diğer bölümlerini adım adım geziyoruz. En ufacık ayrıntılar bile, görenini büyüleyecek yeterlilikte; ama ben, duvarların, sütunların, kemerlerin üstünü süsleyen yazıların güzelliğine takılıp kalıyorum. Usta bir hattatın elinden çıkmış olmalı, diye düşünüyorum. Rehberimizin sözleri de doğruluyor beni.

Duvara asılmış, ilk bakışta golf sopasını çağrıştıran, alt tarafı üçgen şeklinde; yassı, sopaya benzer, daha önce hiç görmediğimiz türde bir nesneyi gösteriyor bize.

"İşte bu yazıları yazan ustanın kalemi! Üç tarafını da kullanmış yazarken."

Kelimin üst tarafında, en az kalem kadar ilginç bir yazı var. Ustadan, camiyi gezenlere anlamlı bir ileti:

"Benden güzel yazan varsa, alsın yazsın!"

Bayılıyorum bu ifadeye. Kendinden ve yaptığı işten emin bir insanın, onunla yarışmaya kalkacak olanlara peşin yanıtı! Sözcüklerin altında yatan meydan okumaya alkış tutuyor yüreğim.

Yanım sıra, bedenimle bütünleşmiş bir gölge gibi beni izleyen Murat'a dönüp, "İşte bu!" diyorum. "Cami içinde en çok etkilendiğim, hattatın bu sözleri..."

Bunca ihtişam ve görkemin arasında bir tek bundan mı etkilendin, der gibi bir ifade var gözlerinde. Kendimi savunmak istercesine, gerekçelerimi sıralıyorum ben de.

"Alçakgönüllülüğe ne gerek var ki? Erişilmezliği ortada. Yüzyıllar öncesinden bugüne bile kafa tutabiliyor. 'İşte kalem, al da bir harfini yaz, yazabilirsen!' diyor."

"Tam da Aslı'ca bir yaklaşım," diyor Murat, yüzündeki buruk gülümsemeyle. "Benliğindeki hırs kıvılcımlarını harekete geçirdiği için, o sözcüklerle kendini özdeşleştiriyorsun."

"Yanılıyorsun Murat. Benimki, farklı bir düşünce tarzı belki... Kimsede bulunmayan bir özelliğin ya da yeteneğin varsa eğer, neden bunun gururunu yaşamayasın? Söylemek istediğim yalnızca bu."

Sonraki durağımız Kapalı Çarşı.

Ulu Cami'nin yanı başından Koza Han'ın kapısına kadar uzanan bölümün, Kapalı Çarşı'nın birinci kısmı olduğunu söylüyor Emre. Tarihi çarşının bugünkü hali pek eski değilmiş. 1958 yangınından sonra yapılan onarımlarla şu anda gördüğümüz son şeklini almış.

Kapıdan girer girmez, tam bir ışık cümbüşü kucaklıyor bizi. Kuyumcular, döviz büroları; gelinlik, çeyiz, ayakkabı, çanta, terlik, her türlü hediyelik eşya satan dükkânların ortak özelliği, göz alıcı bir ışık düzeniyle aydınlatılmış olmaları. Hiç yadırgamıyorum, ilk kez geldiğim bir yermiş gibi de görünmüyor gözüme. Çünkü, İstanbul'daki Kapalı Çarşı'nın ikizi sanki burası.

Alışveriş yapmaya niyetim yok. Pırıltılı vitrinlerdeki albenili yansımaları izlemekle yetiniyorum. Ama Ferda, gelinlik ve çeyiz mağazalarının önünde çakılıp kalıyor. Kuyumcu vitrinlerinin de hakkını vermeden ayrılmıyor önlerinden.

"Tam sana göre bir yer," diye takılıyorum. "Nişan ve düğün takılarını şimdiden seçmeye ne dersin?"

Diğerlerinden iki üç kat büyük, geniş cepheli vitrininde özgün motifli, göz kamaştırıcı mücevherlerin sergilendiği, kendisinin bile çarşı içinde tek taş pırlanta gibi parıldadığı kuyumcunun önünde duraklıyor Murat. Onu gören dükkân sahibi kapının önüne çıkıyor, kucaklaşıyorlar.

Konuşmalarından anladığım kadarıyla; orta yaşlı, nazik tavırlı bu adam, Alkanlıların aile kuyumcusu. Murat'la da oldukça içli dışlılar. Bizi içeriye davet ediyor ama, benden cesaret alamadığından olsa gerek, kapı önünde sohbet etmekle yetiniyor Murat.

Okşayan bakışlarla mücevherleri inceleyen Ferda, "Şanslısın," diye hınzırca gülüyor bana. "Böyle kuyumcu dostlar başına! Senin yerinde olsam, şimdiden gözüme bir şeyler kestirirdim."

"Kestir o zaman! Yakışır sana... Bursa gelini olmak için can atan sen değil misin? Ama bana dokunma! Cincik boncuk türünden takılarımla mutluyum ben. Fazlasında ne gözüm var, ne de hevesim..."

Kapalı Çarşı'dan çıkarken, "Bursa'da istediğiniz yere yürüyerek gidebilirsiniz," diyor Emre. "Bu kalabalık halimizle biraz zor olacak ama, biz de öyle yapacağız."

Küçük gruplar oluşturup, birbirimizden kopmamaya çalışarak Ulu Cami'nin önündeki caddeden dümdüz ilerliyoruz. Atatürk Heykeli'nin bulunduğu semtin adının "Heykel" olduğunu söylüyor Murat. Burası, şehrin merkezi sayılıyormuş.

Heykelin karşısında, pek çok kez adını duyduğum Ahmet Vefik Paşa Tiyatrosu var. Keşke burada bir tiyatro eseri izleyebilseydim, diye düşünmekten kendimi alamıyorum.

Yolumuza düpedüz devam ederek Setbaşı semtine geliyoruz. Yolun ortasında uzanan Setbaşı Köprüsü'nün altından akan çay, sağ tarafımızdaki Uludağ'ın bin bir tondaki yeşilinden yansımalar almışçasına canlı bitki örtüsü, gerçek bir yağlıboya tablo oluşturuyorlar önümüzde. Köprünün korkuluklarına dayanıp aşağıdaki huzur verici manzarayı izliyoruz bir süre.

Yeniden yürümeye başladığımızda, yol ayrımındaki ulu çınarın ilginç öyküsünü anlatıyor Murat.

"Yol yapımı sırasında ağacı kesmeye gelenlerin sakat kaldığı, getirilen kepçelerin eğildiği, dilden dile dolaşan bir rivayet. İnanıp inanmamak size kalmış. Ama gördüğünüz gibi, bu ulu çınar her şeye rağmen dimdik ayakta duruyor."

Yol ayrımının sol tarafından yürüyüşümüzü sürdürüyoruz. Az sonra, eski cumbalı evlerin korunduğu, birkaç yüzyıl öncesini yaşayan ve yaşatan şipşirin bir mahalleye geliyoruz. Bulunduğumuz semtin adı "Yeşil"! Pek çoğu restore edilmiş evler, "yeşil" adının hakkını vermek ister gibi, çınar ağaçlarıyla bütünleşmiş gibiler.

Turistik eşya satan dükkânlar haline getirilmiş eski evlerin bitiminde, Yeşil Türbe'ye ulaşıyoruz.

Emre'nin, Osmanlı türbe mimarisinin en güzel örneklerinden, diye tanımladığı sekizgen yapının üstünü, kurşun kaplı bir kubbe örtüyor. Mermer merdivenleri adımlayarak içeriye giriyoruz.

Çelebi Mehmet'in 1414-1421 yılları arasında, devrin ünlü mimarı Hacı İvaz Paşa'ya yaptırdığı türbede, kendi sandukasının yanı sıra oğullarının, kızlarının ve dayısının sandukaları da belli bir düzene göre sıralanmış.

Türbenin dört bir yanındaki yeşil renkli çini süslemeleri ve gene çiniyle kaplı mihrap, gerçek bir sanat şaheseri. Ancak 1855 büyük depreminde, türbenin ve yüzeydeki çinilerin hasar gördüğünü, şu anda gördüklerimizin, orijinalinin Kütahya çinileriyle onarılmış hali olduğunu öğrenmek, küçük çapta hayal kırıklığı yaratıyor.

Türbenin hemen karşısında Yeşil Cami var. Onun mimarı da Hacı İvaz. Süslemelerde kullanılan yeşil firuze ve çinilerden dolayı "Yeşil Cami" adını almış. Ulu Cami kadar büyük ve iddialı değil ama, beni daha çok etkiliyor nedense. Gözlerim, yeşil ve mavinin en güzel tonlarını cömertçe sunan çinilere takılı; yeşile, maviye kesmiş yüreğimle, çinilerden bedenime yansıyan renk armonisini tüm hücrelerimde duyuyorum.

Yeşil Cami'nin ilginç bir sırrı varmış. Altı yüzyıldır, caminin mihrabında yer alan şifreyi kimse fark etmemiş. Mihrabın üst tarafındaki ufak, çini panonun üzerinde çok az kullanılan "noktasız girift" yazısıyla, Farsça bir beyit yazılı:

"Zulmeden kişi, bu zulmü bana yaptığını sandı. Bana yapılan zulüm geçip gitti ama, vebali onun boynuna kaldı."

"Ne dersin?" diyor Murat. "Bu beyit, dünyanın en değerli çinileriyle kaplı mihraba neden nakşedilmiş olabilir ki?"

"Asırlar öncesinden bize ulaşan şifreyi çözmek bizi aşar. Bunu biz değil, zulmü yapan düşünmeliydi."

"Neyse, yapılan zulmün vebali de yapanın boynuna kalmış zaten. Kıssadan hisse, bana zulmetmeden önce bir değil, iki kez düşün Aslı'cığım."

Çıkışta, "Biraz mola verelim," diyor Murat. "Bursa manzarasına karşı çay içmeyi fazlasıyla hak ettik."

Caminin arkasındaki Yeşil Çay Bahçesi'ne doğru yürüyoruz. Küçük gruplar halinde, bulduğumuz boş masalara yerleştiğimizde, ne kadar yorulduğumu daha iyi anlıyorum.

Harika bir yer burası. Bursa, tüm görkemiyle ayaklar altında. Çaylarımızı yudumlarken, Murat'ın gözleri üzerimde. Gezdiğimiz yerlerden etkilenme derecemi, beğeni terazimdeki ibrenin ne yöne kaydığını anlamak ister gibi.

"Çay iyi geldi," diyorum tüm aymazlığımla. "Bundan sonra ne var programda?"

Murat'ın yanıtı yalnız bana değil, tüm gruba yönelik.

"Alışveriş meraklılarına duyurulur," diyor yüksek sesle. "Yeşil Türbe'nin duvar komşusu Yeşil Çarşı'yı mutlaka gezmelisiniz. Bir saatlik serbest zamanımız var. İsteyen, istediği gibi değerlendirebilir."

Ardından da kolumdan tutup kaldırıyor beni.

"Gel," diyor. "Biz de çarşıya gidelim. Orada seninle tanıştırmak istediğim biri var."

Yan yana sıralanmış, porselenden halıya, kilime; hediyelik eşyadan antikaya, aranan her şeyin bulunabileceği, alışveriş yapmak istemeyeni bile kendine çekecek kadar albenili şirin dükkânlar...

Antikacı olarak değerlendirebileceğim, önündeki tezgâhta Bursa'yı, Yeşil Cami'yi, Yeşil Türbe'yi tanıtan eski ve yeni kitapların sergilendiği; bir tarafında otantik giysilerin, diğer tarafında hediyelik eşyaların yer aldığı bir dükkânın kapısında duraklıyor Murat. Başını uzatıp içeriye bakıyor.

"Taze çay var mı?" diye sesleniyor. Ardından da elimden tutup içeri çekiyor beni.

Antika masanın gerisinden ayağa kalkan yaşlıca bir adam, gözlerinde sevinç ışıltılarıyla, kollarını iki yana açarak Murat'ı kucaklıyor.

"Hoş gelmişsin oğlum! Gözlerim nicedir seni arıyordu..."

"Hoş bulduk Cihan Amca. Ben de çok özlemiştim sizi."

Kavuşma heyecanıyla beni bir köşede unutmuş gibiler. Bu sayede, Murat'ın "amca" diye hitap ettiği kişiyi rahatça inceleme fırsatı buluyorum... Turistik eşya satan bir dükkâna ters düşecek kadar düzgün giyimli; kahverengi takım elbisesi, aynı tondaki çizgili kravatı, kol düğmeli beyaz gömleği ve görmüş geçirmiş haliyle tam bir İstanbul beyefendisi.

Yaptığım bu yakıştırmaya gülüyorum içimden. İstanbul da nereden çıktı; olsa olsa Bursa beyefendisi olur Cihan Bey!

Sonunda hatırlıyorlar beni; daha doğrusu Cihan Bey, benim oradaki varlığımı geç de olsa fark ediyor.

"Bu dünyalar güzeli küçükhanımla tanıştırmayacak mısın beni Murat?"

"Tanıştırmaz olur muyum? Onun için geldik buraya. Arkadaşım Aslı... Ve benim, sohbetine doyum olmayan biricik Cihan Amca'm!"

Öyle içten "amca" diyor ki, aralarında gerçek akrabalık bağı olduğunu düşünüyorum önce. Ama, sohbet ilerledikçe, Cihan Bey'in öz amca değil, akrabalıktan öte bir bağla Alkanlılarla kaynaşmış, gerçek bir aile dostları olduğunu anlıyorum.

"Umarım camiyi ve türbemizi beğenmişsinizdir, Aslı kızım..." diyor, dikkatli gözlerle yüzümü tararken.

"Oraları gezdiğimizi nereden çıkarıyorsun Cihan Amca?" diye gülüyor Murat. "Henüz yeni gelmiş, gezmeye hazırlanıyor olamaz mıyız?"

"Yanılmam ben! Hele yüzünüze çinilerin mavi yeşil ışıltısı düşmüşken..."

Kadife yumuşaklığındaki ses tonundan, özenle seçtiği sözcüklerden etkilenmemek elde değil.

"Cihan Amca, Bursa'nın vazgeçilmezlerindendir," diye anlatmaya başlıyor Murat. "Babası Ali Cevat Borçbakan, Atatürk'ün ilk Düyun-u Umumiye(*) bakanı. Kendisi ise Yeşil düzenleme alanında üç turizm bakanına başdanışmanlık yaptı. Şimdi da *Bursa Haber* gazetesinde köşe yazıları yazıyor."

Bunları sayıp dökerek, beni onunla kaynaştırmaya çalışmasına hiç gerek yok, öylesine sıcak bir kişiliği var ki Cihan Amca'nın, karşısındakini ilk anda sarıp sarmalayabiliyor. Söylediği her sözün altında yatan felsefi yaklaşım da buna eklenince, duyduğum hayranlık her geçen saniye daha da artıyor.

Gizlemeye gerek görmediği bir gururla, "Ailece iki yüz otuz sekiz yıldır Bursalıyız biz," diyor Cihan Bey. "Bense, 1954'ten yana buradayım. Otuz sekiz yıldır da gazetecilik yapıyorum."

Murat'la, hatta benimle bile arkadaşmışız gibi konuşuyor ama, asıl dostluğun Murat'ın babası, hatta dedesiyle kurulup bugünlere dek sürdüğünü çıkarabiliyorum.

Onun bu sıcak ve içten davranışları dilimi çözmeye yetiyor. Yeşil Cami'yi ve türbeyi çok beğendiğimi, ancak türbenin çinilerinin büyük Bursa depremi sonunda değiştirildiğini öğrendiğimde duyduğum üzüntüyü, yerine konanın aslı gibi olamayacağını... sayıp döküyorum.

"Burada bir yanlış anlaşılma var," diyor Cihan Bey. "1855 depreminde caminin iki minaresi yıkılmış, ancak türbeye hiçbir şey olmamış. Ne var ki deprem, Bursa'nın iklimini değiştirmiş, batı rüzgârları hâkim olmuş kente. Bu durumun yarattığı sonuç ilginç: Yağmurlar türbenin doğu cephesinde yüzeyden girip orada kalıyor,

(*) Maliye.

kışın da donuyorlar. Buzlar erirken, çiniler patlıyor. 'Çini kusması' diyoruz buna. Anlayacağınız, türbeyle çinilere asıl zararı veren ve değiştirilmelerine neden olan, depremin kendisi değil, yarattığı iklim değişikliği olmuştur."

Bazı yetkin, özel ve birikimi olan kişilere "derya gibi adam" derler ya... Bu söz Cihan Bey için söylenmiş sanki. Anlattığı ilginç saptamaların yanı sıra, gitgide artan hayranlığımı şaşkınlığa dönüştürmeyi de pek güzel başarıyor. Hepsinden önemlisi; kitaplara, ansiklopedilere geçmemiş, her nedense su yüzüne çıkma fırsatı bulamamış bir gizi paylaşıyor bizimle.

"Yeşil Türbe'nin pek bilinmeyen bir de sırrı var," diyor. "Bazı çinilerin değiştirilmesini gerektiren çok farklı bir neden... II. Mehmet'in yaptırdığı türbede, mihrap kısmının üzerinde iki tane heykelcik bulunuyor. Düşünün... İslam dinine göre resim ve heykel kesinlikle yasak! Ve 1400'lü yıllarda yapılmış İslami bir eserde iki tane heykelcik var. Bu durum ancak 1924 yılında fark edilebiliyor ve kapı sökülüp yerine çini döşeniyor."

"Şimdi nerede o kapı?"

"Şu anda Kayseri Müzesi'nde, kapı örneği olarak sergileniyor. Çivisiz, Hindistan'dan getirilmiş 'taka' ya da 'tik' denilen bir cins ağaçtan yapılmış, tam bir sanat şaheseri..."

"Aman Cihan Amca," diye araya giriyor Murat. "Aslı'ya anlatılacak şeyler değil bunlar. İlle de göreyim, diye tutturabilir. Bir de Kayseri yollarına düşürme bizi..."

"Tamam," diyor Cihan Bey. "Biz gene Bursa'ya dönelim. Umarım şehrimizi beğenmişsindir Aslı... Buraya ilk gelişin mi?"

"Daha önce de birkaç kez geldim. İzmir'e ve Bodrum'a inerken ya da İstanbul'a dönüşlerimizde. Fazla tanıma fırsatım olduğunu söyleyemem."

Sorusunun tam yanıtını alamamış gibi yüzüme bakmayı sürdürünce, "Gördüğüm kadarıyla beğendim galiba," diyorum gitgide kısılan, kendime bile yabancı gelen sesimle.

"Beğenmeyip de ne yapacaksın?" diye ellerini iki yana açıyor. "Havası güzel, suyu güzel, doğası yemyeşil... On beş kilometre ötede Uludağ ve kar; yarım saatlik mesafede Mudanya ve deniz... Bu özelliklere sahip kaç şehir var Türkiye'de? Ama, yeterince sevmen için zaman gerekir. Beğenmek kolay, sevmek zordur çünkü. İz bırakacak bir şeylerin yaşanmasını bekler sevmek..."

Konuşmanın gitgide Bursa ve benim Bursa'yla ilgili izlenimlerim üzerinde yoğunlaşmasından hoşnut değilim. Hatta bu tanışmanın düzmece olduğu; dik başlı, dediği dedik Aslı'yı farklı yönlerden kıskaca alma amacı taşıdığını bile düşünüyorum.

Neden getirdin beni buraya Murat? Böyle yetkin bir ağzın etkili konuşmalarına karşı koyamayıp pes edeceğimi düşündüğün için mi? Henüz birbirimize bile açıp dile getiremediğimiz, yalnızca yüreklerimizde büyüttüğümüz sorunu, dakikalar öncesine kadar hiç tanımadığım biriyle tartışmamı mi bekliyorsun benden?

Belki de yanılıyorum... Murat'la önceden konuşmasalar da, Cihan Bey bilge kişiliği ve güçlü içgüdüleriyle içinde bulunduğumuz durumu çözecek yeteneğe sahip. Ancak, karşısında hanım hanımcık sessizce oturan, saygıda kusur etmeyen çıtı pıtı genç kızın ne kadar çetin bir ceviz olduğunu bilmiyor henüz.

Murat'la ben çaylarımızı içerken, Cihan Bey de ağır hareketlerle tütün doldurduğu piposunu yakıyor. Hayrettir, sigara kokusuna bile dayanamayan ben, piponun kokusundan rahatsız olmuyorum, hatta hoşuma bile gidiyor.

Havaya savurduğu dumanları izleyerek, bu kez de farklı bir cepheden giriyor konuşmaya.

"Bursa, pek çok ünlüyü değişik şartlarda ve ortamlarda ağırlamıştır. Nâzım Hikmet'in 1950'ye kadar Bursa Cezaevi'nde yattığını biliyorsunuzdur..."

Konunun değişmesi, üstelik Nâzım Hikmet adının geçmesi, kısa bir süre için Cihan Bey'in yüzüne kapattığım kapıları yeniden aralamama yetiyor.

"Bilmez olur muyuz?" diye atılıyorum. "Burada yazdığı tüm şiirleri okuduk Murat'la."

Küçük itiraflar içeren bu sözlerin ardından, mahcubiyetle karışık bir pişmanlıkla başımı öne eğip susuveriyorum. Cihan Bey'se, anlamamış görünüp bir başka soruya atlıyor.

"Ya Aziz Nesin? Onun da sürgün günlerini burada yaşadığını biliyor muydunuz?"

İşte bunu bilmiyordum! Yanıtlarını Cihan Bey'den öğrenebileceğim diğer bilmediklerim gibi... Ancak, bundan fazlasına ne gerek, ne fırsat, ne de uygun bir zaman dilimi olacak önümüzde.

İlk ve son kez görüştük! İtiraf etmeliyim ki, kanım ısındı; hayran kaldım ona. Ama hepsi bu.

Hoşça kal Cihan Amca! Hoşça kalınız Cihan Bey!...

Ne siz, ne de Murat; Bursa'da, Nâzım Hikmet ve Aziz Nesin gibi, hapis ya da sürgün hayatı yaşatamayacaksınız bana...

✣ ✣ ✣

Akşam yemeği için Uludağ yolu üzerinde, "kendin pişir kendin ye" türünde, bir Bursa klasiği olan ünlü et lokantasına gidiyoruz. Bizim için, yalnız bize ait özel bir bölüm ayrılarak, masaların yan yana getirilmesiyle oluşturulmuş "U" şeklinde, hepimizin birbirini görebileceği bir yerleşim düzeni hazırlanmış.

Kendin pişir kendin ye, dense de; bu özel gecede bize düşen yalnızca yemek, pişirme işine karışmıyoruz. Önümüze konan değişik damak tatları, bu yörenin yemek kültürünü cömertçe sunarken, mangal işinin de kendine göre bir sanat olduğunu kanıtlıyor. Çeşit çeşit köfteler, dönerler, ızgara etler durmadan servis yapılıyor tabaklarımıza. Hepsini yemek, benim gibi iştah yoksunu biri için mümkün değil; uçlarından küçük lokmalar alarak tadına bakmakla yetiniyorum.

"Dur, deyinceye kadar getirirler," diyor Emre. "Noktayı koymak size kalmış."

Doygunluk sınırını çoktan aştık. Gene de, kimsenin "dur" demeye niyeti yok. Bir sonraki servis tabağındaki tadın, önüne geçilmez merakı var herkeste.

Murat'la Emre, gecenin eğlence yönünü de düşünmüşler. Yalnızca bize çalıp söylemek üzere, özel olarak getirilmiş fasıl heyetine şarkılarımızla eşlik ediyoruz. Yemeğin sonlarına doğru, iyiden iyiye ısınıyor hava. Bu tür ortamlarda göze batmamayı yeğleyen ben bile, paylaştığımız keyif dolu dakikaların hakkını verebiliyorum. Önümde duran yarısı içilmiş şarap kadehinin hiçbir günahı yok, içimdeki kıpırtılı neşe içkiden kaynaklanmıyor.

Fasıl heyetinin çaldığı parçaların kıvraklığına paralel çizgide artan hareketlilik, yavaş yavaş bedenlerimize yansıyor. Önce kollar kalkıyor havaya. Masa başında tempolu salınımlar... Ardından da, yerlerinden fırlayıp uysun uymasın, yakışsın yakışmasın, içlerinden geldiğince oynamaya başlıyor herkes.

Sandalyemi onlara doğru çevirip çektikleri halayı, oynadıkları kasap havasını tempo tutarak, keyifle izliyorum. Elimden tutup beni de kaldırmak istiyor Murat. Gülerek, başımı iki yana sallıyorum.

Ne var ki, arkadaşlarımın hoplayıp zıplamaktan yorgun düştüğü, yerlerine oturup soluklanmaya çalıştığı sırada, kulaklarıma ulaşan "Misket"in büyülü çağrısına karşı koyamıyorum. Orada benden başka hiç kimse yokmuş gibi, içinde bulunduğum zamanı ve şartları unutmuşçasına, tek kişilik dünyamda bütünleşiveriyorum Misket'le.

Güvercin uçuverdi/Kanadın açıverdi/Elin oğlu değil mi/Sevdi de kaçıverdi
Güvercinim uyur mu/Çağırsam uyanır mı/Yar orada ben burda/ Buna can dayanır mı
A benim hacı yarim/Başımın tacı yarim/Eller bana acımaz/ Sen bari acı yarim
Caminin müezzini yok/İçimin düzeni yok/Çok memleketler gezdim/Misket'ten güzeli yok
Daracık daracık sokaklar/Misket şeker topaklar/Pul pul olsun dökülsün/Kız seni öpen dudaklar

Nağmelere konulan son noktayla, alkış sesleri yükseliyor masadan.

"Seni İstanbullu bilirdik Aslı," diyor Tolga. "Ankara'dan su içmişliğin de mi var yoksa?"

Benim yerime Ferda yanıtlıyor Tolga'yı.

"Arkadaşım her yörenin oyununu en iyi şekilde oynar! Liselerarası folklor yarışmasında okulumuzun kazandığı birincilik kupasında en büyük pay onundur."

Bilinmeyen bir yönümün, dansın her türüne olan gizemli tutkunluğumun, umulmadık bir anda keşfedilmesinden huzursuzum. Tek kişilik gösteriyle tüm ilgiyi üzerime çekmekten de hoşnut değilim açıkçası.

Düşüncelerinin ne yönde olduğunun merakıyla, Murat'a doğru kaldırıyorum başımı. Gözleri ışıl ışıl... Yepyeni bir Aslı'yı, yepyeni duygularla kucaklıyor sanki.

Yaptığı yaramazlığı unutturmak için, dikkatleri başka yöne çekmeye çalışan çocuklar gibi, "Çok severim Misket'i," diyorum. "Oyunumla eşlik ettiğim bu ezgi, hüzünlü bir ağıttır aslında. Folklor dersinde anlatmışlardı. Birbirini seven iki gençten Huriye'yi adıyla çağırmazmış sevdiceği; Misket, dermiş. Misket'in, sevdiği gençle kendisine âşık olan bir başka delikanlının, onun için dövüşmelerini izlemek için çıktığı ağaçtan düşüp ölmesi üzerine yakılmış bu ağıt. Zamanla, ağıt özelliğini yitirerek oyun havası şekline dönüşmüş."

Sözlerimi bitirip yerime oturmaya hazırlanırken; fasıldakiler, alkışlardan dökülen istekler doğrultusunda, "Çökertme"ye geçiyorlar.

Farklı yöreler gibi görünse de, Ege ve İç Anadolu'nun ezgilerinde, oyunlarında ortak yanlar olduğunu düşünmüşümdür hep; hatta bir keresinde folklor hocamla da paylaşmıştım bu görüşümü. Ege'nin zeybeklik ve efelik, Ankara'nın seğmenlik kavramlarıyla ruh kazanan oyun havaları, benzer beden dilleriyle hareketleniyor. Kolların aynı tarzda havaya kaldırılışında, tek tek ayak basışlarda ortak özellikler var.

Kafamdaki folklorik irdelemelerin etkisiyle yaşadığım duraksamayı, alkışlarıyla kırmaya çalışıyor arkadaşlarım. Devam etmekle etmemek arasındaki kararsızlığım, yüreğime dolan ezginin içinde eriyiveriyor.

Çökertme'den çıktım da Halil'im aman başım selamet
Bitez de yalısına varmadan Halil'im aman koptu kıyamet
Arkadaşım İbram Çavuş Allah'ıma emanet

Burası da Aspat değil Halil'im aman Bitez yalısı
Yüreğime ateş saldı dostlar kurşun yarası

Gidelim, gidelim de Halil'im Çökertme'ye varalım
Kolcular görürse Halil'im nerelere kaçalım
Teslim olmayalım Halil'im yaylım ateş açalım
Burası da Aspat değil Halil'im aman Bitez yalısı
Yüreğime ateş saldı dostlar kurşun yarası

Güvertede gezer iken aman kunduram kaydı
İpek de mendilimi Halil'im aman ü-rüzgâr aldı
Çakır da gözlü Gülsüm'ümü Çerkez kaymakam aldı
Burası da Aspat değil Halil'im aman Bitez yalısı
Yüreğime ateş saldı aman kurşun yarası

Bu kez yalnız değilim, Barış var karşımda! Muğlalı Barış, Çökertme'yi duyar da yerinde oturabilir mi?

Halk ozanlarının karşılıklı atışmaları gibi, birbirimizin hareketlerine yanıt vererek, uyumla ve son derece büyük bir keyifle oynuyoruz Çökertme'yi. Kollarımız aşağı indiği anda, öncekinden de büyük bir alkış kopuyor masadan. Gözüm Murat'ta. Oyunu beğenip beğenmediğini değil, Barış'la karşılıklı oynamamı nasıl değerlendirdiğinin merakındayım.

Murat'ın yanıtı, hiç ummadığım kadar çarpıcı oluyor.

"Sen neymişsin be Aslı'm!" diye kucakladığı gibi, havaya kaldırıyor beni. Birkaç kez kendi çevremizde döndürdükten sonra yere bırakıyor. Yüzüme, saçlarıma; neresi rast gelirse, çılgınca öpücükler konduruyor. O kadar kişinin içinde, dudaklarım bile bu öpücük yağmurundan payını alıyor.

Barış konusunu çoktan aşmış, belli. Kendine güveniyor artık. Abartılı kutlamasıyla; "Bu gördüğünüz Aslı, yalnızca bana ait, bilmiş olun!" der gibi, bir bakıma meydan okuyor.

"Helal olsun Aslı!" diyor Emre. "Kankamı yarı yolda bıraksan da, harikaydın."

"Murat'ın da buna bir karşılık vermesi gerek," diye araya giriyor Selin. "Bursa'yı temsil ettiğini unutma, göster kendini arkadaşım."

"Ne yapabilirim ki?" diye gülüyor Murat. "Kılıç kalkan oynayacak halim yok ya. Ama, iyi bir çeribaşı olabilirim belki..."

Fasıl heyetine dönüp, "Patlat arkadaşım bir Roman havası!" diyor.

Hodri meydan, der gibi bir hali var. Roman havasının altından kalkamayacağımı düşünüyor olmalı. Ama yanılıyor! Bedenim, daha önce hiç duymadığı bir müziğin içimdeki yansımasına bile uyumla yanıt verebilir. Pek çok kez örneğini yaşadığım gibi...

Başlıyoruz. Kabul etmeliyim ki, çok iyi oynuyor bu oyunu Murat. Ama ben de yabana atılacak lokma değilim.

Sol omzuna doğru hafifçe eğdiği başı, iki yana açılmış kolları, ince ayak hareketleriyle oyunun hakkını veren Murat'ın karşısında, onunla uyum sağlamak için özel bir gayret göstermiyorum. Kulaklarıma dolan müziğin büyüsüne bırakıyorum bedenimi yalnızca. Gerisi kendiliğinden geliyor zaten. Ellerimi omuzlarıma, dizlerime, kalçalarıma vururken, gizemli bir gücün kollarındayım sanki.

Buz kez alkışlar iki kişilik. Murat da hak ettiği beğeniyi topluyor izleyenlerinden.

Soluk soluğa yerlerimize oturuyoruz. Elini omzuma atıyor Murat, kendine doğru çekiyor beni.

"Asil çingenem benim," diye fısıldıyor kulağıma. "Karmen'im! Aşkım..."

Ardından, biraz geri çekilip ilk kez görüyormuş gibi bakıyor yüzüme.

"Henüz tanımadığım kaç yüzün daha var geride? Bu değişken halinle, tekrar tekrar âşık ediyorsun beni kendine. Bir Aslı'yı sevdiğimi sanırken, bin Aslı'yı sevdiriyorsun bana..."

* * *

Sabah, otelde yaptığımız kahvaltının ardından, Mudanya'ya hareket ediyoruz. Otuz dakikalık, yeşille mavinin koynunda süren, kısa bir yolculuk. Sol tarafımızda limon, zeytin, mandalina ağaçları; sağda ise göz alabildiğine uzanan billur gibi bir deniz.

Şipşirin bir sahil beldesi Mudanya, Bursa'nın iskelesi sayılıyor. En güzel Osmanlı evlerinin burada bulunduğunu söylüyor Emre. Gerçekten de çok güzeller, kartpostallardan fırlamış gibi her biri. Kırmızı kiremitli çatıları, sarı ya da beyaz dış cepheleri, cumbaları, kahverengi ahşap pencere pervazlarıyla güler yüzlü ev sahipleri gibi, mutluluk aşılıyorlar insana.

Bu evlerin en önemlisi, "Mütareke Binası", kuşkusuz. Kurtuluş Savaşı'nın zaferle noktalandığını onaylayan Mudanya Mütarekesi, 11 Ekim 1922'de bu evde imzalanmış. Sonradan müze haline getirildiği için, "Mudanya Mütareke Evi Müzesi" deniliyor.

19. yüzyılın sonlarında yapılmış, bir yüzü denize dönük, sıradan bir Osmanlı evi ama, öylesine ilginç gelişmelere sahne olmuş ki... Halim selim, soğukkanlı yapısıyla tanınan İsmet Paşa'nın yumruğunu masaya indirdiği yer burası. Anlaşmaya varılıncaya kadar, son derece sıcak tartışmalar yaşanmış.

İnönü ve Asım Gündüz Paşa'nın yatak odalarının bulunduğu üst kat ziyaretçilere kapalı. Biz de, alt kattaki, mütarekenin imzalandığı salonu ve çalışma odalarını geziyoruz.

Evdeki mobilyaların hepsi klasik çizgide. Mütareke Salonu'nda görüşmelere katılan Türk ve yabancı devlet adamlarının maketleri var. Öylesine canlı görünüyorlar ki, masanın başında, sandalyelerinde oturmuş tartışıyorlar sanki.

Dışarıya çıkarken, giriş kapısının yanında duvara asılmış, imzalanan antlaşmanın şartlarını içeren bir tabela ilişiyor gözüme. Tarih kitaplarımızda okuduklarımızın ötesinde, o günlerden çıkıp gelmiş, o günkü tazeliğinde, erişilmez bir belge. Çantamdan kâğıt kalem çıkarıp satır satır, noktasına virgülüne kadar tüm ayrıntılarına sadık kalarak yazmaya koyuluyorum.

Ceren'le Ebru da eğilmiş, giriş katının penceresine asılı perdeyi inceliyorlar. Danteli elişi mi, değil mi, diye tartışarak...

Murat'ın alaycı bir gülüşle hem bana, hem de onlara baktığını görünce, biraz da kızarak, "Hayırdır!" diyorum. "Gülmeni gerektirecek ne var ortada?"

Usulca yanıma sokuluyor.

"Bizim kızların haline baksana," diyor. "Çeyizlik perde seçiyorlar sanki. Ama sen... Şu duruşunla bile farklılığını haykırıyorsun. O güzel yüzünün gerisinde işleyen bir beynin var. Aslı'yı boşuna seçmedi bu Murat! Yalnız kaşına gözüne âşık olmadı."

"Sen de bu halinle, bilmeden bir ilke imza attığını farkında mısın?"

"Neymiş o ilk?"

"Mütareke Evi'nin sınırları içinde aşkını ilan eden ilk kişi kim olabilir sence?"

"Ben! Tabii ki ben... Her yerde, her şartta, her zaman... Asla vazgeçmeyeceğim bundan!"

Evden çıkınca, hep beraber, Mütareke Meydanı'yla iskele arasındaki sahil yolu boyunca yürüyoruz. Balıkçı lokantaları, çay bahçeleri ve mis gibi iyot kokusuyla insanın içine ferahlık veren, pırıl pırıl bir deniz... Çay bahçelerinden birine girip oturuyoruz.

Yanımızdan geçen simitçiden birkaç tane simit alıp masalara dağıtıyor Murat.

"Mudanya'nın simidi ünlüdür," diyor. "Tadına doyum olmaz."

"İyi de," diyor Ferda. "Neden üç kişiye bir simit düşüyor? Cebinde akrep mi var Murat'çığım?"

"Cimrilikten değil," diye gülüyor Murat. "İştahınızı Trilye'ye saklamanız için. Orada, harika bir balık ziyafeti bekliyor bizi."

Zeytin bahçelerini delercesine açılmış, on kilometrelik bir yol... Murat'ın önerisiyle otobüsü durdurup, Trilye'yi tepeden kuşbakışı seyrediyoruz önce. Ardından yolumuza devam edip bende yıllar sonrasına uzanabilecek izler bırakacağını henüz bilemediğim, gizemli düşler ülkesine ulaşıyoruz.

Ve ben vuruluyorum Trilye'ye!

Kırmızı kiremitli evleriyle ilk bakışta Mudanya'yı andırıyor ama, çok farklı bir görmüş geçirmişlik barındırıyor koynunda.

Küçük, şipşirin bir sahil beldesi... Yıllar yıllar önce, sessiz ve dingin bir yaşam sürerken, aniden duruveriyor saat! O günkü özgün haliyle, hiç değişmeden, kalın bir sis perdesinin ardında, öylece kalıyor. Birilerinin gelip onu keşfetmesini bekler gibi...

Otobüsümüzü iskele meydanına bırakıp yol boyunca yürümeye başlıyoruz. Caddeyi diklemesine kesen dar sokaklardan birinin başında küçük, ahşap bir tezgâhın önünde duruyor Murat.

"Merhaba Hasan Abi!"

"Oo, hoş gelmişsin Murat Abi'm! Epeydir görünmüyordun..."

İkisinin aynı anda birbirlerine "abi" diye hitap etmeleri, hoş bir çelişki. Murat'ın, "abi" dediği Hasan'dan küçük olduğu kesin. Hasan da, saygıda kusur etmemek için böyle davranıyor olmalı.

Hasan, tezgâhtaki ürünlerini tanıtıyor bize. Kırma, çizik, salamura, sele, tuzlu, tuzsuz zeytinler; şişelere ya da tenekelere doldurulmuş zeytinyağları, odun ateşinde pişmiş taş fırın ekmeği...

"Hepsi kendi üretimimiz!"

"Alışverişe değil, gezmeye geldik," diyor Murat. "Sen önce arkadaşlarıma Trilye'yi tanıt, zeytinini sonra satarsın."

Ayağında basma şalvarı, saçlarının yarısını örten oyalı yazmasıyla yanı başında duran orta yaşlı kadına dönüyor Hasan.

"Tezgâh sana emanet abla, birazdan gelirim ben."

"Hasan Abi Trilye'nin yerlilerindendir," diyor Murat. "Zeytin işi yaptığına bakıp aldanmayın, gerçek bir turist rehberidir kendisi."

Trilye'nin daracık sokaklarında ilerlemeye başlıyoruz. Hasan, iki adımda bir duraklayarak, belli bir metne bağlı kalır gibi, yineleye yineleye ezberlediği bilgileri dağarcığından çıkarıp bizlere sunuyor.

Önce, "Trilye" adının nereden geldiğini anlatıyor.

"Bu konuda üç rivayet var. Bakalım siz hangisinin doğruluğuna inanacaksınız... Bunlardan ilki şöyle: Cenevizliler zamanında, birbirine yakın üç köy vardır burada. Korsanlar sürekli olarak bu köylere saldırırlar. Dağınık kalırlarsa korsanlarla baş edemeyeceklerini anlayan üç köyün halkı toplanır ve Trilye oluşur."

Anlattıklarının tepkisini ölçmek ister gibi, kısa bir süre duraklayıp ikinci rivayete geçiyor.

"MS 376'da Hıristiyan din adamları İznik'te toplanmışlar. 'İznik Konsülü' diye tarihe geçen toplantıda din adamlarının arasında görüş ayrılığı çıkmış. Aya Yani, Aya Yorgi ve Aya Satri adlarında üç papaz, başpiskoposla anlaşmazlığa düşünce aforoz edilmişler. Onlar da gelip Trilye'nin bulunduğu yere yerleşmişler. Tri: üç, ilya: papaz anlamına geliyor ya... Bu üç papazdan dolayı 'Trilya' denmiş buraya.

Bir başka rivayet de, Latincede 'Trilya' sözcüğünün 'kırmızı balık, barbunya' anlamına gelmesinden kaynaklanıyor. O zamanlar, dere ağzında bol miktarda barbunya bulunurmuş, hatta buradan Doğu Roma İmparatorluğu'na bile götürülürmüş. Kırmızı balık diyarı, anlamına gelsin diye bu adın yakıştırıldığı da söylenir.

Evet... Söyleyin bakalım, hangi rivayet daha yakın geldi size?"

"Bir dakika Hasan Abi," diye araya giriyor Murat. "Bunların hepsi dilden dile dolaşarak günümüze kadar ulaşmış ilginç öyküler. Ancak, bu konuda derinlemesine inceleme yapmış bir büyüğümüzden öğrendiklerimi sizinle paylaşmak isterim. 'Trilia' sözcüğüne Rumca ya da Latincede rastlanmıyor. Yapılan incelemede, eski Rumca metinlerde, yani daha eski dilde, kırmızı barbunya balığına 'trilia' dendiği görülüyor. Ve Trilye'nin adının bu bölgedeki ünlü balıktan aldığı belirtiliyor."

İçgüdüsel bir seziyle, incelemeyi yapanın Cihan Amca olabileceğini düşünüyorum. Öne sürdüğü tez aklıma yatıyor. Tüm rivayetler bir yana, kökeni tartışılan adın, kırmızı barbunya balığından geldiğine inanıyorum ben de.

"1900'lü yılların başında, 'Mahmut Şevket Paşa Kasabası' denmiş Trilye'ye," diyor Hasan. "1963'te de 'Zeytinbağı' olarak yeniden değiştirilmiş. Özellikle resmi yazışmalarda, 'Zeytinbağı' olarak anılıyor beldemiz. Ama, gönlümüzde hep 'Trilye' adıyla yaşamını sürdürecek..."

Zeytinbağı... Pek güzel anlatıyor aslında burasını. Zeytinin ön plana çıkarılışı yerinde bir yaklaşım. Ancak "Trilye" sözcüğü, Latince kökenli de olsa, daha sıcak geliyor. Bu konuda Hasan'ın sözlerine tüm kalbimle katılıyorum. Hele Trilye'nin geçmişinde yatanları öğrendikten sonra...

1330'lu yıllara kadar Bizanslılara ait bir Rum kasabası olarak varlığını sürdürmüş Trilye. Sonraları Osmanlı kasabası olmuş ama, Rumlar da buradaki yaşamlarına devam etmişler. Sonra, bir gün içinde evler boşaltılıvermiş.

"Mübadele!" diyor Hasan. "Lozan Antlaşması'nın ardından, alınan mübadele kararıyla Rumların tümü Yunan adalarına göç etmek zorunda kaldılar. Benzer şekilde, Yunan adalarında yaşayan Türkler de buraya getirilip gördüğünüz Rum evlerine yerleştirildiler. İki taraf da çok, ama çok acı çekti."

Tepeden bakıldığında, yapılması ve yaşanması gereken bir uygulama, diye düşünülebilir. Ancak, insani bir yaklaşımla bireylere inildiğinde, işin çehresi değişiyor. Bir gecede terk edilmek zorunda kalınan evler, götürülemeyen eşyalar; hepsinden önemlisi, geride bırakılan onca anı...

Hasan, buruk bir gülümseyişle, "Mübadele sırasında, ('Mübadele' yerine, yeni dildeki karşılığı olan 'değişim' sözcüğünü koymayı kabul etmiyor Trilyeliler!) evlerden çıkan yüz kadar piyano ile de ünlüdür Trilye'miz," diyor.

Batı ülkelerinde, çatısı kırmızı kiremitlerle örtülü evlerinden dolayı, "Kırmızı Kiremitler Diyarı Trilye" diye de anılırmış burası.

İki, üç katlı; cepheleri sarı ya da beyaz, görülesi şirinlikte evler... Dilleri olsa da, yaşadıkları onca şeyi anlatabilseler.

Trilye, birinci dereceden sit alanı, ancak gereğince korunamamış. Rumlardan kalan yedi kiliseden yalnız ikisi ayakta. Göçten sonra kiliseden camiye çevrilen, 1200 yıllık tarihi bir anıt olan Fatih Camii de bunlardan biri.

1909 yılında yapılan Taş Mektep'in öğrencileri arasında, eski Kıbrıs Rum Kesimi Cumhurbaşkanı Başpiskopos Makarios da varmış. Ancak, kısa bir süre öncesine kadar okul olarak hizmet veren bina, şu anda kaderine terk edilmiş durumda. Pencerelerine tahtalar çakılmış, yaşadıkları ve yaşattıkları çoktan unutulmuş.

Hasan'a kalsa, basılmadık tek taş bırakmayacak Trilye'de. Ama gruptan, "acıktık" sesleri yükselmeye başlıyor.

Murat'ın yönlendirmesiyle, ağır ağır çıktığımız yokuşu bu kez duraklamadan, koşar adımlarla inerek sahil boyunca sıralanan balıkçı restoranlarından birine, Trilye Liman Restoranı'na giriyoruz. Denize karşı diklemesine yerleştirilmiş masalara oturduğumuzda, ne kadar yorulduğumu ancak fark edebiliyorum.

İçinde bulunduğumuz bina da büyücek bir Trilye evi aslında. Ahşap duvarları otantik kilim, deniz kabuklarından yapılmış tablolar, balık ağları ve kasabanın tarihi albümü sayılabilecek ilginç fotoğraflarla süslenmiş.

"Emin ellerdesiniz arkadaşlar," diyor Emre. "Hiçbir şey ısmarlamanıza gerek yok. Trilye'ye has özel ikramlardan payınızı fazlasıyla alacağınızdan şüpheniz olmasın."

Masalarda tuz ve karabiberin yanında zeytinyağı şişeleri var.

"Buradaki yiyeceğiniz zeytinyağını hiçbir yerde bulamazsınız," diyor Murat. "Bardağa koy iç, derler ya; aynen öyle."

İlk anda abartılı gelen bu iddia, ilerleyen dakikalarda gerçekliğini kanıtlıyor. Önce, zeytin tabakları getiriyorlar masalara. Altın sarısı, sızma Trilye zeytinyağının içinde, üstüne bolca kekik serpilmiş, küçük tanecikli Trilye zeytinleri... Yanında, fırından yeni çıkmış taş fırın ekmeğiyle.

Çok getirmişler, bu kadar zeytini kim yiyecek, diye düşünerek tadına bakıyorum... Şu ana kadar yediğim, belki de en güzel zeytin!

Arkadaşlarımın durumu da benden farklı değil. Damaklarındaki tadı sürdürebilmek için, zeytin tanelerini ardı ardına ağızlarına atıyorlar. Odun ateşinde pişmiş nefis ekmeğini, zeytinyağının içine cömertçe basmayı da ihmal etmiyorlar.

"Yavaş olun," diye gülüyor Murat. "Balıklara yer kalmayacak."

Ardından, capcanlı renkleriyle domateslerin, biberlerin şarkılar söylediği salatalarımız geliyor. Ve masalar donanıyor. Zeytinyağlı sarmalar, haşlanmış, zeytinyağı ve limonla terbiye edilmiş otlar, börülce salatası...

Ara sıcak olarak önce kızarmış kalamar, ardından da toprak güveç içinde "çızlama" getiriyorlar. Güveçte karidesin Trilye'deki adı bu. Biraz acı da olsa, çok lezzetli.

"Haklıymışsın," diyorum Murat'a. "Balığa yer kalmadı."

"Olmaz!" diye şiddetle karşı çıkıyor. "Trilye'ye adını veren o canım balığı yemeden gidebilir misin buralardan?"

Balık seçenekleri bol. Levrek, çipura, mezgit, barbun, tekir... Doğal olarak tercihimizi Trilye'nin simgesi olan barbundan yana kullanıyoruz. Çıtır çıtır kızarmış kırmızı balıkların ağızda dağılan eşsiz tadı, seçimimizdeki doğruluğun kanıtı.

Tüm doymuşluğuma karşın, tabağımı silip süpürüyorum ama, sıra tatlıya geldiğinde tıkanıp kalıyorum.

"Lokma yiyecek halim yok," diyorum Murat'a, önümdeki tatlı tabağını iterek.

"Ama bu, Bursa'nın ünlü Kemalpaşa tatlısı! En azından tadına bakmalısın."

Ben ucundan almaya nazlanırken; arkadaşlarım, onca şeyi yiyen kendileri değilmiş gibi, tabaklarındaki şerbete yatırılmış küçük yuvarlakları üstlerine konulmuş kaymağın eşliğinde, iştahla atıştırıyorlar. Bir yandan da bu kadar güzelini yemediklerini söyleyerek birbirlerini ateşliyorlar.

Geriye ittiğim tabağı önüme çekip bir çatal alıyorum. Haklılar, ben de daha önce böylesini hiç yememiştim.

Beğeni dozunun gitgide yükselişi ve övgülerdeki artış Murat'ı harekete geçiriyor. "Bu tatlıdan İstanbul'a götürmek isteyenler için bir kolaylık düşünebiliriz," diye yerinden kalkıp salonun gerisindeki mutfak kısmına geçiyor. Az sonra, yanında güler yüzlü, tombulacık bir kadınla geri dönüyor.

"İşte tatlıcı teyzemiz, Atiye Sultan!"

Elindeki, içinde küçük kurabiyeler olan torbayı bize doğru sallıyor Atiye Hanım.

"Tatlının şerbete yatırılmamış hali bu," diyor.

Sonra da, özellikle kızlara yönelik açıklamalarla, bizim de bu tatlıyı kolayca yapabileceğimizi anlatmaya çalışıyor.

"Bildiğiniz peynir tatlısı, yavrucuğum! Cumhuriyetten sonraki yıllarda Mustafakemalpaşa'da üretilip dağıtılmaya başlanınca ünlendi. Burada taze taze yapıyoruz biz. Çok kolay! Tatlı koyun peyniri, un, irmik, yumurta... Bir güzel yoğuracaksın bunları. Sonra da ceviz büyüklüğünde kurabiyeler halinde fırına sürüp pişireceksin. Kaynayan şekerli şerbete attın mı, oluyor sana Kemalpaşa tatlısı..."

Hemen kaleme kâğıda sarılıp verdiği tarifi yazmamızı bekler gibi bakıyor yüzlerimize. Umduğu ışığı göremiyor haliyle.

"Ama, 'uğraşmayalım' derseniz hanım kızlarım... Bu torbalardan alıp kaynayan şerbete boca edersiniz. Üstüne de kaymağını koydunuz mu, tamamdır. Afiyet olsun!"

Elimizde tatlı torbaları, veda edip ayrılıyoruz restorandan. Ama alışverişimiz bu kadarla bitmiyor. Otobüse doğru yürürken, Hasan'ın tezgâhının önünde duruyoruz. Trilye'den zeytin almadan gidilir mi hiç? Yeşil, siyah, kırma, çizik... Herkes damak tadına uygun olanı seçip paketletme yarışında.

"Hangisinden istersin?" diye soruyor Murat.

"Lokantada yediğimizden."

Gözüm beyaz cam şişelerdeki zeytinyağlarında.

"Bunların rengi neden böyle?" diye soruyorum Hasan'a.

"Tazeyken bulanık olur zeytinyağı. Bekledikçe doğal rengine ulaşır."

"Alalım mı?" diyor Murat.

"Taşıyamam, gitgide ağırlaşıyor yüküm," diye elimdeki torbaları gösteriyorum.

Bu arada Hasan, bir tomar kartı ikişer üçer, hepimize dağıtıyor.

"Bahçemin Ürünleri- Zeytin ve zeytinyağı/ Özel İmalat."

"İstanbul'dan sırf zeytin ve zeytinyağı almak için Trilye'ye gelen müşterilerim var," diyor. "Bir telefon kadar yakınınızdayım. Karttaki numaradan ararsanız, istediğiniz ürünü bir gün içinde kapınıza teslim edebilirim."

Onu dinlerken, Murat'ı boş bırakmışım. Elindeki kocaman zeytinyağı tenekesiyle göz kırpıyor bana.

İtiraz etmeme fırsat bırakmadan, "Sen taşımayacaksın, merak etme," diyor. "Bizim de İstanbul'da evin kapısına teslim servisimiz var." Sonra, "İçime sinmezdi," diye ekliyor. "Zeytinyağına ekmeği banarak yediğim her lokma boğazımda kalırdı..."

Ah Murat! Bu kadar iyi olmaya mecbur musun?

Sana olan borçlarımı nasıl ödeyeceğim ben?

Otobüsteki yerlerimize oturup dönüş yoluna geçeceğimizi düşünürken, "Görmemiz gereken bir yer daha var," diyor Murat. "Trilye'nin bana göre en güzel yeri... Benim en sevdiğim köşesi."

Otobüsle dar sokakların arasından güçlükle ilerleyerek, sokak köşelerindeki dönüşlerde epey zorlanarak yamacı tırmanıyoruz. Tepeye vardığımızda, çevremiz boşalıveriyor. Aşağılarda tüm şirinliğiyle bize gülümseyen Trilye, sağ yanımızda göz alabildiğine uzanan masmavi Marmara Denizi...

Murat'ın peşi sıra yıkık dökük birkaç merdiveni adımlayarak, Trilye'nin en yüksek düzlüğüne çıkıyoruz. Ayaklarımızın altına serili manzara daha da güzelleşiyor.

"İşte Çamlı Kahve!" diyor Murat. "Terk edilmişliğine bakıp aldanmayın, gördüğünüz tarihi eserler kadar eski ve anılarla yüklü bir yerdir burası."

Kahveye adını vermiş altı tane asırlık çam ağacı... Pırıl pırıl bir gökyüzü... Deniz... ve dinginlik... Gözlerimi kapatıp hepsini birden içime çekiveriyorum.

Diğerlerinin de benden farkı yok, büyülenmiş gibiyiz hepimiz. Taşların, basamakların üzerine oturanlar, sırtını ağaçlara dayayıp sonsuzluk vaat eden maviliklerle bütünleşenler...

"Tam karşıya bak," diye uzaklarda bir yerleri gösteriyor Murat. "Gördüğün siluet, İstanbul'un Marmara'ya bakan yüzü. Yakın sayılır, değil mi?"

Bu sözlerin altında yatan imaya yanıt verecek gücüm yok. Murat da beklemiyor zaten. Çam ağaçlarından birine yasladığı bedenimi kucaklıyor usulca, sıcacık sevgisiyle öpüyor, öpüyor.

"Burası hiç bu kadar güzel olmamıştı," diye fısıldıyor kulağıma.

O zamana kadar hiç duymadığım, garip bir sızı kaplıyor içimi. Murat'ın benden önce buraya kimlerle geldiği düşüyor aklıma.

Kıskançlık aşkın vazgeçilmezidir, demişti Ferda. Sahiplenmek de öyle...

Neler oluyor bana? Kıskanıyor muyum Murat'ı?

Kendine gel Aslı! Senden öncesini bile yargılayacak kadar kendini kaptırmış olamazsın. Bırak bunları da, yaşadığın anın keyfini çıkar...

Yapamıyorum! Yüreğimdeki geçmişi irdeleyen sızı, bu kez de geleceğe yönelik kahredici bir hüzne dönüşüyor.

Ya bundan sonrası? Nicedir beynimi içten içe kemiren, şimdi de en olmadık yerde ve zamanda su yüzüne çıkıveren bu sorunun yanıtını bir bilebilsem...

Yaşadığım tek kişilik gelgitlerin farkında bile değil Murat. Başımı göğsüne bastırmış, saçlarımın dibine küçük öpücükler konduruyor.

Tolga'nın sesiyle daldığımız düşler âleminden gerçek dünyaya dönüveriyoruz.

"Neden Çamlı Kahve demişler buraya? Çam kısmını anladık da; ne çay var görünürde, ne kahve... Oturacak tek bir sandalye olsaydı bari."

"Eskiden burada bir kahve varmış," diyor Murat. "Hatta, Trilyeli kadınlar akşamüstlerinde gelip kocalarının işten dönüşünü bu gördüğünüz yerde beklerlermiş. Balıkçılar balıktan, zeytinciler zeytinliklerden gelince çaylarını içer, evlerinin yolunu tutarlarmış."

"O günlerden bugüne, kadınların geldiği noktaya dikkatinizi çekerim arkadaşlar," diyor Ebru. "Evde yemek hazırlayacağına, kocasını kahvede bekleyen kadın var mı şimdilerde? Oh, gel keyfim gel... Denize karşı püfür püfür, mis gibi havayı soluyarak kocanın yolunu gözlemek marifet mi?"

"Kocalar için de bulunmaz bir nimet ama," diye araya giriyor Tolga. "Düşünsenize; yorgun argın işten dönen adam, tüm gerginliğini burada bırakıp öyle gidiyor evine. Trilye'nin kadını da, erkeği de psikoterapi yapıyorlarmış bence; ne dersiniz?"

"Haklısın," diyor Ferda. "Ama, böyle az rastlanır güzellikteki bir yerin kaderine terk edilmesi çok yazık."

"Merak etmeyin," diyor Murat. "Eskisinden de güzel bir kahve yapılacak buraya. Altyapı çalışmaları sürüyor. Kim bilir, belki bundan sonraki gelişimizde denize karşı çaylarımızı ya da kahvelerimizi yudumlayabiliriz."

Söylediklerini pekiştirmek ister gibi, elini omzuma atıp kendisine doğru çekiyor beni.

"Çamlı Kahve'ye, âşığı olduğum bu yere, âşığı olduğum Aslı'mla ilk kez geldim," diyor. "Ama bunun son olmayacağından, pek çok güzelliği burada baş başa paylaşacağımdan eminim..."

Keşke ben de senin kadar emin olabilsem Murat! Keşke...

✣ ✣ ✣

Bursa'daki ikinci gecemizde, Tophane semtindeki Safran Otel'in altındaki Safran Restoran'a götürüyorlar bizi.

Üç katlı, safran sarısı; cumbaları, kahverengi pencere pervazları, pencere içlerindeki çiçeklikleriyle klasik Bursa evi görünümünde; çekilecek fotoğrafları kartpostal olarak kullanılabilecek güzellikte tarihi bir binada, yalnızca on odalı, küçük ama şirin bir otel Safran.

Safran Restoran, binanın alt katında. Birkaç basamak inerek içeriye giriyoruz. İçi de en az dışı kadar sevimli ve sıcak. Restoran, diyorlar ama eski İstanbul meyhanelerini çağrıştıran bir havası var. Bu gece bize ait burası, ancak sığıyoruz zaten.

Küçücük mekânda Atatürk için ayrılmış, ne kadar kalabalık olursa olsun kimselerin oturtulmadığı köşeye bayılıyorum. Yanı sıra, dört bir yana serpiştirilmiş duvar yazıları! Ünlü şairlerin şiirleri, özdeyişler, felsefe kokan sözcük dizileri... Safran'ı Safran yapan özelliklermiş bunlar.

Bir önceki gecede olduğu gibi, canlı müziğimiz de var. Masamızda beraber otururcasına yakın, bizimle iç içe çalıp söyleyen bir saz grubu, neşemize eşlik ediyor. Klasik Türk müziğinden güncel şarkılara, türkülere, oyun havalarına kadar her tür var dağarcıklarında.

Göz açıp kapayıncaya kadar geçen süre içinde minik tabaklardaki mezelerle masaları donatıyorlar. Hepsi de birbirinden nefis. Ama hiçbiri ilgi odağımda değil bu gece. Duvar yazılarına takılı kalmış gözlerimle ilginç bulduğum sözleri Murat'la paylaşarak, tabağımın yanındaki kâğıda geçiriyorum. Neler yok ki içlerinde...

"Sevilmek istiyorsan, önce sevmeyi bileceksin."

Nietzsche

"Kim demiş haram nedir bilmez Hayyam
Ben haramla helali karıştırmam
Seninle içilen şarap helaldir
Sensiz içilen su bile haram."

Ömer Hayyam

"Ayakta ölmek, dizüstü yaşamaktan yeğdir."

Roosevelt

"Türkü yine o türkü, sazlarda tel değişti.
Yumruk yine o yumruk, bir varsa el değişti."

Neyzen Tevfik

"Bırak bütün insanlar seni tanısın; ama hiç kimse seni tam olarak tanımasın. İnsanlar, sığ yerini gördükleri dereyi kolay geçerler."

Benjamin Franklin

"Bilmelisin ki, gerçek arkadaşlar arasına mesafe girmez. Gerçek aşkların da!"

Can Yücel

"Aslı!..." diye karşıdan sesleniyor Emre. "Bırak ders çalışmayı da, eğlenceye takıl. Bak ne çalıyor..."

Diğerleri de ona katılıyorlar. Beklentileri belli, dün gecenin devamını getirmemi istiyorlar benden.

"Kalk, oyna Aslı Hanım!" Sözlerinin açılımı bu.

Ferda da, "Amma nazlandın," deyince, dayanamıyorum. Yanıtım hepsine aslında ama, sözlerimin sertliğini kaldırabilecek tek kişi olarak gördüğüm Ferda'ya dönük konuşuyorum.

"Birileri istedi, diye kalkıp oynamam ben! Doğru, her türüne tutkunum dansın. Evde tek başıma bile dans ederim. Ya da kafama uyan diğer ortamlarda. Ama zorlamayla olmaz bu iş, içimden gelmeli. Başkası değil, ben istemeliyim. Anlayacağınız, benim dansım seyirlik değildir arkadaşlar. Yalnızca kendim için dans eder, yalnızca kendim için oynarım ben!"

Son sözlerimi, altında yatan meydan okumayı biraz olsun hafifletmek için, gülümseyerek söylüyorum.

Gösterdiğim tepkiyi nasıl karşıladı diye Murat'a bakıyorum... Gözleriyle kucaklıyor beni. Belli ki hoşuna gitmiş söylediklerim. Bu sert tavırlı Aslı'yı da en az diğerleri kadar sevdiğini okuyabiliyorum bakışlarından.

✣ ✣ ✣

Bursa'daki son günümüz... Saat saat, yapacaklarımızı anlatıyor Murat.

"Kahvaltıdan sonra Koza Han'a, oradan da Kafkas Şekerlemecisi'ne gideceğiz. Öğlen yemeği ünlü İskender Kebapçısı'nda. Sonrasında serbestsiniz. Alışveriş yapmak isteyenler için düşünülmüş, boş bir zaman dilimi. Akşamüzeri de İstanbul'a gitmek üzere yola çıkacağız."

Murat'la ben, Emre'yle de Ferda kahvaltı masasında karşılıklı oturuyoruz. Yüzünde bin bir gülücük var bu sabah Ferda'nın.

"Öğleden sonra Emrelere gideceğiz," diyor. "Ailesiyle tanıştıracak beni."

"Ne giyeceğine karar verdin mi?" diyorum tüm alaycılığımla.

"Evet, bir ara otele gelip üstümü değiştirmem gerekecek. Siyah pantolon ceket takımla mavi ipek gömleğimi giyeceğim. Nasıl olur sence?"

"Harika! Görücüye çıkacak biri için bundan uygun kıyafet düşünemiyorum."

"Alay etme Aslı! Ne kadar heyecanlı olduğumu görmüyor musun?"

Baştan beri konuşmalarımızı sessizce dinlemekle yetinen Murat, "Aslı," diyor kararlı bir tavırla. "Sen de benim ailemle tanışmak istemez misin?"

Yanlış mı duydum?

Murat beni ailesiyle tanıştırmak istiyor!

Hem gezi öncesinde İstanbul'da, hem de yola çıktığımızdan bu yana takındığım tavırla, ona böyle bir öneriyi yapacak cesareti vermediğim için, ilk tepkim şaşkınlık oluyor. Ancak, önemsiz görünen bir ayrıntı, şaşkınlığımın da önüne geçiyor.

Madem böyle bir şeyi isteyecekti, neden ikimiz baş başayken değil de, Ferda'yla Emre'nin yanındayken olmasını tercih etti? Onların varlığıyla güç kazanacağını düşündüğünden mi? Yoksa, Emre, Ferda'yı ailesiyle tanıştırırken, benim eksiklik duymamı istemediğinden mi? Bir tür ikram, yani!

Kraliyet ailesine sunulacak halktan biri... Murat'ın gözündeki yerim bu mu?

Ancak, dakikalar ilerledikçe, Murat'ın sergilediği içten tavırlar, tüm öngörülerimin yanlış olduğunu kanıtlıyor.

"Kısa, kısacık bir ziyaret," diyor. "Sıkılırsan hemen kalkarız."

Sesi titriyor konuşurken. Gözleri, yüzümde olumlu bir çizgi yakalayabilmek için yalvarır gibi bakıyor. Gitgide cılızlaşan sesiyle, "Buraya kadar gelmişken, iyi olur, diye düşünmüştüm," diyor.

Susuyor. Kaderine razı, sessizce vereceğim yanıtı bekliyor. İçime dokunuyor bu hali. Dayanamıyorum; kalkıp sarılmak, başını göğsüme yaslayıp yüreğimin sıcağıyla onu avutmak için karşı konulmaz bir istek duyuyorum.

Daha öncekiler bir yana, şu son üç gün içinde yaptıklarıyla bile pek çok şeyi hak ediyor Murat. Tutkuyla sevdiği, sonsuza kadar da seveceğini her fırsatta haykırdığı Aslı'sını ailesine götürmek istemesinden daha doğal ne olabilir ki?

Hem... Neden ben de bu denli kırılması güç bir inatla direniyorum ki? Kafamda yarattığım karanlık karelerin gerçeklik derecesini görmek için, bundan iyi fırsat mı olur?

Belki de yanılıyorum. Hiç tanımadığım insanları, saplantı haline getirdiğim; duyduğum bölük pörçük veriler dışında hiçbir geçerli temele dayanmayan peşin hükümlerle yargılamam doğru mu? Görüp tanıdıktan sonra değerlendirmek ve eğer gerekiyorsa eleştirmek daha akılcı değil mi?

"Tamam!" diyorum ani bir kararla, bu kararı verdiğime kendim bile zor inanarak. "Dediğin gibi olsun Murat. Gidelim bakalım..."

Çevremdeki tüm yüzlerin aynı anda aydınlanıvermesi, kararımın doğruluğunu haykırıyor sanki. Murat'ın bayram yeri gözleri, sevinçle, sevgiyle kucaklıyor beni. Masanın üzerinden uzanıp elimi tutuyor.

"Teşekkür ederim Aslı! Beni ne kadar mutlu ettiğini bir bilsen..."

Biliyorum Murat, hem de çok iyi biliyorum. Umarım, senin şu andaki mutluluğunu yapacağımız ziyaretin bitiminde, aynı sıcaklıkla içimde duyabilirim...

Gezimizin ilk durağı Bursa'nın ipekçiler çarşısı Koza Han! Bugünkü çehresiyle turistik bir alışveriş merkezi görünümünde olsa da, tarihi yönü ağır basıyor.

Ulu Cami ile Orhan Cami arasındaki geniş arazi üzerinde yer alan han, 1491'de II. Bayazıt tarafından, İstanbul'daki cami ve medreselere gelir sağlamak amacıyla, kervansaray olarak yaptırılmış. Geniş bir meydanı çepeçevre saran iki katlı, enine yayılmış bir yapı. Üst kattaki elli, alt kattaki kırk beş han odası, dükkân haline dönüştürülmüş.

Çok sayıda kapıyla dışarı açılan geniş avlunun ortasındaki sekiz cepheli, kemerli sütunlar üzerine oturtulmuş mescidin alt kısmı şadırvan. Çevresine masalar, sandalyeler atılmış. Alışveriş yorgunlarına çay bahçesi olarak hizmet veriyor.

"Bursa, tarih boyunca, Çin'den başlayan ipek yolunun son durağı olarak tanınmıştır," diyor Emre. "Hâlâ da ipek ticaret merkezi olma özelliğini korur. Koza Han'ın gördüğünüz bu geniş avlusu, ipek kozalarının dökülüp tartıldığı yerdir."

Merdivenlerden yukarı çıkıp önce üst kattaki, sonra da aşağıdaki dükkânları geziyoruz. Hepsindeki ortak özellik, güncel gereksinimlere uygun biçimde yeniden dekore edilmelerine karşın, tarihsel dokunun korunmuş olması. Kemerli pencere içleri, oraya buraya serpiştirilmiş gibi duran kabartma süsler, eskilerin, "Hâlâ yaşıyorum ben!" diye haykıran sesi sanki.

Tam bir ipek sarayı burası! Şallar, fularlar, eşarplar, bluzlar, elbiseler, kravatlar... Yanı sıra yatak örtüleri, çeyizlik ve takı satan dükkânlar da var. Osmanlı giysilerinin, üzeri motiflerle işli cepkenlerin, şalvarların sergilendiği nostaljik köşeler ise, dünle bugünü ustalıkla buluşturuyor.

Gördüğüm, elimi attığım her şey, alışverişe düşkünlüğü olmayan beni bile baştan çıkaracak derecede albenili. Annem için siyah, üstü kadife kabartmalı ipek bir şal beğeniyorum. Babama da lacivert üzerine gri ve mavi çizgili bir ipek kravat.

Armağanlarımı paketletirken, yan taraftaki tezgâhtan aldığı fuları bana doğru uzatıyor Murat.

"Bir denesene şunu."

Beyaz zemin üzerine mavi ve pembe enine çizgili fuları gömleğimin yakasının altından geçiriyorum.

"Çok yakıştı," diyor Murat. "Seni beklemiş bugüne dek... Daha önce, bu kadar yakışacağı birini bulamamış."

Aynadaki yansımama bakıyorum. Mavi gömleğimin üzerinde, gerçekten de hoş duruyor fular.

"Alalım bunu," diyor Murat. "Paketletmeye gerek yok, boynunda kalsın."

Tenime değen ipekten bedenime geçen iletiyle, gizemli bir güç kazanmış gibi hissediyorum kendimi. Bakalım bu güç, birkaç saat sonra vereceğim sınavda ne kadar destek olabilecek bana...

Sırada Kafkas Şekerlemecisi var. Bursa'nın çeşitli semtlerinde çok sayıda mağazası olan kuruluşun Heykel şubesine gidiyoruz. Ve Uludağ eteklerinden toplanan ünlü Bursa kestanesinin, şekerli şerbette kaynatılmasıyla oluştuğunu bildiğimiz kestane şekerinin çağ atladığını gözlerimizle görüyoruz.

Klasik şekerlemenin yanında, öylesine çok çeşit var ki karşımızda... Çikolata kaplı kestane ezmesi (karyoka), kestane püresi; reçeller, marmelatlar...

Annemler için, ilginç gördüğüm çeşitlerden karma bir kutu hazırlatıyorum. Paketlenme işlemi sırasında, ayak üstünde, çikolata kaplı koni şeklinde bir kestane şekerini Murat'la paylaşıyoruz. Damağımdaki tat, tek kelimeyle harika!...

Öğlen yemeği için gittiğimiz, Heykel Meydanı'nın yan tarafındaki Kebapçı İskender, tarihi bir öneme sahipmiş. İskender Bey'in resminin altındaki 1867 tarihi de, bunun somut bir kanıtı zaten.

Bursa'daki kebapçıların bile tarihsel yönlerinin oluşu ilginç. İskender Bey, 19. yüzyılın ilk yarısında Antakya'dan Bursa'ya göç etmiş; aslen Bursalı değil yani. 1867'de Kayhan Çarşısı'nda bir dükkân açarak, kendi adıyla anılan kebabın ve bu kebabın temelini oluşturan dönerin yaratıcısı olmuş.

İlhamını kuzu çevirmeden almış İskender Bey. Ateşi mangala dik olarak yerleştirmeyi denemiş. Kemiksiz, yağı ve sinirleri alınmış etleri madeni bir çubuğa geçirip ateşin önünde çevire çevire kızartmaya başlamış. Pişen etlerden keskin bıçaklarla aldığı kesitlerle de bugün adına "döner" dediğimiz kebap türünü armağan etmiş bizlere. Yalnız bize, demek yanlış olur; dünyanın dört bir yanında, bu tadın tiryakisi olacak her milletten insana ulaşmış çünkü döner.

Masalarımızı yan yana getirip birleştiriyorlar. Geçip oturuyoruz. Servis hızlı; daha soluklanmadan, sipariş almaya geliyorlar.

"Bir mi, bir buçuk mu?"

Bir buçuk, diyenler çoğunlukta. Böyle özel bir tadı yerinde yemenin hakkını verecekler. Sıra bana geldiğinde, "Yarım olabilir mi?" diye soruyorum utana sıkıla. Bir kahkaha patlıyor masada.

"Şaka mı bu?" diyor Murat.

"Değil. Dönerle aram pek iyi değildir de..."

"Anlaşıldı," diye gülüyor. "Bir de burada ye bakalım, sonra konuşuruz seninle."

Kısa sürede hazırlanıp önümüze konulan tabakların görünümü harika. Her biri özenle işlenmiş, birer yağlıboya tablo sanki. Küp küp kesilmiş pidelerin üstüne yerleştirilmiş yaprak dönerler, yoğurt, domates sosu; yan tarafında közlenmiş biberler ve domates dilimleri... Üzerine gezdirdikleri mis gibi sıcak tereyağıyla beğenimize sunuyorlar. İçecek olarak da şıra getiriyorlar masalara.

Ucundan bir lokma alıyorum. Bir lokma, bir lokma daha... Bugüne kadar dönerden uzak kalmama neden olan tüm olumsuzlukları yerle bir edecek kadar nefis bir tat!

"Burada yediğiniz iskenderi başka hiçbir yerde yiyemezsiniz," diyor Emre. "Bursa'nın kekik kokulu otlarıyla beslenen hayvanların etiyle yapılıyor bu dönerler. Tereyağı ve yoğurt da onların sütünden..."

Nazlana nazlana yemeğe başlamamla çelişen iştahlı halim, masadakiler arasında gülme konusu oluyor.

"İşin zor oğlum," diyor Tolga, Murat'a. "Canı her iskender çektiğinde buraya mı getireceksin Aslı'yı? En iyisi Bursa'ya yerleşin siz."

Tolga'nın, en hassas noktamıza bastığını bilmeden söylediği bu sözleri duymazdan geliyor Murat.

"Şıranı içmemişsin," diyor bana.

Yabancısı olduğum bu tatla tanışmaya hevesli değilim ama, Murat'ı kıramıyorum. Küçük bir yudum alıyorum önce. Bana göre fazla tatlı ama, kebabın yanında iyi gidiyor; onun yoğun tadını dengeliyor sanki.

"Hazmı kolaylaştırır bu," diyor Emre. "Kan şekerini düşürdüğünü söylerler..."

Gülüveriyorum. Hazmı kolaylaştırmasına itirazım yok ama, şekerli bir içeceğin kan şekerini düşürmesi ters geliyor bana.

"Gülme," diyor Emre. "Üzümden yapılıyor şıra. Yazın taze, kışın kuru üzümden. İçindeki de üzüm şekeri; pancar şekeri değil..."

"Bu kadarı beni aşar Tolga'cığım. Hatta, bana kalırsa, seni de aşar. Bu farklı şekerlerin kan şekeri üzerindeki etkilerini bir bilene sormak gerek."

"Tam da Aslı'ca bir yaklaşım!" diyor Tolga. "Elinden gelse, içtiği şırayı bile tıbbi incelemeye aldıracak. Dedim ya Murat, işin zor oğlum; çok zor..."

"Şikâyetçi değilim ben," diye gözlerinin derinliklerine kadar gülüyor Murat. "İşine bak sen."

Yemeğin sonlarına yaklaşıyoruz artık. Serbest zamanı nasıl değerlendireceğini sayıp döküyor herkes. Alışverişe ya da gezmeye doyamayıp yeni mekânlar keşfetmeye hazırlananlar, otele gidip dinlenmeyi yeğleyenler ve Ferda'yla benim gibi, özel ev ziyaretleri yapacak olanlar...

Emre, Ferda'yı önce otele götürecek. Üstünü değiştirecek ya...

"Bu halinle gitmeye kararlı mısın?" diye soruyor Ferda, günün anlam ve önemine uygun, daha ağır bir havada olmam gerektiğini vurgulamak ister gibi.

"İyiyim ben böyle," diye omuz silkiyorum.

Doğallığımdan ödün vermeye gerek görmüyorum. Kot pantolonum, mavi gömleğim ve garip bir şekilde gücüme güç kattığına inandığım ipek fularım, yeter de artar bana.

Kalkmaya hazırlanırken, Murat'ın cep telefonu çalıyor.

Yüzünde yumuşacık bir gülümsemeyle, "Tamam," diyor karşı tarafa. "Birazdan orada oluruz."

Telefonu kapatıp bana dönüyor.

"Bizi bekliyorlar," diyor. "Sabah seninle konuştuktan sonra, arayıp haber vermiştim."

Cadde boyunca sıralanmış taksilerden birine atlıyoruz.

"Çekirge'ye gideceğiz," diyor sürücüye Murat.

Sonra da elimi sımsıkı tutup arkasına yaslanıyor. Benden çok daha heyecanlı. Kasılmış yüz hatlarından, üzerimde gezinen ürkek bakışlarından anlayabiliyorum bunu.

Gerçekten zor işi. Ben, yalnızca ben'i düşünürken; o, kendini bir yana bırakmış, hem beni hem de ailesini düşünüyor. İki ateş arasında... Onun bu arada kalmışlığı içime dokunuyor.

Kendi kendime söz veriyorum; neyle karşılaşırsam karşılaşayım, yaklaşımım iyimser olacak. Kararlıyım; küçük ayrıntıları, olumsuzlukları asla sorun etmeyeceğim. Murat için! Onun hatırına...

Cadde üzerinde çok katlı bir apartmanın önünde duruyoruz.

"İşte burası," diyor Murat. Avuçlarından yüreğine ulaşan sıcaklıktan güç almak ister gibi, elimi elinden ayırmıyor.

Alkanlı Apartmanı! Sonunda buluştuk seninle. Bakalım ne sürprizler hazırlıyorsun bana...

Asansöre binip altıncı kata çıkıyoruz. Murat'ın zile basmasıyla kapının açılması bir oluyor. Eşiğin gerisindeki, ilk anda seçemediğim yüz, ışığın yanmasıyla aydınlanıveriyor. Karşımızda duran ufak tefek, yuvarlak yüzlü, esmer, biraz topluca genç kız, "Buyurun," diye bir adım geriye çekilerek ardına kadar açıyor kapıyı.

"En küçük ablam Nevin," diye tanıştırıyor Murat.

Tokalaşmak için elimi uzatmaya hazırlanırken, "hoş geldin" bile demeden, arkasını dönüp vestiyerin üzerinde dizili duran terliklerden birini alarak ayağımın önüne bırakıyor.

Anlaşıldı, ayakkabıyla eve girmek yasak! Biz de kendi evimizde ayakkabıyla dolaşmayız, hele yatak odalarının olduğu bölüme adım bile atmayız ayakkabıyla. Ama, salon söz konusu olduğunda iş değişir. Annem de babam da konuklarını, şıklıklarını bütünleyen ayakkabılarıyla karşılarlar. Onların ayağına da, istemleri dışında, terlik uzatılmaz.

Temizlikse, temizlik! Kirlenmesini engellemeye çalışmaktansa, kirlenen halıyı sık sık süpürüp silmek ya da sildirmek daha doğru değil mi? Gelen konuğu, üstü başıyla taban tabana zıt bir terliği giymeye zorlamak, ters geliyor bana. Herkesin temizlik ve titizlik anlayışı farklı... Benden önce başkalarının defalarca giydiği bir terliği giymeye mecbur muyum? Bu da beni rahatsız ediyor belki...

Saniyeler içinde, yıldırım hızıyla kafamdan geçen olumsuz düşünceleri elimin tersiyle itiyorum. Sorun edilecek şey mi şimdi bu?

Ayakkabılarımı çıkarıp bana uygun görülen, üzerinde kocaman bir gülün bulunduğu, kadife bordo terliği ayağıma geçirirken; yüzümde, içimden geçenleri maskeleyen bir gülümsemeyle, "Teşekkür ederim," diyorum Nevin Abla'ya.

Murat'la beraber salona doğru yürürken, kemerli kapının içinde henüz tanışmadığımız yüzler beliriyor.

"Hoş geldiniz, hoş geldiniz..."

Sıcak bir karşılama. Büyük abla Neslihan, ortanca abla Nefise ve biraz önce yarım yamalak tanıştığımız en küçükleri Nevin. Önce Murat'ı, sonra da teklifsiz bir samimiyetle beni yanaklarımdan öperlerken; hangisinin hangisine ait olduğunu çıkaramadığım üçü kız, bir oğlan dört çocuk da sıraya girip benim elimi öpüyor.

Karşılama töreninin ardından salona geçiyoruz. Yaşları ve konumları gereği kapı önüne kadar gelmemiş iki kadın, tam karşıdaki kanepenin iki köşesinde oturmuş bizi bekliyor.

"Annem!" diyor Murat, sağ köşede oturan kadın için.

Mihriban Hanım, bu demek! Orta yaşlarda, orta boylu, orta güzellikte; siyah uzun eteğinin üzerine çıkardığı ipek gömlekle, ayağındaki fiyonklu rugan terliklerle orta şıklıkta, ortalama bir Anadolu kadını. Beni gördüğünde kılını bile kıpırdatmıyor, ancak yanına kadar gittiğimde, ayağa kalkıp elini yüzüme doğru uzatıyor. Öpeyim diye!

Başka zaman olsa, bana ters gelecek bu davranış, belki de ziyaret öncesinde kendimi iyimserliğe şartlandırdığımdan, sevecen ve sıcak görünüyor gözüme. Eğilip uzattığı eli öpüyorum. O da sarılarak yanaklarımdan öpüyor beni.

Kanepenin diğer köşesinde oturan, Mihriban Hanım'dan daha yaşlı, şifon başörtüsünün altından kırlaşmış saçları görünen kadınsa Murat'ın halası Nezihe Hanım. Gariptir, daha ilk anda kanım ısınıveriyor halaya. Gözleri gözlerime değer değmez, aldığım sıcacık iletilerle orada bulunanlar içinde bana dost olabilecek tek kişinin o olduğu hissine kapılıyorum. Öpmek için uzandığım elini çekip eskiden beri tanıdığı, ancak uzun zamandır göremediği, özlediği bir yakınıyla karşılaşmış gibi sevecen, kucaklayıveriyor beni. Yanaklarımda bıraktığı iz, diğerlerininkinden çok farklı.

Büyüklüğünün verdiği ayrıcalıkla, "Geç kızım, otur şöyle," diye yanındaki koltuğu gösteriyor bana.

Herkesin gözü üzerimde; halimi hatırımı sorarken, inceden inceye süzüyorlar beni. En ufacık bir ayrıntıyı bile kaçırmamak ister gibi, kulakları ağzımdan çıkacak sözcüklere odaklanmış, duydukları her cümlenin ardından sessizce buluşturdukları bakışlarıyla, ne anlama geldiğini kavrayamadığım gizli yorumları paylaşan bir salon dolusu yabancı... Murat'ı saymazsak, o kadar kişiye karşı tek başınayım!

Bundan doğal ne olabilir ki, diye geçiriyorum içimden. Ferda'ya giydirdiğim, kendime asla yakıştıramadığım "gelin adayı" giysisini taşımıyor muyum şu anda? Bakacaklar, inceleyecekler, eleştirecekler... Hakları!

Ama benim de benzer haklarım olmalı... Ne var ki, başımı kaldırıp alıcı gözüyle çevreme bakamıyorum bile.

"Kahveniz nasıl olsun?"

Nevin Abla'nın sorusu, tam bir can simidi benim için.

"Az şekerli olursa sevinirim."

Kahvelerimizi yudumlarken, içinde bulunduğum ortamı inceleme fırsatım oluyor. Çok geniş bir salon... Duvarlar boydan boya lambri kaplı. Yerdeki kabartma desenli halılar, kristal avizeler, güpür dantelden perdeler; masaların, sehpaların üzerine, vitrin içlerine serpiştirilmiş antika gümüşler, Alkanlı ailesine yaraşır görkemlilikte. Salonun geniş cepheli pencerelerinin ardından Bursa'nın eşsiz manzarası görünüyor.

Karşımdaki duvarda, altın yaldızlı çerçevenin içinde büyük bir fotoğraf asılı. Kır saçlı, bıyıklı, ciddi yüz ifadeli, orta yaşın üzerinde bir erkek fotoğrafı. Osman Bey olmalı, Murat'ın babası! Öylesine benziyor ki Murat'a...

Sahi, o nerede? Böyle özel bir günde, neden burada değil? Yoksa... Bugün, onun için benim sandığım kadar özel değil mi?

Nesnelerden kişilere indirdiğim bakışlarım bu sorularımın yanıtını veriyor bana. Murat ve küçük yeğeni dışında hiçbir erkek yok salonda. Koskoca Alkanlı Holding'in sahibi Osman Alkanlı'nın bu kadar kadının içinde ne işi var?

Dakikalar ilerledikçe, ilk tutukluğu atıyoruz üzerimizden. Konuşmalarımız daha içten, daha doğal artık. Bendeki rahatlama Murat'a da yansıyor. İki tarafı yakından tanımanın ayrıcalığıyla bizleri birbirimize yakınlaştıracak ortak noktaları bulup çıkarıyor, konudan konuya atlayarak hoş bir sohbet ortamı yaratmayı başarıyor.

Bu sayede, büyük ve ortanca ablaların evli, Nevin Abla'nın da nişanlı olduğunu, önümüzdeki yaz evleneceğini, düğün hazırlıklarının sürdüğünü öğrenebiliyorum.

Bir ara, ilk kez geldiğim bu evde çektiğim yabancılığın verdiği çekingenlikle, Murat'a doğru eğilip, "Bir bardak su getirebilir misin bana?" diyorum.

Ne büyük bir hata! Ablaların üçü birden, aynı anda yerlerinden fırlıyorlar. İkisi, benim isteğim üzerine yerinden kalkan Murat'ı oturtmak, en küçükleri de bana su getirmek için.

Yaptığın da iş mi Aslı! Mihriban Hanım'ın, Nezihe Hala'nın ve ablaların, konuşurken bile Murat'ın ağzının içine baktıklarını görmüyor musun? Hepsinin canı, ruhu, bir tanesi o!

Nasıl olmasın ki, diye gülüyorum içimden. Üç prensesin ardından, ancak kavuşulabilmiş gerçek bir veliaht Murat!

Aslında, ilk kez Emre'nin ağzından duyduğum "veliaht" yakıştırması uymuyor Murat'a. Özellikle Bursa'da yaşadıklarımdan sonra, "veliaht" yerine konacak, daha uygun bir sözcük arıyorum... Buluyorum da: Şehzade! Yanına Murat'ı getiriyorum. Şehzade Murat! Bu adı, Murat Hüdavendigar'dan yola çıkarak koymuş olduklarını ekliyorum kurgularıma. Kafamdan geçen hınzırca benzetmeler, sıcak bir gülümseme olarak yansıyor yüzüme.

"Aslı kızımız, umduğumuzdan da güzelmiş," diyor Nezihe Hala. "Yüzü de pek güleç maşallah. Allah nazarlardan saklasın."

Diğerleri, iltifat konusunda hala kadar cömert değiller. Benim hakkımdaki görüşleri yerine, övgülerini Murat'a yöneltmeyi, onun ailedeki yerini ve önemini vurgulamayı yeğliyorlar.

Söylediklerinin hiçbiri batmıyor bana, hatta hoşuma bile gidiyor bu durum. Murat'ı benim gözümde daha yüceltmek istemelerini doğal karşılıyorum. Göklere çıkardıkları oğulları, seçimini benden yana kullandığına göre, beni de onunla beraber zirveye taşımış oluyorlar.

İyi ki geldin Aslı, diyorum içimden. Gördün işte, korkacak, çekinecek hiçbir şey yok ortada. Kendi halinde, birbirine bağlı, sevgi dolu bir aile. Oğullarının sevdiğine yüreklerini açmayıp da ne yapacaklar?

Rahatım artık... Bu iyimser hava içinde, Nevin Abla'nın getirdiği çayı keyifle yudumluyorum. Ablaların uyumlu bir paylaşımla hazırlamış olduğu böreklere, kestaneli pastaya, elmalı kurabiyelere övgüler yağdırıyorum. Yaklaşmakta olan fırtınanın varlığından habersiz... Şu ana kadar ustalıkla gizlenen, uçları sivriltilmiş okların hedefinde oturduğumu bilmeden...

Yalnızca beni çözmeye çalıştıkları sorulardan, ailemle ilgili olanlara atlamalarında hiçbir sakınca görmüyorum. Annemi, babamı, yaşantımızı... Öğrenmek istedikleri ne varsa, açık kalplilikle önlerine seriyorum.

Bu teslimiyet içinde, "Gelecek yıl okulunuz bitiyor," diyen Neslihan Abla'nın tehlike sınırlarını aşmaya yeşil ışık yaktığını da kavrayamıyorum ilk anda. Ancak, ardından gelen sözler, yaz gününde çakan umulmadık bir şimşek gibi, beynimi delip geçiyor.

"Mezuniyetten sonra çalışmayı düşünüyor musun Aslı?"

İlk tepkim, büyük bir şaşkınlık! Ardından, her saniye çığ gibi büyüyen kavurucu bir öfke geliyor.

Benden önce Murat atılıyor.

"Ne demek şimdi bu abla? Çalışmayacak olsa, neden böyle zahmetli bir eğitim alsın ki Aslı?"

"Sanki biz eğitim almadık..."

Bu kez yanıt, hiç ummadığım birinden, Nezihe Hala'dan geliyor.

"Senin okuduğun okulla Aslı'nınki bir mi Neslihan? Evin duvarına asılacak diplomayla diğerlerini karıştırma."

Neslihan'ı çileden çıkarmaya yetiyor bu sözler.

"Kariyeri ne olursa olsun, kadının yeri kocasının yanıdır!" diyor tiz sesiyle. "Hele ihtiyacı yoksa... Evlenip çocuk doğurduktan sonra çalışmanın ne anlamı var?"

Merkezinde benim bulunduğum, ama sınırlarımın dışında gelişen tartışmayı sessizce izliyorum.

"Aslı, Murat'la aynı eğitimi görüyor," diyor Nezihe Hala. "İş hayatında da neden onun kadar söz sahibi olmasın ki?"

Nefise Abla, tam zamanında araya girerek, gitgide sertleşen ve aile içi çatışmaya dönüşme eğilimi gösteren konuşmayı farklı yöne kaydırmayı başarıyor.

"Halamız böyledir işte," diye gülüyor. "Değme feministlere taş çıkartır. Bırakalım Aslı, kendi kararını kendi versin."

Ortalık yatışmış gibi görünüyor ama, on dakika öncesindeki hoşgörülü ve iyimser Aslı değilim ben artık.

Mihriban Hanım hiçbir şeye karışmıyor, olumsuz tek sözcük çıkmıyor ağzından. Sözcülüğünü kızlarına yaptırıyor çünkü. Nezihe Hala'nın beklenmedik çıkışını hiç de hoş karşılamadığını tahmin edebiliyorum. Sıradan bir gelin-görümce çekişmesi değil yaşadıkları. Birinin yürüdüğü yanlış yolda, diğerinin onu uyarması; haksızlık yapıldığını düşündüğü bir konuda susmayıp doğru bildiğini cesaretle ortaya koyması...

"Bir çay daha alır mısın?"

Usulca başımı sallayıp, "Olur," diyorum Nevin Abla'ya, çay içerken kendimi görünmez bir paravanın ardına saklayabileceğimi umarak.

Bu kadarla kalınacağını, eski sıcaklığında olmasa da, sohbetimizi bıraktığımız yerden sürdürebileceğimizi düşünmek, ne büyük yanılgıymış meğer! Parlatılan silahlar, patlamadan susar mı hiç?

Biraz önce araya girip ortalığı yatıştıran Nefise Abla da gerçek yüzünü göstermekte gecikmiyor.

"Murat'ın işi hazır!" diyor. "Babam, şirketin ihracat bölümünün başına getirecek onu. Ya sen Aslı? Sen nerede çalışmayı düşünüyorsun?"

Kısa bir duraksamanın ardından, "Herkes Murat kadar şanslı olamaz!" diye gülüyorum. "Ailemin olanakları iyi olsa da, tepeden inme üst düzey yönetici yapamazlar beni. Ama iyi bir dereceyle mezun olursam, pek çok kapının önüme açılacağından eminim."

"Aslı'nın not ortalaması benimkinden yüksek," diyor Murat, onlar için çok önemliymiş gibi. "İş hayatında hak ettiği yere gelecektir."

"Allah şansını güzel yazsın," diye başını iki yana sallıyor Nezihe Hala. "Kız evladı... Tahtını verirsin de, bahtını veremezsin."

Bu kez dayanamıyor Mihriban Hanım. Sert bakışlarla Nezihe Hala'yı uyarmaya çalışıyor önce. Başaramayınca, son vuruşu da o üstleniyor.

"Üst katımızdaki daireyi Murat için boş tutuyoruz," diyor. "Hayatına yön verip düzenini kurduktan sonra oturacağı yer orası!"

İşte iplerin koptuğu an!

"Benim oturacağım yer de henüz belli değil," diyorum tüm boş vermişliğimle. "Ama o yerin, ailemin bana sunduğu ve oturmam için dayattığı değil, kendi emeğimle elde edeceğim ve benim seçtiğim bir yer olacağını şimdiden söyleyebilirim."

Yanıt vermelerine fırsat bırakmadan, Murat'a dönüp, "Kalkalım mı artık?" diyorum. "Arkadaşları daha fazla bekletmeyelim."

Geldiğimizdekine benzer tabloda, ama bu kez içlerindekini dökmenin huzuruyla, tokalaşarak, kucaklayarak, öperek uğurluyorlar beni. Ben de, "acaba"larıma kesin yanıtlar bulmanın buruk rahatlığıyla veda ediyorum onlara. Ellerimde ve yanaklarımda yalnızca Nezihe Hala'nın sıcaklığı kalıyor...

Murat'ın yüzü sapsarı.

"Aldırma onlara sen," diyor otele girerken. "İyi niyetlidirler aslında ama... Son söyleyeceklerini ilk söylerler hep. Bugün olduğu gibi. Göreceksin, ne yapıp edip bir orta yol bulacağım."

"Önemli değil Murat," diye omzuma attığı kolunun altından sıyrılıyorum. "Daha sonra konuşuruz bunları. Odama gidip eşyalarımı toplamam gerekiyor. Otobüste görüşürüz..."

Ferda'yla Emre bizden önce dönmüşler. Bavulunu hazırlamış bile Ferda. Kapıdan içeri girmemle, boynuma sarılması bir oluyor.

"Harika geçti!" diyor, önemli bir sınavın sonucunu açıklar gibi. "Annesi, babası, ablası... Nasıl tatlı insanlar, anlatamam. Ne kadar sıcak, ne kadar içten davrandılar, görecektin. Ablası evli. Sıra Emre'ye geliyor artık, dediler. Gelecek yaz söz keselim, diyor Emre."

"Hayırlısı olsun. Düğün yakın, desene."

"Yok canım... İşe girmeden, düzenimizi kurmadan olur mu hiç? Herkesin arkasında Murat'ınki gibi dev bir holding yok ki... Ha, sahi siz ne yaptınız? Kaynaşabildin mi Murat'ın ailesiyle?"

"Ailede sorun yok, sorun Murat'ta."

"Nasıl yani?"

"Evli çıktı Murat!"

"Ne! Ciddi misin sen? İnanamıyorum ya... Kiminle evliymiş, ne zaman evlenmiş de bizim haberimiz olmamış?..."

"Murat ailesiyle ve Bursa'yla evli Ferda! Aralarındaki bozulması olanaksız nikâh, çoktan kıyılmış. Kurdukları düzende, dışarıdan çıkıp gelecek bir yabancıya asla yer yok! Anladın mı şimdi ne demek istediğimi..."

12

Üç günün içine ne kadar çok şey sığdırmışız!

Doyumsuz paylaşımlar, neşe, hüzün, bozgun ve isyan... Sonsuz bir karanlığın ortasında yanıp sönen ışığı yakalamanın anlık sevincini yaşarken, eskisinden de koyu bir karanlığın koynuna düşüş.

Şehirler de insanlar gibi... İlk gördüğünde ya seversin ya da ne yapsan kanın ısınmaz bir türlü. Bursa'yı sevdim ben! Tüm önyargılarıma inat, çok sevdim hem de. O da kollarını açtı bana, yüreğini... Büyüleyici güzelliklerini cömertçe sunarak, başımı döndürmek için elinden geleni yaptı. Ama, asla bir arada olamayacağımızı vurgulamaktan da geri kalmadı.

"Kaçamak aşkların yasaklı âşıklarının zaman zaman buluşup keyifli bir şeyler paylaşmaları gibi, kısıtlı bir beraberlik bizimkisi," dedi. "Daha fazlasını bekleme benden; hesabını ona göre yap..."

Bursa'yı, uzaktan uzağa yanıp sönerek varlığını anımsatan bir deniz feneri gibi gerilerde bir yere bırakarak, günlük yaşamımıza dönüyoruz.

Yıl sonu sınavlarının yaklaşmasıyla beraber iyiden iyiye yoğunlaşan derslerle, içinde bulunduğumuz bahar günlerinin bedenlerimize getirisi olan gevşemenin birbiriyle çelişmesi... Ve duygusal dünyalarımızdan dışa yansıtamadığımız, içsel çalkantılar...

Aramızda gizli bir sözleşme yapmış gibi, Bursa'daki son günün son saatlerini hiç yaşamamışçasına Murat'la beraberliğimizi kaldığı yerden sürdürüyoruz. Bu konuda ne o ağzını açıp tek söz ediyor, ne de ben olumlu ya da olumsuz imalarla herhangi bir anımsatmada bulunuyorum. Ama aramızdaki, elimi uzatsam tutacakmışım kadar belirgin gerginlik de yadsınacak gibi değil.

Daha fazla dayanamıyor Murat. Üçüncü günün sonunda, "Konuşmalıyız Aslı!" diyor. "Ders çıkışında bizim pastaneye gider miyiz?"

Gidiyoruz. Taksim'deki, pek çok şiirsel buluşmamıza kucak açmış bu yer, hiç de alışık olmadığı bir çatışmaya ev sahipliği yapacağından habersiz.

Karşımda oturan Murat'a, günlerden sonra ilk kez dikkatle bakıyorum. Bursa'dan bu yana epey kilo vermiş. Işığı sönmüş gözlerinin altında mor halkalar var. Ama dimdik duruyor karşımda; eskisinden daha olgun, daha kararlı.

Her zamanki gibi, kahvelerimizi ısmarlayıp havadan sudan konuşuyoruz bir süre. Aynı anda susuveriyoruz sonra.

"Seni çok üzdüler, değil mi?" diye başlıyor Murat. "Benim, yüzüne en ufacık bir gölgenin düşmesine bile dayanamadığım Aslı'mı üzdüler! Hem de en yakınlarım; kanımdan, canımdan insanlar... Onlar adına özür diliyorum senden."

"Buna gerek yok Murat. Kimse kimsenin adına özür dileyemez. Hem, yapılanlardan pişmanlık duyulduğunu da hiç sanmıyorum."

"Ama duyacaklar! O pişmanlığı duyuracağım onlara. Öncelikle şunu bilmeni istiyorum Aslı; asla vazgeçmeyeceğim senden! Asla... Kim ne düşünürse düşünsün, umurumda bile değil; önemli olan benim ne düşündüğüm."

"Benim dışımda vazgeçemeyeceklerin de var ama... Zor bir tercih yapma durumunda kaldığında..."

"Sus lütfen! Çoktan tercihimi yaptım ben. Ne pahasına olursa olsun, evleneceğim seninle."

"Evleneceğiz, değil de; evleneceğim, ha! Benim fikrimi de alsaydın bari."

"Keşke sen de aynı kararlılıkla 'seninle evleneceğim' diyebilseydin. Ama biliyorum ki, benim kadar olmasa da, seviyorsun beni. İşte bu her şeye değer! Dünyanın en usta ve ünlü kompozitörleri tarafından bestelenmiş eserleri düşün... Sayfanın başında 'sol anahtarı' olmadan okuyabilir misin notaları? Okuyamazsın, kimse okuyamaz. Bizim sol anahtarımız da aşkımız! Hayat sayfamızın sol üst köşesine yerleştirip notaların dansını başlatmak için ne bekliyoruz?"

"Bin bir özenle işlediğin o notaları, bir kalemde silebiliyorlar ama."

"Ne seni, ne de seninle başlattığım şarkının notalarını silmeye kimsenin gücü yetmez! Şu anda açmazdayım, doğru. Ama bir çıkış yolu bulacağımdan eminim. Güven bana..."

"Olmayacak hayallere kapılma Murat. Elle tutulur, gözle görülür somut gerçekler var ortada, onları yok sayamazsın."

"İnsanlar kendi gerçeklerini kendileri yaratırlar. İkimizin de inanacağı bir gerçekliği yaratmak istiyorum ben. Bizim dışımızdakiler tarafından kabul görüp görmeyeceği, umurumda bile değil."

"Nasıl olacak bu iş? Bunca olumsuzluğu, bunca zıt görüşü karşına almışken?"

"Bunun yanıtını vermeden önce, eğer yanlış yorumlamazsan, sana bir şey sormak istiyorum... Bursa'yı hiç mi sevmedin Aslı? Neden ona küçücük bir şans bile vermiyorsun? El ele verip, Bursa'da mutlu bir beraberliğin ilk adımlarını atmak... Denemeye değmez mi sence?"

"Bir konuda yanılıyorsun Murat. Bursa'yı çok, ama çok sevdim ben. Ayrıca, en iyi sen tanıyorsun Aslı'yı. Gerekirse, yurdun en ücra köşelerine bile gidip yaşamaktan yüksünmeyeceğini biliyorsun. 'İstanbul dışında asla!' diyen büyük şehir züppelerinden olmadığımı bildiğin gibi. Burada söz konusu olan Bursa değil, Bursa adı altında bana dayatılan, kabul edilmesi güç şartlar.

İstanbul'da yaşamak zor, derler ya... Ama, İstanbul'u yaşamak doyumsuz bir güzelliktir, diye yanıtlarım böyle söyleyenleri. Bursa'da yaşamak da çok güzel... Ne yazık ki bu şartlarda Bursa'da yaşamam çok zor, Murat! Hatta imkânsız. Bilmem, anlayabiliyor musun beni?"

"Anlıyorum anlamasına da... Biraz daha açsan, diyorum. Böyle düşünmenin nedeni, yalnızca ailemin sana ters düşen tutumu mu; yoksa bilmediğim farklı gerekçelerin de mi var?"

"Madem istiyorsun, açık konuşacağım... Görmüyor musun; sana eş değil, imparatorluğun başına geçirecekleri Şehzade Murat'a cariye arıyorlar. Her şeyden elini eteğini çekip gösterdikleri evde oturacak; yalnızca oğullarına karılık yapıp doğacak çocuklarına bakacak bir cariye! Hırslı bir yapım olduğunu düşünürsün ya hep... Bunun bir yansıması gibi algılama sözlerimi. İş hayatında kazanacağın başarılarla gurur duyarım. Senden önde olmak gibi bir iddiam da asla yok! Ama, üç adım arkanda kalacağıma, yanında yürümeyi yeğlerim. Seve seve eş olurum sana; ne var ki, cariyelik bana göre değil. Benim için biçilen bu rol, iğreti durur üzerimde. Kişiliğimi yitiririm, ben olmaktan çıkarım. Tanıdığının dışındaki bu Aslı'yı, sen de sevemezsin, inan..."

"Tüm kalbimle katılıyorum söylediklerine. Merak etme; kendinden, kişiliğinden ödün vermeni istemeyeceğim senden. Düşündüklerimi gerçekleştirebilirsem, gerek de kalmayacak zaten."

"Neymiş düşündüklerin?"

"Beni şirketin ihracat bölümünün başına getirecekler ya... Yurtdışıyla ilgili görüşmeleri ve bağlantıları buradan takip etmek daha kolay. Holdingin İstanbul'a adım atmasını sağlayabilirsem, sorun da kendiliğinden çözülmüş olacak. Hem Bursa'da, hem de İstanbul'da yerleşik ikili bir düzen. Kim karşı çıkabilir böyle bir çözüme?"

"Umarım dediğin gibi olur Murat. İki arada kalman, çaresizliklerle boğuşman, beni de en az senin kadar hırpalıyor."

"Üzülme sen. Her şey yoluna girecek. Tek isteğim, Bursa'daki o birkaç tatsız saati kafandan silmen. Ne derece başarırsın, bilemem ama ilk izlenimlerin bazen yanıltıcı olduklarını da unutma."

Ailesiyle yaptığımız kötü başlangıcın izlerini kafamdan söküp atmamı istiyor. Kolay değil! Gene de, sırf onun hatırı için elimden geleni yapmaya hazırım. Bunu fazlasıyla hak ediyor çünkü.

Eski huzuruna kavuşmaya yüz tutmuş bakışlarıyla, "Son bir isteğim olacak senden," diyor. "Zamanı gelinceye kadar bu konuya dönmeyelim artık. Senin isteklerin dışında hiçbir gelişmeye yeşil ışık yakmayacağımdan emin ol, gerisini bana bırak. Öncelikle, senin benim için neler ifade ettiğini öğrenecek herkes. Yalnız İstanbul'a, Bursa'ya değil, gerekirse yedi cihana kanıtlayacağım bunu. Görsünler bakalım, Murat'ın Aslı'sından vazgeçmesi bu kadar kolay mıymış..."

Ya başaramazsan Murat? Kesin bir tercih yapmak zorunda bırakılırsan? "Ya o, ya biz!" derse ailen... Tercihini benden yana yaptığını söylesen de, bu kadar kolay mı onları bir kalemde silip atman? Hem, ben de böyle bir özveriyi bekleyemem senden.

Söyleyemedim bunları. Dilimin ucuna gelen sözcükleri geri ittim, yuttum hepsini. Alacağım yanıttan emin olmadığımdan değil, karşımda bocaladığını görmek istemediğimden.

Neyse... En iyisi, senin de söylediğin gibi, her şeyi zamana bırakmak. Bakalım önümüzdeki günler, aylar ve yıllar ne sürprizler hazırlıyor bize? Bekleyip göreceğiz...

13

Bu yaz, stajını Bursa'da, ünlü otomotiv firmalarından birinde yapacak Murat. Bu seçimin kendisine ait olmadığını, adım gibi biliyorum. Emre'nin anlattıkları da düşündüklerimi doğruluyor zaten.

"Yapacağı staj göstermelik," diyor Emre. "Gitmese de alır staj belgesini. Yaz boyunca, asıl adresi Alkanlı Holding! İhracat bölümünün yeniden yapılanmasında Murat'a çok iş düşüyor. Sen olmasan olmaz, demiş babası. Ne yapsın, eli mahkûm kankamın."

Murat'ın anlattıkları da aynı doğrultuda, ancak gerekçeleri farklı.

"Gereken büyüklüğe ulaşmalıyız ki; İstanbul'a açılalım, diyecek yüzüm olsun," yolundaki açıklamalarla, hedeflediği amaca yönelik bir yol izlediğini vurguluyor.

Sınavlar biter bitmez de çekip gidiyor Bursa'ya...

Benim de bu yaz yapmam gereken iki aylık bir stajım var. Önüme çok sayıda seçeneği içeren bir liste koyuyor babam. Geniş çevresindeki, nazının geçeceği işadamlarından bana kucak açabilecek olanların listesi... Geri çeviriyorum hepsini! Eş dost aracılığıyla bulunacak bir yer bana göre değil. Staj mekânımı kendim seçmeliyim!

Biraz zor oluyor ama, buluyorum sonunda: Çikolata ve şekerleme konusunda Türkiye'nin önde gelen firmalarından biri. Gidip başvuru dilekçemi bırakıyorum.

Bir hafta sonra görüşmeye çağırıyorlar. Staj yapacak öğrencilerin fabrika patronuyla görüşmesi olağan bir durum değil, ama Turgay Bey, bizzat kendisi konuşuyor benimle.

"Özgeçmişinizi beğendim," diyor. "Kendinizi ifade ediş tarzınız hoşuma gitti. Aramıza hoş geldiniz! İstediğiniz zaman staja başlayabilirsiniz."

Havalara uçuyorum sevinçten. Böyle bir staj olanağı bulduğum için değil, bu olanağı aracısız, torpilsiz, kendi emeklerimle yarattığımdan...

Murat'ın gidişiyle oluşan boşluğu nasıl dolduracağımı bilemediğim bu geçiş döneminde, belki tutunacak bir destek arayışı içinde olduğumdan, belki de tek başıma neler başarabileceğimi, en azından kendime kanıtlamak için, hevesle başlıyorum işime. İşim, diyorum; çünkü geçici bir staj değil de, devamı gelecek gerçek bir iş gibi benimsiyorum bu iki aylık çalışma süresini.

Her hafta sonu geliyor Murat. Yemeğe çıkıyoruz, sinemaya gidiyoruz. Ve bol bol özlem gideriyoruz.

"Eylül başında İstanbul'dayım," diyor. "O zamana kadar senin stajın da bitmiş olur. Bir yerlere gidip tatil yapsak, diyorum. Datça'da, deniz kıyısında bir pansiyondan söz etmişti Emre. Ferda'yla beraber gideceklermiş. Ne dersin, gider miyiz biz de?"

Olur, dememi engelleyen içgüdüsel bir ters tepkiyle, "Zamanı gelince konuşuruz," diyorum. Zamanı gelince gerçekleşmeyecek bir düş olduğunu baştan bilmişim gibi.

Ağustosun ortalarında, hafta içi bir gün çıkagelerek, beni şaşırtıyor Murat. Olağanüstü bir durum var, ama ne?

"İngiltere'ye gidiyorum!" diyor. "Şirketin dış bağlantıları için ön çalışmalar yapmam gerekiyor."

Hepsi bu! İnce ayrıntılara girmeden yaptığı kısacık açıklamayı yeterli görüyor. Birkaç gün içinde de pasaport ve vize işlemlerini tamamlayıp Londra'ya uçuyor.

Gittiğinin ertesi sabahı arıyor beni. Sesi, "neden, nasıl, ne için" sorularını kafamdan silecek derecede sıcak. Sevgisini, özlemini, aşkını dile getiren, bildiğim Murat; benim Murat'ım!

Sonraki günlerde, saatler süren bu telefon konuşmalarını alışkanlık haline getiriyor. Neredeyse, oralara iş yapmaya değil de, benimle telefonda daha rahat konuşmak için gittiğini düşüneceğim.

"Yurtdışından çok para yazar," diye uyaracak oluyorum.

"Babamın canı sağ olsun!" diyor.

Ses tonunda, küçük öfke kıvılcımlarını çağrıştıran, garip bir tını var. "Canı sağ olsun," derken, "Bunu hak etti, sineye çekecek!" diyor sanki.

Çözemiyorum nedenini. Üzerinde durmuyorum da... Koskoca şirketin ödeyeceği telefon parasını ben mi düşüneceğim?

✣ ✣ ✣

Stajımın son günleri... Elimdeki raporları tamamlamak için, başımı kaldırmadan, var gücümle çalışıyorum. İki ayın emeğini içeren dosyaları Turgay Bey'e iletilmek üzere sekreterinin masasına bıraktığımda, verilen işi hakkıyla yapmanın huzuru doluyor içime.

Ertesi sabah, Turgay Bey'in odasında beni beklediğini söylüyorlar. Benim veda etmemi beklemeden, yoğun işleri arasında zaman ayırıp son kez görüşmek istemesi, büyük incelik. Sevinçle karşılıyorum çağrısını.

"Hoş geldin Aslı. Geç otur şöyle..."

Masanın karşısındaki maroken koltuğun ucuna ilişiyorum.

"Karşılıklı birer kahve içeriz, değil mi?"

Bütün patronlar böyle olsa, diye geçiriyorum içimden, herkese aynı yakınlığı gösterip göstermediğinin merakıyla.

"Dosyalarını inceledim," diyor. "Kutlarım seni. Umduğumun üzerinde, son derece başarılı bir çalışma çıkarmışsın."

Sümenin altından çıkardığı kâğıdı uzatıyor.

"Bu da staj belgen!"

"Stajımın bitmesine daha üç gün var," diye gülüyorum. "Bu kadar çabuk mu kurtulmak istiyorsunuz benden?"

"Tam tersi, bize daha çok bağlanmanı istiyoruz. Mezuniyetten sonra yapmayı düşündüğün bir iş var mı?"

"Şimdilik yok."

"En azından, bir iş teklifin var artık. Diplomanı alır almaz, burada çalışmaya başlayabilirsin. Tabii istersen..."

Aman Allah'ım, gerçek bir iş teklifi bu! Hem de beni, tüm hayallerimin üzerine taşıyacak inanılmazlıkta ve güzellikte.

"Bunun için mezuniyetini beklemek bile gereksiz," diye devam ediyor Turgay Bey. "Okulun ikinci döneminde, boş olduğun saatleri burada değerlendirebilirsin. Ha... Staj yapan pek çok öğrencimiz oldu, ama hiçbirine böyle bir teklif getirmedim; bunu da bilmiş ol."

"Teşekkür ederim Turgay Bey," diyorum dilim dolaşarak. "Çok şaşırttınız beni."

"Sen de bizi çok şaşırttın Aslı," diye gülüyor. "Kadrolu elemanlarımınkinden daha başarılı bir dosya koydun önüme. Bu teklifle seni değil, kendimi ödüllendiriyorum aslında."

Babam, elindeki övgü dolu staj belgesini gururla okurken, "İşte benim kızım bu!" diyor. Ardından da, aklına gelen ilk ödülü sunuyor bana: "Güzel bir tatili hak ettin prenses. Ağustosun sonuna geldik ama, Bodrum'da yaz hâlâ sürüyor."

İkiletmiyorum bile. Hemen o hafta sonu yola koyuluyoruz. İki haftalık Bodrum tatili, yorgun bedenimden çok, gelgitlerle bunalmış ruhuma ilaç gibi geliyor. Deniz, kum, güneş üçlüsünün dingin kollarına teslim ediyorum kendimi. Ve arkadaşlarımla paylaştığım keyifli dakikalara...

Eylül ortasında İstanbul'a dönüyoruz. Hemen ertesi gün Ferda arıyor.

"Sana anlatacağım çok önemli şeyler var," diyor. "Hemen atla gel, bekliyorum seni..."

Sesindeki heyecan ve sabırsızlık fark edilmeyecek gibi değil.

"Ne oldu gene?" diye gülüveriyorum. "Evleniyor musunuz yoksa?"

"Anlatacaklarımın bizimle ilgisi yok, Murat hakkında..."

Çarçabuk giyinip çıkıyorum. Ferda'yı bu denli telaşlandıran, ne olabilir ki?

"Haberler Emre'den," diyor Ferda. "Murat'ın İngiltere'ye gidiş nedenini biliyor musun?"

"İş için, demişti bana."

"Gerçekleri anlatamadığından. Ben de yeni öğrendim. Ailesinin son yaptıklarından sonra, dayanamamış artık. Apar topar İngiltere'de kaçmakta bulmuş çareyi."

"Ne yapmış ki ailesi?"

"Ne yapacaklar?" diye sinirle gülüyor Ferda. "Kız göstermişler Murat'a!"

"Ne?"

"Evet! İşte bizim gelin adayımız, diye; uzaktan akraba, eli yüzü düzgün bir kızı Murat'ın beğenisine sunmuşlar."

"O da İngiltere'ye kaçarak kurtulacağını düşünmüş ha..."

"Öyle... İngiltere'ye bir başkasını göndereceklermiş aslında. Bu durum ortaya çıkınca, Murat, gönüllü olarak gitmek istemiş."

"Ne anlama geliyor bu Ferda? Yorum yapmakta yetersiz kalıyorum artık."

"Çok haklısın. Durum ortada Aslı'cığım, Murat'ın ailesi tehlike olarak görüyor seni. Daha okul bitmeden, böyle erken bir dönemde evlenme konusunu gündeme getirmeleri, bununla da yetinmeyip işi kız göstermeye kadar vardırmaları, niyetlerinin kötü olduğunun habercisi. Senin varlığın, onları aceleci davranmaya zorluyor."

"Kime ne yaptım ki ben?"

"Senin bir şey yapman gerekmiyor. Murat'ın üzerindeki etki gücünü, onun sana tutku derecesindeki bağlılığını biliyorlar ya... Bu kadarı onlara yetiyor."

"Alkanlı ailesinin ölçülerine zerrece uymayan, senin deyişinle tehlikeli bir gelin adayı ha..."

"Aynen öyle. Üzgünüm ama; gelinen noktada, Murat'la evlenip Bursa'ya gitmeyi, gösterdikleri evde oturmayı kabul etsen bile, seni istemeyeceklerdir."

Biraz durulmamı bekleyip, "Dahası da var," diyor. "Sana anlatmamın ne derece doğru olacağını bilemiyorum ama, sanırım bunu yapmak zorundayım... Mihriban Hanım, geçen hafta Emre'yi çağırtmış, uzun uzun konuşmuş onunla. 'Murat'la beraber büyüdünüz,' demiş. 'Sen de benim oğlum sayılırsın. Aile bütünlüğümüzü korumak için elimizden geleni yapmak zorundayız. Murat'ın aklını başından almış o kız! Bize göre değil... Açıkçası, bir oldubittiyle karşılaşmaktan korkuyoruz. Böyle bir durumu sezdiğinde, bizi haberdar etmeni istiyorum senden...' Düşünebiliyor musun Aslı, Emre'ye açıktan açığa casusluk teklif ediyor!"

"Emre'nin yanıtı ne olmuş?"

"Deli misin sen? İkimiz de, sonuna kadar sizin arkanızdayız. Zaten Emre de, öfkeden kaskatı, hiçbir yanıt vermeden, yalnızca Mihriban Hanım'ı dinlemekle yetinmiş. 'Son sözlerini söylerken, patlamamak için kendimi zor tuttum,' diyor."

"Neymiş o son sözler?"

"Bilmesen de olurdu ama, ok yaydan çıktı artık. 'Murat, bizim bilgimiz dışında aradaki köprüleri atarak evlenmeye kalkarsa, işi biter! Tek erkek evladı olduğuna güvenmesin; benim bildiğim Osman Bey, gözünün yaşına bakmadan, mirasından mahrum eder onu...' demiş."

"Hayret... Karşımda, bana yönelik, hummalı bir savaş hazırlığı yapılıyormuş da, haberim yokmuş."

"Onun için anlattım ya sana. Emre de bunları sana iletmemi özellikle istedi. Hesaplarını iyi yapıp, adımını ona göre atasın diye."

"Yoruldum ben Ferda, savaşacak gücüm yok! Murat'la açık açık konuşup bu işi bitirmekten başka çare göremiyorum."

"Dur bakalım... Pes etmek yok! Dışarıdan bakıldığında, güçlüyle zayıfın savaşı gibi görünüyor ama, hiç de öyle değil. Aşkınız var sizin; sevginiz, tutkunuz, bağlılığınız... Az şey mi bunlar? Bir araya geldiklerinde, verdikleri güçle, karşınızdakilerden çok daha güçlü kılıyorlar sizi."

"Topa tüfeğe karşı, iki genç ve âşık yürek... Ne derece dengeli sence?"

"Bana kalırsa, aşk dolu yürekler ağır basar," diye gülüyor Ferda. "Şu anda yapabileceğin hiçbir şey yok Aslı'cığım. Bunları bil, umulmadık gelişmelere ve sürprizlere hazırlıklı ol, yeter. Olayları akışına bırakıp bekleyeceksin.

Ferda'nın son sözleri hiç de yabancı değil bana. Olayları zamanın akışına bırakmak... Eklenen küçük bir ayrıntı var yalnızca: Kötü sürprizlere hazırlıklı olmak! Ona da katlanacağız artık.

✣ ✣ ✣

İngiltere'den eli kolu dolu dönüyor Murat. Lüle lüle uzun saçları, kıvrık kirpikleri, ojeli tırnakları, kırmızı elbisesi, fiyonklu rugan ayakkabılarıyla güzeller güzeli, kocaman bir et bebek; free shop'tan aldığı parfümler, İngiliz çayı ve benim çok sevdiğimi bildiği çikolata tanecikli kurabiyeler... Diğerleri bir yana, gerçekmiş gibi duran , göğsüme sımsıkı bastırdığım bebeği bırakamıyorum bir türlü.

"Harika bir şey bu Murat," diyorum. "Bir ad koyalım ona; ne olsun adı?"

"Üç gündür benimle beraber," diyor "Aslım, dedim ona. Aslım, diye kokladım; sen kokuyordu. Dertleştik, güldük, söyleştik. Ama artık senin o. Başka bir isim da düşünebilirsin."

"Gerek yok, beğendim Aslım'ı. Aslı'yla ayrılmaz bir ikili oluşturacaklar."

Özlemişiz birbirimizi. Ayrı kaldığımız süre içinde yaşadıklarımızı anlatıyoruz.

"Bu kez daha da sevdim İngiltere'yi," diyor Murat. "Keşke sen de yanımda olsaydın."

Gözlerinde yaramaz çocuk ifadesiyle gülüyor.

"Laf olsun diye söylemedim bunu, yanımda olmanı gerçekten çok istedim. Seni kolundan tutup Türk Konsolosluğu'na götürmeyi hayal ettim."

"Neden?"

"Nikâhımızı kıydırmak için! Orada, hiçbir hazırlık yapmadan, ikimizden başka kimsenin olmadığı, rica minnet bulacağımız şahitlerin huzurunda evlenivermek güzel göründü gözüme."

Başka zaman olsa gülüp geçeceğim bu sözler, Ferda'nın anlattıklarıyla birleşince farklı anlamlar kazanıyor. Burada, Türkiye sınırları içinde evlenmemizin ne kadar zor olduğunu o da biliyor.

"Sence de iyi olmaz mıydı böylesi?"

"Bilmem. Evinden kaçmış kızlar gibi, gurbetlerde evlenmeyi istemezdim galiba."

"Doğru sözcüğü buldun sonunda," diyor sevinçle. "Kaçmak! Gel kaçalım seninle. İngiltere olması şart değil. Küçücük bir sahil kasabası da yeter bize. Yalnızca sen ve ben... Gerisinin zerrece önemi yok benim için."

"Ne gerek var bunlara? Hem, kız kaçırmak sana yakışır mı?"

"Seni kaçırmıyorum ki, ben sana kaçıyorum. Zaman değişti aşkım, kimin kime ne zaman kaçacağı belli mi olur?"

Ah Murat! Bıçak kemiğe dayandığında, her şeyi olduğu gibi bırakıp bana koşacağını ne güzel anlatıyorsun. Bilmediğimi sanıyorsun, değil mi? Seni ne kadar bunalttıklarını, üstündeki baskıyı her geçen gün biraz daha artırdıklarını, beni senden koparacaklar diye yüreğinde büyüttüğün korkuyu...

Hepsini biliyorum Murat, hepsini. Ve... bunlardan kaçış olmadığını da!...

14

Dördüncü sınıf... Okuldaki son yılımız! İşletme Mühendisliği Bölümü'nün konuk öğrencileriyiz artık.

Bizi iş hayatına hazırlayacak dersler çoğunlukta bu yıl. İnsan Kaynakları Yönetimi, İş Hukuku, Türkiye Ekonomisi ve seçime bağlı dersler... (Dersleri seçerken bile belli bir özgürlük tanınırken, kendi yaşamımızı yönlendirme konusunda aynı özgürlükten yoksun olmamız, ne ilginç bir çelişki!)

Şartlar ne getirirse getirsin, bu çatı altındaki son yılımı gönlümce yaşamaya kararlıyım. Verdiğim karar doğrultusunda, Murat'ın Bursa'ya gidiş gelişlerinin sıklaşmasına, her dönüşünde yüzündeki karamsar ifadenin daha da artışına aldırmamaya çalışıyorum.

Hafta sonlarını yalnız geçirmem de sorun değil benim için. Her cuma, derslerin bitmesiyle beraber, soluğu Bursa'da alıyor Murat. Çünkü, şirketteki ihracatla ilgili işler onu bekliyor; daha doğrusu, özellikle bekletiliyor. Cumartesileri, sabahtan akşama kadar, orada bulunmadığı hafta içi günlerinin çalışma raporlarını inceliyor; sonraki haftanın planını hazırlayıp bırakıyor. Pazar günü akşamüzeri de İstanbul'a dönüyor.

Şirketin dış ilişkiler bölümünün tüm sorumluluğu onun üzerinde. Murat için işin, iş için de Murat'ın her geçen gün daha vazgeçilmez bir hale geldiğini görebiliyorum. Önceden tasarlanmış taktik planını adım adım, başarıyla uyguluyorlar. Öyle bir konuma getirecekler ki Murat'ı, istese de kopamayacak Bursa'dan.

Kendisi farkında bile değil ama, başkaları tarafından çizilmiş yolun dışına tek bir adım atma şansı yok. Ancak, zaman zaman, uzaktan kumandalı bir robot gibi sürdürdüğü yaşamdan sıkıldığında, emir alma ve yerine getirme döngüsüne karşı koymaya çalıştığı da oluyor.

"Mezuniyetten sonra mastır yapsak," diyor. "İngiltere'de çok iyi okullar var. Sen ve ben... Evleniriz de orada. Mastırımızı yapıp döneriz sonra... İyi olmaz mı?"

Aradığı yalnızca, içine hapsolduğu karanlık dünyadan çıkabileceği bir kaçış yolu... Sesimi çıkarmadan, hiçbir yorum yapmadan, öylece dinliyorum onu. Tamam, desem bile gerçekleşmeyeceğinden emin olduğum bir fantezi üzerinde konuşmayı anlamsız buluyorum.

O hafta, gazetede okuduğum ilan üzerine, Hilton'da açılan Yabancı Okullar Fuarı'na götürüyorum Murat'ı. Genellikle Amerika'da yerleşik üniversitelerin temsilcileri, okullarını tanıtıp lisans ve lisansüstü öğrenci adaylarına bilgi veriyorlar.

"Mastır, diyordun. Bak işte, fırsat ayağına geldi."

"Amerika çok uzak!" diyor. "Avrupa'da bir yer olsa neyse..."

"Nereye göre uzak? Bursa'ya mı?"

"Her yere... Uçağa atlayınca iki, üç saatte varırsın Avrupa'ya. Amerika için en az on saati göze alman gerek."

"Türkiye sınırından çıktın mı, mesafeler eşitlenir. Yeter ki sen iste..."

Stantlar arasında, sırf bana eşlik etmiş olmak için, gönülsüzce geziniyor Murat. Bense, biraz da onun çelişkili ve tutarsız yaklaşımına tavır koyarak; sanki gidecekmişim gibi, en küçük ayrıntılarına kadar inceliyorum okulları.

Stantlardan birinin önünde tanıtım kitapçıklarına bakarken, duru bir İngilizceyle, "Form doldurmayı ister miydiniz?" diyen sesin sahibine çeviriyorum başımı. Güler yüzlü, Amerikalı genç bir kadın. Çeşitli dallardaki fakülteler; lisans, mastır, doktora programlarını anlatıyor. Okullarının özelliklerini sayıp dökerek, doldurulan her forma olumlu ya da olumsuz, mutlaka yanıt verileceğini söylüyor.

Yanı başımdaki Murat'ın sabırsız kıpırdanışları ters etki yaratıyor üzerimde. Mastır programına özel formlardan birini alıp köşedeki masaya doğru yürüyorum.

"Ne yapmak istiyorsun sen?"

"Gördüğün gibi, form doldurmaya hazırlanıyorum. Belli mi olur; bir de bakmışsın, Aslı Hanım'a Amerika yolları açılmış."

Karşı çıkmıyor ama, bu durumdan pek de hoşnut olmadığını her haliyle belli ediyor. Çünkü, harcayacağım şu birkaç dakika, boşa gidecek zaman gibi görünüyor gözüne.

Benimkisi, küçük bir başkaldırı aslında; gerektiğinde neler yapabileceğimin göstergesi. Uğradığım haksızlığın, nicedir içimde biriktirdiğim kızgınlıkların isyanı; yaşadığım olumsuzluklara cılız bir karşı koyma...

Doldurduğum formu kadına uzatıyorum.

"Fotoğrafınız yok mu?"

Çantamın altını üstüne getiriyorum... Yok! Eski öğrenci kimlik kartım geliyor elime. Üst köşesinde kesilerek küçültülmüş, üzerine soğuk damga bulunan bir fotoğraf.

"Bu olur mu?"

"Biraz küçük ama, idare eder. İncelemeyi yapacak kurul, formda yazılanların sahibi hakkında fikir edinebilsin, yeter."

"Bu fotoğrafı görünce forma bakmazlar bile," diyorum Murat'a.

"Bakmasınlar zaten! Ne işin varmış Amerika'larda?"

Onu yeterince kızdırmış olmanın keyfiyle koluna girmemle, beni çıkış kapısına doğru sürüklemesi bir oluyor...

✣ ✣ ✣

Yarıyıl tatili yaklaşıyor...

Murat'la beraber olduğumuz zaman dilimi gitgide küçülmekte. Bazen, haftanın üç günü Bursa'da kalması gerekebiliyor. "Murat nerede?", "Gene yalnız mısın?" türünden sorulara yanıt yetiştirmekten yoruldum artık.

Onun durumu da zor! Yoğunlaşan dersler, Bursa'daki iş; yanı sıra ben... Solgun yüzünde bezginlik ifadesi var. Her seferinde yanağındaki gamzeyi ortaya çıkaran gülüşünü özler oldum.

İş konusunda fazla bir şey anlatmıyor ama, pek çok olumsuzlukla boğuşmak zorunda kaldığını tahmin edebiliyorum. Yanımda olduğu zamanlarda da eskisi gibi rahat değil. Onun bu suskun, içine kapanmış halinin altında yatan nedenleri öğrenmek bile istemiyorum. Soru sormayan, sorgulamayan bir Aslı'yı yadırgıyor belki ama, kendi iç dünyasının karmaşasından, başını kaldırıp da beni çözmeye çalışacak gücü yok.

Onu canlandıracak, mutsuzluklarından uzaklaştırıp oyalayacak bir şeyler bulmaya çabalıyorum.

"Herkes tatil planları yapıyor," diye giriyorum konuya. "Ferda'yla Emre Abant'a gideceklermiş. Siz de gelin, diyorlar. Ne dersin?"

"Üzgünüm Aslı! Tatil boyunca Bursa'da olmam gerekiyor. Azerbaycan'dan bir ticaret heyeti gelecek. Onları ağırlamak, iş bağlantıları, toplantılar..."

Gerisini duymam gerekmiyor, anlayacağımı anladım ben. Demek, birkaç günlük bir tatili bile paylaşamayacağız artık Murat'la! Öyle olsun...

İçimdeki hüzün, burukluk, karşımdakine acıma gibi yumuşak duygular, gitgide sertleşerek öfkeye dönüşme yolunda.

Tatile girdiğimiz cuma akşamı, İşletme Kulübü'nün düzenlediği yemeğe bile katılmadan, apar topar Bursa'ya gidiyor Murat.

"Sıkı işadamı oldu seninki," diyor Tolga. "Dikkat et, işin altından başka şeyler çıkmasın..."

"Bursalıyı Bursa'ya kaptırdık," diye gülüyor Selin de. "Aslı'yı da kaptırmamız yakındır."

Bilmeden söylenen şaka yollu sözlerdeki gerçeklik ürkütüyor beni. Ne oldu bize, neden bu hale geldik, sorgulaması içinde buluyorum kendimi. Yaşadıklarımın hepsi, birer uyarı aslında. Eli kolu bağlı oturacağıma, bir şeyler yapmam gerektiğini anlatıyorlar bana.

Kaderine razı, boynu bükük, dokunsalar ağlayacak... Bu tanımlamalar yakışıyor mu sana Aslı? Sıyrıl artık bu aymazlığından!

Başkaları tarafından yazılmış senaryoda verilen rol uymadıysa, kendi rolünü kendin yaratacaksın. İkinci ve üçüncü şahıslara da, senin oynadığın oyunu seyretmek düşecek yalnızca. Beğenseler de, beğenmeseler de...

✣ ✣ ✣

Pazartesi sabahı, yaz stajı yaptığım şirketi arayarak, Turgay Bey'le görüşmek üzere sekreteri Meltem Hanım'dan randevu alıyorum.

Turgay Bey çok iyi karşılıyor beni.

"Daha iki gün önce seni konuştuk Meltem'le," diyor. "Ara, hatırını sor Aslı'nın, dedim. E, anlat bakalım, nasıl gidiyor okul?"

"Gayet iyi. Tatildeyiz şu an. Ziyaret nedenim... Teklifiniz hâlâ geçerliyse eğer... Ben geldim!"

"Hoş geldin Aslı'cığım! Başımızın üstünde yerin var."

"İkinci dönem, demiştiniz ama, tatili de değerlendirebileceğimi düşündüm."

"İyi etmişsin. Hemen masanı hazırlatayım. İstediğin zaman başlayabilirsin."

Ardından, okul açıldıktan sonraki dönem için takvime bakıyoruz. Çarşamba ve cuma günleri, dersten çıktıktan sonra ikişer saat çalışabileceğimi söylüyorum Turgay Bey'e. Anlaşıyoruz.

İlkinde yaz stajı için girdiğim bu yerden, bu kez işe alınmış bir çalışan olarak çıkmanın keyfi, içimi kasıp kavuran tüm olumsuzlukları unutturuyor bana.

Her gün telefonda konuşuyoruz ama, çalışmaya başladığımı söylemiyorum Murat'a. Benim de küçük bir sırrım olmalı, diye düşünüyorum. Döndüğünde öğrenir nasılsa. Bütün sürprizler ondan gelecek değil ya...

Beni bu denli mutlu eden bir konunun Murat'ı da aynı derecede sevindireceğini düşünmekle ne kadar yanıldığımı bilmiyorum henüz. Yaşayacağım hayal kırıklığını da...

Okulun açıldığı sabah, arkadaşlarla kantinde oturmuş özlem gideriyoruz. Murat da bu sabah dönmüş Bursa'dan, ayağının tozuyla doğruca okula gelmiş.

Çaylarımızı içerken, "Senden sonra Aslı'yı da iş âlemine kaptırdık," diyor Tolga.

Murat'ın açıklama bekleyen soru dolu bakışlarını yanıtlamak da bana düşüyor haliyle. Anlatıyorum kısaca. Ardından da susup beni kutlamasını, sevincimi paylaşmasını bekliyorum.

"Hayırlı olsun," diyor buz gibi bir sesle. "Senin adına sevindim."

Hepsi bu! Yüzüne düşüveren gölgenin anlamını çözemiyorum. Geldiğinde, eski günleri çağrıştıran bir sıcaklıkla bana sarılıp özlemini dile getiren o değil sanki. Birdenbire böyle yabancılaşıvermesini gerektiren ne oldu ki? Benim ağzımdan değil de bir başkasından duyduğu için belki...

Amfiye doğru yürürken koluma giriyor Ferda.

"Hiç şaşırma," diyor. "İçindeki son umut kırıntılarını da yok ettin çocuğun."

"Ne demek şimdi bu?"

"Sanırım, imkânsız görünse de, ailesiyle senin aranda köprü kurabileceğini düşünüyordu."

"O kapıyı çoktan kapatmamış mıydık biz?"

"Murat aralık tutmuş demek... Senin işe girişinle o kapı da yüzüne kapanmış oldu."

Neyse ki uzak ve uzlaşılmaz tavırlarını fazla sürdürmüyor Murat. Yeni şartlara ayak uydurmakta ne kadar yetenekli olduğunu kanıtlamak ister gibi, çiçeği burnunda iş hayatımın benim ayrılmaz bir parçam olduğunu kabullendiğini göstermeye çabalıyor. Hangi günlerde, hangi saatler arasında işe gideceğimi soruyor; kendince, gösterdiği ilgiyle başlangıçtaki olumsuz tepkisini dengelemeye çalışıyor.

Bunları yapmasa da umursamayacağım zaten. Çarşamba ve cuma günleri, özellikle de cuma akşamları, o Bursa'ya doğru yola çıkmaya hazırlanırken, "Ben de işe gidiyorum!" demenin keyfini hiç kimse gölgeleyemez. Murat bile! Şunu iyice bilmeli ki; geride bırakılmış, özlemle yol bekleyen boynu bükük sevgili tablosunda, asla yerim olamaz benim...

✣ ✣ ✣

Turgay Bey, masamın yanından geçerken, "Odama kadar gelebilir misin Aslı?" diyor.

Gidiyorum... Ne söyleyecek acaba? İstemeden yanlış bir şey mi yaptım? Bir hatam mı oldu...

"Ne çabuk geçiyor zaman," diyor Turgay Bey. "Sen çalışmaya başlayalı, neredeyse bir buçuk ay olmuş. Ama muhasebeden, paranı almadığını söylediler."

"Ne parası?" diyorum hayretle.

"Çalışmanın ve emeğinin karşılığı olan para! Neden şaşırdın ki?"

"Bu işten para alacağımı düşünmemiştim."

"İlahi Aslı!" diye gülüyor. "Böyle amatörce bir yaklaşım beklemezdim senden. Okulda böyle mi öğretiyorlar size? Tamam, ilk günkü heyecanını yitirmeden, amatör ruhla çalış; ama profesyonelce düşün. O para senin hakkın! Zaten küçük, sembolik bir miktar; cep harçlığı niyetine. Şimdi git ve paranı al. Güle güle harca."

"Teşekkür ederim," deyip çıkmaya hazırlanırken, "Ha..." diyor. "Mezuniyetten sonra da burada çalışmak istersen, şartları yeniden gözden geçirmemiz gerekecek. O zaman çatır çatır pazarlık yapacaksın benimle. Piyasayı koklayacaksın önce. Benzer konumlarda kim, ne kadar para alıyor, öğreneceksin. Çıtayı yüksek tutmanı, en yüksek rakamı dile getirmeni tavsiye ederim. Ben aşağı çekerken, sen verdiğin rakamda direneceksin. Bu işler böyle olur Aslı'cığım..."

"Nereden bileyim ben, Turgay Bey?" diye gülüyorum. "Staj yaparken bunları öğretmemiştiniz ki."

Vezneden aldığım para, umduğumun çok üstünde. Ama, benim gözümdeki değeri, rakamlarla ölçülemeyecek kadar yüksek. Emeğimle, bileğimin hakkıyla kazandığım ilk para bu! Elimde tuttuğum gıcır gıcır banknotlar, avucumun içinden tüm bedenime, daha önce hiç tatmadığım bir sıcaklık yayıyorlar.

Anneme çok sevdiği likörlü çikolatalar; babama, kolesterolünü biraz yükseltecek olsa da, yemekten vazgeçemediği sargı burmalardan büyücek bir kutu, Ferda'ya kalp şeklinde gümüş bir kolye... İlk maaşımdan, sevdiklerim için yaptığım ilk harcamalar bunlar.

Murat'a hiçbir şey almıyorum. Onun için farklı bir sürprizim var.

Derse girerken, "Akşama yemeğe gidiyoruz," diyorum. "Küçük bir kutlama yapacağız seninle."

"Yemeğe gitmek için neden aramak gereksiz ama... Neyi kutluyoruz?"

"İlk maaşımı! İtiraz istemem, bendensin bu akşam..."

Elini omzuma atıp sımsıkı sarılıyor bana.

"Canımsın!" diyor. "Gözlerindeki bu pırıltıyı sonsuza kadar sakla ve hep bana, yalnızca bana ver."

İşte özlediğim Murat! Sevincimi paylaşan, sıcacık sevgisiyle yüreğimi ısıtan, benim Murat'ım...

Gümüş şamdanlardaki mumların aydınlattığı masada, Murat'la karşılıklı oturuyoruz. Uzun zamandır hiç bu kadar mutlu olmadığımı düşünüyorum. Bedenimde tutamadığım neşe yumağı, benden kopup Murat'a koşuyor.

O ise, sabahki sıcaklığını rafa kaldırmış, ciddi bir yüz ifadesiyle yalnızca benin daldan dala atlayarak anlattıklarımı dinliyor; arada, birkaç sözcükle verdiği kısa yanıtlar dışında ağzını bile açmıyor.

Bu gece konuk olan o! Bunun için mi böylesine tutuk, bilemiyorum. Belki de hesabı benim ödeyecek olmamdan rahatsız. Böyle durumlara alışık değil ki...

Üzerinde durmuyorum ben de. İşyerimi, çalışma ortamımı anlatıyorum ona.

"Turgay Bey, harika bir insan!" diyorum. "İstanbul Sanayi Odası'nda yönetim kurulu üyesi, çok da başarılı bir işadamı. Aynı derecede alçakgönüllü de. Çalışmalarımı beğeniyor, değer veriyor bana. Baksana, haftada iki gün, ikişer saatlik çalışmayla maaşa bile bağladı beni. Hiç beklemiyordum, inan. Üstelik, asgari ücret üzerinden hesaplamışlar parayı..."

Benim cıvıltılı bir neşeyle ona ilettiklerime karşı, öyle bir yanıt veriyor ki, neye uğradığımı şaşırıp buzdan bir heykel gibi, donup kalıveriyorum oracıkta.

"Çok safsın Aslı!" diyor dişlerinin arasından. "Bu adamları iyi tanırım ben. İnsan çalıştırmayı, analarının karnında öğrenmişlerdir bunlar. Senin gibi, yolun başındaki çömezleri toplar, üç kuruş parayla ucuza getirirler işi."

Kısa bir duraklamanın ardından, içimdeki kavurgan lavı dışarı akıtıveriyorum ben de.

"Olabilir... Varsayalım ki, Turgay Bey üç kuruş parayla ucuza kapattı beni... Birinci dereceden yakınlarını bedavaya kapatan işadamlarının yanında, daha masum kalmıyor mu sence de?"

Şaşırma, susma, donup kalma sırası onda. Böyle bir çıkışı beklemiyordu benden.

"Biraz ağır olmadı mı Aslı?" diyor sitemle.

"Doğru, seninkilerle aynı ağırlıkta..."

Bu kez, ortak bir suskunluğu paylaşıyoruz Murat'la. Birbirimizi kırmış olmanın verdiği ezikliği ve suçluluğu içimizde duyarak...

Tüm dikkatimizi tabaklarımıza yoğunlaştırmış, sessizce yemeklerimizi yiyoruz. Sonunda dayanamıyor Murat, uzanıp elimi tutuyor.

"Bağışla beni," diyor. "Böyle özel bir gecede üzdüm seni."

Çözülüveriyorum ben de.

"Üzdün beni, doğru. Ama önemli olan bu değil; buzdağının altında, davranışlarının kökeninde yatan neden! İşe girmemden hoşlanmadın sen; yanılıyor muyum?"

"Yanılmıyorsun! Çünkü... İçinde debelendiğim olumsuz şartları daha da zorlaştırdı bu durum."

"Neden? Çalışmamın ne zararı var sana?"

"Uzun zamandır sana söylemek istediğim bir pürüz vardı. Uygun zamanı kolluyordum, kısmet bugüneymiş."

Susuyor. Gözlerimin içine bakmaya korkuyor sanki. Duvardan masaya, masadan pencereye, pencereden yer döşemesine kadar; çevremizdeki anlam taşımayan nesneler üzerinde gezdirdiği bakışlarını bana yöneltiyor sonunda.

"Benim en azından iki yıl Bursa'da kalmam gerekiyor Aslı! Başladığım işi bitirmem için, böyle olması şart."

"İyi de, senin Bursa'ya yerleşmenle benim işe girmem arasında ne gibi bir ilişki olabilir ki?"

"Önce şunu düzeltelim; Bursa'ya yerleştiğim falan yok benim. İki yıllık, geçici bir süreç yalnızca. İşinle ilişkisine gelince... Bu iki yılı sensiz geçiremem ben Aslı! Bursa'ya beraber gideceğimizi hayal ettim hep. Şartları olgunlaştırdıktan sonra açacaktım sana. Geçici de olsa, İstanbul'da girdiğin işin tüm planlarımı altüst ettiğini söyleyebilirim."

"Hani konuşup zamana bırakmıştık her şeyi?"

"Zamanın getirdiği bunlar işte... Senden beklediğim özverinin büyüklüğünü biliyorum. Ama şöyle düşün; mezuniyetten sonra evlenip Bursa'ya gitsek... Alkanlı Apartmanı'nda bana ayrılan dairede değil, kendi seçeceğimiz bir başka yerde kursak yuvamızı... Fena mı olur?"

İster istemez, Ferda'nın söyledikleri geliyor aklıma. Murat'ın aralık tuttuğu kapı, demişti. İçindeki son umut kırıntılarından söz etmişti. Ne kadar haklıymış!

"Bak Murat, öncelikle evlenmek için çok erken olduğunu düşünüyorum. Henüz hazır değilim buna."

"Ben de bu yaşımda evlenmeyi aklıma bile getirmezdim Aslı. Ama şartlar bunu gerektiriyor."

"O şartlara uymam gerektiğine inanmıyorum ben."

"İki yıl ayrı kalmayı göze alabiliyorsun demek... Oysa senden uzak olduğum her saniye, asır gibi geliyor bana."

"Seçimini çoktan yapmışsın sen Murat. Artılarına, eksilerine katlanmayı da göze almalısın."

"Neyse," diyor, içini dökmenin ferahlığıyla. "Daha zamanımız var. Konuşur, ortak bir karar alırız nasılsa. Ama şunu bil ki, seni almadan hiçbir yere gitmem ben!"

Son cümleyi söylerken takındığı tavır, güldürüyor beni.

"Pazardan elma mı alıyorsun, yoksa ciddi ciddi beni kaçırmayı mı koydun aklına?"

"Gerekirse onu da yaparım. Seni, senin isteğin dışında kaçırabilirim de; bilmiş ol..."

* * *

Kartlarımız açık artık. Birbirimizin ne düşündüğünü, beklentilerini; olurlarını, olmazlarını az çok biliyoruz.

Üzerindeki ölü toprağını atmış gibi, eski canlılığına ve neşesine kavuşmuş bir Murat var karşımda. Beni şaşırtacak derecede rahat hareket ediyor. Ferda'yla Emre bir yana, yakın çevremizdeki herkese anlatıyor Bursa planlarını. Neden böyle davrandığını tahmin edebiliyorum. Onları kendi cephesine çekip desteklerini arkasına almayı amaçlıyor. Başarıyor da...

Kız arkadaşlarımın çoğu, "Ne kadar şanslısın," diyor bana. "Aşksa aşk; en güzelini yaşadınız. İşiniz de hazır... Alkanlılara gelin gitmek, herkese nasip olmaz."

Benim dışımda seyreden gelişmeleri kontrol etmem gitgide zorlaşıyor. Kimseye laf anlatamıyorum. Henüz kesin değil, diyecek oluyorum... Duymuyorlar bile, duyanlar da inanmıyor zaten. Ferda bile ağız değiştirdi.

"Denemekten ne çıkar?" diyor. "Madem Alkanlı Apartmanı'nda oturmayacaksınız, ne sorun kalıyor? Eviniz ayrı, yolunuz ayrı... Evlenince, ailenin tavrı da biter zaten. İş desen, burada bulduğundan çok daha iyisini ayarlar sana Murat. Daha ne istiyorsun?"

En yakın arkadaşım bile anlamıyor beni, hatta şımarıklık yaptığımı düşünüyor.

"Beni istemediklerini söyleyen sen değil miydin Ferda? Bana karşı olduklarını bile bile nasıl gelinleri olurum onların?"

"Onlara değil, Murat'a gelin gideceksin sen. Bu teklifi geri çevirmekle, karşındaki insanların ekmeğine yağ süreceğini de unutma."

"Diyelim ki, Murat'ın bütün şartlarına 'evet' dedim. Ailesinin bana karşı olumsuz yaklaşımlarını kafamdan silip attım. Kariyerimi geri plana itip kocamın gölgesinde kalmayı kabul ettim, ki onun bir adım gerisinde kalmaktan asla yüksünmem... Ve evlendik! Bizi rahat bırakırlar mı sanıyorsun? Aşk... Aşk... Aşk... Nereye kadar Ferda? Öncesinde sevgi sözcükleri fısıldayan seslerimiz sertleşerek yükselmeye başlayacak. Dışarıdan gelen baskıların yansımasıyla gitgide soğuyacağız birbirimizden. Dile getiremediğimiz gerçekleri geriye itip yapay bahanelerin ardına sığınarak, bağıra çağıra kavgalar edeceğiz. Olmadık nedenlerle kıracağız, kırılacağız. Yalnız biz değil, aşkımız da büyük yaralar alıp hırpalanacak. Ve bir de bakacağız ki, aynı evde yaşayan iki yabancı haline gelmişiz. Kaçınılmaz son! Bunları yaşamak istemiyorum ben Ferda. Murat'a da yazık, bana da..."

İşler bu noktaya gelmişken, konuyu ailemle de paylaşmam gerektiğini düşünüyorum. Annem de, babam da, Murat'la olan beraberliğimizi baştan beri biliyorlar zaten. Bilmedikleri, Bursa'yla ilgili son gelişmeler ve biraz erken bulacaklarını tahmin ettiğim, Murat'ın evlenme teklifi.

Bir akşam, yemeğin ardından salonda kahve içerlerken, karşılarına geçip her şeyi anlatıyorum. Kendime sakladığım yalnızca, Murat'ın ailesiyle ilgili olumsuz ayrıntılar. Bunları bilmeseler de olur. En azından şimdilik...

İlk anda biraz buruluyor annem. Biricik kızının hep dizinin dibinde olacağını düşünmüştü ya...

"Neyse," diyor. "İki saatlik yol Bursa. Hasret sayılmaz. Sen kararını verdiysen..."

"Verilmiş kesin bir karar yok ortada," diye karşı çıkıyorum. "Yalnızca Murat'ın önerisini ilettim size."

"Ve bu önerinin pek de hoşuna gitmediğini..." diye araya giriyor babam. "Açık açık söylemesen de bocaladığını, hangi yöne gideceğini bilemez bir halde olduğunu görebiliyorum yavrum. Haklısın, böyle bir kararı vermek kolay değil. Ama, sana bir şey söyleyeyim mi? 'İnsan doğduğu değil, doyduğu yerde yaşar,' derler ya... Doğru değil bu! Şöyle olmalı kanımca: İnsanlar, mutlu olacakları, kendilerini mutlu hissedecekleri yerde yaşamalılar! Sen de kendini nerede mutlu hissedeceksen, orada yaşamayı seçmeli, kararını ona göre vermelisin. Bu yer İstanbul da olabilir, Bursa da, çok uzak bir başka şehir de... Bize düşen, vereceğin karara saygı göstermek, seni desteklemek ve yanında olmak. Umarım seçimini doğrudan yana yaparsın."

Keşke Murat'ın ailesi de benim ailem gibi davranabilseydi. Kendilerinden önce Murat'ı, Murat'ın işteki başarısından önce onun mutluluğunu düşünebilselerdi... Ortada sorun kalır mıydı o zaman?

Annemle ve babamla konuşmak beni rahatlatmıyor, tam tersine daha büyük sorumluluklar yüklüyor omuzlarıma. Kararı bana bırakıyorlar çünkü. Yetmezmiş gibi, beni etkilememek için, üzerine yorum yapmaktan bile kaçınıyorlar.

Murat'ın tavrı ise baştan belli. Benden kopamayacağını ailesine kanıtlama çabasında. Kanıtlasın ki, beni dışlamaktan vazgeçsinler; istenmeyen bu gelin adayına kucak açsınlar. Zor da olsa, imkânsız değil; başarabilir bunu Murat. Evin en küçük çocuğunun, hem de biricik erkek evladının bu kadar şımarıklık yapmaya hakkı var. Küçükken gördüğü her oyuncağı isteyen oğulları, şimdi de İstanbul'dan, gönlünün düştüğü kızı gelin getirmek istiyor. Ne yapsınlar, razı olmaktan başka çareleri var mı?

Bunları düşündükçe deliye dönüyorum. Başkaları için meziyet sayılacak, övgülerle karşılanacak özelliklerim, Murat'ın ailesinin istenmeyenler listesinde baş köşeye oturuyor. İstanbullu, oğullarıyla aynı eğitimi almış; parasal yönden kendileri kadar olmasa da zengin, yabana atılmayacak bir mal varlığına sahip ailenin biricik kızı... Üstelik güzel de!

Kafalarında yarattıkları gelin tablosuna hiç uymuyor. Kendi çevrelerinden bulacakları, eğitimi orta karar, ailesi orta halli, orta güzellikte bir kız, yeter de artar bile Murat için. Zengin olması gerekmiyor, hatta kararında bir yoksulluk daha iyi. Göremediklerini koca evinde görür; hem kocasına, hem de onun ailesine saygısı, bağlılığı artar bu sayede.

Varlıklı aile kızı, İstanbullu, okumuş ve güzel Aslı'yı dışlama nedenleri bunlar işte... Onlara iki beden büyük gelmem!

Ancak, sırf Alkanlı ailesine gelin olacağım diye, kendimden de ödün veremem ki.

Ah Murat, arada sen olmasan, bir dakika bile düşünmem; basar geçerim. Ama sen... elimi kolumu bağlıyorsun benim.

Yardım et bari bana!

Her santimine sıkı düğümler atılmış bu sorunlar yumağını nasıl çözeceğim ben? İçine düştüğüm kuytu karanlığın çıkış yolu nerede? Daha doğrusu, böyle bir çıkış yolu var mı...

Söylesene Murat, neden susuyorsun?

Pençesine düştüğüm belirsizlik kıskacından kurtulmak için tek başına, uzanacak sıcak bir yardım elinin bekleyişiyle; bu elin nereden, ne zaman uzanacağını bilmeden, umarsızca çırpındığımı görmüyor musun?

Yardım çığlığıma beklediğim yanıtın Murat'tan değil, hiç ummadığım bir yerden geleceğini; içimde mum alevinin titrek ışığı gibi küçücük bir ışık yakarak yolumu aydınlatacağını, aklımın ucundan bile geçiremiyorum o an...

15

Diğerlerinden farksız görünen sıradan bir günün, yaşamındaki dönüm noktalarından biri, belki de en önemlisi olabileceğini önceden tahmin edemiyor insan. Tıpkı benim gibi...

Haftanın en yoğun günü. Peş peşe girilen dersler, aradaki kısa molaları saymazsak, hiç soluk aldırmıyorlar bana. Bu kadarla kalsa iyi; arkadaşlarım evlerine gitmeye hazırlanırken ben, bu kez de işe koşmak zorundayım.

Turgay Bey'le beraber, İstanbul Sanayi Odası üyelerinin katılacağı önemli bir toplantıya girmem gerekiyor. İlk kez böyle bir ortamda bulunmak, hiç beklemediğim, erişilmesi güç bir gelişme. İçimdeki kıpır kıpır heyecanı dışarı yansıtmamak için, elimden geleni yapıyorum.

"Türk ekonomisindeki yabancı sermaye katkısını en aza indirgemek için kaynak arayışı..."

İrdelenen konu başlığı bu. Konuşmalara katılmayıp dinlemekle ve not tutmakla yetinsem de, harika bir deneyim benim için.

Turgay Bey, "Bugünkü tartışmayla ilgili yorumlarını bir rapor halinde hazırlamanı istiyorum," diyor. "Konuşmacılardan biri sen olsaydın, nasıl bir tez atardın ortaya?"

Dönüş yolunda, Türk ekonomisi ve yabancı sermayeyle ilgili bin bir düşünceyle boğuşuyorum. Turgay Bey'in, böyle önemli bir toplantıya beni yanında götürdüğü için pişmanlık duymayacağı yetkinlikte bir konuşma taslağı hazırlamam gerekiyor.

Eve yaklaşırken adımlarımı hızlandırıyorum. Annemle babamın, ne kadar geç kalırsam kalayım, beni yemeğe bekleyeceklerini biliyorum çünkü.

"Harikaydı!" diye, fırtına gibi giriyorum içeriye. "İş âleminin önde gelen isimleriyle aynı havayı solumanın bu kadar keyifli olacağını düşünemezdim."

Kendi iç dünyamın cıvıltısından, onların da bana söyleyecek bir şeyleri olduğunu, bunun için uygun zamanı kolladıklarını fark edemiyorum.

Yemeğin ortalarına doğru, "Amerika'dan aradılar seni," diyor annem. "Amerika'daki bir okuldan..."

Algılayamıyorum önce. Beni kim arayacak ki oralardan?

Babamın, "Bizden habersiz mastır başvurusu mu yaptın sen?" diyen sitemli sesiyle ayılıyorum.

"Başvuru sayılmaz," diye geveliyorum ağzımda. "Yabancı okullar fuarında, öylesine form doldurmuştum. Gideceğimden değil ya..."

"Beğenilmişsin ama," diyor annem. "Arayan yetkili biriydi sanırım. Sen olmayınca, tam yarım saat benimle konuştu."

"Amerikalı mıydı?"

"Hayır, yirmi beş yıl önce oraya gidip yerleşmiş bir Türk. Ama Türkçeyi Amerikalı gibi, aksanlı konuşuyor. Yarın aynı saatlerde yeniden arayacağını söyledi. Seninle mutlaka görüşmesi gerekiyormuş. Adını, soyadını, aradığı okulu yazdım; telefonun yanında."

"Necati Advan-Hartford Üniversitesi/Connecticut."

Kâğıtta yazılı olanlar bu kadar. Ayrıntıları yarın öğreneceğiz. Böyle beklenmedik bir Amerika serüveni aklımın ucundan bile geçmiyor aslında. Hele bu hassas dönemde, çözüm bekleyen karmaşık durumumu daha da içinden çıkılmaz hale getirmekten başka işe yarayacağını hiç sanmıyorum. Ancak, kilometrelerce öteden, hiç tanımadığım insanlardan beğeni görmek de hoşuma gitmiyor değil...

Necati Bey, söylediği gibi, ertesi akşam aynı saatte arıyor. İngilizceyle harmanladığı Türkçenin içinden çıkarmakta zorlandığı sözcüklerle, ağır ağır konuşmaya başlıyor. Kendini tanıtıyor önce.

"Yaşım yetmiş beş! Yirmi beş yıldır Amerika'da yaşıyorum. Elli yaşında, herkesin emekliye ayrıldığı dönemde, Hartford Üniversitesi'nin ilk ve tek Türk öğrencisi olarak buraya geldim ve işletme üzerine mastır yaptım. Şu anda Hartford Üniversitesi'nde danışman olarak çalışıyorum. Yanı sıra, bu okula girmek isteyen Türk öğrencilere yardımcı olmayı görev edindim."

Ardından, benimle ilgili sorulara geçiyor. Not ortalamam, okul başarım, ders dışında gösterdiğim etkinlikler, beklentilerim...

"Öncelikle GMAT ve TOEFL sınavlarından geçerli not alman gerek," diyor. "Belli aralıklarla yapılan bu sınavların tarihlerini öğrenmelisin."

Hiç ummadığım bir anda önüme açılan pencereden dışarı bakmaya zorlanıyormuşum, gibi bir hisse kapılıyorum. Kesin karar verilmeden bunları konuşmamıza tepki olarak, karşımdaki pembe tabloyu bozacak, küçük pürüzleri bulup çıkarmaya çalışıyorum.

"Hepsi iyi de, sanırım pek ucuz bir okul değil Hartford..."

"Haklısın. Her dönemde, isteğe bağlı olarak iki, üç ya da dört ders alınabiliyor. Her ders için 1000 Dolar'dan hesaplayacaksın."

Bu iyi işte! Formu doldururken mastır konusunda kararlı değildim, gibi şımarıkça açıklamalar yapmak yerine, ayağı yere basan bir gerekçe buldum sonunda.

"Bu yükün altından kalkamam ben!" diye son noktayı koyuyorum kendimce.

"Ailenin katkısı olamaz mı?"

"Ailemi bu işe karıştırmayın lütfen," diye şiddetle karşı çıkıyorum. "Görevlerini fazlasıyla yaptılar, üniversiteyi bitirdikten sonra da yük olamam onlara. Artık, kendi ayaklarımın üstünde durma zamanıdır!"

Telefonun diğer ucunda uzun uzun gülüyor Necati Bey.

"Tam sana yaraşır bir yanıt!" diyor. "Formda yazdıklarına bire bir uyuyor. Para işini düşünme sen! Burada belli bir saate kadar çalışma hakkın var. Hem çalışıp hem okuyabilirsin yani. Ayrıca, okul ücretleri taksitle ödenebiliyor. Asistanlık falan da ayarlarız sana. Pek çok öğrencimiz, burada asistanlık yapıyor. Neden onlardan biri de sen olmayasın?"

Bu sözler, elimi kolumu bağlasa da, "tamam" demeye niyetim yok.

"Formu doldururken boştaydım," diyorum. "Ama bir işim var artık. Şimdiden, daha diplomamı almadan çalışmaya başladım bile. Mezuniyetten sonra da sürdürmek istiyorum. Mastır konusu, üzerine geldi..."

"Kariyerinde emin adımlarla yükseldiğinde, bulacağın işler bugünkünden çok daha parlak olacaktır. Amerika'daki Türk lobisi, senin gibi değerli gençleri burada görmek istiyor. Özellikle de genç kızlarımızı. Türk kadınını, Türkiye'nin aydınlık yüzünü Batı'ya açmanın en iyi yolu bu değil mi?"

Öyle şeyler söylüyor ki, etkilenmemek elde değil.

"Bugünlük bu kadar," diyor sonunda. "Gene arayacağım. Biraz düşün... Ailenle, yakın çevrenle konuş, tartış. Bir sonraki konuşmamızda, karşımda kararını vermiş, geleceğine ışık yakmış bir Aslı bulursam sevineceğim..."

Telefonu kapatmamla, koltuklarında sessizce oturarak konuşmamızı dikkatle dinleyen annemle babamın sitem dolu sözlerinin hedefine yerleşmem bir oluyor.

"Ben bu yükün altından kalkamam, ne demek Aslı?" diye haykırıyor babam. "Biz ne güne duruyoruz? Kızımız mastır yapmayı isteyecek ve parasal sorunlar yüzünden boynunu büküp oturacak ha... Yok öyle şey!"

"Hiç yakıştıramadım sana Aslı," diyor annem de. "Nereye götüreceğiz bunca parayı biz? Kimin için çalıştık, çabaladık bugüne kadar?"

İkisi de yeterince öfkeli. Birinin bıraktığı yerden diğeri devam ediyor. Sıra babamda.

"Bunca mal varlığım olmasa bile, sırtımda yük taşır, gene de okuturum kızımı. Üniversite diploması alman, analık babalık görevlerimizin bittiği anlamına mı geliyor? Asla! Cebimdeki son kuruşa kadar harcayacağımdan şüphen olmasın. Yeter ki sen iste..."

"İşte bütün mesele!" diye gülüyorum, onların taşkın öfkesine yanıt olarak. "Böyle bir şeyi istediğimden emin değilim henüz."

Biraz önceki kızgınlığın yerini şaşkınlık alıyor.

"Nasıl yani?" diyor annem. "Mastır yapmayı isteyen sen değil miydin?"

"İstemiyorum, demedim. Emin olmadığımı söyledim yalnızca. İkisi arasında epey fark var. Bu farkı ortadan kaldırdığımda, tekrar konuşuruz."

Verecekleri yanıtlarla yeni bir tartışma ortamına sürüklenmeyi göze alamadığımdan, onları şaşkınlıklarıyla baş başa bırakarak odama doğru yürüyorum...

* * *

Mezuniyetten sonra ne yapacağım ben? İş arama sorunum yok. Turgay Bey'in yanında çalışmaya devam edecek olmam, diplomalı işsizler ordusuna katılma korkusu içindeki arkadaşlarımdan ayırıyor beni. Ama yetmiyor!

Murat'ın çizgisi çoktan belli. Diplomasına kavuşur kavuşmaz, Bursa'da alacak soluğu. Ya sonrası? Gel, diyecek bana. Gel, evlenelim! Tartışmalı, mücadeleli, yıpratıcı bir süreç... Gitsem de, kalsam da boğuşmam gereken öylesine çok sorun var ki. Ulaşılacak son noktada mutluluk ışığı görsem, gözümü kırpmadan atılacağım. Ama, beni içine çekmeye hazır, pusuda bekleyen kopkoyu bir karanlık var karşımda.

Bu belirsiz karanlığa dalacağıma, hiç ummadığım bir anda karşıma çıkıveren; gitgide, sıradan bir rastlantı değil de bana sunulmuş bir fırsat olarak görmeye başladığım Amerika seçeneği üzerinde düşünmek, daha akılcı değil mi? Ancak, kesin kararımı vermeden önce, kafama takılan soruların yanıtlarını bulmam gerekiyor...

Önce Turgay Bey'le paylaşıyorum Amerika konusunu. Biraz da, ne gerek var, diyeceğini umarak; beni caydıracak gerekçeler öne süreceğini düşünerek... Ama öyle olmuyor!

"Kaçırılmayacak bir fırsat!" diyor Turgay Bey. "Senin yerinde olsam, bir dakika bile düşünmezdim."

"Benden bu kadar çabuk bıktınız demek..."

"Hiç ilgisi yok. Amerika'ya gitmenle seni kaybetmiş olmayacağız ki. Kapımız sana her zaman açık."

"Beynimi kurcalayan bir soru işareti var Turgay Bey. İki yıl mastır yapmak, zaman kaybı anlamına gelmiyor mu? Doğruluk derecesini bilemiyorum ama, iş hayatında alınacak yolda gecikmeye neden olabileceğini düşünüyorum. Mezuniyetten hemen sonra işe girenler, iki yılda belli yerlere gelecekler. Mastır yapıp döndüğümde, onlardan daha aşağı bir seviyeden, hatta sıfırdan başlamak zorunda kalmayacak mıyım?"

"Bir noktaya kadar haklısın. Her çalışan, iki yılda belli bir yol alır. Ve sen döndüğünde, o yolun başında olacaksın. Ancak... Aldığın mastır eğitimi, sana öyle bir ivme kazandıracak ki, basamakları teker teker değil, çifter çifter atlayacaksın. Senin kişisel başarılarını ve yeteneklerini de buna eklersek, önünde açılmayacak kapı kalmayacaktır."

Ferda'nın tepkisi daha farklı oluyor, çünkü duygusal pencereden bakıyor duruma.

"Amerika'ya mastır yapmaya gidiyorum," dediğimde, gözleri yuvalarından fırlıyor.

"Ne dedin, ne dedin? Sen ve Amerika... Ciddi olamazsın!"

"Henüz kararımı vermedim ama, sanırım gideceğim."

Necati Bey'le yaptığımız telefon konuşmalarını anlatıyorum. Turgay Bey'in beni yüreklendiren, destek verici görüşlerini...

"Kararsızım, diyorsun ama, çoktan kararını vermişsin sen," diyor. "Ya Murat? O ne düşünüyor bu konuda?"

"Haberi yok henüz. Nasıl söyleyeceğimi de bilemiyorum açıkçası."

"Bu kötü işte. Yıkılacak çocuk."

"Böylesi daha iyi değil mi? Bu sayede onu da iki ateş arasında kalmaktan kurtarmış olacağım."

"Senin ateşinde yanmaya razı bir sevdalı için söylenecek sözler değil bunlar."

"Benim yerimde olsan, sen ne yapardın Ferda? Kapına kadar gelmiş böyle bir fırsatı elinin tersiyle itebilir miydin?"

"Doğru, zor bir seçim. Ama ben, Emre'yi bırakıp şuradan şuraya gitmeyi aklıma bile getirmezdim."

"Durumlarımız farklı. Ben bırakmazsam, Murat beni bırakıp Bursa'ya gitmeyecek mi zaten?"

"Haksızlık etme; çok iyi biliyorsun ki, Murat sensiz değil, seninle beraber gitmek istiyor Bursa'ya. Tüm engellemelere karşı dimdik ayakta durması, olumsuzluklara meydan okuması, bir zamanlar karşısında tir tir titrediği babasına bile kafa tutuşu... Hepsi boşa gidecek demek. Yazık! Hem de çok yazık..."

"Yanlış düşünüyorsun Ferda. Kesin bir kopuş değil bu! Murat'ın iki yıl Bursa'da kalması gerekiyor. Ben de bu süreyi Bursa yerine Amerika'da geçirsem, fena mı olur? Aceleye getirilmiş, zorlamalı bir evlilik yerine verilecek kararları zamana yaymak, daha mantıklı geliyor bana."

"Kaçıyorsun sen! Kolayına geliyor böylesi. Doğru söyle, sırf kariyerine katkısı olsun diye mi gideceksin Amerika'ya; yoksa çözümsüzlüklerine çıkar yol bulduğuna inandığından mı?"

"Bilemiyorum Ferda. Galiba her ikisi de..."

"Şöyle sorayım... Hayatında Murat olmasaydı, gene de Amerika'da mastır yapmayı düşünür müydün?"

"Sanmıyorum. Burada kalıp küçük adımlarla da olsa, bir yerlere ulaşmaya çabalardım."

"Ya duyacağın özlem? Evini, yurdunu, âşığı olduğun İstanbul'u; aileni, arkadaşlarını... Ve Murat'ı! Soluduğun tüm güzelliklerden ayrı kalmaya nasıl dayanacaksın?"

"Üstüme gelme Ferda! Bunları bilmiyor muyum sanıyorsun? Yapacaklarım, senin söylediğin gibi 'kolaycılık' falan değil; cesaret ister! Varsayalım ki korkağın tekiyim, aşamayacağım engellere karşı koyamadığım için de her şeyi öylece bırakıp arkama bile bakmadan kaçıyorum... İyi de, kendimden nasıl kaçacağım Ferda? Aslı'yı burada bırakıp gidemiyorum ki! En umulmadık zamanlarda sesini yükseltip bana hesap soracak; beni acımasızca sorgulayacak bir Aslı'yı beraberimde götüreceğim oraya."

Söylediklerimi özümsemek ister gibi, uzunca bir süre susuyor Ferda. Yeniden konuşmaya başladığında, gözlerinde sıcak, farklı bir ifade var.

"Kendini feda ediyorsun sen! Murat'a, ailesine, çevrendekilere zarar vermektense, aradan sıyrılıp gidivermeyi yeğliyorsun. Ama bu haksızlık! Sana da yazık Aslı... Belki farkında değilsin ama, Murat'ı, onun seni sevdiğinden de çok seviyorsun sen. Vazgeçebilecek kadar çok... Asla vazgeçemem, demek, aşkın bencil yüzüdür. Vazgeçebilmek ise yürek ister! Zor olanı seçiyorsun sen..."

"Abartma Ferda," diye gülmeye çabalıyorum. "Ben kim, onun beni sevdiğinden çok sevmek kim? Aşkı uğruna bunca direnen Murat'ın masalsı sevdasıyla yarışabilir miyim ben? Hem, dediğim gibi, kesin bir kopuş değil bizimkisi. İki yıllık bir süreç. Ayrılık güçlü aşkların sınavıdır, derler ya... Ne kadar doğruymuş, göreceğiz."

Ferda yanılıyor! Aşkımdan, sevgimden, sevdiğimden vazgeçmemi özveri olarak tanımlasa da, sıradan bir kaçaktan başka bir şey değilim ben.

Korkak, kolaycı, yüreksiz Aslı! Kaç bakalım, nereye kadar kaçabileceksen...

✣ ✣ ✣

Nasıl söyleyeceğim ona? Nasıl anlatacağım Aslı'sının onu bırakıp okyanuslar ötesinde bir yerlere uçmaya hazırlandığını...

"Seninle beraber gittiğimiz yabancı okullar fuarını hatırlıyor musun?" diyorum, sıradan bir sohbeti başlatır gibi. "Hani bir form doldurmuştum orada..."

Yaklaşan tehlikeyi sezinlemiş gibi, oturduğu yerde irkiliveriyor.

"Evet?..."

"Amerika'dan olumlu yanıt geldi. Mastır programına kabul ediyorlar beni."

"Gitmeyi düşündüğünü söylemiyorsun herhalde..."

"Tam tersi, düşünmenin ötesinde, kararımı verdim ben Murat!"

"Şaka mı bu? Beni sınamak için yapıyorsan, tatsız bir şaka olduğunu söylemeliyim."

"Sakin ol lütfen. Tepki vermeden önce anlatacaklarımı dinlemelisin."

Baştan başlayıp yaşadığım tüm gelişmeleri seriyorum önüne. Necati Bey'i, bu noktaya gelinceye kadar yaşadığım kararsızlık aşamalarını ve ulaştığım sonucu... Suratı allak bullak, dudakları titreyerek, sessizce dinliyor beni.

"Bunu bana yapamazsın Aslı!" diye haykırıyor sonunda. "Böyle bir şeyi hak etmedim ben."

Beklediğim tepkiler... Ama, sevdiğim insanın karşımda umarsızca çırpındığını görmeye dayanamıyorum. Keşke onu avutacak bir şeyler söyleyebilsem.

İlk sarsıntının ardından, bu kez de öfke nöbetine giriyor Murat. Sesi isyan dolu.

"Neden daha önce paylaşmadın benimle? Karar verme aşamasında söz sahibi olmam gerekmez miydi? Son duyan ben mi olacaktım? Bu kadar mı önemsizim senin için?"

Ve hiç ummadığım bir şey yapıyor. Yanıtımı beklemeden, bedenine dar gelen öfkesiyle yerinden fırladığı gibi, veda bile etmeden uzaklaşıveriyor yanımdan. Nasıl biliyorsan öyle yap, der gibi...

Küskünlüğü kısa sürüyor Murat'ın. Ertesi sabah, uykusuz geçirdiği gecenin izlerini taşıyan solgun yüzüyle benden kaçarken bana sığınmak ister gibi, boynu bükük, omuzları çökmüş, karşımdaki yerini alıyor.

"Oku şunu," diye Pablo Neruda'nın "Gülüş" şiirini koyuyor önüme.

Al ekmeği benden
istersen havayı da;
ama gülüşünden mahrum etme beni.
Koyma gülsüz ve çiçeksiz beni
sevinciyle coşarak parıldayan sudan
ve senden yayılan
gümüşün kıvılcımlarından...

Uzanıp elimi tutuyor, "Beni gülüşünden mahrum mu edeceksin?" diyor. "Kararlı mısın gerçekten? Bunu yaparken beni, kendini; bizi düşünmüyor musun hiç?"

"Hepsini düşündüm, inan. En çok da 'biz'i... İkimiz için de doğrunun bu olduğuna karar verdim."

Buruk bir teslimiyet içinde, "Seni yolundan döndürecek hiçbir şey söylemeyeceğim," diyor. "Ancak, şunu bilmeni isterim ki, dünyanın neresinde olursan ol, sana olan aşkım sonsuza dek sürecek!"

"Sorun yok o zaman. İki yıl ayrı kalmak durumundayız, hepsi bu. Hem, her fırsatta Türkiye'ye gelip özlem gidereceğimi de unutma."

"Sık sık gelirsin, değil mi?" derken sesi titriyor.

Onun bu kaderine razı, beni kararımdan vazgeçiremeyeceğini kabullenmiş, küçük avuntularla oyalanmaya çabalayan hali, daha da sızlatıyor içimi.

"Teknoloji çağındayız Murat. Telefon, internet... Merak etme, kendimi unutturmayacağım sana."

"Seni unutmak ha! Mümkün mü bu Aslı? Son nefesimde bile adın dudaklarımda olacak. Bu gerçeği hiçbir şey değiştiremez!"

✣ ✣ ✣

Zorlamalı da olsa, Murat'ın desteğini arkama almak, güç veriyor bana. Annemin, babamın, Turgay Bey'in yüreklendirici sözleri de buna eklenince, Amerika yolunda hiçbir engelim kalmıyor.

Necati Bey'e müjdeyi veriyorum. Çok seviniyor.

"Pişman olmayacaksın," diyor. "Burada pek çok güzellikler bekliyor seni..."

Umarım öyledir. Keşke Amerika'dan dönüşümde, kendi ülkemde de beni güzel şeylerin bekleyeceğinden emin olabilsem...

Amerika konusunu beyinlerimizin bir köşesine itip bir süreliğine üstünü örterek, günlük yaşantımıza dönüyoruz. Mezuniyet sınavları kapımızda. Diploma derecemizi etkileyecek not ortalamasına ulaşmak amacıyla, var gücümüzle çalışıyoruz hepimiz.

Necati Bey de hiç boş bırakmıyor beni. Telefon konuşmalarıyla da yetinmiyor artık; annemle babama, gereken izni verdikleri için teşekkürlerini ileten; bana da yapacağım hazırlıklar konusunda yardımcı olacak mektuplar gönderiyor. "University of Hartford" başlıklı kâğıtlarda, inci gibi el yazısıyla.

Son mektubunda, 5 Haziran'da, yanında Amerikalı bir dekanla beraber, öğrencilere yönelik tanıtım konferansları vermek üzere bir haftalığına İstanbul'a geleceğini müjdeliyor.

İstanbul Teknik Üniversitesi'nin Maçka Kampusu'ndaki konferansın hazırlığını, gönüllü olarak ben üstleniyorum. Okulun dört bir yanındaki panolara duyuru yazıları asıyorum.

"University of Hartford, USA

6 Haziran'da İTÜ'de.

Yirmi beş yıldır Amerika'da yaşayan ve Amerika'da okumak isteyen öğrencilere yardımcı olmaya çalışan Uluslararası Danışman Necati Advan ile Barney School of Business and Public Administration (İşletme Fakültesi) Dekanı Larry Perra, 6 Haziran saat 14.00'te İTÜ Maçka Kampusu Mustafa Kemal Amfisi'nde sizleri bekliyor."

Detaylı bilgi için adım ve telefon numaram var altında. Heyecanlıyım... Amerika'ya gitmeden önce, orada pek çok şeyi paylaşacağım kişilerle kendi ülkemde tanışacak olmanın sevinçli heyecanı bu.

Pazartesi sabahı, annemin arabasını alıp havaalanına Necati Bey'leri karşılamaya gidiyorum.

Elimdeki kartonda büyük harflerle "Necati Advan" yazıyor, ama buna gerek kalmıyor. Uçaktan inenler arasında, ilk gördüğüm anda tanıyorum onu. Uzun boylu, yaşına ters düşecek derecede dik yürüyen, yalnızca şakaklarında kalan bembeyaz saçları ve güler yüzüyle kafamda yarattığım tiple bire bir örtüşen Necati Bey, yıllardır tanıyormuş gibi, sevgiyle kucaklıyor beni. Yanındaki İşletme Fakültesi Dekanı Larry Perra ve eşi Patricia ile tanıştırıyor.

"Benim Türkiye'deki kızım Aslı!"

Orta yaşın biraz üstündeki karıkocanın yaklaşımı da en az Necati Bey'inki kadar sıcak. Amerikalıdan çok, Türk'e benziyorlar. İtalyan asıllı olduklarını öğrenince, davranışlarındaki sıcaklığın sırrına ulaşıyorum. Akdeniz kanından izler taşıyorlar ne de olsa...

Onları Taksim'deki otellerine bırakıp okula gidiyorum. Öğleden sonra girmem gereken önemli dersler var.

Beş yıl içinde, okula arabayla ilk gidişim bu.

"Sonunda numarasını patlattı bizim Amerikalı," diye takılıyor Tolga. "Hemşehrilerini karşılama bahanesiyle son model arabasını çekiverdi okulun önüne."

Şu sıralar, "Amerikalı" demeyi alışkanlık haline getirdi bizimkiler. Kızıyorum, karşı çıkıyorum ama, benin kızdığımı görünce daha da çok geliyorlar üstüme.

Bir tek Murat katılmıyor onlara. Hiçbir tepki göstermeden, gelişmeleri sessizce izlemekle yetiniyor. Öylesine sakin bir tavır sergiliyor ki, durumunu kayıtsız şartsız kabullendiğini düşünmeye başlıyorum. Ama Ferda'nın anlattıkları, bu denli iyimser olmakta aceleci davrandığımı gösteriyor bana.

"Dün gece kafaları çekmiş bizimkiler," diyor Ferda. "Beyoğlu'nda bir meyhaneye gitmişler. İyice dağıtmış seninki. Hiç bu kadar içtiğini görmedim, diyor Emre. İçmiş, ağlamış, bağırmış; isyan etmiş yaşadıklarına. Bu Aslı öldürecek beni, diye haykırmış. Hemen ardından kahkahalar atmış, 'Ne güzel, ölümüm onun elinden olacak!' diye. Eve zor götürmüş Emre. Başında sabahlamış. Anlayacağın, Murat'ın bu sakin görünümünün altında, her an, her türlü deliliği yapabilecek bambaşka biri yatıyor. Dikkatli ol Aslı!"

Duyduklarım dehşete düşürüyor beni. Murat... Umutsuzluğun zirveye tırmandığı noktada, böyle bir deliliği yapar mı? Hayır, hayır, hayır... Düşünmek bile istemiyorum bunu!

Amfide yan yana oturuyoruz Murat'la. Dersi dinler görünüyor ama, bakışları dalgın; bedeni orada da, kendisi bambaşka bir âlemde sanki.

Not tutacağı defterin üzerindeki, kocaman harflerle yazılmış Nâzım Hikmet dizelerine ilişiyor gözüm.

"Kalbimi bunaltan bu dört duvar mı?
Ölümden öteye köy var mı???"

Bir tek "ölüm" sözcüğü bile beni deli etmeye yetiyor. Konuşmalıyım onunla...

Dersten sonra, defterin üzerindeki dizeleri göstererek, "Ne bu?" diyorum. "Ölüm, sözcüğü geçmezdi bizim şiirlerimizde. Yaşamak ve umut vardı onlarda..."

Acı bir gülümsemeyle kıvrılıyor dudakları.

"Merak etme," diyor. "Geçti... Evet, ciddi ciddi düşündüm ölmeyi; itiraf ediyorum. Çünkü senden ayrı kalmak, ölümle eşdeğerdi benim için. Ama aştım! Senin huzurunu kaçıracak hiçbir davranışta bulunmayacağımdan emin olabilirsin. Ha... Şunu bilmeni isterim ki, ölüm değildi korktuğum; bu yüzden vazgeçmedim yapacağım eylemden. Sana zarar vermek istemedim yalnızca. Ömür boyu taşıyacağın bu yükle, bu ezinçle yaşayamazdın..."

Kahroluyorum! Erimek, yitip gitmek istiyorum oracıkta.

Amerika, Bursa, İstanbul... Hepsi bir anda siliniveriyor gözlerimin önünden. Yüreğimi sıkan, beni soluksuz bırakan kelepçeyi çözüp elini tutmak istiyorum Murat'ın. "Kaçalım, öyle bir yere gidelim ki, kimseler bulamasın bizi," demek için dayanılmaz bir arzu duyuyorum içimde. "Sen ve ben, yeteriz birbirimize! Yaşayacağımız yerin ne önemi var?" diyebilmek...

Yapamıyorum! Susuyorum, söyleyemiyorum hiçbirini. Onun, günlerdir yüreğinde kopan fırtınaları dışa yansıtmayan sessiz ve sakin haline eş oluyorum yalnızca...

✣ ✣ ✣

Okuldaki konferans, gerek katılımın yoğunluğu, gerekse katılımcıların ilgisi yönünden, umduğumdan iyi geçiyor. Necati Bey'le Mr. Perra da benimle aynı görüşteler.

Çıkışta Murat'la tanıştırıyorum onları. Tanıştırdığım diğer arkadaşlarım gibi, onunla da ayaküstü, kısa bir sohbeti paylaşıyorlar. Ancak, akşam İTÜ Lokali'ndeki yemekte de Murat'ın yanımda olduğunu gören Necati Bey, onun benim için diğerlerinden farklı anlamlar taşıdığını keşfetmekte gecikmiyor.

"Bu yakışıklı delikanlıyı da Amerika'ya alsak," diye gülüyor.

"Onun işi hazır," diyorum. "Daha şimdiden, Bursa'da ünlü bir tekstil firmasının ihracat bölümünü yönetiyor Murat."

Keşke öyle olmasaydı, gibisinden, anlık bir ifade yakalıyorum Necati Bey'in yüzünde. En iyisi farklı bir konuya atlamak.

"Annem ve babam da sizlerle tanışmak istiyorlar," diyorum. "Yarın akşam yemeğe bekliyorlar."

"Zahmete ne gerek var?" diyor Necati Bey. "Başka bir ortamda da tanışabilirdik kendileriyle."

Böyle söylüyor ama, bu davetten hoşlandığı belli. Özellikle dekana ve eşine karşı...

Necati Bey'lerin başka okullarda da konferansları var. Gün boyunca görüşemiyoruz. Akşamüzeri otelden alıyorum onları. Beraberce eve geliyoruz.

Sofrayı donatmış annem. Zeytinyağlı dolmalar, börekler, çerkeztavukları, çeşit çeşit salatalar...

"Böyle bir sofraya hasretiz oralarda," diyor Necati Bey. "Bizim damak tadımız, dünyanın hiçbir mutfağında yok."

Yedikleri her lokmaya övgüler yağdırıyorlar. Annem, sıcak yemek olarak saçta pişirilmiş tantuniyi getirdiğinde ise, Necati Bey'in yüzü şaşkınlıkla karışık bir sevinçle aydınlanıyor.

"Mersinli olduğunuzu söylemişti Aslı," diyor annem. "Tantuniyi özlemişsinizdir."

"Hem de nasıl!" diye tabağını uzatıyor Necati Bey. Sonra da tüm sofra kurallarını bir yana iterek; küçük küçük doğranıp haşlanmış, ardından yağda çevrilip ortaya getirilmiş et parçalarını ince dürüm ekmeğinin arasına yayıyor. Üzerine domates, biber, maydanoz ve nane yapraklarını döşeyip dürüm yapıyor. Büyük bir iştahla, çatala bıçağa gerek duymadan, "Böyle yenir bu!" diyerek, elleriyle yemeğe koyuluyor.

Perralar da onu taklit ederek, benzer şekilde yiyorlar tantunilerini. Patricia, annemden tarif alıyor.

"Bu kadar güzelini beceremem ama, mutlaka deneyeceğim," diyor.

Şu ana kadarki ikramlarımızdan çok memnunlar. Ancak, asıl sürprizin geride olduğundan haberleri yok.

Sıra tatlıya geldiğinde, bu kez babam, mutfağa gidip bakır sini içindeki sargı burmayla baklavayı getiriyor.

"Bu da Aslı'nın sürprizi!" diyor. "Mersin'den, sizler için getirtti. Bizim hiçbir katkımız olmadı, inanın. Telefonun başına geçip buldu, buluşturdu; ısmarladı tatlıyı."

"İstanbul'da da pek çok ünlü baklavacı var ama, Mersin'in havasını buraya taşısın istedim," diyorum.

Necati Bey, "Söylediğim kadar yok muymuş Mr. Perra?" diyor dekana. "Dediğim gibi, bambaşka bir ışık var bu kızda. Baksanıza, Mersin'e gitmeden, Mersin'i yaşatıyor bana..."

Sonra da anneme dönüyor.

"Bu kadar ağırlamayın bizi," diyor. "Oteli bırakıp buraya taşınmayı düşünebiliriz."

"Evimiz geniş," diyor annem. "Sizleri konuk etmekten onur duyarız."

İlginin yemeklerden eve yönelmesiyle konu değişiveriyor. Bu kez de evimiz övgü yağmuruna tutuluyor.

"Salonunuzu çok ince bir zevkle döşemişsiniz," diyor Patricia. "Kutlarım sizi."

"Eşim mimardır," diyor babam. "Evin dekorasyonu da onun zevkini ve becerisini yansıtıyor."

"Amerika'da bu kadar güzel bir evde kalamayacaksın ama, seni rahat ettirmek için elimizden geleni yapacağız," diyor Necati Bey, bana. Sonra da Mr. Perra'ya dönüp, "Aslı'ya asistanlık ayarlayacağız," diyor. "Öyle konuştuk kendisiyle. Gerçi, yaşadığı şartları yerinde gördükten sonra, buna pek gerek olmadığını düşünmüyorum ama..."

İrkiliveriyorum. Salonun dört bir yanında gezinen gözler, ceylan derisi koltuklardan el oyması antika sehpalara, yerdeki Çin halısından güpür dantel perdelere, kristal avizelerden büfenin üzerine, vitrin içlerine serpiştirilmiş gümüşlere takılıp kalıyor.

Haklı olarak, böyle varsıl bir ailenin biricik kızının, ailesinin olanaklarıyla da pek güzel okuyabileceğini düşünüyorlar. Ne gerek var asistanlığa? Baba parası dururken...

"Kendi şartlarımla okumak istediğimi söylemiştim size," diyorum Necati Bey'e. "Asistanlık ya da başka bir iş... Çalışmak zorundayım."

Babamın yüzü kıpkırmızı oluyor. Ağırına gidiyor söylediklerim.

"Yanlış anlamanızı istemem," diye araya giriyor. "Kızımın okul masraflarını rahatlıkla ödeyebilirim; bu benim hem görevim, hem de hakkım. Ama, Aslı'yı tanımıyorsunuz siz! Bizim katkımızı kesinlikle istemiyor. Gene de, hesabına her ay belli bir para yatıracağım. İster harcasın, ister harcamasın..."

"İlginç," diyor Mr. Perra. "Tanıdığım kadarıyla kızınız çok özel. Böyle bir evlat yetiştirdiğiniz için kendinizle gurur duyabilirsiniz."

Sonra bana dönüyor.

"Hazır para ile yan gelip yatmak dururken, çalışmak istiyorsun ha... Senin özelliklerine sahip birisi için iş bulmak kolay. Asistanlığa gelince... Seçim yapman gerektiğinde, umarım önceliği bana tanırsın."

Yemeğin sonunda, herkesin kendince mutlu olduğunu görebiliyorum. Necati Bey ve Perralar, samimi bir dost sofrasında ağırlanmaktan, umduklarından farklı çizgide, "ilginç" diye niteledikleri yeni bir öğrenci kazanmaktan; annem ve babam, beni güvenli ellere teslim edeceklerini görmekten; bense, iş konusunda kendimi garantiye almış olmaktan, son derece mutluyuz...

* * *

Necati Bey'lerin dönmesiyle beraber, Amerika konusunu, kısa bir süre için de olsa gündemden çıkarıyorum. Öncelikle, gireceğim sınavları düşünmem gerekiyor çünkü.

Murat hafta sonları Bursa'ya gitmiyor artık. Geceler dışında, günün her dakikasında beraberiz. Bazen ikimiz, bazen Ferda'yla Emre'yi de aramıza alarak dörtlü grup halinde, geç saatlere kadar ders çalışıyoruz.

Sık sık verdiğimiz çay, kahve molaları, acıkınca gittiğimiz köfteciler, pizzacılar, eskisi kadar keyif vermiyor bana. Ders çalışırken kitap sayfaları arasında unuttuğum hüznün, mola zamanlarında yakama yapışmasından, bulduğu her boşlukta bana hesap sormasından yoruldum artık. Murat'ın da aynı burukluğu hissettiğini, neşe içinde bir şeyler anlatırken ya da gülerken birdenbire donup kalıvermesinden anlıyorum. Dile getirmediklerimizi gözlerimizle paylaşıyoruz böyle zamanlarda. Birbirinden medet uman, kanadı kırık iki yaralı kuş gibi...

Birkaç gün arayla girdiğimiz sınavlar, umduğumuzdan iyi geçiyor. Yüzümüzü güldürecek not ortalamalarıyla mezun olacağımızdan kuşkumuz yok.

Beş yıllık okul yaşantımın belki de en hareketli günleri bunlar. Hareketli, bir o kadar da zorlu...

Ayrılık hüznü şimdiden hepimizi sarmış durumda. En olmayacak zamanlarda, kocaman bir yumruk, teklifsizce gelip oturuveriyor boğazıma. Yalnız Murat'tan değil, okulumdan, arkadaşlarımdan, tüm sevdiklerimden ayrılacak olmanın verdiği burukluk bu.

Çok iyi biliyorum ki, Amerika'ya gitmeseydim de aynı hüznü duyacaktım. Yaşamımızın belki de en özel sayfasını kapatmaya hazırlanıyoruz çünkü. Geride bırakılacakların özlemini acı bir şurup gibi şimdiden yudumlarken; hiçbirimiz, bir sonraki sayfanın aynı güzellikte, aynı yetkinlikte olacağından emin değiliz...

✣ ✣ ✣

7 Temmuz, üniversite yaşamımıza noktayı koyacağımız, özel gün! Sabahında diploma ve kep giyme töreni var, gece de mezuniyet balosu.

O sabah, erkenden okuldayız hepimiz. İTÜ rozetli cüppelerimizi, keplerimizi gururla giyinerek törenin yapılacağı salona geçiyoruz.

Rektörün, İşletme ve Endüstri Mühendisliği dekanlarının yaptıkları konuşmaların ardından diplomalarımız dağıtılıyor. Sıra bana geldiğinde, elimdeki diplomayı ön sıralarda oturan annemle babama doğru kaldırıyorum, sizin eseriniz, der gibi.

Salondan çıkınca keplerimizi havaya fırlatarak, alışılagelmiş mezuniyet coşkusunu paylaşıyoruz arkadaşlarımla.

Bahçenin her köşesi piknik alanı gibi. Anneler, babalar, bugün burada bulunması gereken tüm yakınlarla biz yeni mezunlar... Birazdan, gidişimizle ıssızlaşacak bu yerde, ellerimizde yiyecek tabakları ve içeceklerle, artık konuğu olduğumuz yuvamıza veda etmeye hazırlanıyoruz.

Murat önce beni, sonra da annemle babamı kutluyor. Kısa ama sıcak bir sohbeti paylaşıyorlar. Ardından eğilip, "Bizimkilerin de yanına gitsek mi?" diyor, karşıdaki ağacın altında duran küçük grubu göstererek.

Böyle bir günde Murat'ı kıramam. Üstelik, son gelişmelerin ışığında, Alkanlı ailesiyle birbirimiz için tehlike olmaktan çıktığımıza göre... Gidip konuşmakta, benim yönümden hiçbir sakınca yok.

Mihriban Hanım, ilk kez gördüğüm Osman Bey ve Nevin... Bursa'dan tören için gelmişler.

"Tebrik ederim," diyor Mihriban Hanım. İlk karşılaşmamızda olduğu gibi, öpmem için elini uzatıyor.

Eğilip öpüyorum. Osman Bey'le ve Nevin'le tokalaşıyoruz.

Mihriban Hanım, sesinde gizlemeyi başaramadığı bir sevinçle, "Amerika'ya gidiyormuşsun," diyor. "Hayırlısı olsun..."

Osman Bey ise, benimle konuşma gereği bile duymuyor. Gözlerini çevredekilerin üzerinde gezdirirken, rastlantı sonucu bana takılıveren bakışlarını kaçırarak, sohbete katılmak istemediğini vurguluyor kendince.

"Evet," diyorum Mihriban Hanım'a yanıt olarak. "İki yıllığına, mastır yapmak için gidiyorum Amerika'ya."

Aldırmaz tavırlarıyla bizi dinlemez görünen Osman Bey, birdenbire inatçı suskunluğundan sıyrılıveriyor.

"İşte, beyin göçünün somut bir örneği!" diyor. "İşlenmeye açık beyinleri alıp posasını çıkarıncaya kadar kullandıktan sonra geri gönderen Batı zihniyeti..."

Bu sözlerin ne anlama geldiğini kavramaya çalışıyorum önce. "İşlenmeye açık beyin", benim beynim oluyor. Demek ki, buraya kadar söylenenleri övgü niyetine kabul edebilirim. Ama... "Posası çıkarıldıktan sonra geri gönderilen" kısmını pek çözemiyorum doğrusu. Yapılan övgüyü dengeleyecek, geleceğime yönelik acımasız bir yergi mi bu?

"Merak etmeyin siz," diye gülüyorum. "Kolay kolay posası çıkarılacak bir beyin değildir benimki! Zaten, uzun süre kullanma fırsatları da olmayacak. İki yıl sonra buradayım ben..."

Yüzlerine düşen gölgeyi görmezden gelerek, başlangıçtaki ölçülü saygımla Mihriban Hanım'ın elini öpüp diğerleriyle tokalaşarak yanlarından ayrılıyorum.

Arkamdan koşup yetişiyor Murat.

"Harikaydın!" diye sımsıkı sarılıyor bana. "İki yıl sonra buradayım ben, dediğinde, içime sokasım geldi seni. Bu gidişin geçici bir ayrılık olduğunu bilsinler. Bilsinler ve hesaplarını ona göre yapsınlar..."

✣ ✣ ✣

Sonraları, mezuniyet balomuzu, "çelişkili duyguların amansızca savaştığı gece" olarak hatırlamışımdır hep. Bir tarafta mutluluk ve coşku, diğer tarafta kopkoyu bir hüzün...

Üstümdeki gece mavisi şifon tuvalet annemin eseri. Daha doğrusu onun yönlendirmesiyle edindiğim, ünlü bir terzinin elinden çıkmış, kişiliğimle pek de uyuşmadığını düşündüğüm tek gecelik bir giysi... Bana kalsa terziyle, provayla uğraşacağıma, tarzıma uygun hazır bir şeyler bulup alıverecektim ama annemin, "İlk mürüvvetimiz sayılır, böyle özel bir gecenin hakkını vermeden olur mu hiç?" yolundaki sözlerine karşı koyamadım.

İyi de etmişim! Evden çıkarken baktığım boy aynasındaki yansımam hiç de fena değil. Hele arkadaşlarımın benimkinden de abartılı giysilerle şıklık yarışına girdiklerini görünce, anneme teşekkür etmem gerektiğini bile düşünüyorum.

Murat da, ilk kez üzerinde gördüğüm smokiniyle çok yakışıklı bu gece. Elimden tutup dansa kaldırıyor beni.

"Düş dünyasından bu gece için yeryüzüne inmiş bir peri kızı gibisin," diye fısıldıyor kulağıma. "Öylesine güzel, öylesine erişilmez görünüyorsun ki..."

Ona bıraksam, gecenin tümünü sarmaş dolaş dans ederek geçireceğiz. Oysa arkadaşlarımızla paylaşacağımız sayılı saatler bunlar. Ve her geçen dakika, kaçınılmaz kopuş noktasına taşıyor bizleri. Bu bilinçle, biraz da benim zorumla, neşe ve coşku fışkıran masamıza dönüp eğlencenin kollarına bırakıyoruz kendimizi.

Hepimiz bu görkemli geceyi fazlasıyla hak ettik; gönül dolusu gülmek, doyasıya eğlenmek hakkımız. Gecenin sonunda her birimizin, kafesin kapısının açılmasıyla dışarı fırlayıveren kuşlar gibi, bir taraflara dağılıvereceğini düşünmek bile istemiyoruz.

Ağır ağır bitiş çizgisine yaklaşırken, içimden yükselen isyana engel olamıyorum. "Yeni başlangıçların bedelini ayrılık olarak ödemek niye?" diye haykırıyor yüreğim.

Hüzünle coşku karışımı, garip bir duygu selinin ortasında, durup durup kucaklaşmalar ve o bildik veda sözcükleri... Ferda'yla Emre'yi ayrı tutuyorum diğerlerinden; yollarımız bir yerlerde kesişecek nasılsa.

Murat'la vedalaşmamıza da gerek yok. "Hoşça kal!" demek için, epey zaman var önümüzde.

Bu geceden üzerime sinen burukluğun ve hüznün tek avuntusu da bu galiba...

16

Mezuniyetten iki gün sonra Bursa'ya gidiyor Murat. Bu kez sitemli değilim gidişine. Benim de yapmam gereken işler var çünkü.

Öncelikle, Amerika'ya adım atmamı sağlayacak GMAT ve TOEFL sınavları için başvuru yapıp tarihlerini belirliyorum.

Şimdilerde internet aracılığıyla, bilgisayar karşısında girilebilen bu sınavlar, o günlerde kâğıt üzerinde yapılıyor. Yılda üç kez, gibi kısıtlamalar var üstelik. Bugünkü şartlarda, yıl boyunca kendinizi hazır hissettiğiniz zaman sınav tarihini kendiniz belirlerken, bizim böyle bir lüksümüz yok.

Öncelik GMAT'te. Türkçe açılımı, "Lisansüstü İşletme Kabul Sınavı". İşletme mastırı eğitimi almak için, akademik yeterlilik derecesini ölçmeyi amaçlıyor.

Sayısal, sözel ve kompozisyon bölümleriyle bizim üniversite sınavlarımızı çağrıştıran GMAT'te hiç zorlanmıyorum. İyi bir puan alacağımdan eminim.

Sıra TOEFL'a geliyor... Sınava giriş tarihim 14 Temmuz. Geçerli puanı tutturmalıyım ki, eylül döneminde Amerika'ya gidip derslere başlayabileyim.

Dört bölümden oluşuyor sınav. İngilizceyi anlama yeteneğini ölçen "dinleme", İngilizcenin kurallarına ne derece uygun kullanıldığını saptama amaçlı "yapısal", okuduğunu anlama yeteneğini sınayan "okuma" ve otuz dakika içinde yazılacak kompozisyonla bu dilde yazma yeteneğini ölçen "yazma" bölümleri...

Dinleme bölümündeki, ağızda yuvarlanan, bu yüzden de anlamakta zorlandığım birkaç cümleyi saymazsak, fena geçmiyor sınavım. Ancak, dillerde dolaşan, İngiliz dili üzerine eğitim almış kişilerin bile başarısız olabildiği yolundaki söylentiler, anlatılan olumsuz deneyimler moralimi bozuyor. Yanı sıra, Fransızca eğitim veren bir kolejden gelip İngilizceyle sonradan tanışmış olmam da özgüvenimi sarsan nedenlerin başında. Elim yüreğimde, sınav sonuçlarını beklemeye koyuluyorum.

Ve... Korktuğum başıma geliyor!

GMAT'ten aldığım yüksek puana karşın, TOEFL'da aynı başarıyı gösteremiyorum. Aldığım 500 puan, beni Amerika'ya taşımaya yetmiyor.

Ne olacak şimdi? Gidiş tarihim, mastıra başlayacağım eylül dönemi... Hepsinin üzerine kalın bir çizgi çekmek, ağırıma gidiyor.

"Üzülme," diyor Necati Bey telefonda. "Önemli değil. Mastıra bir dönem gecikmeli başlarsın, hepsi o! İstersen, belirlediğin tarihte Amerika'ya gelebilirsin. TOEFL'a burada hazırlanman daha kolay olur."

Katılmıyorum ona. İngilizceyi yeni baştan öğrenecek değilim ki. Yeterlilik sınavındaki puanımı yükseltmek için Amerika'lara gitmeye hiç gerek yok. Hem, bu süre içinde asistanlık da olamayacağına göre... En iyisi, burada kalıp eksiklerimi tamamladıktan sonra gitmek.

Annemle babam da bu görüşümü destekliyorlar.

"Böylesi daha iyi oldu," diyor babam. "Çekeceğimiz özleme alışma dönemi, say bu gecikmeyi..."

Murat'sa, durumu öğrendiğinde bayram ediyor; Amerika işi hepten kalmış gibi, havalara uçuyor sevincinden.

"Allah'ın iyi kuluyum ben," diyor. "Bana verilebilecek en güzel ödül bu!"

Bu kez işi şansa bırakamam! Öncelikle, TOEFL'a hazırlık konusunda isim yapmış bir dershaneye yazılıyorum. Yanı sıra, İngilizceyle yatıp İngilizceyle kalkacak derecede iç içe bir yaşam biçimi belirliyorum. Türkçe düşünme yasağı koyuyorum kendime. Günlük sıradan konuşmaları bile İngilizceye çevirip öyle algılamaya çalışıyorum.

Umarım, emeklerim boşa çıkmaz. Çünkü, ekim ayındaki sınavdan da geçer not alamazsam, bir daha deneyeceğimden emin değilim.

✣ ✣ ✣

Sınav sonuçlarını aldıktan sonra bırakmayı düşündüğüm, Turgay Bey'in yanındaki işim, Amerika beklentilerimin askıya alınmasıyla, cankurtaran simidi gibi görünüyor gözüme.

Her sabah babamla beraber çıkıyoruz evden; beni işe bırakıp bürosuna gidiyor o. Akşamları kendim dönüyorum eve. Okul günlerimden daha yoğun bir tempoda çalışıyorum. Ev-iş-kurs üçgeninde, zamanın nasıl geçtiğini anlamıyorum bile.

Murat da, geçen yılın tersine, iş günlerini Bursa'da, hafta sonlarını İstanbul'da geçiriyor. Sayfalar dolusu şiirler getiriyor oradan; bana olan duygularını, özlemini dile getiren, günlük tarzında yazdığı mektuplar... Beraber olduğumuz saatler, bizi, eskisinden de güçlü bağlarla sarmalayarak, geride bekleyen özlem dolu günlerin üstünü örtme çabasındalar sanki.

Hepimiz öylesine alıştık ki bu düzene, hep böyle sürecek gibi bir havaya giriyoruz. İstanbul'da, sevdiğim bir işim var; Murat da Bursa'da çalışıyor. Bir noktada, bir yerlerde buluşup beraberliğimizi başlatmak için şartların olgunlaşmasını bekliyor gibiyiz.

Bu kadarına çoktan razı Murat. Yeter ki, uzaklara gitmeyeyim ben. Ne yapıp edip tüm sevdiklerinin onaylayacağı, kimseye ters düşmeyecek sihirli formülü bulacak ve sonsuza dek sürecek beraberliğimizin yeşil ışığını yakacak... Bunu becerebileceğinden emin, gireceğim sınavda başarısız olmam için dualar ediyor; biliyorum.

Ne var ki, duaları tutmuyor Murat'ın. TOEFL sınavında 580 puan alıyorum!

Sevincimi paylaşabileceğim son insan o! Başarımı öğrendiğinde yıkılıyor. Eskisinden de kalın bir hüzün perdesi yerleşiyor yüzüne. Gülümsemesini dondurup ulaşılamayacak bir yerlere kilitliyor. Yasaklıyor kendini bana, içini göstermiyor. Elimi uzatsam tutabileceğim kadar yakınımdayken, izin vermiyor dokunmama.

Sevdiğini uzaklara göndermek zor, biliyorum. Saygı gösteriyorum bu uzlaşılmaz haline... O da daha fazla uzatmıyor zaten.

Nâzım Hikmet'in, "Yirminci Asra Dair" şiirindeki,

"Uyumak şimdi

uyanmak yüzyıl sonra sevgilim..." dizeleriyle örtüşen sözcüklerle çözüyor dilini.

"Uyumak şu an ve senin döndüğün gün uyanmak..." diyor, yokluğumun onun için kahır dolu bir bekleyiş olduğunu anlatmak istercesine...

✣ ✣ ✣

Ocak ayının ilk haftasında Amerika'ya uçacağım.

Ayrılık saati belirlendiğinde, o zamana kadar geçecek her dakika acı veriyor insana. Bir an önce kaçıp gitmek arzusu çörekleniyor yüreğe. Ne olacaksa olsun, bitsin; daha fazla hırpalanmayalım...

Ama, bu sürecin de yaşanması gerekiyor. Acılarıyla, tatlılarıyla; sonradan dönüp bakıldığında beyinlere kazınmış, unutulması güç izleriyle...

İkimiz de, beraber geçirdiğimiz her dakikanın değerinin farkındayız. Yüzlerimizde birbirimizi avutmaya çabalayan yapay gülücüklerle, gitgide yaklaşmakta olan ayrılığın ayak seslerine kulaklarımızı tıkayarak, elimizden geldiğince dolu dolu yaşamaya çalışıyoruz son günlerimizi.

Gitmeden önceki son cumartesi, Çiçek Pasajı'na gidiyoruz Murat'la.

Kollarımın arasında tuttuğum, bana İngiltere'den getirdiği "Aslım" bebeği görünce, buruk bir ifade dolanıyor gözlerinde.

"Benim yokluğumda seninle kalmasının daha iyi olacağını düşündüm," diye uzatıyorum bebeği. "Yatağımın üzerinde boynu bükük duracağına..."

Daha önce pek çok kez geldiğimiz bu yer, ikimize de eskisi gibi keyif vermiyor bu gece. Durmadan içiyor Murat, ardı ardına deviriyor kadehleri. Karşı çıkamıyorum. Böyle bir hakkım yok; onun bu halinden ben sorumluyum.

Yemeğin sonlarına doğru, karşımda oturduğu koltuktan kalkıp yanıma geliyor. Cebinden çıkardığı kadife kaplı kutuyu uzatıyor bana. Açıyorum...

Beyaz altın üzerine pırlanta taşlar işlenmiş bir kolye! İlginç bir şekli var. Sağında ve solunda iki kalbin yer aldığı, "8" rakamının yatay hali. "Sonsuzluk" anlamına geliyor.

"Şeklini ben çizdim," diyor. "Turgut Uyar'ın bizi anlatan bir şiirinden yola çıkarak..."

Kadife kutunun dibindeki katlanmış kâğıdı çıkarıp önüme koyuyor, okumamı bekliyor.

SONSUZLUK

Üç kere üç dokuz eder
bilirsin
birin karesi birdir
karekökü de
bilirsin
"mutlu aşk yoktur"
bilirsin

ama baharda ya da dışarıda
sonsuz göğün altında
aşkın aşkla çarpımı
garip bir şekilde
hep sonsuzluktur

karekökü de yoktur

"Beğendin mi?

"Kolye de şiir de birbirinden harika! Bana verdiğin sonsuzluklar için sonsuz teşekkürler..."

Kolyenin çengelini açıp elleriyle takıyor boynuma.

"Çok yakıştı!"

"Hiç, ama hiç çıkarmayacağım onu boynumdan. Tenime değişiyle, seni hep yanımda hissedeceğim çünkü..."

"Ben de seni hep bu halinle canlandıracağım gözlerimde. Sonsuza dek sürecek aşkımın sembolünü bedeninde taşıyan Aslı'm olarak..."

Kısa süren suskunluğunun ardından, kırık bir sesle devam ediyor.

"En zoru da seni uğurlamak! Havaalanında neler yaşayacağımı, kare kare canlandırabiliyorum... Sımsıkı sarılacağım sana. Kokunu içime çekeceğim. Kollarımdan sıyrılıp gümrük kapısının ardında kaybolduğunda, ben de seninle beraber dar koridorun derinliklerine yuvarlanacağım. Camın önüne koşacağım sonra. Uçağa binmeden bir kez daha görebilme umuduyla, sana son bir kez daha el sallayabilmek için..."

Gözlerinden akan yaşların farkında bile değil.

"...Uçağın kapısında kaybolan yolculardan biri de benim aşkım! Kutu kutu küçük pencerelerden hangisinin ardında olduğunu kestirmeye çalışacağım. Kapılar kapanacak birazdan. Uçağın merdiveni ağır ağır çekilecek, motorlar çalışacak. Yüreğimin gümbürtüsünden, motor sesini duymayacağım bile... Uçağın havalanmasıyla beraber, benim de içimden bir şeyler kopacak. Canımdan bir parça göklere yükselecek sanki. Gözlerim, gitgide ufalan pencerelerde... Onlardan birinin arkasında Aslı'm var! Her saniye biraz daha silikleşen, küçücük bir noktaya dönüşecek. Bir daha ne zaman göreceğimi, ne zaman kucaklayıp koklayacağımı bilemediğim, iğne ucu kadar bir nokta..."

Bu kez gözyaşlarımız birbirine karışıyor Murat'la. İkimiz de hıçkıra hıçkıra ağlıyoruz.

Güçlükle toparlanıp, "Senden tek bir şey istiyorum Murat," diyorum. "Beni yolcu etmeye gelme! İkimiz için de böylesi daha iyi. Gidenin ardından bu kadar ağlanmamalı..."

Gözlerimden süzülen yaşları silip gülmeye çabalayarak ekliyorum.

"Giden de bu kadar ağlatılmamalı!"

"Olmaz öyle şey!" diye karşı çıkıyor. "Son ana kadar yanında olmalıyım."

"Kırma beni Murat," diye sonsuzluğumuzu sembolize eden kolyemi okşuyorum. "Sen hep yanımda olacaksın ya..."

* * *

Türkiye'deki son günüm! Yarın bu saatlerde Amerika yollarında olacağım.

Bugün, haftalardır süren hazırlıklarımıza son noktayı koymamız gerekiyor. İki bavul ve boyutları belirlenmiş bir el çantası götürme hakkım var. Ancak, eşyalarımı bu dar çerçeveye sığdırmakta zorlanıyoruz.

Annemin yeni aldığı çarşaf, nevresim ve havlu takımlarından yalnızca birer tanesini koyabiliyorum bavula. Kışlık pantolon ve kazaklar çok yer kaplıyor. Ayakkabı, çizme, bot; iç çamaşırları, pijamalar, götürmem gereken kitaplarım... Annemin, "Hemen çarşıya çıkamazsın, elinin altında bulunsun," diye köşelere sıkıştırmaya çalıştığı küçük bir tavayla tabak, bardak, çatal ve kaşıklar da cabası...

Bavullar dar geliyor eşyalarıma! Birkaç kez boşaltıp yeniden yerleştirmek zorunda kalıyoruz. Bu da epey yoruyor bizi.

Bavulları kapatıp el çantasını hazırlamaya başladığım sırada Ferda geliyor. Murat gibi ona da uğurlama yasağı getirdiğimden, bir gün öncesinden vedalaşmaya gelmiş benimle.

Elimdeki çantayı öylece bırakıp kahve yapmaya gidiyorum. Yardım etme bahanesiyle peşime takılıyor. Gözleri boynumdaki kolyede.

"Aşkın sonsuzluğu!" diyorum gülerek. "Ne derece gerçek olduğunu göreceğiz bakalım..."

Dalgın bir ifade var Ferda'nın yüzünde.

"Her sonsuzluğun bir sonu vardır," diyor kendi kendine konuşur gibi. "Umarım sizin aşkınız, hak ettiği yere ulaşır."

"Umuyorsun ama, inanmıyorsun galiba..."

"Murat yönünden zerrece kuşkum yok. Şartlar ne getirirse getirsin, ömür boyu sevecek seni. Ama, 'sonsuzluk' gibi iddialı bir kavramın sana uymadığını düşünüyorum ben."

"Hani, aşkımdan vazgeçmeyi göze alarak, sevgimin büyüklüğünü kanıtladığımı söylüyordun bana. Böyle davranmak yürek ister, diyen sen değil miydin?"

"Aynı şeyleri gene söylüyorum, değişen bir şey yok. Büyük bir özveri gösterdiğini kabul ediyorum. Ne var ki, özgürlüğüne âşıksın sen! Böyle büyük sözler; başına buyruk, karşısına çıkan tüm kısıtlamalara meydan okuyan Aslı'ya göre değil. Anlatmak istediğim bu."

"Haklısın galiba. Ama bu kez durum farklı. Şu anda, Murat'ın Aslı'sı olarak gidiyorum Amerika'ya. Sonsuzluğun nerede son bulacağını ise, en az senin kadar ben de merak ediyorum Ferda'cığım..."

✣ ✣ ✣

Ayrılık; hüznü, acıyı, özlemi, gözyaşını içinde barındıran çok özel bir sözcük! Aynı zamanda kişilikli, karşı konulamayan, önünde umarsızca boyun eğilen; biraz da acımasız bir kavram.

Havaalanına giderken, daha yolda, sessizce ağlamaya başlıyor annem. Bense, elimden geldiğince dik durarak, çözülme anımı geçiktirmeye çabalıyorum. Ancak, bavullarımı teslim edip uçuş kartımı aldığımda, babamın elleriyle yüzünü kapatmaya çalıştığını görmek, tüm direncimi kırmaya yetiyor. Üçümüz birbirimize kenetlenmiş, nicedir biriktirdiğimiz gözyaşlarımızı özgürlüklerine kavuşturuveriyoruz.

Güçlükle sıyrılıyorum kollarından. Tıpkı Murat'ın anlattığı gibi... Gümrük kapısının ardındaki dar koridorun başında son kez el sallıyorum. Kutu kutu küçük pencerelerin dışında onlar, içinde ben varım. Uçağın havalanmasıyla bir şeyler kopuyor yüreğimden.

Gitgide ufalmıştır şimdi uçağın pencereleri... Her saniye silikleşen birer noktaya dönüşmüşlerdir.

Ve kaçınılmaz sona ulaşıyoruz... Geride bıraktığım sevdiklerimin, sevenlerimin bir daha ne zaman göreceklerini, ne zaman kucaklayıp koklayacaklarını bilmedikleri, iğne ucu kadar bir nokta halinde yitiveriyorum gökyüzünün derinliklerinde...

17

Uçak fobisi, gibi bir sorunum olmadı bugüne kadar. Ancak, on bir saat gibi uzun sayılabilecek bir süreyi havada, ayağı yerden kesilmiş bir halde geçirecek olmak, farklı duygulara sürüklüyor insanı.

Hiçbir yere ait değilim şu anda. Beni bekleyen bilinmeze ve belirsizliğe doğru adım adım yaklaşırken; gökyüzünün derinliklerinde yol alan kapalı bir kutunun içine hapsolmuş, tüm yakınlarımla ilişkim kesilmiş; çeşitli ırk, din, dil ve cinsiyetten, hiç tanımadığım insanlarla kayıtsız şartsız bir teslimiyet içinde, aynı kaderi paylaşıyorum.

Yükseklik arttıkça düşen ısının etkisiyle, başımı dayadığım minik pencerenin dışında oluşmuş buz kristalleri içimi ürpertiyor. Bu ürperişin, çepeçevre buzlanmış camdan yüzüme yansıyan soğukluktan mı, yoksa içimdeki ıssızlığın gitgide dayanılmaz bir hale dönüşünden mi kaynaklandığını kestiremiyorum. Uzaklaşmakla kaçıp kurtulabilecekmişim gibi, geriye çekilip arkama yaslanıyorum. Sımsıkı yumuyorum gözlerimi...

Hosteslerin gezdirdiği yiyecek, içecekler; uçak havalanırken uzun sohbetlere kapı aralamamak için yalnızca "iyi yolculuklar" demekle yetindiğim Amerikalı yol arkadaşım, zerrece ilgilendirmiyorlar beni. Bin bir düşüncenin fır döndüğü beynim ve şimdiden devleşmiş farklı özlemleri yaşayan yüreğim, öylesine kalabalık ki...

Yerel saatle 15.30'da New York için alçalmaya başlıyoruz. Yarım saat sonra da JFK (John F. Kennedy) Havaalanı'ndayız.

Ciddi görünümlü, yüzü gülmeyen görevlilerin benden önceki yolculara gösterdikleri aksi davranışlar; sonu gelmeyen, bezdirici sorgulamalar ve yerdeki sarı çizgiyi aşmamamız için yapılan sert uyarı gözümü korkutsa da, gümrük işlemlerim uzun sürmüyor.

Pasaporttaki fotoğrafıma bakan orta yaşlı, zenci gümrük memuru, "Buradaki güzel kız siz misiniz?" diye pek benzetememiş gibi, gülerek bakıyor yüzüme.

"Benim," diyorum. "Karşınızda duran, o fotoğraftakinin yorgun hali."

Öğrenci vizemle pasaportuma şöyle bir göz atıp fazla uzatmadan damgayı basıyor.

"Geçiniz!..."

Herkese yinelediği bu sıradan sözcüğün benim için ne anlama geldiğini bir bilse...

"Pek çok şey geride kaldı artık! Attığınız adımla yepyeni bir sayfa açacaksınız yaşamınıza. Önünüzde bambaşka bir yol uzanıyor. Neleri barındırdığından habersiz olduğunuz, bilinmezlikten kaynaklanan ürkütücülüğüyle ayaklarınızı birbirine dolaştıran bu yolda yürüyebilirsiniz artık.

Geçiniz..."

Çekçek arabasına yüklediğim bavullarımla el çantasını oradan oraya sürükleyerek, Hartford'a giden otobüslerin kalktığı yeri aramaya başlıyorum. Havaalanı içinde birkaç küçük tur attıktan sonra, ancak buluyorum terminali. Biletimi alıp bir köşeye ilişiyorum.

On beş dakika sonra, karnı yere yakın köpeklere benzeyen bir otobüs geliyor. Sonradan, arabayla iki saatte katedildiğini öğrendiğim New York-Hartford arasındaki yolu dura kalka, kaplumbağa hızıyla üç saatte alabiliyoruz ancak.

Gideceğim yer, Ramada Inn Oteli. Terminalin bir üst sokağında olduğundan, taksiler almıyor. Bavulları taşımam imkânsız. Sonunda, bagajı büyük bir taksinin şoförünü rica minnet razı edebiliyorum.

Necati Bey odamın parasını ödemiş: 52 Dolar. Resepsiyondaki kartı doldurup yukarı çıkmaya hazırlanırken, hoş bir sürprizle karşılaşıyorum. Benden başka iki Türk öğrenci daha var burada: Kaan ve Burak. Konuşmalarından, otel paralarını kendilerinin ödediğini anlıyorum. Necati Bey'in bu ikramı, yalnız bana özel bir ayrıcalık...

Oda da, manzara da harika. Ama bunları görecek halde değilim. Pestil gibi, yatağa serilip gece 21.00'den sabahın 07.00'sine kadar deliksiz uyuyorum.

Kalkınca ilk işim telefonun başına geçmek oluyor. Türkiye ile burası arasında yedi saat fark var. Gece otele geldiğimde, İstanbul'da sabahın 04.00'ü olmuştu, arayamadım haliyle.

Annemle, babamla, ardından da Murat'la, dillerimiz özlemlerde kilitli; seslerimizi koklayarak, hüzünlerimizi birbiriyle öpüştürerek, uzun uzun konuşuyoruz.

Kahvaltıdan sonra Kaan ve Burak'la beraber, okula gitmek üzere otelden çıkıyoruz. Üçümüz ve eşyalarımız, aynı arabaya güçlükle sığıyoruz.

Okulun önüne geldiğimizde, "25 Dolar!" diyor şoför.

Aramızda paylaşarak, denkleştirip uzatıyoruz parayı. Acemiliğimizden, 8 Dolarlık yola 25 Dolar bayıldığımızı bilmiyoruz henüz...

Kampusun içindeki güvenlik görevlisi, kalacağımız yurt binalarının bulunduğu yeri bulmamıza yardımcı oluyor. Geniş bir alan üzerine serpiştirilmiş üç katlı, ilk anda prefabrik olduklarını düşündüğüm, dış cepheleri bordo; benzerlerini filmlerde gördüğümüz, Amerikan mimarisini yansıtan binalar... Her katta üç odalı, iki banyolu, büyücek bir mutfağın ve salonun yer aldığı daireler var.

Kalacağım ev giriş katında. Üç arkadaş paylaşacağız burasını. Ben, Özden de Taylandlı bir kız. Özden iki gün önce Ankara'dan gelmiş, ODTÜ (Orta Doğu Teknik Üniversitesi) mezunu. O da benim gibi işletme mastırı yapacak. Birkaç dakika içinde kaynaşıveriyoruz. Taylandlı arkadaşımızsa ortalarda yok, bir haftalığına New Jersey'e gitmiş.

Baştan aşağı geziyorum evi. Odalardaki dolaplar ve dolapların gözleri de ev gibi devasa boyutlarda. Öyle ki, eşyalarım, gözlerin neredeyse yarısını dolduruyor. Yirmi dört saat, devamlı sıcak su olduğunu ve musluklardan akan suların içilebildiğini söylüyor Özden.

Buraya kadar her şey yolunda. Ancak, herkese tertemiz teslim evlerden değil bizimkisi. Çünkü, Taylandlı arkadaşımız bir buçuk ay burada kalmış. Buzdolabında bir sürü kokuşmuş yiyecek var. Mutfak ve erzak dolapları böcek kaynıyor. Annem gelse de, küçücük bir böcekten, hatta böcek ölüsünden bile korkan kızını bir görse...

Neyse ki Özden de çok titiz bu konuda. "Odamı değiştirmek, bir başka eve geçmek istedim; imkânsız olduğunu söylediler," diyor. "İki gün sonra ilaçlamaya geleceklermiş. Temizlik işini de biz hallederiz, merak etme."

Odalar mobilyalı, ama çıplak. Abajurdan telefona, yorgandan yastığa, kapsamlı bir alışveriş yapmamız gerekiyor.

Yanımızdaki evde geçen dönem mastıra başlayan Türkler kalıyormuş. Biraz soluklanmak için kapılarını çalıyoruz. Uzun zamandır görmedikleri can dostlarıymışız gibi sevinçle karşılıyorlar bizi. Gurbetin gurbettekileri birbirine kenetlemesi, bu olsa gerek...

Bizim çıplak evimizin döşenmiş halini görmek, içime su serpiyor.

"Rahat olun," diyorlar. "Biz de aynı şeyleri yaşadık."

Deterjan, toz bezi, yer sileceği veriyorlar bize. Özden'le beraber her tarafı siliyoruz. Buzdolabının içindekileri çöpe boşaltıp raflarını ovarak kullanılır hale getiriyoruz.

Yan evdeki arkadaşlarımızın arabası var. Akşamüzeri alışverişe götürüyorlar Özden'le beni. Eksiklerimizin büyük bir bölümünü tamamlıyoruz bu sayede.

Çevremizde her an yardım etmeye hazır birilerinin bulunduğunu bilmek rahatlatıcı. Ancak, buraya İngilizce öğrenmeye gelen

Türklerin hiç şansı yok. Herkes Türkçe konuşuyor, Türkiye'de dinlediğimden çok Türkçe müzik çalınıyor kulağıma. Evler Türkçe gazete, dergi, hatta pastırma dolu...

Ama dayanışma harika!

Ertesi sabah erkenden Necati Bey'in yanına gidiyorum. Hem teşekkür etmek, hem de kayıt işlemleri için.

Bu dönem için üç ders alıyorum: Muhasebe, pazarlama ve ekonomi. Çabuk bitiyor işim.

"Umduğumdan hızlı çıktın," diye gülüyor Necati Bey. "Sabahtan beri gelen on öğrenciden, işlerini en çabuk düzene koyan sensin."

Sıra geliyor para konusuna... Yurt, sigorta, kayıt ve ders paralarının bir arada hesaplanması gözümü korkutuyor önce. Neyse ki önümüze farklı ödeme planları koyabiliyorlar. Taksitli seçenek, benim için en uygun olanı. Üç ay bin, en son ay 1650 Dolar ödemem gerekiyor.

İlk taksiti bankadaki paradan, yani baba kesesinden verecek olmak canımı sıkıyor. En kısa zamanda iş bulmam şart!..

✣ ✣ ✣

Bugün, "orientation"(*) dedikleri dönem öncesi tanıtım ve alıştırma programına başladık. İlk iş olarak, geniş bir alana yayılmış olan okulumuzu köşe bucak gezdirdiler.

Göz alabildiğine yeşil kampus, eğitim ocağı olmaktan çok, doğal güzellikleriyle insanı kucaklayıveren bir tatil köyünü andırı-

---

(*) Oryantasyon.

yor. Değişik bölümleri barındıran okul binaları ise, teknoloji olanaklarının cömertçe sunulduğu, keyifli çalışma ortamları. Koridorlarda bile herkesin kullanımına açık çok sayıda bilgisayar, faks ve fotokopi makineleri var. Teknoloji yönünden Türkiye ile burası arasında fazla bir fark yok ama, paradan kaynaklanan rahatlığı da yadsıyamıyorum doğrusu.

Öğlen arasında Necati Bey'le beraber İşletme Fakültesi Dekanı Larry Perra'nın odasına gidiyoruz. Beni görünce inanılmaz derecede seviniyor dekan. İstanbul'da çektiğimiz fotoğraflar masasının üzerinde, çerçevelenmiş, duruyor.

"Asistanlık sıralamasında, önceliğin bende olduğunu unutma Aslı," diyor.

Unutur muyum hiç? Böyle bir fırsatı yakalamak için gün sayıyorum ben...

Akşam, Özden'le yemekhaneye gidiyoruz. Salata çeşitleri, yiyecekler, içecekler... Dört dörtlük görünüyorlar ama, her şey çok pahalı!

Değişik yemek paketleri var. A programından D programına; ayda 1300 Dolar'dan, 470 Dolar'a farklı seçenekler sunuyorlar. Sabah, öğlen, akşam gidenler; miktar kısıtlaması olmayan, bu yüzden de parası en üst seviyeden hesaplanmış A ve B programlarını alıyorlar. Bence çok gereksiz, eski öğrenciler de önermiyorlar zaten.

Mutfağımız büyük; buzdolabımız, fırınımız var. Bu şartlarda bir şeyler pişirip ortaya çıkarmak neden zor olsun ki? Hem, yemekhane kaldığımız yere epeyce uzak. Derslerimiz de akşam 17.00-22.00 arası olduğuna göre, yemek saatlerimiz yemekhaneninkiyle çakışmayacak.

Sonuç olarak, bu tür paket programlarla kendimizi şartlandırmamız anlamsız. Ayrıca, keseye de zarar! Özden de benim gibi düşünüyor...

✣ ✣ ✣

Bu sabah, garip bir suçluluk duygusuyla uyandım. Son günlerde Murat'ı az düşünmenin sıkıntısı... Onun eksikliğini bir sürü abur cuburla doldurmuş olmanın verdiği ezinç!

Ne zaman internete girsem, mesajı karşımda. Kısa iletiler değil de, uzun, sayfalar dolusu mektuplar gibi. Yanı sıra, zaman darlığından şöyle bir göz atmakla yetindiğim şiirler, benim için yazdığı kendi kaleminden dökülen, ilk günkü sıcaklığından hiçbir şey kaybetmemiş dizeler...

Ya ben?

Kendime haksızlık etmemeliyim aslında. Yanıtsız bırakmıyorum onu. Ne var ki, Ferda'ya, Emre'ye, Barış'a ya da Ebru'ya yazdığım mesajlar kadar kısa oluyor bu yanıtlar.

Kısa ya da uzun olması önemli mi, diyorum kendi kendime. Derinlemesine ve sıcak duygularla örülü birkaç satır da sevgiyi iletmeye yetmez mi? Hem, boynumdan hiç çıkarmadığım, aşkımızın sonsuzluğunu haykıran kolyeme her baktığımda, Murat'ın adını geçirmiyor muyum yüreğimden?

Daha fazlasını beceremiyorum. Türkiye'dekinden çok daha hızlı akıyor burada zaman. Koşturmadan yetişilmiyor. Bu hıza ayak uydurmak zorundayım. Günün 24 saatini 25'e çıkaracak gücüm yok ki...

Derslerimiz de başladı. Ancak, ders çalışmaya hiç gerek yok! Türkiye'de öyle güçlü bir eğitim almışız ki, anlatılanlar bildiklerim yanında hafif kalıyor. Yalnız kendim ve İTÜ için değil bu saptamam; ODTÜ'nün Ekonomi Bölümü'nden gelen Özden ve diğer işletmeci Türk arkadaşlarımız da aynı görüşte.

Böyle olunca, derslerden arta kalan zaman, öğrenciliğin yanında, farklı yaşam alanları sunuyor bize. Uzaklarda olmanın yakınlaştırdığı Türklerle paylaşılan saatler, grup etkinlikleri, bir köşeye çekilip kendimizi dinlemeye fırsat vermiyor. Sabah başlayan günün nasıl bittiğini anlamıyoruz bile. İşte sıradan bir öğleden sonranın koşturmaca yüklü dökümü:

Önce, yönetim kurulunun seçileceği "Türk Derneği" toplantısına gittik Özden'le. Mastır öğrencileri başkan ya da başkan yardımcısı olamıyorlar. Yapılan seçim sonucunda, genel sekreterlik görevi bana verildi. Eski yönetim hiçbir şey yapmamış; biz, ses getirecek, başarılı etkinliklere imza atmak istiyoruz.

Bu akşam okulun basketbol maçı var. Kapalı devre televizyonda yayınlanacak. Sonra da parti... Ama önce birikmiş çamaşırlarımı yıkamam gerekiyor. Hemen karşımızdaki köşede bir çamaşırhane var. Yıkama ve kurutma birer dolar. Birazdan oraya gideceğim. Ondan sonrasındaki dakikalar ve saatler kendi yollarını bulacaklar zaten...

Çamaşırhaneden dönerken, sol çaprazımızdaki spor merkezine uğruyorum. Ve büyüleniyorum! Tam bana göre bir yer burası. Yüzme havuzu, bin bir çeşit spor aleti, sauna... Aylık 62 Dolar! Gözümü kırpmadan veriyorum. Babamın bana sunduğu bir ödül ya da gönlünden kopmuş bir armağan niyetine.

Ödemelerimi çekle yapabiliyorum artık. İlk geldiğim gün bankada hesap açtırmıştım. Banka kartım ve çeklerim yeni ulaştı elime.

Yol boyunca, yaptığım harcamaları hesaplıyorum. Telefon parası, yiyecek giderleri, ev için yaptığımız alışverişler; şimdi de spor merkezi aidatı...

Para getirecek bir iş bulmanın zamanı geldi de, geçiyor artık. Oturup bekleyeceğime, bir şeyler yapmam gerek...

18

Beklediğim müjde geldi sonunda. Dekan Mr. Perra'nın asistanlığına kabul edilmişim! Karar, bugün imzadan çıkmış.

"Geldiğinin on beşinci gününde asistanlık kapan ender kişilerdensin," diyor Necati Bey.

Ofise gidip çalışma programını aldım. Haftada iki gün dörder saat, cuma günleri de iki saat.

"Hemen başlayabilirsin," dedi Mr. Perra.

Yarın büyük gün! Amerika'daki çalışma hayatımın ilk sayfasını açıyorum...

Ofisteki işlerin yoğunluğu, gününe ve dekanın ofiste olup olmamasına göre değişiyor. Okulun çeşitli bölümlerine iletilecek belgelerin kopyalarını çıkarıp dosyalamak ve gidecekleri yerlere götürmek, gelen faks metinlerini ilgili birimlere dağıtmak, bilgisayarda mektup yazmak, boşalan faks ve fotokopi makinelerine kâğıt doldurmak, telefonlara yanıt vermek, görevlerim arasında. Kısa sürede işin kurdu olup çıktım. Bugün, bozulan fotokopi makinesini bile ben tamir ettim.

Şu sıralar, öğrenciler tarafından doldurulmuş, hocaları değerlendirme formlarını düzenliyoruz. Bu formlar, öğretim görevlilerinin terfi ve maaş artışı açısından çok önemliymiş. Yorumları okumak çok zevkli. Kendi hocalarımla ilgili yorumlar da geliyor karşıma. Daha ilk derste kanımın kaynadığı "pazarlama" dersi hocamızı tüm kalbimle destekliyorum.

Pazartesileri ofis sorumlusu benim. Saat 18.00'de tüm bilgisayarları, faks odasını, kahve makinesini kapatıp ofisi kilitliyorum. Sonra da derse koşuyorum.

Dersler gecenin orta yerinde bittiğinde, gün yeni başlıyor sanki. Saat 24.00' e kadar açık olan bilgisayar merkezinde ödev yetiştirmeye çalışıyoruz ya da aynı saate kadar açık kalan kütüphanede araştırma yapıyoruz.

Bilgisayar başındayken, ders dışına kayabilmek için sabırsızlanıyorum. Bunlar, yalnızca bana ait, keyif dakikalarım çünkü. Türkiye'de çıkan gazeteleri, sevdiğim köşe yazarlarını, her bir sözcüğü özlemle yudumlayarak içercesine okuyorum.

Ve tabii mesajlar!... Okunacaklar, yanıt verilmesi gerekenler... Özlediklerimden, özleyenlerimden gelmiş sıcacık satırlar. Keşke daha uzun süre ayırabilsem onlara!

Son mesajında, "Benden on binlerce kilometre uzakta olduğuna hâlâ inanamıyorum," diyor Murat. "Her sabah seni görebilecekmişim gibi, hevesle uyanıyorum güne. Gerçeklikle yüzleşiyorum sonrasında. Ama gözlerimi kapattığımda karşımdasın! Kokunu, tenini, seni hissediyorum tüm hücrelerimde. Gözlerim hep kapalı kalsın istiyorum..."

Anlayabiliyorum onu. Gidenin işi daha kolay, gittiği yerde avunacak yeni bir şeyler bulabiliyor. Hele benim gibi, çılgın bir koşturma temposunun içine düşmüşse... Ama kalan için durum farklı. Gidenin yerini doldurmak kolay değil. Boşluğa düşüş kaçınılmaz...

Kendimi affettirmek ister gibi, her zamankinden daha uzun bir mesaj yazıyorum Murat'a. Elim boynumu süsleyen "yatık 8"in üzerinde, yüreğimde onun sıcaklığıyla...

✣ ✣ ✣

İyi ki spor merkezine üye olmuşum! Günde bir saatimi orada geçirmek, yorulmuş bedenim için ödül yerine geçiyor.

"Dinleneyim, derken daha da yükleniyorsun kendine," diyor Özden. "Spor yapmak için merkeze gitmeye ne gerek var? Kampusun çevresinde iki tur at, yeter."

Katılmıyorum ona. Düzenli yapılan sporun yararına inanıyorum ben.

Önce ısınma hareketleri... Ardından koşu bandı ve bisiklet. En çok sevdiğimse, uzayda yürüyormuşum hissine kapıldığım, bedenimin tümünü çalıştıran, "air walker" dedikleri alet. Sonrasında havuza atıyorum kendimi. Attığım her kulaçla daha da güçleniyorum sanki.

Son durağım sauna. Bedenimle beraber ruhumu, tüm varlığımı dış dünyadan soyutlayabiliyorum burada. Duşumu alıp, giyinip çıktığımda günün tüm yorgunluğunu, gerginliğini geride bırakmış oluyorum.

Spor merkezinin insan ilişkilerine getirdiği hareketliliği de yabana atmamalıyım. Dün, yaşamıma önemli bir kesit kazandıracağını henüz bilmediğim, ilginç bir hanımefendiyle tanıştım: Mrs. Adams! Yetmişli yaşlarda, yaşını yadsıyan dipdiri, ince bir bedene sahip, kırlaşmış saçları şakaklarında ışık demeti gibi parlayan ve gözlerinin içine kadar gülümsemeyi becerebilen özel bir kadın...

Ne zamandır, uzaktan uzağa izliyordum... Benim kadar ağır aletli jimnastik yapamasa da, yürüme bandıyla başlattığı çalışmasını yüzme havuzuna taşıyıp son noktayı saunada koymayı alışkanlık haline getirmişti. Bu yaştaki bir insanın spora verdiği önemi içimden alkışlarken; burada, bir okulun spor merkezinde ne işi olduğunu merak etmekten de kendimi alamıyordum. Sonunda öğrendim...

Saunada yanıma geldi ve elini uzattı. Şaşkınlıkla sevinci aynı anda yaşadım. Böyle ilginç biriyle tanışmak hoşuma gitmişti.

"Yüzünün bir parçası haline getirdiğin gülümsemeni sevdim," dedi. "Kendinle barışıksın."

Uzun uzun konuştuk. Sorular sordu bana; kendini ve ailesini anlattı. Bizim okulu destekleyen zengin bir Musevi aile... Mrs. Adams, on sekiz yıl Maliye Bakanlığı'nda çalıştıktan sonra emekli olmuş. Kocası, Yale Üniversitesi Tıp Fakültesi'nde kürsü başkanlığı yapmış; ilk açık kalp ameliyatını gerçekleştiren, Amerika'nın en ünlü kalp cerrahlarından.

Sohbetimizin bu kadarla kalacağını düşünürken, Mrs. Adams, hiç ummadığım bir öneri getiriyor bana.

"Bir kızım var," diyor. "Evli ve çalışıyor. Üç tane de küçük çocuk... Yatılı kalan bir yardımcıları var. Ancak hafta sonları, bir yerlere gittiklerinde çocukları bırakmak sorun olabiliyor. Boş zamanlarında onlara baby-sitter'lik(*) yapar mısın Aslı?"

(*) Bebek bakıcılığı.

Kulaklarıma inanamıyorum. Gökte ararken yerde bulduğum, harika bir ek iş fırsatı bu! Ünlü işadamlarımızın öğrencilik günlerinde benzincilerde pompacı olarak çalıştıkları ya da restoranlarda garsonluk yaptıkları; yıllar sonra zirveye çıktıklarında bunları gururla anlattıkları geliyor aklıma. Günü gelince, neden ben de bebek bakıcılığı yaptığımı anlatmayayım ki?

Hemen kabul ediyorum Mrs. Adams'ın teklifini. Bu hafta sonu ilk bebek bakıcılığı deneyimimi yaşayacağım. Heyecanlıyım...

Cumartesi, akşamüzerine doğru Mrs. Adams'ın kızı Susan, son model cipiyle gelip beni okuldan alıyor. İlk saptamam, annesine olan aşırı benzerliği. Mrs. Adams'ın otuz yaş genç hali sanki. O da en az annesi kadar sıcakkanlı ve sevecen.

Amerikan filmlerinden çıkarılıp yeşillikler üzerine kondurulmuş gibi duran, iki katlı beyaz bir evin önünde duruyoruz. Garajın önündeki beyaz Mercedes, evle uyum sağlamak için özel olarak seçilmiş sanki. Yere serilmiş yeşil halı görünümündeki çimlerin ortasında kocaman bir yüzme havuzu var. Her köşeden rengârenk çiçeklerin fışkırdığı, doğanın cömertliğiyle insan emeğinin harmanlanmasıyla oluşturulmuş harika bir bahçe düzenlemesi...

Evin içi de en az dışı kadar görkemli. Ancak, üzerime atlama yarışına girmiş iki küçük yumurcağın yüzünden, ayrıntılara inme fırsatı bulamıyorum.

"John... ve Aslı!" diye kocasıyla tanıştırıyor beni Susan.

John Davis, uzun boylu, sarışın, mavi gözlü, atletik yapılı; tipik bir Amerikalı. Yaşça Susan'dan küçük görünüyor.

Sıra mesleklerini öğrenmemde... Susan, buz pateni dersleri veriyormuş. İnceliğini ve güzelliğini buna borçlu olmalı. John ise tiyatro oyunları sahneye koyan bir yönetmen. Bu işlerle bunca servet yapılabiliyor demek, diye düşünmekten kendimi alamıyorum.

Çocuklarla tanıştırma görevini de Susan üstleniyor. En büyükleri Ian, beş yaşında; gözlerindeki, "ne yaramazlık yapabilirim" ifadesiyle yerinde duramayan şipşirin bir oğlan.

Ortanca, kız: Grace. Üç yaşında, bugüne kadar gördüğüm belki de en şirin kız çocuğu. İlk bakışta ilginç bir durum saptıyorum. Bebeklerde görmeye alışık olduğumuz şişkince bir göbeği yok Grace'in; tam tersine, incecik bir beli var. Kuğu görünümlü, zarif bir prenses gibi duruyor karşımda. Küçücük yaşına dişiliği sığdırmış sanki. Daha ilk anda, böyle bir kız çocuğuna sahip olmanın hiç de fena bir şey olmadığını düşündürüyor bana.

En küçükleri henüz bir yaşında, bir erkek bebek: Caleb.

Onları tanıyınca, Susan'a farklı bir gözle bakmaya başlıyorum. Kısa aralıklarla üç doğum yapmış ve böylesine incecik kalabilmiş. Yanı sıra çalışıyor, işini bırakmamış.

Ancak John da, alışılagelmişten farklı bir baba tablosu çiziyor. Susan dışarıya çıkmak için hazırlanırken, çocuklarla ilgili bilmem gereken ayrıntıları, baş başa kaldığımızda onları nasıl oyalayabileceğimi tek tek anlatıyor.

İlk günüm zorlu geçiyor. Birkaç saat sonra Susan'la John döndüklerinde, üç küçük canavarla boğuşmaktan yorgun düşmüş, ancak daha önce hiç denemediği bir işin üstesinden gelmenin mutluluğunu yaşayan, çiçeği burnunda bebek bakıcılarına teşekkürleriyle beraber küçük bir zarf sunuyorlar. Zarfın içindeki dolarlar, ilk deneyimimin karşılığı... Emeğimle, alın terimle kazandığım para, tüm yorgunluğumu unutturuveriyor bana.

* * *

İki gündür bayram havası esiyor evimizde. Özden de asistanlık aldı çünkü. Ancak benim hızıma ulaşmayı aklına bile getirmiyor.

"Zaman zaman, senden iki kopyanın olduğuna inanıyorum," diyor. "Bu kadar işe nasıl yetişiyorsun?"

"Aslı hiperaktif de ondan!" diyor Burak. "Bizler miskin miskin otururken, on kişinin işini yapıyor o."

"Abartmayın," diye gülüyorum. "Yirmi dört saati bir mozaik olarak düşünün... Taşları doğru yerlere yerleştirirseniz, arada boşluklar bile kalır."

Onlar ne düşünürse düşünsün, düzenimi kurdum ben. Dersler, asistanlık ve ofis çalışması, bebek bakıcılığı, Türk Derneği toplantıları, spor merkezinde geçirdiğim keyifli saatler... Yanı sıra, eğlenceye bile zaman ayırabiliyorum.

Bazen, grup halinde şehir merkezindeki, içinde büyük ekran televizyonları, bilardo masaları, mini basket potalarının bulunduğu; bilgisayar oyunlarının oynandığı bir eğlence merkezine gidiyoruz. Mekânın etkinlikleri bu kadarla da kalmıyor. Bir kez caz konseri için geldik buraya, çok beğendim. Bir kez de bingo(*) oynamaya... Şansım iyiydi, iki tane CD kazandım.

Çocuk bakma serüvenim de üçüncü haftasını doldurdu. İlk günkü gibi zorlanmıyorum artık. Tek sorunum ulaşım. Her seferinde beni almaya gelemiyor Susan. Şehir içinde uzun turlar atan otobüse binmekse, zaman kaybı anlamına geliyor. İki kez Necati Bey bıraktı beni.

(*) Tombala.

Geçen cuma, Özden'i de yanımda götürdüm. Otobüs durağında beklerken bir araba durdu önümüzde. Pazarlama dersi hocamız! "Nereye gidiyorsunuz?" dedi ve bizi Davislerin evinin önüne kadar götürdü.

Kaan, uzaktan, arabaya bindiğimizi görmüş. Nereye gidiyor bu kızlar, otostop mu yapıyorlar, diye telaşlanmış. Başımıza bir iş gelecek korkusuyla arabanın arkasından koşup plakasını almış. Anlattığında hepimiz çok güldük...

Çocuklarla iyiden iyiye alıştık birbirimize. Yanı başımızda bizden bir saniye olsun ayrılmayan, bir de "Dogi"miz var! En az minikler kadar ilgi âşığı Terrier cinsi bir köpek. Yeterli ilgiyi göremeyince çocukların oyuncaklarını kemiriyor.

Erken gittiğim günler, çocuklar öğlen uykusundan kalkmamış oluyorlar. Ne mutlu bana; kahvemi, çayımı alıp televizyon seyredebiliyorum.

Caleb uyanınca altını değiştirip (Bu işi hiç yüksünmeden nasıl yapabildiğime ben de şaşıyorum!) mamasını yediriyorum. Ian ve Grace'le onların seçtiği oyunları oynuyoruz; videoda film seyrediyoruz. Akşam yemeklerini yedirdikten sonra, banyo saatine kadar son derece ilgi çekici, öğretici, geliştirici, benim bile zevk aldığım yüzlerce oyuncakla düş âlemleri yaratıyoruz kendimize. Bu dakikalarda onların yaşına iniyorum sanki.

Banyo saati, çocukların en neşeli oldukları zaman. Teker teker kurulayıp giydiriyorum onları. Ardından, Ian'la Grace'e oyalansınlar diye, çizgi filmi koyuyorum. Caleb'in biberonunu ısıtıp yukarıya çıkıyorum. Sallanır sandalyede, ninni kaseti eşliğinde Caleb'i uyutuyorum.

Sıra geliyor büyüklere... Ian'la Grace'i, bin bir dereden su getirerek yataklarına yatırıp iki ya da üç masal okuduktan sonra tavandaki dilek yıldızlarına üfleyip ışığı söndürüyorum. Ve... Görevimi tamamlamış olmanın huzuruyla Susan'la John'un eve dönüşlerini beklemeye koyuluyorum...

* * *

Yeni başlayacak yılın takvimini eline alan her Türk, "Ne kadar çok tatil yapıyoruz," diye sözüm ona hayıflanır ya... Amerikalıların durumu bizden de beter! Cuma akşamı başlayan hafta sonunu pazartesiyle birleştirip üç günlük soluklanma fırsatı yarattıkları öylesine çok tatil var ki takvimlerinde... Christmas,(*) Cadılar Bayramı, her eyaletin ayrı ayrı kutladığı özel günler de cabası.

Bu yıl 16 Mart'ta başlayacak on günlük Spring Break'de(**) bunlardan biri. Herkes şimdiden gezi planları yapıyor. Bense bu süreyi derslerimi toparlamak için iyi bir fırsat olarak görüyorum.

Dün Şeker Bayramı'nın ilk günüydü. Türkiye'den uzakta geçirdiğim ilk bayram!

Bayramlaşma amacıyla dernek olarak, okulda bir Türk yemeği düzenledik. Hartford'ta yaşayan Türk aileler çeşit çeşit yemekler yapıp getirdiler. Yaprak sarmaları, zeytinyağlı dolmalar, mercimekli köfteler, su börekleri... Aşure bile vardı! Ne kadar özlemişiz bu tatları...

Herkesin istediği konuğu çağırabildiği yemeğe Dekan Mr. Perra ile eşi Patricia; Mrs. Adams, Susan, John ve çocukları davet ettim ben de. Ian, Grace ve Caleb, tüm konukların ilgi odağı oldular.

Bu çocuklara aşırı bağlandım ben. Bir gün gelip de yollarımızı ayırdığımızda, ne yapacağımı kara kara düşünür oldum. Hele Caleb! Severken bir tarafını ısırıp koparacağımdan korkuyorum.

(*) Noel.

(**) Bahar Tatili.

Geçen akşam, John'un sahneye koyduğu bir oyun vardı. Susan'la John, saat 01.00'e doğru gelebildiler eve. Çocukları uyutup birbirinden güzel iki film seyrettim. Ve oturduğum yerde 45 Dolar kazandım.

Asistanlık işim, bir buçuk ders parasını karşılıyor. Ne kadar çalışırsam çalışayım, geriye kalan 3000 Dolar'ı kendi olanaklarımla denkleştirmem zor. Ama, çocuk bakıcılığından aldığım para hiç de fena değil. Günlük gereksinimlerime yetip de artıyor bile. Babamın düzenli olarak her ay bankaya yatırdığı paraya el sürmedim henüz. Nereye kadar idare edebileceğimi bilemiyorum...

✣ ✣ ✣

Bahar tatili içinde, arkadaşlık bir yana, kardeşlikten bile güçlü bağlarla kenetlendiğimiz Türk grubuyla New York'a gitmeye karar verdik.

Necati Bey de bizimle geliyor. Yaklaşık üç saat süren yol boyunca, New York'un büyüsüne kapılmamızı engellemek ister gibi, Connecticut'ı ve Hartford'ı övücü konuşmalar yapıyor.

"Connecticut'ın yüzde 60'ı yeşilliktir, derler ama, inanmayın," diyor. "Gördüğünüz gibi, bina ve yol dışında, her santimi yeşildir bu eyaletin."

Gerçekten de öyle. Yol kenarlarında bile yeşille kucaklaşmamış tek bir karış toprak yok.

"Hartford, Amerika'nın sigorta ve finans alanında en önemli şehri; hatta doğum yeridir," diyor Necati Bey. "Connecticut ise, Amerika'nın en zengin ya da ikinci zengin eyaletidir. Manhattan'daki varlıklı kesimin sayfiye evi olarak kullandıkları ikinci evleri buradadır. Hareketli yaşamdan yana olanları bilemem ama, Connecticut, Amerika'nın yaşanmaya değer en güzel eyaletidir, bence."

"Biraz fazla sessiz," diye karşı çıkıyor Mehmet. "Belli bir yaşın üzerine hitap ediyor."

"Söylemiştim," diye gülüyor Necati Bey. "Tercihler, beklentiye göre değişir. Bakalım New York'un hareketliliğinde aradıklarınızı bulabilecek misiniz?..."

İyi ki, trafik yoğunlaşmadan, 06.30 otobüsüyle yola çıkmışız. Geziye başlamak için erken sayılabilecek bir saatte, 09.00'da New York'a varıyoruz.

Küçük bir Anadolu şehrinden ya da kasabasından İstanbul'a gelen yurdum insanı, nasıl bir şaşkınlığın içine düşerse, biz de aynı durumdayız şu anda. "Filmlerde görmekle olmaz, New York'u yaşamak gerek!" diyenlere hak vermemek elde değil.

Necati Bey'in rehberliğinde, onun yönlendirmesiyle, kısıtlı zamanımıza sığabilecek tüm mekânları geziyoruz.

Ünlü 5th Avenue'yü(*) boydan boya adımlıyoruz önce. Harley Davidson Cafe'de kahve içiyoruz. Her biri saray görünümündeki dünya markası mağazalara girip çıkıyoruz. (Aralarında en çok Walt Disney oyuncakçısını seviyorum ben!)

Öğlen, Planet Hollywood'da yemek yiyoruz.

"Biraz pahalıdır ama, verdiğiniz paraya acımazsınız," diyor Necati Bey.

Girişte, ünlü film yıldızlarının ayak izlerinin çıkarıldığı çimento tablonun önünde fotoğraf çekiyoruz. Bruce Willis, Arnold

---

(*) 5. Cadde.

Schwarzenegger ve Sylvester Stallone'un sahibi olduğu bu yer, filmlerde kullanılmış aksesuvarlarla ve film kareleriyle dolu. Ayna parlaklığındaki mermer bankoların üzerindeki parfüm şişeleri, kremler ve sabunlarıyla, tuvaleti bile sıradışı buranın...

Saatlerce yürümekten yorgun düşmüş olsak da, Empire State Building'i görmeden gitmeye niyetimiz yok. Bu kadar yüksek bir binaya ilk adım atışım... Yoğun nüfuslu kocaman bir şehrin dikey şekli sanki.

Empire State Building'in inşasına 1929'da başlanmış, 1931'de de tamamlanmış. O tarihe kadar dünyanın en yüksek yapısı olan Chrysler Building'in bu unvanını elinden almış. 1972'de World Trade Center'ın(*) açılışına kadar da bu unvanını korumuş.

Ziyaretçilere, 102 kat olan binanın 86. katına kadar çıkış izni veriliyor. Çift asansör kullanarak çıktığımız, dört bir yanı açık, dünyanın en görkemli terasında New York'un panoramik manzarası kucaklıyor bizi. Her köşeden farklı bir New York görünüyor.

Aşağı baktığımda, ürpermekten kendimi alamıyorum. Arabalar, taksiler, minik birer oyuncak gibi; insanlar nokta kadar.

Şehri kuşbakışı görmek, içine girip bir parçası olmaktan daha keyifli geliyor bana. Birbirini diklemesine kesen caddeler, cetvelle çizilmiş kadar düzgün; öyle ki, milim oynamıyor. Önce incelikli bir şehir planı yapılmış ve kâğıt üzerinde tasarlandıktan sonra inşa edilmiş New York. Manhattan'daki Central Park, el yapımı yeşillik ve göllerle kaplı. Kupkuru bir alanı şehrin ortasında park haline getirmişler.

İnip yeniden New York'un kalabalığına karışıyoruz. Ne kadar çok insan var burada... Beyazı, zencisi, Uzakdoğulusu, Hispaniği... Dünya üzerinde konuşulan dillerden kaç tanesi kulağıma çalınıyor,

---

(*) Dünya Ticaret Merkezi.

bilemiyorum. Tam bir insan ve ses kalabalığı! Öylesine yoğun ki, boğulacak gibi oluyorum bir an.

"İyi misin sen?" diyor Özden.

"Çok gürültülü burası," diyebiliyorum ancak. Sesimi duyup duymadığından emin değilim.

Saat 19.00'dan sonra ara sokaklar boşalıveriyor. Biraz önceki kalabalığın yerini, kepenkleri inmiş dükkânların önlerine çömelmiş karanlık yüzlü tipler alıyor yavaş yavaş... Küçükken seyrettiğim, çocuk aklımla kendimce yorumlar yapıp ürküntü duyduğum bir Amerikan dizisini, *San Francisco Sokakları*'nı anımsatıyor bu tablo. Biraz da Beyoğlu'nun ara sokaklarını...

Necati Bey, aklımdan geçenleri okumuş gibi, "New York, dünyada suç oranının en yüksek olduğu şehirdir," diyor.

Bir an önce buradan uzaklaşmak, Connecticut'a, Hartford'a, artık Amerika'daki evim gibi benimsemiş olduğum o sakin kente gitmek için dayanılmaz bir arzu duyuyorum içimde.

Saat 21.00'de otobüse binip yola koyuluyoruz.

"Söyleyin bakalım," diyor Necati Bey. "Beğendiniz mi New York'u?"

"Beğenmek de laf mı?" diyor Emir. "Bayıldık, desek daha doğru olur."

"Söylediklerinden de görkemliymiş," diye Emir'i destekliyor Burak da. "Boğulacaksan büyük suda boğul, derler ya... Amerika'da yaşayacaksan, New York'a yerleşeceksin arkadaşım! Bunu bilir, bunu söylerim ben..."

Aşağı yukarı herkes aynı görüşte. Konuşmalara katılmayıp pencereden dışarıyı seyreden birkaç kişinin benim gibi düşündüğünü varsayarak ve onların da sözcülüğünü üstlenerek ortaya atlayıveriyorum.

"Kendi adınıza konuşun! Doğru, tam anlamıyla bir dünya şehri New York. Ancak, güzelliklerinin yanında, bir o kadar da curcunayı ve keşmekeşi barındırıyor bedeninde. Bir insanı, bir nesneyi ya da bir şehri güzel bulursunuz, beğenirsiniz; ama sevmeye gelince iş değişir. Benimki de o hesap.

Bir şehri sevme konusunda şöyle bir ölçüm var benim: 'Burada yaşamayı ister miyim ben?' diye sorarım kendime. Alacağım yanıt, o yere duyduğum sıcaklığın göstergesidir. New York için bu sıcaklığı duymadım ben, arkadaşlar. Sizin, sakin diye eleştirdiğiniz Hartford'ta yaşamaktan son derece mutluyum. New York ise, dünya üzerinde yerleşmeyi düşüneceğim son şehirdir."

"Hay ağzına sağlık!" diyor Kaan. "İçimden geçenleri okudun sanki. Oscar Ödülü kazanmış bazı filmler vardır ya... İnsanlar öle bayıla seyreder, eleştirmenler öve öve göklere çıkarır... Ama siz aynı keyfi almazsınız; neresini beğendiler bunun, diye söylenirsiniz içinizden. Gene de, diğerleriyle ters düşmemek için sesinizi çıkarmazsınız. Aynen benim gibi. Aslı'yla aynı düşünceleri paylaştığım halde, sessiz kalmayı yeğledim. Başarısı Oscar gibi bir ödülle tescillenmiş filmi anlamamış durumuna düşmemek için..."

"Önemli bir noktaya dikkatinizi çekmek istiyorum arkadaşlar," diye araya giriyor Emir. "Aslı'nın birdenbire gelişen Hartford aşkı hakkında ne düşünüyorsunuz? Gönlünde yatan gizli tutkuyu açığa çıkarması için, New York'u görmesi gerekiyormuş demek. Bu gidişle, hepimiz mezun olup ülkemize dönerken, Aslı kardeşimizi Hartford'ta bırakacağız galiba."

"Sanırım yanlış anlaşıldım," diye gülüyorum. "Hartford'ta yaşamaktan mutluluk duymam, burada kalmamı gerektirmiyor. Mezuniyetten sonra, kimse beni Amerika'da tutamaz! Yerleşeceğim yere gelince... İstanbul ya da küçük bir Anadolu kasabası... Hiç fark etmez! Bana, içinde yaşama arzusu versin, yeter."

* * *

Amerika, tam bir etkinlik cenneti! Festivaller, bayramlar, kutlamalar... Ardı arkası kesilmiyor. Bir dakikalarını bile boş geçirmiyor insanlar.

Şimdi de okulumuzdaki, bahar tatilinin son gününe rastlayan Uluslararası Festival'e hazırlanıyoruz. Türk masası kurup özgün yemeklerimizi sergileyeceğiz. Bu kez şehirdeki Türk dostlarımızdan da yardım alamayacağımız için, iş başa düşüyor.

Özden'le mutfağa girip tüm marifetlerimizi ortaya döküyoruz. Kısır yapıyor Özden. Ben de cevizli un helvası kavuruyorum.

"Bizden hayır yok," diyor Kaan. "Yumurta bile kıramam ben, kabukları içinde kalır."

Kayseri pastırmasını tabağa koyup getiriyor. Ama Art(*) bölümünde mastır yapan becerikli arkadaşımız Nilhan; kuşüzümlü, beyaz fıstıklı, bol baharatlı zeytinyağlı dolmasıyla aradaki farkı kapatıyor.

Festival, uluslararası yemek yarışmasına dönüyor. Hint, Pakistan, Meksika, İtalyan, Amerikan, Japon ve Türk mutfakları... Ellerimizde tabaklar, ancak birer lokma tadına bakabileceğimiz bin bir çeşit yiyeceğe not veriyoruz. Jay de bizimle beraber; Türk grubunun değişmez bir üyesi gibi.

Jay, benimle aynı bölümde çalışan asistan arkadaşım. Acemilik günlerimde verdiği desteği asla unutamam. Esprili, güler yüzlü,

---

(*) Sanat.

cıvıl cıvıl bir Amerikalı. Çok iyi anlaşıyoruz. Türk grubunun dışında, kendime en yakın hissettiğim, bulunmaz bir dost.

"En güzeli sizin masanız," diyor. "Yarışma olsaydı, bu lezzetli yemekler birincilik ödülü alırdı."

Ardından da hiç beklemediğim bir öneri getiriyor.

"Bu akşam, ablamla erkek arkadaşı beni yemeğe çağırdılar. Beraber gider miyiz?"

İrkiliveriyorum. Sakın bu, sıradan görünen arkadaşlığımızı özele taşımaya yönelik bir davet olmasın...

"Yapma Jay," diye şakaya vuruyorum. "Bu kadar şey yedikten sonra, yirmi dört saat ağzıma tek lokma koyamam ben."

Israr etmiyor, üstelemiyor; ama hayal kırıklığının belli belirsiz gölgesi düşüyor yüzüne.

Anlam veremediğim, garip bir suçluluk duygusu çörekleniyor yüreğime. Festivalin bitişini bile beklemeden, masaları toplama işini arkadaşlarıma bırakarak, bilgisayar odasına koşuyorum.

Geldiğimden bu yana, en uzun mesajımı yazıyorum Murat'a. Günah çıkarır gibi; festivalin tüm ayrıntılarını, Jay dışında, dakika dakika bugün yaşadığım her şeyi anlatıyorum. Özlemimi, yüreğimin sıcağını döküyorum satırlara.

"Gönder" tuşuna bastığımda, sırtımdan ağır bir yük kalkmış gibi ferahlıyorum. Keşke mesaj yerine telefonda konuşabilseydim, diye de hayıflanıyorum bir yandan da...

En büyük sorunumuz bu, Türkiye ile olan saat farkımız! Orada gece, burada gündüz. Murat işteyken ben uyuyorum, ben işteyken de o. Kaç kez gecenin geç saatlerine kadar oturup İstanbul'da sabah olmasını bekledim.

Bu şartlarda haftada bir, iki kez konuşabiliyoruz ancak. Annemlerle de öyle. Ya onlar arıyor ya da ben. Uygun zamanı yakalayıp seslerimizle kucaklaşacağımız dakikaları iple çekiyorum...

Pazar akşamı telefonum çalıyor. Amerika içinden birileri olmalı, Türkiye'de saat gecenin 03.00'ü çünkü.

"Aslı!"

"Murat!" diye haykırıyorum sevinçle.

Ardından da, aklıma ilk gelen sözcükler dökülüyor dudaklarımdan.

"Bu saatte, telefon başında ne işin var senin?"

"Tek işim sensin Aslı! Bilmiyor musun bunu hâlâ?"

Sesi peltek, dili dolaşıyor konuşurken.

"İçtin mi sen?"

"İçtim, ne olacak? Hem... İçmeyip de ne yapacağım, söylesene..."

"Neredesin şu anda?"

"İstanbul'da. Hafta sonumu seninle geçirmek istedim. Son gittiğimiz yeri hatırlıyor musun? Orada, aynı masaya, bizim masamıza oturdum. Aslı'mı aldım karşıma; güldüm, söyledim, ağladım... Harika bir geceydi! Ama yetmedi. Sesini duymak istedi bu deli gönül..."

"Aferin o deli gönüle ki, seni bana getirdi. Çok sevindim, inan. Nasılsın Murat, nasıl gidiyor işler?"

"Başlatma işinden... İyi olsa ne fark eder? Hiçbir şey umurumda değil. Dayanamıyorum Aslı! Alışamadım yokluğuna... Alışmak istediğim falan da yok zaten. Seni istiyorum ben! Seni... Anlıyor musun?"

"İşimi zorlaştırma Murat. Uzaktaki birine söylenecek sözler değil bunlar."

Duymuyor bile beni.

"Bize bunu yapmayacaktın Aslı! Hem kendine, hem de bana..."

Gitgide kötüleşiyor sesi.

"Her şeyi öylece bırak, gel. Ne pahasına olursa olsun... Aşkımızın hatırına yapmalısın bunu."

"Geleceğim Murat. Yaz okuluna kalmazsam, tatilde Türkiye'deyim."

"Deli etme beni! Yaz okulu da nereden çıktı şimdi?"

"Neyse, sonra ayık kafayla konuşuruz bunları."

"Aklım başımda benim! Ama söz geçiremiyorum. Ne o akla, ne de yüreğime... Bir an bile gözlerimin önünden gitmiyorsun Aslı. Nasıl yaşayacağım ben sensiz?"

"Canımsın! Biraz da beni düşün... Ve sabırlı ol! Yaz tatiline ne kadar kaldı ki şunun şurasında..."

Telefonu kapatıp koltuğa çöküyorum. En az onun kadar bitiğim ben de... Derdimizin tek devası oymuş gibi, sehpanın üzerinde duran takvimde özlemlerimizi dindirecek tarihi saptamaya çalışıyorum.

Murat ne derse desin, yaz okulundan ders almam şart. Yoksa mastır sürem iki yılı aşacak. Yaz okulu iki dönem. Temmuzda biten ilk dönemin ardından Türkiye'ye gidebilirim. Gitmeliyim de! Dayanma gücümüzü daha fazla zorlamanın anlamı yok...

Akşam Özden'le Jay'i konuşuyoruz.

"Çok şeker çocuk!" diyor Özden. "Bu kadar sıcakkanlı bir Amerikalı görmedim ben. Sana da yanık..."

"Yapma Özden! Arkadaşım o benim, dostum..."

"O öyle düşünmüyor ama, her halinden belli. Hem, ablasının davetine seninle gitme önerisi de çok anlamlı. Dikkat et, arkadaşlarıyla değil, ailesiyle tanıştırmak istiyor seni. Amerikalılar için evliliğe atılacak ilk adım sayılır bu."

"Abartıyorsun Özden. Gene olmayacak bir senaryo yazdın kafanda. Komplo teorisi gibi... Sana bir şey söyleyeyim mi? Hayatımda Murat olmasaydı bile, bir Amerikalıyla evlenmeyi aklımın ucundan bile geçirmezdim."

"Bu kadar büyük konuşma Aslı'cığım. Neymiş efendim; New York, dünya üzerinde yerleşeceğim en son şehir... Asla bir Amerikalıyla evlenmem... Belli mi olur? Bir de bakmışsın ki, yakışıklı bir Amerikalıyı koluna takıp nikâh masasına oturmuşsun. Ve New York'a yerleşmişsiniz..."

"Kutlarım seni, harika bir hayal gücün var. Ama adı üstünde: Hayal! Benim gerçeklerimle hiç mi hiç uyuşmuyor..."

✣ ✣ ✣

On günlük tatilin ardından, yeniden derslere başladık.

Bu sabah ofiste, başımı işime gömmüş çalışırken, Ermeni asıllı iki Amerikalı benimle tanışmaya geldiler. Necati Bey göndermiş. Yapacakları Türkiye-Ermenistan-Suriye turu öncesinde Türkçelerini ilerletmek istiyorlarmış.

Daha yaşlı olanı, "Sizin için uygunsa, perşembe günleri öğlen yemeklerini beraber yiyebilir miyiz?" diye sordu. "Yemek süresince Türkçe konuşmanın bizim için yararlı olacağını düşünüyoruz."

İşte, ilginç bir deneyim fırsatı daha!

"Neden olmasın? Size ve Türkçenize katkıda bulunabilirsem, mutluluk duyarım."

Konuklarımı yolcu eder etmez, karşı masadan konuşmalarımızı izleyen Jay, yerinden fırlayıp yanıma geliyor.

"Demek ki, sana yapılan tüm yemek davetlerini geri çevirmiyorsun," diyor sitemle. "İtiraz istemem, bu öğlen yemeğini benimle yiyeceksin..."

"Olur," diye gülüyorum. "Sen ısmarlayacaksın ama..."

Beklentim, ayaküstü yenilecek bir hamburger ya da sandviç. Her gün yaptığımız gibi... Yanılmışım! Jay, kampus sınırları içindeki en şık restorana götürüyor beni. Genellikle öğretim üyelerinin ve önemli konukların yemek yedikleri özel bir yer burası.

Masamız önceden ayrılmış. Kar beyazı örtünün üzerinde, tabağımın önünde kırmızı bir gül var. Geçip oturuyoruz.

Yemek boyunca, her zamanki cıvıltılı haliyle, ince esprilerle süslediği okul anılarını anlatıyor Jay. Kahkahalarımız birbirine karışıyor.

Kahvelerimizi içerken, birden ciddileşiveriyor yüzü.

"Gözlerin..." diyor. "Gözlerin öylesine güzel ki Aslı!"

İçgüdüsel bir kasılmayla donup kalıyorum. Özden'in sözleri geliyor aklıma. Haklıymış arkadaşım...

"Bizleri görüyorsun," diye gülerek konuşmasını sürdürüyor Jay. "Sarışın ve mavi gözlüyüz çoğumuz. Sense öylesine farklısın ki... Adı konmamış, kahverengi değerli bir taş gibi parlıyor gözlerin. Her gün gördüğünü, görmeye şartlandığını kanıksıyor insan. İlgisini çekmez oluyor kanıksadıkları..."

"İşte bunda yanılıyorsun Jay," diyorum, onun yumuşacık ses tonuna benzer yumuşaklıkla. "Benim ülkemde de, buradakinin tersine çoğunlukla esmerdir insanlar. Saçları koyu, gözleri kahverengi... Ama orada da beni farklı bulan birileri çıkabiliyor. Hem, kendi gözleri de kahverengi olduğu halde..."

Boynumdaki kolyeyi tutup daha iyi görmesi için kaldırıyorum.

"Bunun ne anlama geldiğini biliyor musun?"

"Sonsuzluk, galiba..."

Başımla onaylayıp, "Bak Jay," diyorum. "Kolyenin sağ köşesindeki kalbin adı Aslı. O, ben'im! Sol tarafta, benim kalbime yakın duranı ise Murat! Bu ikisi, sonsuza dek bir arada olabilmek için yanıp tutuşuyorlar."

Bir süre duraklayıp söylediklerimi kafasında ölçüp tartıyor.

"Erkek arkadaşın mı?" diyor kırık bir sesle.

"Evet. Adı Murat. Çok özlüyoruz birbirimizi."

"Lucky man!"(*) diye haykırıyor. Sonra da "Mu-rat..." diye hecelemeye çalışıyor. "Dünyanın en şanslı adamı o..."

"Sen de en az onun kadar şanslı sayılmaz mısın Jay? Sana da dostluğumu ve arkadaşlığımı veriyorum ya..."

"Ama gözlerin, o esmer adama ait."

Sahip olmak istediği oyuncak, henüz dokunamadan elinden alınmış küçük bir çocuk gibi boynunu bükmesine dayanamıyorum. Uzanıp elini tutuyorum.

"Arkadaşlık, aşktan da öte değil midir Jay? Gün gelir körelir aşklar! Ama gerçek dostluklar, kolyelere gerek bile duymadan, sonsuza dek sürebilirler..."

Yemeğin sonunda, bu ilginç buluşmadan ikimizin de farklı kazanımlar elde ettiğini düşünüyorum. Biraz düş kırıklığına uğrasa da, benimle yürüyeceği yolun sonu olmayacağını öğrendi Jay. Kendini buna kolayca alıştıracağından eminim. Bense, çok sevdiğim bir dostumu kaybedeceğime, aramızdaki ilişkiyi arkadaşlık çerçevesinde tutmayı sağlayarak, onu yeniden kazanmış oldum.

(*) Şanslı adam.

Ancak, daha da önemlisi, benim bile farkında olmadan içimde yaşattığım bir gizi keşfetmeme yardım etti Jay. Peşin hükümlerle oluşturduğum direnç noktasının kökenine indirdi beni.

Bir Amerikalıyla evlenmeyi aklımın ucundan bile geçirmem, demiştim Özden'e.

Neden?

Jay ya da bir başka Amerikalı... Böylesine bir dostluğu paylaşabiliyorsak eğer, evlenme konusunda bu denli katı davranmam, saçmalık değil miydi?

Yola çıkış noktam Jay! Bir çift kahverengi gözün peşine takılmış, gidiyor. Bende ya da bir başkasında olmasının önem taşımadığı, bir çift kahverengi göz...

Ya o gözlerin sahibi? Onun yüreği, onun beyni, onun duyguları...

Jay'in gücü buraya kadar! Ne yüreğime ne de beynime hitap edebilir o!

Ama Murat... Tüm hücrelerine kadar içinde yaşatıyor beni. Tüm hücreleriyle delicesine seviyor.

Böylesine bir aşkı yaşayabilmek, yetenek ister. Garip bir içgüdüyle bu yeteneğin Amerikalı erkeklerde bulunmadığını hissediyorum. Onları yalnızca arkadaş gözüyle değerlendirmem, bundan kaynaklanıyor sanırım.

Ve ben... Bugüne kadar Murat'tan vazgeçemediysem eğer... Bu, onun bana sunduğu aşkın gücüne âşık olduğum içindir!

19

Dekanımız Mr. Perra, bu ağustosta emekliye ayrılıyor. Yeni dönem için, yeni bir asistanlık bulmam gerekecek.

Necati Bey bugün, haftada on saat çalışabileceğim bir asistanlıktan söz etti. Eğer kabul edersem, hemen işe başlamam ve yaz boyunca da burada kalmam gerekecek. Gelecek yılın asistanlığını garantiye almış olacağım ama, tatilimi feda edip yaz sıcağında buralarda sürünmeye de hiç niyetim yok.

Yaz okulu için tek ders aldım. Temmuzda işim bitiyor. Sınavdan çıktığımın ertesi günü Türkiye'ye uçmanın hayallerini kurmaya başladım bile. Ne ailemi, ne Murat'ı, ne de kendimi aylardır içimizde biriktirdiğimiz özlemi dindirecek bu fırsattan yoksun bırakmaya hakkım yok...

Ancak hiç ummadığım bir gelişme, tüm planlarımı altüst ediyor.

Murat'ın telefondaki sesi titriyor.

"Babam beyin kanaması geçirdi Aslı! Başında bekliyoruz."

Üzülüyorum; yaşadığımız onca olumsuzluğa karşın, gerçekten çok üzülüyorum. Murat'ın acısı, benim acım; tüm kalbimle paylaşıyorum üzüntüsünü.

Günler sürüyor bekleyişleri. Her gün telefonda konuşuyoruz Murat'la. Türkiye'de saatin kaç olduğuna bakmadan, sık sık arıyorum onu.

"Tek avuntum sensin," diyor. "Sesini duymak güç veriyor bana."

Bu sabah Murat'ın buruk müjdesiyle uyanıyorum.

"Yoğun bakımdan çıktı babam," diyor cılız bir sevinçle. "Ne var ki, sağ tarafı tutmuyor!"

Bu durumun Murat'ı nasıl etkileyeceğini ve bu etkinin bana ne şekilde yansıyacağını kestiremiyorum. Önümüzdeki zaman diliminin, bizi kasıp kavuracak kötü sürprizlere gebe olduğunu da bilmiyorum henüz...

Osman Bey, sağ tarafının tutmaması dışında hızla iyileşiyor.

Hastaneden çıktıkları gün, "Her şey yolunda," diyor Murat. "Şükürler olsun, zihninde hiçbir sekel(*) kalmadı. Ama, eskisi gibi çalışamaz artık. Şirketin tüm yükü benim omuzlarımda..."

Bunun ne anlama geldiğini ilk anda kavrayamıyorum ama, her geçen gün, aldığım her yeni haber, Murat'ın ailesine, işine ve Bursa'ya eskisinden de güçlü bağlarla kenetlendiğini haykırıyor bana.

"Bu aralar seni ihmal edersem bağışla," diyor. "Bir saniyem bile boş geçmiyor, inan. Babam, yattığı yerden işleri idare ediyor etmesine ama, benim aracılığımla. Gece yarılarına kadar uzayabiliyor çalışmalarım."

Bir sonraki telefonunda, şirketin yönetim kurulu başkanlığına getirildiğini söylüyor.

"Sevinemedim bile," diyor. "Zorunlu bir görev değişimi..."

Artık daha az görüşebiliyoruz Murat'la. Ama günlük programını, saat saat neler yaptığını yanındaymışım gibi biliyorum. Her sabah fizik tedavisi için Osman Bey'i özel bir kliniğe taşıyor. Ardından şirkete gidip babasından aldığı talimatlar doğrultusunda, işleriyle boğuşmaya başlıyor. Gecenin geç saatlerine kadar sürüyor koşturması...

Bu durumda, tatil için Türkiye'ye gittiğimde, bana zaman ayırabileceğinden bile şüpheliyim. Kaç parçaya bölünebilir ki bir insan?

Gene de, "Geleceğin günü iple çekiyorum," demekten vazgeçmiyor. "İlacımsın sen benim. Tüm yorgunluklarımı, tüm dertlerimi giderecek, mucizevi bir ilaç..."

(*) Kalıcı Hasar.

Bu ilacı ne zaman, hangi şartlarda içebileceğini sormaya korkuyorum. Alacağım yanıttan emin değilim çünkü...

Ferda'yla yaptığımız telefon konuşması, bunların hepsinin üzerine tuz biber ekiyor.

"Durum kötü," diyor Ferda. "Emre'nin anlattıklarını bir duysan... Mihriban Hanım geriye çekilip oğlunun karşısına Osman Bey'i dikmiş. Zayıf yerinden vuruyorlar Murat'ı. Babasına düşkünlüğünü biliyorlar ya... Üstelik, hayati tehlikesi kalmasa da, adam hasta. Kaprisin bini bir para, diyor Emre. Şimdi de tutturmuş; oğlumun mürüvvetini görmeden ölürsem gözüm açık gider, diye. Para, pul bir yana, torunumu kucağıma almak dünyalara bedel benim için, diyormuş. Ellerinden gelse, bir ay içinde evlendiriverecekler oğlanı..."

"Evlendirsinler Ferda. Savaşacak gücüm kalmadı benim."

"Öyle kolayca pes etmek var mı? Ne yapman gerektiğini söyleyeyim sana: Bir an önce kalk, gel! Meydanı boş bırakma. Madem oğullarının evlenmesini istiyorlar, evleneceği insan da göz önünde olsun."

"Gelmem Murat'ın aklını karıştırmaktan başka ne işe yarar ki? Salim kafayla düşünüp kendi kararını kendi vermeli."

"Seçimini senden yana yapmasa, bu kadar direnir miydi? Güçlü olan onlar ama, yenilgiyi kabul etmek için henüz çok erken. Sonuna kadar destek olmalısın Murat'a."

"Neyin doğru olduğuna karar veremiyorum, inan."

"Doğru olan, duygularının arkasında durman."

"Zaman zaman onları bile yitirdiğimi düşünüyorum Ferda. Öylesine yoruldular ki..."

✣ ✣ ✣

Asistanlık işini kabul ettiğimi söylediğimde, çok şaşırıyor Necati Bey.

"Yaz boyunca burada kalmayı göze alıyorsun demek..."

"Gelecek yılın asistanlığını garantilemek için, böyle davranmam gerekmiyor muydu?"

"Orası öyle ama, kabul edeceğini düşünmüyordum doğrusu. Ailenle konuştun mu bu konuyu?"

"Henüz değil. Anlayışla karşılayacaklardır..."

Söylediklerimi bir yana bırakıp beden dilimi çözmek ister gibi, tepeden tırnağa süzüyor beni. Sonra, bakışlarını yüzümde toplayarak ağır ağır konuşuyor.

"Ya şu, İstanbul'da tanıştığımız delikanlı? Bursalıydı galiba... O ne diyor bu işe?"

"Kararımı verdim ben Necati Bey, kimsenin onaylaması gerekmiyor!"

Verdiğim yanıtın kesinliği ve keskinliği karşısında susuyor Necati Bey. Ama, yaşının ve yaşadıklarının kazandırdığı deneyimlerin ışığında, aldığım kararda Murat'ın payının büyük olduğunu sezinliyor sanırım...

"Ne demek, gelmiyorum?" diye sızlanıyor annem. "Seni bu kadar özlemişken..."

"Bunca yorgunluğun ardından tatil yapmak hakkın değil mi?" diyor babam da.

Beklediğim tepkilere yanıtlarım hazır.

"Çabalarım, bir an önce işimi bitirip Türkiye'ye dönebilmem için. Yoruluyorum, diye merak etmeyin; çalışmak iyi geliyor bana..."

Murat'la yapacağım konuşmanın daha zorlu geçeceğini düşünmekle yanılmışım. İlk anda şaşırıyor ama, bana anlatamadığı ve bilmediğimi sandığı sorunlarının arasından beni çıkarmış olmanın, bilinçaltı ferahlığı var sesinde.

"Desene, biraz daha biriktireceğiz özlemlerimizi," diye kabulleniveriyor yeni durumu.

"Christmas tatilinde oradayım," diyorum. "Bu kez erteleme yok."

"En azından beş ay daha var," diye hesaplıyor kafasından. "Yüz elli gün eder. Çok zor be Aslı'm!"

"O zamana kadar sen de biraz toparlanırsın. Çözümsüzlüklerine farklı bakış açıları getirebilirsin..."

Satır aralarında pek çok şeyi anlatıyorum, ama anlamıyor. Ya da işine geliyor anlamamak.

"Yeni bir takvim, yeni bir umut," diyor. "Başa döndük gene. Gün saymakla mı geçecek ömrümüz?"

Tüm yakınması bu kadarla sınırlı. Onu; hasta ve kaprisli babası, üstüne üstüne gelen aile bireyleri ve omzuna yüklenmiş, taşımakta zorlandığı ağır işi arasında bana zaman ayırma yükünde kurtardığımı aklına bile getirmeden; kavuşacağımız ana odaklanmış, gün saymaya başlıyor yeniden...

✣ ✣ ✣

Necati Bey, kalışımı ödüllendirmek ister gibi, aklıma hayalime getiremeyeceğim ilginçlikte önerilerle çıkıyor karşıma.

Bu yıl başlayacak yeni dönem için yurtta, bizim kaldığımız bölüme ilk kez "Resident Assistant (RA)" alınacakmış. Türkçe açılımı, "yurt görevlisi" ya da Türkiye'de söylendiği şekliyle "sürveyan". Ama Türkiye'dekinden çok daha farklı bir iş ve büyük sorumluluklar gerektiriyor.

"Sürveyanlık, yönetimle öğrenciler arasındaki köprüdür," diyor Necati Bey. "Zor, ama zevkli bir iş. Her ulustan öğrencinin kaldığı bu bölümdeki idari işleri yürütmek, öğrencilerin sorunlarıyla ilgilenmek ve onları kaynaştıracak etkinlikler düzenlemek... Tam sana göre! Olursa, aylığı 600 Dolarlık bir oda verecekler. Hemen başvurunu yap!"

Amerika'da şu ana kadar en hoşuma giden özellik, çalışma saatleri kısıtlı olan bizlere bile iş yapabilme şansının tanınması. Yeni başladığım asistanlık, yıl boyunca sürecek. Yanı sıra sürveyanlık da olursa, parasal özgürlüğüme bir adım daha yaklaşacağım.

Başvurumu yaptım. Aşmam gereken zor bir sınav var önümde. Seçici kurulun çok sayıdaki vasıflı başvuru arasından beni seçmesi uzak bir olasılık. Gene de umutluyum...

Aslında, bu iş için önerilmiş olmak bile yeterince gurur verici. Eski dekanımız Larry Perra'nın seçici kurula yazdığı tavsiye mektubunu okurken, ister istemez duygulanıyorum.

Yanında asistan olarak çalıştığım süre içinde gösterdiğim başarıyı öve öve göklere çıkarıyor. Bu da yetmiyor, Türkiye'ye geldikleri dönemde İTÜ'de düzenlediğim etkinlikleri anlatıyor. Çalışkanlık, disiplin, görev ve sorumluluk duygusu, güvenirlilik, davranış biçimi ve uyum yönünden bana kefil olabileceğinin garantisini veriyor.

İlk elemenin ardından, kalan adayları görüşmeye çağırıyorlar. Sohbet havasında, ancak zorlu bir sınav!

Görüşmelerin tümü tamamlandıktan sonra, yeniden içeri çağrılıyorum.

Jüri başkanı, "Yanıtlarını çok beğendim," diyor. "Daha sen konuşurken, adını listemin başına yazmıştım bile. Şimdi söyle bakalım, bizimle çalışmak ister misin?"

İşi kopardığımın göstergesi olan bu sözler, Necati Bey'i benden de çok sevindiriyor.

"Kutlarım seni," diyor. "Yabancı bir öğrenciyi böyle önemli bir göreve getirmeleri, çok sık rastlanan bir durum değil..."

✣ ✣ ✣

Yurt binasının girişinde büyücek bir oda. Bir yanında yuvarlak küvetin yer aldığı fayans döşeli banyo, diğer yanında buzdolabı, fırın ve çöp öğütücüsüyle öğrencilik yaşamı için lüks sayılabilecek bir mutfak... Necati Bey "oda" demişti ama, bana verdikleri tam anlamıyla dört dörtlük bir daire. Üstelik kampus içinde ve her yere yakın. Spor merkezi karşımda, biraz aşağıda yemekhane. Kütüphane de, önümüzdeki köprünün ayağında.

İşe başlamadan, eylül ortalarında, bir hafta sürecek eğitim programına katılmam gerekiyor. Yıl içinde de, mastır programında geçerli sayılacak bir sürveyanlık dersi almak zorundayım.

Şu son yaşadıklarım, şansın benden yana olduğunu düşündürüyor. Her işte bir hayır vardır, diyenlere yerden göğe kadar hak veriyorum. Tatilde burada kalmayıp Türkiye'ye gitseydim, böyle bir işin varlığından haberim bile olmayacaktı.

Keşke yakaladığım şansın diğer yüzündeki, onu yaratan gerçek nedenleri tümüyle zihnimden silebilsem... Ama öğrendim artık; her hayırlı iş, belli belirsiz bir gölgeyi bünyesinde barındırıyor. Pürüzsüz sevinçler yok yaşamda. Siyahın içinde beyaz, beyazın içinde siyah... Kaçınılmaz bir durum!

Bu sabah kahvaltımı dışarıda yaptım. Yerleştiğimden bu yana, odamın penceresinden seyretmekle yetindiğim, yurt binasının hemen önündeki ahşap masaların yanındaki sıralardan birine oturdum. Neden daha önce böyle bir fırsat yaratmadım, diye sorguladım kendimi. Gölgeleriyle insanın içine serinlik veren dev ağaçların gövdeleri ve dalları arasında mekik dokuyan irili ufaklı sincaplarla iç içe, onlarla konuşarak kahve içmenin bu derece keyifli olacağını önceden kestiremediğimden belki... Bundan sonra sık sık gelmeliyim buraya.

Doğayla, doğanın sunduğu dinginlikle ve sincaplarla baş başa; geride bırakmak üzere olduğumuz yazın kısa bir sorgulamasını yapıyorum. Karşımda hassas bir terazi... İyimser yüzümü ortaya çıkararak, sağ kefeye olumlu, sol kefeye olumsuz izlenimleri yüklüyorum. Sağ kefe ağır basıyor! Bu yazdan aklımda kalan tek olumsuzluk, Ferda'yla Emre'nin nişanında bulunamayışım!

Evet, geçen hafta nişanlanan en yakın arkadaşlarımın nişanında bulunamadım ben! Gurbette yaşamanın en sızılı yanı bu işte. Olman gereken yerde yoksun! Kendini tüm varlığınla orada hissetsen de yetmez. Yüreğinin derinliklerinde bir yerler ağlar, susturamazsın...

"Üzme kendini," dedi annem. "Senin yerine biz gideriz," diye avutmaya çalıştı beni.

Ilımlı tavırlarına alışık olduğum babamın yaklaşımıysa, farklıydı bu kez. Yaz tatilinde gitmeyerek özlemlerine özlem katmamı acımasızca yargılıyordu sanki.

"Kendi seçimin," dedi sitemle. "Şunu unutma ki; mutluluk, insanın sevdiklerinin yanında yaşaması ve sevdikleriyle beraber yaşlanmasıdır!"

"Aşk olsun babacığım," diye güldüm. "Yaşlanmak... Benim için çok erken! Ama, insanların sevdiklerinin yanında yaşaması, dersen... Sonuna kadar katılıyorum sana. Kabul ediyorum, bu kadar uzun zaman sizlerden ayrı kalmam delilikti. Biliyorsun, başka çarem yoktu. Burada kalarak, yaşamımın belki de en iyi fırsatını yakaladım. Söz veriyorum, bir daha olmayacak. Mezun olur olmaz da yanınızdayım. Hiçbir güç bu kararımdan döndüremez beni."

Nişanın ertesi günü Ferda'yla Emre'yi ayrı ayrı arayarak kutladım.

"Seninki Mecnun gibi dolaştı ortalıklarda," dedi Emre. "Herkesi şimdiden, en kısa zamanda yapacağınız nişanınıza davet etti."

"Murat'ı hiç böyle görmemiştim," dedi Ferda da. "Her önüne gelene, tanısın tanımasın, Aslı'sını anlattı; sana duyduğu özlemi paylaştı onlarla. Kim ne düşünür, arkasından ne söyler, aldırmadı bile. Emre'yle bana da kısıtlama getirdi. Bizim nişanımızdan önce evlenmeye kalkarsanız düğününüze gelmem, diye yeminler etti."

Biz ve nişanlanmak... Gerçekten inanıyor musun buna Murat? Yoksa, bir dost kutlamasında, iki kadeh içkinin getirisiyle, bilinçaltındaki korkularının dışavurumu mu bu söylediklerin...

Ah Murat, ah! Gerçeklerle yüzleşmeyi daha ne kadar erteleyeceksin...

20

Bir haftalık eğitim süresi içinde, Amerika ve Amerikalılar hakkında, geldiğimden bu yana edindiğim bilgilerin toplamından daha çok şey öğrendim.

Kampusta yetmiş altı sürveyan var. Benim dışımdakilerin hepsi ve eğitmenlerimiz Amerikalı. Tek uluslararası öğrenci benim. Böyle bir görevi nasıl olup da bana verdiklerine hâlâ inanamıyorum.

İşin başına geçtiğimizde neler yapacağımızı uygulamalı olarak öğreten eğitim programımız, çok sıkı ve yorucu; ama bir o kadar da zevkli.

Kampusta 3500 öğrenci kalacak. Onlardan biz sorumluyuz. Kampus bölgelere, bölgeler de kendi içinde bölümlere ayrılmış. Dört binadan oluşan bölümümüzde sekiz kişi çalışacağız. Binalara ünlülerin adları verilmiş. Gina ile benim sorumlusu olduğumuz binanın adı "Reeve".

Gina, çıtı pıtı sevimli haliyle ilk gördüğüm anda kanımın kaynadığı, çalışma arkadaşım. Aynı katta, komşu odalarda kalacağız.

Eğitim saatlerinden arta kalan zamanlarda, binanın içinde yapılması gereken hazırlıkları tamamlıyoruz Gina'yla. İlk iş olarak, kapımın üstüne, odada olmadığım zamanlarda beni bulabilmeleri için bir kâğıt astım. Renkli bir raptiye, ben neredeysem o yerin adının yanında duracak.

Girişteki, öğrencilerle iletişimi kolaylaştıracak üç panodan birini de "hoş geldin panosu" olarak düzenledim, herkes çok beğendi. Tam benlik bir iş. Renkli kartonlar, kâğıtlar, fosforlu kalemler; her şey elimizin altında. Geriye yaratıcılık kalıyor yalnızca.

Her ay değişmesi gereken panolardan diğer ikisi henüz boş. Onlara da, öğrenci kulüplerinin tanıtım broşürlerini ve yapılacak etkinliklerin duyuru ilanlarını asmayı düşünüyorum. Yaratıcılığıma güveniyorum ama, bu binada "art" yani resim, heykel ve müzik bölümü öğrencileri kalacak. Onlara bir şey beğendirmek de hayli zor...

Hepimize, bütün kapıları açan özel anahtarlar verildi. Bu anahtarlarla öğrencilerin dairelerine girebileceğiz. Daireler son derece konforlu. Her birinde tek öğrencinin kaldığı dörder oda ve geniş bir oturma salonu var.

Öğrenci odaları özel mekân, oralara girilmiyor; ama daireler bizim denetimimizde. İstediğimiz zaman anahtarla açıp içeriye girebileceğiz. Eğitmenimiz, kapıyı çalıp, "RA! (Sürveyan)" diye seslenmenin de yeterli olabileceğini söylüyor.

Anahtarla açmak ya da seslenmek... seçim bize kalmış. İkinci seçenek daha mantıklı geliyor bana. Paldır küldür içeri dalacağımıza, önceden seslenelim ki, ne "içiyorlarsa" saklayacak zamanları olsun. Ne biz üzülelim, ne onlar...

Her gece bina içinde üç tur atmak zorundayız. Saat 23.00'ten sabah 08.00'e kadar da odamızda kalmamız gerekiyor. Bu süre içinde en büyük desteğimiz okul polisleri. "Public safety" dedikleri, çoğu öğrenci için "bela" anlamına gelen bu adamlar ve kadınlar, bizlerle çok içli dışlı ve çok şeker insanlar. Başımız sıkıştığında onları arayabileceğiz.

Bunlar dışında, yazılması gereken raporlar, düzenlenmesi gereken yığınla program var. Mangal partileri, müzik ve söyleşi ağırlıklı buluşmalar, ilginç yarışmalar... Öğrencileri olumlu yönde geliştirme bilinciyle ayda en az iki, üç etkinlik yapmak zorundayız. Etkinliklerin başarısı, katılımla doğru orantılı olarak değerlendirilecek. Bu konuda okulun tüm olanaklarını sonuna kadar kullanabileceğiz. Yaptığımız harcamaları alışveriş makbuzu karşılığında geri alabileceğiz.

Görevlerimiz arasında, dert anlatmaya gelenlere "Güzin Ablalık" yapmak da var!

"Yeri geldiğinde bir psikolog gibi davranmak zorundasınız," diyor eğitmenimiz. "Bu konu çok önemli, çünkü o anda sorunlu bir gencin karşısındaki kişi, onun geleceğini etkileyebilecek insandır."

Yaşanmış ilginç olayları örnekleyerek karşılaşabileceğimiz durumları anlatıyorlar. Role Model'sin,(*) diyorlar. Nereye gidiyorsun, ne yapıyorsun, kiminlesin, ne içiyorsun, ne düşünüyorsun... Sorumlu olduğun insanların güvenlerini ve saygılarını kazanman için bunlara dikkat etmen şart!

Dün, eğitimimizin bir parçası olarak, "halatla tırmanma" dersi verdiler bize. Amaç, risk almayı ve takıma güvenmeyi öğrenmek... Yaşamımdaki belki de en ilginç deneyimdi. Sağlam demir halkaların yardımıyla kocaman bir ağacın gövdesine tırmanıp iki ağaç arasına geçirilmiş, bir uçağı çekecek sağlamlıktaki iki sıra kablonun arasında yürüdüm. Ve kendimi boşluğa bırakıverdim!... (Risk alma ve cesaret!) Ağacın tepesinde, emniyet kemerimi tutan eğitmen, ağır ağır aşağıya indirdi beni. (Takıma güvenme!)

Eğitim süresinin içinde, eğlence programları da yer alıyor. Tüm grubun bir araya geldiği ilk gün, tanışma ve "icebreak"(**) günü düzenlediler. Oynadığımız oyunlar, insanları tanıştırmak bir yana, yüz göz olmalarına zemin hazırlayacak kadar eğlenceliydi.

Ve bahçede yaptığımız harika bir mangal partisiyle eğitim programımıza son noktayı koyduk.

Bundan sonraki yaşantım, eskisinden de hareketli geçecek. Beyin hücrelerimde, bana hükmetmek için pusuya yatmış olumsuz düşüncelerin yapacağı ataklara izin vermeyecek kadar dolu ve hareketli...

Mutluyum!

✣ ✣ ✣

(*) Örnek insan.

(**) Buzları kırma.

Yaz tatilini Türkiye'de geçiren grup arkadaşlarımız birer birer dönmeye başladılar. Eskilerin yanında, Türkiye'den yeni gelmiş olanlar var. Hiçbirisiyle tanışma fırsatı bulamadım henüz. Özden döneli bir hafta oldu, eğitim programı yüzünden, birkaç telefon konuşması dışında görüşemedik bile.

Ama bu akşam beraberiz!

Geçen dönem Özden'le paylaştığımız eve doğru yürürken heyecanlıyım. Son dönemde zaman ayırmakta zorlandığım, içimdeki özlemleri devleşmiş arkadaşlarımla buluşma heyecanı bu...

Aramıza yeni katılanlarla kaynaşma amacıyla küçük çapta bir Türk gecesi hazırlamış bizimkiler. Ayla, Hakan ve Bora, bu yıl mastır eğitimine başlayacak yeni arkadaşlarımız. Özden'in yanına, benim kaldığım odaya taşınan Japon Mika da bizlere ayak uydurmakta zorlanmıyor. Geç saatlere kadar yiyip içip eğleniyoruz.

Özden araba almış. Eski kasa bir Amerikan Ford'u. Onu anlatıyor.

"Üçüncü el," diye gülüyor. "Epey yıpranmış ama, önemli değil. Ayağımı yerden kessin, yeter. Şunun şurasında ne kadar kullanacağım ki?"

Burada araba almak çok kolay. Hele öğrenciler için... İki, üç bin dolara araba bulmak mümkün. Amerika'dan ayrılırken de aynı şartlarda satılabiliyor üstelik.

Özden'in de "arabalılar" grubuna katılması, heveslendiriyor beni. Ancak, Amerika'da araba kullanabilmek için, uluslararası ehliyet gerekiyor. Türkiye'ye gittiğimde, normal ehliyetimin yanına uluslararası olanını da eklemeliyim.

Gecenin ilerlemesiyle önce, aramıza yeni katılan arkadaşlarımız kalkıyor, ardından da diğerleri. Mika da odasına çekilince Özden, Kaan, Burak ve ben baş başa kalıyoruz.

"Arabayla tur atmaya var mısınız?" diyor Özden. "Arkadaşınızın nasıl direksiyon salladığını bir görün..."

Özden'in yanındaki ön koltuğa yerleşiyorum. Kaan'la Burak da arkaya geçiyorlar.

"Güle güle kullan," diyorum Özden'e. "Hiç de fena görünmüyor araban."

Keyfimiz yerinde. Kulaklarımızda Sezen Aksu'nun son CD'sinden dökülen nağmeler, saatte elli kilometreyi aşmayan hızımızla sağ şeritte ağır ağır ilerliyoruz.

Önümüzde bir polis arabası beliriyor. Işıklarını yakıp söndürerek, durmamızı istiyor. Ardından da, megafondan "Sağa yanaşıp durun!" uyarısı geliyor.

Şaşkınlık içindeyiz. Neden durdurulduğumuz hakkında en ufacık bir fikrimiz yok.

"Merak etmeyin," diyor Özden. "Ehliyet, ruhsat, satış belgeleri; hepsi yanımda."

Dördümüz birden arabadan atlayıp polis arabasına doğru yürüyoruz. Arabanın içindeki polis memuru, yüzünde en az bizimki kadar şaşkın bir ifadeyle camlarını bile açmadan, öylece oturuyor.

Cama vurup, "ne oldu" gibisine el işaretleriyle sorular soruyoruz kendimizce. Yanıt megafondan geliyor.

"Arabanıza dönün! Kapıları ve camları kapatın."

Anlam veremesek de, söylediklerini yapıyoruz.

"Ne bu böyle?" diyor Özden. "Arabanın içine hapsetti bizi."

Polis memuru, isteklerini yerine getirdiğimizden emin olunca, arabasından inip yanımıza geliyor. Camı açmasını söylüyor Özden'e. El fenerini üzerimize tutarak hepimizi tek tek inceledikten sonra, ehliyete ve ruhsata bakıyor.

"Ehliyetiniz uluslararası ama, Amerika'daki trafik kurallarından haberiniz yok," diyor alaycı bir tavırla. "Polis durdurduğunda arabadan inilmez! Hatta, o söylemeden camınızı bile açamazsınız; suçtur."

Böylece, Amerika'daki ilginç kurallardan ve yasaklardan birini daha öğrenmiş oluyoruz.

Dönüş yolunda, "Bari sen uyarsaydın," diye Kaan'a çıkışıyor Özden. "Aylardır araba kullanıyorsun buralarda."

"Nereden bileyim ablacığım?" diyor Kaan. "Bugüne kadar, hiç polis çevirmedi ki beni..."

İlk şoku atlatmanın rahatlığıyla gülmeye başlıyoruz. Kare kare, yeniden yaşıyoruz olanları. Oturdukları yerde bekleyeceklerine, arabadan atlayıp hışımla polise doğru koşan dört kişi... El kol hareketleri, cama vurmalar...

"Suçumuz ağır!" diyor Burak. "Ömür boyu hapse mahkûm edilmediğimize şükür..."

Beni yurt binasının önüne bırakıp gidiyorlar. Bir sonraki buluşmamız için söz veremiyorum onlara. Yarın başlayacak yeni işimin yoğunluğu arasında, ne zaman ve nasıl boşluk yaratabileceğimi ben de bilmiyorum çünkü...

✣ ✣ ✣

Bugün ilk öğrencilerimiz gelecek. Onları karşılamak için sabırsızlanıyorum. Ama öncesinde yapmam gereken o kadar çok iş var ki...

Dün gece 03.00'te yatıp sabah 07.00'de kalktım. Saatimi 05.00'e kurmuştum, ama çalmadı; Tanrı acımış olmalı. Şu ana kadar üç pano hazırlandı. Anahtarlar kapılara uyuyor mu, diye teker teker denendi. İdareden gönderilen öğrenci listesindeki isimler süslü kartonlara yazılıp kapılara yapıştırıldı. Tüm odaların kontrol raporları yazıldı.

Binanın üç katı erkek, bir katı kız öğrencilere ayrılmış. Her katta otuz iki öğrenci kalacak. Onların hepsini, tek tek tanımak zorundayım.

Öğlene doğru, öğrencilerimiz gelmeye başlıyor. Anneler, babalar ve çocukları. Ev döşüyorlar sanki. Küçücük yurt odalarına televizyon, buzdolabı, mikrodalga fırın, vantilatör, hatta klimalar taşınıyor.

Eşyaların taşınmasına yardım etmek için, eski öğrencilerden oluşturduğumuz bir grup var. Çocuklarıyla beraber arı gibi çalışan anne babalar, minnettar kalıyorlar bize, tekrar tekrar teşekkür ediyorlar yardımlarımız için.

Gelenleri karşılarken, bir yandan da neleri paylaşacağımızı henüz bilmediğim öğrencilerimi inceliyorum. Uzak ülkelerden ya da Amerika'nın değişik eyaletlerinden gelmiş, farklı özelliklere sahip yüzlerce genç... Her biri ayrı dünya. Çılgın tiplerin yanı sıra, kendi halinde, içine kapanık, bir köşeye sinip kendini gizlemeye çalışanlar da var. Asıl onlardan korkmamız gerek; eğitim döneminde öğrendiklerimiz öyle söylüyor. Şu ana kadar edindiğim bilgilere yaşayacağım ilginç deneyimleri eklediğimde, Türkiye'ye dönüp psikolojik danışmanlık bile yapabileceğimi düşünüyorum.

Okulun içi cıvıl cıvıl, bayram yeri gibi. Ve ben, 23 yaşını doldurmuş Aslı, kızlı erkekli bu çocukların arasında ne işim var, diye düşünmekten kendimi alamıyorum. Sanki hiç büyümemişim, onların yaşındayım.

Bundan sonrasında da hiç, ama hiç büyümesem keşke! Hep böyle kalsam. Bilinçaltımdan yükselen ses, yaşımın olgunluğunu taşırsam, dışlamaya çalıştığım gerçeklerle yüzleşmem gerektiğini fısıldıyor bana...

✣ ✣ ✣

Yeni dönem için üç ders aldım. Dersler, haftada on saat asistanlık ve yurttaki görevim tüm zamanımı kaplıyor.

Bebek bakıcılığı işini Özden'le Ayla arasında paylaştırdım. Ama Davislerden tümüyle vazgeçemem. Arada bir Özden'le beraber gidip çocuklarla özlem gideriyorum. Beni görünce sevinçten ne yapacaklarını şaşırıyorlar. Yalnız onlar mı? Mrs. Adams, Susan, John. Aramızdaki iş ilişkisinin yerini, ailevi bir bağ aldı sanki. Her fırsatta buluşup bir şeyler paylaşmak istediğim, buradaki en yakın dostlarım onlar...

Geçen hafta, yurttaki ilk etkinliğimi gerçekleştirdim: Türk kahvesi günü!

Önce, bilgisayarın başına geçip hoş bir duyuru hazırladım. Üstünde dumanlar tüten bir kahve fincanı... "Türk Kahvesinin Büyüsü" yazısının altında, "Kendinizi keşfetmek ve gelecekten bir şeyler öğrenmek istiyorsanız, perşembe günü saat 19.00'da, toplantı salonunda buluşalım!" notu.

Katılım çok iyiydi. Yardımcılarım olmasa, böyle bir yükün altından asla kalkamazdım. Bizim Türk grubundaki kızların hepsi yanımdaydı. Evlerdeki, odalardaki Türk kahvesi fincanları toplantı salonuna taşındı, yetmedi; neskafe fincanlarına koyduk kahveleri. Türkiye'den getirdiğimiz cezvelerle başa çıkamayınca, su ısıtıcılarında pişirdik kahvemizi.

Dünyanın dört bir yanından gelmiş gençlere fal kapatmayı öğrettik. Ardından da, usta birer falcı gibi, içlerini, beklentilerini, geleceklerini okumaya koyulduk.

Hiçbirimizin fal bakma deneyimi yoktu, ama hiç zorlanmadık. Uzakta sizi düşünen birileri var... Üç zamana kadar yol açılacak önünüze... Bu hafta içinde toplu bir para alacaksınız... Gözleri uzaklara dalmış, mahzun duranlara ise farklı ve daha romantik bir reçete: Aklınızda biri var, yüreği sizinle...

Biri olmazsa diğeri tutar, formülünün arkasına sığınarak söylenen her sözcük, hedefine varıyor. Bayılıyorlar fala... Fal partisinin sık sık yinelenmesini istiyorlar.

İlk etkinliğinin umduğumun üstünde başarı kazanması, mutlu ediyor beni. Bundan sonra yapacaklarımın gücünü veriyor.

21

Sonbaharı "hüzün mevsimi" olarak düşünmüşümdür hep. Yazla kış arasında hüzünlü bir köprü. Güzel yaşanmış bir şeyleri geride bırakmanın ince sızısı. Aydınlığa veda edip karanlık günleri bekleyiş...

Ama burada, en güzel yüzüyle karşıma çıkıyor sonbahar. New England bölgesine özgü ağaçların sunduğu renk cümbüşü muhteşem! Yapraklar pembe, sarı, kırmızı, kahverengi ve morun her tonunda... Fotoğraflarını çekmeye doyamıyorum.

Dört bir yanımı saran renk armonisinin ortasında, onlardan bir parçaymışım gibi, bedenimin bir yanı güz sarısı, diğer yanı leylak... Duygularım, yaprakların üzerindeki çiy taneleri... Bir süreliğine dondurduğum, dondurup rafa kaldırdığım özlemlerim, hapsoldukları köşelerden fırlayıp tablonun içindeki yerlerini alıveriyorlar. Engelleyemiyorum onları, isyankâr seslerini susturamıyorum.

Anlaşıldı, özlemlerimi özgürlüklerine kavuşturma zamanı geldi!

Takvimi karşıma alıp Türkiye'ye uçacağım günü saptamaya çalışıyorum... İlk dönem sınavlarımız aralık ayının ikinci haftasında bitiyor. Christmas ve yarıyıl tatilini uç uca eklersem, üç haftalık bir soluklanma süresi oluşuyor. Öyle bir durumdayım ki şu anda; değil üç hafta, üç gün için bile yollara düşebilirim.

O tarihlerde uçakların doluluğu zirveye tırmanacağından, gidiş planıma bir an önce işlerlik kazandırmalıyım. Telefona uzanıp 12 Aralık için yerimi ayırtıyorum.

Oldu işte! Şimdi sıra, müjdeli haberi Türkiye'dekilere duyurmakta...

Annemle babam, sevinçten havalara uçuyorlar. Bekledikleri kavuşmayı gerçeğe dönüştürecek somut bir veri var artık ellerinde.

Ardından Murat'ı arıyorum. Kim bilir ne kadar sevinecek...

Cep telefonu yanıt vermiyor, kapalı. Mutlaka ulaşmalıyım ona. Bugüne kadar çevirmekten özellikle kaçındığım şirket numarası, bu kez dost görünüyor gözüme. İşin başında Osman Bey olmadığına göre, onunla karşılaşmak gibi tatsız bir sürpriz, söz konusu olamaz nasılsa. Konuşacağım kişi, Yönetim Kurulu Başkanı Murat Alkanlı!

Santraldeki kız hemen bağlıyor. Ancak, karşıma çıkan Murat değil!

"Alkanlı Holding," diyor, mekanik bir kadın sesi. "Nasıl yardımcı olabilirim size?"

"Murat Bey'le görüşecektim."

"Şu an için mümkün değil. Toplantıda kendisi."

"Amerika'dan arıyorum. Bağlayabilirseniz sevinirim."

Amerika, sözcüğünü duyunca duraklıyor.

"Önemli bir iş görüşmesi," diyor. "İçeriye telefon bağlayamam. Kim aradı, diyelim?"

"Aslı..."

"Tamam Aslı Hanım. Notunuzu alıyorum."

Sekreteri olmalı. Notu ilettiğinde, Murat beni arayacaktır.

Hayal kırıklığımı biraz olsun hafifletecek en iyi yol, Ferda'yla konuşmak. Hem, kavuşacağımız tarihi bilmek, onun da hakkı.

"İnanamıyorum," diye sevinç çığlıkları atıyor Ferda. "Tam da seni oralara demirbaş olarak gönderdiğimizi düşünürken... Eh, hazırlıklara başlayalım artık. Grubu toplayıp prensesimize karşılama kutlaması yapmamız şart!"

"Kendimi ellerinize teslim ediyorum Ferda'cığım. Orada olduğum süre içinde, nereye çekerseniz giderim..."

"Murat'tan zaman kalırsa. Geleceğini duyunca ne yaptı?"

"Bilmiyor henüz," diyorum kırık bir sesle. "Senden önce onu aradım ama, toplantıdaymış. Konuşamadık. Sekreterine not bıraktım."

"Sekreteri mi? Ha... Beyza'yla konuşmuşsun sen."

"O da kim?"

Susuyor Ferda. Kulağıma dolan bu sessizlik ürkütüyor beni.

"Ferda? Orada mısın?"

"Bak Aslı... Buraya geldiğinde anlatmayı düşünüyordum ama, önceden bilmende yarar var. Beyza, Alkanlı ailesinin son numarası. Baktılar ki Murat'a kız göstermekle; evlen, diye başının etini yemekle sonuç alamıyorlar, bu kez de farklı bir yol denediler. Murat'ın her an yanında olacak, işlerini yoluna koyup yükünü hafifletecek; minnet duyacağı, çalışkan bir yardımcı, vazgeçilmez bir 'sağ kol' yarattılar. Beyza!... Uzaktan akrabaları oluyormuş galiba. Ama asıl tanışıklık, bizimkilerin okul yıllarına dayanıyor. Murat'ın ve Emre'nin kolejden sınıf arkadaşı Beyza. Daha o günlerde bile, Murat'ın peşinden ayrılmadığını söylüyor Emre. Şimdi de çalışma ortamında zorunlu bir beraberlik yaşıyorlar."

"Zorunlu ha..." diye sinirle gülüyorum. "Böyle bir beraberliğe Murat'ı kim mecbur edebilir ki?"

"Osman Bey! Ve onun arkasında durup perde gerisinden işleri yürüten Mihriban Hanım. Beyza'yı güvenilir, dürüst, iş bilen bir eleman olarak sunuyorlar Murat'a. Yabancıdansa, bildik biriyle çalışmak, sence de daha akla yatkın değil mi?"

"İstese kabul etmezdi."

"Murat'ın bu konuda hiçbir suçu yok. İşi başından aşkın, bu tür ayrıntıları düşünecek durumda değil. Ama Beyza için aynı şeyi söyleyemem. Tanıdığım kadarıyla, içten pazarlıklı bir kız o!"

"Tanıştınız mı?"

"Geçen hafta Emre'yle beraber Bursa'ya gitmiştik. Şirkete uğrayıp Murat'ı görelim, dedik. Eskiden olsa, elimizi kolumuzu sallaya sallaya girerdik yanına. Bu kez, Beyza Hanım engelini aşamadık. Hiç utanmadan, 'Murat'ın yabancı bir konuğu var, göremezsiniz,' dedi. Düşün, Emre'nin de sınıf arkadaşı bu kız! Konumunun arkasına saklanıp böylesine çirkin davranabiliyor. Emre yutar mı? Cep telefonundan Murat'ı aradı, dışarıda olduğumuzu söyledi. İki dakika sonra yanımızdaydı Murat. Ne yabancı konuk, ne bir başkası... Dosyalara gömülüp çalıştığını söyleyerek, işlerin yoğunluğundan yakındı."

"Size neden tavırlı bu kız?"

"Neden olacak? Murat'a eskileri hatırlatacak tüm izleri silme çabasında. Bu izlere biz de dahiliz maalesef. En kötüsü de ne, biliyor musun? Murat'ın, hiçbir şeyin farkında olmaması ve Beyza'nın çalışmalarından duyduğu memnuniyet... Yeri doldurulamayacak, eşsiz bir yardımcı olarak görüyor onu."

"Acaba? Yalnız bu kadar mı? Böylesine yakın olmanın getirilerini hesaba katmıyorsun Ferda. Sıradan bakışların, zaman içinde anlamlarını değiştirmeyeceğini kim garanti edebilir?"

"Murat! Her şeye rağmen, kayıtsız şartsız bağlı sana. Bir başkasını aklından bile geçirmiyor. Gel ve ne halde olduğunu kendi gözlerinle gör..."

Aramıyorum Murat'ı, notumu alınca onun beni araması gerektiğini düşünüyorum.

Beklediğim gibi olmuyor. İki gün kulağım telefonda, her zil sesiyle yerimden fırlayarak, umarsızca bekliyorum. Üçüncü günün akşamında arıyor Murat.

"Aşkım benim!" diyor cıvıl cıvıl sesiyle. "Geliyormuşsun ha... Neden haber vermedin bana? Bugün Emre'den öğrendim."

"Onlardan önce seni aradım. Toplantıda olduğunu söylediler. Notum iletilmedi mi sana?"

"Hayır! Ne zaman aradın sen?"

"Çarşamba günü, sabah; orada akşamüstüydü."

"Ha... tamam. Toplantıdaydım."

"Şu Beyza Hanım... Ona bırakmıştım notumu."

Bekliyorum ki kızsın; neden böyle yaptı, diye hesap soracağını, çıkışacağını söylesin.

Tam tersine, savunuyor onu.

"Unutmuştur," diyor. "Beyza'yı tanımalısın. Öyle özverili çalışıyor ki, gece yarılarına kadar benimle beraber. Neyse, önemli olan senin gelişin! Şu andaki mutluluğumu anlatmaya kelimeler yetmez. Geriye sayım başladı. Aslı'ma kavuşuyorum..."

Telefonu kapatıp kendimle ve düşüncelerimle baş başa kalıyorum. Ferda haklı. Beyza için farklı yaklaşımları olsa, bunları bana anlatamaz Murat; gece yarılarına kadar beraber olduklarını söyleyemez. Ama, satır aralarındaki küçük ve masum itiraflar da, yadsınamayacak kadar gerçek. Beyza'yı en azından çalışmaları yönünden takdir ediyor, yardımlarından dolayı minnet duyuyor ona. Yaptığı hatalar için toz kondurmuyor; yetmezmiş gibi, arkasında durup savunuyor.

Birden, aralarına girmiş karaçalı gibi hissediyorum kendimi. Ben olmasam ya da aralarından çekiliversem... Farklı bir beraberliğe adım atacaklar belki. Yakın çevrelerinin onayıyla, kimseleri üzmeden, sorunsuz...

Bu gerçeği göremiyor mu Murat? Ya da görebilmesi için, neler yaşaması gerekiyor...

✣ ✣ ✣

Yurttaki öğrencilerimle ilişkilerimi rayına oturttum sonunda. Ama bu, her gün yeni bir sorunla boğuşmak zorunda kalmamı engelleyemiyor.

Dün gece, müzik bölümünde okuyan Jack odama gelip kaldığı dairede sigara içilmesinden rahatsız olduğunu söyledi. Genel kural, binanın hiçbir yerinde sigara içilmemesi. Ancak, özele indirgendiğinde, hoşgörülü ve esnek davranılabiliyor. Aynı dairede yaşayan kişilerin tümü sigara içiyorsa, imza vererek bunu onayladıklarına dair anlaşma yapıyorlar.

"Salonda sigara içilmesine sen de onay vermişsin," diye, kâğıda dökülmüş anlaşmayı gösteriyorum Jack'e.

"Sigarayı bıraktım ben," diyor. "İçmeyen biri için o dumanı solumak, dayanılmaz bir işkence."

"Hallederiz, merak etme. Ama önce, sigarasız dairede kalıp yeni sigaraya başlayan birini bulmamız gerekiyor. Ancak o zaman odanı değiştirebiliriz."

Yaptığım etkinlikler de umduğumun üzerinde beğeni topluyor. Geçen hafta "gece yarısı kahvaltısı" yaptık. Eğlenceli geçti.

Bu cumartesi ise, okul polisleriyle öğrencileri kaynaştırmak amacıyla mangal partisi düzenledim. Öcü gibi gördükleri, karşılaştıklarında kaçacak delik aradıkları kadınlı erkekli polislerle yemek yemek, çok hoşlarına gitti. Bu arada, bana saçma gelen bazı kuralların nasıl delinebildiğini görmüş oldum.

Parti yaptıklarında, öğrencilerin kutudan bira içmeleri yasak. Ama, bardağa koyarlarsa içebiliyorlar. Yasak ile yasal arasındaki ince çizgide, anlamsız kurallara isyan eder gibi, bardaklar dolusu bira tükettiler...

Bu etkinlikler, bizi birbirimize daha da yakınlaştırıyor. Çok seviyorum onları. Onlar da beni...

Aralarında bana özel hayranlık duyanlar da yok değil! Örneğin, resim bölümünde okuyan Paul, karakalem bir portremi yapmış.

"Aslı kadar güzel olmasa da..." diye armağan etti bana.

Henüz birinci sınıfta ve on sekiz yaşında Paul. Uzun boylu, yakışıklı, romantik yapılı bir genç. Seçtiği bölüm de romantikliğinin ve duygusallığının kanıtı zaten.

Geçen akşam, Türk grubuyla yemeğe çıkmaya hazırlanırken, yanıma geldi.

"Çok güzel olmuşsun!" dedi. "Maviler pek yakışmış sana."

Gülüverdim. Söyledikleri, gerilerde kalmış bir sahneyi çağrıştırdı bana.

"Bak Paul," dedim. "İltifatların için teşekkürler. Ama bu sözlerinle annemle benim aramdaki ilişkiyi hatırlattın bana. Küçükken, annem dışarı çıkmak için giyinip süslendiğinde, karşısına geçip abartılı iltifatlarla hayranlığımı dile getirirdim. 'Çok güzelsin, elbisen harika,' diye. Kusura bakma, senin davranışların da aynen benimkine benziyor."

"O kadar küçük müyüm ben?"

"Değilsin! Ama bu işler için biraz daha büyümen gerekiyor. O zamana kadar dost kalalım, tamam mı?"

* * *

Türkiye'ye gitmeme saatler kaldı. Daha doğrusu tamı tamına bir hafta; ama ben, haftaları günlere, günleri saatlere çevirerek hesaplıyorum kalan zamanı.

Özden yarıyıl tatilinde burada kalacak. Ankara'dan ablası gelmiş.

"Türkiye'yi de yanında getirmiş ablam," diyor telefonda. "Yemeğe bekliyoruz seni."

Özge'yle ilk karşılaşmamız. Özden'e o kadar çok benziyor ki, konuşurken hiç yabancılık çekmiyorum.

İki kardeş, harika bir Türk sofrası hazırlamışlar. Gitgide kemikleşmiş, ayrılmaz grubumuzla masanın çevresine sıralanıyoruz. Özge Abla, getirdiği Kayseri pastırması ve yufkayla paçanga böreği yapmış. Parmaklarımızı da beraberinde yedirecek kadar nefis... "Şurubu akmasın, diye kuru baklava getirdim size," diye masaya koyduğu tabak, birkaç dakika içinde boşalıveriyor.

Ama asıl sürpriz geride. Türkiye'de çıkan, son günlerin gazeteleri! Birbirimizin elinden çeke çeke, saatlerce okuyoruz.

"İnternette okumak kesmiyor," diyorum. "Gazetenin matbaa kokusunu alacaksın..."

Özge Abla, torbanın içindeki son gazeteyi çıkarıyor.

"Bunu özellikle ayırdım. Sizler gibi, Amerika'da okuyan bir Türk kızının haberi var..."

Havada kapıyor Kaan.

"Oo, dehşet!" diyor. "Türk kızının Amerika'daki başarısı, ha... Manşet yapmışlar."

"Ver şunu bakayım," diye gazeteyi alıyorum elinden.

Kaan'ın söz ettiği manşetin altında büyücek bir fotoğraf var. Kimin kim, neyin ne olduğunu anlamam için tüm yazıyı okumam gerekiyor.

Baba, ünlü bir işadamı. Kızını Amerika'ya göndermiş, zengin okullarından birinde okutuyor. Olabilir... Ancak haber ilginç! Baba, İstanbul'daki Lions kulüplerinden birinin başkanı. Gazetedeki fotoğraf da kulüp toplantısında çekilmiş. Başkan sıfatıyla konuğunu, yani sevgili kızını sağ yanına oturtmuş. Ve gazetecilere, onun Amerika'daki başarılarını sayıp dökmüş. Onlar da haber yapmışlar bunu.

Çok komik! Ama gülemiyorum bile; tam tersine, içimden dalga dalga büyüyen bir öfke yükseliyor.

"Övünç değil, utanç verici bir durum!" diyerek masanın üzerine fırlatıyorum gazeteyi.

"Kıskanmayalım!" diyor Kaan.

Bu söz, iyice ateşliyor beni.

"Neyini kıskanacağım, söylesene!" diye bağırıyorum. "Hangi başarının altına imza atmış bu kız? Baba parasıyla Amerikalarda okuma dışında, haber değeri taşıyan, alkışlanacak ne yapmış?"

"Sakin ol Aslı'cığım," diyor Bora. "Senin yanında böylesinin lafı mı olur? Asıl haber kaynağını bilmiyor onlar..."

"Doğru," diyorum. "Alçakgönüllü olmaya hiç gerek yok. İstesem yazı dizisi çıkarırım ben. Ama yapmam; babam yapmaya kalksa, ki böyle ufak işlerle uğraşmaz, yer yerinden oynar... Kendi çöplüğünde herkes palazlanır. Al götür onu yabancı bir ortama, zorlu şartların ortasına koy; bakalım kendini kurtarabiliyor mu? Burada çok şey öğrendim ben, öğreniyorum da... Kulüp toplantılarında, babamın kolunun altına sığınıp gazetecilere gülücük atmak, kendimi aşağılamakla eşdeğerdir. Bana göre işler değil bunlar..."

"Helal sana kız!" diyor Burak. "Avukat olmalıymışsın sen."

İçimi dökmenin ferahlığıyla yumuşayan ses tonum son cümlelerime yansıyor.

"Gerçek anlamda iyi şeyler başarmışsa insan, onu su altında tutamazsın zaten. Suyun yüzüne atar kendini ve herkes tarafından fark edilir."

Baştan beri konuşmalarımızı sessizce dinleyen Özge Abla, "Sen neymişsin be Aslı!" diyor. "Hırs, azim, kararlılık, mücadele gücü... Bir çırpıda anlatıverdin hepsini. Bu kafayla tutup da koparamayacağın şey yok senin. Ama... Umarım, başarı hırsına kapılıp duygusal yaşantını boşlamazsın. İkisi paralel yürümedikçe, mutluluğu yakalayamazsın çünkü."

"Ablam felsefe mezunudur ama, karakter okumakta da kimse eline su dökemez. Nasıl çözdü seni?" diyor Özden.

Evet, içimi okudu sanki. Hırs, azim, kararlılık... Beni anlatan sözcükler! Ama en ilginci, mutluluk konusundaki öngörüleri.

Ah Özge Abla, mücadele gücümün sıfırlandığı duygusal dünyamdaki dalgalanmaları bildin de mi, söyledin bunları? Tuttuğumu koparmak yerine avucumun içindekini özgür bırakmaya niyetlendiğim, içine mi doğdu yoksa?...

22

İstanbul'dan New York'a gidiş on bir saat, New York'tan İstanbul'a dönüş ise on saat. Bu durumun, dünyanın dönüş yönüyle aynı ya da ters yönde uçmaktan kaynaklandığını söylüyorlar. Ama yanılıyorlar; uçağın kanatlarının üzerinde benim kanatlarımın da olduğunu, Türkiye'ye bir an önce kavuşmak için var güçleriyle çırpındıklarını bilmiyorlar çünkü.

Yerel saatle 17.30'da New York'tan hareket ediyoruz. Sabah, Türkiye saatiyle 10.30'da İstanbul Atatürk Havaalanı'nın beton zeminine değiyor tekerleklerimiz.

Annem, babam ve Ferda... Beni karşılamaya gelmişler. Gelemeyeceğini bilsem de, içgüdüsel bir bekleyişle Murat'ı arıyor gözlerim. Ama yok!

Çölde kalmış bir bedevinin suya kavuştuğu andaki coşkusuyla kucaklıyorum hepsini. Geçici olarak dindirdiğim özlemlerimizin, kısa bir süre sonra yeniden palazlanacağını bilmenin burukluğuyla...

"Emre gelemedi," diyor Ferda. "Ama sevgilerini yolladı. İşten izin alamamış. Cumartesi akşamı buluşacağız nasılsa."

Daha ben gelmeden programlar yapılmış. Hepsi iş güç sahibi olmuş arkadaşlarım, hâlâ inatla öğrenciliğini sürdürmekte direnen Aslı'larını ancak hafta sonu görebilecekler.

Ferda bankada çalışıyor. Emre de özel bir şirketin pazarlama bölümünde. Bense, düzenimi kurup doğru dürüst bir iş sahibi olmayı elimden geldiğince erteliyorum. Belirsizliklerime çözüm buluncaya kadar da böyle sürecek sanırım.

Hep beraber eve gidiyoruz. İlk işim, tek tek odaları gezmek oluyor. Evimin, yuvamın sıcaklığını doyasıya içime çekiyorum.

Ferda fazla kalamıyor, işe dönmek zorunda. Kahvesini içip kalkıyor.

Annem, babam ve ben... Durmak dinlenmek bilmeden, ayrı kaldığımız zamanın acısını çıkarmak istercesine, sözcükleri birbirimizin ağzından alarak saatlerce konuşuyoruz.

"Kafein tableti getirdim size," diyorum. "Uyumak yok! Sabaha kadar benimlesiniz."

Ne var ki, yorgun bedenim, Amerika'yla aramızdaki saat farkına yenik düşüyor. İstemeye istemeye, uykunun kollarına teslim oluyorum.

Sabah, annemin saçlarımı okşamasıyla uyanıyorum.

"Canım... Aslı'm... Uyandırmak istemezdim ama, Murat geldi! Salonda oturmuş seni bekliyor."

Murat... Dışarıda buluşmayı bekleyememiş, buralara kadar gelmiş demek. Yataktan fırlayıp çabucak giyiniyorum. Salona girdiğimde, babamla konuşurken buluyorum onu. Yerinden kalkıp annemle babamın orada oluşlarına aldırmadan, kucaklayıveriyor beni; sımsıkı bastırıyor göğsüne. Sarmaş dolaş halimizden rahatsız değil bizimkiler; tam tersine, özlem giderişimizi anlayışlı bakışlarla, hoşgörüyle izliyorlar.

"Buyurun sofraya," diyor annem.

Kahvaltı masası ortada. Benim kalkmamı beklemişler. Hep beraber oturup kahvaltı yapıyoruz. Murat'la kendi evimdeki ilk paylaşımım bu. Tekrarının olup olmayacağını merak etmekten kendimi alamıyorum.

Kahvaltının sonlarına doğru, baş başa kalmanın sabırsızlığıyla, "İzninizle, bir günlüğüne kızınızı kaçıracağım sizden," diyor Murat.

Çıkıyoruz. Bıraksa uçup gidiverecekmişim gibi, elimi elinin içine hapsetmiş, yanım sıra yürüyor Murat. Düzgün profilinden, en ufacık bir gülümsemede beliriveren gamzesinden gözümü alamıyorum. Ne kadar özlemişim onu...

"Emrindeyim bugün," diyor. "Nereye gitmek, ne yapmak istersin?"

"Tek isteğim, İstanbul'u doyasıya yudumlayabilmek... Boğaz turu yapsak mı?"

"Tamam. Ama bu mevsimde... Üşümenden korkarım."

"İçimin sıcağı ısıtır beni, merak etme."

Eminönü'nden kalkan vapurlardan birine atlıyoruz. Sağ tarafımızda Anadolu, sol tarafımızda Avrupa yakası... Enerjisini bedenine sığdıramayan hiperaktif çocuklar gibi, durmadan yer değiştirerek, farklı açılardan Boğaz'ın eşsiz güzelliklerini içime dolduruyorum.

"Biliyor musun Murat; dünyanın tartışmasız, en güzel yeri burası! Amerika'ya giderken, Türkiye'nin doğal güzellikleriyle boy ölçüşecek bir yer bulamayacağımı düşünüyordum. Haklı çıktım, ama bir konuda yanılmışım. Oradaki yeşil bolluğu bizde yok! İklimin ve bol yağışın etkisi belki; kilometrelerce yol gidiyorsun, yeşille serüvenin bitmiyor. Ancak, oralarda 'mavi'yi göremedim ben! Okyanusun rengi nefti yeşil. Deniz yerine, göz alabildiğine uzanan çamurlu bir su sanki. Onun için de İstanbul'un en çok Boğaz'ını özledim."

"Ya insanlar? Alışabildin mi Amerikalılara?"

"Onlar hakkında da yanıldığımı söyleyebilirim. Peşin hükümlerle gitmiştim oraya. Soğuk yapılı insanlar olarak düşünüyordum Amerikalıları. Üstelik, politik görüşlerimi bilirsin, Amerika'nın dış politikasına karşı olmuşumdur hep. Emperyalist ve kapitalist düzen, diye burun kıvırmışımdır. İdeolojik konulardaki görüşlerim değişmedi ama, Amerikalı sade vatandaşı son derece sıcakkanlı ve sevecen buldum. Bir ülkenin halkını tanımak için, onlarla beraber, iç içe yaşamak gerekiyormuş... İlk günlerde tanımadığım insanların, 'Hi!'(*) diye gülerek selam vermelerini nasıl yadırgadım, bir bilsen. Zamanla alıştım; kendi sınırlarımın ve ölçülerimin içinde sevdim onları.

(*) Merhaba.

Ama kendi insanımı özledim ben Murat! Yüzü her an gülmese de, her önüne gelene selam verme alışkanlığı olmasa da, sokaktaki insanımı özledim. Güleceksin belki... Boyacısından simitçisine, balıkçısından köşe başındaki dilencisine kadar, hepsini kucaklamak geliyor içimden."

"Ya ben? Beni ne kadar özledin?"

"Bilmem... Ona da sen karar ver artık."

Murat'ın öğlen yemeği önerisini geri çeviriyorum.

"Beni ağırlamak kolay," diyorum. "Şu gördüğün İstanbul simidi var ya... Aylardır gözümde tütüyor. En zengin ziyafet sofralarına değişmem onu."

Emirgan'da çay içiyoruz Murat'la. Yanında simit ve kaşar peyniri... Simidi boydan boya yarıp arasına koyduğum peynirle beraber iştahla yiyişimi gülerek izliyor.

Her gördüğünü isteyen, isteklerinin yerine getirilmesiyle şımarıp yenilerini sıralayan yaramaz bir çocuktan farkım yok.

"Beyoğlu'na götür beni! Ama önce, Taksim'de kazandibi yiyelim..."

Yüzümdeki mutluluk ifadesini sürdürebilmek için, ne söylesem seve seve yapıyor. Ama, daha fazla kalamıyor benimle. Akşam Bursa'ya dönmek zorunda.

"Elimden gelse, bir saniye bile ayrılmam yanından," diyor. "Yarın sabah önemli bir toplantım var. Bağışla beni..."

Bu "bağışla beni"lerin sık sık yineleneceğini, görüşmelerimizin hafta sonlarıyla sınırlı kalacağını çok iyi biliyorum. Benzer şekilde, beraberliğimizin ve ilişkimizin de belli sınırlar içinde kalması gerektiğini bildiğim gibi...

✣ ✣ ✣

Emre, cumartesi akşamı için Beyoğlu'ndaki, öğrencilik günlerinde gittiğimiz meyhanede masa ayırtmış. Sekiz on kişi beklerken, on iki kişiyi buluyor grubumuz.

Murat, ucu ucuna yetişiyor yemeğe. Soluk soluğa gelip yanıma oturuyor. Toplantı ve iş sözcükleriyle örülü mazeret cümlelerini kanıksadım artık.

"Geldin ya," diyorum. "Gerisi önemli değil."

Emre ayağa kalkıyor.

"Murat da aramıza katıldığına göre, kadehimizi gurbetten gelmiş arkadaşımızın şerefine kaldırabiliriz," diyor. "Hoş geldin Aslı!"

Arkadaşlarım, can dostlarım, Amerika'da özlemini en çok çektiklerimle paylaştığım harika bir gece bu benim için. Merkezinde ben varım. Kadehler Aslı'ya kalkıyor, tüm sohbetler Aslı üzerine yapılıyor.

Zaman içinde, yavaş yavaş Murat'a doğru kayıyor konuşmalar.

"Bu kızı oralarda fazla tutmaya gelmez oğlum," diyor Tolga. "Baksana, gurbet yaramış bizimkine; güzelliğine güzellik katmış."

Selin'in iğnelemeleri daha acımasız.

"Sen burada işlerinle boğuşurken, bir de bakmışsın Amerikalının biri, kapıp götürüvermiş Aslı'yı..."

Murat'sa, elini omzuma atmış; sessizce, gülerek, hoşgörüyle dinliyor onları. Ama, Emre'nin söylediklerini yanıtsız bırakamıyor.

"Ferda'yla ben sözümüzü tutuyoruz," diyor Emre. "Siz nişanlanmadan, bize düğün haram! Ama siz de elinizi çabuk tutun biraz!"

"Merak etmeyin siz," diye gözlerinin derinliklerine kadar gülüyor Murat. "Nişan yakındır. Hele Aslı Amerika'dan dönsün..."

Benimle konuşmaya bile gerek duymadan, kendi kafasına göre belirlediği tarih bu demek! Aslı Amerika'dan dönünce...

"Belli de olmaz," diye ekliyor Murat. "Sürpriz yapıp nişanımızı daha yakın bir tarihe de alabiliriz."

Kadehler bu kez bizim beraberliğimize; Murat'ın, kişisel çabalarıyla ufukta şekillendirmeye çabaladığı nişanımıza kalkıyor.

"Aslı'ya... Murat'a..."

Kadehi tutan parmaklarım kaskatı, gerçekleşmesi olanaksız bir hayalin bu geceki saltanatını bozmamak için, "Sizlere, hepinize..." diyorum ben de...

* * *

Üç haftalık Türkiye tatilim süresince ancak üç kez görüşebildik Murat'la. İlki, geldiğimin ertesi günü; diğerleri de onu izleyen hafta sonları. Birkaç saat... Bu cumartesi de son defa buluşacağız Murat'la. Veda gecesi niyetine...

Daha ötesini beklemiyordum zaten. Kabullendim artık, çok çalışması gereken, sorumluluk sahibi bir işadamı o; koskoca holding patronu! Beraber olduğumuz zamanı derinlemesine yaşamak, aradaki açığı fazlasıyla kapatıyor, diye avutuyorum kendimi.

Su gibi geçiyor günler... Tatilim bitmek üzere. Yalnız Murat değil, arkadaşlarımın çoğu çalışıyor. Ferda'yla bile o kadar az beraber olabildik ki...

Dün, yarım günlüğüne bankadan izin alıp geldi. Yemeğe gideceğiz görünürde; ama asıl amaç, birkaç saati baş başa paylaşmak ve dertleşmek...

Önce kendi sorunlarını anlatıyor Ferda.

"Ele karışmak zor, derlerdi de inanmazdım. İşin içine aileler girince, toz pembe gördüklerin grileşebiliyor."

Sorun, dediği de sorun olsa bari! Emre'nin ailesi düğünün Bursa'da olmasını istiyormuş. Ferda'nınkiler de, "Yerleşecekleri yer İstanbul, düğünleri de burada olmalı," diye diretiyorlarmış.

"Orada ya da burada, ne fark eder ki?" diye gülüyorum haline. "Yapılacağı kesin bir düğün var ya ortada... Daha ne istiyorsunuz?"

"Haklısın. Sizin durumunuzun yanında, lafı bile olmaz bunların. Neler konuştunuz Murat'la?"

"Hiçbir şey! Birbirimize duyduğumuz özlemi dile getirdik yalnızca."

"Eminim, son gelişmelerden de haberin yoktur senin..."

"Anlatırsan öğrenirim."

"Ailesi, senin geldiğini duydu sanırım. Osman Bey geçen hafta Murat'ı karşısına alıp konuşmuş. Beyza'yı gelinleri olarak görmek istediklerini söylemiş. Öve öve göklere çıkarmış kızı. Tam bize göre, demiş. Evet, de; hemen gidip isteyelim."

"İşi bu noktaya getirdiler demek..."

"Maalesef! Beklenen sonuç aslında; ilk günden söylemiştim sana, amaçları belliydi. Ve kartlar açıldı artık."

"Biz de oyunu kurallarına göre oynarız Ferda'cığım. Onlarınki gibi, açık kartlarla..."

"Yani?"

"Bu cumartesi son kez buluşacağız Murat'la. Aşkı meşki bir yana bırakıp açık açık konuşmanın, sence de zamanı gelmedi mi?"

"Giderayak çocuğun moralini bozma sakın, zor durumda zaten..."

"Merak etme, en az üzüleceği çözümü sunacağım ona. Herkesin onaylayacağı, herkesi huzura kavuşturacak çözümü..."

* * *

Son gecemiz için Murat'ın seçtiği mekân, Tarabya'da, denize karşı şık bir balık restoranı. Eh, holding patronuna da böylesi yaraşır!

Beni uğurlayacak olmanın hakkını vermek ister gibi, her zamankinden özenli giyinmiş. Sevgisini, bağlılığını, şefkatini gösterebilmek için elinden geleni yapmaya hazır, sıcacık bakışlarıyla kucaklıyor beni.

Karşı koymama aldırmadan, garsonun tepsi içinde getirdiği küçük meze tabaklarının hepsinden birer tane koyduruyor masaya.

"Oralarda bulamazsın bunları," diyor okşar gibi, yumuşacık sesiyle.

Balıklarımızı, şarabımızı ısmarlayıp neresinden başlayacağımızı bilemediğimiz konuşmaları geciktirmek ister gibi, mezelerin tadına bakarak oyalanıyoruz bir süre. Onun söyleyeceklerini az çok tahmin edebiliyorum. Ama ben, bambaşka, tehlikeli sayılabilecek ufuklara yelken açmaya hazırlanıyorum.

"Şu senin mastır..." diye söze başlıyor Murat. "Bitmesine epey zaman var. Önümüzdeki yaz tatile geldiğinde, nişan işini halletsek, diyorum. Kesin dönüş yaptığında da düğün..."

"Kesin dönüş yapmayabilirim Murat. Mezuniyetten sonra bir yıl iş arama hakkım var. Bu sürenin en az üç ayını kullanmayı düşünüyorum."

"Nereden çıktı şimdi bu? Üç aylık erteleme de neyin nesi oluyor?"

"Yanlış anladın galiba. Üç ay, yalnızca iş arama süresi! Uygun bir iş bulursam, daha uzun kalabileceğimi anlatmak istiyorum sana."

Şaşkınlıktan konuşamıyor. Elimi tutmuş, var gücüyle sıkıyor.

"Yapamazsın Aslı! Katlanamam buna. Kavuşacağımız günü iple çekerken..."

Vereceği tepkilere hazırlıklıyım. Sakinleşmesini bekliyorum bir süre. Sakinleşeceğine, yeniden atağa kalkıyor.

"Madem böyle bir niyetin vardı, neden daha önce anlatmadın bana? Bu karar ikimizi de ilgilendirmiyor mu?"

Gözlerimi gözlerine dikip tane tane konuşuyorum.

"Haklısın. Ama... Senin de bana anlatmadığın pek çok şey yok mu Murat? Onlar da ikimizi ilgilendiren konular değil mi?"

Şaşkınlığının üzerine, bir şeyleri saklamanın suçluluğu ve mahcubiyeti ekleniyor.

"Ne demek istiyorsun?" diyor kıpkırmızı olmuş yüzüyle.

"Açık konuşacağım. Üstü kapalı imalarla bir yere ulaşamıyoruz çünkü. Şu Beyza... Sağ kolun, yardımcın, sekreterin. Ya da sana uygun görülen gelin adayı... Neden hiç söz etmiyorsun ondan?"

"Anlaşıldı," diye başını sallıyor. "Emre'nin dili durmamış... Tamam, kabul ediyorum; ailemden bana böyle bir öneri geldi. Ama, anında geri çevirmesini bildim. Önemli olan, benim ne düşündüğüm değil mi?"

"Kendini aldatma Murat. O kadar basit olmadığını biliyorsun."

"Kimse, istemediğim birisiyle zorla evlendiremez beni! Bakma, konuşurlar ama, son söz bana aittir."

"Bir şey soracağım sana Murat. İyice düşünüp öyle karar vermeni istiyorum. Eğer ben olmasaydım... Beyza ile beraberliği, hiç mi aklına getirmezdin?"

"Ama sen varsın! Nasıl yok sayabilirim seni?"

"Tamam, işte beklediğim yanıt! Ben olmasam ya da bir şekilde aradan çekiliversem, bir başka bakış açısı geliştirebileceksin."

"Böyle anlamsız sorularla sınamaya kalkma beni. Beyza, çalışkan ve özverili bir çalışma arkadaşım yalnızca. Başka gözle bakmadım hiç, bakmam da..."

"Deneyelim istersen. Benim yokluğumdaki direnişin ne derece geçerli olacak, görelim..."

"Ne demek istiyorsun sen?"

"Hâlâ farkında değil misin? Çözümsüzlüklerine çözüm getiriyorum. Çekip Amerikalara gitmiş belalı bir sevdalıdan kurtarıyorum seni. Beyza'nın, aileni incitmeyecek, onlarla aranda buzdan duvarlar örmeyecek iyi bir seçim olduğunu söylüyorum."

"Bırak da kendi seçimimi kendim yapayım."

"Ben bıraksam, başkaları bırakacak mı? Neyse... Kararımı verdim Murat! Bu kez, geride takanak bırakmadan ve hiç kimseye takanak olmadan gideceğim Amerika'ya."

"Yoksa... Orada aklını çelen birisi mi var?"

"Kesinlikle hayır! On binlerce kilometre uzaktan, kendime bağlı tutamam seni; buna hakkım yok. Önemli konularda karar alırken, özgür olduğunu hissetmelisin. Tek amacım bu..."

"Özgür kalmayı isteyen kim? Gönüllü mahkûmunum ben senin! Şartlar ne getirirse getirsin, bu gerçek değişmeyecek."

"Ben de kendi inandığım gerçekleri değiştiremem Murat. Ve onlar, böyle davranmam gerektiğini söylüyor. Anlamaya çalış beni..."

"Yani? Ayrılmak mı istiyorsun benden?"

"Zaten ayrı değil miyiz? Telefonla, internet mesajlarıyla sürdürülmeye çalışılan, sonu belirsiz bir beraberlik... Ayağına bağ olmaktan başka ne işe yarıyor?"

"Bu kadarı bile bana yetiyor Aslı; hep yanımda, hep yüreğimde hissettiriyor seni."

Dudakları titriyor konuşurken.

"Ne yapmamı istiyorsun benden?"

"Hiçbir şey! Aslı yok artık, de ve yoluna devam et."

Elini yüzüne kapatıyor.

"Yapamam Aslı'm! Ama, zorla alıkoyacak da değilim. Geride umutla seni bekleyecek bir Murat bıraktığını bil, yeter. Yolun açık olsun..."

Son cümlede iyice cılızlaşan sesi yüreğime işliyor. Onu bu kadar üzdüğüm için kahroluyorum. Ama mecburum buna.

"Son bir şey isteyeceğim senden," diyor. "Arada bir telefonla aramama ya da mesajla hatırını sormama izin ver."

"Hiç olmasa daha iyi, ama..."

"Çok acımasızsın," diye buruk bir gülüşle yüzüme bakıyor. "Tiryakiliğin ne demek olduğunu bilmiyorsun sen! Madde bağımlıları bile, esiri olduğu maddeyi bir anda bırakamaz. Bu kadar katı davranamazsın..."

"Dediğin gibi olsun. Ama bir şartla! Sıradan iki arkadaşın haberleşme sınırlarını aşmayacaksın."

"O kadarına da razıyım ben. Senden tümüyle yoksun kalacağıma..."

Son kez kucaklaşıp vedalaşırken, gözü boynumdaki kolyeye, sonsuzluğun ve aşkımızın simgesine takılıyor. Yalvarır gibi bir ifade var bakışlarında.

"Merak etme," diyorum. "O beni bırakmadıkça, asla boynumdan çıkarıp atmayacağım onu..."

✣ ✣ ✣

On saatte geldiğim yolu, bu kez on bir saatte döneceğim. Uçağın kanatlarının üzerinde, bu kez benim kanatlarımın itici gücü yok çünkü.

Geldiğim gün karşılandığım gibi, uğurlanırken de annem, babam ve Ferda var yanımda. Murat'la konuştuklarımızı, tüm ayrıntılarıyla anlatıyorum Ferda'ya.

"Delisin sen!" diyor. "Murat'ı altın tepsi içinde, kendi ellerinle Beyza'ya sunuyorsun. Yapılacak iş mi bu?"

"Yanılıyorsun Ferda. Klişeleşmiş bir laf vardır, bilirsin... 'Sevdiğini özgür bırak, döner gelirse senindir; dönmezse, zaten hiçbir zaman senin olmamıştır!' derler. Murat'ın bana ne kadar ait olduğunu, bekleyip göreceğiz..."

23

Döndüm işte! Hızından hiçbir şey kaybetmeyen, ancak gitgide tekdüzeleşmeye yüz tutan yaşantıma bıraktığım yerden devam ediyorum. Okul, dersler, asistanlık ve yurttaki görevimle her saniyesini doldurduğum bedenime karşın, kafamın içi bomboş.

İyi ki şu sürveyanlık işi var! Öğrencilerin arasında, onların sorunlarıyla uğraşırken kendimi unutuyorum. Arkadaşları gibi görüyorlar beni. Dertlerini çekinmeden paylaşabiliyorlar. Onların da benim gibi evlerinden, yuvalarından, yakınlarından kopup buralara geldiklerini; yüreklerimizde benzer özlemleri büyüttüğümüzü düşündükçe, her türlü yaramazlıklarına hoşgörüyle yaklaşabiliyorum.

Tüm iyi niyetime karşın, dün gece birkaç kişiyi uyarmak zorunda kaldım.

Öğrenciler, kapılarını kimlik kartlarıyla açıyorlar. Her girip çıktıklarında kartı kullanmaya üşendiklerinden, kapıya bir şeyler sıkıştırıp kilitlenmesini önlüyorlar. Yurt kurallarına göre, cezası 50 Dolar! Gözlerinin yaşına bakmadan kesebilirim bu cezayı, ama yapamıyorum. İşledikleri suç masum görünüyor gözüme; "Bir daha olmasın!" demekle yetiniyorum. Onlar da beni üzmemek için ellerinden geleni yapıyorlar.

Kapalı kapıların ardında, masum sayılamayacak nice işlerin döndüğünü de çok iyi biliyorum. En önemli sorun uyuşturucu! Marihuana, esrar, kokain, haplar... Gözümle görmedikten sonra kimseyi suçlayamam. Suçun olmadığı yerde, cezaya da yer yok! Benim yetki ve sorumluluğum buraya kadar...

Bu dönem, kendimi oyalayabileceğim yan uğraşlara zaman ayırabiliyorum. Okulun sunduğu çok sayıdaki kurs arasından bana en uygun olanını seçtim: Tap dansı (İspanyol dansı)! Haftada iki gün gidiyorum. Altı dolgu tap ayakkabılarını yere vurduğumda çıkan ses, yüreğimde yankı buluyor; müziğin ritmini bedenimin tüm hücrelerinde hissediyorum.

Beraber çalıştığımız arkadaşların çoğu tiyatrocu ya da dans geçmişleri var. Benimse yalnızca yeteneğim ve isteğim. Onların arasında biraz bocaladım ama, azmin elinden hiçbir şey kurtulmuyor, hepsinden daha az hata yapıyorum artık...

Kendime bile itiraf edemesem de, soluksuz kalıncaya kadar koşturarak bir şeylerin arayışı içinde oluşumun tek nedeni Murat! Son konuşmamızın ardından, arkadaşlık ve dostluk yönü ağır basan, değişik bir çehreye büründü ilişkimiz. Sık sık arıyor, her gün mesaj yazıyor bana; benden de karşılık vermemi istiyor. Ne yaptığımı, nasıl yaşadığımı, düşüncelerimi, duygularımı denetlemek amacı taşıdığını bilsem de, beklediği yanıtları veriyorum.

Murat'ın satırları eskisi gibi "aşk" kokmuyor. Böyle olması gerektiğini söylemiştim ya, öngördüğüm şarta uyuyor. Ama satır aralarındaki, hep aynı Murat! Üstü kapalı da olsa, kendi cephesinde hiçbir şeyin değişmediğini vurgulamayı beceriyor.

İtirazım yok. Yaşadığımız zorlu geçiş döneminde tutunacak tek dalım, gene o! Her ne kadar "bitti" desem de...

✤ ✤ ✤

Geçen hafta grup halinde, birkaç günlüğüne New York'a gittik. Bu kez ilk seferki kadar itici gelmedi bana. Yerleşmeyi düşünecek derecede sıcaklık duymasam da, eğlendirici yüzünü sevdiğimi söyleyebilirim.

Son akşam, ünlü "CATS" müzikaline gittik. Hayatımda seyrettiğim en etkileyici oyundu. Sahne dekoru, kostümler ve o eşsiz müzik... Tek kelimeyle muhteşemdi!

Döndüğümüzde, kötü bir sürpriz bekliyor beni. Necati Bey kalp krizi geçirmiş! Anjiyo yapmak üzere yatırmışlar, açık kalp ameliyatı olmuş. Hemen hastaneye koşuyorum. Üzerimde çok emeği var, onun için ne yapsam azdır...

Yoğun bakımdan yeni çıkmış Necati Bey. Ağrısı var.

Kızı gelmiş, ilk kez karşılaşıyoruz. Öncesinde ne yaşamışlarsa, baba-kız sıcaklığını çoktan yitirmişler. Güç almak ister gibi, elimi tutup sıkıyor Necati Bey. Beni kızından daha yakın hissediyor kendine.

İki gün sonra dönecekmiş kızı. İşlerinin çokluğundan söz edip duruyor. Belli ki, zorunlu olarak, bir görevi yerine getirmek için gelmiş buraya. Daha fazla kalmaya gerek görmüyor.

"Merak etmeyin," diyorum. "Biz buradayız. Necati Bey'e sizin yokluğunuzu aratmayız."

Sabah akşam uğruyorum hastaneye. Eve çıkacağı gün, "Bu kez de kefeni yırttık," diye gülüyor. Uzun süre yatmaktan kaynaklanan can sıkıntısı diline vurmuş gibi, durmadan konuşuyor. Onu böyle görmek, benim için büyük mutluluk...

✣ ✣ ✣

Baharın gelişiyle, çevremdeki her bir nesne daha güzel görünüyor gözüme. Doğanın uyanışı, beni benimle barışık kılıyor. Kahvaltılarımı dışarıda, sincapçıkların arasında yapabiliyorum artık. Barıştık onlarla...

İnsanların birbirine, hatta hayvanlara davranışı bile, iç dünyalarındaki çalkantılarla yakından ilintili. Türkiye'den döndüğüm, Murat'ın gözüyle kendimi irdelediğimde suçlu bulduğum karamsar günlerimde bu şirin yaratıkları bile istemeden incitmiştim. Fiziksel olarak değil elbette, sözlerimle... Elimizi bile süremiyoruz ki onlara, yanımıza bir metreden fazla yaklaşmıyorlar. Öylesine ürkekler. İç içe olmamıza karşın, ortak yaşamımızı birbirimize değmeden sürdürüyoruz.

İçim burkularak anımsıyorum, yanımdan hızla geçip altında oturduğum ağaca tırmanan dünya tatlısı sincaba, "Koca kuyruklu fare, ne olacak!" demiştim. Bana yüz vermemesine, uzak durmasına kızmıştım galiba.

Hepinizden özür diliyorum sincapçıklarım! Koca kuyruklu fare, dediğim sanal yaratık, benim bedenimdeydi aslında. Beynimi ve yüreğimi mesken tutmuş, sizin masum kemirgenliğinizin ötesinde, son derece acımasız bir iştahla burgu gibi oyuyordu benliğimi. Baharla beraber onu da uzaklara gönderdim. Kendimle barışığım artık.

Bakış açısının iyi yöne kayması, tüm olumsuzlukları katlanır kılıyor. Zaman içinde Murat'ın da benim gibi doğruları göreceğine, mantıklı düşünmeyi öğreneceğine inanıyorum. Son günlerdeki tavırları da beni doğruluyor zaten.

Konuşmalarımızın ve yazışmalarımızın arkadaşlık çerçevesine oturduğunu görmek sevindirici. Kendi varsayımlarımdan yola çıkarak, Murat'ın ayrılığa alışmasının umduğumdan kolay olduğunu düşünmekle ne kadar yanıldığımı; iyileşmiş gibi görünen cerahatli yaranın kabuğu altında olgunlaşmasını tamamlamış, patlamaya hazır bir çıbanın palazlandığını bilmiyorum haliyle...

✣ ✣ ✣

Amerika'nın iklimini çözemedim. Neredeyse haziranın ortasını bulduk, nisan yağmuruna alışmış biz Türklere, hâlâ bahar yağmurundan söz ediyor Amerikalılar.

"Bizim oralarda, 'ilkyaz' derler," diyorum sürveyan arkadaşım Gina'ya. "Yağmurların bittiği, sıcakların yüzünü göstermeye hazırlandığı, yaz öncesinin doyumsuz günleri..."

Azalacağını beklerken, daha da artıyor yağmurlar. Ve 14 Haziran sabahı, Venedik benzeri sürpriz bir görüntüye uyanıyoruz: Okulu sel basmış!

Kampusun içinden akan, üzerindeki köprüden yürüyerek geçmeyi pek sevdiğimiz nehir, yağmur sularını daha fazla barındıramamış yatağında. Bu tür taşkınlar daha önce de pek çok kez olmuş, ama bizim ilk sel deneyimimiz.

Okul içi trafik felç! Sel suyunun yanı sıra, fırtınanın da etkisiyle devrilen ağaçlar, trafik levhaları...

Özden, bunca olumsuzluğu hiçe sayarak, bana ulaşmayı başarıyor. Arabasıyla nehirden sokaklara dönüşmüş yolları aşarak yurda kadar gelebilmiş.

"Epeydir kahve içmedik seninle," diyor. "Özlemişim sohbetini..."

Kahvelerimizi alıp pencerenin önüne oturuyoruz.

"Bu tatilde de burada kalacağını söyleme bana," diyor. "Gelecek hafta Türkiye'ye gidiyorum ben; sen de gelsene."

Dönem sınavlarından yüzümün akıyla çıkmanın rahatlığı var üzerimde. Ama buradaki işim bitmedi henüz.

"Nasıl gelebilirim Özden? Yurttan ayrılanları, yaz okuluna kalacakları listeleyip yer durumunu yeniden düzenlememiz gerekiyor. Boşalan odaların raporları tutulacak..."

"Boş odanın ne raporu olacak ki?"

"Gel de kendi gözlerinle gör," diye kolundan tutup kaldırıyorum.

Birinci kattan başlıyoruz. Yurttan ayrılanların geride bıraktıkları bira kutuları, tütsüler, mum kalıntıları...

"Neler yapmış benim yaramaz çocuklarım..." diye gülüyorum.

Özden ise dehşet içinde. Aralık duran çekmecedeki sarımsı tozu gösteriyor bana.

"Bu ne?"

Kâğıt havlu rulosundan büyücek bir parça koparıp ıslatıyorum. Çekmecenin içinde şöyle bir gezdiriyorum. Topluiğne başı büyüklüğünde, parlak tanecikler...

"Bitki tohumu bunlar," diye Özden'e doğru uzatıyorum. "Uyuşturucu olmalı..."

"Nasıl böyle sakin kalabildiğine şaşıyorum. Durumu idareye iletmeyecek misin?"

"Hayır! Raporuma bile yazmayacağım. Ne yararı olacak ki? Onları kaybedeceğime, kazanmaya çalışıyorum ben..."

"Yoldan çıkmış Amerikan gençliğini adam etmek sana mı kaldı?"

"Öyle deme, haksızlık ediyorsun! Kendileri farkında olmasalar da; büyümeyi, olgunlaşmayı, akıllanmayı bekleyen masum çocuklar onlar..."

"Her ne ise... El âlemin sorunlu veletleriyle uğraşacağına, biraz da kendini düşünsene. Bunların arasına girip dengeni yitirmediğine şükret. Yıpranmış sinirlerini dinlendirecek bir tatili de kendine çok görme..."

"Bu ayın sonuna kadar hiçbir yere kıpırdayamam. Ama temmuzda... Neden olmasın?"

Necati Bey işbaşı yapmış. Yenilenmiş kalbiyle eskisinden de iyi görünüyor.

Tatil konusunda destekliyor beni. "Yoruldun," diyor. "Biraz soluklanmak senin de hakkın... Ama ağustosta burada olman gerek. Yeni gelecek öğrenciler, hazırlık programları..."

"Tamam," diyorum. "Ağustos başında görüşmek üzere..."

✣ ✣ ✣

Yerimi ayırttım, temmuzun ilk haftasında Türkiye'ye uçuyorum.

Telefonda, İstanbul'da kalmak istemediğimi söyledim bizimkilere.

"Ancak Bodrum'da dinlenebilirim ben," dedim. "Planınızı ona göre yapın. Kalabalıklardan ve gürültüden uzak, sizlerle baş başa... Düşlediğim tatil bu!"

İstediğim gibi de oldu. Yalnızca bir gece kaldım İstanbul'da. Ferda'yla yaptığımız telefon görüşmesi dışında ne kimseyi gördüm, ne de kimseyle konuştum. Murat'ı aramayı aklımın ucuna bile getirmedim. Kurduğumuz yeni düzeni bozmaya hiç mi hiç niyetim yok...

Bodrum'da üçüncü günümüz. Babam uçakla İstanbul'a, işinin başına döndü; hafta sonu gelecek. Araba bende. Akşamüstleri annemi, arkadaşlarımı Fener'e lokma yemeğe götürüyorum; dün gece de Bodrum'a indik.

İyi ki gelmişim! İyi ki... Tembelliğin keyfini çıkarmayı nasıl da özlemişim meğer. Dinginliğin kollarında gönüllü tutsak, yüzümü güneşe verip ahşap şezlongların üzerine saatlerce uzanıyorum. Gözlerim kapalı, kafamın içi bomboş, kulaklarımda yalnızca dalga sesleri...

Bugünün de diğerleri gibi geçeceğini düşünmekle yanılmışım. Öğlene doğru çalan cep telefonum, tekdüzeleşen tatil yaşamımda şimşekler çaktırmaya yetiyor.

Telefonun ön yüzündeki camda Murat'ın adı var! Ferda'dan duymuş olmalı. Araması doğal. Hoş geldin, diyecek; hatır soracak. Arkadaşça bir sohbet, yanı sıra gelişimi haber vermedim diye küçük bir sitem belki...

Başlangıç beklediğim gibi; ancak devamı tam bir sürpriz benim için.

"Ne zaman görebilirim seni?" diye soruyor Murat.

"Bodrum'dayım ben, tatil için geldim. Dönüşte İstanbul'da kalmayı da düşünmüyorum. Bu sefer böyle..."

"Biliyorum bunları Aslı," diyor sabırsızlıkla. "Şu anda ben de Bodrum'dayım. Sabah uçağıyla Dalaman'a, oradan da Bodrum'a geldim. Şimdi söyle bakalım, nerede ve ne zaman görüşebileceğiz seninle?"

İlk şaşkınlığın ardından, "Akyarlar'dayız biz," diyorum. "Bodrum'a biraz uzak."

"Arabam var," diye kesiyor sözümü. "Havaalanında kiraladım. Nereye istiyorsan gelebilirim."

Kaçacak yerim kalmadı. Bunca yolu sırf beni görmek için göze almışken, geri çeviremem onu.

"Tam ortada, Turgutreis'te buluşalım," diyorum. "Sahilde bir çay bahçesi var..."

Yeri tarif edip telefonu kapatıyorum. On dakika içinde hazırım. Annemin soru dolu meraklı bakışlarını doyurmadan çıkmak olmaz.

"Turgutreis'e gidiyorum ben," diyorum umursamaz bir tavırla, alışverişe gider gibi. "Murat gelmiş de... Bir saate kadar dönerim ben."

Benden önce gelmiş; oturmuş, dalgın gözlerle denizi seyrediyor. Beni görünce fırlıyor yerinden. Kucaklaşıyoruz.

Uzun zamandır birbirini görmeyen sıradan iki arkadaşın buluşmasında bile yaşanabilecek bu kucaklaşma sahnesine farklı anlamlar yüklemek gereksiz. Kendimi geri çekip uzak durmaya çalışmam yakışık almazdı.

Bu düşüncelerle elimden geldiğince doğal davranmaya çalışıyorum. Ancak Murat'ın, iki çelik kıskaç gibi bedenimi saran kollarını gevşetmesi, biraz zaman alıyor. Masaya geçip karşılıklı oturduğumuzda, bu kez de gözleriyle kucaklıyor beni. Henüz dün ayrılmışız gibi, aradaki arkadaşça yaşanan zaman dilimini yadsırcasına tutkulu bakışları.

"Gelmesem, görüşemeyecektik demek," diyor sitemle. "Hiç mi özlemedin beni?"

"Özlemlere alıştım ben. Hem de en koyusuna. Dayanmayı öğrendim."

"Ben öğrenemedim Aslı'm! Denedim ama olmadı. Başaramadım..."

"Yeterince gayret göstermemişsindir."

"Belki... Seni beklemenin sızılı çekiminden kurtaramıyorum kendimi. Aramızdaki anlaşmayı yenileyelim. Özgür bırak beni! Umarak, özleyerek, sabırsızlanarak gelişini beklemek... Bu erişilmez tadı çok görme bana. Yaşamımdaki tek güzellik bu, inan."

"Haklısın, güzeldir beklemek! Ama, sonunda kavuşulacak bir şey varsa. Silkin artık bu aymazlığından Murat. Bizim için gelecek yok; görmüyor musun bu gerçeği?"

"Kendi gerçeğini kendi yaratmalı insan. Neden direnmeyi denemiyoruz? El ele, güçlerimizi birleştirerek... Daha işin başında teslim bayrağını çekmek, esareti kabul etmekle eşdeğer değil mi? Başkalarının yönlendirmesiyle çizilen yolda yürümek zorunda değiliz. Bu uğurda nelere katlandığımı, neler yaşadığımı bir bilsen..."

"Bu senin seçimin, aynı şeyleri karşındakinden de bekleyemezsin. Kimsenin karşısında boyun eğemem ben."

"Ben de boyun eğmedim. Babama bile karşı çıktım, kafa tuttum. Senin Amerika'ya dönüşünün ardından köşeye sıkıştırdılar beni. Tutturmuşlar, Beyza'yla evleneceksin, diye. İlk kez sesimi yükselttim babama. İstemiyorum, diye haykırdım. Karışmayın bana, diye isyan ettim. Kapıyı vurup çıktım. Bir hafta otelde kaldım. Ne işe uğradım, ne eve; ne de telefonlarına yanıt verdim. Babam geldi sonunda. Saatlerce dil döktü. Evlenme konusunu zamana bırakalım, dedi. Üstüme gelmeyeceğine dair sözler verdi."

Buruk bir gülümseyişle bakıyorum yüzüne.

"Sonuç? Sen bunu kazanılmış bir zafer olarak mı görüyorsun? Aynı noktaya gelmişsiniz işte..."

"Öyle deme. Senden ve aşkımdan asla vazgeçemeyeceğimi bir kez daha anlamış oldular."

"Aşk... Doğru, duyguların en vazgeçilmezi! Ama aynı zamanda en çok acı vereni. Ve en gururlu olanı! Aşkımdan ölsem bile, gururumdan asla ödün veremem ben Murat!"

"Özveride bulunmak yerine, ayrılmayı göze alabiliyorsun demek..."

"Bu da bir özveri değil mi? Severken ayrılabilmek cesaret ister. Ve biz bu cesareti göstermek zorundayız."

"Seni beklemek bile yeterince güzel. İzin ver, dönüşünü bekleyeyim. Mastırın, önümüzdeki mayıs ayında bitmiyor mu?"

"Evet, mayısta mezun oluyorum ama, hemen dönmeyebilirim."

"Yapma bunu Aslı'm! Bitsin artık bu hasret. Bitsin ki, atacağımız adımlara yön verebilelim."

"Tamam... Varsayalım ki, mezuniyetin ardından Türkiye'ye döndüm. Neler olacağını anlatayım sana. Aslı'yla evlenmek istiyorum, diyeceksin ailene. Sevinçle karşılayıp kabul edeceklerini düşünmüyorsun herhalde... Şiddetle karşı çıkacaklar sana. Daha önce de söyledikleri gibi, 'Ya o, ya biz!' diyecekler. Evlatlıktan reddetmeye kadar götürecekler işi. Sanırım, beni seçeceksin sen. Ailenden, işinden, Bursa'dan kopmayı göze alıp bana koşacaksın. Geride bıraktıklarını tek kalemde silip evlenmeyi isteyeceksin benimle. Çürük temeller üzerine kurulacak böyle bir evliliğe razı olamam Murat! Zaferi kazanmış gibi görünsek de; hem sen, hem ben, hem de aşkımız yaralı çıkarız bu savaştan... Sana neden bu kadar direndiğimi anladın mı şimdi?"

Dirseklerini masaya dayayıp başını ellerinin arasına alıyor. Gözleri yumulu, suskun, söylediklerimi kafasında değerlendiriyor bir süre.

"Haklısın," diyor başını kaldırdığında. "İmkânsız aşk bizimki! Onun için de böylesine güçlü ya... Söylediklerine aynen katılıyorum, ama kabullenemiyorum."

Onu da kendi bakış açımın içine çekmenin sızılı mutluluğuyla, "Zamanla kabullenmeyi de öğrenirsin," diyorum.

"Bazı şeyler hiç, ama hiç öğrenilmez. Hele benim gibi yeteneksiz bir âşık için..."

"Bizi bekleyen bir geleceğin olmadığını görebildin ama..."

Direnmekten yorgun düşmüş başını umarsızca iki yana sallıyor.

"Baştan beri biliyordum, ama vazgeçemedim. Çünkü... Yüreğim seni çok sevdi Aslı'm! Hükmedemiyorum kendime..."

Beynimin içi boşalıveriyor bu sözlerle. Gözlerimi denizle gökyüzünün birleştiği buğulu çizgiye dikip uzaklaşıveriyorum oradan. Yalnızca ben ve yanıma aldığım, Murat'ın sevgisi... Soyut bir âlemde bütünleşiyoruz birbirimizle.

Uzaklardan topladığım gözlerimi yüzüne indirdiğimde, üzerine bir şeyler karaladığı kâğıt peçeteyi uzatıyor bana.

"Yüreğimin seni çok sevdiğini söylemiştim ya... Devamını da bil, istedim."

"Yüreğim seni çok sevdi
o yürek talan
o yürek yangın yeri
o yürek seni istiyor
bir tek seni..."

Yerimden fırlayıp kollarına atılmamak için zor tutuyorum kendimi.

Benim yüreğim de seni çok sevdi Murat, benim de... Ama, geldiğimiz bu noktada, bunları söylemesem de olur.

İçimden geçenlerle taban tabana zıt bir umursamazlıkla, "Boş ver bunları," diyorum. "Şiirle hiçbir yere ulaşılamayacağını gördün. Büyü artık, olgunlaş biraz..."

"Hangi yaşta olursam olayım, kastettiğin olgunluğa ulaşamayacağım ben! Şunu bilmeni isterim ki, büyüklüğü karşısında ezildiğim sevgin, bendeki saltanatını sonsuza dek sürdürecek. Yüreğimin tüm hücrelerine sinmiş çünkü. Silmem, atmam, unutmam mümkün değil! Yüreğimi de beraberinde söküp atamayacağıma göre... Son nefesime kadar benimle olacaksın Aslı'm."

Kirpiklerimin dibinde göllenen yaşlar, özgürlüklerine kavuşmanın sabırsızlığında. Derin bir soluk alıp gülümsemeye çalışıyorum.

"Kalkalım mı artık?"

Yanıt vermek yerine, uzanıp boynumdaki kolyeyi avucunun içine alıyor.

"Aşkımız ve sonsuzluk..." diyor buruk bir gülüşle. "Çıkarmamışsın hâlâ."

"Çıkarmayı düşünmedim hiç, ayrılmaz bir parçam haline geldi. *(Aşkın gibi, sevgin gibi, senin gibi Murat! Keşke bunları sana söyleyebilsem...)* Demiştim, o beni bırakıncaya kadar boynumda kalacak..."

Kalan zamanı uzatmak ister gibi, ikimiz de kopma anını geciktirme çabasında, şimdiden devleşmiş özlemlerimizle son kez kucaklaşıyoruz.

"Hoşça kal Murat!"

"Bundan sonrasında ne kadar hoş kalabileceksem... Her şey gönlünce olsun Aslı'm!"

Geldiğimiz gibi, arabalarımıza binip bu kez dönüş yoluna geçiyoruz. Zıt yönlerde, hızla birbirinden uzaklaşan iki araba... Boşluğa dökülen inci tanesi gözyaşları...

Gariptir, aramızdaki mesafe arttıkça, uzaklaşacağıma daha da yaklaşıyorum sanki Murat'a.

Ya sen Murat? Sen de geride bıraktığın her kilometrede, biraz daha yaklaşıyor musun bana? Yollarımız ayrılsa da, yüreklerimizin kucaklaşması gibi...

24

Bazı şeyler geride kalmalı (mı?)...

...Ya da neler geride kalmalı?

İşte bütün mesele bu!

Zaman geçtikçe daha iyi anlıyorum. Arkamızı dönmekle bitiverecek, sıradan bir ilişki değildi bizimkisi. Öylesine derin izler bırakmış ki, Murat'ın söylediği gibi, silmek için yüreklerimizi de beraberinde söküp atmamız gerekiyor.

Özlüyorum onu!

Telefon konuşmaları, mesajlar, şiirler... Geride kaldı hepsi. Birbirimizden tümüyle yoksunuz artık. Katlanması güç, ama alışmak zorundayız.

Yaklaşık iki yıl öncesinde hiçbir şey bilmeden, 8 Dolarlık yola 25 Dolar taksi parası vererek geldiğim okula; evine dönen birinin rahatlığını duyarak giriyorum bu kez.

Kampus bomboş. Gelecek hafta, bu dönemin sürveyanlık eğitimi başlayacak. Daha önceki deneyimlerime dayanarak, eğlenceli geçeceğinden emin olsam da, heyecanlıyım.

Girişte; giderken öğrencilerime bıraktığım, duvarın bir ucundan diğerine uzanan veda notu hâlâ duruyor. Döndüm işte! Ama, Murat'a "hoşça kal" deyişimin dönüşü yok! Bunu düşünmek, dayanılmaz bir acı salıyor yüreğime.

Bavullarımı bile açmadan, doğruca yatağa uzanıyorum. Başım yastığa gömülü, geride bıraktıklarıma bir kez daha "hoşça kal" diyorum.

✣ ✣ ✣

Eğitim programımız hızlı başladı. Dün ilk günümüzdü. Tanışma, yapılacak etkinliklerin saptanması ve cumartesi gecesi düzenlenecek konserin ayrıntılarıyla geçti.

Bugünse "felaket tatbikatı" yapacağız. Okulda çıkacak bir yangın durumunda ne gibi olaylar yaşanabileceği ve hangi önlemlerin alınması gerektiği belirlenecek. Hepimize ayrı roller verildi. Yetmiş sekiz sürveyan için, yetmiş sekiz ayrı rol...

Sabahın erken saatlerinde başlayan programımız gereği, halojen lambası yüzünden çıkan bir yangının ortasındayız. Yangına neden olan öğrenciden, arkadaşlarını kaybedenlere, bilgisayarını ya da değerli eşyalarını alevlerin arasından çıkarmak isteyenlerden, sarhoş olduğu için hiçbir şey hatırlamayanlara kadar, her türden rol var. Mağdur, sinirli, kızgın, saldırgan öğrenci kimlikleriyle okulun farklı bölümlerine gidip yetkililere bağırıp çağıracak ya da yardım isteyeceğiz.

Elimdeki kâğıttan bana uygun görülen rolü okuyorum:

"Olay sırasında parti verilen bir apartmandasınız. Oda arkadaşlarınızdan biri kayıp. İçkiyi fazla kaçırmış. Diğerleri de içkili olduklarından, kayıp arkadaşınızın sağ salim kurtulup kurtulmadığını bilmiyorlar. Onu bulmak için binaya girmek istiyorsunuz, bir görevli sizi durduruyor. İsyan halindesiniz, kimse size yardım etmiyor. Öfkelisiniz."

Gerçek bir yangının ortasına düşmüş gibi, oradan oraya koşturuyoruz. Etkinliğin amacı, bu kargaşa içinde durumu en iyi şekilde idare etmeyi başarmak.

Bize, kriz için oluşturulan okul heyetinin yaptıkları toplantılarda konuştuklarını ve alınan kararları seyrettiriyorlar. Günün sonunda okul yetkilileri, bu derece geniş kapsamlı bir felakete hazırlıklı olmadıklarını ve çok şey öğrendiklerini itiraf ediyorlar. Hoşuma gidiyor söylenenler, bir o kadar da şaşırıyorum. Yöneticilerin bu tür itiraflarına pek alışık değiliz ya...

✣ ✣ ✣

Pazar günü, Davislere, Grace'in doğum günü partisine davetliyim. Artık çocuk bakmak için değil, beraber olmak, önemli günleri paylaşmak için çağırıyorlar beni. Aramızdaki dostluk bağlarının gitgide güçlendiğinin göstergesi bu.

Çocukları Davislerinkiyle yaşıt olan, Hartford'ın tüm zenginleri burada... Böyle sosyetik bir topluluğun içine ilk girişim!

Kadınlar birbirinden şık, güzel ve bakımlı. Tokalı ayakkabıları ve tokalı kemerleriyle kendilerince farklı bir tarz oluşturan erkekler için aynı şeyleri söyleyemeyeceğim. Hepsinin saçları jöleli ve tenleri yanık. Bu görünümü yansıtabilmek için, Davislerin banyosunda da gördüğüm bronzlaştırıcı losyondan kullanıyorlar.

Annelerin giysileri, takıları; çocukların ayakkabılarından çoraplarına kadar her şeyleri marka. Davisler de en az diğerleri kadar zengin ama, bunu sergilemekten hoşlanmıyorlar.

Ortada yere yakın, etrafındaki minik sandalyelerle upuzun bir çocuk masası hazırlanmış. Çocukların önüne birer yemek kutusu konulmuş. Balık şeklinde kesilmiş, üzerine fıstık ezmesi sürülmüş ekmekler; kekler, kurabiyeler... Masa örtüsünden peçetelere kadar her yer balık desenli. Karşıdaki, akvaryumu andıran büyük ekranda da balıklar dans ediyor. Bu düzenlemenin nedeni, Grace'in en çok sevdiği hayvanın "balık" oluşu.

Büyükler için hazırlanan masa daha da zengin. Bin bir çeşit yiyecek; alkollü, alkolsüz içecekler...

Günün sonunda, ayrılan herkese özel kutular içinde birer canlı balık, bakım talimatı ve yem armağan ediliyor. Çocuklara da rengârenk balık çıkartmaları, boyama kitapçıkları, renkli kalemler ve balık şeklinde şekerlemeler...

Dönüş yolunda, çocukları ne kadar çok sevdiğimi düşünüyorum. Hep öğrenci kalmaya gönüllü Aslı, bir gün gelip de doğum yapabileceğini aklından bile geçirmiyor. Çocuk özlemini onlara yakın olarak -hatta bakıcılık yaparak- gidermeye çalışıyor. İyi de, nereye kadar?

İçimden geçenlere gülüyorum. Çocuk doğurmak için, öncelikle evlenmek gerek. Evlilik kavramı ise, öylesine uzak ki bana...

Gördüğüm bir filmdeki replikler düşüyor aklıma:

"Neden evli değilsin?"

"Önceleri evlenmek için çok gençtim. Sonra da hiç vaktim olmadı. Geçen yıl, on dakikalık bir fırsat geçti elime. Onda da saati kurmayı unutmuş, uyuya kalmışım!"

Kurmak bir yana, evlilik saatini kırıp tuzla buz ettiğime göre, galiba hep uykuda kalacağım ben...

✣ ✣ ✣

Bu yılki asistanlığım, öncekilerden daha zevkli geçiyor. Hem işe alıştığımdan, hem de Linda'nın yanında çalıştığım için.

Linda yeni patronum. Dünya tatlısı, eşine ender rastlanır, harika bir insan. Her sabah, sohbet ederek başlıyoruz güne. Geçen hafta baş başa yemek yedik. Kendini anlattı bana, iki ay önce boşandığı eski kocasından söz etti.

"Hayatın ne getireceğini önceden bilemezsin," dedi. "Onun için de her şeye hazırlıklı olmalısın."

Bu sabah da, özel bir günlük tutmamı önerdi bana.

"Her günün sonunda, o gün çok zorlu geçmiş olsa bile, mutluluk duyduğun beş şeyi yaz. Ve her ay bunları gözden geçir. O kısacık notlar, kendini güçlü hissetmeni sağlayacak. Sahip olduklarına ulaşamayan insanlara karşı anlayışın ve hoşgörün artacak. Bunu yap, pişman olmazsın."

Başladım bile. İşte bugünün mutluluk damlaları: Sağlıklıyım, gencim, Amerika'da mastır yapma ayrıcalığına sahibim, başarılıyım; çalıştığım yeri, insanları ve arkadaşlarımı seviyorum.

Ya içime saplanmış, canımı acıtan kılçıklar? Neden onları da yazmıyorum Linda? Evimden, yurdumdan uzaktayım. Sevdiklerimi çok, ama çok özlüyorum. Kariyer olarak bir yerlere geleceğimden emin olsam da, duygusal yönden aynı mutluluğu yakalayabileceğimden şüpheliyim. Görmezden geldiğim yaralı, durmadan kanayan bir yüreğim var. Ve bu yüreğin içine sinmiş, ne yapsam atamadığım bir sevdalı!

Anlaşmamızda bunlar yoktu, değil mi? Yalnızca mutluluklarımı yazacaktım. Gün boyunca yalnız mutluluğu yudumlamışım gibi...

✢ ✢ ✢

Bu yıl kış zorlu geçiyor. Hartford, buzlar ülkesine döndü. Okulumuz da dev bir buz pisti görünümünde. Yürümek, bir yerden bir yere gitmek büyük sorun. Gina düştü, kolu incinmiş; kırılmadığına şükrediyor.

Tüm olumsuzluklara karşın, güneş bulutların arasından sıyrılıp gülümsediğinde, cennet gibi bir manzarayla kucaklaşıyoruz. Güneş ışığı vurunca, ağaçların dalları üzerinde kümelenmiş buz tanecikleri, billur kristallere dönüşüyor. Kartpostallarda bile göremeyeceğimiz güzellikte, gerçekliğinden şüphe duyulacak derecede harika bir tablo... Yerdeki her bir çim tanesi, buzdan şeritler halinde, üstlerine basınca çıtır çıtır kırılıyorlar.

"Bu hava kaçmaz!" diyor Burak. "Kayağa gidelim."

"Düz yolda yürüyemiyorum ben, değil ki kayak!" diyecek oluyorum.

Başta Özden, yanımdan hiç ayrılmayacaklarını, düşecek olursam seve seve bakacaklarını söyleyerek garanti veriyorlar.

Çevremizde pek çok kayak merkezi var. En ünlüsü, iki yüz kadar buz pistiyle Doğu Yakası'nın en büyük kayak merkezi olan Killington. Ama biz, daha yakınımızda olan Southington'ı tercih ediyoruz.

"Killigton'ın yanında lafı bile olmaz ama, idare eder," diyor Kaan.

Kiraladığımız kayak takımlarını kuşanıp pistin başına geçiyoruz. Ve buzlar üzerindeki kanatsız uçuşumuz başlıyor.

Harika bir deneyim! Benim gibi acemi bir kayakçı için pistin uzunluğu, karın kalınlığı önemli değil. En sığ yamaçlarla bile dost olabiliyorum. Güneş tepemizdeki pırıltısını üzerimizden çekinceye dek, önceleri düşüp kalkarak; sonlara doğru ise gerçek bir kayakçı edasıyla tepelerden düzlüklere inip düzlüklerden yamaçlara tırmanarak saatlerce kayıyorum.

Dönüş yolunda, geçirdiğim doyumsuz günün mutluluk damlalarını sıralıyorum kafamda: Sağlıklıyım, özgürüm, güzel şeyler yaşamak için vakit bulabiliyorum, param var; çevrem beni seven ve benim de çok sevdiğim arkadaşlarımla sarılı.

Ancak bunları defterime yazacak fırsatı bulamıyorum. Ölesiye yorgunluktan kaskatı kesilmiş bedenimi dinlendirmek için çayımı alıp yatağa gireceğimi, televizyon seyrederken uykuya dalacağımı düşlerken, kâbus gibi bir gecenin ortasında buluyorum kendimi.

Kampusun içi ana baba günü. Okulda salgın hastalık baş göstermiş. Kapının önü ambulanstan geçilmiyor. Şu ana kadar elli, altmış kişi hastaneye gitmiş. Kesin olarak belli değilse de, salgının bir virüsten kaynaklandığı söyleniyor. Okulun kapatılması bile söz konusu.

Hesapta olmayan, zorunlu bir nöbet gecesi başlıyor benim için. Sabaha kadar kaç hasta raporu yazdığımı, kaç kişiyi ambulansa bindirip hastaneye gönderdiğimi bilmiyorum.

Ertesi gün tüm haberlerde okulumuz ve Connecticut Haber arabasının her önüne gelenle yaptığı röportajların görüntüleri var.

Gece boyu ayakta kaldığım yetmezmiş gibi, görevimin gerektirdiğinin çok üzerinde bir gayretle ve nereden bulabildiğime benim bile şaştığım güçle, gün boyu sürdürüyorum koşturmamı. Hastaneden dönmüş, perişan halde yataklarında yatan öğrencilerim, "Florance Nightingale" diyorlar bana. "İyilik meleğimiz geldi," diye seviniyorlar beni görünce.

Sürveyan arkadaşım Gina da hastalananlar arasında. Buz üzerinde yürürken düşüp incittiği kolu hâlâ sarılı. Üstüne üstlük, erkek arkadaşından ayrılmış. Ve bu ayrılık, bedensel olumsuzlukların çok daha ötesinde hırpalamış onu. Başını yastığa gömmüş, için için ağlıyor.

Çorba yapıyorum ona. İlaçlarını verip uyuyuncaya kadar başında bekliyorum. Uyandığında okuyup moral bulsun diye, kısa bir not yazıp başucuna bırakıyorum.

"Sararan çimenlerin yeşilliğini,
Solan çiçeklerin güzelliğini
Hiçbir şey yerine getiremez.
Ama her şeye rağmen
Hayat üzülmeye değmez."

Pestil gibi yatağa serildiğimde, kendi durumum düşüyor aklıma. Beni avutacak kimsenin olmadığı...

Aylardır görüşmüyoruz Murat'la. Tek iletişim kaynağım Ferda. Benzer şekilde Murat'ın da aynı yolla benden haber aldığını tahmin edebiliyorum.

Doğru, Gina'ya bıraktığım nottaki gibi, hayat üzülmeye değmez. Ama, yaşanmaya değer olanları geride bırakmak da fena hırpalıyor insanı...

25

Bir aydır şehir merkezinde, Hartford'ın ünlü sigorta şirketlerinden birinde staj yapıyorum. İş deneyimi yönünden, bulunmaz bir fırsat benim için.

Haftada iki gün şehre inmek çok keyifli, ancak telaş içinde işlerine koşturan insanları gördüğüm an, kampusu özlüyorum. İş hayatının acımasızlığından ürküyorum. Ömrümün sonuna kadar öğrenci kalma hakkı tanınsa, reddetmem sanırım.

Her şey yolundaymış gibi görünüyor ama, belirsizliklerle örülü bir dönemin eşiğinde olmak rahatsız ediyor beni. Mezuniyetime iki ay kaldı. O tarihten sonra ne yapacağımı bilmiyorum. Özden'le Kaan şimdiden iş aramaya başladılar, bense kararsızım.

İstesem, yaz döneminde asistanlığımı ve sürveyanlık işini sürdürebileceğim. Bu arada, staj yaptığım şirketten kalıcı bir iş önerisi de gelebilir. Çalışmalarımdan çok memnunlar çünkü. Ancak, Amerika'da bir yaz daha geçirmek istediğimden emin değilim.

Herkes aşağı yukarı aynı durumda. Hesaplarımızı Türkiye'ye dönmek üzerine yapıyoruz. Ya mezuniyetin hemen ardından ya da kendimize öngördüğümüz üç aylık iş arama süresi sonunda. Doğru dürüst bir iş bulup kalmak, gerçekleşmesi zor, uzak bir hayal yalnızca...

Böyle olunca, Amerika'daki son günlerimizi elimizden geldiği kadar iyi bir şekilde değerlendirmeye çalışıyoruz.

Bahar tatilinde, yedi kişiden oluşan grubumuzla Orlando'ya gitmeye karar verdik. Geriye dönüp baktığımızda, "Okul ve iş dışında rüya gibi tatiller de yaşamıştık oralarda..." diyebilelim, diye.

✣ ✣ ✣

Gerçekten de rüya gibi bir tatildi! Yaratıcı gücümü sonuna kadar zorlayıp hayal etmeye çalışsam, yaşadıklarımın onda birini bile düşünemezdim.

Gezi düzenleme konusunda en beceriklimiz Kaan. Turdan paket programlarını ayarlayan, ucuz sayılabilecek bir fiyata uçak biletleri bulan o.

"Her şey tamam," dedi işleri yoluna koyduğunda. "Sizlere yalnızca 14 Mart Cumartesi sabahı yola çıkmak üzere hazırlanmak kalıyor..."

Cuma akşamı işten dönünce birkaç parça eşyamı toplayıp yattım. Sabah kalktığımda lapa lapa kar yağıyordu.

"Ne önemi var?" dedi Kaan. "İçinizdeki baharı yaşamaya bakın siz..."

Önce New York'a, oradan da iki buçuk saatlik bir uçak yolculuğunun ardından Orlando'ya ulaştık. Hartford'taki karlı hava, yüzümüzü yalayan nemli bir sıcağa dönüşmüştü Orlando'da. Rehberimizin eşliğinde; dışı beyaz, içi kırmızı deri kaplı iki büyük arabayla üç yıldızlı, ancak beş yıldız konforundaki otelimize gittik.

Orlandolular için ulaşım sorun değil. Benzin 99 Cent. Vergi yüzdesi de Connecticut'tan daha düşük; Hartford'ta aldığımız her şey burada daha ucuz.

Cıvıl cıvıl bir şehir... Eğlenmek için dünyanın dört bir yanından akın etmiş insanların yüzü gülüyor. Hartford'ta olduğu gibi, burada da gece 02.00'de içki satışı son buluyor ama, yaşamın eğlenceli yüzü sabaha kadar saltanatını sürdürüyor. Bizse, bu cıvıltıyı görecek halde değiliz. Yorgunluktan perişan, odalarımıza zor atıyoruz kendimizi.

İlk gün, sabahın erken saatlerinde "Magic Kingdom"a gittik. Büyülü Krallık, anlamına gelen mekân, adını fazlasıyla hak ediyordu. Feribotla ulaştığımız parkın girişinde, önünde Miki, Mini ve Gufi'nin dans ettiği gizemli bir şato karşıladı bizi.

Turumuzu sağdan başlattık. İlk durağımız Tomorrowland. Geleceğin ülkesi... Bir anda robotların, uzay araçlarının arasında bulduk kendimizi. Girdiğimiz ilk bölümdeki robot, ilginç hareketlerle konuşma yapıyordu. Yuvarlak bir uzay gemisine aldılar bizi. Başımızın üzerinde inip kalkan kollar, kulaklarımıza dolan ürkütücü efektler, ortadaki cam kabine ışınlanan uzaylı yaratığın camı kırmasıyla kararan ışıklar, şiddetli bir rüzgârın eşliğinde üstümüze yağan sular, bedenlerimize sürünen ne olduğunu kavrayamadığımız cisimler... Adrenalini yükseltmek için, her yol denenmiş.

Ardından, "Space Mountain" dedikleri, uzayın doğasını yansıtan bölüme geçtik. Gökyüzü, yıldızlar, çevremizde uçuşan göktaşları... Radara bindirdiler bizi. Önümüzü görmeden düştüğümüz karanlık boşlukların, ürkütücülük yönünden lunaparklarda yaşadığımız deneyimlerin çok ötesinde olduğunu söyleyebilirim. Herkes çığlık çığlığa. Kapıdaki uyarı yazısını, çıkışta görebildik ancak.

"Bel, sırt ve kalp rahatsızlığı olanlar girmesin!"

Emir'in yüzü sapsarı. "Şunu başta söyleselerdi ya," dedi. Önceden okusaydık, girmekten vazgeçermişiz gibi...

Her şey olağanüstü ilginç ve güzel; ama benim en hoşuma giden bölüm Miki ve Mini'nin evlerinin bulunduğu "Mickey" kasabası oldu. Çocukluğumuzun çizgi filmlerinden kopup gelmişlerdi sanki.

Ve Fantasyland... Fanteziler, hayaller ülkesi! Pamuk Prenses'in arabasına binmek, Yedi Cüceler'le tanışmak hoştu.

Ama günün en keyifli bölümünü Splash Mountain'da yaşadık. Su ve dağ ikilisinin bizim için yarattığı olağanüstü sürprizler... Sekiz kişilik arabayla suyun üzerinde ilerlerken, dağın içine girip çıkmaktayız. Çevremiz, kulaklarımıza dolan müziğe uygun hareketlerle dans eden film kahramanlarıyla sarılı. Tam kendimizi onları izlemeye kaptırmışken, rampaya tırmanıp çıktığımız tepeden aşağıya düşüveriyoruz. Sırılsıklam oluyoruz ama bu ıslaklıktan şikâyetçi değiliz.

Sıradaki mekân, Adventureland, maceralar ülkesi... Küçük bir botla Afrika'nın balta girmemiş ormanlarına dalış, üzerimize çöken sisli havanın gizemi, daha önce hiç görmediğimiz türdeki ağaçlar, timsahlar ve tamtam sesleri...

İlk gecemizde, bir önceki geceyi saymıyorum, Pleasure Island'a gittik. Keyif Adası! Daha yılın ortasını bulmamışken, harika bir yılbaşı partisi düzenlemişler. Dansçılar, şarkıcılar; birbirinden ilginç gösteriler, havai fişekler... Yapılan her etkinlik, gelen konukları şaşırtmak ve buradan iyi izlenimlerle ayrılmalarını sağlamak amacına yönelik.

İkinci sabah, uzay gemisiyle tur atarak başladık günümüze. Dünyayı uzaydan seyredip yeniden yerküremize döndük. Şehirlerin üzerinde uçtuk, dinozorlarla tanıştık.

Uluslararası bölümde, kocaman bir gölün çevresi, ülkelerin belli bir oranda küçültülmüş sembolleriyle donatılmış. Paris'in Eyfel'i, Londra'nın Big Ben'i (ünlü saat kulesi)... Her ülkenin restoranları da var burada, kendilerine özgü gösterilerle farklılıklarını kanıtlama çabasındalar.

Çocukların ağlayarak çıktığı, üç boyutlu gözlüklerle üç boyutlu korkuların yaşandığı "3D Show"un kapısında kararsız kalsak da, içeriye girmekten kendimizi alamadık.

Bir damlacık çocuklar, nasıl korkmasın? Ekrandan fareler salındığında, koltuk altlarından ayaklarımıza bir şeyler değiyor. Koskoca insanlar bile koltukların üzerinde, çığlıklar atıyorlar. Kapkara bir köpek, sivri dişleriyle parçalamak için üstümüze atlıyor. Kırık cam parçaları, gözümüze girecekmiş gibi, yüzümüzü yalayıp geçiyor. Hızla üzerimize gelen pervaneye çarpmamak için kaçacak yer arıyoruz. İnsanların korkuya ve korkmaya da gereksinim duyduğunu düşündüren bir dizi gösteri...

Sunulan ilginçlikler bir yana, bu kadar büyük bir alanı böylesine temiz tutabilmeleri övgüye değer. Ortalıkta temizlikçi göremiyoruz ama, yerlerde tek bir çöp yok.

Susamak da sorun değil burada. Her köşe başına konuşan çeşmeler yerleştirmişler. Su içmeye başlayınca konuşuyor çeşme. Durunca da, "Ne o, hiç konuşan çeşme görmedin mi?" diyor.

Ertesi sabah, erkekler Water Park'a(*) gittiler. Biz de Universal Studios'a. Çok da iyi etmişiz. Ünlü filmleri stüdyo görüntüleriyle tanımak ilginçti.

(*) Su Parkı.

Önce *Terminator 2*'ye girdik. Filmi üç boyutlu haliyle, içindeymişiz gibi; dumanlarıyla, fırtınasıyla, seslendirmesiyle aynen yaşadık. *Back to the Future*(*) ise, "Olmaz böyle şey!" dedirtti hepimize. Çünkü uçtuk! Arabanın içinde uçarak, tüm dünyayı turladık. Jaws'la tanıştık ardından. Alevlerle, yanan sularla boğuşarak öldürdük onu. *Earthquake* filminde depremi yaşadık. İçinde bulunduğumuz tren durdu. Çöken yollar, üzerimize gelen benzin kamyonu, yangın, sel... Yaşanılabilir bir gerçeği yansıttığından, diğerlerinden daha ürkütücü geldi bana.

Karton filmlerin sergilendiği bölümde, dehşet filmleriyle gerilmiş yüzüm gevşeyiverdi. Küçükken gelmiş olsaydım, "Burada yaşamak istiyorum ben!" diye tutturabilirdim. Taş Devri'nin ve Jetgiller'in evlerine girdik, sokaklarından uçarak geçtik. Onların da bizler kadar gerçek olduklarına ve yaşadıklarına inanacaktım neredeyse...

Ancak hiçbirimiz, Alfred Hitchcock'u üç boyutlu seyretmeyi istemedik. *Sapık* filminin çekimini merak edenimiz de yoktu aramızda.

Akşamüzeri, Disney Downtown'a gittik. İşte, yaşamayı isteyeceğim bir yer daha! Sakinlerinin Walt Disney'in kahramanları olduğu, gerçek bir şehir havasındaki bu yerdeki Miki mağazalarının şirinliği, oraya buraya serpiştirilmiş "Miki Fare" ağırlıklı oyuncaklar ve maketler başımı döndürmeye yetti.

Akşam yemeği için Planet Hollywood'un kapısında sıraya girdik. İki saat beklesek, erimeyecek kadar uzun bir kuyruk var... Adamın biri gelip bir kupon tutuşturdu elime: VIP kuponu! Sıranın en önüne geçip ilk masaya oturma hakkı, demek bu. Gözlerime, kulaklarıma; içeriye girince de şansıma inanamadım. Orlando'ya geldiğimizden bu yana yediğimiz en güzel yemekti.

(*) Geleceğe Dönüş.

Çarşamba sabahı, araba kiralayıp plaja gittik. Daytona Beach... Boydan boya lüks otellerin sıralandığı, 18 millik harika bir plaj. Bu kez okyanus, güzel göründü gözüme. Amerika, daha önceleri, "nefti yeşil, çamurlu su" diye tanımladığım denizinin, masmavi olabileceğini de kanıtlamak istiyor sanki bana.

Yağmur yağıyor. Oysa, bütün gün güneşlenip denize girmeyi düşlemiştik.

"Miami'yi de göremedik zaten," diye sızlanıyor Ceren.

"Ters tarafımızda kaldı," diyor Kaan. "Gelecek sefere artık..."

Gelecek sefer! Keşke olabilse... Ama imkânsız! İçimizden geçenleri dile getiremesek de; hiçbirimiz, yaşadığımız güzelliklerin yinelenebileceğinden emin değiliz.

Son günümüz, tatilin bittiğini fısıldadığından olsa gerek, daha sakin geçti. Dönüş yolu, gidiş yolundan uzun geldi hepimize. Havaalanındaki iki saatlik gecikme değildi bunun nedeni. Tatil dönüşünün hüznü, dedikleri; kısa süreli, geçici bunalım...

Sabaha karşı saat 02.00'de eve girdiğimde çevremdeki her şey, soğuk, gri ve sevimsiz göründü gözüme. Ama gerçek olan burası, geride bıraktıklarımız rüyaydı.

Büyümeden önceki son çocukluk eğlencemdi. Ve bitti! Kollarını açmış atılmamı bekleyen gerçek hayata koşmanın zamanıdır artık...

26

Mezuniyet törenimizin tarihi belli oldu: 9 Mayıs!

Gönlümde yatan, bu özel günde hem annemi, hem de babamı yanımda görmek. Ama son konuşmamızda babam gelemeyeceğini söyledi.

"Anneni gönderirim," dedi. "İkimizi temsilen yanında olur."

İşlerinin yoğunluğunu öne sürse de, gelemeyişinin uçak korkusundan kaynaklandığını tahmin edebiliyorum. Avrupa'nın değişik ülkelerine gidebiliyor babam; iki üç saatlik uçuşlar fazla sorun olmuyor. Ama on bir saatliğine ayaklarını yerden kesecek okyanus aşırı bir yolculuğu göze alamıyor.

Mayıs başında geliyor annem... Bıraksa, New York'a gidip karşılayacağım, ama istemiyor.

"Başımın çaresine bakarım ben," diyor. "Derdimi anlatacak kadar İngilizce biliyorum nasılsa."

Hatta, okula kadar gelebileceğini söylüyor. O kadar da değil! Hartford'taki otobüs terminalinde karşılıyorum onu. Daha otobüsün merdivenlerindeyken kucaklayıveriyorum. Nasıl da özlemişim ana sıcağını...

Orta büyüklükte iki bavul, küçük bir el çantası... Bagajı geniş taksilerden birine yüklüyoruz. Bavulları özenle yerleştiren şoförümüz, el çantasını gelişigüzel fırlatıveriyor.

"Oh my drugs!..."(*) diye haykırarak öne atılıyor annem. "Lens solüsyonlarım var içinde," diyor bana da. "Ters çevrilirse dökülebilir."

Zenci şoför ise şaşkınlık içinde, bir çantaya, bir anneme bakıyor. Yüzünde imalı bir gülüşle, "anladım" gibisine başını sallıyor.

"Medicine!"(**) diyorum sertçe, yanlış anladığını bilsin diye.

Amerika'daki taksilerde, arka koltuklarla ön kısım arasında, kalın camdan bir bölme var. Şoförlerin güvenliği açısından yararlı bir uygulama. Arka tarafa geçip oturuyoruz annemle. Oturur otur-

---

(*) Ah, ilaçlarım...

(**) İlaç.

maz da, son birkaç dakika içinde yaşadıklarımızın açıklamasını yapıyorum ona.

"Drug'ın Türkçesi 'ilaç' demek, tamam. Ama burada, genellikle 'uyuşturucu' anlamında kullanılıyor. Adam da senin sözlerini, haklı olarak, madde bağımlısı bir müşterinin itirafı gibi algıladı."

Camın öte yanındaki şoförümüz, bizim gülüşmelerimizi alaycı bir ifadeyle izliyor ama, saygı sınırlarını aşacak tek söz çıkmıyor ağzından. Çantamızda ne taşıdığımız da umurunda bile değil...

Annem, otelde kalabileceğini söylüyor ama, doğruca yurda götürüyorum onu. Odamdaki ikinci yatak boş, nasılsa.

"Burada kalmam yasal mı?" diyor annem. "Yanlış bir iş yapmayalım."

"Oda bana ait. Gene de idareye haber verdim, merak etme sen."

Beraberce eşyalarını yerleştiriyoruz. Bavullardan birinin yarısı yiyecek dolu. Neler getirmemiş ki... Elimi attığım torbadan İstanbul simidi çıkması, sevinç çığlıkları attırıyor bana.

"Fırında ısıtırız," diyor. "Sabah aldı baban, bayatlamıştır. Kalanını da buzluğa koy, ısıtır ısıtır yersin."

Simidin burada ne anlama geldiğini, ne kadar özlendiğini bilmiyor annem. Tek başıma yersem, içime siner mi hiç?

Hemen telefona sarılıyorum.

"Grubu topla," diyorum Özden'e. "Ziyafet var bizde..."

Mutfağa girip çay demliyorum. Bavuldan çıkan paketleri açıp tabaklara boşaltıyorum. Annemse, ziyafet dediğin bu mu, der gibi, şaşkın gözlerle izliyor beni.

Bizimkiler geldiğinde sofra hazır. Fırında ısıtılmış çıtır çıtır simitler, mis gibi Edirne peyniri; siyah, yeşil, kırma zeytinler, tahin helvası ve Amerika'yı temsilen de dilimlenmiş domates...

Anneme "hoş geldin" diyen, soluğu masanın başında alıyor.

"Birisi beni çimdiklesin," diyor Kaan. "Cennete geldik galiba..."

Böyle bir keyif olamaz! Kıtlıktan çıkmış gibiyiz hepimiz. Türkiye'm kokan her bir lokmayı, üzerine övgüler düzerek, iştahla yiyoruz.

"İranlı bakkaldan aldığımız tuz topaklarını saymazsak, aylardır beyaz peynir yememiştim," diyor Ceren.

"Senin o bakkalın gelsin de zeytinin, peynirin ne olduğunu görsün," diyor Emir.

Arkadaşlarımın abartılı övgülerine açıklama getirmem gerek.

"Her türlü peynir var burada," diyorum anneme. "Ama Amerikalılar, beyaz peyniri tanımıyorlar."

"İşte böyle teyzeciğim," diye gülüyor Özden. "Fırsatlar ülkesinde, pek çok şeyden yoksunuz."

Neredeyse ağlayacak annem, öylesine etkileniyor halimizden.

"Üzülme," diyorum. "Alıştık artık. Ne bulursak yemeği, yediğimizi beğenmeyi öğrendik buralarda."

En büyük sürprizi sona saklıyorum. Kocaman bir torba can eriği! Yemyeşil, kütür kütür... Neredeyse iki yıldır yemedim! Arkadaşlarımın çoğu da aynı durumda. Türkiye'ye gidişlerimiz, erik zamanına rastlamadı hiç.

Büyücek bir kâseye boşaltıp yıkıyorum erikleri. Herkesin tabağına eşit sayıda paylaştırıyorum. Tuza batırarak öyle bir yiyişimiz var ki... Gurbetteki en sıradan özlemlerin bile nasıl yaşandığına tanık olan annemin gözlerinden yaş getiriyor.

✣ ✣ ✣

Buradaki şartlara kısa sürede alıştı annem. Tek sıkıntısı, uyku düzenindeki bozukluk. Jet lag, denilen saat farkından kaynaklanan uyumsuzluk... Sabaha karşı uyandığımda, kitap okurken buluyorum onu. Amerika saatine alışması, biraz zaman alacağa benziyor.

Bu sabah işe gitmeden, Özden'in arabasıyla Amerikalıların "mall" dedikleri büyük alışveriş merkezlerinden birine bıraktık annemi. Akşamüzeri de gidip aldık.

Bir sürü alışveriş yapmış. Babam için aldıklarını çıkarıp gösteriyor. Şık bir pipo takımıyla yandan alev veren özel pipo çakmağı. Sigara içmez babam; akşamdan akşama, bir seferlik pipo keyfi vardır yalnızca. "Bu kadarı zarar değil, yarar getirir," diye avutur kendini.

"Araba varken, yemeği dışarıda yiyelim bari," diyorum.

Pek çok seçenek arasından, Hooters'ta karar kılıyoruz Özden'le.

Hooters, Amerika'nın her köşesine yayılmış, ünlü bir restoranlar zinciri. Tek çeşit yemeği var: Galeta ununa belenerek kızartılmış tavuk kanatları ve butları. Ama, Hooters'ı Hooters yapan asıl özellik, güzellikleri ve çekicilikleriyle göz kamaştıran garson kızlar.

Sipariş almak için yanımıza gelen, çıplak denilecek kadar dekolte giyinmiş kıza hayretle bakıyor annem. Bedenini sımsıkı saran, mayo tipinde bir giysi var kızın üzerinde. Yakası, göğüslerini ortada bırakacak derecede açık. Ancak bacakları, tümüyle çıplak değil; çoraplı. Pek yaşanmasa da, tatsız durumlara karşı alınan küçük bir önlem. Makyajı da olabildiğince abartılı. Upuzun sarı saçlar, takma kirpikler, yaldızlı yeşil göz farı, kıpkırmızı bir ruj...

"Ne istersiniz?" diyor bembeyaz dişlerinin arasından.

Butlar ve kanatlar sayıyla ısmarlanıyor burada. Biz de on kanat, on but istiyoruz Özden'le.

Annem, gözlerini kızın üzerinden alamıyor. Sonunda dayanamayıp, "Ne kadar güzelsiniz," diyor garsonumuza.

Kız dönüp dikkatle anneme bakıyor.

"Siz de en az benim kadar güzelsiniz," diyor.

"Böyle albenili birinden övgü almak çok hoş," diye gülüyor annem.

Aslında, kız haklı. Bilmeyen, annemin kırklı yaşlarının ortalarında olduğuna asla inanmaz. Yanımda görenler, annem değil de ablam olduğunu düşünüyorlar zaten. İnce uzun düzgün bedeni, oyulmuş gibi yüz hatları, dişlerini ortaya çıkaran sıcacık gülüşüyle gerçekten de çok güzel bir kadın annem. Gurur duyuyorum onunla...

Bu kez de, "Ne içersiniz?" diye soruyor garsonumuz.

Anneme kalsa, meyve suyu ya da kola isteyecek. Buranın özel birasını bilmiyor çünkü.

Yemeklerimizi beklerken, karşımızdaki masada oturan Amerikalı gençlerden biri, yerinden kalkıp yanımıza geliyor.

"Merhaba," diyor bana. "Tanımadınız mı beni?"

Yabancı gelmiyor ama, çıkaramıyorum bir türlü.

"Tap kursundan Jean! Aynı grupta dans etmiştik sizinle."

Tanımamış olmanın verdiği mahcubiyetle, "Tamam, şimdi hatırladım," diyorum. "Kısa süreli bir çalışmaydı."

"Evet, birkaç dersten sonra ayrıldım ben."

Dönüp gidiyor masasına. Ama her başımı kaldırdığımda, bakışlarının üzerimizde olduğunu görebiliyorum.

"Unutulmayı hak etmeyecek kadar yakışıklı," diye gülüyor Özden.

Gerçekten de öyle. Ama ben, siparişlerimizin gelişiyle yeniden unutuveriyorum Jean'i.

Çıtır çıtır kızarmış kanatlar ve butlar nefis görünüyor. Yanı sıra, sürahiyle getirdikleri siyah bira... Kayık şeklindeki servis tabağı kısa sürede boşalıyor. But ve kanatlardan onar tane daha ısmarlıyoruz.

"Kalanı paketletiriz," diyor Özden. "Tabii kalırsa..."

İkinci tabak masaya konduğunda, bir kez daha yerinden kalkıp yanımıza geliyor Jean. Ama bu sefer, muhatabı ben değilim; annem!

Elini annemin omzuna koyup yüzüne doğru eğiliyor.

"Sevdiniz galiba..." diye tavuk tabağını gösteriyor.

Anneme yanıt verme fırsatı bırakmadan, "O benim annem!" diyorum sertçe. "Ve İngilizce bilmiyor!"

"Arkadaşınız sanmıştım," diye sırıtıyor Jean. Sonra da arkasını dönüp uzaklaşıyor yanımızdan.

Benim kızgınlığımın tersine, gülmekten zor konuşuyor Özden.

"Söylemiştim sana Aslı," diyor. "Evde kalacağız biz. Masaya bakan gözler; seni, beni değil, Nihal Teyze'yi görüyor."

"Ama o teyze, kızının koruması altında," diye gülüveriyorum ben de. "Emanet o bana. Anneciğimi babamın güvenli ellerine sağ salim teslim edinceye kadar bana rahat yok, anlayacağın..."

✣ ✣ ✣

Cumartesi günü, bana mezuniyet kıyafeti almak için annemle şehir merkezine inmeye karar veriyoruz.

Özden yok bugün; New York'a, annesiyle ablasını karşılamaya gitti. O olmayınca araba da yok. Diğer arkadaşlarımdan birine, bizi şehre götürür müsün, demeyi de kendime yediremiyorum. Otobüse bindiremem annemi. Bu durumda tek çare kalıyor; telefonla taksi çağırmak.

Dışarıda, ağaçların altındaki kanepeye oturup sincapların daldan dala atlayışlarını seyrederek, taksinin gelmesini bekliyoruz. Her zaman on beş, yirmi dakika içinde kapıda olan taksi, yarım saat sonra ancak gelebiliyor.

"Nerede kaldınız?" diye çıkışıyorum şoföre. "Patronunuza şikâyet edeceğim sizi."

Sesini çıkarmadan gaza basıyor.

"Yapma kızım," diyor annem. "Elin yabancısı... Nasıl tepki vereceği belli mi olur?"

Uçuk sarı, kolsuz, kumaşının dökümlülüğü dışında hiçbir hareketliliği olmayan ipek bir elbise ve bir ton koyu renkte, ökçeleri alışageldiğimden yüksekçe bir çift ayakkabı... Mezuniyet günüm için seçtiklerim bunlar. Annemin gözleri daha gösterişli, albenili giysilerin üzerinde dolaşıyor.

"Şu kırmızı elbise, böyle özel bir gün için daha uygun düşmez mi?"

"Kızının abartıdan hoşlanmadığını unuttun galiba. Fazlasına gerek yok, cüppenin altında kalacak nasıl olsa..."

Dışarı çıktığımızda, bu kez de alışveriş merkezinin önünde taksi beklemek zorunda kalıyoruz.

"Keşke sen de araba alsaymışsın," diyor annem. "Bu kadar zorluk çekeceğine..."

"Geç kalmış sayılmayız," diye gülüyorum. "Araba alıp satmak, en kolay iş burada."

"Zamanında düşünecektin," diye kestirip atıyor annem. "Giderayak mı söylüyorsun bunları?"

Belli ki hesabını, mezuniyetin ardından beraberce Türkiye'ye dönmemiz üzerine yapıyor. Canım annem benim! Kızının aklından geçenleri bir bilse...

Necati Bey, her konuda gerçek bir yardım meleği benim için. Anneme nasıl ileteceğimi bilemediğim düşüncelerimi sorun olmaktan çıkarıp çözüme ulaştırmak, gene ona düşüyor.

Pazartesi günü öğlen yemeğinde Necati Bey'in konuğuyuz. Daha önce asistan arkadaşım Jay'le gittiğimiz, okulumuzun şık restoranında buluşuyoruz.

Daha oturur oturmaz, övgülerini sıralamaya başlıyor Necati Bey.

"Harika bir kızınız var," diyor anneme. "Onunla ne kadar gurur duysanız azdır. Bundan sonrasında da başarılarına başarı katacağından zerrece kuşkum yok."

Sonra da bana dönüp, "Kaan'ın işi oldu," diye müjdeyi veriyor. "Staj yaptığı şirketten teklif almış. Darısı başına..."

Birden hareketleniveriyor annem.

"Aslı için böyle bir durum söz konusu olamaz,"diyor. "Babası, dört gözle dönüşümüzü bekliyor."

Necati Bey, annemle aramızdaki o ana kadar ortaya dökülmemiş gizli çekişmenin farkında.

"Bakın Nihal Hanım," diyor. "Türkiye'de çok iyi bir eğitim aldı Aslı. Mastır yaparak bu eğitimi taçlandırdı. Bunların üzerine, Amerika'da iş deneyimini de eklerse; Türkiye'ye döndüğünde tüm kapılar açılacaktır ona. Bir yıl burada kalıp iş arama hakkı var. Neden böyle bir fırsatı elinin tersiyle itsin ki?"

Annem, beklemediği bir durumla karşılaşmaktan huzursuz, oturduğu yerde sıkıntıyla kıpırdanıyor.

"Geldiği konumla Türkiye'de de iş bulabilir," diyor. "Babası da, ben de bir an önce dönüp düzenini kurmasından yanayız."

"Haklı olabilirsiniz," diyor Necati Bey. "Ama bir de farklı açıdan bakmaya çalışın... İki yıldır canını dişine takarak yaşam kavgası verdi Aslı. Sizin maddi olanaklarınızı yok sayarak çocuk bakıcılığından asistanlığa, sürveyanlığa kadar, karşısına çıkan her işi yüksünmeden, seve seve kabullendi. Bir yıl değilse de, önümüzdeki birkaç aylık dönemi Aslı'nın Amerika'daki dinlenme süresi olarak değerlendirin. Küçük bir şans daha tanıyın kızınıza..."

Necati Bey'in kadife yumuşaklığındaki ses tonuyla yaptığı etkileyici konuşmaya daha fazla direnemiyor annem.

"Son söz Aslı'nın," diyor. "Geleceğine ait kararlar kendisine ait; biz karışamayız."

Yakılan yeşil ışığa sıkı sıkıya sarılıyor Necati Bey.

"Bu sözleri, Aslı'nın kalış müjdesi olarak algılıyorum."

Sonra bana dönüyor.

"Öncelikle, yapacağın iş başvurularında altın anahtar yerine geçecek kapsamlı bir özgeçmiş hazırlamalısın. Yorulacaksın gene... Özgeçmişini beğenen şirketler iş görüşmesine çağıracaklar seni; hiçbirini geri çevirmeyeceksin. Bu arada, şehre inmen gerektiğinde, arabamı alabilirsin."

Gelinen noktada, ona da yapacak bir şeylerin düşmesi gerektiğinin bilinciyle, "Aslı'nın kendi arabası olmalı!" diyor annem. "Ancak, iş bulamayıp dönmeye kalkarsa, alacağımız araba sorun olur mu?"

"Merak etmeyin siz," diye gülümsüyor Necati Bey. "Burada araba satmak, almaktan da kolaydır. Güz döneminde yeni gelecek öğrenciler, ülkelerine kesin dönüş yapacaklar için en iyi müşterilerdir..."

Annem, Türkiye'ye dönmeden önce beni arabaya kavuşturmanın gayreti içinde. İş edindi kendine, yerel gazeteleri önüne serip saatlerce, bıkmadan usanmadan, araba ilanlarını inceliyor. Ona kalsa, sıfırda bir araba almaya dünden razı.

"İzin ver, annenle babanın mezuniyet armağanı olsun sana," diyor.

"Tamam, bu kez karşı çıkmayacağım size. Bankadaki birikmiş para ne güne duruyor? Ama, ikinci el olacak arabam; sıfırda bir arabayı, kendi kazancımla alabilirim ancak..."

✣ ✣ ✣

Okulun son günleri artık... Kopmamak için direndiğim öğrencilik yaşamımı noktalayacak olmanın burukluğu var içimde.

Evlerine dönen öğrencilerin gereksiz eşyalarını atmaları için, yurt binasının önüne dev bir kamyon kasası koymuşlar. Dolduğunda, kamyon gelip kasayı götürecek; uzak bir yerlerdeki eşya mezarlığına boşaltıverecek.

Neler yok ki içlerinde! Koltuklar, yataklar, kitap rafları hatta televizyonlar... Hurdaya çıkmış ya da hâlâ kullanılabilecek, ama taşınması zor geldiğinden gözden çıkarılan bir sürü eşya.

Atacak bir iğnem bile yok. Yurttaki odamı teslim aldığım gibi, öylece bırakacağım. Yalnızca bendeki izlerini sürdüreceklerini çok iyi bildiğim, asla yüreğimden söküp atamayacağım yaşanmışlıklarım var benim. Ama onları, gereksiz birer eşya gibi kasanın içine atamam ya...

Mezuniyet töreni hazırlıklarımız son hızıyla sürüyor. Her gün saatlerce prova yapıyoruz.

Kampusun ortasındaki geniş alanda, çimlerin üzerine sıralanmış sandalyeler ve onların karşısına kurulmuş ahşap sahne, tören için bizleri bekliyor. Yan bölüme de havanın yağışlı olması durumunda, törenin taşınabileceği dev bir çadır kuruldu.

Yarın büyük gün! Yaşamımdaki en önemli dönüm noktalarından biri benim için. Heyecanlıyım...

✣ ✣ ✣

Hava kapalı, gökyüzünü kapkara bulutlar sarmış. Gece boyunca yağmur yağdı zaten.

"Tören bitinceye kadar indirmesin, sonrasında sel bile gelse, umurumda değil," diyorum anneme.

Çimlerin üzerindeki sandalyeler ıslak. Görevliler, her birini tek tek kurulayıp konuklara sunma çabasındalar.

Tören başlıyor. Rektörün, bölüm dekanlarının konuşmaları... Derken, ilk yağmur damlaları yüzümüze değiyor. Cüppeleri ve kepleriyle kurşun askerler gibi birbirine benzeyen biz öğrenciler, bu özel günde yanımızdaki yerlerini almış yakınlarımız, öğretim üyelerimiz, hep beraber önceden hazırlanmış dev çadıra taşıyoruz törenimizi.

Verilen zorunlu aranın ardından, diplomaların dağıtımına geçiliyor. Adı okunan öğrenci, sahnenin sol tarafındaki basamakları adımlayıp sahneye çıkıyor; diplomasını aldıktan sonra, alkışlar arasında, sağ taraftaki basamaklardan aşağıya iniyor.

Ellerim diplomama uzandığı an, ikinci sırada, Özden'in annesiyle ablasının yanında oturan anneme ilişiyor gözüm. Keşke babam da burada olsaydı, diye geçiyor içimden.

Son diplomanın da sahibini bulmasıyla törenimizin resmi bölümü bitiyor. Konuklar için zengin bir açık büfe hazırlamışlar. Cüppelerimizi çıkarıp kalabalığın içine karışıyoruz. Paylaşılan sevinçler, kutlamalar, sarılıp kucaklaşmalar...

Elini öpüp, diplomamı anneme uzatıyorum.

"Babam ve sen... İyi ki varsınız! Siz olmasaydınız, bunları başaramazdım ben..."

Gözlerinden sicim gibi yaşlar iniyor annemin.

"Benim pırlanta kızım!" diyor. "Biz olmasak da parlayacaktın sen..."

Özden'le annesi de bizimkine benzer, duygusal bir tabloyu paylaşıyorlar. Ama herkes bizim kadar şanslı değil. Ceren'le Burak gibi, bu coşkuyu yakınlarından uzakta, tek başlarına yaşayanlar da var. Ceren'in gözleri kıpkırmızı, dokunsalar ağlayacak. Burak ise, böyle bir durumda bile espri yapabiliyor.

"Size anne diyebilir miyim?" diye anneme sarılarak, tüm gözlerdeki yaşları kahkahaya dönüştürmeyi başarıyor.

Annemden sonra elini öpmem gereken biri daha var: Necati Bey! Şu anda burada bulunuşumu, elimde tuttuğum diplomayı ona borçluyum.

Gerçek babammış gibi, şefkatle sarılıp yanaklarımdan öpüyor. Eski dekanımız Mr. Larry Perra ve eşi Patricia da yanı başında, kutlama sırasının kendilerine gelmesini bekliyorlar.

"Kalacağını öğrendim," diyor Mr. Perra. "Çok sevindim, en doğru kararı vermişsin. İş konusunda hiç tasalanma. Hartford'ta tanıdığım pek çok şirket var."

Çantasından kartvizitini çıkararak üzerine bir şeyler yazıp bana uzatıyor.

"Adını yazdığım, Türkiye'yle de iş yapan büyük bir ithalat, ihracat şirketi. Pazarlama bölümüne eleman alacaklarmış. Bu kartla gidip başvurunu yapabilirsin."

"Türkiye'de, 'Hamili kart yakınımdır,' derler," diye gülüyorum. "Karttaki ismin, kendi yeteneği ve çabasıyla bir yerlere gelemeyecek kişilere itici güç olabileceğini anlatır. İnce düşünceniz için teşekkürler. Sözünü ettiğiniz şirkete gidip başvurumu yaparım, ama özgeçmişimin üzerine kartınızı ekleyemem. İşe kabul edilirsem, ancak o zaman selamınızı iletirim onlara."

"İşte Aslı!" diye beni bir kez daha kucaklıyor Necati Bey. "Bu kızı boşa sevmiyorum ben... Ha... Söylemeyi unuttum. Harika bir araba buldum sana!"

Benden önce annem, "Nerede? Hemen görebilir miyiz?" diye soru yağmuruna tutuyor Necati Bey'i. Türkiye'ye dönmeden araba işini halletmeyi kafasına koydu ya, her fırsatı değerlendirecek.

"Boston'dan yeni gelen öğretim üyesi bir arkadaşımın arabası," diyor Necati Bey. "Arabayı gördüm, çok temiz."

Sevincinden yerinde duramıyor annem. Onun bu hevesli ve sabırsız hali, Necati Bey'i de kamçılıyor.

"Kendisi de biraz önce buralardaydı," diye gözleriyle kalabalığı tarıyor. "Bulur bulmaz getirip tanıştırırım sizinle..."

Bu arada, sürpriz bir konuğum oluyor: Susan! Bebek bakıcılığıyla başlayan dostluğumuzu neredeyse akrabalık boyutlarına taşıdığımız, beni kendilerinden biri gibi gören Adams ve Davis ailelerinin temsilcisi olarak, mezuniyetimde bulunmayı istemiş.

"Geciktim," diyor. "Zor kurtuldum işten. Gene de geldim; seni elinde diplomanla görmek, kucaklamak bile yeter bana."

Annemle tanıştırıyorum Susan'ı.

"Susan ve ailesi, benim Amerika'daki en yakın dostlarım..." diyorum.

"Annem de sevgilerini yolladı sana," diyor Susan. "Akşam için programınız yoksa, yemeğe bekliyor sizi."

Arkadaşlarımın çoğu, bu geceyi uzaktan gelen yakınlarıyla geçirecek. Bu yüzden, özel bir program yapmadık.

"Gider miyiz?" diye soruyorum anneme.

Annem, kısa sürede çevre edinip kendimi sevdirmemden gururlu, ama gösterilen aşırı ilgiden ve sahiplenmeden rahatsız olmuş gibi. Belki de, bu tür sıcak ilişkilere kapılarak buralara kök salıp kalmamdan korkuyor. Gene de, Susan'ın önerisini geri çevirmiyor. Geride bıraktığında beraber olacağım insanları yakından tanımak istiyor çünkü.

Fazla kalamıyor Susan. Akşamüzeri gelip bizi alacağını söyleyerek yanımızdan ayrılıyor.

Bu beklenmedik davet üzerine yorum yapma fırsatı bulamadan, Necati Bey beliriyor karşımızda. Yanında daha önce hiç görmediğim biri var.

"İşte sözünü ettiğim arkadaşım," diye anneme tanıtıyor. "Profesör Robin Coleman!"

Niyazi Bey'in tanıştırma önceliğini anneme tanımasındaki inceliği kavrayabiliyorum. O bir profesör! Bense, öğrencilikten yeni kurtulmuş, çiçeği burnunda bir mastır mezunuyum. Tanışmak için ayağıma gelecek değil ya... Ama söz konusu annem olunca, işler değişiyor. Profesör de olsa, kendinden yaşça ve konumca büyük bir hanımefendiyle tanışmaya gidebilir.

"Söylemiştim sanırım," diyor Necati Bey. "Mr. Coleman, Boston'dan yeni geldi. Bu yıl İşletme Bölümü'nde pazarlama dersleri verecek. Çok değerli bir öğretim üyesidir kendisi. Okulumuz için büyük kazanım..."

Robin Coleman... Profesör! Bu sözcüklerin aynı cümle içinde yer almaları şaşırtıcı. Öylesine genç görünüyor ki... İnce uzun bedeni, atletik yapısı; ciddi bir ortamda bulunmaktan sıkılmışçasına, her an yaramazlık yapabilecek haşarı bir çocuk gibi kıpırdanışı ve bu özel gün için bile seçtiği spor giyim tarzıyla bizlerden biri gibi duruyor. Çevresindeki herkesi gözlerindeki umursamaz, hatta belli belirsiz bir küçümseme ifadesiyle süzmesi de dikkatimden kaçmıyor. Burnunu havaya dikmiş, yüzünü bütünleyen alaycı gülümsemesiyle farklılığını vurguluyor sanki.

Necati Bey, Coleman'ın ilgisini benim üzerime çekmek ister gibi, "Anlaşırsanız, arabanızın yeni sahibi Aslı olacak," diyor.

Ceketinin cebinden çıkardığı kartı bana uzatıyor Coleman.

"Bu numaradan bana ulaşabilirsiniz. Arabayı görmek istediğinizde haberim olsun. İyi günler..."

Daha fazla konuşmayı gereksiz buluyormuş gibi, arkasını dönüp uzaklaşıyor.

"Profesörlük yaramıyor bazılarına," diyorum dişlerimin arasından. "İşte böyle, karşı dağları ben yarattım, havasına giriyorlar."

"Ne önemi var?" diye gülüyor annem. "Altı üstü sıradan bir alışveriş. Arabasını alacağın kişiyle de akraba olacak değilsin ya..."

Annemin, Adams ve Davis ailelerine yaptığı bu göndermeyi duymazdan geliyorum. Onları yakından tanıyınca da böyle konuşabilecek mi bakalım?

✣ ✣ ✣

Susan, işten çıkar çıkmaz bizi almaya geliyor.

Son model cipin arka koltuğunda iğreti oturan anneme, "Yanlış düşünmeni istemem," diyorum. "Çok zengin bir aile, ama zenginlikleriyle asla övünmezler."

"Bakıyorum toz kondurmuyorsun," diye gülüyor annem.

Adamsların evi yemyeşil çimlerle kaplı, bin bir çeşit ağacın boy verdiği geniş bir bahçenin ortasına kondurulmuş, görkemli bir villa. İki yanı çiçekli mermer yolu adımlayarak evin kapısına ulaşıyoruz. Zile basıyor Susan.

Kapıyı açan Mrs. Adams, önündeki mutfak önlüğünü çıkarıp bir kenara bırakıyor; önce beni, sonra da annemi kucaklayıveriyor. Bu sıcak karşılamanın annem üzerindeki olumlu etkisini görebiliyorum.

Mrs. Adams'ın üzerinde, incecik bedenine oturmuş dar bir siyah etekle beyaz ipekten uzun kollu bluz var. Ayağındaki yüksek ökçeli zarif ayakkabılarla boynundaki tek sıra beyaz inci kolye, şıklığını tamamlıyor. Kırlaşmış kısacık saçları, sevgiyle parlayan gözlerine gümüşten ışıltılar salıyor sanki.

"Yardımcısı var ama, yemeklerini kendisi yapar," diyorum anneme. "Bize mutfak önlüğüyle yakalanmasının nedeni bu."

İki adım gerisinde Mr. Adams, annemle tanıştırılmayı bekliyor. Lacivert takım elbisesi, aynı renkte ipek kravatı, açık mavi gömleği, süet ayakkabılarıyla, resmi bir toplantıya gider gibi, özenle hazırlanmış.

Karşılama ve tanışma faslının ardından salona geçip oturuyoruz. Sohbetimizin odak noktasında ben varım. Mezuniyetim, bugünkü tören ve bundan sonrasında yapacaklarım...

Yemek öncesi kırmızı şarap ikram ediyorlar. Yanında yerfıstığı, patates cipsi ve Mr. Adams'ın rende bıçağıyla keserek servis yaptığı kaşar peyniri dilimleri.

Annem konuştuklarımızı anlıyor, kendisine sorulan sorulara yanıt verebiliyor; ama genellikle bizi dinlemekle yetiniyor. İngilizcesini, anadili İngilizce olanların arasında ortaya çıkarmaktan çekiniyor galiba. Ancak, ikram sırasında ağzından dökülen birkaç cümle Mr. Adams'ın dikkatinden kaçmıyor.

"İngilizceyi biliyorsunuz siz!" diyor anneme. "O halde, neden bize katılmıyorsunuz?"

"Tam olarak bildiğim söylenemez. Derdimi anlatacak kadar... Söylenenleri anlıyorum, ama hızlı konuşmakta zorlanıyorum."

"O zaman biz de yavaş yavaş konuşuruz..."

Mr. Adams'ın, annemi sohbetin içine çekme amacıyla yaptığı bu girişim yararlı oluyor. Tüm çekingenliğini üzerinden atıveriyor annem. Susan'la ben konuşurken, o da Mr. Adams ile sıcak bir sohbeti paylaşabiliyor.

Bu gece çocuklara bakması için, Amerikalı bir öğrenciyi çağırmış Susan.

Böyle özel bir davette bulunamayacaklarını bilsem de, "Annemin çocukları görmesini çok isterdim," diyorum. "Keşke burada olsalardı."

John'un gelişiyle, hep beraber yemek salonuna geçiyoruz.

Amerika'daki halk tipi yapılarda, sokak kapısından doğruca geniş bir salona geçiliyor. Amerikalı sade vatandaşın; salon, yeme ve çalışma odaları niyetine kullandığı, tüm yaşam alanı bundan ibaret. Ancak, özenli bir mimarinin ürünü olan seçkin evlerde, salon ve yemek odaları birbirinden ayrı.

Uzun dikdörtgen bir masa, beyaz dantel masa örtüsü, üzerinde gümüş şamdanlar; kenarları altın yaldızlı porselen yemek takımı, altın kaplama çatal, bıçak ve kaşıklar...

Yemeğe başlamadan önce, Mr. Adams başına bir takke geçiriyor ve dualar okuyarak salonun köşesindeki gümüş tepsi içinde duran ekmeği dilimliyor.

"Her yemekte yapılmayan, çok özel bir tören bu," diye fısıldıyorum anneme. "Sana verdikleri önemin göstergesi."

Adamslar Musevi asıllı, Amerikalı bir aile. Uzun yıllar önce buraya gelip yerleşmişler. Geleneklerine son derece bağlılar. Domuz etini ağızlarına sürmemek bir yana, hem Müslümanlara hem de Musevilere hitap eden, "helal" ruhsatı almış dükkânlardan alışveriş ediyorlar. Bu dükkânlarda domuz etine değmiş bıçak bile kullanılmıyor çünkü.

Mrs. Adams'ın kendi elleriyle hazırladığı yemeklerin hepsi birbirinden nefis. Amerikalıların sıkça kullandıkları ve annemin bir türlü alışamadığı, hem tatlı hem tuzlu soslara yer vermemiş yemeklerinde. Yabancı bir ülkenin yabancı mutfağında, kendi damak tadımıza uyanları bulmak öylesine zor ki... Mrs. Adams, en azından bize ters düşmeyecek tatları seçip sunma başarısını göstermiş.

Kahvelerimizi içerken, Susan, ceviz dolabın içinden büyücek bir paket çıkararak kucağıma bırakıveriyor.

"Ailemizin sana mezuniyet armağanı."

İşte bu, hiç beklemediğim bir sürpriz! Kahverengi deriden, şık bir iş çantası. Üzerinde ünlü bir markanın etiketi var. Kenarında sallanan kartta da, "Yeni iş yaşamında başarılı olman dileğiyle..." yazıyor.

"Ne gerek vardı?" diyorum. "Sizlerde bulduğum sıcaklık, benim için armağanların en güzeli değil mi?"

"Sen de bizim kızımız sayılırsın," diyor Mr. Adams. "Karşılaştığın her sorunda, yanında olacağımızı bilmelisin..."

Susan'la John, kapının önüne kadar bırakıyorlar bizi. Arabadan inip yurt binasına doğru yürürken, "Haklıymışsın," diyor annem. "Söylediğin kadar varmış."

Gerçekleri gösterebilmenin sevinciyle, "Gördün işte," diyorum. "Ne kadar iyi insanlar... Dilimiz, dinimiz, kültürümüz, yaşam tarzlarımız farklı, ama bunların hiçbiri gerçek dostlukların kurulmasına engel değil."

"İyilikler karşılıklıdır kızım... Adamslar ya da Davisler, senden başkalarına da aynı sıcaklıkla yaklaşıyorlar mı? Sanmıyorum.

Demek ki onlar da sende farklı özellikler bulmuşlar. Yoksa, çocuk bakmak için gittiği evden, o evin kızı gibi çıkamaz hiç kimse..."

✣ ✣ ✣

Annemle beraber geçireceğimiz son iki gün. Pazartesi, Türkiye'ye uçuyor annem.

"Gitmeden arabayı görsem," diyor. "Arasana şu profesörü."

Arabayı görmeyi en az onun kadar ben de istiyorum, ama Coleman'la karşılaşmayı istediğimden aynı derecede emin değilim. Karttaki telefon numarasını gönülsüzce çeviriyorum.

On dakika sonra, otoparkın önünde buluşuyoruz. Dünkü soğuk tavırlarında biraz yumuşama var sanki profesörün. Önce annemle, sonra da benimle tokalaşarak arabasının yanına götürüyor bizi.

Metalik açık mavi, klimalı sun roof'lu,(*) ikinci el araba olduğunu yadsıyacak dirilikte bir Honda Prelude. Temiz kullanıldığı belli.

"Harika!" diyor annem. "Bir de otomatik vites olsaydı..."

"Böylesi daha iyi," diye karşı çıkıyorum. "Otomatik viteste, sürücüyü araba yönetiyormuş gibi geliyor bana. Oysa düz viteste, yönetim gücü sürücünün elinde. Bilirsin, edilgen değil, etken olmayı yeğlerim ben..."

Aramızdaki konuşmadan gocunmuş gibi, "Beğenmediğiniz nedir?" diye soruyor Coleman.

Yanlış anladığını düzeltmek için, anneme söylediklerimi İngilizceye çevirmek zorunda kalıyorum. Dudağının kıvrımında alaycı bir gülüş beliriyor.

(*) Tavan penceresi.

"Hep yöneten konumunda olmak ha...Yaşamının her alanında geçerli mi bu iddia?"

"Aşağı yukarı," diyorum, onunkine benzer, alaycı, meydan okuyan bir gülümseyişle.

"Benim arabam farklıdır ama. Yönetilen değil, yöneten olmayı ister."

Deli mi bu adam? Nereye varmak istiyor bu sözlerle...

"Dört teker üstünde durduğuna bakıp da diğerleriyle karıştırmayın," diye açıklamaya koyuluyor. "Kişilik sahibidir arabam! Bead,(*) derim ona. Bugüne kadar en ufacık bir anlaşmazlık çıkmadı aramızda. Elimden geldiğince iyi baktım boncuğuma, o da üzerine düşeni fazlasıyla yaptı. Bir tek gün bile arızalanıp yolda bırakmadı beni."

Anlaşıldı, eşya-insan ilişkilerini abartılı boyutlarda yaşıyor profesörümüz. Gözü gibi bakmış arabasına, belli; benden de aynı özeni göstermemi bekliyor. Ancak, satış işleminden sonra, biricik boncuğu üzerinde hiçbir hakkı kalmayacağını düşünmekten aciz.

Konuşmanın uzamasından sıkılmış gibi, "Almaya niyetliyseniz, bir yerlerde oturup konuşalım," diyor.

Otoparka en yakın kafeteryaya gidip oturuyoruz. Sıra pazarlıkta...

"Sıkı pazarlığa hiç gerek yok," diyor annem. "Ne isterse verelim, bitsin bu iş."

Amerika, tam bir ikinci el araba cenneti. Çok ucuza araba bulmak mümkün. Ama, kabul etmeliyim ki, Coleman'ın boncuğu gerçekten çok temiz. Kendisi de farkında bunun. Bizim beğenimizi de arkasına alarak, değerinin üzerinde bir rakam vereceğinden eminim.

(*) Boncuk.

"Sizin de gördüğünüz gibi, arabamı en azından 6000 Dolar'a satabilirim," diyor Coleman.

Beklediğim gibi... Pazarlık gücümüz olmadığını biliyor ya, en yüksek rakamdan başladı.

"Ama siz, 3000 Dolar verin, yeter."

İşte bu sözler, tam bir sürpriz benim için! Yanlış mı duydum? Böyle bir araba, 3000 Dolar ha... İnanılacak gibi değil!

"Şaşırdınız, değil mi?" diye gülüyor. "Açıklayayım isterseniz... Yarı yarıya fiyat kırmamın nedeni, arabama en az benim kadar iyi bakacağınıza inanmam. Umarım hayal kırıklığına uğratmazsınız beni."

İçimden taşan sevinci dışarı yansıtmamaya çabalayarak, "Anlaştık o zaman," diye elimi uzatıyorum. "Arabanıza gözüm gibi bakacağımdan kuşkunuz olmasın..."

27

Pazartesi sabahı, annemi uğurlayacak olmanın hüznüyle uyanıyorum. Kısa süre içinde, nasıl alışmışım varlığına...

Bana kalsa New York'a kadar beraber gidip ellerimle uçağa bindireceğim ama, istemiyor. "Nasıl geldimse, öyle giderim," diyor.

Hartford'a inip bavulları terminale bırakıyoruz. Son kez baş başa yemek yiyoruz anneciğimle.

"Ben gitmeden araba işi halloldu ya, içim rahat," diyor. "Baştan yadırgadık ama, iyi adammış profesör..."

Annemi otobüse bindirdikten sonra, hemen kampusa dönmüyorum. Onun yokluğuyla buluşmaya gücüm yok henüz. Şehre inmişken, ilk iş başvurumu yapmak üzere, Mr. Perra'nın önerdiği şirkete gidiyorum. İdari işler bölümündeki sekretere özgeçmişimi bırakıp çıkıyorum. Perra'nın kartını eklemek, aklımın ucundan bile geçmiyor. Başkalarının itelemesiyle elde edeceğim işte aradığım mutluluğu bulamam ben. Olursa olur; olmazsa, başka iş mi yok bana.

Eve döndüğümde, yalnızlığım kucaklıyor beni. Annemin yokluğu, boğazımda kocaman bir düğüm. Gözlerimden inen yaşlarla, uzaktan uzağa uğurluyorum onu.

Oyalanabilmek umuduyla bilgisayarın başına geçiyorum. Günlerdir posta kutuma bakmadım... Gerekli gereksiz yığınla mesaj gelmiş. Ama aralarında bir tanesi var ki, yüzüme gülüyor sanki. Açıyorum... İnternet sitelerinin birinden seçilmiş bir "mezuniyet kutlama kartı" bu. Kullanıcı ismi "candost"!

"Mezuniyetin mutluluklar getirsin sana..." yazıyor kartta. Candan ve dostça bir dilek. Candost'tan.

Kimden geldiğini tahmin etmek için falcı olmam gerekmiyor. Murat'ın satırları bunlar... Mezuniyet gibi özel durumlarda hoş görüleceğini umarak, gene de aramızdaki anlaşmayı bozmamak için "candost" adının arkasına sığınarak, aylardır sürdürdüğümüz suskunluğumuza küçücük bir soluklanma arası vermiş kendince.

İki gün önce olsa, bu denli etkilenmezdim belki. Ama, gurbetin ve yalnızlığın en güçlü, en sarsıcı yüzüyle baş başa kaldığım, belirsizlik kokan yepyeni bir dönemin eşiğinde umarsızca bocalamaktan yorgun düştüğüm bu zaman diliminde, küçücük bir kutlama kartı bile beni derinden etkilemeye yetiyor. Hele göndereni Murat olunca.

Bilgisayarın önünden kalkıp yatağa atıyorum kendimi. İstanbul... Murat... Okul günlerimiz... İçimi acıtan sızılı anılarımın tümü karşıma dikilmiş, hesap soruyor benden. Silememişim onları, söküp atamamışım yüreğimden.

Yastığa gömdüğüm başımı düşüncelerimden, tasalarımdan arındırmak ister gibi, gerçekleşmeyecek düşlerimin ıssız dünyasına teslim ediyorum. Uyuyakalmışım...

Telefonun çalmasıyla yataktan fırlıyorum. Ferda'nın kulaklarıma dolan sesi, yeni bir hüzün yumağının ortasına savuruyor beni.

"Nerelerdesin sen?" diyor Ferda isyanla. "Günlerdir arıyorum, ulaşmak ne mümkün! Mezuniyetini bile kutlayamadım daha."

"Ulaştın işte. O kadar da uzağında değilmişim demek..."

"Neyin var senin? Sesin kırık geliyor."

"Bugün annemi uğurladım da," diyorum, gözlerimden inen yaşları silerek. "Bunca zamandan sonra, çoktan alışmış olmam gerek ama... Her ayrılık, kendi acısını da yanında taşıyor maalesef."

"Kendi hatan! Dönseydin, yaşamayacaktın bunları."

Hemen toparlanıyor.

"Benimki de iş mi?" diyor. "Yarana tuz basar gibi konuştum, bağışla. Ama elimde değil; seni burada, Türkiye'de görmek istiyorum artık..."

Duymuyorum bile söylediklerini, aklım başka yerlerde.

"Murat da internetten kutlama kartı göndermiş," diyorum gitgide cılızlaşan sesimle.

"Anlaşıldı," diye gülüyor Ferda. "Aslı'mızın sesindeki titreyişin sırrı buymuş."

"Dostça bir kutlama kartı yalnızca," diye karşı çıkıyorum. "Aylardır görüşmüyoruz Murat'la. Çoktan bitti o iş."

"Murat öyle söylemiyor ama. Geçen hafta İstanbul'a gelmişti. Hep beraber yemeğe çıktık. 'İkimizin de hayatında kimse yok henüz. Aslı evlenmedikçe umudum sönmeyecek. Gerekirse sonsuza kadar beklerim onu,' diyor."

"Evlenmek ha..." diye gülüveriyorum. "Madem öyle, evlenirim ben de!"

"Yaparsın," diyor Ferda. "Her şey beklenir senden... Diplomanı alıp döneceğine, oralarda sürünmeyi tercih etmenin altında yatan nedeni çok iyi biliyorum ben. Murat'tan kaçıyorsun aklınca... İyi de, nereye kadar? Ondan uzak dururken, kendinden de kaçabiliyor musun bari?"

"Üstüme gelme Ferda... Buralarda çakılıp kalmaya niyetim yok. Er ya da geç, döneceğimi sen de biliyorsun. Beni bırak da, kendinden söz et biraz. Düğün hazırlıkları ne âlemde?"

"Hiç sorma! Ev kurmak zor iş. Yetiştirebilirsek, Ekim'in 16'sını düşünüyoruz. Emre'nin doğum günü ya..."

"Keşke yanında olup hazırlıklarına yardım edebilseydim."

"Düğün günü burada ol, yeter! Hele bir gelme... Adını silerim defterden."

"İş bulamazsam, o tarihlerde Türkiye'ye dönmüş olurum zaten. İşe girsem de, iki gün için bile atlar gelirim. Biricik arkadaşımın düğününde bulunamayacaksam, neden yaşıyorum ki ben?"

Ferda'nın telefonunu kapatıp televizyonun karşısına geçiyorum. Amacım, sudan bir komedi dizisi bulup kafamın içinde kördüğüm haline gelmiş çözümsüzlüklerimi dondurabilmek. Kanallar arasında gezinirken, bir kez daha çalıyor telefon.

Arayan Robin Coleman! Şaşırıyorum sesini duyunca.

"Büyük bir hata yaptınız," diyor. "Deneme sürüşü yapmadan araba alınır mı hiç? Ya motoru çalışmıyorsa, aküsü boşalmışsa ya da vereceğiniz para kadar harcamayı gerektirecek, önemli bir arızası varsa..."

"Öyle olsaydı, bunları söylemezdiniz," diye gülüyorum. "Satış işlemini gerçekleştirmedik henüz."

"Doğru," diyor. "Umduğumdan iyi çalışıyor kafanız. Gene de, deneme sürüşü konusunda ısrarlıyım. Sizin için de uygunsa, otoparkta buluşabiliriz."

Hırsla kapatıyorum telefonu. Umduğundan iyi çalışıyormuş kafam, ha! Tersini düşünüyordu demek. Övgü mü, yergi mi olduğu belirsiz bu sözler bir yana; kabul etmeliyim ki, teslim almadan önce arabanın sağlamlığını bana kanıtlamak istemesi hoş bir davranış...

Arabanın yanında durmuş beni bekliyor Coleman. Geldiğimi görünce anahtarları uzatıp sürücü koltuğuna geçmem için sol ön kapıyı açıyor.

"Teşekkür ederim Mr. Coleman," diyorum. "Deneme sürüşünü önermeniz büyük incelik."

"Öncelikle bana 'Mr. Coleman' demekten vazgeçin lütfen! Yapay resmiyetlerden hiç hoşlanmam. Öğrencilerim bile 'Robin' derler bana."

Beni de öğrencilerinden biri gibi gördüğü kesin. Yanımdaki koltuğa kurulmuş; anahtarı çevirdiğim andan itibaren, gaz pedalına basışımdan direksiyon tutuşuma, hangi hızda vites değiştirdiğimden dönüşlerde sinyal verip vermediğime kadar, her hareketimi dikkatle izliyor. Ehliyet almak üzere gittiği sürücü kursunun ilk gününde, yanında oturan acımasız eğitmene kendini kanıtlamaya çalışan acemi bir şoför adayı gibi hissediyorum kendimi.

Kampusun içindeki üçüncü turumuzun sonunda, "Tamam," diyor Robin. "Bu kadarı yeter sanırım. Nasıl buldunuz arabayı?"

"Umduğum gibi. Ya siz? Siz benim sürücülüğümü nasıl buldunuz? Geçerli not alabildim mi?"

Ne demek istediğimi anlamamış gibi, boş gözlerle bakıyor yüzüme. Bense, arabayı kullandığım süre içinde biriktirdiklerimi pervasızca dışa vuruyorum.

"Bu sürüşü, benim arabayı sınamam için önermediniz siz! Boncuğunuzu emin ellere teslim edeceğinizden kuşkuluydunuz. Nasıl bir sürücü olduğumu gözlerinizle görmek istediniz. Hava kararıyor. Bu saati bile özellikle seçtiğinizden eminim. Sinyal lambalarını nasıl kullandığımı görebilmek için."

"Nereden çıkarıyorsunuz bunları?"

"Arkanıza yaslanıp yalnızca yolu izlediğinizi söyleyebilir misiniz bana? Araba kullanmayı sizden öğrenmişim gibi, göz hapsine almayı kendinizde hak görerek, her hareketime not verdiniz içinizden. Şimdi söyleyin bakalım... Bu zorlu sınavı başarıyla atlatabildim mi?"

Gözlerini kısıp ilk kez görüyormuşçasına, daha iyi tanımak ister gibi süzüyor beni.

"Bu kadar akıllı olmak zorunda değilsiniz!" diyor. "Fazla akıl, kadın cinsini yorar; mutsuz eder."

"Aptal ve mutlu olacağıma, mutsuz ama akıllı bir kadın olmayı yeğlerim."

"İlginç," diye gülüyor. "Zekânın yarısını dışa vurup diğer yarısını kendine saklamak, rahat kılar insanı. Hiç değilse onu deneseniz..."

"Siz öyle mi yapıyorsunuz? Beyninizdeki cevherleri cömertçe ortaya dökerken, rahatsızlık duyar gibi bir haliniz yok."

Yüzüne iyiden iyiye yayılmış gülümsemesiyle, "Açık sözlüyüz de," diyor. "Ben de açık konuşayım o zaman... Evet, itiraf ediyorum, direksiyon başındaki ustalık derecenizi görmek istedim. Değerlendirmem gerekirse, fena sayılmaz. Zaman içinde daha da iyi olacaktır. Yarın sabah satış işlemlerini başlatabiliriz. İki gün içinde hallolur. Sonrasında araba sizin..."

Robin Coleman adına yazdığım çekin ardından başlayan sigorta, ruhsatın ve plakanın yenilenmesi işlemleri kısa sürede tamamlanıyor ve arabama kavuşuyorum.

Robin, arabanın anahtarlarıyla beraber, anahtarlığı da uzatıyor.

"Benden küçük bir armağan!"

Altından yapılmış, "H" harfli, özel bir Honda anahtarlığı.

"Sizde kalması daha uygun bence," diyorum. "Anı olarak saklamak istemez miydiniz?"

"Anılarla işim yok!" diye kestirip atıyor. "Günümü yaşarım ben... Bundan sonraki arabamın markası Honda olmayacağına göre, bu anahtarlığın anlamı da kalmıyor zaten."

Uzatmanın gereksizliği ortada. Teşekkür edip alıyorum anahtarlığı. Karşılıklı nezaket sözcükleri içeren cümlelerle tokalaşıp ayrılıyoruz.

Mutlu sonla noktaladığımız, ilginç bir alışverişti. Kısa süre için zorunlu olarak kesişen yollarımızı bir daha birleşmemek üzere ayırabiliriz artık. Güle güle Robin Coleman! Güle güle, kendini dünyanın merkezi sanan adam...

✣ ✣ ✣

İlk işim Özden'i aramak oluyor. Yeni arabamı kutlamak için yemeğe davet ediyorum onu.

Arabaya bayılıyor Özden.

"Kârlı alışveriş yapmışsın," diyor. "Bu paraya bu araba... Güle güle kullan."

Yola çıkmadan, kampus içinde birkaç tur atıyoruz.

"Arka koltuktaki torbada Türk Sanat Müziği CD'si olacaktı, versene," diyorum Özden'e.

Çok sayıda CD arasından istediğimi bulup çıkaramıyor Özden. Sol elim direksiyonda, sağ elimi Özden'in kucağına aldığı torbaya daldırıyorum. Bir an için boş bulunup gözümü yoldan çevirmemle, direksiyon elimin altından kayıveriyor. Toparlayıncaya kadar iş işten geçiyor ve büyük bir gümbürtüyle sağ tarafımızdaki direğe bindiriveriyoruz.

Başımı direksiyona dayayıp öylece kalakalıyorum. Arabadan inecek gücüm yok.

Kapıyı açıp aşağıya atlıyor Özden.

"Önemli bir şey yok," diye sesleniyor.

İniyorum. Çarptığım direk ikiye katlanmış, arabanın sağ çamurluğu içeri çökmüş.

"Daha ne olsun?" diye haykırıyorum. "İlk günde kaza yapmayı becerdim ya, madalya takarlar artık bana."

Madalya takacak kişinin Robin olduğunu bilmek, içimi daraltıyor. Sürücülüğüme toz kondurmamak için o kadar laf saydığım adam! Ne yapacağım şimdi ben?

Olan oldu, başıma gelecekleri geciktirmeye çalışmam anlamsız. Çaresizlik içinde telefona sarılıyorum.

"Çok kötü bir şey oldu Robin," diyorum kırık dökük sesimle. "Arabayı çarptım!"

Telefonun diğer ucunda kısa bir sessizlik... Ardından, Robin'in hissettiklerini ve düşüncelerini yansıtmaktan uzak, tekdüze sesi.

"Neredesin şu anda?"

"Spor merkezinin az ilerisindeki kavşakta."

"Hemen geliyorum. Hiçbir yere kıpırdama, arabanın yanında kal. Zabıt tutulması gerekiyor."

Düştüğüm duruma lanetler yağdırarak, sabırsızlıkla bekliyorum Robin'i. Kaçmaya çalışırken, sığınmak zorunda kaldığım, belalı bir kurtarıcı gibi.

Beş dakika geçiyor, geçmiyor; yanında okul polisiyle beraber geliyor Robin. Başımı kaldıracak yüzüm yok. O ise, her zamankinden daha ılımlı, hatta neşeli diyebileceğim tavırlarıyla, gülerek yaklaşıyor yanıma. Elinde kocaman bir fotoğraf makinesi var. Arabayı inceliyor önce...

"Geçmiş olsun boncuğum," diyor. "İlk yaranı aldın. Umarım son olur."

Boncuğuyla yaptığı kısa dertleşmenin ardından, "Gel şöyle," diye kolumdan tutup arabanın sağ yanına, ikiye katlanmış direğin önüne çekiyor beni.

"Bu anı ölümsüzleştirelim," diyor.

Ardı ardına patlayan flaşlarla daha da sersemliyorum. Fotoğrafları trafik soruşturması için çektiğini düşünüyorum ama, hemen ardından yanıldığımı anlıyorum.

"Altına, 'Arabayı kullandığım ilk günün anısına,' diye not düşüp albümüne yerleştirmen için," diyor. "Kutlarım seni; herkes bu kadarını beceremez!"

Alaycı tavrının abartılı boyutlara ulaşması, daha da kahrediyor beni. Görüş alanının dışına çıkmak ister gibi, arkamı dönüp okul polisinin sorularını yanıtlıyorum.

Tutanağın altına imzamı atarken, "Okula ait demirbaşa zarar vermekten yargılanabilirsin," diyor Robin. Sonra da bu kadar işkenceyi yeterli bulmuş olmalı ki, "Şaka," diye gülüyor. "Direği doğrultunca sorun kalmaz."

Gerçek sahibi hâlâ oymuş gibi, "Araba ne olacak?" diye soruyorum utana sıkıla.

"Burada da yaptırabiliriz ama, bocuğun doktoru Boston'da," diyor. "Aylık bakım için götürdüğüm, işinin ehli bir usta var orada. Cumartesi günü, yeni arabamı almak için Boston'a gideceğim. İstersen, beraber gidebiliriz. Sabah servise bırakırsak, akşamüstü teslim ederler. Ne dersin?"

Ne diyebilirim ki, kabul etmekten başka çarem var mı?

Ertesi sabah aldığım haber, yaşadığım kaza yüzünden örselenen sinirlerimin üzerine ilaç gibi geliyor. Başvuru yaptığım şirket, iş görüşmesine çağırıyor beni. Bu çağrı, işe kabul edildiğim anlamına gelmese de, özgeçmişimin beğenildiğini göstermesi açısından, kendime olan güvenimi artırıyor.

Benden başka görüşmeye çağrılan dokuz kişi daha var. Salonun dışındaki karşılıklı koltuklarda oturup sıramızın gelmesini bekliyoruz.

İçeri girmem için adım okunduğunda, tüm heyecanımı kapının önünde bırakmaya çalışarak; şirketin patronu, genel müdür yardımcısı ve idari işler sorumlusundan oluşan seçici kurulun karşısındaki yerimi alıyorum. Benden önceki adaylara yönelttiklerinin aynıları olduğunu tahmin ettiğim sorular soruyorlar bana. Zorlu bir sınavdan çok, sohbet havasında geçiyor konuşmamız. Önerilen konuma uygun kişiyi seçmek için bu kadarı yeterli mi, diye düşünmekten kendimi alamıyorum.

Dışarı çıktığımda genel müdürün sekreteri, olumlu ya da olumsuz, sonucu bildireceklerini söylüyor. Umutlu değilim açıkçası. Diğerlerinden farklı olduğumu kanıtlayacak hiçbir ayrıntıya yer verilmedi ki.

Önemli de değil zaten. Buraya kadar gelmek bile yeterince güzeldi. İlk iş görüşmesi deneyimimi yaşadım en azından...

✣ ✣ ✣

Cumartesi sabahı erkenden kalkıyorum. Birazdan Robin gelecek, Boston'a gitmek için yola çıkacağız.

Panjurları aralayıp dışarıya bakıyorum. Damlalarını inecekleri yere usulca bırakan hafif yağmuru seyre dalmışken; aklıma gelen "acaba"yla telaşlanıveriyorum birden. Kapıyı açıp dışarı atıyorum kendimi. Dün gece otoparka değil, evin çaprazındaki yolun kenarına bıraktığım arabama doğru koşuyorum. Tahmin ettiğim gibi... Sun roof'unu açık unutmuşum! Koltuk döşemeleri sırılsıklam.

Ah Aslı, ah! Yapılacak iş mi bu?

Pencereyi kapatıp eve koşuyorum. Elime geçirdiğim kalınca plaj havlularını getirip koltukların üzerine seriyorum. Bakalım Robin, bu acıklı tabloyu görünce ne yapacak...

Fazla bekletmiyor beni. Sıcak bir "Günaydın"ın ardından arabaya doğru yürüyor.

"Sen kullan istersen," diye anahtarları uzatıyorum.

"O artık senin boncuğun," diyor. "Arkama yaslanıp yolculuğun keyfini çıkarmak varken, iki saat boyunca direksiyon sallamaya hiç niyetim yok. Sana söz, sürücülüğünle ilgili tek laf çıkmayacak ağzımdan."

Kararlı adımlarla yürüyüp sağ ön kapıyı açıyor... Havluları görünce gülmeye başlıyor.

"Aşk olsun sana Aslı," diyor. "Denize gideceğimizi söyleseydin, mayomu alırdım."

"Akşam hava açıktı," diye kendimi temize çıkarmaya çalışıyorum. "Yağmura uyanacağımı tahmin edemedim."

Eliyle oturacağı yeri şöyle bir yokluyor. "Bence, döşemeler kuruduktan sonra da havluları kaldırma," diyor. "Eskisinden de yumuşak ve rahat... Bu arabada böyle bir konforu ilk kez yaşıyorum."

Ne söylese, yerden göğe kadar haklı. İçimden, kendime ve yaptığım beceriksizliklere küfürler yağdırarak direksiyonun başına geçiyorum.

"Kahvaltı yaptın mı sen?" diyor Robin.

"Hayır, fırsatım olmadı. Arabayı o halde görünce..."

"Bu iyi işte. Tatil günleri kahvaltıya gittiğim bir yer var. Oraya götüreyim seni."

Robin'in yönlendirmesiyle Hartford'a, şehir merkezine iniyoruz. Sözünü ettiği yer, tek katlı sıradan bir yapı ama, önünde sıra sıra arabalar dizilmiş. İçeriye girdiğimizde, sıcak havayla beraber yoğun bir çay ve kahve kokusu çarpıyor burnuma.

Geniş salonun sağ tarafında, boydan boya saçtan yapılmış kuzineler ve çay, kahve makineleri var. Sol taraf ise, müşterilerin oturması için ayrılmış. Birahaneleri çağrıştıran, dikdörtgen ahşap masalar ve masaların yanına karşılıklı yerleştirilmiş uzun kanepeler tıklım tıklım dolu.

On dakika kadar ayakta bekledikten sonra, garson kızlardan biri, oturacağımız masaya alıyor bizi. Önce ne içeceğimizi soruyor. Robin kahve istiyor, bense çay. Sıra yiyeceklerin seçimine geldiğinde, kararsız kalıyorum.

"Patates, kızarmış sosis, omlet ve pan cake,"[(*)] diyor Robin. "Buranın özel sunumları..."

Kuzinelerin üzerinde pişen elma dilimi şeklinde kesilmiş pateslerle kaşar peynirli omlet ısmarlıyorum. Kızarmış sosis ilavesiyle, Robin de bana uyuyor.

"Domuz eti yemeyiz biz," diyorum. "Dana sosisi de her yerde bulunmuyor maalesef."

(*) Tavada pişirilen bir tür kek.

"Biliyorum. Müslümanlar ve Museviler, domuzdan pek hoşlanmazlar."

Önce içeceklerimiz geliyor. Ardından da kocaman tabaklar içinde soğanlı patates kızartmasıyla omletlerimiz...

Yiyecek dışında da bir şeyler söyleme gereği hissetmiş olmalı ki, "Anlat bakalım," diyor Robin. "Nasıl gidiyor işler?"

Amerikanvari, alınacak yanıtı zerrece umursamayan bir edayla sorulmuş sıradan bir soru. Ama benim yanıtım, aynı derecede sıradan değil.

"Başvuru yaptığım şirketten görüşmeye çağırdılar beni. Gittim, fena geçmedi."

"Yok ya..." diyor biraz şaşırarak. "Senin adına sevindim. Ama fazla umutlanma. Not ortalaması iyi, özgeçmişi düzgün herkesle görüşmek isterler. Asıl önemlisi, ikinci görüşme. Çağırırlarsa tabii..."

"Özgeçmişime, arabayı aldığım ilk gün direğe bindirdiğimi yazmadım Robin! Senden daha çok şans tanıyabilirler bana."

"Bu aşamada, özgeçmişinde yazılanlar o kadar önemli değil. Karşısındakileri en çok kim etkilerse, o kazanır. İnsanları etkilemek ise, sanatkârı az olan, farklı bir sanattır."

"Ve bu özellik bende yok, öyle mi?"

"Onu demek istemedim. Bunca yıllık deneyimime dayanarak, görüşlerimi ortaya koymaya çalışıyorum. Kendine ve başaracağına önce sen inanmalısın ki, karşındakileri de inandırabilesin, diyorum."

"Yeterince tanımıyorsun beni Robin. Merak etme, tuttuğumu koparmasını bilirim. Bu arada, küçük bir ayrıntıyı unutmuyor musun? Senin gibi dediğim dedik bir öğretim üyesiyle değil, şirket yöneticisi işverenlerle görüşmeye giriyoruz. Ve aramızdaki sohbet, şu andakinden çok daha sıcak geçiyor."

Hemen toparlanıveriyor. Yüzünde aydınlık bir gülümsemeyle, "Bağışla Aslı," diyor. "Sınava giren öğrencimmişsin gibi davrandım sana. Biz öğretim üyeleri, elimizde olmadan, karşımızdaki herkese işte böyle ders veririz."

"Önemli değil. Belki de haklısın, ilk iş görüşmesinden olumlu sonuç beklemek, hayalcilik sayılabilir."

"Bizleri yaşatan hayallerimizdir."

"Sahi mi? Kusura bakma ama, şu ana kadar edindiğim izlenimlerin ışığında, senin hayallerin olabileceğini düşünemiyorum. Hatta, bilimsel çalışmaların dışında bir dünyan olabileceğini de."

"Acıtanı acıtırım, diyorsun ha..." diye gülüyor. "Hak ettim galiba. Ancak şunu bilmeni isterim ki, biraz ıssız ve çorak olmakla beraber, benim de kendime ait duygusal bir dünyam var."

Garson kızın pan cake'lerinizi getirmesiyle konuşmamız bölünüyor. İkimiz de bu zorunlu bölünüşten hoşnutuz.

"Buraya, sırf şu gördüğün pan cake'i yemek için bile gelebilirim ben," diyor Robin.

"İlk bakışta krepe benziyor," diyorum. "Benzerlerini biz de yaparız. Akıtma, cızlama ya da çizleme, derler Türkiye'de."

Pasta tabağı büyüklüğünde yassı kekin üzerine sürülmek için balla mavi, kırmızı, pembe çilek ve üzüm reçelleri var masada. Minik lokmaların üstüne koyup tek tek deniyorum hepsini.

Robin, cam bir şişeden tabağımdaki kekin üzerine şurup dökerken, "Maple şurubuyla yiyeceksin bunu," diyor.

Gerçekten de, pekmezle bal arası tada sahip bu özel şurup, pek yakışıyor bizim akıtmamıza. Robin, her konuda söyleyecek sözü olduğunu kanıtlamak ister gibi, bu kez şurubun öyküsünü anlatıyor bana.

Maple ağacının (akçaağaç) gövdesi üzerinde yerden bir buçuk metre yüksekliğe, yedi santimetre derinliğinde oyuk açılıp özsu alınırmış. Kaynatılıp fazla suyu uçurularak, kıvamı ve rengi koyulaştıktan sonra da kullanıma sunulurmuş.

"Vermont ve Michigan'ın Maple şuruplarının tadına doyum olmaz," diyor.

İçimden geçenleri ve beğenimi dışa vurarak, zaten böbürlenme krizine girmiş Robin'i daha da sevindirmek niyetinde değilim. Ancak, Türkiye'de de akçaağaç olduğu ve böyle bir şurup elde etmediğimiz düşüyor aklıma. Oysa adı ister çizleme, ister akıtma olsun; tavada pişen bu ince kekleri biz de seviyoruz. Üstelik, Amerikan kahvaltı kültürünün Türk kahvaltısına en yakın üyesi bu kek. Neden akçaağaç şurubu üretmiyoruz ki? Döndüğümde bilen birilerine sormak üzere, aklımın köşesine yazıyorum.

"Gene ders verir gibi konuştum, değil mi?" diyor Robin. "Kekin üzerindeki şurubun öyküsünü bilmesen de olur. Ama elimde değil, ille de anlatacağım... Söz veriyorum sana, şu andan itibaren Profesör Robin Coleman değil, üniversite sıralarındaki Robin olacağım."

Bu samimi sözler, aramızdaki gerginliği yumuşatmaya yetiyor. Yeniden yola koyulduğumuzda, eskisinden çok daha sıcak bir yol arkadaşım var yanımda...

Boston'a ilk gelişim. Okul, dersler, iş yoğunluğu; derken bir türlü fırsat bulamamıştım. Neredeyse, burnumuzun dibindeki Massachusetts Eyaleti'nin başkentini görmeden dönecektim Türkiye'ye. Florida ve Orlando gezisi dışında, Amerika'yı fazla görmüşlüğüm de yok zaten. Bir kez Washington'a gittik arkadaşlarla. Diğer tatillerimizin tümünü New York'ta değerlendirdik nedense.

Oysa görenler, çok övmüşlerdi Boston'ı. Amerika'nın Avrupalı kenti, demişlerdi. Bakalım söyledikleri ne kadar doğruymuş.

Robin Boston'lı değil, ama uzun yıllar öğretim üyesi olarak burada çalışmış.

"Tam bir eğitim şehridir Boston!" diyor. "Başta Harvard, MIT (Massachusetts Institute of Technology), Boston ve Massachusetts Üniversiteleri olmak üzere, yüze yakın üniversite ve dünyanın dört bir yanından gelmiş yüz binlerce seçkin öğrenci... Bugüne sığdıramayız ama, bir dahaki gelişinde Cambridge'i ve Harvard'ı mutlaka görmelisin."

Garip bir ülke Amerika... Teknoloji yönünden, büyük kentlerle kıyıda köşede kalmış yerleşim merkezleri arasında büyük farklar yok. Farklılık, solunan havada ve yaşam tarzlarında. Bunun en somut örneği Boston. New York'un karmaşıklığından, Washington'ın resmi konumundan kaynaklanan sıkıcılığından uzak bir şehir burası. Söylendiği gibi, Avrupai çehresiyle Amerika'da olduğunu unutturuyor insana.

Cetvelle çizilmişçesine düzgün ve geniş caddeleri, Robin'in "Victorian tarzı" dediği özgün bir mimari ürünü evleri ve yeşilin her tonunu cömertçe sergileyen bitki örtüsüyle, görenlerine huzur veriyor.

Önce servise gidip arabayı tamirciye bırakıyoruz. Robin'in öve öve göklere çıkardığı usta, akşamüzeri arabayı alabileceğimizi söylüyor.

Biraz şaşkınım; çünkü beklentim, Robin'in yeni arabasını aldıktan sonra benimkini bırakmaktı. Gün boyu arabasız nasıl gezeceğiz koca şehri?

Çok geçmeden, Robin'in özellikle böyle davrandığını anlıyorum.

"Boston, yürüyerek gezilebilecek ender şehirlerdendir," diyor. "Arabayla bu tadı alamazsın."

Bu sözler bir başka yeri hatırlatıyor bana: Bursa'yı! Bursa'yı da yürüyerek gezmemiş miydik? Nereden düştü gene aklıma... Kendimi toparlayıp Robin'in adımlarına ayak uydurmaya çabalıyorum.

Cadde ve sokaklarda, asfaltın üzerinde rehberlik işlevi gören üç ayrı renkte çizgiler var. Bu çizgileri izleyerek şehri gezmek mümkün. Dünyanın en eski metrolarından biri olma özelliğini taşıyan Boston Metrosu da ulaşımın yardımcı öğelerinden.

Robin'in rehberliğinde turumuzu başlatıyoruz. Gökyüzünü delen ya da delmeyen binalar, dünyanın en ünlü markalarının yer aldığı ışıl ışıl, davetkâr mağazalar, alışveriş merkezleri; Çin, Meksika, Japon, Hint, İtalyan mutfaklarının yer aldığı şık restoranlar, pastaneler... Ve Amerikalılarda görmeye pek alışık olmadığımız giyim zevkini ve kalitesini yansıtan Boston'lılar.

Hepsi bir yana, Boston'ı çepeçevre saran parklar zinciriyle, doğanın, yeşili coşkuyla sunuşu etkiliyor beni. Şehrin göbeğinde iki büyük park var. Boston Common ve Boston Public Gardens. Bana kalsa, tüm zamanımı buralarda geçirebilirim.

"Yoruldun mu?" diyor Robin. "Biraz dinlenelim istersen."

Piknik alanını andıran, Charles Nehri kenarındaki çimenlerin üzerine oturuyoruz. Kıyı boyunca uzanan koşu yolunda yürüyenler, koşanlar, paten yapanlar, bisiklete binenler... Doğayla insan kalabalığının, bile isteye, uyumla kucaklaşması.

"İşte Boston!" diyor Robin. "Etiyle, kanıyla, bedeniyle tanıdın onu. Ama henüz ruhunu göremedin. Beni Boston'a bağlayan, ruhsal yönünün zenginliğidir."

Robin'in ağzından bunları duymak şaşırtıcı. Tanıdığım kadarıyla, şehirlerin de ruhu olabileceğini düşünecek yapıda biri değil o. Sonrasında söyledikleri, daha da pekiştiriyor şaşkınlığımı.

"Bir şehri şehir yapan, bağrından çıkardığı değerlerdir, bence. Boston'ın üniversiteleri kadar, düşünür ve şairleriyle de ünlü olduğunu biliyor muydun? Şair Emily Dickinson'ın adını duymadığını söyleme bana. Ya Emerson? 'Dualarınıza dikkat edin, gerçekleşebilirler,' diyen dünyaca ünlü filozof. Nietzsche bile, 'Kendimi Emerson'a o denli yakın buluyorum ki, onu övmekten çekiniyorum. Çünkü kendimi övmüş gibi değerlendirilmekten korkuyorum,' diyerek hakkını teslim etmiş. Ralph Waldo Emerson... 19. yüzyılda yaşamış ama, o zamanlara ait görüşleriyle bile, beni en çok etkileyen düşünür olduğunu söyleyebilirim."

"İkisinin de adını duydum," diyorum. "Ama eserleri hakkında fazla bilgim yok."

"Emily Dickinson da 19.yüzyılda yaşamış bir Boston'lı. 'Daha yalnız olunabilirdi, yalnızlık olmasaydı...' ifadesi, günümüzde de geçerliliğini sürdürmüyor mu? Yalnızlık öylesine içine işlemiş ki, onun varlığında yalnızlığı yaşayamıyor şair. Pek çok şiiri ezberimde. Şu dizelerin güzelliğine bak: *'Ben hiç kimseyim/ Sen kimsin?/ Sen de mi hiç kimsesin?/ Bir çift ettik desene...'*"

İlk kez gördüğüm bir yabancıymış gibi, hayretle bakıyorum yüzüne. Duygusal yönü çorak, maddesel bir dünyanın insanı olarak gördüğüm Robin, bambaşka bir kişilikle karşımda.

Beni şaşırtmış olmanın keyfini çıkararak, "Beklemiyordun, değil mi?" diye gülüyor. "Ekonomi Profesörü Robin Coleman'ın şiirsel ufuklara kulaç atabileceğini aklına bile getirmiyordun."

"Doğru," diye itiraf ediyorum. "Ama senin adına sevindiğimi söyleyebilirim. Farklı ilgi alanlarına yönelmek, yaşamı zenginleştirmenin en kestirme yoludur."

Bana tanıdığı ayrıcalığı vurgulamak ister gibi, "Bu yönümü kimse bilmez," diyor. "Çok okuyan, kitaplarla bütünleşmiş biri olduğumu düşünürler yalnızca. Okumak, küçük yaşlardan beri süregelen, vazgeçilmez tutkum. Üniversite yıllığında, kucağımda boyumdan büyük bir kitapla karikatürize etmişti arkadaşlarım."

"Buraya kadarını az çok biliyorum. Nerede, ne zaman görsem, elindeki kitapla bütünleşmiş bir Robin buluyorum karşımda. Ancak, okuduklarının yalnızca bilimsel kitaplar olduğunu düşünüyordum."

"Fakültedeki odamda ekonomi kitapları okuduğum doğru. Ama, çalışma odamın dışına taşımam onları. Tutkunu olduğum asıl konular felsefe ve psikolojidir çünkü..."

Beynimde yanıveren küçücük bir ışıkla, Robin'in açığını yakalama sevincine kapılıyorum.

"Arabada unuttuğun kitabın felsefi ya da psikolojik yönü yok ama..."

"Hangi kitapmış o?"

"Stephen King'in *Kemik Torbası.*"

Geniş bir gülümseme yayılıyor yüzüne.

"Okuma yelpazem geniştir," diyor. "Birkaç kitabı aynı zaman diliminde okurum. İşyerinde ekonomi, evde kendimle baş başayken felsefe ve psikoloji; arta kalan zamanlarda da elimde gezdirdiğim diğer türler. Macera, kurgubilim, komplo teorisi ağırlıklı liste başı kitaplar. Arabada unuttuğum onlardan biri. Nerede bıraktığımı düşünüyordum ben de."

Olmadı Aslı, başaramadın! Tam köşeye sıkıştırdığını düşünürken, eskisinden de güçlü, dikiliverdi karşına...

"Ya sen?" diye karşı atağa geçiyor Robin. "Kitaplarla aran nasıl?"

"Gerçek bir kitapkurdu olduğumu söyleyebilirim. Ancak, senin gibi aynı anda birkaç kitabı okumaktansa, birini bitirip özümsedikten sonra diğerine geçerim. Elimin altında, başucumda okuduğum bir kitap mutlaka vardır."

"Özellikle tercih ettiğin türler?"

"Edebi değeri olan eserleri yeğlemişimdir hep. Hele konusu yaşamın içindense, yüreğimi yakalayabilecek güçte kaleme alınmışsa... Altlarını çizerek, yanlarına notlar düşerek, keyfini çıkara çıkara okurum her bir satırını."

"Edebiyata tutkunsun demek! Ya şiir? Edebiyatın tek taş pırlantası, senin için neler ifade ediyor?"

İğne batırılmış gibi irkiliveriyorum. "Şiir" sözcüğü, nicedir üstünü örtmeye çalıştığım yaralı duygularımı, gizlendikleri köşelerden alıp gün ışığına çıkarıyor sanki. Çıplak ayaklarla cam kırıklarının üzerinde yürüyormuş gibi canım yanarak, sızılı bir sesle yanıtlıyorum Robin'i.

"Şiir benim yüreğim! Damarlarımda dolanan kan... Soluduğum hava, içtiğim su... Biricik tutkum, vazgeçilmezim..."

Bendeki bu umulmadık değişimin farkında Robin. Ama derinine inip incitmekten korkuyormuş gibi, suskun kalmayı yeğliyor. Gözlerini nehrin sularına dikip bir süre kendi halime bırakıyor beni. Ardından da kendine özgü becerisiyle konuyu değiştiriveriyor.

"Amerikan Edebiyatı hakkında ne düşünüyorsun? Amerikalı yazarlardan okumuşluğun var mı?"

Kendimi edebiyat sınavına girmiş bir öğrenci gibi hissetsem de, Robin'in benim için endişelenmiş yüzüne minnetle bakıyorum.

"Lise yıllarında edebiyat ödevi olarak, Harper Lee'nin Pulitzer Ödülü kazanmış, *To Kill a Mockingbird* (Bülbülü Öldürmek) adlı kitabını seçmiştim. Sonra da Gregory Peck'in başrolünü oynadığı filmini seyrettim. Edebiyat eserleri filme alındığında, genellikle özgünlüğünü yitirir ya... *Bülbülü Öldürmek,* film olarak da romanın özüne sadık kalmıştı. Amerikalı yazarlar içinde, öykülerini severek okuduğum, bir de Mark Twain var..."

"Mark Twain'in müze haline getirilmiş evinin Hartford'ta olduğunu biliyorsundur. İstersen, bir gün gider gezeriz."

Bundan sonrasında başka paylaşımlarda buluşacağımızı sanmıyorum ama, beni çevresindeki diğer insanlardan farklı gördüğünü vurguladığı için olsa gerek, Robin gibi burnundan kıl aldırmayan bir öğretim üyesinden gelen bu öneri hoşuma gidiyor.

Yürüyerek yaptığımız şehir turunu, Robin'in yeni arabasını almak için gittiğimiz oto galerisinde noktalıyoruz. Galeri sahibinin uzattığı anahtarlar, son model siyah bir cipe ait. Chrysler Jeep'in Cherokee tipi. Dört dörtlük, Profesör Robin Coleman'a yaraşır bir araba.

"Güle güle kullan," diyorum. "Gerçekten çok beğendim. Satacağın zaman haberim olursa sevinirim. Senden araba almanın keyfi başka..."

Sağ ön kapıyı açıp önce benim oturmamı bekliyor. Sonra da, ilk arabasını almış genç bir delikanlının coşkusuyla, hiç görmediğim derecede keyifli, ıslıklar çalarak direksiyon başına geçiyor.

"Kutlamalıyız bunu," diyor ve bana söz hakkı tanımadan kuzeye doğru sürüyor arabasını.

Robin'in seçtiği kutlama mekânı, "North End" adlı, okyanusla şehir arasında köprü işlevi gören İtalyan Mahallesi'nde, şık bir İtalyan restoranı. Boston'da yaşadığı yıllarda en çok geldiği yerin burası olduğunu söyleyince, yemek seçimini ona bırakıyorum.

Beşameli andıran hoş aromalı, tatlımsı sosla zenginleştirilmiş somon balıklı makarnanın yanına küçük bir şişe beyaz şarap istiyor Robin.

"Yola çıkacak olmasak, şarabın devamını getirirdik," diyor biraz hayıflanarak. "Ama bugünün hakkı bu kadar."

Şehrin üzerine çöken karanlıkla beraber, North End'i geride bırakıp arabamı almak üzere tamirciye gidiyoruz. Araba hazır; çamurluğu onarılmış, üzerine pasta cila çekilmiş, bizi bekliyor.

"Teşekkür ederim Robin," diye elimi uzatıyorum. "Sen olmasan, bu işin altından zor kalkardım."

Beraber geldiğimiz yolu, bu kez ayrı arabalarda kat edeceğiz.

"Sen öne geç," diyor Robin. "Geriden izleyeceğim seni."

Güvensizlik mi, ikram mı; kestiremesem de hoşuma gidiyor bu davranışı. İstese, son model cipinin yanında gariban kalan arabamı solladığı gibi basar gider, ama yapmıyor. Yeri geldiğinde ne kadar nazik ve ince düşünceli olabileceğini göstermek istiyor sanki.

Farklı paylaşımlarla örülü günümüzü sonlandırıp vedalaşırken de, hiç ummadığım sözcüklerle uğurluyor beni.

"İşe kabul edilip burada kalırsan, sevineceğim. İkinci görüşmeye çağırırlarsa haberim olsun..."

✣ ✣ ✣

"Ya olmazsa"larla boğuşarak sabırsızlıkla beklediğim, beklerken ürküntü duyduğum haber, pazartesi sabahı geliyor.

"Yarın saat 10.00'da, ikinci görüşmeye bekliyoruz!"

Gerçekliğine inanmakta güçlük çektiğim bu sözler beynimdeki yerlerine ulaşınca, çılgın bir sevincin kollarında buluyorum kendimi. Önce Özden'le paylaşıyorum coşkumu. Darısı başına, diyerek; onun da böyle bir fırsatı yakalaması için dualar ederek.

Sıra, haberi Robin'e ulaştırmakta. Telefon etmekle yüz yüze konuşmak arasında kararsızım... Sonunda, göstereceği tepkileri bakışlarından okumak arzusu baskın çıkıyor. Doğruca, fakültedeki odasına gidiyorum Robin'in. Sekreterin geldiğimi haber vermesiyle, “Mr. Coleman sizi bekliyor,” demesi arasındaki kısacık süre, asırlar gibi geliyor bana.

Kapıyı tıklatıp içeriye giriyorum. Ağırbaşlı öğretim üyesi çehresiyle masasına kurulmuş, soran gözlerle yüzüme bakıyor Robin.

“İkinci görüşmeye çağırırlarsa, haber vermemi istemiştin ya... Onu söylemeye geldim.”

Bundan sonrası, benim için tam bir şaşkınlık tablosu. Yerinden fırlayıp iki adımda yanıma gelen Robin, sımsıkı kucaklayıveriyor beni.

“Kutlarım,” diyor. “Bu sonucu bekliyordum zaten.”

Bu sonucu bekliyormuş ha! İnanılır gibi değil. Madem başaracağıma güveniyordu, neden hep aşağılar gibi konuştu benimle?

Aklımdan geçenlerin etkisiyle geriye çekilip iğneleyici bir tavırla, “İkinci görüşme için önerilerinizi bekliyorum hocam,” diyorum.

“Hocam” sözcüğü Robin’i güldürse de, öğretim üyesi kimliğine bürünüp havalara girmesine de yetiyor.

“Otur şöyle,” diye masasının karşısındaki koltuğu gösteriyor bana. “Konuşalım biraz... Seni ikinci kez davet etmeleri, mesleki yönden yeterli gördüklerinin kanıtı. Ancak bu noktada, işinin daha da zorlaştığını söylemeliyim. Kalan adaylar içinde farklı olduğunu kanıtlamak durumundasın. Neden seni tercih etmeliyiz, diye sorabilirler. Bu işi çok istediğini hissettirmelisin onlara. Başaracağına inandığını anlatmalısın. Bunları yaparken en ufacık bir açık vermemen gerekiyor. Asla heyecanlanmayacaksın! Heyecanlanmak, söylediklerini etkisiz kılar.”

“Sakin kalabilmek, deneyim işi. İlk kez böyle bir ortama giriyorum. Heyecanlanmamak için önereceğin bir yöntem var mı?”

“Olmaz mı? Doçentlik sınavına girerken, beş öğretim üyesi vardı karşımda. Onların etten kemikten yapılmış birer insan değil de, yan yana dizilmiş beş tane mezar taşı olduklarını düşündüm. Sınav salonunda tek başınaydım. Ben ve mermerden yapılmış beş tane mezar taşı... Kulaklarıma dolan seslerin uzaklardan geldiğini hayal ettim. Kendimle konuşur gibi, rahat ve sakin, onlardan bile heyecansız, sorularını yanıtladım. Sonuç ortada..."

"Herkesin yapabileceği bir iş değil bu!"

"Haklısın. Senin için, başka bir yöntem önereceğim zaten. Şöyle düşün... Karşındakiler fizyolojik yönden farklı yaratıklar değiller. Onlar da insan, sen de... Ve her insanın yumuşak bir karnı vardır! Yaşam zincirindeki zayıf halka, da diyebilirsin buna. Onların zayıf oldukları halkalar, belki de sendeki güç odaklarıdır. 'Kimseden eksik bir yanım yok. Hatta onlardan üstün özelliklere sahibim,' diye telkin edeceksin kendine. Böyle düşündüğünde güçlü olduğunu hissedeceksin ve hissettireceksin. İşte başarının altın anahtarı: Kayıtsız şartsız kendine güvenmek! Ayakta dimdik duran birini kimse yıkamaz..."

Kendini anlatıyor sanki. Başarısını borçlu olduğu dik duruşunu, sınır tanımayan özgüvenini.

"Şu anda söz konusu olan benim ama, seninle ilgili bir sorum olacak Robin. Senin de diğer insanlar gibi, yumuşak bir karnın var mı? Ya da yaşam zincirinde zayıf bir halka..."

Yanıt vermeden uzun uzun gülüyor.

"Tahmin ettiğinden de çok!" diyor.

"Hiç belli etmiyorsun ama."

"Önemli olan da bu değil mi? Şunu unutma: insanları başarılı kılan, zincirdeki zayıf halkaları gizleme becerisidir."

"İlginç bir bakış açısı. Belki de, felsefeye ve psikolojiye düşkünlüğünün güncel yaşama yansıması... Her ne ise, görüşlerini benimle paylaştığın için sağ ol. Söylediklerini aklımda tutmaya çalışacağım."

✣ ✣ ✣

İlk görüşmede on olan aday sayısı, ikinci görüşmede beşe inmiş. Robin'in de söylediği gibi, bu kez işimiz daha da zor.

En son beni alıyorlar içeriye. Öncelikle, dikdörtgen masanın uzun kenarında yan yana oturmuş üç seçici kurul üyesine, beni ikinci görüşmeye çağırdıkları için teşekkür ediyorum. İçimden gelen, doğal bir başlangıç bu.

Bir yandan da, Robin'le konuştuklarımızı anımsamaya çalışıyorum. İlk yöntemi uygulamam zor. Eleştirel bakışları ve tüm dikkatleri üzerimde toplanmış, biri kadın ikisi erkek şirket yöneticileri öylesine canlı görünüyorlar ki, onların birer mezar taşı olduğunu düşünmem mümkün değil. Yaşamlarındaki zayıf halkaları bulup çıkarmak içinse fazla zamanım yok. Bunun yerine, çelik gücündeki kendi halkalarımı ortaya koymak, daha mantıklı geliyor.

Başım dik, bakışlarım güvenli, "Evet," diyorum. "Bu işi istiyorum, çünkü başarabileceğimden eminim!"

Personel işleri müdürü, "Neden bu konum için sizden daha deneyimli birini almayalım ki?" diye soruyor. Aklı sıra şaşırtacak, yıldıracak beni. Ama, verdiğim yanıt karşısında, asıl şaşıran onlar oluyor.

"Sizler, deneyimlerle donanımlı olarak mı doğdunuz?" deyiveriyorum. "Acemilik dönemi yaşamadan, tepeden inme şu anki konumlarınıza geliverdiniz... Öyle mi? Kanımca, deneyim kazanmanın ilk adımı, yeni şartlara uyum sağlayabilme yeteneğidir. Ve ben, bu yeteneğe fazlasıyla sahip olduğumu düşünüyorum."

Yüzlerindeki ifadeden, verdiğim yanıtın yerine ulaştığını anlamak zor değil. Son soru genel müdür yardımcısından geliyor.

"Varsayalım ki işe alındınız... Talep edeceğiniz ücret nedir?"

Hiç beklemediğim bir soru bu! Ah Robin, her ayrıntıyı düşündün de, neden bunu söylemedin bana.

Kısa süren bocalamanın ardından toparlanıyorum. Ölçülü biçili, yapay tavırlar yerine, içimden geldiği gibi konuşmam daha iyi değil mi?

"İtiraf etmeliyim ki, herhangi bir rakam geçmedi aklımdan. Çünkü benim için para, kazanacağım iş deneyimi yanında ikinci planda kalıyor. Ancak, her emeğin maddesel bir karşılığı var. Sunduğunuz işin rakamsal değerini sizler daha iyi bilirsiniz. Madem sordunuz, şu kadarını söyleyebilirim: Aynı konumdaki diğer çalışanlardan fazlasını asla istemem, ama onlardan azına razı olmam için de hiçbir nedenin olmadığını takdir edersiniz."

Ertesi gün arayıp sonucu bildireceklerini söylüyorlar. Elimden geleni yaptım ben, gerisi onlara kalmış. İşe kabul edilmesem de asla üzülmeyeceğim. En azından, özgüvenimi pekiştiren, iyi bir "iş görüşmesi deneyimi" kazandım.

Diğer adaylardan birini seçmeleri, benim değil onların kaybı olacak aslında... Umarım bu durumun farkındadırlar.

Beklediğim, ama "olmazsa" korkusuyla kendimi kaptırmamaya çalıştığım müjdeyi genel müdür sekreterinin ağzından alıyorum.

"İşe kabul edildiniz Aslı Hanım! Ayrıntıları görüşmek üzere, şirkete bekliyoruz sizi."

Karşı karşıya gelip tokalaşmadan, sözleşmenin altına imzalar atılmadan, kimselerle paylaşamıyorum bu haberi. İşin bana verildiğine hâlâ inanamıyorum galiba.

Amerikan vatandaşı olmadığımdan, çalışma vizesi çıkarmaları gerekiyor. Ancak bu durum, işe başlamama engel değil. Çünkü bir yıllık vizesiz çalışma hakkım var. Tüm işlemleri onlar yürütecek. Maaş konusunda da uzlaşılınca, sıradan biri olarak girdiğim şirket binasından, "pazarlama danışmanı" sıfatıyla çıkıyorum. Yerini alacağım danışmanın New York'taki yeni görevine başlaması için tanınan süre zarfında izinliyim. Bu da, üç hafta sonra çalışmaya başlayacağım, anlamına geliyor.

Sevincimi haykırabilirim artık. Türkiye'de gecenin ilerlemiş saati olduğuna aldırmadan, annemleri arıyorum önce.

"Başardım!" diyorum. "Çok sayıda Amerikalıyı geride bırakıp onların ülkesinde, onlara ait bir şirketten iş kapmayı başardım."

Sevinmekle sevinmemek arası, buruk bir heyecanla kutluyorlar beni. İş bulmam, Amerika'da kalış süremin uzaması anlamına geliyor ya, belli ki kendilerine bakan yüzü gölgeli bir müjdeyi paylaşıyorlar benimle.

Türk grubundaki tüm arkadaşlarımı tek tek arayarak haberi veriyorum. Özden, Kaan, Burak, Ceren... Ve son olarak da Robin!

"Harika!" diye telefonun diğer ucundan bağırıyor Robin. "Tüm kalbimle kutluyorum seni."

Bu kadarla da kalmıyor. Kampusa veda edip ev aramak zorunda olduğumu söylediğimde, elinden gelen yardımı yapacağına söz veriyor.

Yeni bir iş, yeni bir çevre, yepyeni bir yaşam biçimi... Tüm bu yeniliklere ayak uydurmak, hiç de kolay olmasa gerek. İlk andaki pürüzsüz sevincimin ardında, halledilmeyi bekleyen o kadar çok sorun var ki...

✣ ✣ ✣

İki gün sonra, "Sana ev buldum!" diye arıyor Robin. "Emlakçı bir arkadaşım var, ona söylemiştim. Biraz önce haber verdi. Şehir merkezinde, çalışacağın şirkete yakın, mobilyalı bir apartman dairesi... Bu öğlen gidip görelim mi?"

Hartford'ta konut olarak kullanılan apartman sayısı, parmakla sayılacak kadar az. Yerleşim birimlerini genellikle, geniş bahçeler içindeki villa tarzında tek evler ya da prefabrik görünümlü az katlı yapılar oluşturuyor. Ancak, apartmanda oturmak, güvenlik açısından daha iyi; özellikle benim için.

Öğlen arasında, Robin'in emlakçı arkadaşı Tim'le buluşup eve gidiyoruz. Geniş bir caddenin üzerinde, sekiz katlı bir apartman. Bana önerilen daire dördüncü katta; orta büyüklükte iki odayla geniş bir salondan oluşuyor. Çamaşır ve bulaşık makineleri, buzdolabı, fırın; yatak odalarındaki ve salondaki mobilyalar yeni görünümlü. Ancak yer döşemesi ve duvar kâğıtları için aynı şeyi söylemek güç. Halıların üzerinde sigara yanıkları, taşınırken geride bırakılmış fazlalıklar, çöpe atılacağına mutfak tezgâhının üzerine konmuş yiyecek artıkları; daha önceki kiracının temizlik kavramından nasibini almadığının kanıtı.

"Merak etme, sana bu halde teslim edilmeyecek," diyor Robin. "Evi beğenip beğenmediğini söyle, yeter."

Bu evde tek başıma nasıl kalırım ben, ürküntüsünü dışa yansıtmamaya çabalayarak, "Beğendim," diyorum usulca.

Şu ana kadar çizdiğim, özgüveni sağlam Aslı tablosuna gölge düşürecek anlamsız kuruntularımı dile getirmeye kalksam, ne düşünür acaba Robin?

Kampusa döner dönmez ilk işim, Özden'le konuşmak oluyor. Robin'in bulduğu evde beraber oturmayı teklif ediyorum.

"Benim ne olacağım belli değil," diyor. "İş arama süresinin bitiminde, eli boş Türkiye'ye dönebilirim. Kalıcı olan birini tercih etsen, daha iyi olur."

Şiddetle karşı çıkıyorum. En yakın arkadaşım dururken, aynı evi paylaşmak için kimseleri düşünemem. O benim Amerika'daki Ferda'm! Tüm dualarım, iyi bir iş bulup burada kalabilmesi için. Kesin dönüş yapacak olsa bile, döneceği ana kadar yaşayacaklarımız yeter bize...

Evin anahtarını almaya giderken, bu kez yanımızda Özden de var. Asansöre binip dördüncü kata çıkıyoruz. Tim, kapıyı açıp içeriye girmemiz için geri çekiliyor. Ve ben, şaşkınlıktan donakalıyorum!

"Yanlış yere geldik galiba," diyorum ilk tepki olarak.

Nasıl şaşırmayayım ki; yerler duvardan duvara pembe halıyla döşenmiş, duvar kâğıtları yenilenmiş, salondaki mobilyalar cilalanmış, mutfak masasının çevresindeki sandalyeler değiştirilmiş.

Evin her köşesine değen sihirli değneği tutan elin Robin'e ait olduğunu tahmin etmek zor değil. Tim'in, "İstediğiniz gibi olmuş mu?" sorusunu ona yöneltmesi de tahminimi doğruluyor. Belli ki, önceden konuşulmuş, yapılacak işlerin listesi verilmiş; istenilenler yerine getirildikten sonra da beğenimize sunuluyor.

Cumartesi günü yeni evimize taşınıyoruz. Mobilya sorunumuz olmasa da kişisel eşyalarımız için Özden, ben ve Robin, arabalarımızla ikişer defa gidip gelmek zorunda kalıyoruz. Evet, Robin de bizimle beraber. Bize yardımcı olabilmek için hafta sonu, tatil günü taşınmamızı o istedi zaten.

Özden'le ben yataklarımızı serip giysilerimizi, kitaplarımızı dolaplara yerleştirirken Robin de televizyonun, bilgisayarların bağlantısını yapıyor; salona, odalara yeni aldığımız avizeleri takıyor.

Akşamüzerine doğru işimiz bitiyor.

"Acıkmışsınızdır," diyorum. "Pizza ısmarlayalım mı?"

"Benim daha iyi bir fikrim var," diyor Robin. "Amerika'da hiç kumarhaneye gittiniz mi siz?"

"Hayır," diyoruz Özden'le aynı anda.

"O halde, bir ilki yaşamaya hazır olun. Doğu Yakası'nın en büyük kumarhanesine götüreceğim sizi."

"Yeterince yorulduk zaten," diye karşı çıkıyorum. "Başka bir güne bıraksak..."

Benim isteksizliğime karşın Özden'in hevesli hali, bire karşı iki oyla kumarhaneye gitme kararının çıkmasına yetiyor.

"Merak etmeyin," diyor Robin. "Gideceğimiz yer uzak değil, burnumuzun dibinde."

Yaklaşık bir saatlik yolculuğun ardından Norwich'e ve Robin'in, "Doğu Yakası'nın Las Vegas'ı" dediği Foxwoods Resort Casino'ya ulaşıyoruz. Kumarhane olarak kullanılan altı salonun yanı sıra tiyatro ve sinema salonları, restoranlar ve alışveriş merkezlerini de içinde barındıran dev bir tesis.

"Önce yemek yiyelim," diyor Robin. "Buradaki Meksika restoranını beğeneceksiniz."

Yemek boyunca kumarhane hakkında bilgilendiriyor bizi.

"Amerika'da federal devlet tarafından tanınmış Kızılderili kabileleri, bazı özel haklara sahip. Bu kabilelerin bağımsızlığı devletçe onaylandığından, kendi toprakları üzerinde kendi seçtikleri şekilde yaşayabilirler. Buradaki kabile de Reagan hükümeti tarafından tanınıp tombala ile işe başlıyor. Sonrasında, dışarıdan destek sağlayarak, Foxwoods'u kuruyorlar. Beş yüz bin metrekare alan üzerindeki kumarhaneyi günde kırk bin kişi ziyaret ediyor."

Yemeğin ardından kumarhaneye geçiyoruz. Özden'le ben küçük birer plastik kovaya ellişer dolarlık metal jetonlarımızı doldururken, Robin'in 1000 Dolar'ı kasaya yatırmasını hayretle izliyoruz.

Yollarımız burada ayrılıyor. Biz, Özden'le yan yana iki slot makinesinin önüne otururken, Robin, poker masasına doğru yürüyor.

Şans oyunlarını oldum bittim sevmemişimdir. Bu kez de buraya zorunlu getirilişimi keyfe dönüştürebilmek çabasıyla; kol çekerek, makinenin ön kısmına dökülen jetonları toplayıp obur canavarı doyurmak için bazen tek tek, bazen ikişer üçer tanesini içine atarak vakit öldürmeye çalışıyorum.

Bize içecek getiriyor Robin. Neşesi yerinde.

"Pokerde yüzüm gülmedi," diyor. "Blackjack'e(*) geçiyorum ben."

"Sıkı oyuncu!" diye gülüyorum arkasından. "Bizim gibi kol çekmek, onun gibileri keser mi hiç?"

Geleli üç saat olmuş... Özden'in de benim de jetonlarımız suyunu çekti; yenilerini almaya niyetimiz yok. Dinlenmek için salonun değişik yerlerine serpiştirilmiş kanepelerden birine oturup yüz hatları da en az sinirleri kadar gerilmiş kumar tutkunlarını seyrediyoruz bir süre. Uzaktan uzağa, Robin'in bu kez de rulet masasında oynadığını görebiliyorum.

"Yetmedi mi artık?" diyorum Özden'e. "Sıkıldım ben..."

Doğruca Robin'in oynadığı masaya gidip yanındaki yüksek tabureye oturuyorum. Beni görünce yüzü aydınlanıyor.

"Rulet, şansın yanında aklın da geçerli olabileceği tek oyundur," diyor. "Olasılık hesabını iyi yaparsan kaybın az olur. Şanslı günündeysen, kazanabilirsin bile."

Oyunu bırakıp kalkmayı aklına getirmiyor. Gözlerimi kısıp alaycı bir tavırla bakıyorum yüzüne. Ve onu çileden çıkaracak sözler dökülüveriyor dudaklarımdan.

(*) Bizim 21 ya da "kılıç" dediğimiz oyun.

"Hatırlarsan; herkesin yumuşak karnı vardır, demiştin. Ya da yaşam zincirinde zayıf bir halka... Sendeki zayıf halkayı keşfettim Robin. Belki kabul etmeyeceksin ama, tam bir kumar tutkunusun sen!"

Söylediklerimi algılamak ister gibi, duraklıyor bir an. Sonra da, daha önce hiç görmediğim kadar öfkeli, elindeki renkli kavları rasgele bir yerlere koyup ruletin dönüşünü, kazancını, kaybını görme gereği duymadan yerinden kalkıyor.

"Bitti!" diyor. "Gidebiliriz."

Otoparka, arabanın yanına gidinceye kadar hiçbirimizden ses çıkmıyor. Robin'in dili, ancak yerlerimize oturup dönüş yoluna geçtiğimizde çözülebiliyor.

"Oyun oynamak, benim için yalnızca bir hobi," diyor. "İnternette, canlı rakiplerle de oynarım ben. Domino, poker, tavla... Yorucu bir günün ardından beyin jimnastiği niyetine. Kumara düşkünlüğüm de herkesinki kadar. Senin düşündüğün gibi, kumarbaz falan değilim ben!"

Özden'le beni apartmanın kapısına bırakırken, gerginleşen havayı yumuşatmak ister gibi gülümsüyor.

"Yarın sabah kahvaltıya bana gelin," diyor. "Margaret'in sürpriz tatlarına bayılacaksınız... Sabah 10.00'da gelir alırım sizi."

Eve girer girmez, içindeki merakı zor saklamış gibi, patlayıveriyor Özden.

"Evli mi bu adam? Margaret, dediği karısı olmasın..."

Ne bileyim ben? Özel hayatlarımız hiç gündeme gelmedi ki...

✣ ✣ ✣

Robin'in evi, hafif eğimli bir yamacın üzerine kurulmuş, Adamslarınki kadar olmasa da görkemli bir villa. Yemyeşil çimlerle kaplı bahçenin ortasında, verandanın hemen önünde, büyük bir yüzme havuzu var.

Kahvaltı masasını verandaya hazırlamışlar. Kar beyazı masa örtüsü; tabakların, bardakların, çatal ve bıçakların dizilişi, sofranın özenli bir elden çıktığını gösteriyor.

"İşte sağ kolum, en büyük yardımcım Margaret!" diye becerikli ellerin sahibini bizimle tanıştırıyor Robin.

Orta yaşlı, ufak tefek; kısacık sarı saçları, mavi gözleriyle tipik bir Amerikalı, Margaret. Çeşit çeşit omletler, "muffin" dedikleri top kekler, mısır gevrekleri, kuru meyve tanecikleriyle Amerikan kahvaltı zevkini masanın üzerine sermiş.

Bir önceki geceyi hiç yaşamamışız gibi, Margaret'in özel sunumlarını keyifle paylaşıyoruz. Kahvaltının ardından içeriye, salona geçiyoruz. Deri koltuklu oturma grubu, üç duvarı boydan boya kaplayan kütüphane, el oyması antika sehpalar, Robin'in dekorasyon zevkinin ürünleri. Evini bize açmasının ardında, nerede ne şartlarda yaşadığını gösterip böbürlenme amacı olmadığını bilsem de, garip bir eziklik kaplıyor içimi. Böyle bir eve, böyle bir salona ne zaman sahip olabileceğimi bilmemenin ezikliği.

İlgimizi bulunduğumuz ortamdan başka yönlere çekmek ister gibi, "Ne zaman işe başlıyorsun?" diye soruyor Robin.

"İki hafta kaldı."

"Keşke benim de başlamayı beklediğim bir işim olsaydı," diye sızlanıyor Özden. "İnternette bana uyan ne kadar iş varsa hepsine özgeçmişimi gönderdim ama, hiçbir olumlu gelişme yok henüz. Bu gidişle Türkiye'ye dönmem kaçınılmaz."

Özden'in son sözleri, Robin'i harekete geçirmeye yetiyor.

"Bırakmayız seni! Hartford'ta iyi tanıdığım birkaç şirket var. Onlara başvurabilirsin. İçlerinden birinin yönetim kurulu başkanı yakın arkadaşım. Merkezi New York'ta olan, büyük bir finans şirketi. Sana kartımı vereyim, önce oraya git. Ben de telefonla arayıp bilgilendiririm onları."

Mr. Perra'nın bana verdiği "Hamili kart yakınımdır" türünden kartın bir benzeri. Ama Özden, benim gibi geri çevirmiyor. Uzatılan kartı sevinçle alıp, "Sağ ol Robin," diyor. "Pazartesi sabahı ilk işim, şirkete gitmek olacak."

Margaret'in getirdiği bitki çaylarını içerken, "Şehir merkezinde hoşunuza gideceğini düşündüğüm bir etkinlik var," diyor Robin. "Mark Twain günleri... Gidelim isterseniz. Sonrasında da Mark Twain'in evini gezeriz."

Geniş bir parkta düzenlenmiş, gerçekten de ilginç bir etkinlik. Küçükken "Kuzey Kalesi" diye bir oyuncağım vardı; onun canlısını kurmuşlar sanki. Askerler, çadırlar, eski model bisikletler... Bir köşede Mark Twain'in eserleri canlandırılıyor. Diğer köşede sirk var. Şehri dolaşan ücretsiz otobüsler, taşıma görevini üstlenmiş, çok sayıda insanın buraya gelmesini sağlıyorlar.

Bu tür yerleri fazlaca halk tipi bulduğundan mıdır bilmem; Boston'dayken söz ettiği, Mark Twain'in müze haline getirilmiş evine gitmek için sabırsızlanıyor Robin . İsteğine uyuyoruz.

Çocukluğumda severek okuduğum *Tom Sawyer, Çalınan Taç, Huckleberry Finn'in Maceraları* kitaplarının yazarı Mark Twain, 1835'te Missouri Eyaleti'ne bağlı, o zamanlar küçük bir köy olan Florida'da doğmuş. Asıl adı, Langhorne Clemens. On bir yaşındayken babasını kaybedince, yaşam mücadelesinin ortasında bulmuş kendini. Matbaada çırak olarak çalışmış; gazetelerde dizgicilik, buharlı gemilerde kaptanlık yapmış. Ardından, gazete ve dergilere yazılar yazmaya başlamış. 1870'te evlenip Hartford'a yerleşmiş. Üç kızı olmuş burada. Kendisine "Amerika'nın en ünlü mizah yazarı" unvanını kazandıracak eserlerin çoğunu da burada yazmış.

Gezdiğimiz, evin restore edilmiş hali. Dış cephesi kızıl kahverengi binanın ilginç bir mimarisi var.

Birinci katta seraya açılan bir kütüphane, kırmızı ahşap ağırlıklı, klasik döşenmiş bir salon; şömineli bir yemek odasıyla otel havasını çağrıştıran bir konuk odası yer alıyor.

Üst kattaki, Mark Twain'in 1910'da öldüğü yatağın bulunduğu oda, öylece bırakılmış gibi duruyor. Hemen yanında, Twain'in kızlarının, üzerinde beyaz yatak örtüleri serili pirinç karyolalı, yatak odaları var.

Evin dışında, müze haline getirilmiş bölüm sonradan eklenmiş. Yüzlerce kişilik konferans ve tiyatro salonları, Mark Twain Cafe, öğrencilerin ders yaptıkları çalışma odaları, sergi salonu ve kırmızı stantlarda sergilenen elbiseler, fotoğraflar...

"Bizim de ünlü yazarlarımızdan, evi müze haline getirilmiş olanlar var," diyorum Robin'e. İsim vermiyorum. Ziya Gökalp, Cahit Sıtkı Tarancı, desem, ne anlayacak ki?

Bir elin parmaklarını geçmeyecek sayıdaki bu örneklerin gerisinde duran sızılı yaramdan da söz etmiyorum ona. "Nâzım Hikmet gibi dev bir yazarın anayurdunda değil müze evi, mezarı bile yok!" diyemiyorum. Elin Amerikalısı, bunları bilmese de olur.

"Mark Twain, sıradan bir yazar değildir," diyor Robin. "Aynı zamanda değerli bir düşünür, sivri dilli bir bilgedir de. İlginç sözlerinden derlediğim küçük bir dosyam var. İstersen, internetten yollayabilirim sana."

Dışarı çıktığımızda, hava iyiden iyiye kararmış. Robin'in sayesinde, güzel bir günü daha geride bıraktık.

"İyi ki varsın Robin!" diye teşekkür ediyor Özden. "Senden daha iyi bir gezi rehberi düşünemiyorum."

Bu övgünün hakkını vermek ister gibi, "O halde, gelecek haftanın planını da yapıp öyle ayrılalım," diyor Robin. "Pazar günü Mystic'e gitmeye ne dersiniz?"

"Haftaya ben yokum," diyor Özden. "New York'ta yaşayan ODTÜ'lüler, Türk gecesi düzenlemişler. Cumartesi sabahı yola çıkmam gerekiyor."

Soru dolu bakışlarını bana yöneltiyor Robin. Üçlü beraberliğimize ara verip baş başa gitmeyi kabul edeceğimden kuşkulu gibi.

Olumlu ya da olumsuz hiçbir yanıt vermeden, "Bugün için teşekkürler," diyerek, Özden'in koluna girip apartmanın girişine doğru yürüyorum...

Gecenin ilerlemiş saatlerinde bilgisayarın başına geçtiğimde, ummadığım bir sürpriz bekliyor beni: Robin, posta kutuma Mark Twain'in sözlerinden bir demet yollamış!

"Herkes aya benzer, kimseye göstermediği karanlık bir yüzü vardır."

"İmkânsız olduğunu bilmiyorlardı, bu yüzden başardılar."

"Öyle yaşamalısın ki, öldüğün zaman tabutçu bile matem tutsun."

"İnsan, seksen yaşında doğup on sekiz yaşına kadar yavaş yavaş yaşasa, daha mutlu olurdu."

"Kitap okumayan kimsenin, okuma bilmeyene karşı hiçbir üstünlüğü yoktur."

"Eğitim her şeydir. Şeftali bir zamanlar acı bir bademdi; karnabahar, üniversite eğitimi almış lahanadan başka bir şey değildir."

"Doğru pabucunu giymeden, yalan dünyayı dolaşır."

"Her zaman doğruyu söyle; ne dediğini hatırlamak zorunda kalmazsın."

Her biri inci tanesi değerindeki sözleri, yüzümde yarattıkları gülümsemeyle okuyorum. Hemen ardından, isyanla doluyor içim.

"Beter ol Aslı!" diyorum kendi kendime. "Nâzım Hikmet'in doyumsuz dizelerinin yerini Mark Twain'in sözlerinin almasını hiç yadırgama. Fazlasıyla hak ettin bunu..."

28

Özden, Robin'in sözünü ettiği şirkete gidip iş başvurusunu yaptı. Gelecek sonucu merakla bekliyor.

İkimizin de boşta olduğu, sonradan zor bulacağımız günler, bunlar. Elimizden geldiğince tadını çıkarmaya çalışıyoruz. Hafta boyu geziyoruz Özden'le. Şehir merkezinde daha önce yolumuzun düşmediği kahveler, restoranlar, alışveriş merkezleri... Bir gün de Davislere gidip çocuklarla özlem gideriyoruz.

Cuma akşamı, New York için eşyalarını topluyor Özden.

"Sana da gel, derdim ama, Robin'i bırakamazsın," diyor. "Benim yerime de eğlenin Mystic'te."

"O iş kesinleşmedi henüz," diyorum.

"Robin söylediyse, karar verilmiş demektir."

"Bakıyorum, iyiden iyiye Robin'ci oldun."

"Ne haddime? Sınırlarımı bilirim ben. Robin senin arkadaşın!"

"Arkadaşlıklar iki kişilik değildir. Son zamanlarda ayrılmaz bir üçlü oluşturduğumuzun farkında değil misin?"

"Senin de farkında olmadığın ya da öyle göründüğün küçük bir ayrıntı var Aslı'cığım. Mystic'e gidemeyeceğimi söylediğimde Robin'in gözlerinde yanıp sönen sevinç pırıltıları..."

"Ne demek istiyorsun sen?"

"Hâlâ anlamadın mı? Robin'in özel bir ilgisi var sana. Ev ve iş sorunlarıyla uğraşan iki genç kıza kol kanat germesini; ev bulmakla kalmayıp yerleştirirken işçi gibi çalışmasını, koskoca profesörün yardımseverliği, diye mi açıklayacaksın? Başka birine böyle davrandığını gördün mü hiç?"

"Yanılıyorsun Özden. Robin, dış dünyaya kapılarını kapatmış bir insan. Rastlantı sonucu arkadaş olduk. Senin de katılımınla ortak bir şeyleri paylaşmaya başladık, hepsi bu."

"Öyle olsun. Ama gör bak, beni haklı çıkaracak gelişmeler yakındır..."

Beyninde yarattığı çarpık senaryolarla kafamı bulandırdıktan sonra, cumartesi sabahı New York'a gidiyor Özden.

Bu hafta hiç görüşmedik Robin'le. Ne o beni aradı, ne de ben onu. Kumarhanedeki konuşmamızın ardından hep beraber güzel bir pazar günü geçirmiştik ama, sonradan değerlendirdiğinde söylediklerimin ağırına gittiğini ve bana karşı kırgın, hatta kızgın olabileceğini düşünüyorum. Kendi bilir, bugün olsa gene aynı şeyleri söylerim ben.

Akşama doğru telefonum çalıyor.

Herhangi bir başlangıca gerek duymadan, "Sabah kaçta alayım seni?" diye soruyor Robin. "Umarım, Mystic programını unutmamışsındır."

"Unutmuş olabilirim; kesinleştirdiğimizi hatırlamıyorum."

"İşlerim çok yoğundu bu hafta, arayamadım. Yarın konuşuruz. Saat 10.00 iyi mi?"

Sabah geldiğinde, her zamankinden daha neşeli olduğunu görüyorum Robin'in. Ve daha nazik! Arabanın kapısını açıp oturmama yardım ediyor. Ne tür müzik dinlemek istediğimi soruyor.

Özden'le konuştuklarımızın etkisiyle olsa gerek, ilk kez farklı bir gözle inceliyorum Robin'i... Bakışlarının maviliği dışında, alışageldiğimiz Amerikalı tiplere benzemiyor. Kumral saçlarıyla düzgün yüz hatları uyumla bütünleşmiş. Uzun boyu, bir dirhem fazlalık taşımayan bedeniyle son derece yakışıklı.

Aklımdan geçenleri kovalamak ister gibi, "Keşke Özden de olsaydı," diyorum. "Söylediğin kadar güzel bir yerse, içime sinmeyecek."

"Bizde bir söz vardır," diye gülüyor. "İki kişi keyif, üç kişi kalabalıktır, derler."

Özden'i fazlalık olarak görmesine kızıyorum. Ağzımı açıp ters bir yanıt vermeye hazırlanırken, garip bir açıklamayla susturuyor beni.

"Yanlış anlama, Özden'in varlığını istemediğimden değil... Mystic'in mistik havası iki kişiliktir, fazlasını kaldırmaz. Günün sonunda ne demek istediğimi anlayacaksın."

Mystic, Long Island Boğazı'na akan Mystic Nehri kenarında kurulmuş şirin bir sahil kasabası. Aynı zamanda tarihi bir liman ve denizcilik müzesi. Gerçekten de mistik bir havası var. Burada çekilen *Mystic Pizza* (Mistik Pizza) filminden sonra eskisinden daha çok gezilen, görülmek istenen bir yer haline gelmiş.

Yağmur yağıyor... Harika bir kumsala sahip plaj yerine Mystic Akvaryum'a gitmek zorunda kalıyoruz. Böylesi benim de işime geliyor. Robin'in önünde soyunup dökünmeyi istemiyorum nedense.

Akvaryum, insana denizaltında olduğunu hissettiren büyülü bir yer. Balinalar, foklar, deniz aslanları, penguenler, bin bir renk ve çeşitte balıklar... En çok beyaz balinaları seviyorum ben. Yunusların gösterisine bayılıyorum. Yaramaz iki çocuk gibi, bağıra çağıra, seçtiğimiz balıkları yarıştırıyoruz Robin'le. Onun bu kadar çocuklaşabileceğine ilk kez tanık oluyorum.

Akvaryumdan sonra, tek katlı otantik dükkânların yer aldığı alışveriş mekânlarını geziyoruz. İçi loş dükkânlardaki mumlar, tütsüler, ilginç biblolar, gezenleri dış dünyadan soyutlayıp gizlerle örülü bir âleme taşımak için, özellikle düzenlenmiş sanki. Alışveriş yapmaya hiç niyetim yokken, deniz kabuklarından yapılmış, uçuk mavi ve uçuk pembelerin üzerlerinde dans ettiği iki resim çerçevesiyle yandığı zaman içinde balıkların yüzdüğü mum toplarından alıyorum.

"Bil bakalım, yemek için nereye götüreceğim seni?" diyor Robin.

Yanıtımı beklemeden koluma girip kapısının üzerinde "Mystic Pizza" yazan beyaz, küçük bir binaya doğru sürüklüyor beni.

"İşte, ünlü *Mistik Pizza* filminin çekildiği yer," diyor.

Pencere kenarında bir masaya oturuyoruz. Ne yiyeceğimiz belli: Pizza! Ancak, mekânın ünlü olmasının getirdiği fark yüzünden, başka bir yerde vereceğimiz paranın iki katını ödemek zorundayız.

Mistik Pizza, Julia Roberts'ın ilk kez başrol oynadığı film.

"Seyrettin mi bilmem," diyor Robin. "Küçük bir pizzacıda çalışan üç kızın sıradan yaşamları, bu kasabadan kurtulabilmek için çırpınışları. Umutlarını, düşlerini, gelecek planlarını, aşklarını paylaşıyorlar filmde."

"Seyretmiştim. Ama çekildiği yerde bulunmak, farklı duygular yüklüyor insana. Şuradan birileri çıkacak da filmden bir replik okuyacak sanki..."

Pizzalarımız geliyor. Adına ve ününe yaraşır lezzette. Yanı sıra kırmızı şarap.

"Burasını çok sevdim," diyorum Robin'e. "Bir yeri sevmek için, o yerde yaşamayı ister miyim, diye sorarım kendime. Bu küçücük kasaba, burada seve seve yaşayabileceğimi hissettirdi bana. Filmdeki kızlar, kurtulmak için boşuna çırpınmışlar."

"Dediğim kadar varmış yani... Beğenilerimizin ve zevklerimizin ne kadar örtüştüğünün farkında mısın Aslı? Bir şey sormak istiyorum sana. Benimle beraber olmaktan, arkadaşlığımdan memnun musun?"

"Evet," diyorum hiç düşünmeden. "Kötü başladık ama, devamını iyi getirdik. İlk bakıştaki soğuk görünümünün altında gerçek bir dost, candan bir arkadaş bulduğumu söyleyebilirim."

"Aynı durum benim için de geçerli. İlk gördüğümde havai, diğerlerinden farksız, sıradan bir öğrenci olduğunu düşünmüştüm. Kendimi övecek değilim; ben de dış dünyaya kapılarını kapatmış, insanlardan uzak duran mağrur bir öğretim üyesiydim. Kapalı kapıları aralayıp bana ulaşmayı, beni çözmeyi başardın sen..."

Ciddileşiveren yüz ifadesiyle devam ediyor.

"Ve ben, bu beraberliği farklı boyutlarda sürdürmeyi ister oldum... Benimle evlenir misin Aslı?"

Donup kalıyorum. Robin Coleman, bana evlenme teklif ediyor! Gerçekliğine inanmakla inanmamak arasında bocalıyorum bir süre.

Dikkatime ilk takılan, bunun alışılagelmiş evlenme tekliflerine benzemediği. Aşk ve sevgi sözcükleri yok. Var olan, paylaşımlardan duyulan mutluluk, bu mutluluğu sürdürme isteği; biraz da beğeni belki...

Sonsuza kadar sürer mi, gibi anlamsız, doğru yanıtı olamayacak sorulara takılıp kalmıyor Robin. Beraberliğini sevdim, senden hoşlandım; sen de benimle aynı duyguları taşıyorsan, gel evlenelim, diyor. İçinde bulunduğu anı yaşamanın ötesinde, geleceğe yönelik büyük iddiaları yok.

Robin Coleman! Kimsin sen?...

Özgüveni doruklarda gezinen, kendisi dışında kimseleri beğenmeyen, dediğim dedik bir öğretim üyesi... Yeri geldiğinde arkadaşlık kavramına sıkı sıkıya bağlı kalabilen sıcacık bir dost... Felsefeye, psikolojiye gönül vermiş gerçek bir aydın... Boston'da, nehir kıyısında bana şiirler okuyan, duygusal yönü güçlü, delikanlı ruhlu bir romantik... Ve oyun masalarından zor kaldırdığım, sıkı bir kumarbaz...

Bu kimliklerinden hangisiyle bana evlenme teklif ediyorsun Robin? Böyle bir fikir ne zaman oluştu kafanda? İş bulup kalmamın seni sevindireceğini söylerken de benimle evlenmeyi düşünüyor muydun? Yoksa, zor yakaladığın bir arkadaşlığı sürdürebilmek için mi kalmamı istiyordun?

"Biliyorum, şaşırttım seni," diyor. "Hemen yanıt vermeni beklemiyorum. Şunu bilmeni isterim ki, bana 'evlilik' sözcüğünü telaffuz ettiren ilk kişisin. Vereceğin yanıt olumsuz da olsa, saygıyla karşılarım. Dostluğumuzun sürmesi şartıyla..."

Kendince zaman tanıyor bana. Bir başka deyişle, olayların akışını zamana bırakıyor. Tıpkı, eskilerde kalmış, gerilerde bir yerlere gömmeye çalıştığım o iflah olmaz kara sevdalı gibi...

✣ ✣ ✣

İşe başlamadan önceki son haftam...

Mystic'te geçirdiğimiz pazar gününden sonra, Robin'le yüz yüze gelmedik. Telefon konuşmalarımız, eski arkadaşlık çizgisinde sürüp gidiyor. Önümüzdeki hafta sonu için yeni programlarla karşıma çıkmasından korkuyorum. O konuşmanın ardından hiçbir şey olmamış gibi davranmam zor. Kendimle baş başa kalmak, ilişkimizi hangi doğrultuda sürdüreceğimize karar vermek için zamana ihtiyacım var.

Robin'in evlenme teklifini Özden'le bile paylaşmadım henüz. Çözümsüzlüklerimi kendi içimde aydınlığa kavuşturmadan, onunla konuşmayı gereksiz buluyorum.

Susan'dan gelen umulmadık çağrı, düşüncelerimi ve duygularımı yönlendirmem için gereksinim duyduğum süreyi kazandırması açısından, bulunmaz bir fırsat yaratıyor bana.

"Birkaç günlüğüne Rhode Island'a gidiyoruz," diyor Susan. "Sen de gelsene. İşe başlamadan güç toplamış olursun. Eğer isterse, Özden de gelebilir."

Hartford'tan her ayrılışımda yaptığım gibi, telefona sarılıp annemleri arıyorum. Kilometrelerce ötede olsalar da, nereye gittiğimi, ne yaptığımı bilmeleri gerektiğini düşünüyorum hâlâ.

"Tatile gidiyorum, diye fazla heveslenme," diyor annem. "Üç küçük çocuk... Onlara bakmanız için çağırıyorlar sizi."

Davislerle yakınlaşmamdan duyduğu huzursuzluk, diye düşünüyorum ama, pek de haksız sayılmaz.

Yola çıkmadan önce de Robin'i arayıp gidişimi haber veriyorum. Sanırım bu davranışımı bir kaçış olarak algılıyor. Hiçbir yorum yapmadan, kırık bir sesle, "iyi tatiller" diliyor yalnızca.

Kim ne derse desin, ne düşünürlerse düşünsünler; dost bildiğim insanların arasında geçireceğim, bende unutulmaz izler bırakacağından emin olduğum kısacık bir tatile hevesle hazırlanıyorum...

Rhode Island, Hartford'ın denize açılan yüzü, bir anlamda sayfiyesi. Çok sayıda otellerin, yazlık evlerin, villaların yer aldığı bu tatil beldesi, pırıl pırıl denizi, geniş kumsalı, parlak güneşiyle bana Bodrum'u anımsatıyor.

Davislerin villası, denize merdivenlerle inen hafif eğimli bir yamacın üzerine kurulmuş bir saray yavrusu. Özden'le beraber kalacağımız odanın penceresinden dışarıya baktığımızda harika bir deniz manzarası kucaklıyor bizi.

Annemin tahminleri doğru çıkmıyor. Özden'le ben, eski günlerdeki bebek bakıcılığına çağrılan sıradan öğrenciler gibi değil, özel konuklar olarak ağırlanıyoruz burada. Çocuklarla oyalanıp denize girmekten, tembel tembel güneşlenmekten başka bir iş yaptığımız yok.

Daha önceki kısa beraberliklerimizde kısıtlı ölçülerde tanıdığımız John, ev yaşamını paylaştığımızda farklı bir kişilikle çıkıyor karşımıza. Kapısının önünde Mercedesler, cipler duran o değilmiş, evi çevirecek yardımcıları yokmuş gibi; hiç yüksünmeden her türlü ev işini yapabiliyor. Mutfağa girip kendine has damak tatları yaratıyor, sofrayı kurup kaldırıyor; denizden çıktıklarında çocukları yıkıyor, giydiriyor, yemeklerini yediriyor. O bunları yaparken, Susan koltuğa gömülüp televizyon seyrediyor, kitap okuyor ya da bizimle sohbet ediyor.

Umduğumuzdan güzel geçen tatilimizin son günü... Kalan sayılı dakikalarımızı elimizden geldiğince değerlendirmeye çalışıyoruz Özden'le. Sabahtan bu yana, bedenlerimizi güneşin kollarına teslim ettiğimiz şezlonglarla deniz arasında mekik dokuyoruz.

Çocukların öğlen uykusuna yattığı, Susan'la John'un odalarına çekildikleri dingin saatler... Dönüş zamanının yaklaşmasıyla bin bir çeşit düşünce üşüşüyor kafama. Yeni başlayacağım işim, benden olumlu ya da olumsuz yanıt bekleyen Robin ve ülkemde bırakıp üstünü örtmeye çabaladığım ama en olmayacak zamanlarda yüzünü göstererek her şeye rağmen varlığını sürdürdüğünü kanıtlayan eski yaşanmışlıklarım...

Şezlongdan fırlayıp kalkıyorum. Bu kez tek başına dalgaların ortasına atıyorum kendimi. Beynimden geçenlerin hızını kesmek ister gibi, büyük kulaçlarla soluksuz kalıncaya kadar yüzüyor, yüzüyorum. Bu da yetmiyor; denizle kucaklaşmamı, derinliklere inip içimi kemiren pençeleşmiş ürküntülerimi gömmek istercesine, uzun dalışlarla sürdürüyorum. Ne yapsam, başına buyruk duygusal çalkantılarıma çare bulamıyorum.

Geriye dönüp hızlı kulaçlarla sahile doğru yüzüyorum. Son bir kez dalıyorum derinlere. Avuç dolusu deniz kabuğu topluyorum Özden için. Tam o sırada, garip bir boşluk duygusu sarıyor her yanımı. İçgüdüsel bir hareketle boynuma gidiyor elim...

Kolyem yok! Ne yaşarsam yaşayayım, ilk günkü anlamını asla yitirmeyen sonsuzluk sembolüm, bırakıp gitmiş beni...

Gerisingeriye dönüp geldiğim yolları yeniden kulaçlayarak, derinlere inip soluksuz kalıncaya kadar kumların üzerini tarayarak, yitirdiğimi umarsızca arıyorum. Yok, yok, yok... Gözyaşlarım, denizin tuzlu damlalarına karışıyor.

Umutlarımı suların dibine gömüp çıkıyorum sonunda. Kumların üzerine yığılıp kalıyorum.

"Neyin var?" diye yanıma koşuyor Özden. "Kendini bu kadar yormak zorunda mıydın?" diye çıkışıyor bana. Ama, gözyaşlarımla denizin damlacıkları arasındaki farkı görmekte gecikmiyor.

"Ağlıyorsun sen!" diye haykırıyor. "Ne oldu?"

Hıçkırıklar arasında, "Kolyemi düşürdüm," diyorum.

Saçlarımı okşayarak sakinleşmemi bekliyor bir süre. Sonra da kolumdan tutup şezlonga uzanmama yardım ediyor. Beni incitmeyecek sözcükleri özenle seçerek tane tane konuşmaya başlıyor.

"Üzüntünü anlıyorum ama... Murat konusuna noktayı koymamış mıydın sen?"

"Koyamamışım demek ki! Aramızdaki son bağı da kendi ellerimle denize gömdüm. Bitti artık Özden, aşkımız son umudunu da yitirdi."

"Nesnel sembolleri bu kadar gözünde büyütme. İçinde yaşattığın duygular hâlâ canlıysa, boynundaki kolyeyi yitirmiş olmanın ne önemi var ki?"

Duymuyorum bile onu. İçine düştüğüm amansız girdabın ortasında kendimle hesaplaşıyorum.

"Tanrı'nın bana verdiği bir ders bu! Yüreğinin kapılarını başkaları için aralık tutarsan, elinde kalmış biricik hazineni de alırım senden, dedi bana."

Özden'in bakışlarındaki şaşkınlığı ve merakı görmezden gelemiyorum. Onun da bilmeye hakkı var artık.

"Mystic'e gittiğimiz gün, Robin bana evlenme teklif etti."

Özden'in şaşkınlığı daha da artıyor; öyle ki, neden daha önce söylemediğimi sorgulamıyor bile. Ayrıntılara girip açıklamamı sürdürmemi bekliyor.

"Öylesine bir teklif işte..." diye omuz silkiyorum. "Arkadaşlığımızın devamını getirme isteğiyle sınırlı, duygusal yönü kısır bir evlenme teklifi."

Beni ürkütmemeye çalışarak, "Ne yanıt verdin?" diye soruyor usulca.

"Yanıt falan yok! Olacak şey değil Özden... İyi arkadaş olmak, ortak zevkleri paylaşmak, evlilik için yeterli mi?"

Sessizce dinliyor Özden. Olumlu ya da olumsuz hiçbir yorum yapmıyor. Buzluktan çıkardığı meyve suyunu uzatıyor bana.

"İç," diyor. "İçinin ateşini söndürür."

Yatışmamı, dinginliğe kavuşmamı bekliyor ki, aklından geçenleri diline dökebilsin.

"Bu teklifi elinin tersiyle itmeden önce biraz düşün, derim," diye başlıyor. "Yabana atılacak bir öneri değil..."

"Güldürme beni Özden. Sırf dost olduk diye bir Amerikalıyla evlenip buralarda kök salmaya hiç niyetim yok. Hem bilirsin, duygusal yönü geriye itilmiş mantıklı beraberliklere sıcak bakmam ben."

"Bir yerde okumuştum," diyor Özden. "Latin Amerika sözüydü galiba... 'Aşk, evlilik için kullanılmaz. Gönlünü indir, gümüş yerine bakır tencerede pişir aşını ve âşık olmadığın kadınla ya da erkekle evlen; mutlu olursun!' Şaşırtıcı bir öğüt, değil mi? Değişik, ilk anda ters gelen bir değerlendirme gibi dursa da gerçeklik payı büyük, bence."

"Âşık olduğun değil de âşık olmadığın biriyle evlen, dendiğini ilk kez duyuyorum. Ne biçim mutluluk bu böyle? Bizdeki görücü usulüyle evlenmeyi destekleyen, benzer bir bakış açısı sanki."

"Çok doğru. Görücü usulü, deyip geçme. Mantık evliliklerinin mutluluk getirmeyeceğini kim iddia edebilir ki? Şöyle düşün...

Birbirlerine körkütük âşık çiftler, büyük beklentiler içindedirler. Karşılarındaki insanı kusursuz olarak görürler. Ne var ki, bir araya geldiklerinde hayal kırıklıkları başlar. Zirvelerde gezinen beğeni ve tutkular, yavaş yavaş aşağılara iner; dibe vurmaya yüz tutar.

Mantık evliliğinde ise tam tersine, başlangıç noktası sıfırdır. Abartılı beklentiler, büyük vaatler yoktur. Ancak, karşılıklı uyum sağlanırsa, beğeni ve bağlılık seviyesi, zirvelere doğru hızla tırmanabilir. Bu da 'mutluluk' olarak yansır çiftlere."

"Bak hele... Evlilik konusunda ihtisas yaptığını bilmiyordum."

"Annemin görüşleri bunlar. İlle de mantık evliliği yapayım diye değil, kafamın bir köşesinde durması için anlatmıştı. Birine âşık olamazsam, aşksız beraberliklerin de mutluluk getirebileceğini bileyim, diye..."

"Ya âşık olursan? Birine âşık olduğun halde, başkasıyla evlenmeye kalkar mıydın?"

"Verilecek yanıt, aşka hangi açıdan baktığına göre değişir. Noktayı koyup vedalaştıktan sonra, birleşme yolunda hiçbir umut kalmamışsa, geriye dönüp bakılmamalı bence."

"Haklısın galiba... Basıp geçtiğin yere dönüp bakmayacaksın! Ama, ileriye doğru adım atmakta da aceleci olmamak gerek."

"Bu arada, Robin'in teklifinin, tam anlamıyla görücü usulü bir mantık evliliği olmadığını da göz önünde bulundurmalısın. Parmakla gösterilecek bir kariyere sahip, her yönüyle övgüye değer bir insan o. Seni beğenmese; aşk olmasa bile aşka özdeş duygular beslemese böyle bir teklifi yapmaz."

"Bunlar onun duyguları. Bende karşılık bulmalılar ki, anlam kazanabilsinler. Böyle bir beraberliğe hazır değilim Özden..."

"Amerikalı erkeklerin dünyanın en ideal eşleri olduklarını da aklından çıkarma. John'u görmüyor musun? Annelerinden çok o ilgileniyor çocuklarla. Susan'a gerçek bir prensesmiş gibi davranıyor. Elini sıcaktan soğuğa vurdurmuyor. Bu kadar zenginliğe ve yardımcı bolluğuna karşın, mutfak tezgâhını silen bir Türk erkeği gördün mü hiç sen? Küçük ayrıntılar, belki ama; mutluluk, satır aralarında gizli değil midir?"

Özden'in söyledikleri bir dereceye kadar doğru. Ama benim gibi, mutlulukları satır aralarındaki küçük ayrıntılar yerine, şiirlerin dizeleri arasında arayan birine göre değil...

29

İşe başlayalı neredeyse iki ay oldu. Düzenimi kurdum artık. Şirkete, işime, çevremdekilere alıştım.

Geçen ay Özden de yeni işine başladı. İlk görüşmede işe kabul edilmesini, başvuru yapan tek aday oluşuna ve Robin'in katkısına borçlu.

Robin'le ilişkilerimiz, yaptığı teklifin öncesindeki arkadaşlık çizgisinde sürüyor. Onun; doğal yakınlaşmamızın sonucu, diye değerlendirerek olur olmaz zamanlarda bana sarılıp içinin sıcağını iletme çabalarını saymazsak... Önemsemiyorum bunları. Beklediği kararla ilgili en ufacık bir ışık yakmıyorum önüne; o da Mystic'te yaşadıklarımızı hatırlatacak tek söz etmiyor. O günü hayatlarımızdan silmiş gibi, içinde olduğumuz anı yaşıyoruz yalnızca.

Buluşmalarımızın çoğunda Özden de bizimle. Hepimiz iş güç sahibi olunca, ancak hafta sonları bir araya gelebiliyoruz. Geçen hafta New York'a gidip Broadway'de *Phantom of the Opera*'yı (Operadaki Hayalet) seyrettik. Özden'in ODTÜ'lü arkadaşlarından biri önceden biletlerimizi almış. Tiyatro binasının kapısında tanıştık kendisiyle.

Atay! Esmer, yakışıklı, Özden'e bakarken gülücükler saçan, Ankaralı bir delikanlı.

Yerlerimize oturur oturmaz, "Neden daha önce söz etmedin Atay'dan?" diye sitemle fısıldıyorum Özden'e.

"Ortada bir şey yok ki! Bizim ODTÜ grubundan. Yalnızca arkadaşız."

"Biraz özel bir arkadaşlık gibi göründü bana. Bana söylediklerini unutma; mutluluk için âşık olmaman, mutluluğu âşık olmadığın kişide yakalaman gerekiyor."

"Değişmez kural değil ya! Sen asıl Robin'e dikkat et. Sana olan bakışları gitgide ısınmakta. Bu gidişle sen kararını verinceye kadar körkütük âşık olacak zavallı..."

Şu sıralar aşkla, meşkle uğraşacak halde değilim. Tek derdim, Türkiye'ye gidebilmek! Ferda'yla Emre'nin nikâh tarihleri belli oldu: 16 Ekim. Emre'nin doğum günü. O gün mutlaka orada olmalıyım!

Amerika'da işe başlamanın üzerinden bir yıl geçmeden izin kullanılamıyor. Benimse altı ayım bile dolmadı henüz. Ne yüzle izin isteyeceğimi bilemiyorum.

"Madem senin için bu kadar önemli, işi şansa bırakmamalısın," diyor Robin. "Personel işleri müdürü gibi küçük insanlarla uğraşacağına, doğrudan doğruya genel müdürün karşısına geç, derdini anlat."

Koskoca şirketin personel işleri müdürünü bile "küçük insanlar" sınıfına koyması canımı sıksa da, dediğini yapıyorum. Gözümü karartıp genel müdürün karşısına geçerek, kardeşim kadar yakın arkadaşlarımın düğünü için Türkiye'ye gitmek zorunda olduğumu, üç günlük bir izni bile kabul edebileceğimi, bu sürenin gelecek yılki iznimden kesilebileceğini anlatıyorum.

Genel müdür, olumlu ya da olumsuz, hiçbir ifade taşımayan bakışlarla uzunca bir süre süzüyor beni.

"Yalan söylemediğin için kutlarım seni," diyor ardından. "Bu tür önerilerle sık sık karşılaşırız. Ama öneri sahibinin ya annesi hastadır ya da babası yahut bir yakınını kaybetmiştir. Bu tür dolambaçlı yollara sapmadığın için istediğin izni hak ediyorsun. Personel işlerini arayıp söyleyeceğim; belirlediğin tarihler arasında bir haftalığına izinlisin."

Ezile büzüle girdiğim odadan sevinçten kanatlarla, uçarak çıkıyorum. Gene haklı çıktı Robin! Ondan öğreneceğim daha çok şey var...

Robin beni New York'a, havaalanına kadar götürüyor. Uçuş kartımı alıp çıkış kapısına doğru yürürken elimi tutup sarılıyor bana.

"Kendi ülkende sakin kafayla düşünebilirsin," diyor. "Döndüğünde kararını beklediğimi söylersem, kızmazsın bana, değil mi?"

"O konuyu unuttuğunu sanmıştım," diye gülüyorum.

"Aklımdan hiç çıkarmadım ki," diyerek bedenime dolanmış kollarını daha da sıkılaştırıyor. "Özleyeceğim seni..."

Ve hiç beklemediğim ani bir hareketle eğilip dudaklarımdan öpüveriyor. Güçlükle sıyrılıyorum kollarından.

"Bu yaptığının, vereceğim kararda etkili olmasını aklına bile getirme," diye gülmeye çabalıyorum. "Sınırlarını biraz aşmış olsa da, arkadaşça bir öpücük niyetine kabul ediyorum."

✣ ✣ ✣

Türkiye'deki ilk günüm, özlediklerime kavuşmanın tadını çıkarmakla geçiyor. Ertesi sabah da, en uzaklardan gelmiş davetli kimliğimle düğün için hazırlanmaya koyuluyorum.

Ferda'nın ve Emre'nin aileleri, önceleri sorun haline getirdikleri düğünün yeri konusunda bir orta yol bulmuşlar. Bugün öğleden sonra, nikâh dairesinde nikâh kıyılacak. Akşam da İstanbul'daki yakınlarına küçük bir düğün yemeği verecekler. Benzeri bir yemek, daha sonra Bursa'daki akraba ve yakınlar için, bu kez Bursa'da yinelenecek. Bizi ilgilendiren, programın İstanbul'daki bölümü.

Nikâh salonuna ailecek gidiyoruz. Hem törene, hem de akşamki yemeğe annemle babam da davetli.

Ferda, güpür dantelden omuzlarını açıkta bırakan, kabarık eteği pembe, beyaz çiçeklerle süslü gelinliğinin içinde dünyalar güzeli bir gelin olmuş. Emre de, siyah smokiniyle yanındaki geline yaraşır yakışıklılıkta. Konumlarını unutup bana doğru koşuyor ikisi de.

"Sen olmasan kıyılmazdı bu nikâh," diye yanaklarımdan öpüyorlar.

Orada bulunuşumla en az gelinle damat kadar ilgi topladığımın farkındayım. İyi ki gelmişim! Yalnız Ferda ve Emre'yle değil, diğer arkadaşlarımla da özlem gidermenin tadını çıkarıyorum.

Salona geçmeye hazırlanırken, Murat beliriyor karşımda. Doğruca gelip kucaklayıveriyor beni. Ardından annemle ve babamla tokalaşıyor.

"Bizimkiler gelmedi," diyor. "Babam rahatsız. Bursa'daki yemeğe katılacaklar nasılsa..."

Umurumdaydı sanki! Şu anda ne Bursa, ne de Bursa'dakiler zerrece ilgilendirmiyor beni.

Düğün yemeği için küçük, ama şirin bir salon seçmiş bizimkiler. Annemler Ferda'ların aile masasında oturacaklar. Bizse, İTÜ'lü arkadaşlarımızla gençler masasında.

Gurbetten sılaya gelmiş Aslı'larını masanın baş köşesine oturtuyor arkadaşlarım. Murat ortalarda yok ama, yanımdaki yerin özellikle boş bırakıldığı da gözümden kaçmıyor.

Yanılmamışım. Murat, kapıdan içeriye girer girmez, doğruca gençler masasına gelip yanımdaki sandalyeye oturuyor. Herkes, benimle ilgili öylesine çok soru biriktirmiş ki içinde, onunla da ancak diğerleri kadar konuşabiliyorum.

Ferda'yla Emre'nin salona girişiyle, üzerimdeki ilgi hafifliyor. Murat da bunu bekliyormuş gibi elini omzuma atıp, "Çok özlemişim seni Aslı!" diyor. Sesimi çıkaramıyorum, bedenine yasladığı bedenimi geri çekemiyorum. Ama bundan sonrasında söylediklerine sessiz kalmam imkânsız.

Salonun ortasında ilk danslarını yapan Ferda'yla Emre'ye bakarak, "Sözlerinde durmadılar," diyor Murat. "Bizim nişanlanmamızı bekleyeceklerdi."

"Sen hâlâ orada mısın Murat? O defteri çoktan kapatmamış mıydık biz?"

"Yapamayacağım şeyleri isteme benden! Yüreğim seni sevmekten vazgeçmiyor."

Gözlerimde, yüzümde, saçlarımda gezdirdiği özlemiş bakışları boynuma indiğinde donup kalıyor.

"Ama görüyorum ki sen, sözünü ettiğin defteri kapatabilmişsin. Ellerimle boynuna taktığım kolyeyi söküp atabilmişsin..."

İçgüdüsel bir karşı koyuşla, "Hayır!" diye haykırıyorum. "Atmadım onu... Denize düşürdüm."

Sonra da kolyenin öyküsünü ayrıntılarıyla anlatıyorum. Tekrar tekrar denize dalıp umarsızca arayışımı, çektiğim üzüntüyü, döktüğüm gözyaşlarını...

Keşke tüm yaşadıklarımı bu kadar açık yüreklilikle ortaya dökmeseymişim! Ben anlattıkça Murat'ın yüzündeki kırgın ifade, yerini umuda ve sevince bırakıyor çünkü.

"Üzülme," diye uzanıp elimi tutuyor. "Biliyorsun, o sonsuzluğun şeklini ben çizmiştim. Hâlâ duruyor. Hemen yarın kuyumcuya veririm. Sen dönünceye kadar yetiştirirler."

"Buna gerek yok Murat. Kolyeyi kaybedişimin rastlantı olmadığına inanıyorum ben. Sonsuzluğun da bir sınırı var. Ve herkes kendi sonsuzluk sınırını kendisi çiziyor. Biz de, tam o noktadayız işte!"

"Ne anlama geliyor bu?"

"Bana verdiğin kolye, yani aşkımız, denizin sonsuzluğuyla birleşti; sonsuzluğa ulaştı. İkimizden de çok uzaklarda artık. Peşinden koşmaya, yakalamaya gücümüz yetmez."

"Yani?"

Sil baştan, ona doğruları gösteremeyecek kadar yorgun hissediyorum kendimi. Dilimin ucuna gelen sözcükler, kendiliğinden dökülüveriyor dudaklarımdan.

"Evleniyorum ben Murat!"

Bir anda taş kesilmiş, mermer yontu donukluğuna bürünmüş yüzüne bakacak gücüm yok.

"Amerikalı bir profesör," diyorum. "Ölesiye bir aşk yok aramızda. Ama iyi anlaşıyoruz. Doğru yolda olduğuma inanıyorum. Sen de benden vazgeçip kendi yolunu çizmelisin artık..."

Duymuyor beni, dinlemiyor. Başını ellerinin arasına almış, varlıkla yokluk arasındaki ince çizgide umarsızca çırpınıyor. Neden sonra kendini toparlayıp zehirli birer oka dönüşmüş bakışlarını gözlerime dikiyor.

"İstanbul'dan Bursa'ya gelemedin ama, Amerika'ya gelin gitmeyi, oralara yerleşmeyi göze alabiliyorsun demek... Umarım mutlu olursun."

Yanıtımı beklemeden yerinden fırlıyor. Kimselere veda etmeden, koşar adımlarla salonun kapısında gözden kayboluyor.

Ayrılırken, "Murat nerede?" diye soruyor Ferda.

"Gitti!" diyorum usulca. "Gitti..."

Yüreğimin sonsuzluğuna gömdüm onu, diye fısıldıyorum kendi kendime.

(Bu, Murat'ı son görüşüm oluyor. İki gün sonra internetten gönderdiği dizelerle aşkımıza son noktayı koyuyor. İlginçtir; bu, Nâzım Hikmet'in de ölmeden önce yazdığı son şiiri!

Gelsene dedi bana
Kalsana dedi bana
Gülsene dedi bana
Ölsene dedi bana

Geldim
Kaldım
Güldüm
Öldüm

Altında tek satırlık bir ekleme var Murat'tan:
"Öl dedin, öldüm!...")

✣ ✣ ✣

Ertesi sabah kahvaltı masasında, annemle babamın meraklı sorularına hedef oluyorum.

"Murat'a ne dedin de, öyle apar topar çekip gitti?" diyor annem.

"Önemli bir şey değil, evleneceğimi söyledim ona."

"Ne dedin sen?" diye haykırıyor annem. "Bu da nereden çıktı şimdi?"

"Evleneceğimden değil," diye gülüyorum. "Öyle söylemem gerekiyordu."

"Yani, böyle bir durum yok ortada..." diyor babam.

"Yok sayılır."

"Ne demek yok sayılır?" diyor annem isyanla. "Neler olup bittiğini herkesten önce bizim bilmemiz gerekmez mi?"

"Sakin olun... Evet, gerçekten de ciddi bir evlenme teklifi aldım. Ama bu teklife sıcak baktığımı söyleyemem."

"Deli etme adamı da anlat şunu," diyor annem.

"Arabayı satın aldığımız profesörü hatırlıyor musun? Robin Coleman... İşte o!"

"Aman Allah'ım, hem de Amerikalı! Onun için kendini beğenmiş, itici biri, demiyor muydun sen?"

"Başlangıçta öyleydi. Arkadaş olduk sonra. Çok yardımı dokundu bana. Hepsi bu."

Daha fazla dayanamıyor babam.

"Hepsi bu, diyorsun ama, seninle evlenmeyi düşünebilmiş bu adam."

"Önemli olan, onun değil benim ne düşündüğüm."

"Ah kızım, ah," diye sızlanıyor annem. "Gözümün önünden uzaksın, diye yanıp yakılırken; evlenip oralara yerleşmene hiç katlanamam. Bize bunu yapamazsın!"

Keşke söylemeseydim! Boşuna telaşlandırdım onları. Gün boyu köşelere çekilip tasalı yüzleriyle fısıl fısıl konuştuklarını gördükçe üzülüyorum. Kim bilir, kafalarında ne senaryolar yazıyorlar.

Akşam yemeğinde, kararlı bir tavırla yeniden konuyu açıyor babam. Belli ki konuşmuşlar, tartışmışlar; uzlaştıkları görüşlerini bana iletmeye hazırlanıyorlar.

"İlk anda karşı çıktığımıza bakma," diyor babam. "Önünde, sana ait bir yaşam var. Kararlarını kendin vereceksin. Ancak, çok iyi düşünmen gerek. Karşındaki insanı her yönüyle tanımadan önemli adımlar atmamalısın. O profesör... Yaşça çok mu büyük senden?"

"On dört yaş var aramızda."

"Sorun yaratmıyorsa önemli değil. Önemli olan, beyinlerin ve ruhların anlaşması."

"Amerikalı olmasaydı bari," diye içini çekiyor annem. "Kızımızın yüzüne hasret bırakacak bizi."

"Durun bakalım," diyorum. "Üzülmenizi gerektirecek bir durum yok ortada."

"Üzülmüyoruz kızım," diyor babam. "Senin için endişeleniyoruz yalnızca. Yanlış anlama, Amerikalı biriyle evlenmene karşı değiliz. Sen uygun görüyorsan, bizim için sorun yok. Yeter ki kendini onun yanında mutlu hissedebilesin. Robin ya da bir başkası, eş seçiminde ölçün bu olmalı. Kendini mutlu hissedebileceğin birinin yanında sürdürmelisin yaşamını. Burada ya da Amerika'da; Türk ya da Amerikalı; bunlar ikinci planda kalacak ayrıntılar."

"Anlayışınız için teşekkürler. Ama boşuna tartışıyoruz bunları. Merak etmeyin, konuşulmaya değer bir durum olduğunda bir saniye bile beklemem; hemen ararım sizi. İçiniz rahat olsun..."

30

Robin, uğurladığı gibi, gene New York'ta, havaalanında karşılıyor beni. Kaldığımız yerden devam etmek istercesine, güçlü kollarıyla sımsıkı sarılıp dudaklarımdan uzun uzun öpüyor beni. Bunları yaparken, çocuksu bir sevinç var yüzünde.

İki saatlik yolun güle konuşa, nasıl geçtiğini anlamıyorum. Hartford'a ulaştığımızda Robin, bavulumu yukarıya çıkarıp kapının önünde bırakıyor beni. İçeriye girmiyor.

"Hazırlamam gereken raporlar var, kusura bakma," diyor. "Ama yarın akşam, yemekte beraberiz."

Eve girdiğimde hiç ummadığım bir sürpriz bekliyor beni. Mis kokulu bir gül bahçesindeyim sanki.

"Atağa kalktı seninki," diyor Özden. "Sabahın köründe gelip elleriyle, tek tek yerleştirdi gülleri."

Koltukların, sehpaların, yatağımın, başucumdaki komodinin üzeri; ayağımı bastığım, elimi attığım her yer kırmızı güllerle bezeli. Karşılaştığım tablo karşısında gülüveriyorum.

"Romantik Amerikalı!" diyor Özden. "Kutlarım seni; sert kalıbından dışarı çıkarıp deli etmeyi başardın sonunda."

Ertesi sabah, telefonla arayıp yarattığı "gülistan" için teşekkür ediyorum Robin'e.

"Beğendin mi?" diyor. "Ülkesinden kopup gelmiş gurbetçiye iyi gelir, diye düşündüm."

Gülleri ve yarattıkları etkiyi burada bırakıyoruz. Akşam yemeği için buluştuğumuzda karşımda oturan, bildiğim eski Robin...

Gülüyor, konuşuyor, espriler yapıyor; ama kararımın ne olduğunu sorup beni sıkıntıya sokmaktan özellikle kaçınıyor. Üstüme gelmiyor, tam tersine aramızdaki arkadaşlık bağının ne kadar vazgeçilmez bir hale geldiğini vurgulamaya çalışıyor.

"Geçen hafta sonu sıkıcıydı," diyor. "Varlığına alışmışım."

Türkiye'yi soruyor, düğünün nasıl geçtiğini. İstanbul'u anlatıyorum ona, Boğaz'ı; dünyanın tartışmasız en güzel yeri olduğunu...

"Öyle güzel dillendiriyorsun ki, oralarda yaşayası geliyor insanın," diyor. "Orta yaşlı bir adamım ben. Bir de bakmışsın, emeklilikten sonra İstanbul'a yerleşivermişim."

Bana sunulan, geleceğe yönelik bu ikramı duymazdan geliyorum. Üzerine söz söylemeye kalksam, şu anda hazır olmadığım tartışmalara girmek zorunda kalacağım. O da anlamış gibi, bir başka konuya atlıyor zaten.

"Önümüzde, hafta sonunu da içine alan üç günlük bir tatil var," diyor. "Eğer uygun görürsen, Maine'e gidip bizimkilerle tanıştırmak istiyorum seni."

Karar vermek için düşünmeme fırsat tanımak ister gibi, ailesiyle ilgili ayrıntıları anlatıyor bana.

"Annemle babam, kış aylarını Florida'da, yazı da Maine'de, Augusta'da geçirirler. Florida, yazın çok sıcak oluyor. Bizimkiler yaşlı; herkes güneye tatile inerken, onlar kuzeye serine kaçarlar. Kışın da karlı ve buzlu Maine'den daha ılıman iklimli Florida'daki evlerine göçerler. Şu sıralar, kış öncesi güneye inmenin hazırlığı içindeler. Fırsat bu fırsat; Maine'i de görmeni isterim. Ne dersin?"

Altında farklı amaçların yattığını sezinlesem de, Robin'in önerisine "hayır" diyemiyorum.

✣ ✣ ✣

Maine, Amerika'nın kuzeydoğu köşesinde, Kanada sınırında, küçük bir eyalet. Robin'in annesiyle babası, Maine'in başşehri Augusta'da oturuyorlar.

Sabah erkenden yola çıkıyoruz. Kuzeye doğru ilerledikçe, değişen iklimle beraber, yeşilin yoğunluğu da gitgide artıyor; göz alabildiğine uzanan yeşil alanlar, sık ağaçlı ormanlara dönüşüyorlar.

Yedi saatlik yol boyunca Robin'le beraber olmaktan hiç sıkılmıyorum. Belli ki, profesörlük unvanını Hartford'ta bırakmış. Benim yanımda oturan da; yapmacıksız, doğal yüzüyle gülüp konuşan, hep bu haliyle görmek istediğim gerçek Robin...

"Şu köprüyü geçtik mi, geldik sayılır," diyor.

Altından boz bulanık bir nehrin aktığı metal parmaklıklı köprü, kararmaya yüz tutmuş havanın ve yoğun nemin tesiriyle çöken sis perdesinin altında gizemli bir görünüme bürünmüş.

"Buradan her geçişimde, garip bir ürküntü duyarım," diyor Robin. "Hele yalnızsam..."

Anlaşıldı, onun da herkes gibi ufak tefek fobileri var. Güçlü duruşunun arkasında zayıf yanlarının da olabileceğini öğrenmek hoşuma gidiyor. Kim bilir, belki de hoşuma gideceğini bildiği için paylaşıyor benimle...

Augusta, dünya üzerindeki en sakin ve kendi halinde başşehirler listesinde, kesinlikle ilk sıralarda yer alır. Hartford'ı sakin bulan arkadaşlarım, gelip burayı görmeliler.

Genişliği havaalanlarındaki uçuş pistleriyle yarışabilecek caddelerde tek tük araba var. Nüfus yoğunluğu da hayli düşük. Sokaktaki insanlar ise, kentin dingin havasının birer parçasıymış gibi telaşsız, sakin ve rahat davranışlar içindeler.

Maine'in en büyük şehri Augusta değil, Portland. Kuzeydoğu bölgesinin en büyük limanı olan Portland, 1832'ye kadar eyaletin başşehriymiş. Sonrasında, Augusta başkent olmuş nedense.

Ana caddeyi izleyerek, şehrin ormanla bütünleştiği kuzey bölümüne doğru ilerliyoruz. Çiçeklerle bezeli geniş göbeği dönünce, yemyeşil bir tepeliğin üzerine serpiştirilmiş üç katlı, prefabrik görünümlü, Amerikan mimarisini yansıtan evler çıkıyor karşımıza. Yalnızca beş küçük apartmanın yer aldığı, şirin bir sitecik.

Robin'in kornaya basmasıyla, orta bölümdeki binanın üst kat balkonunda iki kişi beliriyor. Robin'in annesiyle babası!

Arabayı otoparka bırakıp bagajdaki çantalarımızı alırken, garip bir tutukluk çöküyor üstüme. Ne işim var benim burada?... Robin, çektiğim yabancılığı hissetmiş gibi, koluma giriyor; küçük, ahşap bir köprüyü adımlayarak eve doğru yürüyoruz.

Colemanlar, merdivenin başında karşılıyorlar bizi. Güler yüzlü, sevecen tavırlı iki şirin ihtiyarcık. Robin'den önce beni kucaklıyorlar. Oğullarının arkadaşı değil de, onların birinci dereceden yakınıyım sanki.

Bu sıcak karşılama, üzerimdeki gerginliği atmama yetiyor. Robin'se, annesiyle babasını görünce şımarıveren çocuklar gibi, bir elini annesinin, diğer elini babasının omzuna atmış, onları bana tanıtmaya çalışıyor.

"Annem Carol, senin de gördüğün gibi, dünyanın en güzel kadınıdır," diyor. "Babam da bir numaralı yakışıklısı!"

Carol, doksan kiloluk bedeniyle barışık, tombul bacaklarının ancak yarısını örten pembe bir şort giymiş. Şişmanlığını sorun etmediği belli. Dale, eşinin tersine, ince uzun bir bedene sahip. Dış görünümlerindeki farklılığı yadsıyan, onları aynı ortak paydada buluşturan özellik ise, gözlerinin içinden taşıp karşısındakini sarıp sarmalayan o sıcacık gülüş.

"Aslı, anlattığından da güzelmiş, Robin!" diyor Carol. "İnci tanesi gibi. Gözleri de birer ateş parçası sanki."

"İyi ki geldin," diyor Dale de. "Robin'in ağzından o kadar çok dinledik ki seni... Tanışmak için sabırsızlanıyorduk."

"Acıkmışsınızdır siz," diye doğruluyor Carol. "Yemekler hazır. Sofrayı kurayım ben..."

Hemen yerimden fırlayıp yardım etmeye davranıyorum.

"Kesinlikle olmaz!" diyor Carol. "Yol yorgunusundur sen. Robin odanı göstersin, yerleş. Ama fazla oyalanma; hep gözümün önünde ol, istiyorum."

Evleri üç oda ve geniş bir salondan oluşuyor. Bana ayrılan oda, orman tarafına bakıyor. Çantamı yere bırakıp pencereye koşuyorum. Gökyüzüne uzanan ağaçların sıklığı, o sıklık arasında beliriveren küçük hareketlenmeler, ürküntüyle karışık bir merak uyandırıyor içimde. Biraz önce Robin'le beraber üzerinde yürüdüğümüz köprünün altından yıldırım hızıyla geçen, ne olduğunu kestiremediğim hayvan, daha da körüklüyor merakımı.

Colemanların yanına dönüp, "Kocaman kuyruklu, tavşana benzer bir hayvan gördüm!" diye haykırıyorum.

"Kunduz ya da kokarca olmalı," diye gülüyor Robin.

Daha önce hiç görmediğim hayvan türleri... Ormanın kuytuluklarında başka neler var, diye düşünmekten kendimi alamıyorum.

Aklımdan geçenleri okumuş gibi, "Ne ararsan bulunur buralarda," diyor Dale Coleman. "Kışın en karlı olduğu soğuk günlerde, evlerin önüne tilki bile inermiş. Ama o tarihlerde güneyde oluyoruz biz."

"Evet," diyor Carol. "Burası biraz küçük, ama Florida'daki evimiz çok daha geniş ve konforludur. Oraya da gelmelisin Aslı! Seni rahat ettireceğimizden kuşkun olmasın."

Dana rosto, haşlanmış fasulye, mısırlı pilav, deniz ürünleri salatası ve dondurma... Carol'ın mutfağından sofraya ulaşanlar, bunlar.

"Domuz eti yemediğini biliyorum," diyor Carol. "O yüzden dana etini seçtim."

Bunları söylerken takındığı tavır öylesine sevecen ki, Amerika'da da Türk konukseverliğine özdeş yaklaşımların bulunabileceğini düşündürüyor bana.

Gece boyunca yağmur yağıyor. Öyle böyle değil; durmaksızın, bardaktan boşalırcasına, saçaklardan aşağıya inen kesintisiz bir su perdesi gibi. Ertesi gün sel gelebileceğinin, bu durumun gezi programımızı olumsuz yönde etkileyeceğinin ürküntüsüyle huzursuz bir uykuya dalıyorum.

Sabah kalktığımda karşılaştığım tablo şaşırtıyor beni. Yağmur sonrasının berraklığıyla yıkanmış, pırıl pırıl bir hava... Gökyüzünden yere inen onca suyun nereye gittiğinin, nasıl olup da hepsinin toprak tarafından emilebildiğinin merakındayım.

"Carol'ın kahvaltı sofrası zengindir ama, sizi brunch'a götüreceğiz," diyor Dale. "Kısıtlı zamanınız içinde Augusta'nın özel mekânlarını görmeni istedik."

"Bakma böyle söylediklerine," diye gülüyor Robin. "Görülmeye değer fazla bir yer yok. Gideceğimiz Senator Inn de, buranın beş yıldızlı tek oteli."

"Her yıl evlenme yıldönümümüzü bu otelde kutlarız," diyor Carol. "Bizim için özel bir yerdir."

Her türlü yiyecek ve içeceğin yer aldığı zengin bir açık büfe; ferah, insanın içini ısıtan samimi bir ortam. Uzun masaların üzerine dizilmiş, dünya mutfaklarının özel tatlarından tabaklarımıza alırken; bir köşede, beyaz saten örtünün üzerinde duran servis tabağına takılıp kalıyor gözlerim: Halis muhlis Türk baklavası bu!

"Bizden de izler varmış burada," diye sevinçle Robin'i kolundan çekiştiriyorum. Ancak, servis tabağının altındaki yazı, başımdan kaynar suların inmesine yetiyor.

"Yunan baklavası!"

Tüm milliyetçilik duygularım isyana kalkmış, otelin mutfak sorumlusunu bulup hesap sormayı düşünürken... Robin, boş bir tabağa baklava dilimlerini özenle yerleştiriyor.

Masaya oturduğumuzda, örtünün üzerindeki tabağa düşmanımmış gibi bakıyorum.

"Yüzyılların geleneği," diyorum dişlerimin arasından. "Baklava, kesinlikle Türk tatlısıdır! Nasıl olur da kendilerine mal ederler?"

Dale Coleman, bir türlü yatışmayan öfkem karşısında anlayışla gülümsüyor.

"İzin verirsen, karşılaştığın bu tatsız duruma küçük bir açıklama getireyim," diyor. "Bunca yıllık hayatımda hem Türk, hem de Yunan dostlarım oldu. Gördüğüm kadarıyla, çeşitli nedenlerle buraya gelen Türklerin Amerika'dan beklentileri Yunanlılardan daha farklı. Siz, genellikle öğrenim ve akademik kariyer yapmak için geliyorsunuz. İş hayatına atılanlar da üst düzey görevlerde yer alıyorlar. Büyük şehirlerde ünlü Türk lokantaları olsa da, Türkler restoran işine pek girmiyor. Yunanlılar ise tam tersine, bu dalda uğraş vermeyi seviyorlar. Türkiye ve Yunanistan, aynı yörenin kâh küs, kâh barışık kardeşleri. Damak tatlarınız, yemek çeşitleriniz ortak.

Bu konuyu önemseyen, özel tatları kendisine mal edip dünyanın her köşesinde, 'benimdir' diye sergileyebiliyor. Sizin tek sorununuz, bu tatlara yeterince sahip çıkmamanız ve tanıtım eksikliği..."

"Kısacası suç sizin!" diye araya giriyor Robin. "Sizler beyninizle buraya gelirken, komşunun çocuğu mutfağını taşıyor Amerika'ya. Aradaki dengeyi sağlayabilirseniz, sorun kalmayacak."

Carol, üzülmeme dayanamamış gibi, "Aldırma sen," diyor. "Mutfak kültürü evrenseldir. Öyle tatlar var ki, kim sahip çıkarsa onun elinde kalıyor. Ama biz bugün, baklavayı Türk tatlısı olarak yiyeceğiz..."

Otelden çıkınca Carol'la Dale'i eve bırakıyoruz, kendileri öyle istiyor. Augusta'yı Robin'le baş başa gezmemizi daha uygun buluyorlar.

"Maine, sayılamayacak kadar çok sayıda gölün ve irili ufaklı nehrin ortasında, Amerika'da sonbaharın en güzel yaşandığı eyalettir," diyor Robin.

Gerçekten de öyle. Hartford'ın sonbaharında gözlemlediğim şiirsel tablonun buradaki yüzü, erişilmez güzellikte. Kırmızıdan tu runcuya, pembeden erguvana uzanan renk mozaiğinde keyifli bir yolculuk süren kavak, huş, ceviz, akağaç, meşe, kestane, kızılcık ağaçlarının her bir yaprağı, ayrı bir dize sanki.

Orman, göl ve nehir üçlüsünün sık sık yer değiştirdiği yeşillikler ülkesinde, düşler âlemine dalıyoruz Robin'le. Arabadan inip göl kenarlarında yürüyoruz; doğanın ortasında, kendimizi doğanın bir parçası gibi hissederek, kızarmış sonbahar yapraklarına övgüler düzüyoruz.

"Yorulmuşsundur," diyor Robin. "Augusta'daki biricik dinlenme mekânıma götüreyim seni."

Robin'in sözünü ettiği yer, iç içe geçmiş alışveriş merkezlerinin sağ köşesindeki, kapısında "Library" yazan kütüphane. İçeriye girer girmez, türlerine göre bölümlere ayrılmış zengin bir kitap diyarında buluyoruz kendimizi. Yazın konusunda yok yok burada. Bir yaşın altındaki altı bezli bebekler için bile, onların ilgisini çekebilecek kitaplar var.

Rafların arasındaki gezintimiz bitecek gibi değil. En kapsamlı köşe Stephen King'e ayrılmış.

"Stephen King, Maine'lidir," diyor Robin. "Portland'da doğmuş. Hikâyelerinin pek çoğu burada geçer. Maine sokaklarında gezinenler, King'in anlatılarının etkisiyle, ürküntüye kapıldıklarını söylerler. Hayal gücüyle yaratılanları gerçeklerden ayıranlar içinse, sorun yoktur."

"Bizi yaşatan hayallerimizdir, demiştin bir keresinde..."

"Aksini iddia etmiyorum ki. Evet, hayallerimizle yaşarız ama, bizi ayakta tutan gerçeklerdir."

Hayallerinle gerçeklerinin kesiştiği çizginin hangi yanında yer alıyorum ben Robin? Ulaşılamayacak bir hayal olarak mı görüyorsun beni, yoksa ayakta durman için gerekli bir gerçek miyim senin için?

Stephen King'in, konusu Maine'de geçen kitaplarından birini alıp bana armağan ediyor Robin. Rüya gibi geçen bir günden geriye kalacak, somut bir gerçeklik kanıtı niyetine.

Kütüphanenin yan tarafında, kitapla yolculuğunu tamamlamış okurların, oturup bu kez de okuma serüvenine kulaç attığı şirin bir kafe var. Satın aldıkları kitap, dergi ve gazeteleri okuyup bir yandan da çaylarını, kahvelerini yudumluyorlar. Penceresinden Augusta'yı kuşbakışı gören köşedeki masaya geçip oturuyoruz. Ben King'in kitabını incelerken, Robin de aldığı dergiyi karıştırıyor.

"Mürekkep kokusunu özledin galiba," diyorum. "İki gündür uzak kaldığın dostlarına kavuşmuş gibisin. Kitaplarına..."

"Sen yanımdayken onların bile eksikliğini hissetmiyorum. Ama burada, hep beraberken daha mutlu olduğumu söyleyebilirim."

Kahvelerimizi içerken, pastane bölümünün vitrinindeki albenili kurabiyeleri gösteriyor Robin.

"Kahveyle pek iyi gider ama, iştahını ıstakoz ziyafetine saklamalısın. Maine, adı lobster(*) sözcüğüyle beraber anılır. Dünyanın en ünlü ve en iri ıstakozları buradan çıkar ve dünyanın her tarafına ihraç edilir. Son derece kaliteli ve lezzetlidir, yediğinde bana hak vereceksin."

Pek hevesli değilim açıkçası, ama Robin'in isteğine karşı çıkamıyorum.

Şık bir su ürünleri lokantası... Girişte "ıstakozluk" denen, akvaryum görünümünde geniş havuzlar var. Istakozları diri tutabilmek için burada bekletiyorlarmış. Son derece itici bir manzara!

Robin'in, "Yengeçler grubundandır," diye açıkladığı, yengecin daha iri ve uzun olanı, diyebileceğim kabuklu hayvan, ürküntü veriyor içime. Beş çift bacağından birinci çiftinin ucunda iri kıskaçları var. Ağır devinimlerle kıpırdandıkça, "Ben bunu yiyemem!" diye haykırasım geliyor.

En iri, en gösterişli olanını seçerek pişirmelerini söylüyor Robin. İçeriye geçip masamıza oturuyoruz.

(*) Istakoz.

Huzursuzum. Hem de çok... Robin'se durumun farkında bile değil.

"İstersen, nasıl pişirildiğini görebilirsin," diyor.

"Gerek yok!" diye sözünü kesiyorum. "Biliyorum, diri diri kaynar suya atacaklar hayvanı..."

"Öyle yapmaya mecburlar. Öldürüldüğü zaman, kabuğun altındaki et küçülüp büzüşüyor; hiçbir değeri kalmıyor."

"Ama bu vahşet! Kaynayan suyun içinde acı çığlıklar attıklarını duymuştum."

"Sandığın gibi değil. Çığlık, dedikleri sesler; kabukların, buharın etkisiyle genleşmesi sonucu çıkıyor. Istakozların ses telleri yok zaten."

"Sesin nereden geldiği önemli değil. O acıyı çekiyorlar ya..."

"Yanılıyorsun. Asla acı çekmiyorlar; çünkü ıstakozların beyinleri de yok."

Uzunca bir süre beklememiz gerekiyor. Tuzlu ve sirkeli kaynar suya atılan ıstakozun boyunun her santimi için bir buçuk dakika kaynatılması gerektiğini söylüyor Robin.

"20. yüzyıldan önce yenmesi makbul değilmiş," diyor. "Hatta, fakirlik göstergesi sayılırmış. Sonradan, tercihler değişince, sofraların baş tacı oluvermiş."

Kocaman bir servis tabağının ortasında yatan, ilk gördüğümden daha kırmızı bir renk almış (Pişince rengi kızarıyor!) ıstakoza bakmamaya çalışıyorum. Robin'se, karnının altı ve kuyruk tarafını özel ıstakoz makasıyla keserek, kabuğun içindeki eti çıkarıp dilimliyor. Bu işlemin bendeki etkisinin pek hoş olmadığını sezmiş gibi, kabukların yığıldığı tabağı garsonun aracılığıyla masadan uzaklaştırıp ancak ondan sonra ıstakoz dilimlerinin üzerine özel sosunu dökerek tabağıma servis yapıyor.

"Öldürerek yediğimiz diğer hayvanlardan fazla bir farkı yok," diyor. "Ya sıkı bir vejetaryen olup tümünü defterinden sileceksin ya da 'Onların yazgısı bu,' deyip doğanın insana tanıdığı ayrıcalığın tadını çıkaracaksın."

Başlangıçta, tek lokmasını yiyemem, dediğim dilimleri önce yavaş yavaş, sonra da büyük bir beğeniyle atıştırmaya koyuluyorum.

Evet, bu onun yazgısı! Kendi yazgıma bile söz geçiremeyen ben, kurulmuş düzende tek taşı oynamayan farklı yazgılara kafa tutacak değilim ya...

* * *

O gece, ormana bakan balkonda oturmuş, karanlığın içinde oradan oraya yer değiştiren hayvancıkları izliyoruz Robin'le. Ağaçların arasındaki en ufacık bir hareketlenmeyle heyecanlanıveriyorum. Ürküntü duymuyorum, bana ulaşacak kadar yakın değiller; üstelik yanımda ellerimi ellerine hapsetmiş bir Robin var.

Baharda eriyen kar sularıyla zenginleşen, bu mevsimde susuz kalmış dere yatağındaki kıpırtıyla, "İşte!" diye haykırıyorum. "Sincapla tavşan arası, kocaman bir yaratık var şurada."

Gözlerini gösterdiğim yöne çevirip, "Kunduz," diyor Robin. "Kanada kunduzu..."

Elektrik direklerinden dökülen solgun ışıkların aydınlığında görebildiğim kadarıyla, kızılımsı esmer renkte, kuyruğu bedenine yakın uzunlukta, çok hızlı hareket edebilen, "şirin" diyebileceğim, birkaç karışlık bir hayvancık.

"Sıkı bir kemirgendir," diyor Robin. "Ağaç kabukları, otsu bitkiler; ne bulursa gövdesine indirir."

Köprünün altından hızla geçen bir başka hayvan, kunduzun varlığını unutturuyor bana. Siyah; sırtında üç sıra beyaz çizgi bulunan sevimli bir yaratık. Kunduzdan daha güzel görünüyor gözüme.

"O bir kokarca," diyor Robin. "Göründüğü kadar masum değildir. Sansargiller familyasından, etçil bir hayvandır. Tavşan etine bayılır. Fare, balık, kurbağa cinsinden hayvanları da affetmez. En önemli özelliği ise, kendini tehlikede hissettiği zaman, kuyruğunun çıktığı yerde bulunan iki büyük misk bezinde sakladığı kötü kokulu sıvıyı düşmanının üzerine fışkırtmasıdır. Sevimli görüp de yanına yaklaşmanı hiç önermem."

Robin'in babasının gelişiyle konuşmamız bölünüyor. Dale'in elinde büyücek bir kâse içinde patlamış mısır var.

"Sizin için patlattım," diyor. "Bu konuda iddialıyımdır. Yağı, tuzu tam kıvamında. Umarım beğenirsiniz..."

"Zahmet etmişsiniz," diyecek oluyorum.

"Ne zahmeti?" diye gülüyor. "Marifet mutfaktaki mikrodalga fırında. Benim yaptığım, hazır mısır paketlerini açıp patlamalarını seyretmek yalnızca."

Kâseyi sehpanın üzerine bırakıp içeriye giriyor. Beş dakika geçiyor, geçmiyor; bu kez kapının aralığında Carol beliriyor. Yumuşacık yün bir şalı omzuma bırakıp sarılıyor bana.

"Üşütmeyesin," diyor. "Bu hava çarpar insanı."

Bedeninden bedenime geçirdiği sıcaklık, tüm hücrelerime işliyor sanki. Minnetle bakıyorum gözlerine; usulca teşekkür ediyorum.

Şu son birkaç dakika, gerilerde kalmış eski bir film şeridini gözlerimin önüne seriveriyor. Bursa'da, Murat'ın baba evinde yaşadıklarım var o karelerde. Mihriban Hanım ve diğerleri... Hiç hak etmediğim halde, acımasızca aşağılanışım.

Carol'ı ve Dale'i onların yanına koyuyorum. Benzeşen tek bir nokta yok aralarında. Oysa, Murat'ın ailesinin bana daha yakın durması gerekmez miydi? Colemanlar için öylesine yabancıyım ki... Annemin, Robin'in Amerikalı oluşunu olumsuzluk diye nitelemesi gibi, onlar da beni yabancılayabilir, "Türk kızı" diye dışlayabilirlerdi.

Ama yapmadılar! Çünkü, Robin'i Murat'ın ailesinin Murat'ı sevdiğinden çok seviyorlar. Beni benimserlerse, oğullarını mutlu edeceklerini biliyorlar.

Buraya sıradan bir arkadaş kimliğiyle geldiğimi düşünmek saflık olur. Robin'in önceden bazı açıklamalar yaptığı kesin. Onlar da her kim olursam olayım, benim için yüreklerinin kapısını ardına kadar açtılar. Hem de kendi kanımdan, kendi canımdan bir Türk ailesinden göremediğim sıcaklıkta. Din ve milliyet kavramlarındaki farklılıkların, insanların yakınlaşmasında engel oluşturmayacağını gösterdiler bana. Keşke bu hoşgörünün, bu sevecenliğin milyonda birini Murat'ın ailesinden görebilseydim...

Carol, sabah erkenden kalkıp mısır ekmeği pişirmiş. Birkaç dilimini kahvaltı sofrasına koyup geri kalanını paketliyor.

"Buzdolabında uzun süre dayanır," diyor bana. "Isıtır, ısıtır yersin."

Annemin İstanbul'dan getirdiği simitler için söylediklerinin aynısı!

Isıtır, ısıtır yersin...

Sıradan gibi görünen, ama annemle Carol'ı aynı karede birleştiren sözler, bunlar.

Birazdan yola çıkacağız. Garip bir şekilde, bu insanları özleyeceğimi hissediyorum. Bizi uğurlamak için aşağıya kadar geliyorlar.

Önce Dale'le kucaklaşıyoruz. Sıra Carol'a geldiğinde, kollarını açıp sımsıkı sarılıyor bana.

"Çok sevdim seni Aslı!" diyor. "İlk gördüğüm anda kanım ısındı."

Elimi avuçlarının arasına hapsediyor.

"Robin'le birbirinize çok yakışıyorsunuz," diyor. "Tüm kalbimle, seni hep onun yanında görmeyi diliyorum."

İçinden geçenleri iletirken amacını aşmış gibi, söylenmemesi gerekenleri söylemenin suçluluğuyla gözlerini Robin'den kaçırıyor. Öyle sevimli bir çelişki içinde ki, dayanamayıp bu kez de ben onu kucaklayıveriyorum. Robin'se annesinin konuşma tarzından tedirgin, Carol'la aramızda oluşuveren doğal yakınlığa ne anlam vereceğini bilemeyen bakışlarla bizi izliyor...

Augusta'dan çıkıp yola koyulduğumuzda, uzunca bir süre konuşmuyoruz Robin'le. İkimiz de, geçirdiğimiz üç günü kendi içsel değerlendirmelerimizle bir yerlere oturtma çabasındayız.

"Nasıl buldun bizimkileri?" diye suskunluğunu bozuyor Robin.

"Anneni de babanı da gerçekten çok sevdim Robin. Bana gösterdikleri konukseverliği asla unutmayacağım."

"Annemin son söylediklerine kızmamışsındır, umarım. Sana gelinleri gözüyle bakmalarını, her şey olmuş bitmiş gibi erkenci davranışlarını yadırgama lütfen. Ne yapsın zavallıcıklar; ilk kez bir kız arkadaşımı bu şartlarda ağırladılar..."

Anlayabiliyorum onu. Ailesiyle beni tanıştırarak birbirimizle yakınlaşmamızı, eğer evlenirsek hiçbir sorun yaşamayacağımızı görmemi istedi. Ancak, olumlu da olsa, ikimizin dışındaki dış etkilerin kararıma yansımasından yana değil. Yabancı bir desteği arkasına almayı kendine yediremiyor.

Şu anda, Robin'in, geçerken ürküntü duyduğu köprünün üzerindeyiz... Gözlerim, aşağıda akan suyun nazlı devinimlerinde.

"Teklifin hâlâ geçerli mi Robin?" diye soruyorum. "Eğer vazgeçmediysen... Seninle evlenebilirim!"

Frene basmasıyla, yüksek perdeden homurtularla sarsıla sarsıla güçlükle durabilen cipten atlaması bir oluyor. Arabanın arkasından dolanıp kapımı açıyor, dışarıya çekiyor beni. Yüzümü avuçlarının arasına alıyor.

"Doğru mu duyduğum?" diyor. "Kabul ediyor musun beni? Evlenecek misin benimle?"

Bir Amerikalıdan bekleyemeyeceğim derecede sıcak, hatta ateşli bir tepki. Kararımın doğruluğundan emin olunca, doruklara tırmanıyor sevinci. Kollarımın altından tuttuğu gibi, havaya kaldırıyor beni; köprünün ortasında döndürerek daireler çizdiriyor. Ateşli öpücükler konduruyor dudaklarıma.

"Anlamsız ürküntülerle dışladığım bu köprünün, hayatımın dönüm noktası olabileceğini asla düşünemezdim," diyor. "Her yıl gelip, şu an durduğumuz noktada, bana yaşattığın mutluluğun yıldönümünü kutlamalıyız."

Eski yaşantımla bundan sonrasında yaşayacaklarım arasında gerçek anlamda köprü işlevi görecek bu yer, Robin'in geride bıraktığı ürküntülerine yön değiştirtip bu kez de beni hedef alarak, pişmanlığın dönüşü olmayan izlerini benliğime kazımaya kalkmaz, umarım...

31

Vereceğim kararı sabırla bekleyen Robin, evlenme konusunda aceleci davranıyor. Ona kalsa, bir ay içinde evleneceğiz. Bense, durumdan yakınlarımı haberdar etme aşamasındayım henüz.

Annemle babam, İstanbul'daki konuşmamızın ardından Robin'le evlenme haberine kendilerini alıştırmış görünüyorlar. Yüreklerinin sesiyle örtüşmese de, şekil olarak destekliyorlar beni.

Asıl tepkiyi Ferda'dan alıyorum. Karşı çıkıp olumsuz görüş belirtmese de, öncekilere benzemeyen yavan konuşmasıyla içinden geçenleri pek güzel anlatıyor.

"Ok yaydan çıktı mı, geri dönmez!" diyor. "Kararını vermeden iyi düşünmüşsündür, umarım. Çizdiğin yolun orta yerinde pişmanlığa düşmen, herkesten önce beni üzer."

Bugüne kadar öz kardeşim yerine koyduğum Ferda'm, benden çok Murat'a yakınmış, benim değil de onun kardeşiymiş gibi, görümce tavırlarıyla yaklaşıyor sanki bana.

Hartford'taki tepkiler ise son derece olumlu.

Necati Bey, verdiğim karardan memnun, "Buradaki baban benim," diyor. "Seni benden istemeliler."

Robin'i en az benim kadar tanıyan Özden de sıkı destekçilerimden.

"Amerikalıyla evlenme fikrine uzak dururdun ama, gördün işte; zor bulunur özelliklere sahip, harika bir insan Robin..." diye yüreklendiriyor beni.

Türk grubundaki arkadaşlarımın yaklaşımı da Özden'le aynı doğrultuda. "Koskoca profesöre 'enişte' dememiz uygun düşer mi?" diye takılıyorlar bana.

Adamslar ve Davisler, verdiğim haberi büyük bir müjde olarak algılıyorlar.

"Kız tarafıyız biz," diyor Susan. "Her zaman yanında olacağımızı unutma. Robin için garanti verebilirim. Onunla evlenmekten asla pişmanlık duymayacaksın."

Hazırlıklara başlamadan, Robin'i uyarıyorum.

"Geleneklerine, göreneklerine bağlı bir Türk ailesinden kız almak kolay değildir," diyorum. "Önce beni ailemden isteyeceksiniz. Kabul ederlerse söz kesilecek, nişan takılacak ki, düğünden söz edilebilsin..."

"Hemen gidip isteyelim seni," diyor.

Söylediklerinde son derece ciddi. Ama bu kadarına gerek yok. Ailelerin uzaktan uzağa tanışmaları ve uzlaşmaları da yeter.

Hemen ertesi gün, Robin'in babası Türkiye'yi arayıp babamla konuşuyor. "Allah'ın emri, peygamberin kavli" sözcükleri geçmese de, kendi diliyle beni babamdan istiyor. Ardından da aldığı olumlu yanıtı Robin'e müjdeliyor.

O gece yemeğe çıkıyoruz. Hartford'ın en ünlü restoranında yer ayırtmış Robin. Mum ışığının loş aydınlığında, kırmızı kadife bir kutu uzatıyor bana. Tek taş pırlanta bir yüzük! Kendi elleriyle parmağıma takıyor.

"Çok yakıştı," diyor. "Hep parmağında görmek isterim."

Hafta sonunda, arkadaşlarımızla buluştuğumuz yemekte de küçük bir nişan kutlaması yapıyoruz. Tüm yakınlarımdan uzakta, Amerika şartlarında yaşayabileceklerim bunlar...

Robin, öne sürdüğüm şartların hepsini tek tek yerine getirdi. Sıra, evlenme tarihimizi saptamakta. Takvimi önümüze alıp tartışıyoruz. Robin'in, yeni yılın ilk günleri üzerinde gezinen parmaklarını tutup ileriye çekme çabasındayım.

"Kış aylarında annemlerin gelmesi zor," diyorum. "Bahar bayramı daha uygun değil mi? Hem, tatil günlerinden de yararlanmış oluruz."

Kararımızı veriyoruz; hazırlıklarımıza başlayabiliriz artık...

Robin benden çok daha hevesli. Evini baştan aşağı yenileyerek başlıyor işe. Hafta içi pek az görüşebiliyoruz. Fakültedeki derslerinden arta kalan zamanlarını dekoratörlerle geçiriyor. Hafta sonlarında, yapılanları görmem için beni eve götürüyor.

Üst kattaki odalardan en büyüğü yatak odası olarak düzenlenecek. Boydan boya sürgülü kapılı dolaplar, karyola, etajerler, şifoniyer ve tuvalet masasının Hartford'ın en usta ellerinden çıkacağını söylüyor Robin. Kalın bir katalogdan model beğeniyoruz.

Odalardan birini de benim için, çalışma odası olarak ayırmış Robin. Kütüphanenin, çalışma masasının, gerektiğinde dinlenebileceğim kanepenin nerelere yerleştirilmesinin uygun olacağını soruyor bana.

"Şu köşeye mini buzdolabı koyalım," diyor. "Canın bir şey istediğinde, aşağı inmek zorunda kalmazsın."

İki duvarı boydan boya kütüphane olan kendi çalışma odasının da döşemelerini, perdelerini, koltuklarını değiştiriyor.

Yeni yaşama yeni ev felsefesiyle yaptıklarını bana beğendirmek için canını dişine takmış, özveriyle çalışıyor.

Gelinlik konusunda da çok titizleniyor Robin. En iyi terzilere diktirmemizi istiyor. Aynı görüşte değilim. Bugüne kadarki provalı giyimden uzak duruşumdan ödün vermeye hiç niyetim yok.

Bir hafta sonu, gelinlik seçmek üzere New York'a gidiyoruz. Bedenimi sımsıkı saran, askısız; dantel, taş, işleme türü abartılardan uzak, gelinlikten çok şık bir tuvaleti andıran özel kesimde karar kılıyorum. Robin de çok beğeniyor seçimimi.

Altına giyeceğim ayakkabıdan elimde tutacağım çiçek demetine kadar her ayrıntıyı inceden inceye irdeliyor Robin. Ama, sıra kendi smokininin seçimine geldiğinde sıkılıveriyor.

"Hiç bana göre bir giyim tarzı değil," diyor. "Çaresiz katlanacağız. Senin gibi dünyalar güzeli bir gelinin yanında kot pantolonla yürüyemem ya..."

Hazırlıkların hızını yavaşlatmak elimde değil. Kumanda Robin'de! Bense, denizin azgın dalgalarına kendi isteğiyle atlayıvermiş umarsız bir kum tanesi gibi, oradan oraya savrulmaya boyun eğmiş; Robin'in Aslı'sı olacağım günü bekliyorum...

✣ ✣ ✣

Nikâh tarihimiz, 16 Mart!

Kilise düğünü istemedim. Robin de bu isteğime saygı gösterdi. Çizgimiz baştan belli; kimse kimsenin dini inançlarına karışamayacak! Bile bile kabullendik birbirimizi.

Sırf evlendiği kişiye ayak uydurmak, ona ve onun çevresine hoş görünmek için dinini değiştirenleri hiçbir zaman onaylamamışımdır. Böyle bir davranışı ne karşımdakinden beklerim, ne de benden istenmesine izin veririm. İnançlar özgürdür, özgür kalmalıdır!

Belediye nikâhının ardından, yakınlarımıza vereceğimiz küçük bir düğün yemeği... Sonrasında birkaç günlük kısa bir balayı... Programımız bu.

Mart başında, annemle babamı karşılamak için, Robin'le beraber New York'a gidiyoruz. Erken gelmelerini ben istedim. Kızlarının nerede, kiminle, ne şartlar altında yaşayacağını görsünler diye.

Uçak korkusunu hatırım için rafa kaldırmış babam. Büyük özveri!

"Yol boyunca uyudu," diyor annem. "Bunca zaman boşuna kapris yapmış."

Robin'in üzerinde belirgin bir tutukluk var. İşi zor... Daha önce, arabasını satışa çıkarmış, burnu havada profesör kimliğiyle annemin karşısına çıkarken, bu kez damadı konumunda. Babam içinse, tam bir kapalı kutu. İki tarafı yakınlaştırmak bana düşüyor.

İlk yadırgama anını çabuk aşıyorlar. Robin'in Amerikalılığına ters düşen sıcakkanlılığı, annemle babamın kızlarının mutluluğu adına gösterdikleri peşin hoşgörü ve kabulleniş, kısa sürede kaynaşmalarını sağlıyor.

Annemle babamı, Özden'le paylaştığımız, artık son günlerimi yaşadığım evime götürüyoruz.

Bir bavul çeyiz getirmiş annem.

"Gerisi İstanbul'da," diyor. "Gelip gittikçe, parça parça getirirsiniz artık..."

İğne oyası dantel takımlarını, ağır işlemeli Çin iğnesi yatak örtülerini Robin'le yaşamımızı sürdüreceğimiz modern çizgideki evin neresine sereceğimi bilemesem de, ülkemin kokusunu taşıdıkları için minnetle kabul ediyorum.

Şirketten on günlük evlilik izni aldım. Her şeyimiz hazır; küçük ayrıntılardan arta kalan zamanı annemle babamı gezdirmeye harcıyorum. Robin de gündüz işlerinden fırsat buldukça ve akşamları bize katılıyor. Geride amansız bir ayrılığın olduğunu bilmesem, buraya geldiğimden beri mutluluğa en çok yaklaştığım zaman dilimi, diyebileceğim günler...

Babam, "En değerli varlığımı sana emanet ediyorum," diyor Robin'e. "Onun mutlu olduğunu görmek isterim!"

Annemin istekleri daha somut.

"Kızımızı bizden uzak tutma Robin! Sık sık Türkiye'ye getir onu. Yoksa, bu hasrete dayanamayız."

"Merak etmeyin, her fırsatta geliriz."

"Robin bana söz verdi," diye araya giriyorum. "Emekli olduğunda Türkiye'ye yerleşeceğiz."

Akıllarından bile geçmeyen bu cılız umut ışığını yakarken, kendi yüreğimden taşan isteği dile getiriyorum aslında...

Robin'in annesiyle babası, nikâhtan iki gün önce Florida'dan gelip, yeni evlilerin evinde kalınmaz, gerekçesiyle otele yerleşiyorlar.

Carol ve Dale'le, özellikle de Carol'la kucaklaşmamızdaki coşku, annemin gözünden kaçmıyor. İlk anda yadırgasa da, tanıdıkça seviyor onları. Yanı sıra, kızının kayınvalidesi ve kayınpederiyle bu denli anlaşabilmesinden mutluluk duyuyor.

Bugün 15 Mart. Bu gece, annemle ve babamla aynı çatı altında, onların soyadını taşıyarak geçireceğim son gecem...

✣ ✣ ✣

Yarın evleniyorum Murat!

Bir başkasının kadını olmadan önceki son gecem bu...

Biraz dertleşelim mi?

Biliyorum, çok kızdın bana. Veda bile etmeden çekip gitmekte haklıydın.

Son sözlerinle, Bursa'ya gelin gideceğime Amerika'da evlenip oralara yerleşmeyi göze almamı yadırgamıştın.

Bunu senin için yaptığımı söylesem, inanır mısın bana?

Unutma, sen de kabul etmiştin; imkânsız aşktı bizimki. Asla bir araya gelemeyecektik!

İçindeki son umut kırıntılarını yok etmeden, benden vazgeçip kendi düzenini kuramayacaktın. O kırıntıları söküp atmalıydım ki, yollarımız bir daha kesişmemek üzere ayrılabilsin.

İşte bunu yaptım ben Murat!

Başka türlü kurtulamayacaktın sevdamdan.

İndireceğim ağır darbenin şiddetini hafifletecek bir yol aradım. Buldum da: Gözlerden uzak bir yerde, bir yabancıyla evlenmek! Kabul etmelisin ki, burnunun dibinde bir başka Türk'le evlenmeme dayanamazdın.

Söylemiştim sana, ölesiye bir aşk yok aramızda. Onun yüreği, seninki kadar sevmiyor beni. Benim yüreğimse, çoktan vazgeçti kendinden...

Sen ne düşünürsen düşün, aşkımıza ihanet ettiğime inanmıyorum ben. Sessiz sedasız, hayatından çıkıyorum yalnızca...

Hoşça kal Murat!

Özgürsün artık...

✣ ✣ ✣

Bir tarafta annem, babam, Necati Bey, Özden, Türk grubundaki arkadaşlarım, Patricia ve Larry Perra, Adamslar, Susan, John, Ian, Grace, Caleb; diğer tarafta Carol, Dale, Robin'in Florida'dan gelen yakınları, üniversite çevresindeki dostları ve ortak arkadaşlarımız.

Nikâh masasına nasıl oturduğumu, sorulara uzaktan kumandalı ruhsuz bir robot gibi nasıl yanıt verdiğimi, Aslı Biray olarak girdiğim salondan Aslı Coleman kimliğiyle çıkışımı, tebrikleri kabul etmemizi hayal meyal anımsıyorum. Çünkü bunlar yaşanırken, gelinliğimin içinden sıyrılarak yükseklere çıkmış, olanı biteni tepeden kuşbakışı izleyen bir yabancıydım ben.

Arabaya binip balayı için Rhode Island'taki otele doğru yol alırken de yeni evli çifti, arabanın tavanından sessizce izliyordum.

Robin'in kendi ölçüleri içinde fazlasıyla sevdiği birkaç saatlik karısının tenine dokunuşunu, Aslı'nın onun kadını olurken verdiği yanıtları da odanın tavanından kayıtsızca seyrettim.

Yüreğiydim ben Aslı'nın, ruhuydum. Ama çok uzağındaydım. Beyniyle yaşamaya çabalayan, duygusuz, ruhsuz bir bedendi o yalnızca...

32

Yaşamımdaki yeni sayfaya "merhaba" derken, evliliğin, günlerimin akışında umduğum kadar büyük farklılıklar yaratmadığını hayretle görüyorum.

Sabah, Robin'le beraber evden çıkıp işlerimize gidiyoruz. Çalışma ortamındaki iş yoğunluğu, kendimi dinlememi, eskiyle yeni arasındaki farkları irdelememi engelliyor. Evli olduğumu, evlilik sorumluluğu taşıdığımı ancak akşam eve döndüğümde, Özden'le paylaştığımız mütevazı sofraların yerine Margaret'in özenle hazırladığı yemeklerin boy gösterdiği beyaz örtülü, porselen takımlı, kristal bardaklı masalara oturduğumda ayrımsıyorum.

Bu evliliğe adım atarken büyük beklentilerim yoktu. Onun için de, her yeni evlilikte yaşanan hayal kırıklıklarından payıma düşeceklerin, küçük olabileceğini düşünüyorum.

Robin'le beraber olmaktan, eski paylaşımlarımızı aynı çizgide sürdürmekten memnunum. Birbirimizi iyi tanımanın getirdiği rahatlık, birlikteliğimize fazlasıyla yansıyor.

Yemek sonrası sohbetleri, gün içinde yaşananların ortaya dökülüp paylaşılması; arada bir şömine başında yaptığımız çekişmeli satranç ve tavla maçları... Bizi, aynı evde yaşayan kafa dengi iki arkadaş olmaktan ayıran tek fark, aynı odayı ve aynı yatağı paylaşıyor olmamız. Bunun da yaşamıma olağanüstü yenilikler katmadığını düşünmekten kendimi alamıyorum.

Kabul etmeliyim ki Robin, çok anlayışlı ve şefkatli bir eş. İncinmesinden korktuğu narin bir bebekmişim gibi dokunuyor bana. Belki aramızdaki yaş farkından, belki de hayatı boyunca "öğreten" konumunda olmanın verdiği alışkanlıkla, cinselliğin alt basamaklarında acemice adımlar atan öğrencisine sevgiyle, sabırla, anlayışla yaklaşıyor.

Ancak, yatak odamızda geçirdiğimiz zamanın ikili paylaşımımıza ait özel dilimi oldukça sınırlı. Gecenin ilerleyen saatlerine kadar durmadan, dinlenmeden kitap okuyor Robin. Ben de uyku öncesi kitap okumaya alışığım, ama ona ayak uydurmam mümkün değil. Bir süre sonra başucumdaki okuma lambasını kapatıp, "iyi geceler" dilediğimde, okumayı sürdürmekle beni rahatsız edeceğini düşünüp huzursuz olduğunu hissediyorum.

Bazen, benim uykuya daldığımı sanıp (ki ben, henüz uyumamış oluyorum!) lambasını söndürüp yataktan çıkıyor, parmaklarının ucuna basarak, çalışma odasından çok müzemsi bir kütüphaneyi andıran sığınağına kapanıp okuma serüvenini saatlerce sürdürüyor. Üzülüyorum bu duruma, müzmin bekârlığın getirdiği özgürlüğe alışmış bir insanı kısıtladığım için suçluluk duyuyorum.

Evlilik bu işte, diyorum kendi kendime. Farklı yapıda, farklı alışkanlıklara sahip kadın ve erkeğin ortak yaşama uyum sağlama çabaları. Neyse ki, büyük boyutlarda, sorun sayılabilecek anlaşmazlıklar yok aramızda. Ufak tefek pürüzleri de zaman içinde kolaylıkla aşabileceğimize inanıyorum...

✣ ✣ ✣

Evliliğimiz üçüncü ayını doldurdu. Yaşantımızın gitgide tekdüzeleşmesini doğal karşılıyorum. En tutkulu aşkların evliliğinde bile aynı sonuca ulaşmak kaçınılmazken, bizimki gibi arkadaşlık ve dostluk üzerine kurulmuş bir beraberlikten daha fazlasını beklemek hayalcilik olur.

Şimdiye kadar hiç kavga etmedik Robin'le. Evliliklerin tuzu biberi, denilen tartışmaları hiç yaşamadık. Sakin yapılı bir insan Robin. Çelişkili konulara girdiğimizde bile sesini yükseltmiyor.

İlk çatışmamızı yaz aylarının başında, tatil için Türkiye'ye gitme konusu gündeme geldiğinde yaşıyoruz. Karşı çıkacağını aklıma bile getirmiyorum oysa... Ülkeme gitmek, özlediklerimle özlem gidermek, benim en doğal hakkım.

"Yaz ayları yoğun geçecek," diyor. "Yeni ders yılının programını hazırlamam gerekiyor. Doçentlik sınavına girecek bir öğretim üyesi arkadaşıma da söz verdim. Tezini hazırlamakta yardımcı olacağım ona."

Öfkeden deliye dönüyorum. Öne sürdüğü tutarsız gerekçelerin ardına sığınması bir yana, bunları söylerken ses tonundaki kayıtsız tekdüzelik çılgına çeviriyor beni.

Annemle babama söz vermiştin, Türkiye'ye sık sık gidecektik, diyemiyorum. Bağırıp çağırmanın da işe yaramayacağı ortada. İçimdeki fırtınaları dışa vuracağıma, küskünlüğüme gömülüyorum ben de.

İçe dönük isyanımın farkında. Çocuk avutur gibi, "Christmas'ta uzunca bir tatilimiz olacak," diyor. "O zaman gideriz Türkiye'ye."

Arkadaş çevrelerine girip farklı paylaşımları yaşamaktan da pek hoşlanmıyor Robin. Ancak, Özden'in son teklifini geri çeviremiyor. Çünkü, özel bir durum var ortada.

Özden, New York'ta tiyatroya gittiğimizde bir kez gördüğümüz Atay'la ciddi bir beraberliği paylaşıyor. Yaz tatilinde Türkiye'ye gittiklerinde nişanlanacaklar.

"Bu cumartesi New York'ta Atay'la ve yakın arkadaşlarımızla yemek yiyeceğiz," diyor Özden. "Ön kutlama da diyebilirsiniz buna. Sizi mutlaka yanımda görmek isterim."

Türkiye tatilini geri çevirmesinin ardından, arkadaşlarımla paylaşacağım geceye "hayır" diyemiyor Robin. Tam tersine, üzerimize sinen kırgınlıktan sıyrılma fırsatı olarak değerlendirerek, benden daha hevesli, hemen kabul ediyor öneriyi.

New York'ta, Özden'in gittiği zamanlarda yanında kaldığı arkadaşı Neval'in evinde buluşuyoruz. Nişanlı adayı kimliğiyle, ilk gördüğümden daha sıcak bulduğum Atay'la Özden başta olmak üzere, tüm grup arkadaşları, Robin'le bana ikram yarışındalar.

"Nereye gitmek istersiniz?" diye seçimi bize bırakıyorlar.

Önümüze konan seçenekler arasında Çin, Japon, İtalya, Meksika, Brezilya ve Yunan restoranları var. Robin'in sesi çıkmıyor, benim tercihime uyacak.

Seçimimi Yunan restoranından yana kullanıyorum. Belki Amerika'daki Türklerin "Kendimizi en rahat, Türkiye'ye en yakın hissettiğimiz ortam" demelerinden; belki de ortak paylaşımları olan mutfaklarımızın komşu cephesini kendi gözlerimle görüp değerlendirmek istediğimden. Orada burada Türk mutfağına has yemeklerin "Yunan" imzasıyla karşıma çıkmasının da bu seçimimde payı büyük kuşkusuz. Daha önce duyduğum huzursuzluklar, gerçek bir Yunan restoranında da sürecek mi bakalım?

Taverna Kyclades, Astoria semtinde küçük sayılabilecek bir salon... Tıklım tıklım dolu. Genellikle Yunan asıllı Amerikalıların geldiği, ama diğer ülke insanlarının ve Türklerin de yoğun ilgi gösterdikleri sıcak bir ortam.

Adımızı yazdırıp uzunca bir süre sıramızın gelmesini bekliyoruz. Sonra, nazik bir davetle pencere kenarındaki uzun masaya oturtuluyoruz. İlk işim, mönü kitapçığındaki yemek listesini taramak oluyor. Bizim mutfağımızdan kalkıp gelmiş neler var acaba?

Dolmathakia, daha önce *dolmates* olarak karşıma çıkan, bildiğimiz dolma. *Taratamosalata*, tarama, yani havyar salatası. *Tzatziki*, cacık. Altında da *yoğurt, sarımsak, salatalık,* diye İngilizce açıklaması var.

Burası aslında bir balık restoranı. Balıkları Yunanistan'dan getirtiyorlarmış. Tazesinin lezzetini vermese de, okyanusun tatsız balıklarından bıkmış bizler için bulunmaz fırsat.

Deniz ürünleri listesinde de tanıdık yüzler var. *Tsipoura* (çipura), *lavraki* (levrek), *sardines* (sardunya)...

Ve bunlara eşlik edecek Yunan rakısı *Uzo*! Bizimkinin biraz daha yumuşağı.

"Buraya sık sık gelirim," diyor Atay. "Sahibi, gerçek bir Türk dostudur, Türkleri çok sever. Türkler de onu."

Bu sözlerin ardından Adrian Skenderi ile tanışıyoruz. Hepimizin Türk olduğunu öğrenince yüzü ışıldıyor.

"Tatlılar ikramımız," diyor.

Tabaktaki kare şeklindeki tatlıyı bir yerden gözüm ısırıyor. Bir çatal alınca, bulmaca çözülüveriyor. Adrian'dan, tatlının adını yazmasını istiyorum, yazıyor. *Galaktoboureko!* Galakto: süt, boureko: börek, demek. Açılımı *sütlü börek* oluyor. Ya da başka bir deyişle *Laz Böreği.*

"Bu da bizden bir tat!" diyorum Robin'e.

Baştan beri, Türk ve Yunan mutfakları arasındaki benzeşmeleri saptama çabalarımı sessizce izleyen Robin, daha fazla dayanamıyor.

"Biraz abartmıyor musun?" diyor. "Davranış biçimin, sınırlarını aşıp aşırı milliyetçilik çizgisine ulaşıyor."

"Doğru, milliyetçi bir ruha sahibim ve bununla gurur duyuyorum. Ama anlatmak istediğin gibi, *ırkçılık* derecesine varan milliyetçilik çizgisinde olsaydım, seninle değil bir Türk'le evlenirdim."

Robin'e hak ettiği yanıtı vermek, geceme keyif katıyor. Adrian'dan ve tüm çalışanlarından gördüğümüz sıcak ilgi ise, yiyip içtiklerime sahip çıkacak bir şeyler söylememi önlüyor.

Milliyetçi ruhumu geri plana çeksem de, küçük bir atış yapmaktan kendimi alamıyorum. Masamıza bakan güler yüzlü garson kız, başka bir isteğimizin olup olmadığını sorunca, gözlerimi gözlerine dikip, "Turkish coffee!"(*) diyorum.

Bir an duraklıyor. Sonra, eskisinden de sıcak bir gülüşle soruyor: "Şekerli, şekersiz, orta?..."

Kahvelerimiz geliyor... Köpüklü, alıştığımız damak tadında. Üstelik, bizimkilerle aynı büyüklükte ve şekilde kahve fincanlarının içinde. Ancak, fincanın üzerinde Yunan bayrağı ve *"yosou"*(**) yazısı var.

Kahveyi de kaptırdık, diye düşünürken; Adrian bir kez daha masamıza gelip gecenin en güzel ikramını yapıyor.

"Fincan Yunan; ama kahve, *Türk kahvesi*!" diyor.

"İşte böyle," diyorum Robin'e. "Kan sudan hızlı akıyor. Denizin bir yakasında biz, bir yakasında onlar. Aramızda yadsınamaz bir çekim var. Gurbette olunca, bu çekim daha da güçleniyor galiba."

Masadaki herkes bana katılıyor. Yunanlılarla ortak kültürlerin insanları olduğumuzu kabul ediyoruz. Yemek ve mutfak da bu kültürün bir başka yüzü, diyerek keyifli gecemizi hoşgörüyle kapatmaya hazırlanıyoruz.

Robin, ilgi alanına girmeyen bu konuşmalara pek katılmıyor. Ancak, onun gibi konuşmalarımızın, tartışmalarımızın dışında kalan biri daha var: Atay!

İçeriye girdiğimizden bu yana gözüm üzerinde. Öylesine abartılı hareketler yapıyor ki, bakışlarım ister istemez ona doğru kayıyor. İlk anda neşeli ve esprili bir yapıya sahip olduğunu düşündürse de, uçarı bir tip. Birkaç kez garson kızların üzerine diktiği bakışlarını toparlamakta zorlandığını gördüm.

(*) Türk kahvesi.

(**) Yunancada merhaba, hoş geldiniz, güle güle anlamlarında kullanılabilen bir iyi dilek sözcüğü.

Özden'den iki yaş küçük Atay. Ama davranışları, yaşının daha da altında; konumunun gerektirdiği olgunluktan çok uzak. Özden'in şimdilerde önemsemediği bu durum, zaman içinde arkadaşımı üzmez, umarım...

✣ ✣ ✣

"Hartford'ta kalmamız, tatil yapmayacağımız anlamına gelmez," diyor Robin. "İkimizin de iyi bir soluklanmaya ihtiyacı var..."

Planlarını çoktan yapmış. New Jersey'in kıyısı sayılan Atlantic City'deki bir otelde yerimizi ayırtmış bile. Atlantic City'nin, Doğu Yakası'nda "Küçük Las Vegas" diye anılan kumar merkezi olduğunu çok iyi biliyorum. Robin'in "tatil" adı altında, nicedir özlemini çektiği kumar masalarına kavuşmanın sabırsızlığı içinde olduğunun da bilincindeyim. Ama bunları yüzüne vuracağıma, sessiz kalmayı yeğliyorum.

Atlantic City, iki yüz kilometrelik sahil şeridine sahip, plajları ve kumarhaneleriyle ünlü bir tatil beldesi. Bir tarafta şeffaf tanecikli kumlarla örtülü kumsalı ve göz alabildiğine uzanan masmavi denizi, diğer tarafta her birinin altında kumarhanelerin yer aldığı görkemli oteller.

Ceasers Oteli'nde yer ayırtmış Robin. Odaya çıkıp eşyalarımızı yerleştirirken, bir an önce aşağıya inmek için sabırsızlandığını görebiliyorum. Restoranda yediğimiz yemek sırasında, aceleci tavırları iyiden iyiye belirginleşiyor.

Sonunda dayanamayıp, "Şansımızı denemenin zamanı gelmedi mi artık?" diye masadan kalkıyor.

Helezoni büklümlerle aşağıya kıvrılan merdivenlerden inip kumarhaneye giriyoruz. Bu kez oyun masalarına farklı gözlerle bakmaya kararlıyım. Robin gibi üstün özelliklere sahip birini bile kendine tutsak edebilen çekim gücünün bir kerameti var elbet.

Önce slot makinelerinde kol çekerek oynamaya başlıyorum. Sonra da rulet masasının başına geçip kendimce ihtimal hesapları yaparak; kavlarımı siyaha, kırmızıya, maçaya, kupaya dağıtıp ruletin dönüşüyle doruklara ulaşan heyecanı diğer oyuncularla paylaşmaya çalışıyorum.

Olmuyor! Tavlayı, satrancı zevkle, hatta hırsla oynayan ben, araya giren jetonların, kavların etkisiyle olsa gerek; bu işten beklediğim tadı alamıyorum. Kumar da âşık olmak gibi bir yatkınlık, diye düşünüyorum. Benim yapıma uymuyor.

Robin'in geldiğimizden beri başından kalkamadığı poker masasına gidip yanındaki tabureye oturuyorum. Beni görünce seviniyor. Viski getirtiyor bana. "Şans meleğim geldi," diye yanağıma öpücükler konduruyor.

Çok para kaybediyor Robin! Sık sık kalkıp kasaya giderek yeni kavlar alıyor. Sakin yapısıyla çelişen bir hırsla daha da büyütüyor oyunu. Büyüttükçe batıyor, battıkça hırslanıyor. Bu kısırdöngünün çıkışı olmadığını biliyor ama, içindeki canavara hükmedemiyor.

Ancak sabahın ilk saatlerinde çıkabiliyoruz odamıza. Pestil gibi, yatağa seriliveriyor Robin. Yorgunluk açısından, benim de ondan eksik kalır yanım yok.

Öğlene doğru uyandığımda, Robin hâlâ uyuyor. Perdeyi aralayıp dışarıya bakıyorum. Plajın davetkâr cıvıltısını uzaktan uzağa seyrediyorum.

Ses çıkarmamaya çalışarak giyinip aşağıya iniyorum. İçtiğim koyu kahve, biraz olsun kendime getiriyor beni. Yeniden odaya çıktığımda Robin'in kalkmadığını görmek canımı sıkıyor. Perdeleri açıp gün ışığını çağırıyorum içeriye.

Gözlerini kırpıştırarak uyanıyor Robin. Saatine bakıp fırlıyor yataktan. "Amma geç olmuş," diye banyoya doğru yürüyor.

Duşun ayıltıcı etkisiyle dirilmiş bir halde aceleyle giyiniyor.

"Bir şeyler yedin mi sen?" diye soruyor.

Hayır, anlamında başımı sallıyorum. Aşağıya, restorana iniyoruz. Öğlen mi, akşam mı belli olmayan bir ara öğünün ardından, dünküne benzer bir sabırsızlıkla kumarhaneye inen merdivenlere doğru sürüklüyor beni.

Bu kez jeton almıyorum. Robin'i kumar masasında bıraktıktan sonra, salonun yan tarafındaki koltuklardan birine oturuyorum. Kaybettikçe, oynadıkları oyunun yüklediği gerilimle kasılmış yüzleri şekilden şekle giren insan kalabalığını bireylere indirgeyerek, tek tek psikolojik analizlerini yapmaya koyuluyorum. Kendime bulduğum bu yeni uğraş, masa başında oturmaktan daha eğlenceli geliyor.

Gecenin ilerleyen saatlerinde, Robin'in masasına gidiyorum. Yanına oturduğumda, orada gereksiz yere duran bir süs bebeği gibi hissediyorum kendimi. Ani bir kararla, üstüne tünediğim tabureden inip, "Odaya çıkıyorum ben," diyorum. "Keyfine bak sen..."

Karşı çıkmıyor, tam tersine memnun olmuş gibi bir hali var.

Bir süre kitap okuyorum. Balkona çıkıp Atlantic City'nin gece manzarasını seyrediyorum. Ve davranış biçimimden dolayı kendimi kutlayarak, yatağa girip uyuyorum.

Robin, sabahın ilk ışıklarıyla ancak gelebiliyor. Sessizce soyunup yanıma uzanıyor. İşte gerçek bir kumarbazın yaşamı, diye geçiriyorum içimden. Geceleri gündüz, gündüzleri gece olarak yaşayan hırs tutkunları...

Bu yıpratıcı tempoya ayak uydurmaya hiç niyetim yok. Sabah uyandığımda Robin'in kaçıncı uykuda olduğunu aklıma getirmeden, giyinip çıkıyorum odadan. Önce güzel bir kahvaltı yapıyorum. Ardından da plaja, iki gündür uzaktan seyrettiğim denize ve kumlara koşuyorum.

Mayom içimde. Üstümdeki havlu elbiseyi çıkarıp şezlonga uzanıyorum. Güneşin sıcak yüzüyle kucaklaşırken, benim için tatilin yeni başladığını düşünüyorum...

Son üç günü aynı odayı paylaşan iki yabancı gibi geçiriyoruz Robin'le. Umurumda bile değil... Tek başına tatile çıkmışım gibi, bol bol yüzüp güneşleniyorum. Sahil boyunca sıralanmış otellerin alt katlarındaki turistik eşya satan dükkânlardan alışveriş yapıyorum. Bir yerlerde oturup kahve içiyorum. Arada bir, rastlantı sonucu karşılaştığımızda beraberce yemek yiyoruz Robin'le. Sonrasında o kumarhaneye gidiyor, bense kendi âlemime dalıyorum.

Dönüş yolunda benden özür diliyor Robin.

"Kusura bakma," diyor. "Seni çok yalnız bıraktım."

"Önemli değil," diye omuz silkiyorum. "Tatiller, herkesin gönlünce yaşaması içindir."

Kabul etmeliyim ki, evliliğimiz için kötü bir deneyimdi. Ancak, arkadaşlık yönünden ele alındığında, fazla kötümser olmaya gerek yok. Farklı ilgi alanlarına sahip arkadaşların özgür hareket etmelerinden daha doğal ne olabilir ki?

✣ ✣ ✣

Christmas yaklaştıkça, içim içime sığmıyor. Masamın üzerindeki takvimde Türkiye'ye gidiş tarihimizi belirledim bile.

Ne var ki Robin'in, artık beni kızdırmaya başlayan sakinlikteki ses tonuyla söyledikleri, tüm planlarımı suya düşürüyor.

"Christmas'ta yalnızca üç günlük bir tatil yapabilirim," diyor. "Florida'ya gitmeye ne dersin?"

"Önceden verilmiş sözlerin vardı, unuttun mu?"

"Gördüğün gibi, şartlara uymak zorundayız. Eğer istersen, tek başına gidebilirsin."

Hayır, bunu yapamam! Aslı Coleman kimliğiyle Türkiye'ye ilk gidişimde kocam yanımda olmalı.

Çaresiz, İstanbul'la özlem gidermeyi yaz aylarına bırakıyorum. Öne sürdüğüm gerekçeler, annemle babamı ne kadar tatmin ediyor, bilemiyorum. Verilmiş kararlara ister istemez boyun eğmek zorunda kalıyorlar.

İçimdeki öfkeyle karşı atağa geçip, sen benim annemle babama gelmiyorsan ben de seninkilere gitmem, deme hakkım var. Ama Carol ve Dale, en az Robin kadar önemliler benim için. Augusta'da yaşattıkları güzellikleri nasıl yadsıyabilirim?

Florida'da, Maine'dekine benzer, birbirinden güzel üç gün geçiriyoruz. Carol'ın ve Dale'in beni mutlu etmek için çırpınışları, ailesinin yanındaki Robin'in Hartford'taki Robin kimliğinden sıyrılıp sıcacık bir kişiliğe bürünmesi; hepsinin birden beni ön plana çıkarıp ağırlama yarışına girmeleri, nicedir hırpalanan iç dünyama ilaç gibi geliyor.

Garip bir şekilde, annesiyle babasını Robin'den daha yakın hissediyorum kendime. Ama iş onlarla bitmiyor ki!

Tamam, eşlerin karşı tarafın ailesiyle olan ilişkileri çok önemli. Ama yetmiyor! Hem eşle hem de ailesiyle aynı derecede sıcak bağlar kurabilmekse, evlilik sanatının birinci şartı galiba... Başarabilene aşk olsun!

33

16 Mart, birinci evlenme yıldönümümüz!

Sakin, gürültüsüz patırtısız, beklentilerime ters düşmeyen bir evlilik bizimkisi. Bugüne kadar, Türkiye'ye gitme konusu dışında, hiç kırılmadım Robin'e. Bana değer veren, isteklerimi elinden geldiğince yerine getirmeye çalışan; tutkulu olmasa da seven ve sevdiğini belli eden, anlayışlı bir eş.

Yıldönümümüzü kutlamak için, geride bıraktığımız bir yıl içinde bana yaşattığı ufak tefek olumsuzlukların üstünü örtmek ister gibi, hoşuma gideceğinden emin olduğu bir plan yapmış.

"New Jersey'in en güzel otellerinden birinde yer ayırttım," diyor. "Neden New York değil de New Jersey, diye sorarsan... New York'ta tütün içme yasağı var ya... Böyle kısıtlamalardan hoşlanmıyorum. Evlenme yıldönümümüzde de puromu yakıp o güzel günün keyfini yaşayamadıktan sonra..."

"Tiryaki değilsin, bir gece puro içmemeye kolayca katlanabilirsin. Seni rahatsız eden, kısıtlı olduğunu hissetmen. Özgürlüğüne bu derece düşkün birinin evlenmesi bile hata değil mi sence?"

"Değil! Öyle bile olsa, hayatımın en güzel hatasısın. Seninle evlendiğim için pişmanlık duymuyorum."

New Jersey'e gitmek için, New York'la New Jersey'i birbirine bağlayan Hollanda Tüneli'nden geçmemiz gerekiyor.

"Kapalı yer fobin yoktu, değil mi?" diye gülüyor Robin. "Derin bir soluk al, yolumuz uzun."

Tünelden geçmemiz dakikalar sürüyor. Fobisi olmayanı bile ürkütecek derecede uzun.

Robin'in seçtiği otel, tünelin hemen çıkışında. Odamızsa 16. katta. Evlilik tarihimize uysun diye, özellikle bu katı istemiş Robin.

Geniş cepheli pencerenin önündeki koltuklara oturup tam karşımıza düşen New York'un gece manzarasını seyrediyoruz bir süre. New York'u uzaktan seyretmek, içinde yaşamaktan daha keyifli görünüyor gözüme. Robin'in kadehlere doldurduğu şaraplarımızı yudumlarken, bir yıl önce bu zamanlara dönsem, gene onunla evlenir miydim, diye soruyorum kendime.

Robin'in, "Yemeğe inelim mi artık?" diyen sesi, karmaşık sorulara yanıt arama zahmetinden kurtarıyor beni.

Oturacağımız masanın üzeri güllerle bezenmiş. Anlaşıldı, bu gecenin mükemmel olması için, tüm becerisini ortaya dökmüş Robin.

Mum ışığı, şarap, nefis yemekler ve müzik... Robin, geceye son noktayı kare şeklinde büyücek bir kadife kutuyla koyuyor. İnce bir işçilikle işlenmiş pırlanta taşlı kolye, küpe, bilezik takımı.

"Harika bir şey bu Robin! Teşekkür ederim."

"Senin parıltının yanında sönük kalıyor," diye elimden tutup dansa kaldırıyor beni.

Başım dönüyor. Şarabın etkisinden mi, yoksa şu birkaç saat içinde yaşadıklarımdan mıdır, bilemiyorum. Keçeleşmiş beynimden çelişkili sesler yükseliyor.

"Mutluluk nedir ki?" diyor biri. "Bundan öte mutluluk mu olur?"

"Cilayla parlatılmış yapay sunumlara aldanma!" diye uyarıyor diğeri. "Bir yıl içinde kaç kez yaşadın bu mutluluğu? Tek bir damla bal alabilmek için kucak dolusu keçiboynuzu kemirmek gibi bir şey..."

Başımı Robin'in omzuna yaslarken, aykırı sesi susturuyorum. O bir damla balı ömür boyu bulamayanlar da var...

* * *

Özden'le Atay, yaz başında Türkiye'ye gidiyorlar. Ankara'da düğünlerini yapıp evli bir çift olarak dönecekler Amerika'ya. Keşke düğünlerinde bulunabilseydim. Ne yazık ki, Türkiye'de olduğumuz tarihler birbiriyle çakışmıyor.

Kararımı verdim. Robin'e gelip gelmeyeceğini sormayacağım bile. Kendi bilir...

Gideceğim tarihi kesinleştirip karşısına geçiyorum.

"Temmuz'un 20'sinde İstanbul'a gidiyorum ben. Tatilimi Türkiye'de geçireceğim."

Kararlı tavrım karşısında kısa bir bocalama geçiriyor.

"Verdiğin tarih kesinse, yerini ayırtayım," diyor.

"Gerek yok, ben hallederim."

İşte bu kadar... Kimsenin nazına oynayacak halim yok! Damatlarıyla kızlarını bir arada görmeye hazırlanan annemle babamın beklentilerine ters düşse de, onları avutmasını bilirim ben: Robin'in işi başından aşkın, Amerika'dan uzun süreli ayrılması mümkün değil; bir başka sefere...

Düşündüğüm gibi de oluyor. Keşke Robin de gelseydi, yolundaki cılız sızlanmalar; kavuşma coşkusunun arasında eriyip gidiveriyor. Öyle ki, daha önce tek başına atlayıp gelmediğime yanıyorum.

Onların yanındayken, kendimi hiç evlenmemiş, eski günlerin Aslı'sı gibi hissediyorum. Annemin, babamın kollarında çocuklaşmayı, şımartılmayı nasıl da özlemişim...

İstanbul'da birkaç gün kalıp Bodrum'a geçeceğiz. Ama Ferda'yı görmeden gitmek olmaz. Bugün izinliymiş, evde beni bekliyor...

Kapıyı açtığında şaşkınlıkla haykırıyorum.

"Hamilesin sen!"

Büyümüş karnının elverdiğince kucaklaşıyoruz.

"Aşk olsun sana," diyorum. "Neden haber vermedin?"

"Sürpriz olsun istedim. Böylesi daha iyi değil mi?"

"Söyle bakalım; şimdi ben, hala mı oluyorum, teyze mi?"

"Halası var, teyze ol sen."

"Doğum ne zaman?"

"Ekim sonu. Kasım başı da olabilir."

"Cinsiyeti belli mi?"

"Kız. Emre de ben de kız istiyorduk zaten."

"İnanamıyorum Ferda ya... Bir dahaki gelişime bebek seveceğim ha!"

"Gelmek için okula gitmesini beklemezsen, bebek haliyle seversin," diyor sitemle.

"Haklısın, bu kez arayı uzattım. Bir daha olmayacak ama. Her fırsatta atlayıp geleceğim."

"Umarım... Bu sayede, buradaki beklenmedik gelişmeleri de zamanında öğrenme şansın olur."

"Neyi kaçırmışım ki?" diye gülüyorum. "Önemli bir şey olsa telefonda söylerdin."

"Telefonda her şey konuşulmuyor."

"Neymiş bu kadar önemli ve telefonda anlatamadığın konu?"

"Murat!"

"Evet?"

"Murat evlendi Aslı!"

Kurşun yarası almış birinin ilk sıcaklık anında acı çekmeyişi gibi, hiçbir şey hissetmeden boş bakışlarla sözlerinin devamını getirmesini bekliyorum.

"Ömrünün sonuna kadar Aslı'sının yolunu bekleyeceğini düşünmüyordun herhalde," diyor Ferda. "Hele senin bir yabancıyla evlendiğini duyduktan sonra, başka ne yapabilirdi ki?"

"Doğru olan da bu," diyorum güçlükle. "Gerekeni yapmış."

Daha fazla dayanamıyor bu halime.

"Acına acı katıyorum, diye kızma bana," diyerek saçlarımı okşuyor. "Ayrılışınızı, farklı dünyalara savruluşunuzu kabullenemiyorum."

"Beyza mı?"

"Hayır. Senin Amerika'ya dönüşünün ardından Beyza'yı işten çıkardı Murat. Ailesine tavır koydu kendince. Ama önüne sürülen yeni adayı geri çevirmedi. Tam anlamıyla görücü usulü, anlayacağın. Bursalı, lise mezunu, kendi halinde akça pakça bir kız. İstemeye gittikleri geceye kadar görmeyi reddetmiş Murat. Düşün, kim olursa olsun, umurunda değil."

"Dilerim mutlu olurlar."

"Ne mutluluğu?" diye sinirle gülüyor Ferda. "Murat seni unuttuğu, yüreğindeki sevgini silip attığı için evlenmedi o kızla. Düzenini kurup yaşamına yön vermesi gerekiyordu artık..."

"Öyle ya da böyle, bu defter bir daha açılmamak üzere kapandı Ferda. İkimiz de evli insanlarız ve ben, evlilik kurumunun kutsallığına inananlardanım. Robin ya da bir başkası, nikâhı altında olduğum sürece kocama sadık kalırım. Tersi bir durum dürüstlük anlayışıma sığmaz. Murat'ın da aynı görüşte olduğuna inanıyorum. Senden son bir ricam olacak. Bundan sonra Murat hakkında hiçbir şey duymak istemiyorum. Ne benden ona tek söz götür, ne de ondan haberler getir... Tamam mı?"

Her gidişimde kollarında can bulduğum Bodrum bile yaralarımı saramıyor bu kez. Yorulmuş, yıpranmış, örselenmiş duygularımı onaracak; kendini bin yaşında hisseden Aslı'sını avutacak gücü yok.

Kapatılmamış tek parantezim kalmadı artık; bunun bilincindeyim. Ancak, düşüncelerime hükmedemiyorum. Murat hakkında tek söz duymak istemiyorum, diyen ben; yaptığı evlilik için "görücü usulü" dense de, farklı meraklar içinde kıvranıyorum.

Evet, evlendim! Ama benim evliliğimde aşk yok! Sevgiye ve saygıya dayalı bir beraberlik bizimki. Ya Murat? O da evliliğini aşksız bir sevgi-saygı temeline mi oturttu? Yoksa bir zamanlar bana duyduğu, vazgeçilmez olduğuna yeminler ettiği aşkını, şimdi de başkalarına mı sunuyor?

Ona da şiirler okuyor mu, bana okuduğu gibi... Onun kulağına da aşk sözcükleri fısıldıyor mu...

Yeter Aslı, yeter!

Onu kendinden uzaklaştırmak için evlenip Amerikalarda kalmayı göze alan sen, gelinen noktada neyin hesabını, kime soruyorsun? İstediğin bu değil miydi? Murat'ın yolunu çizip hayatına yön vermesi... Yaptı işte!

Gözlerin aydın olsun...

34

Döndüm! Geri geri giden adımlarla, önümde başka seçeneğim olmadığından; evime, kocama, işime, artık ikinci vatanım diye benimsemem gereken ama bir türlü içime sindiremediğim bu ülkeye, bu kente yeniden döndüm.

Ağır bir yara almıştım. Hakkım olmadığını bilsem de, Murat'ın bir başkasıyla evlenmesini kabullenemiyordum galiba. İşin kötü yanı, yabansı bir dışlamayla Robin'i düşman gibi görüyordum artık. Beni köklerimden uzak tutan, dayanılmaz özlemlerimin tek sorumlusu oydu sanki.

Haksızlıktı bu! Olanlardan, uzağında yaşananlardan haberi olmadığı gibi, bana acı veren hiçbir gelişmede zerrece suçu yoktu Robin'in. Yaptığım yanlıştı. Ferda'ya evliliğin kutsallığını savunmamla, kocama sonuna kadar sadık kalacağımı söylememle çelişen bir davranış içindeydim.

İntiharın "seçilmiş ölüm" olması gibi, Robin'le evlenmek de benim kendi seçimimdi. Madem evlendim ve evlendiğim insana sadık kalmaya yeminliyim, artık benim için bir yabancı olması gereken Murat'ı da yaşantımdan tümüyle çıkarmak zorundayım.

Boşuna düşünüyorum bunları aslında... Yaşantımın çok uzağında zaten Murat. Yollarımızın bir kez daha kesişmesi mümkün değil. Bir de onu beynimden ve yüreğimden tümüyle söküp atabilsem...

✣ ✣ ✣

Özden'le Atay evli bir çift artık. Ankara'da düğünlerini yapıp New York'a dönmüş, Manhattan'da bir apartman dairesine yerleşmişler. Özden'in burada çalıştığı şirketin merkezi New York'ta; orada işe başlamış. Atay'sa bir Amerikan bankasının finans bölümünde çalışıyor.

Benim Türkiye'den döndüğüm hafta sonu Hartford'a geliyorlar. Evimizde ağırlıyoruz onları.

Özden çok mutlu; ayağı yerden kesilmiş, hayal dünyasında kanat çırpıyor sanki. Arkadaşımın yüzündeki mutluluk ifadesini Atay'a borçluyum. Yalnız bunun için bile ona minnet duymam gerekir. Ancak, beni bundan alıkoyan içgüdüsel bir engel var. Atay'ın Özden'le aynı pürüzsüz sevinci paylaşmadığını düşünüyorum nedense. Anlamsız bir peşin hüküm, diye geçiştirmeye çalışıyorum. Olmuyor!

Çok hareketli, dışa dönük bir insan Atay. Karşısındakiyle konuşurken, aklından bin bir hınzırlık geçen hiperaktif çocuklar gibi. Bana ters gelen de bu yapısal farklılığı galiba. Arkadaşımı rahatsız etmedikçe, benim için sorun yok.

Ayrılırken, "Sizi de New York'a bekleriz," diyor Özden. "Otelde kalmak yok artık, orada da bir eviniz olduğunu unutmayın."

Özden benim Amerika'daki en yakın arkadaşım; buraya geldiğim günden bu yana olumlu, olumsuz pek çok şeyi paylaştık. İlişkilerimiz, bundan sonrasında da sürecek haliyle. Ancak, uyumlu bir dörtlü oluşturabilmemiz için eşlerimizin de az çok anlaşması gerekiyor. Oysa Robin'le Atay arasında ortak diyebileceğim tek bir nokta yok. Gene de eşlerinin hatırına bir araya gelip ortak paylaşımlarımıza katılmak zorundalar...

✣ ✣ ✣

Özden'in gidişinin ardından, Necati Bey'in Türkiye'ye dönme kararı, beni yıkıp geçiyor. Necati Bey ikinci emekliliğini Türkiye'de, doğduğu topraklarda, Mersin'de geçirmek istiyor. Amerika'daki babam o benim! Evlendikten sonra daha az görüşsek de, aynı şehirde yaşadığımızı, gerektiğinde ona ulaşacağımı bilmek bana yetiyordu.

Necati Bey'i gözyaşları içinde uğurladıktan sonra, günlerce kendime gelemiyorum. Hem onun hem de Özden'in geride bıraktıkları boşluk doldurulacak gibi değil. Hartford, onların gidişiyle ıssızlaşıveriyor. Benimle beraber mastır yapmak için Amerika'ya gelenlerin çoğu Türkiye'ye döndü. Geride kalan az sayıda arkadaşımla görüşme olanaklarımız sınırlı. Hepimiz çalışıyoruz.

Duygusal bağlarla kenetlendiğim insanlardan uzak düşmenin ötesinde, beni kasıp kavuran yepyeni bir kâbus var önümde: Türkçe konuşacak kimse kalmadı çevremde! Uzun süre yabancı ülkelerde kalıp İngilizceyle karışık aksanlı Türkçe konuşanlar geliyor aklıma. Onlardan biri olmaktan korkuyorum.

Aradaki açığı kapatmak için Türkiye'de saatin kaç olduğuna aldırmadan annemleri, Ferda'yı, okul arkadaşlarımı arıyorum. İşyerinde, birkaç dakikalık molalarda bile, sırf birkaç Türkçe sözcük duyabilmek için telefon elimden düşmüyor. Arabaya biner binmez, Türkçe CD'lerden dökülen şarkılara yüksek sesle eşlik ediyorum. Tek başınayken bağıra bağıra Türkçe konuşuyorum. Bu yaptıklarımın hiçbiri beni avutmaya yetmiyor.

İçine girdiğim bocalama döneminde tek dayanağım, işim! Deliler gibi çalışıyorum, hiç gözümü kırpmadan sorumlu olmadığım ağır yükümlülüklerin altına giriyorum. Başkalarına ait, en zorlu işleri gönüllü olarak üstleniyorum. Amacım belli; kendimi dinleyecek, kendimle baş başa kalacak zamanı eritip soluksuz kalmak. Bunca didinmemin karşılığında, bir yıl içinde iki terfi alıyorum. Genel müdür, odasına çağırıp kutluyor beni.

İş konusundaki başarılarımı önemsemiyor Robin. Kariyer sahibi bir profesör o! İş hayatıyla uzaktan yakından ilgisi yok. Onun başarı anahtarı, kitapların sayfaları arasına gizlenmiş. İşimi eve taşımam, gecenin geç saatlerine kadar eve getirdiğim dosyalarla boğuşmam da umurunda değil.

Bazı geceler çalışma odamdaki kanepenin üzerine kıvrılıp yatıyorum. Neden böyle oldu, diye sormuyor bile Robin. O da kendi çalışma odasında ekonomi, felsefe ve psikoloji kitaplarıyla sarmaş dolaş çünkü.

Tekdüze yaşantımız hafta sonları hareketleniyor. Evlenmeden önceki günlerimizde olduğu gibi, bir yerlere gidip kısa tatiller yapıyoruz. İkimizin de en keyifli olduğu zaman dilimleri bunlar. Ne o Profesör Robin, ne de ben iş kadını Aslı, kimliğindeyiz çünkü. İki iyi arkadaş gibi gezmenin, eğlenmenin keyfini çıkarıyoruz.

İyi de, ideal bir evlilik için bu kadarı yeter mi? Evlenmeden de arkadaşlığımızı pekâlâ sürdürebilirdik. İlle de o deftere imza atmamız mı gerekiyordu? Damağımda kalacak bir damla bal tadı için kilolarca keçiboynuzu kemirmek zorunda mıyım, gerçekten...

✣ ✣ ✣

Ortasında debelendiğim, her geçen gün derinleşen kuytu ve karanlık boşluğu dolduracak bir şeylerin arayışı içindeyim. Neyi aradığımı, neyi bulmak istediğimi bilmeden, aniden yanıverecek bir umut ışığının çorak dünyamı aydınlatmasını bekliyorum.

Beklediğim ışık, birdenbire karşıma çıkıp umut kapılarını önüme açmasa da, dolaylı yoldan beynime ulaşarak, biraz gayretle neler yapabileceğimi gösteriyor bana...

Robinler, Hartford'tan ayrılıp Stanford Üniversitesi'ne gidecek öğretim üyesi arkadaşları için veda yemeği düzenlemişler. Seçkin öğretim üyelerinin katılacağı yemeğe Profesör Robin Coleman'ın eşi kimliğinin hakkını vermek ister gibi, özenle hazırlanıyorum.

Daha önce bu tür topluluklara pek katılmadım. Robin'in tek başına gidişlerinin altında yatan nedenleri irdeleme gereği de duymadım. Ama bu kez durum farklı. Eşli bir yemek, dedi Robin. Benim, yanında olmamı kendisi istedi.

Yemeğe geçmeden önce kokteyl salonunda toplanıyoruz. Orada bulunanların aşağı yukarı hepsi öğretim üyesi. Yaş ortalamaları da hayli yüksek. En gençleri benim; akademik kariyere sahip olmayan tek kişiyim aynı zamanda.

Evlendiğimizden bu yana, çeşitli nedenlerle bir araya geldiğimiz birkaç konuğun dışında kimseyi tanımıyorum. Robin, ellerinde içki bardaklarıyla ayakta sohbet eden arkadaşlarının yanına götürüp tek tek tanıştırıyor beni.

"Profesör falanca, Doçent bilmem kim, Doktor filanca... Ve Aslı Coleman!"

Onların karşısında çıplak hissediyorum kendimi. Robin de adımın başında profesör, doçent, doktor gibi sıfatların bulunmayışından eksiklik duyuyor olmalı ki, tanıştırma işini tamamlayıp oradaki varlığımı unutmuş gibi, arkadaşlarıyla sohbete dalıyor.

Kalabalık ortasındaki dışlanmışlığım, yalnızlığıma yalnızlık katıyor. Belli yerlere gelmiş bu insanların ne kadar dar görüşlü olduklarını düşünüyorum. Onlar seçimlerini akademik kariyerden yana kullanmışlar, o yolda çaba göstermişler. Bense iş hayatına atılmışım. Başarı merdivenlerini hızla tırmanıyorum. Yükseldiğim her kademe, onların attığı adımlara eşdeğer sayılmaz mı? Dişimle, tırnağımla zirveye tırmandığımda, ben de iş hayatında doçentliğe, hatta profesörlüğe ulaşmış olmayacak mıyım?

Ne yazık ki bunları düşünmekten acizler. Kitap okumakla, tez yazmakla sınırladıkları yaşamlarında, gerçek dünyadan soyutlanmış; yarattıkları yapay âlemde kendilerinden başka hiç kimseye değer vermiyorlar. Örneğin Robin... En ulaşılmaz başarılara imza atsam, şirketin genel müdürlüğüne bile yükselsem, zerrece değeri yok gözünde. Adımın başına o küçük kariyer sözcüklerinden birini getirmedikçe, onlardan biri olamam...

Eve dönüp yatağa uzandığımızda, beni ihmal etmiş olmanın ezikliğiyle saçlarımı okşuyor Robin.

"Umarım sıkılmamışsındır," diyor. "Akademik konular yabancı sana..."

Gece boyunca muhatap olduğum gizli aşağılanmaya hak ettiği yanıtı vermenin tam zamanı!

"Sıkılmadım," diyorum. "Akademik kariyer sahibi megalomanların birbirlerini pohpohlamalarını izlemek eğlenceliydi. Yalnız, kendimi fazlaca genç hissettim. Ve bugün kariyere başlasam, sizin yaşınıza geldiğimde hayda hayda profesör olabileceğimi düşündüm."

Vereceği yanıtı beklemeden sırtımı dönüp başımı yastığa gömüyorum. Sözünü ettiğim konuda, kocam bile olsa bir profesörün yardımına ihtiyacım yok. Kafamdaki ışığı yakan ilahi güç, yüreyeceğim yolu da gösterecektir bana...

✣ ✣ ✣

Cuma akşamı yemekten sonra, Robin'le salonda oturmuş hafta sonunda ne yapacağımızı konuşuyoruz. Telefonun sesiyle yerimden fırlıyorum; içgüdülerim arananın ben olduğumu söylüyor.

Yanılmamışım. Telefonun karşı tarafında Özden var.

Ağlamaklı bir sesle, "Çok perişanım Aslı," diyor. "Neler oldu, bir bilsen..."

Sözcüklerin arasına giren hıçkırıklardan, onu bu kadar üzen nedenin kökenine inemiyoruz bir türlü.

Sonunda güçlükle, "Atay'la kavga ettik," diyor. "Öylesine kızdırdı ki beni, kapıyı çarpıp çıktım. Keşke yanımda olabilseydin..."

"Neredesin şu anda?"

"Neval'in evinde. Hani yemeğe gitmek için arkadaşlarla buluşmuştuk ya..."

"Tamam," diyorum ani bir kararla. "Hemen yola çıkıyorum. İki saate kalmaz oradayım."

Türkçe konuşmamızdan bir şey anlamadığı için, Robin'e İngilizce olarak anlatıyorum.

"New York'a gidiyorum ben," diyorum. "Özden'in yanında olmam gerekiyor."

"Bu saatte gitmen şart mı? İstersen, sabah beraber gideriz."

"Sabahı bekleyemem. Hem, tek başına gitmem daha doğru olacak."

"Önemli bir durum mu var?"

"Özden'le Atay kavga etmişler."

"Sen de arabuluculuk yapacaksın ha..." diye alaycı bir tonla gülüyor.

"Hayır, öyle bir niyetim yok! Arabuluculuk bir yana, ortada geçerli bir neden varsa arabozuculuk bile yapabilirim..."

Özden'in gözleri kıpkırmızı, ağlamaktan davul gibi olmuşlar.

"Gece vakti seni de yollara döktüm," diye boynuma sarılıyor.

"Hoş geldin," diyor Neval de. "Farklı şartlarda gelmeni isterdik ama, durum ortada."

"Anlat bakalım," diyorum Özden'e. "Ne oldu, ne bitti de kapıyı çarpıp çıkma noktasına gelebildin?"

"Atay'ın yalanını yakaladım! Daha önce de kuşkularım olmuştu ama bu kez eminim. Son zamanlarda eve geç gelmeler, iş toplantısı bahaneleri gitgide artmıştı. Dün gece toplantı yapacaklarını söyledi gene. Ama, beraber olduklarını sandığım arkadaşlarından biri evi arayıp Atay'ı sorunca, böyle bir toplantının olmadığını anladım. Bu yalanın altından kötü bir şeylerin çıkmasından korkuyorum Aslı... Atay beni aldatıyor olabilir mi?"

Son cümlesinin ardından hıçkırıklara boğuluyor Özden. Sakinleşmesini beklerken, yanılmamışsın Aslı, diye geçiriyorum içimden. Bu oğlanın iş çevireceği baştan belliydi.

Düşündüklerimin tersine, "Hemen telaşlanma," diyorum. "Yaşadığın durum, yanlış anlamadan kaynaklanabilir. O arkadaşı olmasa da, diğerleriyle iş toplantısına gitmiş olamaz mı Atay?"

"Bilmiyorum. Açıklama yapmasına fırsat bırakmadan kendimi sokağa attım."

"İyi ettin!" diyor Neval. "Bu erkeklerin hepsi aynıdır. Al birini, vur ötekine... Boşa yalan söylemezler. Mutlaka bir pislik vardır altında."

"Sen de işin uzmanı gibi konuştun," diye gülüveriyorum. "Gören de üç kocadan boşanmış sanır."

"Üç değilse de birini silkeledim, gitti."

Şaşkınlığımın üstüne, kırdığım potun mahcubiyeti ekleniyor.

"Bilmiyordum," diyorum usulca. "Kusura bakma..."

"Boş ver, önemli değil. Doğru, sanıp evleniyorsun. Ama, gerçek 'doğru'nun ne olduğunu görmen için onu yaşaman gerekiyor. Yanlışı doğru görmüşüz biz. Bir daha tövbe! Özgür kuşlar gibi gönlünce yaşamak dururken evlenmeyi seçenlerin aklına şaşayım."

Neval, Özden'in ODTÜ'lü arkadaş grubundan. New York Üniversitesi'nde doktora yapıyor. Bunlar, ilk tanışmamızdan aklımda kalanlar. Evlenip ayrılmış olduğunu ilk kez duydum. Evliliğe bu kadar karşı çıktığına göre, belli ki tatsız bir şeyler yaşamış.

İster istemez Neval'in üzerinde odaklaştırdığım bakışlarımı yeniden Özden'e çeviriyorum. Atay hakkındaki olumsuz görüşlerimi bir süreliğine rafa kaldırıp ılımlı bir orta yol bulma çabasındayım.

"Ne yapmayı düşünüyorsun?" diye soruyorum Özden'e. "Yalan söyledi diye, nedenini bile öğrenmeden, Atay'dan ayrılacak mısın?"

Ayrılık sözünü duyunca yeniden ağlamaya başlıyor Özden.

"Gözyaşlarına yazık," diyor Neval. "Erkekler için değil ağlamak, canını sıkmaya bile değmez."

Bunları duyacak halde değil Özden.

"O hırsla evden çıkmakla hata mı ettim?" diyor. "Kalıp onu dinlese miydim acaba?"

"Kendini suçlama. Yalan söylemekle ilk hatayı o yapmış. Bekle bakalım; hatasını tamir eder, seni inandırırsa ortada sorun kalmaz."

"İyi ki geldin Aslı," diye sarılıyor bana. "Bu çılgın kızla baş başa kalsam, çoktan Atay'la boşanmaya kalkmıştım..."

Sabah kahvaltısında, biraz yatışmış, ilk sarsıntının şiddetini atlatmış görünüyor Özden.

Masayı toplayıp Neval'in yaptığı bol köpüklü Türk kahvelerimizi içerken kapı çalınıyor. Neval gidip açıyor. Biraz sonra, arkasında Atay'la beraber içeri giriyorlar.

"İşte kocan, işte sen!" diyor Neval. "Aslı'yla beni yok say, ağzına geleni söyle, içini dök; gerekirse hesabını kes, gitsin."

Özden de, Atay da bu esprili sözleri duymaktan uzaklar. Birbirlerine değen gözlerini geri çekip nereye koyacaklarını bilemiyorlar. İkisi de kararsızlıklarını ve pişmanlıklarını suskunluklarıyla perdelemeye çalışıyor. Sonunda, Özden'in yanına sokulup elini tutuyor Atay.

"Bağışla beni," diyor. "Yalan söyledim sana. Dün akşam arkadaşlarla iş toplantısına değil, kafaları çekmeye gittik. Bir Akın gelmemişti, onun da evi arayacağı tutmuş."

"İnsanın ayağına işte böyle dolanır," diyor Neval; ama kimse aldırmıyor.

"Dosdoğru söyleyebilirdin bana," diyor Özden. "İçmeye gideceğiz, deseydin karşı mı çıkacaktım?"

"Haklısın, ama söyleyemedim. Evli bir erkek olarak, bekâr arkadaşlarımla kafa çekmenin yakışık almayacağını düşündüm."

Dayanamıyor gene Neval. "Sen de yakışık alamayan işler yapmazsın!" diye bağırıyor Atay'a.

"Ben gelemem, demek ağırıma gitti."

"Kılıbık, diyeceklerinden korktun ha..." diye kahkahayı basıyor Neval.

"Galiba öyle," diye başını öne eğiyor Atay.

Bu kadarı, Özden'in affetmeye, olanları unutmaya çoktan razı yüreğini yumuşatmaya fazlasıyla yetiyor. İkisi aynı anda yerlerinden fırlayıp kucaklaşıveriyorlar.

"İşte mutlu son!" diye alkışlıyor Neval. "Filmlerin sonunda yazar ya... The end! Film biter ama, yaşam sürer. Mutluluk da yaşamla beraber sürüp gider mi, bilemeyiz. Devamı sinemalarımızda..."

Özden'le Atay kol kola girip evlerine gidince, Neval'le baş başa kalıyoruz. Onun umursamaz ve pervasız davranışlarında insanı rahatlatan, ama aynı zamanda huzursuzluk veren bir şeyler var. Sohbetiyse son derece keyifli...

Oturduğu ev iki katlı. Üst katta üç oda var. Alt katta da geniş bir salonla bir oda daha. Önceleri evi üç arkadaş paylaşıyorlarmış. Diğerleri mezun olup gidince tek başına kalmış Neval.

"Yalnızlığı severim ben," diyor. "Kendimle barışığım. Bütün kirayı ödemek zorunda olmasam, odaların boş kalması umurumda bile değil. Doktoranın yanı sıra asistanlık yapıyorum. Aldığım para yetmiyor. Bekârken neyseydi ama, evlenip ayrıldıktan sonra baba eline bakmak ağırıma gidiyor. Odalar için kafa dengi birilerini bulursam sevineceğim."

"Doktora programın nasıl gidiyor?"

"Harika! Tek ondan yüzüm güldü zaten. Para sorunum olmasa uzatacağım. Yarıladık sayılır, iki yılım kaldı."

"Ben de doktora yapmak istiyorum ama, işe nereden başlayacağımı bilemiyorum."

Dilimden istemim dışında dökülüveren sözcükler şaşırtıyor beni. Bilinçaltındaki verilmiş kararların dışavurumu galiba...

"Yardım ederim sana," diyor Neval. "Bizim doktora programının bir kopyasını vereyim, elinde örnek bulunsun."

Yukarıya, odasına çıkıyor. Birazdan elinde bir yığın kâğıtla geri dönüyor. "NYU STERN/ New York University" başlıklı ilk kâğıda şöyle bir göz atıp inceleme gereği duymadan çantama yerleştiriyorum.

"Kalkayım," diyorum Neval'e. "Kocam özlemiştir beni."

Bu sözlerim Neval'i güldürmeye yetiyor; beni ise meraka sürüklüyor. Robin, gerçekten de beni özlemiş midir acaba...

* * *

Dört yıllık PhD(*) programı, toplam altmış kredi. Bunun dokuz kredisi istatistik ve mikroekonomi, yirmi bir kredisi pazarlama, on iki kredisi seçmeli ders, on sekizi de seminerlere ayrılırken, dersler ilk iki yıla yayılmış. Doktora konusuyla ilgili araştırmaların yapıldığı, seminerler ağırlıklı son iki yıl, tez yazma süresini de kapsıyor. Hartford Üniversitesi'nde mastır için aldığım dersleri krediye sayarlarsa, öngörülen süre kısalabilir.

Hepsi iyi, hoş da; yeniden okul sıralarına dönmeyi istiyor muyum ben? Yoksa Robin'e kendimi kanıtlamak uğruna, "Bak gör, gerekirse bunları yapabilirim!" diyebilmek için mi bunca çabam?

(*) Doktora.

Nedeni ne olursa olsun, günlerdir kafamı kurcalayan tek konu bu... Doktora! Yalnız bana ait bir giz olmaktan çıkacağı günü bekliyor. Bakalım Robin, bu işe ne diyecek...

Robin, konuyu açıklama fırsatını kendi elleriyle sunuyor bana. "Gelecek dönem işlerim yoğunlaşacak," diyor. "Boston Üniversitesi'nde haftada iki gün seminer vermek üzere teklif aldım. Henüz kesin değil ama, buradaki dersleri ayarlayabilirsem kabul edeceğim. Ancak, Boston'daki işim geç saatlere kadar uzayabilir. Haftada iki gece orada kalmamın senin yönünden sakıncası olur mu?"

"Hayır," diyorum. "Benim de gelecek dönem için farklı programlarım var. Eğer gerçekleşirse, beni de en az seninkiler kadar yoğun günler bekliyor."

"Ne gibi bir program bu?"

"Doktora yapmak istiyorum Robin. Ne dersin?..."

Geniş bir gülümsemeyle aydınlanıyor yüzü. Tam da beklediğim gibi. Adının önüne hiçbir sıfat koyamadığı karısının akademik kariyere adım atması, onun için gurur kaynağı. Bakalım bundan sonrasında söyleyeceklerimi de bu derece memnuniyetle karşılayabilecek mi?

"İyi düşünmüşsün," diyor. "Sosyoloji, psikoloji ya da art bölümlerinden birinde karar kılabilirsin. Hartford Üniversitesi'nde hepsinin doktora programı var."

"Ama, ekonomi ya da işletme dalında doktora programı yok. Ben marketing(*) doktorası yapmak istiyorum Robin!"

Bir an duraklayıp düşünüyor.

(*) Pazarlama.

"İddialıyız ha..." diye gülüyor. "Tamam, senin için onu da araştırırız."

"Araştırmaya gerek yok," diye yerimden kalkıp çalışma masamın üzerindeki dosyayı getiriyorum.

"Gereğince inceledim ben."

New York Üniversitesi başlığını görünce şaşırıyor.

"Madem Hartford'ı istemiyorsun, Boston'da bir okul ayarlasak daha iyi olmaz mıydı? Beraber gider gelirdik."

"New York iyi. Aynı bölümde yakın arkadaşlarım var."

Programı dikkatle inceliyor.

"Okunması gereken derslerin çoğu, senin mastır programında var," diyor. "Araştırma ve tez yazma süresinde de New York'ta olman gerekmiyor. Çalışmalarını buradan yürütebilirsin. Tezini yazarken yardımcı olurum sana."

"Aynı fikirde değilim. Akademik kariyer için, o havayı solumak gerek. Tez konusuna gelince, her satırının kendi elimden çıkmasını yeğlerim."

"Peki, buradaki işin ne olacak?"

"Şirketin New York'ta şubesi var. Oraya nakledersem, sorun kalmıyor. Ama, çalışırken doktora yapmak zor iş. Asistanlık arayacağım."

"Bakıyorum her şeyi inceden inceye düşünmüşsün."

Sesindeki sitem, fark edilmeyecek gibi değil.

"Kaygılanma," diyorum. "Seni ihmal etmem. Hafta içi günlerde, burada da birbirimize yeterince zaman ayıramıyoruz zaten. Hafta sonlarımız gene bize ait olacak. Ya sen gelirsin ya da ben..."

"Düşünmedik ayrıntı bırakmamışsın. Neyse... Daha programa kabul edilmeden bunları konuşmanın anlamı yok. Zamanı gelince oturur tartışırız."

Omuzlarımdan büyük bir yük kalkıyor böylelikle. Gizliden gizliye hesaplar yapmak bana göre değil. Kafamdan geçenleri Robin'le paylaşmanın huzuruyla yoluma devam edebilirim...

35

Doktora programı için yaptığım başvurunun sonucunu, temmuz başında alıyorum. Programa kabul edilmişim!

Sevinçten havalara uçmadan önce halletmem gereken önemli bir konu var: İşyerimi durumdan haberdar etmek!

Genel müdürüm anlayışlı davranıyor.

"Gidişin bizim için büyük bir kayıp," diyor. "Tek avuntumuz, kariyerinde yükselecek olman."

İç rahatıyla Türkiye'ye, tatile gidebilirim artık. Robin'i, yaptığım planlara karşı çıkmadığı için ödüllendirmek ister gibi; İstanbul'daki tatilimi kısa tutma kararındayım.

"Türkiye için on gün; iznimin geri kalanında yanındayım," demem hoşuna gidiyor.

Ancak, Özden'in umulmadık telefonu, seyahat programımda küçük bir değişiklik yapmama neden oluyor.

"Bu kez bitti!" diyor Özden. "Şu anda Neval'in yanındayım gene."

Sesi, daha önceki gibi ağlamaklı değil, hatta neşeli olduğunu bile söyleyebilirim. Ayrıntılara girmiyor ama, "Çok iyiyim ben," diyor. "Karşılaştığımızda etraflıca konuşuruz."

"Sanırım, ipleri koparmış bizimkiler," diyorum Robin'e. "New York'a gitmem gerek. Oradan da Türkiye'ye uçarım artık..."

Hartford'tan çıkış tarihimi iki gün öne almama ses çıkarmıyor Robin. Bu uysal davranışının altında, benimle beraber Türkiye'ye gelmemesinin yattığını tahmin edebiliyorum. Yapması gereken ama bir türlü yapamadığı bir iş yüzünden eziklik duyuyor sanki. Hiç önemi yok, sorun etmiyorum artık...

Özden'le Neval, ne kadarının gerçek olduğunu kestiremediğim, abartılı bir neşeyle karşılıyorlar beni. Özden, yabancı birinin başından geçmiş gibi, umursamaz bir tavırla anlatıyor yaşadıklarını.

"İhanet etti bana!" diyor. "Arabanın içinde öpüşürlerken yakaladım onları. İtiraf etmek zorunda kaldı."

"Bak hele! Senin yerine kimi koyabilmiş Atay Beyimiz?"

"Aynı bankada çalışan, kendisinden yaşça büyük, Amerikalı bir kadın. İki yıl önce kocasından ayrılmış. O günden beri de beraberlermiş. Sözüm ona benimle evlenmeden noktayı koymuşlar. Ama sonrasında yeniden alevlenmiş aşkları."

"Aşk deme şuna! Bu kadar basite indirgeme aşkı... İlişkileri madem böylesine vazgeçilmezdi, neden onunla değil de seninle evlenmiş?"

"Ben de Atay'a bunu sordum. Ailesinin bu tür bir evliliği asla onaylamayacağını söyledi."

"O da kurban olarak seni seçti ha... Aşağılık herif!"

Baştan beri Özden'in anlattıklarını sabırla dinleyen Neval, araya girmekte gecikmiyor.

"En iyi, dediğin erkeğin bile aşağılık bir yanı vardır Aslı'cığım," diyor. "Bu yanlarını ne zaman ve hangi şartlarda ortaya çıkaracakları belli olmaz."

"Şanslı sayılırım," diye gülüyor Özden. "Erken uyandım. En kısa zamanda boşanıp özgürlüğüme yeniden 'merhaba' diyeceğim."

Onun bu umursamaz halinde, Neval'in payının büyük olduğu kesin. En katlanılmaz durumları bile, farklı bakış açılarındaki yorumlarıyla sıradanlaştırarak, katlanılır hale getirmekte üstüne yok bu kızın.

Üçümüz, hiç dışarı çıkmadan, her dakikası dolu, birbirinden güzel iki günü paylaşıyoruz. Kahkahalarımızla çınlıyor Neval'in evi.

Giriş katında, mutfağın yanından çıkılan küçük bir bahçe var. Üç tarafı duvarlarla çevrili, duvarları sarmaşıklarla örtülü bu yer, keyif mekânımız oluyor. Japon restoranından suşiler, İtalyan restoranından pizzalar getirtiyoruz. Şişe şişe şarabı, kutu kutu birayı arkadaş ediyoruz yanlarına.

"Gördüğünüz gibi, erkeksiz de yaşanabiliyormuş!" diyor Neval.

Özden, üst kattaki odalardan birine yerleşmiş. Alt katta, salonun yanındaki geniş oda hâlâ boş.

"Kimseye vermeyin orayı," diyorum. "Yeni kiracınız ben olabilirim."

"Senden iyisini mi bulacağım?" diyor Neval. "Bu saatten sonra gün görmemiş kız çocuklarıyla uğraşacak değilim. Çömez öğrencilere kapalı burası. Ama, sana önerim kocana sahip çıkman! Yoksa evin kapısına, 'Dullar Pansiyonu' yazmak zorunda kalacağım."

✣ ✣ ✣

Uçaktan inip annemle ve babamla kucaklaştığım anda, ortada garip bir durum olduğunu hissediyorum. Babamın yüzü solgun; epey kilo vermiş, gözleri dibe çökmüş.

"Neyin var senin?" diye soruyorum. "Pek iyi görünmüyorsun."

"İyiyim," diyor. "Bu yaştan sonra ufak tefek sağlık sorunlarının yaşanması kaçınılmaz."

"Ne oldu? Anlatın..." diye anneme dönüyorum bu kez.

"Hafif bir kalp spazmı geçirdi baban. Merak etme, geçti."

"Neden haber vermediniz bana?"

"Önemli bir durum olsa haber verirdik," diyor babam. "Gurbettekiler, en küçük olumsuzlukları bile gözlerinde büyütürler. Gördüğün gibi, iyiyim işte."

"Bu davranışınızla beni daha çok üzdüğünüzün farkında mısınız? Olumlu ya da olumsuz, sizinle ilgili her şeyi bilmek istiyorum. Hakkım değil mi bu?"

"Tamam," diyor annem. "Umarım bir daha yaşamayız, ama benzer bir durumda hemen haber vereceğim sana; söz..."

Sıkı bir perhize sokmuşlar babamı; tuz, şeker, yağ yasak. Yediği her öğünün ardından avuç dolusu ilaç yutuyor. Tansiyon, kalp, kolesterol, şeker hapları... Akşamdan akşama içtiği pipoyu da bırakmış. Ama neşesi yerinde.

"Zamanında yakaladık," diyor. "Gerekli önlemler alınınca sorun kalmadı. Merak etme, bomba gibiyim ben..."

Babamın hastalığı dışında, İstanbul'daki günlerim umduğumdan da güzel geçiyor. En büyük sevinci ise, Ferda'nın bebeğini kucağıma aldığımda yaşıyorum.

Naz bebek sekiz aylık. Yumuk yumuk elleri, pembe beyaz tombiş yanaklarıyla dünya tatlısı bir şey. Hiç yadırgamıyor beni. Agular, gugular arasında gülücükler atıyor Aslı Teyzesi'ne.

"Annelik bambaşka bir duygu," diyor Ferda. Dünyaya bakış açımı değiştirdi, inan. Düşün; canından, kanından bir parça... Tüm uğraşlarını bir yana itip yalnızca onun için yaşamayı göze alabiliyorsun."

"Bundan sonra Türkiye'ye daha sık geleceğim," diyorum. "Bir tek Naz bebeği görmek, onun kokusunu içime çekmek için bile onca yolu göze alabilirim."

Ferda, söylemekle söylememek arasında kararsız, kısa bir bocalamanın ardından, "Murat'ın da bir kızı oldu," diyor. "Naz'la araları iki ay..."

Sonra da, verdiği sözü çiğnemiş olmanın sıkıntısıyla, konuyu değiştiriveriyor.

"Çocukları seversin sen," diyor. "Ne zaman anne olmayı düşünüyorsun?"

"Robin'le bu konuyu hiç konuşmadık. Kariyer ve iş telaşı arasında fırsat bulamadığımızdan belki. Altından kalkılması güç sorumlulukları da beraberinde getirecek bir bebeği, her saati dolu yaşantımızın neresine sığdıracağımızı bilemediğimizden."

"Çocuksuz da olmaz ama! Bir an önce, ikinize de uygun düşecek zamanlamayı yapmanız gerek."

"Doktoraya başlıyorum Ferda. Bitirdikten sonra, belki... Şimdilik Naz bebeğin teyzesi olayım, yeter."

✣ ✣ ✣

Amerika'ya bu dönüşümde, ayaklarım geri geri gitmiyor. Babamın hastalığı dışında, hiçbir hüznü taşımıyorum yüreğimde.

Geçen yıl içinde bocaladığım bunalımlarımdan kurtulup geleceğe umut ışıkları yaktığım, şansın yanımda olduğuna inandığım bir dönem... Önümde uzanacak yola ilk adımlarımı atmadan, Hartford'ta Robin'le geçireceğim son günlerimin tadını çıkarmaya çalışıyorum.

Daha önce hiç denemediğim işlere girişerek, Margaret'i mutfaktan çıkarıp yemek kitaplarındaki tariflere baka baka, değişik tatlar yaratıyorum. Robin'in beğeniyle karşılayıp her lokmada yemeklerime övgüler yağdırması, daha da yüreklendiriyor beni.

Arta kalan zamanlarımda havuza giriyorum, tembel tembel güneşleniyorum. Bahçedeki, bu zamana kadar ilgimden yoksun kalmış çiçeklerle dostluk kuruyorum, konuşuyorum onlarla. Çimleri suluyorum; arka taraftaki meyvelikten çilek toplayıp çilekli pastalar yapıyorum.

Her gün başka kişiliklerle karşısına çıkan hayat dolu, cıvıl cıvıl bir Aslı, Robin'in de hoşuna gidiyor. Kitaplarından başını kaldırıp daha çok zaman ayırıyor bana.

Ilımlı davranışlarımdan cesaret alarak, "Kısa bir tatil yapalım seninle," diyor. "Mohigan Sun'a gitmeye ne dersin?"

Önerdiği yerin ünlü bir kumar merkezi olduğunu bilsem de, seve seve kabul ediyorum. İçinde bulunduğum ruh hali, her türlü pürüzü çözecek güçte çünkü. Nereye gidersem gideyim, sıkılmayacağımdan eminim.

Mohigan Sun, Kızılderili çadırı biçiminde inşa edilmiş, dev bir yapı. Kumarhanelerin yanı sıra en pahalı ürünlerin sergilendiği giyim mağazaları, mücevherciler, antikacılar ve lüks restoranların yer aldığı; abartılı aydınlatma düzeni sayesine ışıl ışıl bir yer. Robin'i kumar masasına bıraktığımda, oyalanacağım çok şey var.

"Kızılderililerin burayı Amerikalılardan, özellikle de beyazlardan intikam almak için kurdukları söylenir," diye gülerek anlatıyor Robin. "Doğrudan canlarını acıtacağımıza, kumar masalarında paralarını alarak kanlarını kurutururuz; daha iyi, düşüncesinden yola çıkmışlar."

Kumarhane salonlarını birbirine bağlayan kısımlar göz alıcı tarzda dekore edilmiş. Yapay göller, nehircikler, yükseklerden akan ışıklandırılmış sular... Ve dünyanın en ünlü markalarının bulunduğu göz kamaştırıcı ışıklar altındaki dükkânlar...

Üst kat restoranlara ayrılmış. Robin'le paylaşımımızın olduğu tek yer burası. Yemeklerimizi yiyip yollarımızı ayırıyoruz. O kumarhanenin puslu havasına dalarken, ben, dükkânların albenili ürünleri arasında kendimi kaybedip bol bol alışveriş yapıyorum.

Robin, üç gün içinde dünyanın parasını kumara basıyor.

"Beter ol!" diyorum. "Kızılderilileri kutlamak gerek; harika bir intikam yöntemi bu! İliğinin kemiğinin kurutulacağını bile bile koşarak kucaklarına düşmüş Amerikalıları soyup soğana çevirmenin keyfini başka hangi yöntemde bulabilirlerdi?"

"Haklısın," diye gülüyor Robin. "Canını acıtmadan, kaz gibi yoluyorlar adamı."

Kaz yerine konulmaktan da, yolunmuşluğundan da şikâyetçi görünmüyor. Hatta, onca doların üzerine bir bardak soğuk su içtiği şu anda bile, bundan sonra hangi kumarhaneye gideceğini düşündüğünden eminim...

✣ ✣ ✣

İşlerin nasıl bu kadar yolunda gittiğine inanamıyorum. İlk başvurumda asistanlığa kabul edildim!

Okul açılmadan önceki iki hafta, Hartford'taki eşyalarımı toparlamak ve Özden'le Neval'in kaldıkları evde bana ayrılan odaya yerleşmek için anca yetiyor. Hartford'la New York arasında mekik dokuduğumuz bu geçiş dönemindeki en büyük yardımcım, Robin. Kalacağım odayı baştan aşağı yeniliyor. Duvar kâğıtlarını, halıları, perdeleri değiştirtiyor. Bilgisayarı, çalışma masası, karyolası, şifoniyeriyle dört dörtlük bir yaşam alanı yaratıyor bana.

Eylül başında New York'a taşınıyorum. Asistanlık ve doktora çalışmalarım aşağı yukarı aynı tarihlerde başlıyor. Okulum, Manhattan'da ve evimizin bulunduğu Astoria semtine çok yakın. Ulaşım konusunda sıkıntı çekmiyorum. Metroyla bir yerden bir yere gitmek çok kolay, zamandan kazanç da sağlıyor. Arabanın, yalnız Hartford'a gidişlerde gerekeceğini düşünüyorum.

İşimde huzurlu, evimde mutluyum. Yeniden öğrencilik günlerine dönmenin sevinci, keyfime keyif katıyor. Hafta sonları ya ben Hartford'a gidiyorum ya da Robin New York'a geliyor. Onun geldiği zamanlar otelde kalıyoruz. Hem çalışan, hem okuyan bir genç kız değil, evli bir kadın olduğumu ancak o günlerde hissedebiliyorum.

Doktora programındaki derslerin çoğundan muaf oldum. Bu yıl için birkaç fark dersi aldım yalnızca. Haftada birkaç gün derslere girmem yetiyor. Gelecek yıl bu kadar rahat olamayacağım ama. Tez çalışmalarının gerektirdiği araştırma ve incelemeler çok zamanımı alacak.

Kurduğum düzenden memnunum. Evde Özden ve Neval'le uyumumuz harika. Bir arada olduğumuz zamanların nasıl geçtiğini anlamıyoruz bile.

"Senin büyük laf etme hakkın yok!" diyor Özden. "Asla Amerikalıyla evlenmem, dedin; sonuç ortada. Dünya üzerinde yerleşeceğin en son şehir olacağını söylediğin New York'u mesken tuttun. Yapmam, dediğin başka ne varsa söyle de, önceden bilelim."

Evet, bir zamanlar itici buluyordum New York'u. Ama şimdi, her yüzünü aynı derecede sevmesem de, hızlı yaşam temposuna ayak uydurabiliyorum.

İlginç bir şehir New York. Sanat etkinlikleri, tiyatroları, müzikal oyunları, konserleri, müzeleri, alışveriş merkezleri, gece kulüpleri, restoranları, her biri başlı başına bir şehirmiş gibi duran gökdelenleri ve olağanüstü hareketliliğiyle yalnız dışarıdan gelen yabancıları değil, Amerika'nın diğer eyaletlerinden gelenleri de mıknatıs gibi kendine çekiyor.

Aynı zamanda tam bir çelişkiler kenti. Nüfusunun yüzde kırk beşi beyaz, yüzde yirmi beşi siyah; Uzakdoğulu ve Kızılderililer de geri kalan yüzdeyi dolduruyorlar. Dünya üzerinde bu kadar farklı ırk ve milliyetlerden insanı bağrında barındıran ikinci bir şehir yoktur, sanırım.

Bu insanların bir kısmı ahçılı, hizmetçili lüks villalarda yaşarken, azımsanamayacak ölçüde kalabalık bir bölümü de sefalet içinde yaşıyor. New York'un Manhattan'ı, Amerika'daki üç bin ilçe arasında gelir farkının en yüksek olduğu yer. Bir tarafta, sırf ünlü bir markaya ait etiketi taşıyor diye en sıradan nesnelere binlerce doları gözünü kırpmadan verenler; diğer tarafta yoksulluk çizgisinin altında yaşam süren, açlık sınırındaki insanlar... İlginç olanı, zenginin fakirden, fakirin zenginden kopuk bir halde, birbirlerinin nasıl yaşadığından habersiz, varlıklarını sürdürmeleri.

İçinde yaşadığım şehrin New York, Hartford ya da Boston olması, fazlaca ilgilendirmiyor beni. Belli bir amacı gerçekleştirmek için buradayım. Hedeflediğim noktaya ulaştığımda rotamı hangi yöne çevireceğimi ise, ben bile bilmiyorum henüz.

36

Doktoramı tamamlamam için, iki yıldan az bir süre var önümde. Tezimin konusunu belirleyip çalışmalarıma başladım. Konu seçimi en önemli aşamaydı benim için. Robin'le uzun uzun tartıştık; ilginç seçenekler koydu önüme. İçlerinde en zorunu, beni en çok uğraştıracak olanını seçtim:

"Güney Amerika ülkelerine yönelik pazarlama yöntemleri".

Beni caydırmak için epey dil döktü Robin.

"Bütün o ülkelerin ekonomik yapılarını ve dışarı açıldıklarında ne tür ekonomik stratejiler izlediklerini bilmen gerek," dedi. "Bu da, uzun ve zorlu bir inceleme, araştırma süreci anlamına gelir."

Bu sözler daha da kırbaçladı beni. Zoru başaracak olmanın itici gücüyle dört elle sarıldım çalışmalarıma. Hem işteki, hem de evdeki masalarımın üzeri konuyla ilgili doküman ve kitaplarla dolu. Tek saniyem boş geçmiyor artık. Gündüz okulda, gece evde, geç saatlere kadar çalışıyorum. Yanı sıra, üniversitedeki seminerlere katılıyorum.

Bu doluluk içinde bile, hafta sonlarım Robin'e ait. İki günlük soluklanma arasında, ayrı kalışımızı unutturmak ister gibi; nereye gideceğimizin, ne yapacağımızın seçimini ona bırakıyorum; ne derse desin karşı çıkmıyorum.

Ancak, son zamanlarda uzun süreli tatillerimin tümünde Türkiye'ye koştum. Babamın iyi olduğunu gözlerimle görmeliydim. Neyse ki, gerçekten iyi babam; kalbindeki sıkıntıyı aşmış görünüyor...

Çalışmalarımı, aile ilişkilerimi, ev yaşantımı rayına oturttuğumu düşündüğüm, Amerika'ya geldiğimden bu yana belki de kendimi en huzurlu ve mutlu hissettiğim bir anda, Özden'in verdiği karar, beni derinden yaralıyor.

Türkiye'ye dönüyor Özden!

"Gecikmiş bir karar aslında," diyor. "Atay'dan ayrıldığım günlerde dönmeliydim. Senin için kaldım Aslı! Ama artık anla beni... Senin dışında beni Amerika'da tutacak hiçbir şey kalmadı."

"İyi bir işin var," diye cılız bir caydırma çabasına girişiyorum. "Böyle bir işi Türkiye'de bulamayabilirsin."

"Hepsini düşündüm. ODTÜ mezunu, Amerika'da mastır yapmış, iş deneyimi olan birine Türkiye'de de uygun bir iş bulunur; diye umuyorum."

"Bırak kızı, gitsin!" diyor Neval. "Buralarda sürüneceğine gitsin de doğru dürüst bir düzen kursun kendine. İşini bulur; karşısına da kara yağız bir Türk delikanlısı çıktı mı, değmeyin keyfine... Evlenip çoluğa çocuğa karışır. Herkes benim gibi evde kalmaya kararlı bir erkek düşmanı olamaz ya."

"Delisin sen," diye gülüyor Özden. "Aslı'yı örnek al da, büyük konuşma. Bir de bakmışız, benden önce sen evlenivermişsin."

"O iş zor! Neyse, bırakın hüngürdeşmeyi de beraber geçireceğimiz son günlerin tadını çıkaralım. Dönüp geriye baktığımızda hatırlayacak bir şeylerimiz olsun..."

Neval'in dediği gibi, ayrılık saatine kadarki zamanımızı, geride bekleyen özlemleri aklımıza getirmemeye çalışarak, olabildiğince dolu geçiriyoruz.

Gidiyor Özden! Benden de bir parçayı beraberinde götürerek, gidiyor... Geride bıraktığı boşluk doldurulacak gibi değil.

Neyse ki asistanlık işim, neyse ki tez çalışmalarım, neyse ki beni soluksuz bırakan uğraşlarım var. Ve tabii ki Neval!

İçten içe benimle aynı üzüntüyü yaşasa da dışa vurmamayı, aldırmaz görünmeyi başarıyor. Yaptığı esprilerle, anlattığı yüzü gözü açık fıkralarla; yaşamın içinden, gerçekmiş gibi duran ama kendisinin kurguladığından emin olduğum deli dolu öykülerle gözlerimden inen yaşları kahkahaya dönüştürmeyi beceriyor. O olmasaydı, bu zorlu günlerde ne yapardım, bilemiyorum.

✣ ✣ ✣

Neval doktora diplomasını aldı. Yüz güldürücü, kariyerine yaraşır bir işin arayışında. Üniversitedeki asistanlığı sürüyor henüz. Parası az olsa da, iyi bir iş buluncaya kadar idare etmek niyetinde. Gazetede gördüğü, internette bulduğu hiçbir ilanı boş çevirmiyor, hepsine özgeçmişini gönderiyor; arkadaş çevrelerinde önerilen şirketlere iş başvuruları yapıyor.

Benimse doktora programımı tamamlamama sekiz ay var daha. Tez çalışmalarımı tüm gücümle sürdürüyorum. En büyük avuntum, mezuniyetten sonra Neval gibi iş arama sorunuyla karşılaşmayacak olmam. Hartford'ta yerim hazır.

Neval'in, umutla umutsuzluk arasında gelgitler yaşayan iş arayışı, ikinci ayın sonunda meyvelerini veriyor. Ancak bu meyveler, benim yönümden zehir acılığında...

Yorgun argın işten döndüğüm bir akşam, kapının ağzında, her zamanki cıvıltılı halinden uzak, asık bir yüzle karşılıyor beni Neval. Sofrayı hazırlamış, benim sevdiğim yemeklerle masayı donatmış.

"İş görüşmesine çağırdılar," diyor sofraya oturduğumuzda.

"Anlaşıldı," diyorum sevinçle. "Kutlama yemeği yiyeceğiz, desene... İyi de, ne bu halin? Sevineceğine üzülmüş gibisin."

"Önerinin nereden geldiğini sormuyorsun," diyor iğreti bir gülüşle. "Görüşmeye çağıran, Washington'daki Dünya Bankası!"

"Ne?" diye bağırıyorum. "Harika bir fırsat bu!"

Ardından, onun karşısına çıkan fırsatın, suratıma inecek okkalı bir tokat olarak bana yansıyacağının bilinciyle susuveriyorum.

"Gideceksin, değil mi?" derken sesim titriyor.

"İş görüşmesine çağrılmam, işe kabul edilmem anlamına gelmiyor. Dünya Bankası, bu! Kolay lokma değil. Onca başvuru arasından beni mi seçecekler?"

Bencil davranmanın zamanı değil. İçimi kavuran duyguların tümünü bir yana itip sonuna kadar destek olmalıyım ona.

"Seni seçmeyip de kimi seçecekler?" diyorum. "Benim arkadaşım en iyi yerlere layık... Ne zaman gidiyorsun?"

"Yarın sabah. Washington'da bir arkadaşımda kalacağım. İş görüşmesinden boyumun ölçüsünü alırsam hemen dönerim. Fazla umudum yok açıkçası. Boş yere buruşturma yüzünü. Benden kurtulman o kadar kolay olmayacak..."

Gidiyor Neval... On gün sonra da, Dünya Bankası'nın finans bölümünde strateji danışmanı sıfatıylà geri dönüyor. İki iş görüşmesini de başarıyla aşmış ve önerilen konuma kabul edilmiş.

Sevincini gereğince paylaştığımı söylesem, yalan olur. O da beni boynu bükük bırakacağının ezikliğiyle coşkusunu tam anlamıyla yaşayamıyor zaten.

İş öncesi iki haftalık izninin tümünü yanımda geçiriyor. Yakınlaşmakta olan kahredici ayrılığın ayak seslerini duymamaya çalışarak, beraber geçireceğimiz son günlerimizi elimizden geldiğince dolu yaşamaya çabalıyoruz. Tez çalışmalarımı bile askıya alıyorum. New York'taki en sevdiğimiz yerlere gidiyoruz; geceleri sabahlara kadar oturup bir daha ne zaman yineleneceğini bilemediğimiz doyumsuz saatleri paylaşıyoruz.

Ve acımasız saat çalıyor sonunda!

"Ne zamandır tuzlu suyun tadını unutmuştum," diye gözyaşlarını silerek son kez sarılıyor bana Neval. O tuzlu tadı tüm burukluğuyla benim dudaklarıma bırakarak gidiyor...

Neval'in gidişi Özden'inkinden de çok etkiliyor beni. Çünkü bu gidiş, yapayalnız kalışımın yüzüme haykırılışı, anlamına geliyor. Koskoca evde tek başına umarsızca çırpındığım, hıçkırıklarımın duvarlara çarpa çarpa yankılandığı zorlu günler...

Bu günlerdeki tek dayanağım, Robin! Beni yalnız bırakmamak için elinden geleni yapıyor. Haftanın yarısından çoğunu yanımda geçiriyor. Fakültede dersi olmadığı günler, arabasına atladığı gibi New York'ta alıyor soluğu. Elimi hiçbir işe sürdürmüyor. Akşamları yemeğe götürüyor beni. Bazen de arka bahçede mangal yakıyoruz. Etleri, balıkları kendisi pişiriyor; salata yapmama bile izin vermiyor.

Bu kadarla da kalmıyor; okulda olduğum saatler notlarımı temize çekiyor. Artık son aşamasına gelmiş tezimi yazarken yardımcı oluyor bana, verdiği ilginç fikirlerle yolumu aydınlatıyor. Emeklerimin boşa gitmeyeceğini, doktora diplomamı başarıyla alacağımı sık sık yineleyerek yüreklendiriyor beni.

En zor dönemimde bana verdiği destek için minnet borçluyum Robin'e. Yalnız bu yaptıkları bile, onu gözümde farklı bir konuma oturtuyor; iyi ki onunla evlenmişim, dedirtiyor. Artık rafa kaldırdığım bir öneriyi de gündemime taşıyor. Yaz tatili için Türkiye'ye giderken, "Sen de gel!" diyebileceğimi ve bu kez kabul edeceğini düşünüyorum.

Aramızdaki yakınlaşma, Türkiye'ye beraber gitmenin ötesinde, yabancısı olduğum bazı duyguları da salıyor yüreğime. Bundan sonrasında yapacaklarımın yönünü değiştiriyor.

Zaman zaman hak veriyorum ona; akademik kariyerin mayası bir tuttu mu, bırakmıyor insanı. Doktoranın ardından doçentlik, doçentlikten sonra da profesörlük... Neden olmasın? Daha önceleri önemsemediğim kariyer aşamaları, adım adım ilerleyerek yürünmesi gereken bir yol gibi görünüyor artık gözüme.

Ancak, doçentlik çalışmalarına başlamak için acele etmenin anlamı yok. Yoruldum! Bir süre ara verip soluklanmak hem bana, hem de Robin'e iyi gelecek.

Ve bu dinlenme süresi için, düşüncesine bile inanamadığım önemli bir karar alıyorum... İlk kez çocuk doğurmaya hazır hissediyorum kendimi! Doktoramı alır almaz Robin'le konuşmalıyım; bebeğimizin olmasını en az benim kadar onun da isteyeceğinden eminim.

Kendi kendime, bugüne kadar ertelememin nedenini sorguluyorum... Hayır, bir Amerikalıdan çocuk sahibi olmanın sakıncalarını asla aklıma getirmedim. Öyle olsa, evlenmezdim onunla. İçgüdüsel bir engellemeyle şartların olgunlaşmasını bekledim galiba. Ve ilişkimizin o noktaya geldiğine inanıyorum artık.

Kendimle baş başa kaldığım zamanlarda düşler âlemine dalıyorum. Pembe beyaz, yumuk yumuk bebekler geziniyor o düşlerde. Bir Amerikalıyla bir Türkün, sarışın ya da kumralla esmerin, mavi gözlüyle kahverengi gözlünün doğacak çocuklarının çok güzel olacağını; güzel olmasa bile kendi canlarımızdan parçalar taşıyacağı için bize dünyalar güzeli gibi görüneceğini hayal ediyorum.

Hamilelik günlerim düşüyor aklıma. Robin'in bana göstereceği ilgi, el bebek gül bebek bakılarak doğumu bekleyişim...

Evet, daha fazla ertelemek anlamsız! Robin'e müjdeyi vereceğim anı iple çekiyorum...

* * *

Doktora diplomamı alırken, en ön sırada oturan Robin'in en az benim kadar heyecanlı, gururlu ve sevinçli olduğunu görebiliyorum. Nasıl olmasın? Akademik çevrelere girerken, yanında sıradan bir aksesuar gibi taşıdığı karısı, adının başına "doktor" unvanını getirdi.

Daha da iyilerini hak ediyorsun Robin! Beni, Doçent Aslı Coleman, olarak yanında gururla taşıyacağın günler de gelecek; söz veriyorum sana. Ama sırada, "annelik" gibi, erişildiğinde ikimize de mutlulukların en doyumsuzunu yaşatacak bir sıfat var. Bunları seninle paylaşmak için nasıl sabırsızlandığımı bir bilsen...

Yeni açmış bahar tomurcuklarının beklenmedik bir ayazla kavruluvermesi gibi, içimde oluşmuş umut yüklü sevinç damlaları da, aldığım beklenmedik haberle donup kalıveriyorlar.

Diplomamı kutlamak için yemeğe gitmeye hazırlanırken, telefonum çalıyor. Annem! Belli ki, bu mutlu gününde kızını kutlamak istiyor...

Ancak, telefonun diğer ucundan kulağıma dökülen sözcükler, bir anda dünyamı karartmaya yetiyor.

"Baban ameliyat oldu," diyor annem. "By-pass! Şu anda hastanedeyiz."

"Neden bana haber vermediniz?" diye haykırıyorum. "Hani söz vermiştin..."

"Hassas bir dönemdeydin kızım, kıyamadık sana. Diploma töreninin bitmesini bekledik. Merak etme, yoğun bakımdan çıktı baban. Durumu iyi. Vereyim, konuş..."

Babamın sesi öyle güçsüz, öyle zayıf geliyor ki, içim eriyor.

"İyiyim ben yavrum," diyor. "Her şey yolunda."

Gerisini duymuyorum bile.

"Hemen geliyorum ben," diyorum son söz olarak.

Elimin, kolumun iki yanıma düştüğü, güçsüzlüğümün doruklarında olduğum bu anda Robin'den tek beklentim, "Beraber gidelim," demesi.

Ne yazık ki, aklına bile getirmiyor böyle bir şeyi. Neler yaşayacağım belirsiz Türkiye'me, ağır bir kalp ameliyatı geçirmiş babamın yanına tek başına gönderiyor beni.

Desteğine ihtiyacım olan en zor zamanımda yanımda bulunmayacaksa, neden evlendik ki biz?

Bu davranışıyla, aylardır özenle inşa ettiği, gül yaprakları arasında bana sunduğu billur köşkü tek kalemde yerle bir ettiğinin farkında bile değil...

✣ ✣ ✣

Babam hastaneden çıkmış. Evde, zorlu geçen ameliyatının yaralarını sarmaya çalışıyor. Kalbe girip çıkan damarlardan üçünü değiştirmişler.

"Motoru yeniledik," diye gülüyor o güçsüz haliyle.

En büyük sıkıntısı, uzunca bir süre sağa sola dönmeden sırtüstü yatmak zorunda oluşu. İştahı da az. Annemin ya da benim kaşık kaşık ağzına döktüğümüz çorbaları, kompostoları güç yutuyor. Ancak, morali iyi.

"Zoru atlattık," diye teselli ediyor beni. "Bundan sonrası kolay. Öyle hızlı iyileşeceğim ki, inanamayacaksınız."

Gerçekten de, yaşama sıkı sıkıya tutunmuş hali, iyileşme süresini çabuklaştırıyor. Evin içinde küçük turlar atabiliyor artık. Salonda oturup gazete okuduğu ya da televizyon seyrettiği saatler gitgide artmakta.

Babamın hızla iyileşmesi, içimdeki, bir süreliğine geriye ittiğim gizli kıvranışları su yüzüne çıkarıyor. Robin'e kırgınım! Beraberliğimizin başladığı günden bu yana hiç bu kadar kırılmamıştım ona. Damatlarını bir kez bile ülkelerinde göremeyen, evlerinde ağırlayamayan annemle babama karşı boynumu eğik koydu. Daha öncekiler bir yana, ölüm kalım savaşı veren babama koşarken yanımda olmayışını affedemiyorum.

Cep telefonum kapalı. Evden aradığında da gönülsüzce konuşuyorum Robin'le, konuşma süresini kısa tutuyorum. Bu davranışımın ardında yatanları gereğince anlamlandırabiliyor mu acaba? Aymazlığından sıyrılıp yaptığı hataları görebiliyor mu? Hiç sanmıyorum...

İstanbul'a geleli on gün oldu. Dönüş hazırlıklarına başladım. Umduğumdan çabuk toparlanmış olsa da, babamı bırakıp gitmeye gönlüm elvermiyor. Başka şansım yok, ne yazık ki...

"Gitmem gerek," diyorum. "Her şeyi öylece bırakıp çıktım. Halletmem gereken bir sürü iş var. Ama ilk fırsatta, yeniden koşacağım yanınıza..."

Dönüş tarihimi Robin'e söylemiyorum. Havaalanında karşılanmayı, abartılı kucaklaşmaları, yapay kavuşma sevinçlerini kaldıracak durumda değilim...

37

Uçaktan inip sessiz sedasız, evime gidiyorum. Bir zamanlar Özden ve Neval'le nice güzellikleri paylaştığım, ama şimdi kopkoyu bir yalnızlığın beni karşılayacağı o ıssız eve...

Çantamı bir tarafa fırlatıp koltuğa çöküyorum. Sel gibi inen gözyaşlarımı durduracak gücüm yok. Avunmam için uzanacak sıcak bir dost elinden de yoksunum.

Ne yapacağım şimdi ben? Bundan sonrasında nasıl bir yol çizeceğim kendime...

Doğrulup kalkıyorum koltuktan. Evden çıkıp köşe başındaki markete gidiyorum. Birkaç gün beni idare edecek yiyecek, içecek; elime ne geçerse alıp geri dönüyorum.

Kendimle baş başayım artık... Aslı'yı karşıma alıp acımasızca sorgulamaya, yaptıkları ve yapmadıkları için ona hesap sormaya, sonunda da hak ettiği cezayı kesmeye hazırlanıyorum.

Amerika'ya geldiğim günden şu ana kadarki her yaşananı tek tek mercek altına alıyorum. O günlere dönebilseydim, aynı davranışları yineler miydim, yoksa bambaşka yollarda farklı umutlar mı arardım, diye sorular soruyorum kendime. Beğenmediğim yanıtları yüzüne çarparak, doğru olanı haykırıyorum karşımdaki Aslı'ya.

Yapılan hataları içinde yaşarken göremiyor insan... Doğruları ve yanlışları olayların ortasındayken göremediği gibi. Hatalar ve yanlışlar, üzerinden zaman geçip de uzaktan bakıldığında, ancak belirginleşiyorlar.

Geri dönüşlerim bir noktaya gelip tıkanıyor.

"Mastır diplomamı aldığımda Türkiye'ye dönmeliydim!" diyorum. "Orada da yepyeni bir sayfa açabilirdim kendime..."

Arada, "Aferin, iyi ki böyle yapmışsın," dediğim davranışlarım da yok değil. "Bu yola hiç girmesen daha iyi olurdu ama, madem adım attın; doktora yapmaya karar vermen, gelip New York'a yerleşmen, ayaklarının üzerinde durup tek başına pek çok şey başaracağını hem kendine hem de çevrendekilere kanıtlaman, Amerika'daki yaşantının en olumlu yanları. Ama seni kurtarmıyor!"

Geçmişi bir yana bırakıp içinde bulunduğum zamana ve bir adım ötedeki geleceğime baktığımda, daha da karışıyor işler.

Bundan sonrasında ne yapacağım ben?

New York'taki yaşantımı sürdürebilirim. Doçentlik yolundaki ilk adımlarımı da atabilirim bu sayede. Ama burada, tek başıma yapamam bunları. Gücüm tükendi!

Hartford'a dönsem, şirketteki genel müdürüm, "doktora" sıfatıyla cilalanmış kariyerimle havada kapar beni.

Robin'in gönlünde yatan da, benim dönüşüm. Ama, sırf onu mutlu etmek için bir şeyler yapmayı istediğimden emin değilim. Kısa bir süre öncesinde kurduğum bebek hayalleri kopkoyu bir karanlığın ardında kaldı. Bir daha gündemime geleceğini de hiç sanmıyorum.

Hartford, deyince Türkçeye bile özlem duyduğum bunalımlı günlerim geliyor aklıma. Boğulacak gibi oluyorum.

"Mutluluk, insanların sevdiklerinin yanında yaşaması ve yaşlanmasıdır," demişti babam.

Sevdiklerimin yanında değilim; bana en çok ihtiyaç duydukları zamanlarda bile onların yanında olamıyorum. Yanlış yerde duruyorum hep!

Çaresizliğin kuytusunda çırpınmaktan yorgun düşüyorum sonunda... Ellerimi açıp Tanrı'ya yakarıyorum. İçine düştüğüm açmazdan kurtar beni, diyerek.

Sıkça yinelediğim bir davranış değil bu. Yalnızca dara düştüğüm zamanlarda, dayanacak bir güç aradığımda... Şu anda olduğu gibi!

Önemli bir sınavın öncesinde ellerim havaya kalktığında, ateistler(*) gelirdi aklıma. Onların inançlı insanlardan daha güçlü olduklarını düşünürdüm. Biz, ilahi güce inananlar, zorluklarla karşılaştığımızda Tanrı'ya sığınıp yardım dilerken; onlar kendi güçleriyle ayakta durabiliyorlardı.

Bugüne kadarki yaşamımdaki, belki de en zayıf olduğum an! Haykıra haykıra dua ediyorum Tanrı'ma. Bana çıkar yolu göster, katran karası dünyama ışık tut, diye...

(*) Tanrıtanımazlar.

Kâbuslarla boğuşarak geçirdiğim ikinci günün sonunda, ani bir kararla arabaya atlayıp Hartford'a doğru yola çıkıyorum.

İki saat sonra beni karşısında gören Robin, "Ne zaman döndün sen?" diyor şaşkınlıkla. Sonra da özlemiş kollarıyla sımsıkı sarıyor beni; o kolların arasında cansız bir bebek gibi durduğumu fark etmeden.

"Zamanlaman harika," diyor. "Cumartesi günleri yalnız çekilmiyor."

Margaret'le beraber bahçede mangal yakıyorlar. İçeriden yiyecekleri taşımalarını, sofrayı kurup pişirdikleri etleri tabaklara bölmelerini uzaktan uzağa izliyorum.

Suskun ve kayıtsız duruşum, Robin'in gözünden kaçmıyor. Ama üstüme gelip sorgulamaya kalkışmıyor. Bu halimi, hasta babamı İstanbul'da bırakıp gelmeme bağlıyor kendince.

Sabah erkenden kalkıp hazırlanıyorum. Günlerden pazar. Hartford'ta kaldığımız her pazar günü gibi, birazdan kiliseye gidecek Robin.

Merdivenlerden inerken, "Ben de seninle geliyorum," diye yolunu kesiyorum.

İlk kez karşılaştığı bu istek şaşırtıyor onu. İnanmakla inanmamak arasında, merakla bakıyor yüzüme. Geçerli bir açıklama bekliyor benden.

Sonunda dayanamayıp, "Hıristiyanlığa ilgi duymaya mı başladın?" diye gülerek soruyor.

Bugüne kadar birbirimizin inançlarına hiç karışmadık, saygı gösterdik. Ama görüyorum ki, sırf onunla evli olduğum için dinimi değiştirmeye kalksam, sevinçle karşılayacak.

Oysa ben, Tanrı'nın huzurunda dua etmek istiyorum; yalnızca ellerimi açıp yakarmak yetmiyor artık. Kilise de cami gibi, Allah'a inananların evi olduğuna göre... Neden oraya gidemeyeyim ki?

Gittiğimiz yer, bir Protestan kilisesi. Aileler, yaşları kaç olursa olsun, tüm çocuklarını önlerine katmış; en güzel giysilerinin içinde, akın akın kiliseye doğru yürüyorlar. İçim burkularak izliyorum bu tabloyu.

İncil'den okunan bölümlerin, söylenen ilahilerin ardından Peder'in dağıttığı kutsal ekmeğin yenilişini, minik kupalar içindeki şarapların içilişini; buzlu camın arkasından seyreder gibi, sessizce izliyorum. Ekmeğe ve şaraba el sürmesem de, yüreğim onların dualarına katılıyor. Gözlerimi sımsıkı yumarak, kendi dualarımı okuyorum içimden. Yanaklarımdan inen yaşlara aldırmadan, "Neden buradayım ben?" diye isyan ederek... "Keşke şu anda kilise yerine ülkemdeki bir camide dua ediyor olsaydım," diye hayıflanarak.

Havaya kalkan ellerim boş dönmüyor... Sancılı yakarışlarım geri çevrilmiyor... Beynimin kıvrımlarında, kıvrımların kuytu köşelerinde yanıp sönen ışıklar, gitgide büyüyerek, aydınlık bir yol seriyorlar önüme.

O yolun sonunda Türkiye var!

✣ ✣ ✣

"Buraya kadarmış," diyorum Robin'e. "Ülkeme dönüyorum! Bağışla beni... Çok çabaladım, ama başaramadım. Yapamıyorum... Köklerinden koparılmış bir çiçeği daha fazla yaşatamayacağım."

Her zamanki sakin haliyle, dikkatle dinliyor beni.

"Yazık!" diyor. "Doçentlik tezin için iyi bir konu yakalamıştım oysa..."

Bu sözler beni çileden çıkarmaya yetiyor. Ait olduğum yerde, Türkiye'mde de doçent olunabileceğini bilmiyor mu bu adam!

"Benim ülkemi ne sanıyorsun sen?" diye haykırıyorum. "Emeklilikten sonra gelip yerleşeceğim, diye palavralar attığın Türkiye'yi bir kez olsun gelip gördün mü? Karının doğup büyüdüğü, öğrenim gördüğü yeri hiç mi merak etmedin? İçine gömüldüğün kitaplardan başını kaldırabilsen, gerçeklerle yüzleşecektin belki. Ama yapmadın, zahmete değer bulmadın çünkü. Şimdi gözünü iyi aç ve görmeye çalış: Dünya, Amerika'dan ibaret değil, Robin! Ellerinle ördüğün duvarlar arasında, merkezine kendini koyduğun o çorak dünyandaki yaşamını gönlünce sürdürebilirsin; bu senin hakkın. Ama aynı davranışı benden bekleyemezsin!"

Kararlılığımın farkında. Beni vazgeçirmek için hiçbir girişimde bulunmuyor.

Ve tek celsede boşanıyoruz Robin'le!

38

Türkiye'deyim!

Sancılı bir doğuşu gerçekleştirip dünyaya yeniden gelmiş gibi, gerçekliğine hâlâ inanamadığım yuvaya dönüşümü, sevinç sarhoşluğu içinde kutlamaktayım. İyi ya da kötü, hiçbir anını yok sayamayacağım; çaresizliklerle savaştığım bunalımlı günleriyle değil, bana sunduğu güzelliklerle, yaşattığı mutluluklarla anacağım Amerika, gerilerde kaldı.

Dostça vedalaştık Robin'le. Tokalaşarak, kucaklaşarak; bundan sonrası için birbirimize şans dileyerek.

"Buradayken her tatilinde Türkiye'ye koştun," dedi ayrılırken. "Türkiye'deki tatillerini de Amerika'da değerlendirebilirsin. Bekleyeceğim seni..."

"Sen de, emekliliğinde gelmeye niyetlenirsen eğer, haberim olsun..."

Bundan sonrasında kolay kolay karşı karşıya gelemeyeceğimizi ikimiz de biliyorduk. Sıkı bir dostluğu paylaşmış iki candan arkadaş gibi, birbirimize son kez sarılarak ilişkimize noktayı koyduk. Zıt yönlerdeki yeni yaşamlarımıza kavuşmamız için hiçbir engel kalmamıştı aramızda...

Türkiye'ye dönüşümün ikinci ayında annemlere yakın bir ev tuttum. Eskiden olsa, böyle hareket edemezdim; ama on sekizindeki gençlerin bile evlerini ayırıp özgürlüklerini yaşadıkları günümüzde kimse yadırgamadı bu kararımı.

Üniversitedeki öğretim üyeliğine ve doçentlik çalışmalarına başlamam da aynı günlere rastladı. Tez konusunu seçerken Robin'in görüşlerini aldım; yardımcı oldu bana. Dostluğumuz sürüyor. Arada bir telefonla arıyor, internetten mesajlar gönderiyor.

Mutluyum kendimce... İş hayatım, evim, ailemle aynı şehirde oluşum, çevremi saran arkadaşlarım, dostlarım mutluluk nedenlerimin başında geliyorlar. Sokaktan geçen simitçinin Türkçe bağıran sesi bile yüzümü güldürmeye yetiyor. Ama hepsi bir yana, Naz'ı kucaklayıp bağrıma basmak sevinçlerin en büyüğünü yaşatıyor bana.

Naz bebek büyüdü artık, kocaman bir kız oldu. Bu yıl okula başlayacak. Birbirimize çok düşkünüz. Çocuklara has o ince duyarlılıkla, benim ona sunduğum sevginin farkında; verdiğimden daha da fazlasını veriyor bana.

"Bu kız seni benden çok seviyor," diyor Ferda. "İki gün ayrı kalsanız; Aslı'yı özledim, beni ona götür, diye tutturuyor."

Geriye dönüp baktığımda, yaşadığım hiçbir andan pişmanlık duymuyorum. Keşke'lerle boğuşmaktan vazgeçtim artık. Eksiklendiğim, az da olsa kendimi suçladığım tek konu; kendime "anne" olma fırsatını tanımayışım. İyi ki Naz var! Annelik özlemimi onunla giderebiliyorum hiç değilse...

✣ ✣ ✣

Yaşamımdaki tüm taşları yerli yerine oturtup düzenimi kurduğumu düşünürken, rektörün ağzından aldığım çağrı, tüm duygularımı altüst etmeye yetiyor.

Seminerler, konferanslar, bilimsel toplantılar işimin vazgeçilmez parçaları. Bu tür etkinliklere sık sık katılıyorum. Ancak, bu kez durum çok farklı! Çünkü, gitmem gereken yer Bursa...

Neden aldatıyorum kendimi? Yapay nazlanmalara ne gerek var? İstesem rektörün çağrısını geri çevirebilirdim. Benim yerime bir başkasını gönderirlerdi. Daha fazla düşünme fırsatı bulursam cayarım, korkusuyla telefona sarılıp teklifi kabul ettiğimi söylememin arkasındaki neden, katılımcıların arasında Murat'ın adını görmem değil mi?

Merakına yenildin Aslı! Beynini gizliden gizliye mesken tutmuş soru işaretlerine yanıt bulmak için başka fırsatın olmayabilirdi. Bursa'ya gitmekle birbirinin içine geçerek kördüğümleşmiş bilinmezliklerine küçük bir ışık tutabileceksin belki.

Ona soru sormaya hakkın yok; sorgulamaya da! İçinden geçenleri asla dillendiremeyeceksin. Ama yüreğin özgür. Her türlü soruyu, kimselere duyurmadan sorabilir o.

Yüreğinin sesiyle, "Unuttun mu beni Murat? Adımı sildin mi dudaklarından?" diyebileceksin.

Sessiz soruların yanıtları da sessiz olacak. Bu kadarıyla yetineceksin... Yetinmelisin!

İyi ettin Aslı, yerinde bir karar verdin. Duygularına kapılıp yapmaman gereken bir işe kalkıştığını asla düşünme. Baksana, aklın bir adım geride dursa da, yüreğin yollara düşmenin sabırsızlığında...

39

Çıtı pıtı, aydınlık yüzlü genç bir kadın karşılıyor beni.

"Bursa'da bulunduğunuz süre içinde, size ben eşlik edeceğim," diyor.

Adı Nehir. Kömür karası gözlerinden yansıyan sıcacık bakışlarla insanı içine çekiveren bu naif kadına ilk görüşte ısınıveriyorum.

"Aslı Biray adının arkasında bu kadar anlamlı ve hoş bir yüzle karşılaşacağımı aklıma getirmiyordum doğrusu," diyor. "Kendini bilime adamış bir kadının bu kadar güzel olabileceğini de. Toplantı salonunda inci gibi parlayacaksınız..."

Çekirge'deki, Bursa'nın dışından gelen konukları ağırlayacak termal otele doğru yol alırken; Nehir de İstanbul Üniversitesi İşletme Fakültesi'nden mezun olduğunu, okuldan sonra acelesi varmış gibi hemen evleniverdiğini hiç sıkmadan, esprili bir dille sayıp döküyor bana.

"İstanbul'da çalışma olanağım vardı ama, hiç düşünmedim," diyor. "Bursa'dan ayrı kalmaya dayanamazdım."

Gülüveriyorum.

"Siz Bursalılar, bu şehre karşı konulmaz bir büyüyle bağlısınız galiba. Sizi buraya tutsak eden nedir?"

"Tanımadan ve Bursa'yı yaşamadan anlayamazsınız bunu. Atanma nedeniyle, 'Gurbete düştüm,' diye ağlayarak gelenler, dönerken daha fazla gözyaşı bırakırlar Bursa'ya."

Bu tutkunluğu çok iyi biliyorum ben. Yüreğimin peşine düşüp Murat'ın gelini olarak buralara gelseydim, ben de aynı tutsaklığı yaşar mıydım acaba?

Ne gereksiz bir soru böyle, diye üstünü çizip arkama yaslanırken; beynime üşüşmüş yanıt arayan diğer sorularla boğuşmamı sürdürüyorum. Çünkü onlar, geçmişi değil içinde bulunduğum anı sorguluyorlar.

Geride kalan yıllar nasıl etkilemişti Murat'ı? O ışıl ışıl gözler, güldüğünde dudağının kenarında beliriveren o şirin gamze, öylece duruyorlar mıydı? Hepsinden önemlisi, kurduğu yeni yaşamında mutlu muydu?

Dış görünümüyle ilgili tüm yanıtları birazdan kendi gözlerimle görebileceğim. Mutluluğa gelince... Benim için hep bir soru işareti olarak kalacak.

Görkemli toplantı salonunun kapısında duraklayıp bu iş için görevlendirilmiş hostesin, ceketimin yakasına üzerinde adımın yazılı olduğu katılımcı kartını iliştirmesini sessizce izliyorum.

Ve... Başımı kaldırdığımda onu görüyorum!

Salonun girişinde, konuklara "Hoş geldiniz," demek üzere sıralanmış Bursalı işadamlarından oluşmuş grubun içinde Murat da var. Eskilerdeki Murat'la mı yoksa Bursa Ticaret ve Sanayi Odası Yönetim Kurulu Üyesi Murat Alkanlı ile mi tokalaşacağımı kestiremeden, elimi uzatıyorum.

Kısa bir bocalama anının ardından, elimden tutup kendisine doğru çekiyor beni. Kucaklaşıyoruz. Dostça, arkadaşça, şartların getirdiği sıradan bir kucaklaşma... Ama, dudaklarından dökülen sözcüklerin altında çok şey anlatıyor bana.

"Hoş geldin Aslı! Seni burada, Bursa'da görebilmek ne güzel..."

Ev sahipliği görevini hakkıyla yerine getirmeye çabalayan diğer işadamlarıyla da tokalaştıktan sonra, içeriye girip öğretim üyelerine ayrılan bölümde bana gösterilen yere oturuyorum.

Tüm katılımcılara seminerin akış programını içeren birer dosya dağıtıyorlar. Yanı sıra, Bursa'nın tarihi ve turistik yerlerini tanıtan bir kitapçıkla kapağında "Ah Yeşil Bursa" yazan, "Türk Musikisindeki Bursa Şarkıları" alt başlıklı bir CD ve Bursa'nın övüncü olarak kabul ettikleri Ahmet Hamdi Tanpınar'ın şiirlerinden oluşan bir seçki...

Bursa Ticaret ve Sanayi Odası Başkanı'nın yaptığı açılış konuşmasıyla toplantı başlıyor. Benim, günlerdir üzerinde çalışarak özenle hazırladığım sunumum yarın. Karmaşık duygularımın etkisinden kurtulamadığım bu zaman diliminde, yoklama zoruyla derse girmiş haşarı bir öğrenciden farkım yok.

En ön sırada oturan Murat'ın üzerinden uzaklara çekmeye çalıştığım bakışlarım, benimle inatlaşıyor. Devre dışı kalmış beynimle konuşmaların içeriğini kavrayamıyor; biri oturup diğeri kalkan konuşmacıları, ancak görüntü olarak izleyebiliyorum.

Murat, verilen çay, kahve molalarında, rastlantı sonucu yakınıma düştüğü zamanlarda diğer konuklara yaptığı gibi kupkuru birkaç sözcükle hatırımı soruyor yalnızca. Herkese eşit uzaklıkta duran konuksever bir ev sahibi gibi, "İyi misin?" diyor. "Eksik gördüğün bir şey var mı?"

Mesafeli davranışları, akşam yemeği boyunca da sürüyor. Bana çevirdiği bakışlarında zaman zaman eskileri anımsatan pırıltılar yakalasam da, davranışlarına ve konuşmalarına yansımıyor hiçbiri.

Ne bekliyordun Aslı, diye geçiriyorum içimden. Başarılı bir işadamı, mutlu bir aile babası o. Yaşamında zerrece yer yok sana. Böyle olmasını isteyen sen değil miydin?

Evet, uzaklaşmasını, unutmasını; içinde "Aslı" olmayan cümlelerle başlayan yepyeni bir hayata adım atmasını isteyen bendim. Durum böyleyken, neden içimdeki sızı her geçen saniye daha da artıyor ki...

Otel odasının soğuk duvarları arasında geçireceğim upuzun bir geceye hazırlanıyorum şu anda. Yüreğim yapayalnız, yüreğim üşüyor...

Pencereye doğru yürüyüp perdeleri açıyorum. Bursa'nın gece manzarası tüm görkemiyle kucaklıyor beni. Gökyüzündeki yıldızlarla Bursa'nın ışıkları yarışıyorlar sanki. Gözlerim, hangisine takılacağında kararsız...

Neredesin Murat?

Beni görmek istediğinde yıldızlara bak; yanıp sönen ışıklardan birinin altında ben olacağım, demiştin bir keresinde.

Orada yoksun! Bildiğim tek şey, şu anda aynı şehrin havasını soluyor olduğumuz.

Söyle Murat, söyle... Karşımda serili duran binlerce ışığın hangisinin altında sen varsın?

Artık çok geç, öyle değil mi?

Sormaya hakkım yok; sormayacağım da. Yanıtlarımı aldım zaten.

Unutmuşsun beni Murat! Adımı silmişsin dudaklarından...

Çantamdan dosyamı çıkarıp ertesi sabah yapacağım konuşmayı gözden geçirmek istiyorum. Olmuyor, yapamıyorum.

Ahmet Hamdi Tanpınar'ın şiir seçkisini alıyorum elime. Onun dizelerinde arıyorum bulmak istediklerimi...

"Ağlama" şiiriyle toparlanmam gerektiğini söyleyip beni uyarıyor şair.

"... Ağlama sakın çocuk, ağlama!
Korkmayana zarar gelmez, bunu bil.
Sevgini hep söyle, saklama.
Aklından korkuyu, gözlerinden yaşı sil."

"Ağlama," değil de, "ağla," diyor sanki Tanpınar. "Sevgini söyleyemedin, içinde sakladın. O halde ağlayabilirsin, ağla..."

Ama haksızlık ediyor! O zamanlar yüreğimin böylesine sevdiğini ben de bilmiyordum ki...

Ve "Bir Adın Kalmalı" diye başlayan dizelerde çakılıp kalıyor gözlerim.

bir adın kalmalı geriye
bütün kırılmış şeylerin nihayetinde
aynaların ardında sır

yalnızlığın peşinde kuvvet
evet nihayet
bir adın kalmalı geriye
bir de o kahreden gurbet

sen say ki
ben hiç ağlamadım
hiç ateşe tutmadım yüreğimi
geceleri, koynuma almadım ihaneti
ve say ki
bütün şiirler gözlerini
bütün şarkılar saçlarını söylemedi
hiç buselik geçmedi fikrimden
ve hiç gitmedi
bir topak kan gibi adın
içimin nehirlerinden
evet yangın
evet salaş yalvarmanın korkusunda talan
evet kaybetmenin o zehirli buğusu
evet nisyan
evet kahrolmuş sayfaların arasında adın
sokaklar dolusu bir adamın yalnızlığı
bu sevda biraz nadan
biraz da hıçkırık tadı
pencere önü menekşelerinde her akşam

dağlar sonra oynadı yerinden
ve hallaçlar attı pamuğu fütursuzca
sen say ki

yerin dibine geçti
geçmeyesi sevdam
ve ben seni sevdiğim zaman
bu şehre yağmurlar yağdı
yani ben seni sevdiğim zaman
ayrılık kurşun kadar ağır
gülüşün kadar felaketiydi yaşamanın
yine de bir adın kalmalı geriye
bütün kırılmış şeylerin nihayetinde
aynaların ardında sır
yalnızlığın peşinde kuvvet
evet nihayet
bir adın kalmalı geriye
bir de o kahreden gurbet
beni affet
kaybetmek için erken, sevmek için çok geç

Evet, dönüşü olamayan bu yolda, her şey için çok geç artık...

✣ ✣ ✣

"Uluslararası Platformda Geçerli Pazarlama Yöntemleri" başlığı altında bugüne kadarki birikimlerimi ortaya dökerek hazırladığım konuşmama başlarken heyecanlıyım.

Bir an için Murat'a takılıyor gözüm... Oturduğu yerde küçülmüş, üniversite günlerimizdekine benzer bir koruma güdüsüyle, yanlış yapmamdan korkar gibi beni dinlemeye hazırlanıyor. Oysa, kaygılanmasına hiç gerek yok. İlk heyecanımı üzerimden atıp konuşmaya başladığımda, bugüne kadar tanıdığının dışında bambaşka bir Aslı görecek karşısında.

"...Öncelikle, bir noktayı belirlememiz gerekiyor. Üretim mi daha önemli, yoksa pazarlama mı? Bir bütünün ayrılmaz parçaları gibi görünseler de, pazarlanamayacak ürünü üretmenin anlamı yoktur. Ana hedef, üretime geçerken satışı garantilemek olmalıdır. Burada, müşteri odaklı pazarlama yöntemlerine ağırlık verirken halkla ilişkinin; uluslararası platformlarda ise sınır ötesi ilişkilerin önemi ortaya çıkıyor. Evet, Türkiye bölgesinde iyi bir pazar. Ancak, dış kaynakların fon ayırdığı şirketlerin belli bir büyüklüğe ulaşmış olması gerekiyor. Ne yazık ki, yabancı şirketler hedeflenen meblağın altındaki şirketleri uğraşmaya değer görmüyorlar. Yeterince büyüdüğümüzü kanıtlayarak karşılarına çıkmalıyız ki, pazarlık gücümüz olabilsin..."

Alkışlar arasında kürsüden inerken, Murat'ın isyan dolu bakışlarla beni süzdüğünü görüyorum. Daha yerime oturmadan, söz isteyip kürsüye çıkıyor. Ve bana yanıt verir gibi, zehir zemberek bir konuşma yapıyor.

"Gurur duymalıyız ki; büyüyen, buna bağlı olarak da sermaye gereksinimi artan, rekabet gücüne sahip, yönetimi iyi, pek çok şirketimiz var!... Bu şirketlerin yöneticileri, küreselleşen dünyanın baş döndürücü hızına ayak uydurabilmek için ellerinden gelen çabayı gösterdikçe, uzun uğraşlar sonucu yaratmış oldukları güven ortamını sürdürdükçe ve hepsinden önemlisi, dürüstlük ilkesinden ödün vermedikçe; onlara dışarıdan ortak bulmak hiç de zor değildir! Yeter ki biz, ayaklarımızın üzerinde durmasını bilelim ve kendimize yabancı gözüyle değil, Türk gözüyle bakalım..."

Kim bu konuşan? Bana rağmen, bana karşı tavır koyabilen hangi Murat? ***Dün**deki mi, **bugün**deki mi?*

İkisi de değil galiba... Amerika'ya gittiğim günde takılı kalmış! Beni, Türklüğümden geri adım atıp Amerikalılaşmakla suçluyor kendince. Onun gözünde, bilimsel gerçekleri yabancı bakış açısıyla irdeleyen, ülkesindeki şartlara yabancılaşmış, dar görüşlü bir öğretim üyesiyim yalnızca...

Toplantının bitiminde basın açıklaması hazırlanıyor. Ardından da konuklar için düzenlenen kokteyle katılmak üzere, topluca yan salona geçiyoruz.

Gergin hava dağılmış, içkilerimizi yudumlarken; Murat, içinde bulunduğu gruptan ayrılarak yanıma geliyor. Bakışlarındaki eski günleri çağrıştıran yumuşaklığın ve sıcaklığın, biraz önce yaptığı çıkıştan duyduğu suçluluktan kaynaklandığını düşünüyorum.

"Sözlerimle seni kırmamışımdır, umarım," diyor. "Kabul etmelisin ki, dört duvar arasında oturup başlarını kitaplara gömmüş öğretim üyelerinin yarattıkları kuramsal kavramlar, iş hayatına bire bir uygulanamaz. Piyasayı koklamadan, üretim ve pazarlamayı gerçek ortamlarda ve somut ölçülerde yaşamadan, öne sürülen bu kavramlar havada kalmaya mahkûmdur."

Daha fazla dayanamıyorum.

"Gördüğüm kadarıyla iddialı bir işadamı olmuşsun. Ama başarılı bir ticaret hayatı, at gözlükleriyle yalnızca önüne bakmanı gerektirmez. Bursa'da kendine yarattığın ve içine girip kısıtlı kaldığın ipek kozasından çık artık. Alıcı gözlerle bak dünyaya. Seninkinin dışında, evrensel anlamda büyük atılımların yaşandığı o dünyayı keşfetmeye çalış. Bana gelince... Asla söylediğin tarzda, dar görüşlü bir öğretim üyesi olmadım ben! Doktoramı yaparken, Güney Amerika ülkeleriyle gerçekleştirilecek pazarlama yöntemlerini saptamaya çalışırken, Amerikalı gözüyle değil, muhatap olarak seçilen ülkelerin gözüyle baktım olaya. Değil ki Türkiye'min karşısına Amerika'nın ekonomik politikasıyla çıkacağım... Şunu da unutma ki, çeşitli nedenlerle ülkesinin uzağına düşmüş insanlar; milliyetlerinden, ait oldukları topraklardan asla soyutlamıyorlar kendilerini. Bedenleri uzakta olsa da, yürekleri burada atıyor!"

Bıraksalar atışmamızı, birbirimizi kıyasıya hırpalamayı sürdüreceğiz. Görevli hosteslerden birinin yanına gelmesiyle konuşmamız bölünüyor.

Murat'a, "Başkanımız, önemli bir konu için sizinle görüşmek istiyor," diyor hostes.

Biraz sonra döndüğünde; bakışları, tavırları olabildiğince yumuşamış, hatta biraz önceki sert çıkışlarından pişmanlık duyar gibi farklı bir Murat var karşımda.

"Yarınki Mudanya ve Trilye gezilerini iptal ettik," diyor. "Katılımcıların çoğu dönüş hazırlığında."

"Özellikle de öğretim üyeleri," diye ekliyor. "Bir an önce kitaplarıyla buluşmak uğruna bu güzel fırsatı tepiyorlar."

Ben de, bu akşam yola çıksam mı, diye düşünürken; Murat'ın umulmadık önerisiyle donup kalıyorum.

"İki kişilik bir Trilye gezisine ne dersin Aslı?"

Yanıt veremeyecek kadar şaşkınım. Karşılaştığımızdan bu yana sergilediği davranışlar, uzak duruşu, konuşmama verdiği sert karşılık, her fırsatta üstü kapalı eleştirilerle beni yerden yere vurması... Yaptığı bu öneriyle öylesine çelişiyorlar ki.

"Çamlı Kahve'yi görmelisin," diyor. "Yeniden donattılar. Harika bir yer oldu. Sabah otelden alırım. Yarım saatlik yol. Gider bir kahve içeriz, sonra da uğurlarım seni."

Kararsızlık kıvranışlarıma son noktayı koymam uzun sürmüyor. İki gün içinde yaşadıklarımız, hiçbir art niyet taşımadığının göstergesi. Arkadaşlık sınırları içinde değerlendirilebilecek bir teklif bu. Belki de yaptığı acımasız eleştirileri unutturmak için attığı dostça bir adım.

Ben ki, ayrıldığım eski kocamla bile uzaktan uzağa da olsa arkadaşlığımı sürdürebiliyorum... Neden Murat'la kısacık bir kahve sohbetini paylaşmayayım ki? Eski yaşanmışlıklar bir yana, birlikteliğimizin yalnızca arkadaşlık yönünü ayakta tutacak ölçülü yaklaşımların kime, ne zararı var?

✣ ✣ ✣

Yol boyunca fazla konuşmuyoruz Murat'la.

Öğrencilik günlerimizin anılarıyla yüz yüze gelmenin sarhoşluğu var üzerimde. Eskide kalmış karelerin yeniden canlanıp tüm diriliğiyle gözlerimin önünden geçmesi, ağzımı açıp bir şeyler söylemekten alıkoyuyor beni. Murat'ın suskunluğunun da aynı nedenlerden kaynaklanıp kaynaklanmadığını merak ediyorum.

Keşke gelmeseydim, diye düşünürken; Trilye'nin içinden tepeye tırmanan yolun sonunda Çamlı Kahve'ye ulaştığımızda, tüm keşke'lerimden sıyrılıveriyorum.

Murat'ın dediği kadar varmış! Eski viran halinden eser kalmamış; şipşirin bir kahveye dönüşmüş o kırık dökük yer. Daha da büyümüş gibi görünen çam ağaçlarının altlarına ekose örtülü masalar atılmış.

Pırıl pırıl bir hava, güneşin şiddetini ayarlamakta kararsız ışıltısı... Ve karşımızda göz alabildiğine uzanan Marmara Denizi'nin eşsiz manzarası...

Yol boyunca ikimizi de kısıtlayan tutukluğu üzerimizden atıp ilk arkadaşlık günlerimizi çağrıştıran, cıvıltılı bir sohbete dalıyoruz Murat'la. Yıllar sonra karşılaşmış eski dostlar gibi, yüzeysel övgüler serpiştiriyoruz sohbetimize.

"Zaman cömert davranmış sana," diyor Murat. "Güzelliğine eskisinden farklı ve daha anlamlı bir güzellik katmış."

"Sen de iyi görünüyorsun. Bursa'nın damak tatlarına inat, fazla kilo yok üzerinde."

Kahvelerimizi yudumlarken, vereceğim yanıtı pek de önemsemiyormuş gibi, "Neden ayrıldın kocandan?" diye soruyor.

"Beraberliklerin de bir ömrü var," diyorum. "O ömür dolunca ayrılmak kaçınılmaz oluyor. Çok sürmeyeceği baştan belliydi ama, ilk adımı atarken kestiremiyor insan..."

"İyi ki çocuk yok aranızda. Olsaydı, senin için sorun yaratabilirdi."

Dostça söylenmiş sözler bunlar, yakın arkadaş çevremde konuştuklarımızla benzeşiyor.

"Duyduğum kadarıyla Naz'la aranız pek iyiymiş," diyor. "Bizimkilerin söylediklerine göre, annesinden ayırmıyormuş seni."

İster istemez gülüveriyorum.

"Ferda'ya bir yasak getirmiştim; benim yanımda senin adını ağzına almayacaktı. Ama görüyorum ki sen, aynı yasağı uygulamıyorsun. Ne çok şey biliyorsun benim hakkımda..."

Birdenbire değişiyor yüzünün ifadesi. Yakıcı bakışlarını gözlerime dikiyor.

CANAN TAN ÜZERİNE

Ankara'da doğdu. Ankara Üniversitesi Eczacılık Fakültesi mezunu. Değişik edebiyat türlerindeki yarışmalarda dereceler ve ödüller aldı.

- Kelebek *(Hürriyet)* Gazetesi'nin senaryo yarışmasında birincilik ödülü / *(Oğlum* adlı eser, fotoroman olarak çekildi.)
- 1. Ulusal Nasrettin Hoca Gülmece Öykü Yarışması'nda 1. Mansiyon / *(Dedektiflik Bürosu)*
- İnkılâp Kitabevi'nin Aziz Nesin Gülmece Öykü Yarışması'nda basılmaya değer görülen *İster Mor, İster Mavi* adlı kitabıyla, Türkiye'de mizah öyküleri kitabı olan ilk kadın yazar unvanı
- BU Yayınevi'nin Çocuk Öyküler Yarışması'nda 1. Mansiyon / *(Sevgi Yolu)*
- Rıfat Ilgaz Gülmece Öykü Yarışması'nda Birincilik Ödülü / *(Sol Ayağımın Başparmağı)*
- İzmir Büyükşehir Belediyesi Çocuk Romanları Ödülü / *(Sokaklardan Bir Ali)*
- İzmir Büyükşehir Belediyesi'nin Cumhuriyetin 75. Yılı Çocuk Öyküleri Ödülü *(Arkadaşım Pasta Panda)*

• 10. Orhon Murat Arıburnu Ödülleri'nde, uzun metrajlı film öyküsü dalında Birincilik Ödülü *(Akrep)*

• İzmir Milli Eğitim Müdürlüğü'nden *2004 Yılı Köşe Yazarı Ödülü*

Yeni Asır (İzmir) Gazetesi'ne iki yıl köşe yazarlığı yaptı.

Milliyet Pazar'da, güncel olayları esprili bir dille yorumlayan yazıları yayımlandı.

Mimoza dergisinde *Çuvaldız, Kazete* adlı kadın gazetesinde *Kazete-Mazete* adlı köşelerde yazılar yazdı.

Öykü, roman, mizah ve çocuk edebiyatı çerçevesinde çok sayıda kitabı var.

Yazarın Yayımlanmış Kitapları

- **Piraye**/ Roman, Altın Kitaplar, 9. Baskı

- **Eroinle Dans**/ Roman, Altın Kitaplar, 2. Baskı

- **Türkiye Benimle Gurur Duyuyor!!!** / Mizah Öyküleri, Altın Kitaplar

- **İster Mor, İster Mavi** / Mizah Öyküleri, Altın Kitaplar, 3. Baskı (Aziz Nesin Gülmece Öykü Ödülü)

- **Sol Ayağımın Başparmağı** / Mizah Öyküleri, Altın Kitaplar, 3. Baskı (Rıfat Ilgaz Gülmece Öykü Yarışması Birincilik Ödülü)

- **Çikolata Kaplı Hüzünler** / Öyküler, Altın Kitaplar

- Sokaklardan Bir Ali / Roman, Altın Kitaplar, 6.Baskı (İzmir Büyükşehir Belediyesi Çocuk Romanları Ödülü)

- Oğlum Nasıl Fenerbahçeli Oldu? / Mizah Öyküleri, BU Yayınevi, 5. Baskı

- Fanatik Galatasaraylı / Mizah Öyküleri, BU Yayınevi, 5. Baskı

- Beşiktaş'ım Sen Çok Yaşa / Mizah Öyküleri, BU Yayınevi, 2. Baskı

- Sevgi Yolu/ Çocuk Öyküsü, Altın Kitaplar, 6. Baskı

- Arkadaşım Pasta Panda / Çocuk Öyküsü, BU Yayınevi, 4. Baskı (İzmir Büyükşehir Belediyesi'nin Cumhuriyetin 75. Yılı Çocuk Öyküleri Ödülü)

- Sokakların Prensesi Şima / Çocuk Öyküsü, BU Yayınevi, 4. Baskı

- Beyaz Evin Gizemi / Çocuk Romanı, Altın Kitaplar, 6. Baskı

- Ah Şu Uzaylılar / Çocuk romanı, BU Yayınevi, 2. Baskı

- Sevgi Dolu Bir Yürek / Çocuk Romanı, Gendaş Yayınları, 2. Baskı

- Yolum Düştü Amerika'ya / Gençlik Romanı, Altın Kitaplar, 2. Baskı